CB066163

Xamã

# NOAH GORDON

# Xamã

A HISTÓRIA DE UM MÉDICO
NO SÉCULO XIX

Tradução de Aulyde Soares Rodrigues

**Rocco**

Título original
SHAMAN

*Copyright* © Noah Gordon, 1992

Todos os direitos reservados

Direitos para a língua portuguesa reservados
com exclusividade para o Brasil à
EDITORA ROCCO LTDA.
Rua Evaristo da Veiga, 65 – 11º andar
Passeio Corporate – Torre 1
20031-040 – Rio de Janeiro, RJ.
Tel.: (21) 3525-2000 – Fax (21) 3525-2001
rocco@rocco.com.br | www.rocco.com.br

*Printed in Brazil*/Impresso no Brasil

preparação de originais
MAIRA PARULA

CIP-Brasil. Catalogação na fonte.
Sindicato Nacional dos Editores de Livros, RJ.

| | |
|---|---|
| G671x | Gordon, Noah<br>Xamã: a história de um médico no século XIX/ Noah Gordon; tradução de Aulyde Soares Rodrigues. – Rio de Janeiro: Rocco, 1993.<br><br>Tradução de: Shaman<br>ISBN 85-325-0406-X<br><br>1. Romance estadunidense. I. Rodrigues, Aulyde Soares. II. Título. |
| 93-0289 | CDD – 813<br>CDU – 820 (73)-3 |

O texto deste livro obedece às normas
do Acordo Ortográfico da Língua Portuguesa

Este livro é dedicado com amor a Lorraine Gordon,
Irving Cooper, Cis e Ed Plotkin, Charlie Ritz,
e à bela memória de Isa Ritz.

# Parte 1
# A VOLTA PARA CASA

*22 de abril, 1864*

# 1
# JIGGETY-JIG

O *Spirit of Des Moines* enviou sinais anunciando sua chegada na estação de Cincinnati, Xamã pode percebê-los, primeiro como um tremor quase imperceptível na plataforma, depois uma vibração acentuada e então toda a estação pareceu estremecer. De repente, lá estava o monstro com seu cheiro de metal quente e vapor, avançando para ele na meia-luz acinzentada e tristonha, os bronzes reluzindo no corpo negro do dragão, os braços fortes dos pistões movendo-se, a pálida nuvem de fumaça subindo como o esguicho de uma baleia, esgarçando e dissolvendo no ar, quando a locomotiva parou, deslizando sobre os trilhos.

Ele embarcou e alojou-se no terceiro vagão, onde havia poucos bancos vazios e, com um estremecimento, o trem continuou a viagem. Os trens eram uma invenção fantástica, mas estar neles significava viajar com muitas outras pessoas. Ele preferia cavalgar sozinho, absorto em pensamentos. O vagão comprido estava abarrotado de soldados, caixeiros-viajantes, fazendeiros e mulheres, com ou sem filhos pequenos. O choro das crianças não o incomodava, é claro; mas o ar no vagão estava impregnado de uma mistura de odores – meias muito usadas, fraldas sujas, má digestão, corpos suados e mal lavados e a fumaça de charutos e cachimbos. As janelas pareciam feitas para desafiar a força e a paciência, mas ele era grande e forte e finalmente conseguiu levantar o vidro, o que, verificou imediatamente, foi um erro. Três carros à frente, a chaminé da locomotiva lançava para o ar, além da fumaça, uma mistura de fuligem, brasas vivas e cinza que, atraídas para trás pela velocidade do trem, entravam pela janela. Não demorou para que uma brasa caísse no casaco novo de Xamã. Tossindo e resmungando furioso, ele fechou a janela e bateu no casaco até apagar o fogo.

No outro lado da passagem, uma mulher olhou rapidamente para ele e sorriu. Era uns dez anos mais velha do que Xamã, com um vestido elegante de lã cinzenta, próprio para viagem, sem anquinhas, enfeitado com debruns de linho azul que acentuavam os cabelos louros. Seus olhos se encontraram por um momento e ela voltou novamente a atenção para a renda de bilros que trazia ao colo. Xamã também desviou os olhos tranquilamente; não convinha se dedicar aos jogos de sedução entre homem e mulher durante o período de luto. Xamã trazia consigo um livro importante para ler, mas sempre que tentava se concentrar, seu pensamento voava até o pai.

O condutor aproximou-se por trás dele e Xamã só o percebeu quando a mão do homem tocou seu ombro. Surpreso, ergueu os olhos para o rosto corado, para o bigode com pontas enceradas e a barba vermelha com fios brancos, que Xamã gostou, porque deixava a boca bem visível.

– O senhor deve estar surdo! – disse o homem, jovialmente. – Pedi sua passagem três vezes, senhor!

Xamã não se alterou pois isso não era novidade para ele.

– Sim, eu sou surdo – disse, entregando a passagem.

Olhou pela janela, mas a vasta pradaria que passava lá fora não conseguiu prender sua atenção. O terreno sempre plano era monótono e tudo passava tão depressa que não chegava a ficar registrado em sua mente. O melhor meio de viajar era a pé ou a cavalo; se você chega a uma parada e sente fome ou vontade de urinar, pode entrar e satisfazer suas necessidades. No trem, os lugares passam e desaparecem numa névoa indistinta.

O livro que estava lendo era *Hospital Sketches,* escrito por uma mulher de Massachusetts, chamada Alcott, enfermeira, que vinha tratando os feridos desde o começo da guerra e cuja descrição das horríveis condições dos hospitais do exército estava criando muita agitação nos círculos médicos. Não era uma boa leitura para ele, porque o fazia pensar no sofrimento pelo qual devia estar passando seu irmão Maior, desaparecido em ação numa patrulha de reconhecimento do exército confederado. Se, pensou Xamã, Maior não estivesse entre os mortos anônimos. Seu pensamento voltou para o pai, pela trilha da dor imensa, e ele começou a olhar em volta, com desespero.

Na extremidade do vagão, um garotinho magro começou a vomitar, e a mãe, muito pálida, entre as pilhas de bagagem e três outros filhos, levantou-se de um salto para segurar a testa dele, procurando evitar que o vômito atingisse as malas e embrulhos. Quando Xamã chegou, ela começava a desagradável tarefa da limpeza.

– Talvez eu possa ajudar. Eu sou médico.

– Não tenho dinheiro para pagar.

Ele sacudiu a mão num gesto negativo. O menino suava após o acesso de vômito, mas sua temperatura estava bastante fria. Seus gânglios não estavam inchados e os olhos brilhavam.

Era a Sra. Jonathan Sperber, apresentou-se a mulher, respondendo à pergunta dele. De Lima, Ohio. Ia encontrar o marido, numa colônia de quacres, em Springdale, oitenta quilômetros a oeste de Davenport. O menino chamava-se Lester, oito anos. Apesar de pálido, sua cor voltava aos poucos, não parecia gravemente doente.

– O que foi que ele comeu?

A mulher, com relutância, tirou de um saco de farinha engordurado um pedaço de salsicha feita em casa. A salsicha estava verde e o odor confirmou o que ele temia. Meu Deus!

– Hum... deu isso a todos eles?

Ela assentiu com um gesto e Xamã olhou admirado para as outras crianças, homenageando respeitosamente sua capacidade digestiva.

– Bem, não pode mais dar isto a eles. Está completamente estragado.

A mulher apertou os lábios.

– Não muito. Foi bem salgada e nós já comemos coisa pior. Se estivesse tão ruim, os outros teriam ficado enjoados e eu também.

Xamã conhecia o suficiente acerca de comunidades religiosas para compreender o que ela estava dizendo: a salsicha era tudo que tinham, comiam salsicha estragada ou não comiam nada. Xamã inclinou levemente a cabeça, foi até seu banco e apanhou seu lanche, um verdadeiro banquete embrulhado nas páginas do *Commercial* de Cincinnati. Três grossos sanduíches de carne magra, de boi, com pão preto, uma torta de geleia de morango e duas maçãs, que ele jogou para o ar como um malabarista, para divertir as crianças. Quando entregou a comida à Sra. Sperber, ela abriu a boca para protestar, mas fechou-a sem dizer nada. Uma mulher que mora numa comunidade quacre precisa de uma boa dose de realismo.

– Nós te agradecemos, amigo – disse ela.

No outro lado da passagem, a mulher loura o observava, mas Xamã estava tentando ler de novo quando o condutor voltou.

– Ouça, eu o conheço, só agora lembrei. O filho do Dr. Cole, de Holden's Crossing. Certo?

– Certo. – Xamã compreendeu que fora identificado pela surdez.

– Não lembra de mim, Frank Fletcher? Eu plantava milho na estrada de Hooppole. Seu pai cuidou de nós sete por mais de seis anos, até eu vender a terra e vir trabalhar para a estrada de ferro. Agora moramos em East Moline. Lembro que quando você era deste tamanho, andava a cavalo, na garupa, agarrado com toda a força no seu pai.

O único tempo que seu pai tinha para passar com os filhos era quando ia atender chamados e Xamã adorava ir com ele.

– Lembro agora de você – disse ele. – E da sua casa. Branca, de madeira, celeiro vermelho com telhado de zinco. A casa original, coberta de relva, vocês usavam como depósito.

– Isso mesmo. Às vezes você ia com ele, outras vezes era seu irmão, como é o nome dele?

– Maior. Alex. Meu irmão, Alex.

– Isso mesmo. Onde ele está agora?

– No exército. – Não disse onde.

– É claro. Você está estudando para ser pastor? – perguntou o condutor, olhando para o terno preto que até vinte e quatro horas atrás estava numa prateleira de uma das lojas Seligman's, em Cincinnati.

– Não, sou médico também.

– Nossa. Parece tão novo!

Xamã apertou os lábios porque sua idade era um obstáculo mais sério do que a surdez.

– Tenho idade suficiente. Estive trabalhando no hospital, em Ohio. Sr. Fletcher... meu pai morreu na última quinta-feira.

O sorriso desapareceu lenta e completamente do rosto do homem, não deixando nenhuma dúvida quanto à sinceridade da dor.

– Oh. Estamos perdendo todos os melhores, não estamos? A guerra?

– Ele estava em casa quando morreu. A mensagem do telégrafo dizia tifo.

O condutor balançou a cabeça.

– Quer ter a bondade de dizer à sua mãe que nossas preces são para ela?

Xamã agradeceu e disse que ela ia apreciar muito essas palavras.

– ... Os vendedores sobem no trem em alguma estação?

– Não. Todos trazem comida. – O homem olhou para ele, preocupado. – Não vai poder comprar nada até a baldeação em Kankakee. Pelo amor de Deus, não disseram isso quando comprou sua passagem?

– É claro, está tudo bem. Perguntei só por curiosidade.

O condutor tocou a pala do boné e foi embora. Nesse momento, a mulher no outro lado da passagem ergueu o braço para o porta-bagagem, tentando apanhar um cesto grande de vime. O movimento revelou uma linha perfeita, do seio à coxa, Xamã levantou-se para apanhar o cesto para ela.

A mulher sorriu.

– Quero que aceite – disse ela, com firmeza. – Como vê, o que eu tenho dá para um batalhão.

Logo Xamã estava comendo galinha assada, pastelão de abóbora, torta de batata. O Sr. Fletcher, que voltava com um sanduíche de presunto um tanto amassado, certamente pedido a alguém, observou, com um largo sorriso, que o Dr. Cole tinha mais habilidade para encontrar comida do que o exército do Potomac, e afastou-se com a firme intenção de comer o sanduíche.

Xamã comeu mais do que falou, envergonhado e atônito com a própria fome num momento de tanta dor. A mulher falou mais do que comeu. Chamava-se Martha McDonald. O marido, Lyman, era agente de vendas da Companhia Americana de Instrumentos para a Lavoura, em Rock Island. Expressou seus sentimentos pela morte do pai de Xamã. Quando ela o servia, seus joelhos se tocaram numa agradável intimidade. Há muito tempo Xamã tinha aprendido que a reação das mulheres à sua surdez podia ser de repulsa ou de excitação. Talvez as do último grupo fossem estimuladas pelo prolongado contato visual. Os olhos dele não se desviavam do rosto da pessoa com quem falava, porque precisava ler os lábios.

Xamã não tinha ilusões sobre a própria aparência. Era grande, sem ser desajeitado, cheio de energia jovem e máscula e gozava de ótima saúde. Os traços regulares e os penetrantes olhos azuis, herdados do pai, eram sem dúvida atraentes. De qualquer modo, nada disso importava no que dizia respeito à Sra. McDonald. Uma das suas regras – tão inviolável quanto a necessidade de lavar muito bem as mãos, antes e depois da cirurgia – consistia em nunca se envolver com mulheres casadas. Logo que foi possível, sem acrescentar insulto à rejeição, ele agradeceu o ótimo almoço e voltou para seu lugar.

Passou grande parte da tarde com seu livro. Louisa Alcott descrevia operações feitas sem o uso de agentes para aliviar a dor, homens que morriam de ferimentos infeccionados em hospitais que exalavam sujeira e podridão. A morte e o sofrimento eram sempre motivo de profunda tristeza para ele, mas dor sem motivo e morte desnecessária o deixavam com uma raiva além da conta. No fim da tarde, o Sr. Fletcher informou que o trem estava fazendo setenta quilômetros por hora, três vezes a velocidade de um cavalo a galope e sem se cansar! Xamã soubera da morte do pai no mesmo dia em que acontecera, por um telegrama. O mundo estava entrando na era do transporte e da comunicação mais rápidos, pensou ele, de novos hospitais e novos métodos de tratamento, da cirurgia sem tortura. Cansado desses pensamentos grandiosos, disfarçadamente ele despiu Martha McDonald com os olhos e passou uma agradável meia hora covardemente imaginando um exame médico que se transformava em sedução, a forma mais segura e inofensiva de violação do juramento de Hipócrates.

A diversão não durou muito. Pai! Quanto mais se aproximava de casa, mais difícil era contemplar a realidade. Lágrimas assomaram nos seus olhos. Médicos com vinte e um anos não devem chorar em público. Pai... A noite chegou, muito escura, horas antes da baldeação, em Kankakee. Finalmente, e cedo demais, menos de onze horas depois de ter saído de Cincinnati, o Sr. Fletcher anunciou a estação de "Ro-o-ock I-I-I-sla-a-and!"

A estação era um oásis de luz. Assim que desceu do trem, Xamã avistou Alden, esperando por ele sob uma lâmpada de gás da rua. O empregado bateu de leve no braço dele, com um sorriso tristonho e um cumprimento familiar.

– Em casa outra vez, em casa outra vez.

– Como vai, Alden? – Pararam por um momento, sob a luz, para conversar. – Como está ela?

– Bem, você sabe. É duro. Ainda não a atingiu em cheio. Ela não teve muita oportunidade para ficar sozinha, com toda aquela gente da igreja e o reverendo Blackmer em casa, o dia inteiro.

Xamã fez um gesto afirmativo. A religiosidade inflexível da mãe era um tormento para todos, mas se a Primeira Igreja Batista podia ajudá-los nesse momento, só lhe cabia agradecer.

Alden acertou quando resolvera levar a aranha, que tinha molas razoáveis, em vez da carruagem aberta, que não possuía nenhuma, imaginando que Xamã não traria mais de uma mala. O cavalo era Boss, um baio castrado de que o pai de Xamã gostava muito. Xamã acariciou o focinho do animal antes de subir para a pequena carruagem de duas rodas. Uma vez a caminho, a conversação tornou-se impossível pois, no escuro, ele não podia ver o rosto de Alden. O cheiro de Alden era o de sempre, feno e tabaco, lã crua e uísque. Atravessaram a ponte de madeira sobre o rio Rocky e depois seguiram para o nordeste, com o cavalo no trote. Xamã não podia ver o caminho de nenhum lado da estrada, mas conhecia cada árvore e cada rocha. Em alguns trechos a neve quase toda derretida transformava o solo em lama espessa. Depois de uma hora de viagem, Alden puxou as rédeas para descansar o cavalo, no mesmo lugar de sempre, os dois homens desceram para urinar na relva baixa do pasto de Hans Buckman e caminharam por algum tempo para desenferrujar as pernas. Logo depois, estavam atravessando a ponte sobre o rio dentro da sua propriedade e o momento mais assustador chegou quando Xamã viu a casa e os celeiros. Até então, tudo era rotina. Alden sempre o apanhava em Rock Island, mas agora, quando chegassem, Pa não estaria lá. Nunca mais.

Xamã não seguiu direto para a casa. Ajudou Alden a desatrelar o cavalo, foi com ele até o estábulo e acendeu o lampião a óleo, para conversar. Alden tirou do meio do feno uma garrafa com pouco menos da metade de uísque, mas Xamã balançou a cabeça.

– Virou abstêmio lá em Ohio?

– Não. – Era mais complicado. Como todos os Cole, não era bom bebedor, porém, o mais importante era que há muito tempo seu pai tinha explicado que o álcool eliminava o Dom. – É só que não costumo beber muito.

– Igualzinho ao seu pai. Mas esta noite, devia beber.

– Não quero que ela sinta cheiro de bebida em mim. Já tenho muitos problemas com ela sem precisar de mais esse. Mas deixe a garrafa aí, está bem? Quando ela for dormir, eu a apanho, a caminho da privada.

Alden assentiu com um gesto.

– Precisa ter paciência com sua mãe – fez uma pausa e continuou, hesitante. – Eu sei que ela pode ser difícil, mas... – Parou atônito quando Xamã o abraçou. Isso não fazia parte do relacionamento dos dois, homens não abraçam homens. O empregado bateu de leve no ombro de Xamã, constrangido. Num instante Xamã o libertou, apagou o lampião e atravessou o pátio escuro para a cozinha onde, agora que todos tinham partido, sua mãe o esperava.

# 2
# A HERANÇA

Na manhã seguinte, embora o nível do líquido marrom da garrafa de Alden tivesse descido muito pouco, a cabeça de Xamã latejava. Não tinha dormido bem. O velho colchão de cordas há anos não era esticado e reforçado. Cortou o queixo ao fazer a barba. Porém, no meio da manhã, nada disso tinha muita importância. Seu pai fora enterrado às pressas por ter morrido de tifo, mas retardaram a cerimônia fúnebre até sua chegada. A pequena Primeira Igreja Batista estava lotada com três gerações de pacientes que seu pai tinha trazido ao mundo, tratado de diversas doenças, de ferimentos à bala, ferimentos de faca, assaduras, ossos quebrados e tantas coisas mais. O reverendo Lucian Blackmer fez o panegírico – com calor suficiente para evitar a animosidade dos ouvintes, mas não tão entusiasmado a ponto de passar a ideia de que fosse correto morrer como o Dr. Robert Judson Cole havia morrido, sem o bom senso de pertencer à única igreja verdadeira. Sua mãe mais de uma vez expressou sua gratidão pelo fato de o reverendo Blackmer, por consideração a ela, ter permitido que o marido fosse enterrado em solo sagrado, no cemitério da igreja.

Durante toda a tarde a casa esteve cheia de gente, quase todos levando os pratos mais variados, assados, tortas de carne, pudins, tortas doces, tanta comida que parecia uma festa. Até Xamã comeu alguns pedaços de coração assado, frio, seu prato favorito. Foi com Makwa-ikwa que aprendeu a gostar dessa iguaria. Xamã pensava tratar-se de um prato indígena, como cachorro cozido ou esquilo com entranhas, e foi uma satisfação descobrir que seus vizinhos brancos também comiam o coração do boi e do veado. Servia-se de mais um pedaço, quando ergueu os olhos e viu Lillian Geiger atravessar a sala na direção de sua mãe. Mais velha, mais sofrida, Lillian era ainda atraente. Sua filha, Rachel, herdara a beleza da mãe. Lillian trajava o seu melhor vestido negro, com uma capa de linho, um xale branco dobrado e a estrela de David, pendente do cordão, sobre o belo busto. Notou o cuidado com que ela escolhia as pessoas com quem falava; muitos, embora com relutância, estariam dispostos a cumprimentar uma judia, mas nunca uma nortista que simpatizava com os sulistas. Lillian era prima de Judah Benjamin, o secretário de estado confederado, e seu marido, Jay, partira para seu estado natal, a Carolina do Sul, a fim de se alistar no exército da Confederação, com dois dos seus três irmãos.

Lillian aproximou-se de Xamã com um sorriso um tanto constrangido.

– Tia Lillian – disse ele. Lillian não era sua tia, mas os Geiger e os Cole eram como parentes, e desde pequenos era assim que Xamã a chamava. Os olhos dela suavizaram-se.

– Como vai, Rob J. – disse, com a ternura antiga; ninguém mais o chamava assim – era como chamavam seu pai –, mas Lillian raramente usava o nome de Xamã. Beijou o rosto dele e não precisou dizer o quanto sentia a perda do seu pai.

Segundo as cartas que recebia de Jason, disse ela, muito raras, porque tinham de atravessar as linhas inimigas, ele estava bem de saúde e aparentemente não corria perigo. Na sua condição de farmacêutico, era o encarregado de um pequeno hospital na Geórgia, quando se alistou, e agora dirigia um hospital maior, nas margens do rio James, na Virgínia. Sua última carta, disse ela, informava que o irmão dele, Joseph Reuben Geiger, farmacêutico como os outros homens da família, mas alistado na cavalaria, tinha morrido na batalha comandada por Stuart.

Xamã balançou a cabeça tristemente, também sem precisar dizer o quanto sentia.

E como estavam as crianças?

– Ótimas. Os meninos cresceram tanto que Jay não ia reconhecê-los quando voltasse! Comem como tigres.

– E Rachel?

– Ela perdeu o marido, Joe Regensberg, em junho. Morreu de tifo, como seu pai.

– Oh – disse ele, soturnamente. – Ouvi dizer que houve muitos casos de tifo em Chicago, no verão passado. Ela está bem?

– Oh, sim. Rachel está muito bem, bem como seus filhos. Tem um menino e uma menina – Lillian hesitou. – Está saindo com outro homem, um primo de Joe. Vão anunciar o noivado quando ela completar o ano de luto.

Ah. Era surpreendente como podia doer tanto, ainda.

– E você está gostando de ser avó?

– Muito – disse ela e, afastando-se, começou a conversar com a Sra. Pratt, vizinha dos Geiger.

No começo da noite, Xamã fez um prato farto e o levou para o cubículo abafado de Alden Kimball, que sempre cheirava a fumaça de lenha. O empregado estava sentado na cama, só com a roupa de baixo, bebendo numa garrafa. Seus pés estavam limpos. O banho foi em honra da cerimônia fúnebre. As peças de sua roupa íntima de lã, mais amarela do que branca, estavam dependuradas para secar, no meio da pequena cabana, numa corda com uma ponta amarrada num prego na viga do teto e a outra a uma vara, entre os dois cantos do quarto.

Alden ofereceu a garrafa e Xamã balançou a cabeça. Sentou na única cadeira e ficou vendo Alden comer.

– Por mim, eu teria enterrado o pai na nossa terra, de frente para o rio.

Alden balançou a cabeça.

– Ela não ia permitir. Ficaria muito perto do túmulo da mulher injun. Antes de ela ser... morta – disse ele, cautelosamente – todos estavam falando muito sobre os dois. Sua mãe morria de ciúme.

Xamã queria perguntar sobre Makwa e seus pais, mas não ficava bem comentar esse assunto com Alden. Despediu-se com um aceno de mão e saiu da pequena cabana. A noite começava a cair quando ele caminhou ao longo do rio, para as ruínas do *hedonoso-te* de Makwa-ikwa. Uma das alas da extensa casa permanecia intacta, mas o outro lado desmoronava, a madeira apodrecendo, um bom ninho para cobras e rodentes.

– Eu voltei – disse ele.

Sentia a presença de Makwa. Ela estava morta há muito tempo; o que Xamã sentia por ela era uma saudade, empalidecida agora pela dor profunda da morte do pai. Ele queria consolo, mas tudo que podia sentir era a fúria terrível da mulher, tão real que eriçava os cabelos na sua nuca. Não muito longe estava o túmulo, sem marcas porém cuidado, a relva aparada, lírios amarelos em toda a volta, transplantados da margem do rio. Os novos brotos verdes surgiam da terra. Certamente era seu pai quem cuidava do túmulo de Makwa, imaginou ele. Ajoelhou e arrancou o mato do meio das flores.

Era quase noite fechada. Xamã sentiu que Makwa queria lhe dizer alguma coisa. Já tinha acontecido antes, e ele quase sempre acreditava que esse era o motivo daquela raiva que pairava no ar, não poder dizer a ele o nome do seu assassino. Queria perguntar a ela o que devia fazer, agora que seu pai não existia mais. O vento ondulava a água. As primeiras estrelas apareceram pálidas no céu e Xamã estremeceu. O inverno não tinha acabado de todo, pensou, ao voltar para casa.


No dia seguinte ele devia ficar em casa, para receber as visitas atrasadas, mas não conseguiu. Com a roupa de trabalho, passou a manhã toda com Alden, dando banho de parasiticida nas ovelhas e castrando os machos recém-nascidos. Alden guardou os testículos para fritar com ovos, no jantar.

À tarde, de banho tomado e com um terno preto, Xamã sentou na sala com a mãe.

– Acho melhor você ver as coisas do seu pai e resolver o que fica com quem – disse ela.

Mesmo com o cabelo louro quase grisalho, sua mãe era uma das mulheres mais interessantes que ele conhecia, com um belo e longo nariz e a boca expressiva. O que quer que fosse, que sempre parecia formar uma barreira entre eles, existia ainda, mas mesmo assim ela percebeu a relutância do filho.

– Tem de ser feito, mais cedo ou mais tarde, Robert – disse ela.

Estava arrumando os pratos vazios que deviam ser levados para a igreja, onde os respectivos donos os apanhariam. Xamã ofereceu-se para levá-los. Mas ela queria falar com o reverendo Blackmer.

– Venha comigo – disse ela, mas Xamã balançou a cabeça, sabendo que significaria um longo sermão sobre os motivos pelos quais ele devia receber o espírito santo. A crença literal da mãe no céu e no inferno era um motivo de constante espanto para ele. Lembrando as discussões dela com seu pai, podia imaginar a agonia da mãe, torturada pela ideia de que, como o marido não era batizado, não estaria à sua espera no paraíso.

Ela apontou para a janela aberta.

– Alguém está chegando a cavalo.

Foi até a porta, ouviu atenta por algum tempo, depois disse, com um largo sorriso.

– Uma mulher perguntou a Alden se o médico estava em casa. O marido dela sofreu um acidente. Alden disse que o médico tinha morrido. "O jovem médico?", perguntou ela. Alden disse: "Oh, não ele, ele está aqui."

Xamã também achou graça. A mãe já estava apanhando a maleta de Rob J. onde ele sempre deixava, ao lado da porta, e a estendeu para o filho.

– Leve a carroça coberta. Os cavalos já estão atrelados. Eu vou à igreja mais tarde.


A mulher era Liddy Geacher. Ela e o marido, Henry, haviam comprado a casa de Buchanan no período em que Xamã estava em Ohio. Ele conhecia bem o caminho. Ficava a poucos quilômetros da sua casa. Geacher caíra do jirau onde guardava o feno. Eles o encontraram no mesmo lugar, respirando com dificuldade. Gemeu de dor quando começaram a despi-lo, então Xamã cortou a roupa cuidadosamente nas costuras, para que a Sra. Geacher pudesse costurar de novo. Não havia sangue, apenas uma feia equimose e o tornozelo esquerdo inchado. Xamã tirou da maleta o estetoscópio do pai.

– Venha aqui, por favor. Quero que me diga o que está ouvindo – disse para a mulher, pondo o aparelho nos ouvidos dela.

A Sra. Geacher arregalou os olhos quando Xamã encostou a outra extremidade do aparelho no peito do marido. Deixou que ela ouvisse por um longo tempo, segurando o estetoscópio com a mão esquerda enquanto, com a direita, tomava o pulso do homem.

– Tum-tum-tum-tum-tum – murmurou ela.

Xamã sorriu. O pulso de Henry Geacher estava acelerado, e quem podia culpá-lo por isso?

– O que mais está ouvindo? Não se apresse.

Ela ouviu por um longo tempo.

– Nenhum estalido, como se estivessem quebrando hastes de palha seca?

Ela balançou a cabeça negativamente.

– Tum-tum-tum.

Muito bom. Não havia nenhuma costela quebrada espetando o pulmão. Tirou o estetoscópio dos ouvidos dela e com as duas mãos examinou cada centímetro do corpo de Geacher. Como não podia ouvir, tinha de ser duas vezes mais cauteloso com os outros sentidos do que os outros médicos. Segurou as mãos do homem e sorriu satisfeito ao ouvir o que o Dom lhe dizia. Geacher teve sorte, pois caiu sobre um grande monte de feno. Bateu com as costelas, mas não encontrou nenhum sinal de fratura grave. Provavelmente pequenas fissuras em quatro costelas, da quinta à oitava, e talvez a nona também. Depois que Xamã enfaixou seu peito, Geacher começou a respirar melhor. O médico entalou o tornozelo e depois tirou um vidro de analgésico da maleta do pai, uma mistura de álcool com um pouco de morfina e ervas.

– Ele vai sentir dor. Duas colheres de chá de hora em hora.

Um dólar pela visita, cinquenta centavos pela atadura, cinquenta centavos pelo remédio. Mas apenas parte do trabalho estava feita. Os vizinhos mais próximos dos Geacher eram os Reisman, cuja casa ficava a dez minutos de distância. Xamã foi falar com Tod Reisman e com seu filho Dave, que concordaram em tomar conta da fazenda dos Geacher durante uma semana, mais ou menos, até Henry ficar bom.

Voltou para casa, conduzindo Boss a passo lento, saboreando a primavera. A terra negra estava ainda muito molhada para o arado. Naquela manhã nos pastos dos Cole avistara as primeiras flores, violetas, orcanetas cor de laranja, flox rosada, dentro de poucas semanas o prado estaria todo enfeitado de cores vivas. Com prazer, aspirou o cheiro doce dos campos adubados.

Encontrou a casa vazia e o cesto de ovos não estava dependurado no gancho, o que significava que sua mãe estava no galinheiro. Xamã não foi ao encontro dela. Examinou a maleta do pai antes de deixá-la ao lado da porta, como se a estivesse vendo pela primeira vez. O couro estava gasto, mas era de boa qualidade e ia durar a vida inteira. Os instrumentos, ataduras e medicamentos estavam como o pai os tinha arrumado, limpos, em ordem, prontos para qualquer coisa.

Xamã dirigiu-se ao gabinete e começou um exame metódico dos pertences do pai, abrindo gaveta por gaveta, depois a arca de couro, separando tudo em três categorias; para sua mãe, primeira escolha de todos os pequenos objetos que podiam ter valor estimativo; para Maior, a meia dúzia de suéteres tricotados por Sarah Cole com lã das ovelhas criadas por eles, para agasalhar o médico quando atendia chamados nas noites frias, o equipamento de caça e pesca e um tesouro que Xamã viu pela primeira vez naquele dia, um revólver Texas Navy, Colt. calibre 44, com coronha de nogueira preta e cano estriado de nove polegadas. A arma foi uma surpresa e um choque. Quando seu pai, pacifista por princípio, concordou em tratar os soldados feridos da União, deixou bem claro que não era combatente e que jamais pegaria em armas. Por que então havia comprado aquela arma tão dispendiosa?

Os livros de medicina, o microscópio, a maleta, a farmácia de ervas e remédios ficariam com Xamã. Na arca, debaixo da caixa do microscópio, encontrou uma coleção de livros, alguns volumes feitos com folhas de livro-caixa costuradas.

Xamã abriu o primeiro. Era um diário, relatando toda a vida do pai.

O volume que ele apanhou ao acaso era do ano de 1842. Ao folheá-lo, encontrou uma rica e desordenada variedade de anotações sobre medicina, farmacologia e pensamentos íntimos. Havia também desenhos aqui e ali – rostos, desenhos anatômicos, um corpo nu de mulher que Xamã reconheceu como sua mãe. Estudou o rosto jovem, olhou fascinado a carne proibida, sabendo que dentro daquela barriga, visivelmente grávida, estava o feto que seria ele. Abriu outro volume, de uma época anterior, quando Robert Judson Cole era jovem, em Boston, recém-chegado da Escócia. Havia também o desenho de uma mulher nua, mas desconhecida de Xamã, o rosto indistinto, mas a vulva desenhada com detalhes clínicos e abaixo a descrição de uma aventura do seu pai com uma mulher, numa pensão.

À medida que lia, Xamã voltou no tempo. Os anos desapareceram, seu corpo regrediu, a terra inverteu seu movimento e os frágeis mistérios e tormentos da infância reviveram. Era um menino outra vez, lendo livros proibidos na biblioteca, procurando palavras e gravuras que revelavam todas as coisas secretas, vulgares, talvez maravilhosas que os homens faziam com as mulheres. Xamã levantou-se, trêmulo, atento, temendo que o pai entrasse no gabinete e o encontrasse ali.

Sentiu então a vibração da batida da porta dos fundos, anunciando a chegada da sua mãe e, com relutância, Xamã fechou o livro e o guardou na arca.

Durante o jantar disse à mãe que tinha começado a examinar os objetos do pai e ia apanhar uma caixa vazia no sótão para guardar o que havia separado para o irmão.

Entre os dois erguia-se a pergunta. Alex estaria vivo e voltaria para usar aquelas coisas? Mas então Sarah resolveu concordar.

– Ótimo – disse ela, evidentemente aliviada por Xamã estar se encarregando do trabalho.

Naquela noite, sem conseguir dormir, Xamã disse a si mesmo que ler os diários do pai faria dele um *voyeur*, um intruso na vida dos pais, talvez até mesmo na intimidade do seu quarto, e resolveu queimar os livros. Mas a lógica dizia que o objetivo do diário era registrar as partes essenciais da vida do pai, e, deitado na cama de cordas frouxas, tentou imaginar qual seria a verdade sobre a vida e a morte de Makwa-ikwa, temendo que a verdade guardasse dolorosos perigos.

Finalmente levantou e, com a lanterna acesa, caminhou pelo corredor silenciosamente para não acordar a mãe.

Aparou o pavio do lampião e pôs a chama no máximo. A luz não era a ideal para ler. O gabinete estava desconfortavelmente frio àquela hora da noite. Mas Xamã apanhou o primeiro livro, começou a ler e logo se esqueceu da fraca iluminação e do frio, à medida que começava a descobrir mais do que sempre quisera saber sobre seu pai e sobre si mesmo.

Parte 2

# TELA NOVA, NOVO QUADRO

*11 de março, 1839*

# 3
# O IMIGRANTE

Rob J. Cole viu o Novo Mundo pela primeira vez num dia nublado de primavera, quando o *Cormorant* – um navio feioso, com três mastros atarracados e vela de mezena, o orgulho da Linha Black Ball – foi sugado pela maré cheia para dentro do imenso porto e desceu a âncora no mar picado. O leste de Boston não era grande coisa, umas duas fileiras de casas de madeira mal construídas, mas, num dos píeres, por três *pence* ele comprou uma passagem num pequeno barco a vapor que, ziguezagueando entre um número incrível de embarcações, atravessou a baía na direção do cais principal, um amontoado de casas e lojas com o cheiro familiar de peixe podre, porão de navio e corda alcatroada, como qualquer porto escocês.

Ele era mais alto e mais forte do que a maioria dos outros. Quando entrou na rua sinuosa, calçada de pedras, que saía do porto, mal conseguia andar, cansado da longa viagem. Levava no ombro esquerdo a mala pesada e, sob o braço direito, um enorme instrumento de cordas como quem carrega uma mulher pela cintura. Rob J. Cole absorvia a América através dos seus poros. Ruas estreitas, mal dando passagem para as carroças e carruagens. A maioria das casas era de madeira ou de tijolo muito vermelho. Lojas repletas de mercadorias, com os nomes em grandes letras douradas. Tentou não olhar com muita insistência para as mulheres que entravam e saíam das lojas, embora precisasse urgentemente, como um viciado precisa da bebida, sentir o cheiro de uma mulher.

Espiou para dentro de um hotel, o American House, mas os candelabros e tapetes persas, indicadores certos de preços altos, o intimidaram. Num restaurante na Union Street, tomou um prato de sopa de peixe e perguntou a dois garçons onde podia encontrar uma boa pensão limpa e barata.

– Veja se resolve, rapaz, uma coisa ou outra – disse um deles. Mas o outro balançou a cabeça e indicou a pensão da Sra. Burton, em Spring Lane.

O único quarto disponível ficava no sótão, ao lado dos quartos do criado e da criada. Era pequeno, no alto de três lances de escada, um cubículo que devia ser muito quente no verão e muito frio no inverno. Além da cama estreita, havia uma mesinha com uma bacia rachada, um urinol branco, coberto com uma toalha de linho bordada com flores azuis. Café da manhã – mingau de aveia, biscoitos, um ovo de galinha – estava incluído no preço de um dólar e cinquenta por semana, informou Louise Burton, uma viúva pálida de sessenta e poucos anos, com um olhar muito direto.

– O que é esse objeto?
– Chama-se viola de gamba.
– Ganha a vida como músico?
– Toco para meu prazer. Ganho a vida como médico.

Ela balançou a cabeça numa afirmativa duvidosa. Pediu pagamento adiantado e indicou um lugar barato em Beacon Street, onde ele poderia jantar por um dólar por semana.

Rob J. Cole, exausto, deitou assim que ela saiu do quarto. Dormiu a tarde toda e toda a noite, um sono sem sonhos a não ser pela sensação balouçante de estar ainda a bordo e acordou na manhã seguinte novo em folha. Desceu para o café e sentou ao lado de outro pensionista, Stanley Finch, que trabalhava numa chapelaria, em Summer Street. Finch o informou de dois fatos do maior interesse: que poderia conseguir água quente numa pequena banheira, com o porteiro, Lem Raskin, por vinte e cinco centavos, e que em Boston havia três hospitais, o Massachusetts General, o Albergue e a Enfermaria de Olhos e Ouvidos. Depois do café mergulhou por um longo tempo num banho abençoado, começando a se lavar só quando a água já estava fria e depois procurou tornar sua roupa o mais apresentável possível. Quando desceu do quarto, a criada estava de quatro, lavando o patamar da escada. Os braços nus eram sardentos e os glúteos arredondados tremulavam com o vigor com que ela esfregava o chão. Um rosto de gata zangada ergueu-se para ele e o cabelo sob a touca era da cor de que ele menos gostava, o tom de cenoura molhada.

No Massachusetts General Hospital, depois de esperar metade da manhã, foi recebido pelo Dr. Walter Channing, que, sem perder tempo, tratou de informar que o hospital não precisava de médicos. Essa experiência repetiu-se rapidamente nos outros hospitais. No Albergue, um jovem médico, chamado David Humphreys Storer, balançou a cabeça delicadamente.

– A Escola de Medicina de Harvard forma médicos todos os anos, que precisam entrar na fila para conseguir colocação, Dr. Cole. A verdade é que um recém-chegado tem poucas chances.

Rob J. Cole entendeu o que o Dr. Storer não foi capaz de dizer: alguns dos recém-formados locais tinham a vantagem do prestígio da família e dos bons relacionamentos, como em Edimburgo ele usufruía da vantagem de pertencer à família de médicos Cole.

– Eu tentaria outra cidade, talvez Providence ou New Haven – disse o Dr. Storer, e Rob J. Cole retirou-se, murmurando um agradecimento. Mas quando já estava no corredor, o Dr. Storer correu atrás dele.

— Há uma possibilidade remota – disse o médico. – Procure o Dr. Walter Aldrich.

O Dr. Aldrich tinha um consultório em sua residência, uma casa branca de madeira, muito bem cuidada, no lado sul do parque que parecia uma enorme campina e que eles chamavam de Common. Era a hora das consultas e Rob J. esperou um longo tempo. O Dr. Aldrich era corpulento, com uma barba espessa e grisalha no meio da qual a boca aparecia como um corte fino horizontal. Ouviu com atenção o que Rob J. Cole tinha a dizer, interrompendo uma vez ou outra para uma pergunta. Hospital da Universidade de Edimburgo? Trabalhou com o cirurgião William Fergusson? Por que deixou essa posição privilegiada de assistente?

— Se eu não fugisse, iam me deportar para a Austrália. – Sabia que sua única esperança seria dizer a verdade. – Escrevi um panfleto que provocou uma revolta industrial contra a coroa inglesa, que há anos vem sugando o sangue da Escócia. Houve brigas nas ruas e mortos também.

— Fez muito bem – concordou o Dr. Aldrich. – Um homem deve lutar pelo bem-estar do seu país. Meu pai e meu avô combateram os ingleses. – Olhou para Rob J. intrigado. – Temos uma vaga. Num serviço de caridade que presta assistência médica a indigentes.

Parecia um trabalho sujo e pouco auspicioso. O Dr. Aldrich disse que a maioria dos médicos recebia cinquenta dólares por ano e ficava muito feliz com a oportunidade de adquirir experiência, e Rob perguntou a si mesmo o que um médico de Edimburgo iria aprender num miserável bairro provinciano.

— Se quiser trabalhar para o Dispensário de Boston, posso arranjar para que trabalhe também, à noite, como assistente docente, no laboratório de anatomia da Escola de Medicina Tremont, ganhando duzentos e cinquenta dólares por ano.

— Duvido que eu possa viver com trezentos dólares, senhor. Não tenho quase nenhum capital.

— É só o que posso oferecer. Na verdade, a renda anual seria de trezentos e cinquenta dólares. Trabalharia no Oitavo Distrito, para o qual o conselho do dispensário acaba de votar o ordenado de cem dólares para os médicos visitantes, em vez de cinquenta.

— Por que o Oitavo Distrito paga duas vezes mais do que os outros?

Foi a vez do Dr. Aldrich usar de sinceridade.

— É onde moram os irlandeses – disse com um tom de voz tão fino e pálido quanto seus lábios.

Na manhã seguinte, Rob J. subiu os degraus rangentes do número 109 da Washington Street e entrou no apertado depósito de medicamentos que funcionava como o único escritório do Dispensário de Boston. Estava repleto de médicos à espera da sua lista de visitas. Charles K. Wilson, o gerente, tratou Rob com brusquidão eficiente.

– Então. Novo médico para o Oitavo Distrito, não é? Muito bem, o bairro está sem atendimento. Eles o esperam – disse ele, estendendo um maço de pequenas folhas de papel, cada uma com um nome e endereço.

Wilson explicou as regras e descreveu o Oitavo Distrito. Broad Street ficava entre o cais do porto e o vulto enorme de Fort Hill. Quando a cidade era nova, o bairro foi criado por comerciantes que construíram grandes residências perto dos seus armazéns e lojas no cais. Depois de algum tempo, mudaram-se para ruas melhores e as casas foram ocupadas por ianques da classe trabalhadora, depois por pobres da cidade, cada casa dividida por várias famílias e finalmente por levas de imigrantes irlandeses que desembarcavam constantemente dos porões dos navios. A essa altura, as belas casas estavam quase em ruínas, subdivididas e com aluguéis semanais exorbitantes. Os armazéns foram convertidos em colmeias com pequenos quartos sem luz e sem ar, e o espaço era tão limitado que atrás das casas existentes foram construídos barracos miseráveis e precários. O resultado era uma favela onde viviam doze pessoas num quarto – mulheres, maridos, irmãos e filhos, dormindo, muitas vezes, numa única cama.

Seguindo a indicação de Wilson, Cole encontrou o Oitavo Distrito. O fedor da Broad Street, os miasmas que exalavam das poucas privadas usadas por muitas pessoas, era o cheiro da pobreza, o mesmo em todas as cidades do mundo. Algo dentro dele, cansado de ser um estranho, acolheu feliz os rostos irlandeses, por serem, como ele, de origem celta. Sua primeira visita foi para Patrick Geoghegan, de Half Moon Place. Se o endereço fosse na Lua não seria tão difícil de encontrar e logo Cole viu-se perdido num labirinto de vielas estreitas e ruazinhas particulares, sem nome, que saíam de Broad Street. Finalmente deu uma moeda a um garoto de cara suja que o levou a um pequeno beco apinhado de gente. Mais perguntas o levaram ao andar superior de uma casa, onde, depois de atravessar quartos ocupados por duas ou três famílias, chegou ao cubículo dos Geoghegan. Uma mulher catava a cabeça de uma criança à luz da vela.

– Patrick Geoghegan?

Só depois de repetir o nome recebeu a resposta, num murmúrio rouco.

– Meu pai... morreu há cinco dias, de febre na cabeça.

Era assim também que os escoceses chamavam qualquer febre alta que precedia a morte.

– Eu sinto muito, senhora – disse ele, em voz baixa, mas a mulher nem levantou a cabeça.

Lá fora outra vez, ele parou e olhou em volta. Sabia que todos os países tinham ruas como aquela, reservadas a existências tão injustamente miseráveis que criavam as próprias cenas, sons e cheiros; uma criança amarelada, sentada num degrau, mastigava uma fatia de toucinho, como um cão roendo um osso; três pés de sapatos desparelhados usados até o fim enfeitavam a viela suja; uma voz de homem, embriagada, transformava em hino uma canção piegas sobre as colinas verdes de uma terra distante; imprecações eram gritadas com fervor de preces; o cheiro de repolho cozido suplantava o fedor de bueiros entupidos e de todo tipo de imundície. Ele conhecia os bairros pobres de Edimburgo e Paisley e a fileira de casas de pedra de muitas cidades, onde adultos e crianças saíam de casa, antes do nascer do sol, para as tecelagens de algodão e as serrarias, e só voltavam exaustos, depois da chegada da noite, caminhantes eternos da escuridão. Rob J. sentiu a ironia da sua situação. Deixara a Escócia devido à revolta que sentira contra as forças que formavam lugares como esse, e, agora, o novo país esfregava seu nariz na mesma miséria imunda.

A visita seguinte era para Martin O'Hara, de Humphrey Place, uma área de barracos na encosta de Fort Hill, no alto de uma íngreme escada de madeira. Ao lado da escada havia uma vala aberta, também de madeira, por onde corriam o lixo e o excremento de Humphrey Place, que aumentava a miséria e o fedor de Half Moon Place, logo abaixo. Apesar da miséria que o rodeava, ele subiu rapidamente, para começar seu trabalho.

Foi um dia exaustivo e no fim da tarde só o esperavam uma refeição escassa e apressada e o resto da noite no segundo emprego. O total do que ganhava não dava para um mês e o dinheiro das suas economias não daria para pagar muitas refeições.

O laboratório de anatomia e a sala de aula da Escola de Medicina de Tremont ocupavam uma única sala ampla, em cima da loja de medicamentos de Thomas Metcalf, no número 35 de Tremont Place. Era dirigido por um grupo de professores formados em Harvard que, descontentes com o ensino precário da sua *alma mater*, resolveram criar um programa de cursos de três anos que, acreditavam, enriqueceria seus conhecimentos médicos.

O professor de patologia com o qual Rob J. ia trabalhar como docente de dissecação era um homenzinho de pernas curvas, uns dez anos mais velho do que ele. Com uma rápida inclinação da cabeça, ele disse:

– Eu sou Holmes. Tem experiência como docente, Dr. Cole?

– Não, nunca fui docente. Mas tenho experiência em cirurgia e dissecação.

O gesto afirmativo do professor Holmes dizia: veremos. Descreveu sumariamente os preparativos que deviam ser feitos antes da sua aula. A não ser por uns poucos detalhes, era uma rotina que Rob J. conhecia bem. Ele e Fergusson faziam autópsia todas as manhãs, antes da sua ronda, para pesquisa e para aperfeiçoar sua técnica operatória. Removeu o lençol que cobria o cadáver de um jovem magro, depois vestiu o longo avental de dissecação e acabava de arrumar os instrumentos quando os alunos chegaram.

Eram apenas sete alunos. O Dr. Holmes ficou de pé na frente de um atril, ao lado da mesa de dissecação.

– Quando estudei anatomia em Paris – começou ele – qualquer estudante podia comprar um corpo inteiro por cinquenta *sous*, num determinado lugar, em plena luz do dia. Mas hoje, os cadáveres para estudo estão em falta. Este aqui, um jovem que morreu de congestão pulmonar, nos foi enviado pela Diretoria de Caridades do Estado. Vocês não vão dissecar esta noite. Nas próximas aulas, o corpo será dividido entre vocês, um braço para dois, uma perna para outros dois, e os outros ficam com o tronco.

Enquanto o Dr. Holmes descrevia o trabalho do docente, Rob J. abriu o peito do jovem, retirando e pesando cada órgão, anunciando o peso com voz clara para que o professor pudesse anotar. Depois disso, seu trabalho consistia em apontar para certas partes do corpo citadas especialmente pelo professor. Holmes falava em voz alta e não muito clara, mas Rob percebeu que os alunos davam grande valor às suas aulas. O professor não se esquivava à linguagem pitoresca. Para ilustrar o movimento do braço, dava murros ferozes no ar. Explicando o mecanismo da perna, deu um pontapé alto, e para mostrar o funcionamento dos quadris, fez uma pequena dança do ventre. Os estudantes saboreavam cada palavra e cada gesto. No fim da aula, choveram perguntas. Enquanto respondia, o professor observava o novo docente. Rob J. levou o cadáver e os espécimes anatômicos para o tanque com água salgada, lavou a mesa e depois lavou e enxugou os instrumentos, antes de guardá-los. Estava lavando as mãos e os braços vigorosamente quando o último aluno saiu.

– Seu trabalho foi bastante satisfatório.

E por que não, Rob J. teve vontade de dizer, se era uma coisa que qualquer bom estudante pode fazer. Mas em vez disso, pediu pagamento adiantado, se fosse possível.

– Disseram-me que está trabalhando para o dispensário. Eu também trabalhei. Um trabalho duro e mal recompensado, mas muito instrutivo. – Holmes tirou duas notas de cinco dólares da carteira. – A metade do salário mensal é suficiente?

Rob J., procurando disfarçar o alívio que sentia, agradeceu. Os dois apagaram as luzes e despediram-se no último degrau da escada. Rob J. não esquecia das duas notas no seu bolso. Quando passou pela padaria Allen, um homem estava tirando as bandejas de doces da vitrina, preparando-se para fechar, e Rob J. entrou e comprou duas tortas de amora para comemorar sua boa sorte.

Pretendia comer as tortas no quarto, mas quando chegou a criada estava acabando de lavar os pratos e ele entrou na cozinha e estendeu para ela as duas tortas.

– Uma é para você, se me ajudar a roubar um pouco de leite.

Ela sorriu.

– Não precisa falar baixo. Ela está dormindo. – Apontou para o quarto da Sra. Burton, no segundo andar. – Depois que ela pega no sono, nada a acorda. – Enxugou as mãos e apanhou a lata de leite e duas xícaras limpas. Saborearam as tortas e a conspiração do roubo do leite. O nome dela era Margaret Holland, mas todos a chamavam de Meg. Quando terminaram o banquete, uma gotinha de leite ficou no canto dos lábios polpudos da moça e Rob J., estendendo o braço, a retirou com a ponta do dedo firme de cirurgião.

# 4
# A LIÇÃO DE ANATOMIA

Não demorou muito para que ele percebesse a falha terrível no sistema do dispensário. Os nomes nos papéis que recebia de manhã não eram das pessoas mais doentes do bairro de Fort Hill. O plano de assistência médica era discriminativo e antidemocrático; os talões para tratamento eram distribuídos entre os ricos patrocinadores da caridade, que os dividiam arbitrariamente, muitas vezes como recompensa, aos próprios empregados. Era comum Rob J. perder tempo procurando uma casa para um tratamento sem importância, enquanto no outro lado do corredor um desempregado morria por falta de assistência. O juramento médico o proibia de deixar sem tratamento os doentes graves, mas, para manter o emprego, tinha de devolver um grande número de talões, para confirmar o atendimento aos pacientes indicados.

Certa noite ele discutiu o assunto com o Dr. Holmes.

– Quando eu trabalhava para o dispensário, recolhia os talões de tratamento dos amigos da minha família que patrocinavam a caridade – disse o professor. – Vou fazer isso outra vez e entregar todos a você.

Rob J. agradeceu, mas não ficou muito animado. Sabia que não ia poder conseguir um número suficiente de talões em branco para tratar de todos os que precisavam de assistência no Oitavo Distrito. Para isso seria preciso um exército de médicos.

A melhor parte do dia era quando ele voltava para a Spring Street e passava alguns minutos saboreando as sobras do jantar, contrabandeadas por Meg Holland. Passou a levar pequenos presentes para ela, a título de suborno, um saco de castanhas assadas, um pedaço de açúcar de bordo, maçãs amarelas. A jovem irlandesa contava as fofocas da pensão – o Sr. Stanley Finch, segundo andar, de frente, vivia se gabando – só se gabando! – dizendo que tinha fugido de Gardner por ter engravidado uma moça; a Sra. Burton era imprevisível, num momento muito amável, no outro uma peste; o criado, Lemuel Raskin, no quarto pegado ao de Rob J., tinha uma sede danada.

Depois de uma semana, ela mencionou casualmente que quando davam a Lem meio litro de conhaque ele tomava tudo de uma só vez e ninguém conseguia acordá-lo.

Rob J. deu a Lemuel meio litro de conhaque na noite seguinte.

Foi difícil esperar e mais de uma vez ele disse a si mesmo que era um tolo e que a jovem tinha falado por falar. A velha casa era cheia de ruídos noturnos, tábuas do assoalho que rangiam, o ronco gutural de Lem, estalos misteriosos nos painéis de madeira das paredes. Finalmente ouviu um ruído leve na porta, não mais do que a sugestão de uma batida e, quando a abriu, Margaret Holland entrou rapidamente no seu pequeno quarto, levando com ela o fraco odor de mulher e de água de lavar pratos, murmurou que a noite ia ser fria e ergueu a desculpa para sua visita, um cobertor extra – fino e muito usado.


Menos de três semanas após a dissecação do primeiro cadáver, a Escola de Medicina de Tremont mandou outro presente, o corpo de uma jovem, vítima de febre puerperal na prisão, depois de dar à luz. Naquela noite o Dr. Holmes ficara retido no Massachusetts General e foi substituído pelo Dr. David Storer, do Lying-In. Antes de Rob J. começar a dissecação, o Dr. Storer fez questão de examinar cuidadosamente as mãos do novo docente.

– Nenhuma cutícula solta, nenhum corte?

– Não, senhor – disse ele, um pouco ofendido, sem compreender aquele interesse pelo estado das suas mãos.

Terminada a aula de anatomia, Storer mandou os alunos passarem para o outro lado da sala, onde ele ia demonstrar o procedimento de exame interno em pacientes grávidas ou com problemas ginecológicos.

– Vocês vão descobrir que as mulheres humildes de New England ficam chocadas com esse exame e podem até mesmo proibi-lo – disse ele. – Porém, compete a vocês conquistar sua confiança para poder ajudá-las.

O Dr. Storer passou a examinar uma mulher em adiantado estado de gravidez, talvez uma prostituta, paga para a demonstração. O professor Holmes chegou quando Rob J. limpava e arrumava a área da dissecação. Quando terminou, dirigiu-se para onde estavam os estudantes, mas o Dr. Holmes, muito agitado, o deteve.

– Não, não! – disse o professor. – Você deve lavar suas mãos e sair daqui. Imediatamente, Dr. Cole! Vá para a Taverna Essex e espere por mim. Vou apanhar algumas notas e relatórios.

Rob obedeceu, intrigado e aborrecido. A taverna ficava na esquina, perto da escola. Pediu cerveja porque estava nervoso, embora pensando que talvez estivesse para ser despedido e que não seria prudente gastar o dinheiro. Tinha tomado apenas meio copo de cerveja quando um aluno do segundo ano, Harry Loomis, apareceu com dois cadernos de notas e várias cópias de artigos sobre medicina.

– O poeta mandou isto.

– Quem?

– Não sabia? Ele é o poeta laureado de Boston. Quando Dickens visitou a América, pediram a Oliver Wendell Holmes para escrever o discurso de boas-vindas. Mas não precisa se preocupar, ele é melhor médico do que poeta. Um professor e tanto, não é mesmo? – Jovialmente, Loomis pediu um copo de cerveja. – Embora um pouco maníaco com esse negócio de lavar as mãos. Pensa que a sujeira provoca infecção dos ferimentos!

Loomis trazia também um bilhete escrito nas costas de uma nota antiga de compra de láudano, na farmácia de Weeks & Potter: *Dr. Cole, leia estas notas e artigos antes de voltar à Escola de Medicina Tremont amanhã à noite. Sem falta, por favor. Sinceramente, Holmes.*

Rob J. começou a ler assim que chegou ao seu quarto na pensão da Sra. Burton. A princípio um pouco aborrecido, depois com interesse crescente. Os fatos eram descritos por Holmes num artigo publicado no *New England Quarterly Journal of Medicine* e resumido no *American Journal of the Medical Sciences*. No começo o assunto era familiar pois descrevia o que estava acontecendo também na Escócia – uma grande porcentagem de mulheres grávidas adoecia com febre muito alta, que progredia para infecção generalizada e terminava com a morte.

No entanto, o artigo do Dr. Holmes relatava que um médico de Newton, Massachusetts, chamado Whitney, assistido por dois estudantes de medicina, fizera a autópsia de uma mulher, vítima de febre puerperal. O Dr. Whitney tinha uma cutícula solta na unha e um dos estudantes, uma pequena marca de queimadura recente na mão. Nada que os incomodasse muito, mas, depois de alguns dias, o médico começou a sentir comichão no braço e descobriu uma mancha no antebraço, do tamanho de uma ervilha, ligada à unha com a cutícula solta por uma linha fina e vermelha. O braço inchou rapidamente, até ficar duas vezes maior do que o tamanho normal, instalou-se uma febre muito alta e acessos incontroláveis de vômito. Ao mesmo tempo, o estudante com a queimadura ficou também febril e em poucos dias sua condição deteriorou rapidamente O jovem ficou roxo, a barriga inchou desmesuradamente e ele morreu. O Dr. Whitney esteve muito perto da morte, mas melhorou lentamente e ficou bom. O outro estudante, que não apresentava cortes nem ferimentos de nenhum tipo nas mãos quando fizeram a autópsia, não apresentou nenhum sintoma grave.

O caso foi relatado e os médicos de Boston examinaram a possível conexão entre feridas abertas e infecção por febre puerperal, mas não chegaram a nenhum resultado prático. Entretanto, alguns meses depois, um médico, na cidade de Lynn, com algumas feridas abertas nas mãos, examinou um caso de febre puerperal e em poucos dias morreu de infecção generalizada. Numa reunião da Sociedade de Boston para o Progresso da Medicina, foi levantada uma questão interessante. E se o médico morto não tivesse ferimentos nas mãos? Mesmo que não fosse infectado, poderia ser portador de material infeccioso, disseminando-o sempre que tocasse ferimentos ou feridas abertas de outros pacientes ou o útero de uma mulher que acabava de dar à luz?

A pergunta não saía da cabeça de Oliver Wendell Holmes. Durante semanas ele pesquisou o assunto, visitando bibliotecas, consultando os próprios arquivos e requisitando anamneses de médicos especialistas em obstetrícia. Como se estivesse armando um complexo quebra-cabeças, relacionou um número de evidências conclusivas que cobriam um século de prática médica em dois continentes. Os casos eram esporádicos e pouco notados na literatura médica. Só quando pesquisados e reunidos, encaixavam-se uns nos outros, dando origem a um espantoso e terrível argumento: a febre puerperal era provocada por médicos, enfermeiras, parteiras e atendentes de hospital que, após lidarem com um paciente contagioso, examinaram mulheres não contaminadas, condenando-as à morte pela febre.

A febre puerperal era uma pestilência, causada pela profissão médica, escrevia Holmes. Uma vez que um médico soubesse disso, devia ser considerado crime – assassinato –, da parte dele, infeccionar outra paciente.


Rob leu os artigos duas vezes e ficou deitado na cama, perplexo.

Gostaria de poder escarnecer de tudo aquilo, mas os históricos dos casos e as estatísticas não eram vulneráveis à dúvida de qualquer mente aberta. Como esse modesto médico do Novo Mundo podia saber mais do que Sir William Fergusson? Algumas vezes Rob assistira o Dr. Fergusson em autópsias de vítimas de febre puerperal. Logo em seguida, tinham examinado mulheres grávidas. Agora, procurava lembrar-se de todas as mulheres que haviam morrido logo após esses exames.

Afinal, ao que parecia, aqueles provincianos podiam ensinar muita coisa a respeito da arte da ciência médica.

Levantou-se para aumentar a luz do lampião e reler o material, mas ouviu alguém arranhar a porta e Margaret entrou no quarto. Ela ficava um pouco embaraçada por ter de se despir na frente de Rob, mas não tinham espaço para privacidade e, de qualquer modo, ele já estava se despindo também.

Margaret dobrou sua roupa e tirou do pescoço o cordão com o crucifixo. Seu corpo era gorducho porém firme e musculoso. Rob acariciou as marcas deixadas pelas barbatanas do espartilho e partia para carícias mais ousadas, quando parou de repente, tomado de assalto por um terrível pensamento.

Deixando-a na cama, ele levantou-se e encheu de água a bacia sobre a mesa. Enquanto a jovem olhava como se ele tivesse enlouquecido, Rob ensaboou e enxaguou as mãos. Uma vez, duas vezes, três. Então as enxugou e voltou para a cama, recomeçando o jogo do amor. Logo, Margaret Holland estava rindo como uma colegial.

– Você é o jovem mais estranho que eu já vi – murmurou ela no seu ouvido.

# 5

## O DISTRITO AMALDIÇOADO POR DEUS

Rob J. voltava para seu quarto, à noite, tão cansado que raramente tinha disposição para tocar sua viola de gamba. O arco estava enferrujado, mas a música era um bálsamo, infelizmente negado, pois Lem Raskin logo começava a bater na parede, reclamando do barulho. Rob não tinha condições de comprar bebida para Lem sempre que quisesse tocar ou fazer sexo, assim a música via-se prejudicada. Uma revista médica, da biblioteca da escola de medicina, recomendava para a mulher que não quisesse engravidar uma lavagem com solução de alume e casca de carvalho branco, mas Rob tinha certeza de que não podia confiar em Meggy para regularidade dessas lavagens. Harry Loomis levou muito a sério o pedido de aconselhamento de Rob e indicou uma casa na parte sul de Cornhill. A Sra. Cynthia Worth era uma matrona de cabelos brancos. Sorriu e fez um gesto afirmativo quando Rob citou o nome de Harry.

– Eu faço um bom preço para os médicos.

Seu produto era feito com ceco de ovelha, uma cavidade natural, ou tripa, aberto numa das extremidades, perfeito portanto para a arte da Sra. Worth. Orgulhava-se da sua mercadoria como uma vendedora de peixes oferecendo criaturas do mar, com olhos brilhantes que atestavam seu frescor. Rob J. conteve a respiração quando ela disse o preço, mas a Sra. Worth permaneceu imperturbável.

– O trabalho é enorme – disse ela. Descreveu o processo de deixar os cecos mergulhados em água durante horas; depois eram virados do avesso, amolecidos novamente numa solução salina, trocada de doze em doze horas, raspados cuidadosamente para retirar toda a membrana mucosa, expondo depois os revestimentos peritoneal e muscular ao vapor de enxofre queimado, lavados em água e sabão e deixados para secar; em seguida a extremidade aberta era aparada, ficando com o comprimento de oito polegadas, fitas azuis ou vermelhas eram presas nas pontas para fechar a parte de cima, oferecendo completa proteção. Muitos cavaleiros compravam de três em três, disse ela, porque saía mais barato.

Rob J. comprou um. Não expressou preferência por nenhuma cor, mas as fitas eram azuis.

– Com cuidado, um só pode servir por muito tempo – disse ela, explicando que duravam muito quando lavados após cada uso, inflados e empoados. Quando Rob se despediu, ela lhe desejou um dia muito bom e feliz e pediu que a recomendasse aos seus colegas e pacientes.

Meggy detestou aquela bainha. Gostou mais do presente que Loomis deu a Rob, com os votos de bom divertimento. Era um vidro com um líquido incolor, óxido nitroso, chamado de gás hilariante pelos estudantes de medicina e jovens médicos que o usavam para se divertir. Rob molhou um pano com o líquido e ele e Meggy aspiraram um pouco antes de fazer amor. A experiência foi um sucesso absoluto – nunca seus corpos pareceram tão engraçados nem o ato sexual tão absurdo.

Não existia nada entre eles além do ato sexual. Quando era lento, havia alguma ternura, e quando era furiosamente físico, havia mais desespero do que paixão. Quando conversavam, ela geralmente falava sobre os pensionistas, um assunto que o entediava, fazendo com que se lembrasse de sua terra natal, o que ele evitava, porque era doloroso. Não havia contato entre suas mentes ou suas almas. A hilaridade química que compartilharam uma única vez, com o uso de gás, jamais foi repetida, pois o resultado foi uma alegria sexual barulhenta demais para não ser ouvida. Embora Lem não tivesse acordado, eles sabiam que foi apenas sorte. Eles ririam juntos só mais uma vez, quando Meggy observou maliciosamente que a bainha devia ser de um bode, e a batizou de Velho Tesão. Rob preocupava-se com o fato de estar usando a jovem. Vendo que a combinação de Meggy estava muito remendada, comprou outra, uma oferenda à culpa que sentia. Meggy ficou feliz com o presente e Rob a desenhou no seu diário, reclinada sob a estreita cama, uma jovem gorducha com carinha de gata sorridente.

Rob J. via muitas coisas que teria desenhado se a medicina deixasse alguma energia de sobra. Tinha começado como estudante de arte, em Edimburgo, numa atitude rebelde contra a tradição médica dos Cole, sonhando em ser pintor, a família pensou que tinha enlouquecido. No terceiro ano da

Universidade de Edimburgo foi informado de que tinha algum talento artístico, mas não o suficiente. Ele era muito literal. Não possuía a imaginação vital, a visão mística. "Você tem a chama, mas não o calor", disse o professor de pintura, sem maldade, mas com convicção. Rob ficou arrasado, até acontecerem duas coisas. Nos empoeirados arquivos da biblioteca da universidade ele encontrou um desenho anatômico. Era muito antigo, talvez pré-Leonardo, a figura de um homem nu desenhado de forma a exibir os órgãos internos e os vasos sanguíneos. Chamava-se "O Segundo Homem Transparente", e, com uma sensação maravilhosa de espanto, verificou que fora desenhada por um dos seus ancestrais, cuja assinatura era bem legível, "Robert Jeffrey Cole, segundo modelo de Robert Jeremy Cole". Era uma prova de que pelo menos alguns dos seus ancestrais eram artistas, além de médicos. Dois dias depois, ele entrou numa sala de cirurgia e viu William Fergusson, um gênio que operava com extrema precisão e a uma velocidade incrível, para poupar ao paciente o choque provocado pelo excesso de dor. Pela primeira vez Rob J. compreendeu a longa linhagem de médicos Cole, pois descobriu que a tela mais gloriosa jamais teria o valor de uma simples vida humana. Naquele momento, a medicina o conquistou.

Desde o começo dos estudos, Rob J. tinha o que seu tio Randall, clínico geral perto de Glasgow, chamava de o "dom dos Cole" – poder dizer, segurando as mãos do paciente, se ele ia viver ou morrer. Era um diagnóstico de sexto sentido, parte instinto, parte a ação de detetores herdados, que ninguém podia identificar ou compreender, mas que funcionavam desde que não fossem enfraquecidos pelo excesso de bebida. Para um médico tratava-se de um verdadeiro dom, mas agora, numa terra distante, esse dom o deprimia, pois o Oitavo Distrito possuía uma enorme quantidade de pessoas que estavam morrendo.

O distrito amaldiçoado por Deus, como ele o chamava, dominou sua existência. Os irlandeses tinham chegado com as maiores expectativas. Na Irlanda, o homem que trabalhava na terra ganhava meio xelim por dia, quando tinha trabalho. Em Boston havia menos desemprego e os trabalhadores ganhavam mais, porém, trabalhavam quinze horas por dia, sete dias por semana. Pagavam aluguéis caros por moradias miseráveis, pagavam mais para comer e não tinham uma pequena horta, nenhum pedacinho de terra para plantar as pálidas maçãs dos pântanos, nenhuma vaca para dar leite, nenhum porco para o toucinho. O distrito o atormentava com a pobreza, a sujeira, a falta de tudo, o que, em vez de paralisá-lo, o estimulava a trabalhar como um escaravelho tentando mover uma montanha de esterco de ovelhas. O domingo devia ser o dia de se refazer do trabalho insano e terrível da semana. Nas manhãs de domingo, até Meggy tinha algumas horas livres para ir à missa. Mas cada domingo encontrava Rob J. de volta ao distrito, livre da obrigação de obedecer às ordens dos pequenos pedaços de papel, livre para doar horas que lhe pertenciam, horas que não precisava roubar. Em pouco tempo formou no distrito uma clientela dominical extensa e quase toda de graça, pois para todo lado que olhasse via doenças e ferimentos. A notícia do médico que falava o erse, a antiga língua gaélica dos escoceses e dos irlandeses, espalhou-se rapidamente. Quando o ouviam falando a língua da terra natal, os rostos mais amargurados, mais revoltados iluminavam-se com sorrisos. *Beannacht De ort, dochtuir oig* – Deus o abençoe, jovem médico! – diziam, passando por ele na rua. Uma pessoa contava para outra sobre o jovem doutor que "tinha a língua" e logo Rob J. estava falando irlandês todos os dias. Mas, se era adorado em Fort Hill, não era nem um pouco popular no escritório do Dispensário de Boston, pois começaram a aparecer todos os tipos de pacientes com receitas do Dr. Robert J. Cole, indicações para remédios e muletas e até comida para os casos de desnutrição.

– O que está acontecendo? O quê? Não estão na lista dos patrocinadores – reclamava o Sr. Wilson.

– São os que mais precisam de ajuda no Oitavo Distrito.

– Mesmo assim. A cauda não deve ter permissão para abanar o cão. Se quiser continuar com o dispensário, Dr. Cole, deve obedecer às regras – disse o Sr. Wilson severamente.

Um dos pacientes de domingo era Peter Finn, de Half Moon Place, com um feio corte na perna, provocado por um engradado que caiu do vagão quando ele fazia seu meio dia de trabalho nas docas. O corte, envolto num pedaço de pano sujo, estava inchado e muito dolorido ao toque quando ele procurou o médico. Rob lavou e costurou as bordas do ferimento, mas a gangrena começou imediatamente e, no dia seguinte, foi obrigado a retirar os pontos e pôr um dreno. A infecção progrediu com uma rapidez alarmante e, depois de alguns dias, o Dom disse a Rob que, para salvar a vida de Peter Finn, a perna teria de ser amputada.

Era uma terça-feira e o caso não podia esperar até domingo. Assim ele voltou a roubar tempo do dispensário. Além de ser obrigado a usar um dos papéis em branco dados por Holmes, teve de dar seu pouco e suado dinheiro para Rose Finn comprar a bebida, tão necessária para a operação quanto o bisturi.

Joseph Finn, irmão de Peter, e Michael Bodie, seu cunhado, relutantemente concordaram em ajudar. Rob J. esperou que Peter estivesse quase insensível com a mistura de uísque e morfina e deitou-o sobre a mesa da cozinha como a vítima de um sacrifício. Mas, ao primeiro corte, os olhos do estivador quase saíram das órbitas, os tendões do pescoço saltaram e seu berro soou como uma acusação que empalideceu Joseph Finn e provocou uma tremedeira em Bodie que o inutilizou como ajudante. Rob tinha amarrado a perna doente na mesa, mas quando Peter começou a se debater e berrar como um animal agonizante, ele gritou para os dois homens.

– Segurem ele! Segurem ele agora!

Ele fez a incisão como tinha aprendido com Fergusson, rápida e profunda. Os gritos cessaram quando ele começou a cortar carne e músculo, mas o rilhar dos dentes de Peter era pior do que os gritos. Quando ele cortou a artéria femoral, o sangue muito vermelho esguichou e Rob tentou segurar a mão de Bodie mostrando o que devia fazer para estancar a fonte arterial. Mas o cunhado recuou para longe da mesa.

– Volte aqui. Oh, seu filho da mãe.

Mas Bodie estava correndo abaixo, chorando. Rob tentou trabalhar como se tivesse seis mãos. Seu tamanho e sua força permitiram que ajudasse Joseph a manter o irmão deitado na mesa, e ao mesmo tempo conseguiu pinçar a extremidade escorregadia da artéria seccionada, fazendo parar o sangue. Mas quando soltou, para continuar o trabalho, a hemorragia recomeçou.

– Mostre o que devo fazer – disse Rose Finn, aproximando-se dele. Rose estava pálida como pasta de farinha, mas conseguiu pinçar a artéria e controlar o sangue. Rob J. serrou o osso, deu mais alguns cortes rápidos e a perna se soltou do corpo. Então ele amarrou a artéria e recortou e costurou a pele no toco de perna. A essa altura, os olhos de Peter Finn estavam vidrados e só se ouvia sua respiração áspera e difícil.

Rob lavou a perna, envolta numa toalha fina e ensanguentada, para ser estudada mais tarde na sala de dissecação. Estava exausto, mais pelo martírio de Peter Finn do que pelo trabalho pesado. Não podia fazer nada com o sangue nas suas roupas, mas numa torneira pública, em Broad Street, lavou as mãos e os braços antes de atender outro paciente, uma mulher de vinte e dois anos que, Rob sabia, estava morrendo de consumpção.

No seu bairro, em suas casas, os irlandeses viviam miseravelmente. Fora dali, eram rejeitados e ofendidos. Rob J. viu cartazes nas ruas que diziam: "Todos os católicos e todos os que defendem a Igreja Católica são impostores vis, mentirosos, vilãos e assassinos covardes. UM VERDADEIRO AMERICANO."

Uma vez por semana ele assistia às conferências sobre medicina realizadas no anfiteatro do segundo andar, no Ateneu, um prédio espaçoso formado pela junção de duas mansões em Pearl Street. Às vezes, depois da conferência, ele se dirigia à biblioteca e lia o *Boston Evening Transcript*, que refletia o ódio que deformava a sociedade. Clérigos ilustres, como o reverendo Lyman Beecher, ministro da Igreja Congregacional de Hanover Street, escreviam artigos e mais artigos sobre o "bordel da Babilônia" e a "besta imunda do catolicismo romano". Partidos políticos glorificavam os nativos da terra e falavam de "imigrantes irlandeses e alemães sujos e ignorantes".

Quando lia as notícias nacionais para aprender mais sobre a América, constatava que era um país aquisitivo, que agarrava a terra com as duas mãos. Recentemente tinha anexado o Texas, adquirido o território do Oregon, por meio de um tratado com a Grã-Bretanha, e lutado contra o México pela conquista da Califórnia e do sudoeste do continente americano. A fronteira era o rio Mississípi, que separava a civilização das terras selvagens, para onde tinham segregado os índios das planícies. Rob J., quando menino, devorava os livros de James Fenimore Cooper e os índios o fascinavam. Leu tudo que o Ateneu tinha sobre índios e depois passou para a poesia de Oliver Wendell Holmes. Rob gostou, especialmente da descrição do velho sobrevivente em "A Última Folha", mas Harry Loomis tinha razão, Holmes era melhor médico do que poeta. Era um médico excelente.

Harry e Rob agora encerravam os longos dias de trabalho com um copo de cerveja na taverna Essex e muitas vezes Holmes os acompanhava. Era evidente que Harry era o aluno preferido do professor e Rob esforçava-se para não invejá-lo. A família Loomis era bem relacionada e, quando chegasse o momento, Harry conseguiria as melhores colocações nos hospitais, garantindo o sucesso da sua carreira em Boston. Certa noite, na taverna, Holmes disse que, numa das suas pesquisas na biblioteca, encontrara referências ao Bócio de Cole e à Cólera Maligna de Cole. Curioso, pesquisou a literatura a respeito e encontrou amplas provas da grande contribuição dos Cole para a medicina, incluindo a Gota de Cole e a Síndrome de Cole e Palmer, uma doença na qual o edema era acompanhado de sudação profusa e respiração estertórica.

– Além disso – observou Holmes –, descobri que mais de uma dezena de Coles foram professores de medicina em Edimburgo ou Glasgow. Todos parentes seus?

Rob J. sorriu, embaraçado, mas satisfeito.

– Todos parentes. Porém, a maior parte dos Cole, através dos séculos, era de simples médicos rurais nas colinas das terras baixas, como meu pai. – Não comentou nada sobre o Dom dos Cole, não era assunto para ser discutido com outros médicos, que certamente não acreditariam.

– Seu pai ainda está na Escócia? – perguntou Holmes.

– Não, não. Morreu durante o estouro de uma manada de cavalos, quando eu tinha doze anos.

– Ah. – Foi nesse momento que Holmes, a despeito da pequena diferença de idade, resolveu fazer o papel de pai, introduzindo Rob ao círculo encantado das famílias de Boston por meio do casamento.

Logo depois disso, duas vezes Rob aceitou convites para a casa dos Holmes, em Montgomery Street, onde encontrou o estilo de vida que, no passado, julgara ser possível para ele, em Edimburgo. Na primeira ocasião, Amelia, a jovial e casamenteira mulher de Holmes, o apresentou a Paula

Storrow, de família tradicional e muito rica, mas uma mulher sem nenhuma inteligência ou graça. Porém, na segunda vez ele conheceu Lydia Parkman. Ela era magra demais, sem nenhum sinal de busto, mas o rosto emoldurado pelo cabelo castanho irradiava um humor irônico e inteligente e os dois passaram a noite entretidos numa conversa variada e estimulante. Ela sabia alguma coisa sobre índios, mas como sabia também tocar cravo, falaram especialmente de música.

Naquela noite, quando Rob voltou para casa em Spring Street, sentou na cama, sob as cavernas do sótão, e ficou imaginando como seria passar o resto da vida em Boston, colega de profissão e amigo de Harry e de Oliver Wendell Holmes, casado com uma anfitriã inteligente.

Logo ouviu a batida discreta tão conhecida e Meg Holland entrou no quarto. Ela não era magra demais, notou ele, cumprimentando-a com um sorriso e desabotoando a camisa. Mas Meg sentou na beirada da cama e ficou imóvel.

Meg falou então, com um murmúrio rouco, e o tom, mais do que as palavras, penetrou profundamente em Rob. Havia na sua voz uma tensão, a sonoridade fúnebre de folhas secas arrastadas pelo vento sobre o solo áspero e frio.

– Grávida – disse ela.

# 6

## SONHOS

— Sem nenhuma dúvida – disse Meggy.

Rob não sabia o que dizer. Meg tinha experiência quando se conheceram, pensou, cautelosamente. Como podia saber que o filho era seu? *Eu sempre usei a bainha,* protestou, para si mesmo. Mas sabia que não tinha usado nada nas primeiras vezes e nem na noite em que experimentaram o gás hilariante.

Condicionado contra o aborto, por profissão, não o sugeriu, reconhecendo a importância da religião na vida de Meggy.

Finalmente ele disse que ficaria ao lado dela. Não era nenhum Stanley Finch.

Meggy não demonstrou muito entusiasmo por essa declaração. Com certa relutância Rob a tomou nos braços. Queria ser terno e reconfortante.

Era o pior momento para perceber que o rostinho de gata, dentro de poucos anos, seria bovino. Não era o rosto dos seus sonhos.

– Você é protestante. – Não era uma pergunta, pois ela sabia a resposta.

– Fui criado nessa religião.

Meggy era uma mulher corajosa. As lágrimas só apareceram nos seus olhos quando ele disse que não tinha certeza da existência de Deus.

– Você é um grande conquistador! Lydia Parkman gostou muito da sua companhia – disse Holmes, na noite seguinte, na escola de medicina, e sorriu quando Rob J. disse que achava Lydia muito agradável. Holmes mencionou casualmente que Stephen Parkman, o pai dela, era juiz da Suprema Corte e conselheiro da Universidade de Harvard. A família tinha começado no ramo do comércio de peixe defumado, depois passaram a vender farinha e agora controlavam o vasto e lucrativo comércio de alimentos embarrilados.

– Quando pretende vê-la outra vez? – perguntou Holmes.

– Muito em breve, pode ter certeza – disse Rob J. sentindo-se culpado, procurando não pensar no seu problema.

As ideias de Holmes sobre higiene revolucionaram a prática da medicina para Rob. Holmes contou duas histórias que reforçavam sua teoria. Uma sobre escrófula, a tuberculose dos gânglios linfáticos e das juntas; nos círculos médicos da Europa acreditava-se que a escrófula podia ser curada com o toque de mãos reais. A outra história era sobre a antiga prática supersticiosa de lavar os ferimentos dos soldados, antes de pôr as ataduras, e depois aplicar unguentos – preparados terríveis que continham coisas como carne podre, sangue humano, e bolor do crânio de um homem executado – na arma que havia infligido o ferimento. Os dois métodos eram comprovadamente eficientes e famosos, disse Holmes, porque, sem querer, eles implicavam a limpeza do paciente. No primeiro caso, o doente de escrófula era lavado cuidadosa e completamente para não ofender os "curandeiros reais" quando os tocassem. No segundo caso, a arma era lambuzada com uma pasta imunda, mas os ferimentos dos soldados, lavados e não mais tocados, podiam cicatrizar, sem infecção. O mágico "ingrediente secreto" era a higiene.

Era difícil manter a assepsia clínica no Oitavo Distrito. Rob J. começou a levar toalhas e sabão na maleta e lavava as mãos e os instrumentos várias vezes por dia, mas as condições de pobreza se encarregavam de fazer do distrito um lugar em que era fácil adoecer e morrer.

Rob procurava preencher a vida e a mente com os deveres da profissão, porém, quando pensava nos seus problemas, perguntava a si mesmo se estava caminhando para a própria destruição. Na Escócia, abandonara a carreira e as raízes devido ao envolvimento com a política e, agora, na América continuava o processo destruidor, envolvendo-se com uma gravidez desastrosa. Margaret Holland estava enfrentando a situação com espírito prático, fazendo perguntas sobre quanto ele ganhava. Sua renda anual de 350 dólares, longe de desapontá-la, parecia bastante adequada. Ela perguntou sobre a família dele.

– Meu pai morreu. Minha mãe estava muito doente quando deixei a Escócia e tenho quase certeza de que a esta altura... Tenho um irmão, Herbert. Ele toma conta dos bens da família em Kilmarnock, cria ovelhas. A propriedade é dele.

Ela fez um gesto afirmativo.

– Eu tenho um irmão, Timothy, mora em Belfast. Pertence ao Irlanda Jovem, e está sempre metido em encrenca. – Sua mãe estava morta. O pai e quatro irmãos viviam na Irlanda, mas o quinto irmão, Samuel, morava em Boston, no bairro de Fort Hill. Perguntou timidamente se devia contar ao irmão sobre Rob e pedir a ele para procurar moradia para os dois, talvez perto do seu apartamento.

– Ainda não. É muito cedo para isso – disse ele, tocando de leve o rosto dela para tranquilizá-la.

A ideia de morar no distrito o apavorava. Mas sabia que se continuasse a tratar dos imigrantes pobres, só num lugar como aquele poderia manter mulher e filho. Na manhã seguinte, Rob olhou para o distrito com medo e com raiva e sentiu crescer dentro dele o desespero que via por toda a parte, nas ruas e nas vielas imundas.


O sono de Rob era agora agitado, atormentado por pesadelos. Dois deles repetiam-se incessantemente. Nas piores noites, era visitado por ambos. Quando não podia dormir, ficava deitado no escuro, examinando e reexaminando os detalhes dos fatos, até não saber se estava dormindo ou acordado.

*Madrugada. Céu cinzento, mas com um sol otimista. Ele encontra-se entre milhares de homens no lado de fora da Carron Iron Works, onde eram fabricados canhões de grosso calibre para a marinha inglesa. Tudo começa bem. Um homem, de pé num caixote, faz um discurso inflamado, lendo um panfleto mal escrito e sem assinatura, de autoria de Rob J., para incitar os homens ao protesto. "Amigos e compatriotas. Erguendo-nos do estado em que nos mantiveram durante tantos anos, somos compelidos, por nossa situação extrema e pelo desprezo com que foram recebidas nossas reivindicações, a garantir nossos direitos, com risco de nossas vidas." A voz do homem é estridente e às vezes entrecortada pelo medo. Quando termina a leitura, é aplaudido ruidosamente. Ao som de três gaitas de fole, os homens cantam com entusiasmo "Scots Wha' Hae Wi' Wallace Bled". As autoridades leram o panfleto de Rob e prepararam-se. Há policiais armados, a milícia, o Primeiro Batalhão da Brigada de Rifles; e cavalarianos bem treinados do Sétimo e do Décimo dos Hussardos, veteranos das guerras na Europa. As fardas dos soldados são magníficas. As botas dos hussardos brilham como espelhos negros.*

*Os militares são mais jovens do que os policiais, mas trazem no rosto a mesma expressão de desprezo. Tudo começa quando o amigo de Rob, Andrew Gerould de Lanark, faz um discurso sobre a destruição das fazendas, demonstrando que é impossível aos trabalhadores viver com o salário irrisório que recebem pelo trabalho que enriquece a Inglaterra e faz a Escócia cada vez mais pobre. O entusiasmo cresce na voz de Andrew e os homens começam a rugir sua fúria, gritando, "liberdade ou morte!". Os dragões aproximam seus cavalos da multidão, empurrando os homens para longe da cerca que circunda a fábrica. Alguém atira uma pedra, que atinge um hussardo, derrubando-o do cavalo. Imediatamente os outros cavaleiros desembainham as espadas com um som metálico e uma chuva de pedras cai sobre os soldados, tingindo de sangue o azul, vermelho e dourado das belas fardas. A milícia começa a atirar contra a multidão. Os cavalarianos recuam. Homens gritam e choram. Rob está imprensado entre o povo. Não pode fugir. Deixa-se levar para longe do alcance dos soldados lutando para se manter em pé, certo de que se cair será pisoteado pela multidão apavorada.*

O segundo sonho é pior.

*Outra vez no meio da multidão. Tão numerosa quanto a do primeiro sonho, mas desta vez homens e mulheres estão na frente de oito cadafalsos erguidos em Stirling Castle, contidos pela milícia formada em redor de toda a praça. Um pastor, o Dr. Edward Bruce de Renfrew, sentado, lê em silêncio. Na frente dele está um homem vestido de negro. Rob J. o reconhece antes de o homem esconder o rosto com a máscara negra. É Bruce qualquer coisa, um estudante pobre de medicina, que vai receber quinze libras para executar os condenados. O Dr. Bruce conduz o povo na leitura do Salmo 130: "Das profundezas clamo a Ti, Senhor." Segundo o costume, dão a cada condenado um copo de vinho e depois o conduzem para a plataforma, onde os oito caixões esperam. Seis prisioneiros preferem não falar. Um homem chamado Hardie olha para o oceano de rostos e diz, com voz abafada: "Morro como mártir da causa da justiça." Andrew Gerould fala com voz clara. Parece cansado e muito mais velho do que seus vinte e três anos. "Meus amigos, espero que nenhum de vocês esteja ferido. Quando isto terminar, por favor, voltem em silêncio para suas casas e leiam a Bíblia." Os capuzes são colocados nas cabeças. Dois deles gritam um adeus quando as cordas são passadas nos seus pescoços. Andrew não diz mais nada, nunca mais. A um sinal, tudo está acabado e cinco deles morrem sem luta. Três esperneiam por algum tempo. O Novo Testamento cai dos dedos inertes de Andrew no meio da multidão silenciosa. Os corpos são retirados da forca e o carrasco decepa as cabeças com o machado, erguendo pelos cabelos uma a uma, dizendo a cada vez o que manda a lei, "esta é a cabeça de um traidor".*

Às vezes, quando Rob J. conseguia escapar dos sonhos, deitado na cama estreita, apalpava seus braços e pernas, aliviado por estar vivo. Com os olhos abertos, no escuro, imaginava quantas outras pessoas teriam morrido por causa do seu panfleto. Quantos destinos teriam mudado, quantas vidas terminadas porque ele havia projetado suas crenças em tantas pessoas? A moralidade tradicional dizia que devemos lutar por nossos princípios, morrer por eles. Porém, considerando todo o resto, não era a vida o bem mais precioso do ser humano? E, como médico, não era seu dever proteger e preservar a vida acima de tudo? Jurou para si mesmo e para Esculápio, o deus da medicina, que nunca mais seria responsável pela morte de um ser humano por causa de diferenças de opiniões, nunca mais incitaria outra pessoa à revolta e pela milésima vez imaginou o quanto fora difícil para Bruce qualquer coisa ganhar aquelas quinze libras.

# 7
# A COR DO QUADRO

— Não é seu dinheiro que está gastando! – disse o Sr. Wilson naquela manhã, entregando os papéis com os nomes dos doentes. – É dinheiro doado ao dispensário por cidadãos ilustres. O dinheiro da caridade não deve ser gasto a critério do médico que trabalha para nós.

— Eu jamais gastei o dinheiro da caridade. Nunca tratei um paciente que não estivesse realmente doente e precisando da nossa ajuda. Seu sistema é falho. Muitas vezes me mandam atender uma simples distensão muscular, enquanto outros morrem por falta de tratamento.

— Está se excedendo, senhor. – O olhar e a voz do Sr. Wilson estavam calmos, mas a mão que segurava os papéis tremia. – Compreende que de agora em diante deve limitar suas visitas aos nomes que lhe são entregues todas as manhãs?

Rob desejava desesperadamente dizer ao Sr. Wilson que ele compreendia, e que também sabia qual a melhor coisa que o Sr. Wilson podia fazer com seus pedacinhos de papel. Mas considerando as complicações da sua vida, ficou calado, obrigando-se a inclinar a cabeça, assentindo antes de dar meia-volta e sair. Enfiando os papeizinhos no bolso, foi para o distrito.

Naquela noite tudo mudou. Margaret Holland foi ao quarto dele e sentou na beirada da cama, o seu posto para dar as notícias importantes.

— Estou sangrando.

Rob obrigou-se a pensar primeiro como médico.

– Está com hemorragia? Perdendo muito sangue?

Ela balançou a cabeça.

– No começo, um pouco mais que de costume. Depois, como minha menstruação normal. Está quase acabando agora.

– Quando começou?

– Há quatro dias.

– Quatro dias? – Por que esperou tanto tempo para contar a ele. Meggy desviou os olhos. Ficou completamente imóvel, como preparando-se para enfrentar a fúria dele, e Rob compreendeu que tinham sido quatro dias de luta e indecisão para ela. – Quase resolveu não me dizer nada, não é verdade?

Ela não respondeu, mas Rob sabia a resposta. Apesar de ser um estranho, um protestante que vivia lavando as mãos, ele era uma oportunidade para fugir da prisão da pobreza. Depois de ter sido obrigado a encarar de perto aquela prisão, Rob admirava-se dela ter resolvido dizer a verdade, assim, em vez de ficar zangado com a demora, o que sentiu foi admiração e uma enorme gratidão. Aproximou-se, fez Meggy ficar de pé e beijou-lhe os olhos vermelhos. Depois abraçou-a por um longo tempo, batendo nas costas dela de leve, como quem consola uma criança assustada.

Na manhã seguinte Rob caminhou pela rua eufórico, às vezes com os joelhos fracos de alívio. Homens e mulheres respondiam sorridentes ao seu cumprimento. Era um mundo novo, com sol mais brilhante e ar mais benevolente para seus pulmões.

Tratou os pacientes com a atenção habitual, mas entre um e outro, sua mente voava. Finalmente, sentou num degrau de madeira de Broad Street e pensou no passado, no presente e no seu futuro.

Pela segunda vez escapara de um destino terrível. Era um aviso para ter mais cuidado com a própria vida, para usá-la com maior respeito.

Via sua existência como um enorme quadro feito aos poucos. Não importava o que acontecesse, a obra final seria sobre medicina, mas tinha o pressentimento de que, se ficasse em Boston, toda a tela teria tonalidades cinzentas.

Amelia Holmes podia arranjar o que ela chamava de "um brilhante casamento" para ele, mas tendo escapado de outro, sem amor e que o levaria a uma vida de pobreza, não queria procurar a sangue-frio uma união também sem amor, nem permitir ser vendido no mercado do casamento da sociedade de Boston, como carne de médico a tanto por quilo.

Queria que sua vida fosse pintada com as cores mais vivas que pudesse encontrar.

Quando terminou o trabalho naquela tarde, foi ao Ateneu e releu os livros que tinham despertado seu interesse. Muito antes de terminar a leitura, sabia para onde queria ir e o que queria fazer.

Naquela noite, quando já estava deitado, ouviu o sinal conhecido na porta. Rob ficou imóvel, no escuro. A batida leve soou outra vez, e depois outra.

Por vários motivos ele queria levantar e abrir a porta. Mas continuou imóvel, paralisado num momento quase tão desagradável quanto os dos pesadelos, e finalmente Margaret Holland foi embora.

Rob levou mais de um mês para fazer os preparativos e pedir demissão do Dispensário de Boston. Em vez de uma festa de despedida, numa noite brutalmente fria de dezembro, ele, Holmes e Harry Loomis dissecaram o corpo de uma escrava negra chamada Della. A mulher havia trabalhado durante toda a vida e seus músculos eram bem desenvolvidos. Harry tinha demonstrado interesse e talento para a anatomia e ia substituir Rob como docente na escola de medicina. Holmes dava uma aula enquanto dissecavam, mostrando que a extremidade fimbriada da trompa de Falópio parecia a "franja do xale de uma mulher pobre". Cada órgão e cada músculo os faziam pensar numa história, num poema, numa piada anatômica ou escatológica. Era um sério trabalho científico, eles eram meticulosos com cada detalhe, porém, enquanto trabalhavam, davam gargalhadas e sentiam-se bem juntos. Terminada a dissecação, foram para a taverna Essex e beberam vinho com especiarias até a hora de fechar. Rob prometeu manter contato com Holmes e com Harry quando chegasse ao seu destino e procurar sua ajuda se tivesse algum problema. Separaram-se tão amistosamente que Rob quase se arrependeu da sua decisão.

Na manhã seguinte ele comprou castanhas assadas na Washington Street e as levou para a pensão da Spring Street, embrulhadas numa folha do *Transcript* de Boston. Entrou no quarto de Meggy Holland, sem ser visto, e deixou as castanhas debaixo do travesseiro dela.

Logo depois do meio-dia, Rob embarcou no vagão que acabava de ser retirado pela locomotiva do pátio da estação. O condutor que recolheu sua passagem olhou de soslaio para o que ele carregava, pois Rob recusara-se a pôr a viola de gamba e sua mala no vagão bagageiro. Além dos seus instrumentos cirúrgicos e suas roupas, a mala continha agora o Velho Tesão e meia dúzia de barras de um sabão forte, do tipo que Holmes usava. Assim, embora com pouco dinheiro, estava saindo de Boston muito mais rico do que quando chegou.

Faltavam quatro dias para o Natal. O trem passava pelas casas com coroas de azevinho nas portas e Rob via as árvores de Natal através das janelas. Logo a cidade ficou para trás. Apesar da neve que caía, em menos de três horas chegaram a Worcester, o fim da linha da Estrada de Ferro de Boston. Os passageiros fizeram baldeação para a Estrada de Ferro do Oeste, e, no trem, Rob sentou-se ao lado de um homem pobremente vestido que imediatamente lhe ofereceu uma garrafa.

– Não, muito obrigado – disse ele, mas permitiu que a conversa amenizasse a recusa. O homem era vendedor de pregos de ferro – ganchos, grampos, duas cabeças, rebites, diamantes e rosas, em tamanhos que iam desde preguinhos minúsculos e finos como agulhas até os enormes rebites de navios – e exibiu para Rob suas amostras durante um bom tempo da viagem.

– Viajando para oeste! Viajando para oeste! – disse o vendedor. – O senhor também?

– Rob fez um gesto afirmativo.

– Até onde vai?

– Quase até o fim do estado! Pittsfield. E o senhor?

Sentiu um prazer tão grande em dizer para onde ia, que respondeu com um largo sorriso, contendo-se para não gritar, suas palavras soando como música e iluminando romanticamente cada canto do vagão.

– Para a terra dos índios – disse Rob.

# 8
# MÚSICA

Atravessou os estados de Massachusetts e Nova York viajando numa série de estradas de ferro interligadas por linhas de diligências. Era uma viagem árdua no inverno. Às vezes, a diligência tinha de esperar que os removedores de neve, puxados por uma dúzia de bois, abrissem caminho com seus grandes rolos de madeira. As estalagens e tavernas eram muito caras. Rob estava na floresta do Planalto Alegani, na Pensilvânia, quando seu dinheiro acabou e por sorte arranjou trabalho no campo madeireiro de Jacob Starr, para tratar dos lenhadores. Quase todos os acidentes eram sérios, mas nos intervalos não tinha muito que fazer e juntava-se aos homens para serrar os pinheiros brancos e as árvores de cicuta que tinham mais de duzentos e cinquenta anos. Geralmente ele manejava uma extremidade do "chicote da miséria", ou serra para dois homens. Seus músculos cresceram e ficaram mais fortes. A maioria dos acampamentos não tinha médico e os lenhadores sabiam o quanto ele era valioso, por isso o protegiam quando ele juntava-se a eles naquele trabalho perigoso. Ensinaram Rob a mergulhar na água salgada as palmas das mãos que sangravam, até a pele endurecer. A noite ele exercitava os dedos no alojamento rústico para mantê-los ágeis e tocava sua viola de gamba para os homens, alternando acompanhamentos das canções maliciosas, cantadas em altas vozes, com seleções de J. S. Bach e Marais, que eles ouviam encantados.

Durante todo o inverno empilharam troncos enormes na margem de um regato. No cabo de cada machado de lâmina única havia uma enorme estrela saliente, de aço, com cinco pontas. Cada vez que uma árvore era derrubada e desgalhada, os homens viravam os machados e batiam com a estrela saliente no tronco, gravando a marca de Starr. Com o degelo da primavera, o regato subiu quase vinte centímetros, levando os troncos para o rio Clarion. Fizeram então enormes jangadas de troncos sobre as quais foram construídos alojamentos, cozinhas e barracões para armazenagem. Rob desceu o rio na jangada, como um príncipe, numa viagem lenta de sonho só interrompida quando os troncos enroscavam em alguma coisa, empilhavam-se e eram libertados pelos pacientes homens que os conduziam. Ele viu todo o tipo de aves e animais, descendo o sinuoso Clarion até onde o rio desaguava no Alegani, e descendo depois o Alegani até Pittsburgh.

Em Pittsburgh despediu-se de Starr e dos seus lenhadores. Num bar conseguiu emprego como médico de uma turma que trabalhava na colocação de trilhos para a Estrada de Ferro Washington & Ohio, uma linha que começava a concorrer com os dois canais muito movimentados do estado. Foi para Ohio com os trabalhadores, para a margem de uma grande planície cortada por duas linhas brilhantes de estrada de ferro. Ficou instalado num dos quatro vagões que serviam de alojamento para os chefes da turma. A primavera na grande planície era belíssima, mas o mundo da Estrada de Ferro Washington & Ohio nada tinha de belo. Os assentadores de trilhos, niveladores e encarregados das carroças e dos animais eram imigrantes irlandeses e alemães cujas vidas eram consideradas mercadoria barata. Era responsabilidade de Rob garantir a preservação da força daqueles homens para o assentamento dos trilhos. Ele precisava do dinheiro, mas seu trabalho estava fadado ao insucesso, desde o começo, pois o superintendente, um homem carrancudo chamado Cotting, era extremamente mesquinho e se recusava a gastar dinheiro com comida. Os caçadores empregados pela companhia forneciam muita carne e havia uma bebida de chicória que passava por café. Mas, a não ser na mesa onde comiam Cotting, Rob e os capatazes, não havia verduras, repolho, cenoura, batata, nada para provê-los de ácido ascórbico, exceto, muito raramente, uma panela de feijão. Os homens tinham beribéri. Anêmicos, não tinham apetite. Suas juntas doíam, as gengivas sangravam, os dentes caíam, e os ferimentos não cicatrizavam. Estavam sendo literalmente assassinados pela subnutrição e pelo trabalho pesado. Finalmente, Rob J. arrombou o vagão de suprimentos, com um pé de cabra, e tirou todos os engradados com batatas e repolhos. Felizmente Cotting não sabia que o jovem médico fizera um juramento de não violência. Considerando o tamanho e as condições físicas de Rob, além do seu olhar desdenhoso, o superintendente achou melhor pagar o que devia e livrar-se dele do que entrar numa briga.

O dinheiro ganho na estrada de ferro deu para comprar uma égua velha e morosa, um rifle calibre 12, de carregar pela boca, e uma espingarda leve, para caça pequena, agulhas e linha, uma linha de pesca e livros, uma frigideira de ferro enferrujada e uma faca de caça. Batizou a égua com o nome de Monica Grenville, em homenagem a uma bela mulher mais velha, amiga de sua mãe, que, nas fantasias febris da sua adolescência, ele sonhara cavalgar. Monica Grenville, o cavalo, permitiu a Rob viajar para o oeste nos seus próprios termos. Depois de descobrir que o rifle puxava para a direita, passou a caçar com facilidade e apanhava peixe sempre que tinha oportunidade, além de ganhar dinheiro ou comida em todo lugar que alguém precisava de médico.

O tamanho de tudo que via o deixava maravilhado, montanha, vale e planície. Após algumas semanas, estava convencido de que podia continuar assim pelo resto da vida, montado em Monica Grenville, viajando lenta e eternamente em direção ao pôr do sol.

Os remédios da sua caixa terminaram. Já era difícil operar sem a ajuda dos poucos e inadequados paliativos existentes, mas não tinha mais láudano nem morfina ou qualquer outro medicamento e era obrigado a confiar na sua habilidade de cirurgião e em qualquer tipo de bebida que encontrasse pelo caminho. Lembrava de alguns expedientes úteis ensinados por Fergusson. Na falta de tintura de nicotina, dada por via oral para relaxar os músculos e o esfíncter anal durante uma operação de fístula, comprou os charutos mais caros que encontrou e inseriu um no reto do paciente, até a nicotina ser absorvida, relaxando o músculo. Certa vez em Titusville, Ohio, um homem idoso aproximou-se dele e do paciente que estava com o corpo dobrado sobre um varal de carroça com o charuto enfiado no traseiro.

– Tem um fósforo, senhor? – perguntou Rob.

Mais tarde, no armazém-geral da cidade, ouviu o homem contar solenemente para os amigos: "Vocês não iam acreditar se eu dissesse como ele estava fumando."

Numa taverna, em Zanesville, Rob avistou seu primeiro índio. Ficou desapontado. Ao contrário dos selvagens esplêndidos de James Fenimore Cooper, o homem era um bêbado tristonho, de carne flácida, com o rosto sujo de ranho, uma criatura digna de pena, alvo de desaforos quando implorava uma bebida.

– Delaware, eu suponho – disse o dono do bar, quando Rob perguntou sobre a tribo daquele índio. – Miami, talvez. Ou Shawnee. – Ergueu os ombros com desprezo. – Quem se importa? Esses bastardos miseráveis são todos iguais para mim.

Alguns dias mais tarde, em Columbus, Rob descobriu um jovem judeu forte, de barba negra, chamado Jason Maxwell Geiger, farmacêutico, dono de uma farmácia bem sortida.

– Tem láudano? Tem tintura de nicotina? Iodeto de potássio?

Não importava o que ele pedisse, Geiger respondia com um sorriso e um gesto afirmativo e Rob começou a passear, feliz, entre os vidros e as retortas. Os preços eram menores do que tinha imaginado e temido, pois o pai e os irmãos de Geiger eram fabricantes de produtos farmacêuticos em Charleston e ele explicou que os remédios que não podia preparar comprava da família por preços módicos. Desse modo, Rob J. fez um bom estoque de medicamentos. Quando o farmacêutico o ajudou a levar as compras até onde estava o cavalo, viu o enorme volume do instrumento musical embrulhado e voltou-se imediatamente para o visitante.

– Suponho que é uma viola?

– Viola de gamba – disse Rob e percebeu um brilho novo nos olhos do homem, não exatamente cupidez, mas um desejo intenso e inconfundível. – Gostaria de ver?

– Deve levá-la à minha casa, mostrar à minha mulher – disse Geiger, entusiasmado.

Dirigiram-se para a casa que ficava nos fundos da farmácia. Lillian Geiger rapidamente cobriu os seios com um pano de pratos, mas não antes de Rob perceber as manchas de leite no seu vestido. Num berço dormia a filha do casal, de dois meses, Rachel. A casa cheirava a leite humano e a *hallah* assado. A sala escura tinha um sofá de crina, uma cadeira e um piano tipo armário. A Sra. Geiger foi para o quarto e trocou de roupa enquanto Rob J. desembrulhava a viola. Quando voltou, ela e o marido examinaram o instrumento, passando os dedos nas sete cordas e nos dez trastos, como se estivessem acariciando um objeto sagrado. Ela mostrou o piano de nogueira negra muito polida.

– Fabricado por Alpheus Babcock, da Filadélfia – disse ela.

Jason Geiger tirou outro instrumento de trás do piano.

– Foi feito por um fabricante de cerveja, chamado Isaac Schwartz, que mora em Richmond, Virgínia. E só uma rabeca, não merece ser chamado de violino. Tenho esperança de possuir um violino, algum dia.

Mas quando começaram a afinar os instrumentos, Geiger tirou sons muito doces da pequena rabeca.

Entreolharam-se ressabiados, temendo alguma incompatibilidade musical.

– O que vai ser? – perguntou Geiger, cedendo cortesmente a escolha ao visitante.

– Bach? Conhecem este prelúdio do Cravo bem temperado? É do Livro II, não me lembro o número. – Tocou os primeiros acordes e imediatamente Lillian o acompanhou, balançando afirmativamente a cabeça, logo seguida pela rabeca do marido. *Décimo segundo*, disse ela apenas com um movimento dos lábios. A preocupação de Rob J. não era identificar a peça, pois esse tipo de execução não era para entreter lenhadores. Era evidente que o casal conhecia música e estava acostumado a tocar em dueto e Rob tinha certeza de que ia fazer um péssimo papel. Eles tocavam e Rob os acompanhava, atrasado e hesitante. Seus dedos, em vez de acompanharem a fluidez da trilha musical, pareciam se mover em saltos espasmódicos, como salmões subindo uma cachoeira. Porém, na metade do prelúdio, ele esqueceu o medo, pois o hábito de muitos e longos anos suplantou a falta de prática. Então pôde observar que Geiger tocava com os olhos fechados e a expressão de Lillian era de intenso prazer, a um só tempo partilhado e muito particular.

A satisfação era quase dolorosa. Até então, Rob J. não havia percebido o quanto sentia falta da música. Quando terminaram, entreolharam-se sorrindo e Geiger saiu para pôr a tabuleta "fechado" na porta da farmácia. Lillian foi ver a filha e depois pôr o assado no forno. Rob tirou os arreios da pobre e paciente Monica. Quando voltaram, descobriu-se que os Geiger não tocavam nada de Macin Marais, e que Rob não tocava de cor nada daquele músico polonês, Chopin. Mas os três conheciam as sonatas de Beethoven. Durante toda a tarde eles criaram um ambiente especial e cintilante. Quando o choro de fome do bebê os interrompeu, os três estavam embriagados com a beleza da música que acabavam de executar.

O farmacêutico não permitiu que Rob se despedisse. O jantar era carneiro rosado com um leve tempero de alecrim e alho, assado com cenouras, batatas novas e, para sobremesa, uma compota de cereja.

– Vai dormir no nosso quarto de hóspedes – disse Geiger.

Simpatizando com eles, Rob perguntou quais eram as oportunidades para um médico naquela região.

– Tem muitos habitantes, pois Columbus é a capital, e muitos médicos também. É um bom lugar para uma farmácia, mas vamos deixar Columbus logo que nossa filha tenha idade suficiente para a viagem. Quero ser fazendeiro e farmacêutico, e quero deixar terras para meus filhos. A terra boa para o plantio, em Ohio, está muito cara. Estive me informando sobre lugares onde é possível comprar terra fértil por um preço que posso pagar.

Geiger abriu seus mapas sobre a mesa.

– Illinois – disse ele, apontando a região do estado mais indicada segundo suas investigações, entre o rio Rocky e o Mississípi. – Um bom suprimento de água. Belos bosques nas margens dos rios. O resto é pradaria, terra negra nunca tocada pelo arado.

Rob J. estudou o mapa.

– Acho que vou até lá – disse ele, finalmente. – Para ver se me agrada.

Geiger sorriu, satisfeito. Passaram um longo tempo inclinados sobre os mapas, marcando os melhores caminhos, discutindo amigavelmente. Depois que Rob foi para o quarto, Jay Geiger ficou acordado até tarde, copiando à luz da vela a partitura de uma mazurca de Chopin. Eles a tocaram na manhã seguinte, depois do café. Os homens consultaram os mapas mais uma vez e ficou combinado que, se Illinois fosse tão bom quanto Geiger imaginava, depois de se instalar, Rob escreveria para o novo amigo e Geiger levaria a família para a fronteira do oeste.

# 9
## DOIS PEDAÇOS DE TERRA

Rob achou Illinois interessante desde o começo. Entrou no estado no fim do verão, quando a relva verde e densa da pradaria estava seca e queimada pelo sol. Em Danville viu homens fervendo água de fontes salinas em grandes caldeirões negros e quando saiu da cidade levava um pacote de sal puro. A pradaria era imensa com algumas colinas baixas. O estado era abençoado com muita água doce. Rob passou por poucos lagos mas viu numerosos pântanos alimentando regatos que iam até os rios. Ficou sabendo que, quando o povo de Illinois falava da terra entre os rios, estava se referindo à extremidade sul do estado, que ficava entre o Mississípi e o Ohio. Nessa região o solo era aluvial e fértil, beneficiado pela proximidade dos dois rios. Os moradores chamavam a região de Egito, porque a consideravam tão fértil quanto o grande delta do Nilo. No mapa de Jay Geiger, Rob viu uma porção de "pequenos Egitos" entre rios, no estado de Illinois. No breve encontro, Geiger ganhara o respeito de Rob e ele continuou a viagem para a região sugerida pelo novo amigo.

Levou duas semanas para atravessar o Illinois. No décimo quarto dia, a trilha entrou num bosque, onde o ar era abençoadamente mais refrescante e repleto do cheiro úmido da mata crescendo. Seguindo o caminho estreito, ouviu o som de água e chegou a um rio extenso que ele supôs ser o Rocky.

Embora estivessem na estação seca, a corrente era forte e as rochas que davam o nome ao rio garantiam água clara e limpa. Conduziu Monica ao longo da margem, procurando um vau para atravessar, e chegou a uma parte profunda, onde a água corria com maior lentidão. Uma corda grossa atravessava o rio, suspensa a dois troncos enormes, um em cada margem. De um galho pendiam um triângulo de ferro e um pedaço de aço ao lado da tabuleta onde estava escrito:

HOLDEN'S CROSSING<br>
Toque para chamar a balsa

Rob tocou o triângulo vigorosamente e, ao que lhe pareceu, por um longo tempo, até ver um homem caminhando devagar para a balsa ancorada na margem do rio. Na extremidade superior de dois fortes postes de madeira havia dois anéis de ferro pelos quais passava o cabo de reboque que permitia à balsa deslizar sobre a água, impelida pela vara manejada pelo homem. Quando a balsa chegou no meio do rio, a corrente tinha puxado o cabo rio abaixo, de modo que o homem fez uma curva, ao invés de seguir em linha reta de uma margem à outra. No meio do rio, onde a água era escura e oleosa, a profundidade não permitia mais o uso da vara e o homem passou a puxar o cabo lentamente. A voz de barítono do barqueiro chegava até Rob J., cantando.

> Um dia eu ia andando, ouvi um lamento,
> E vi uma mulher, a imagem da tristeza.
> Olhando para a lama na frente da sua porta (chovia)
> E esta era sua canção, enquanto manejava a vassoura.
> Oh, a vida é trabalho e o amor um problema,
> A beleza desaparece e a riqueza acaba.
> Os prazeres diminuem e os preços aumentam.
> E nada é como eu desejaria que fosse...

Havia muitas estrofes e, muito antes de todas serem cantadas, o homem começou a manejar a vara outra vez. Quando chegou mais perto, Rob viu um homem mais baixo do que ele, musculoso, de uns trinta anos, que parecia nativo da região, com botas pesadas, calças de lã e algodão, grossas demais para a estação, chapéu de couro com aba larga, manchado de suor. O cabelo e a barba eram negros, longos e espessos, as maçãs do rosto proeminentes e o nariz, fino e curvo, emprestaria uma expressão cruel ao rosto se não fosse pelos olhos azuis, joviais e amistosos. À medida que diminuía a distância entre eles, Rob pressentiu uma reserva, uma atitude defensiva de quem se vê à frente de uma mulher ou de um homem belo demais. Mas não parecia haver nenhuma reserva no barqueiro.

– Como vai – exclamou ele. – Com um impulso final da vara, a balsa deslizou na areia grossa da margem. O homem estendeu a mão. – Nicholas Holden, às suas ordens.

Rob apertou a mão oferecida e se apresentou. Holden tirou um rolo de fumo de mascar do bolso da camisa e cortou um pedaço com a faca. Depois, ofereceu a Rob, que recusou, balançando a cabeça.

– Quanto, para atravessar o rio?

– Três centavos você. Dez centavos pelo cavalo.

Rob pagou os treze centavos adiantados. Amarrou Monica nos anéis de ferro no chão da balsa. Holden deu a ele uma vara e com esforço os dois afastaram a balsa da margem.

– Vai se instalar por estes lados?

– Talvez – disse Rob, com cautela.

– Por acaso, não é ferreiro? – Holden tinha os olhos mais azuis que Rob já vira, que pareceriam femininos se não fosse pela expressão de humor. – É uma pena – disse ele, sem parecer surpreso com o gesto negativo de Rob. – Eu gostaria de encontrar um bom ferreiro. Então é fazendeiro?

Animou-se imediatamente quando Rob disse que era médico.

– Três vezes bem-vindo, e seja bem-vindo mais uma vez! Precisamos de médico em Holden's Crossing. Qualquer médico pode usar esta balsa de graça – disse ele, parando de manejar a vara o tempo suficiente para contar os três centavos que devolveu solenemente para Rob.

Rob olhou para as moedas.

– E os outros dez centavos?

– Ora, suponho que o cavalo não é médico também! – Comparado ao sorriso, seu rosto chegava a ser feio.


A cabana de Holden era de troncos de madeira calafetados com argila branca, perto de uma horta e de uma fonte, numa elevação com vista para o rio.

– Bem na hora do jantar – disse ele.

Jantaram um cozido cheiroso no qual Rob identificou nabo, repolho e cebola, mas não a carne.

– Apanhei uma velha lebre e um filhote de tinamu esta manhã e os dois estão no cozido – disse Holden.

Repetindo o cozido nos pratos fundos de madeira, falaram sobre si mesmos o bastante para criar um ambiente agradável. Holden era advogado municipal do estado de Connecticut. Tinha grandes planos.

– Como foi que eles deram seu nome à cidade?

– Eles não deram, eu dei – disse ele, afavelmente. – Cheguei primeiro e instalei a balsa. Sempre que alguém vem morar aqui, eu digo o nome da cidade. Ninguém reclamou até agora.

Na opinião de Rob, a casa de madeira de Holden não se comparava às acolhedoras casas de campo da Escócia. Era escura e abafada. A cama, muito próxima da lareira fumacenta, estava coberta de fuligem. Holden disse, bem-humorado, que a única coisa boa da casa era a localização. Dentro de um ano, disse ele, derrubaria a cabana de madeira para construir uma verdadeira casa.

– Sim, senhor, grandes planos. – Falou das coisas que viriam em breve: uma estalagem, um armazém, depois um banco. Disse francamente que estava tentando convencer Rob a se instalar em Holden's Crossing.

– Quantas famílias vivem aqui agora? – perguntou Rob J. e sorriu tristemente ao ouvir a resposta. – Um médico não pode viver cuidando só de dezesseis famílias.

– É claro que não. Mas os colonos virão para cá, mais ansiosos do que um homem por uma mulher. E essas dezesseis famílias moram dentro da cidade. Além do limite da cidade, não há nenhum médico até Rock Island e uma porção de fazendas espalhadas na planície. Só precisa arranjar um cavalo melhor e estar disposto a viajar um pouco para os chamados a domicílio.

Rob lembrou da sua frustração por não ter podido praticar boa medicina no populoso Oitavo Distrito. Mas isto era o outro lado da moeda. Disse a Nick Holden que ia pensar.

Dormiu na cabana de Holden, no chão, enrolado num acolchoado, enquanto o senhor da "mansão" roncava na cama. Mas isso não era nada para quem tinha passado o inverno num alojamento com dezenove lenhadores que tossiam e expeliam gases a noite inteira. De manhã, Holden preparou o café e deixou a louça e a frigideira para Rob lavar, dizendo que precisava fazer algo, mas voltava logo.

A manhã estava clara e fresca, com o sol já bem quente. Rob desembrulhou a viola e sentou numa rocha, na sombra, entre a parte de trás da casa e o começo do bosque. Abriu sobre a pedra a mazurca de Chopin, copiada por Geiger, e começou a tocar atentamente.

Trabalhou com o tema e a melodia durante quase uma hora até começar a parecer música. Ergueu os olhos da partitura e viu, na entrada do bosque, dois índios a cavalo que o observavam em silêncio.

Surpreso, Rob percebeu que os dois homens restauravam sua confiança em James Fenimore Cooper. Faces encovadas, peitos nus, que pareciam firmes e musculosos, cobertos com óleo brilhante. O que estava mais próximo vestia calça de pele de gamo e tinha o nariz grande e curvo. No centro da cabeça raspada tinha um tufo de pelo de animal áspero e rígido. Trazia um rifle na mão. O outro era grande, da altura de Rob J., porém mais encorpado. O cabelo longo e negro era preso por uma tira de couro passada na testa e vestia uma tanga e perneiras de couro. Trazia um arco e Rob J. percebeu com nitidez a aljava com as setas dependuradas no pescoço do cavalo, como a gravura de um dos livros sobre índios da biblioteca do Ateneu, em Boston.

Rob não sabia se havia outros no bosque. Se fossem hostis, estava perdido, porque a viola de gamba era uma arma bastante inadequada. Rob tomou uma decisão. Levou o arco às cordas e recomeçou a tocar, não mais Chopin porque não queria tirar os olhos dos índios e olhar para a música. Quase sem pensar, tocou uma peça do século dezessete que conhecia bem, *Cara La Vita Mia*, de Oratio Bassani. Tocou a música toda uma vez e repetiu até a metade. Então parou porque não podia ficar ali sentado, tocando, para sempre.

Ouviu um ruído às suas costas e voltou-se rapidamente. Um esquilo fugiu para o bosque. Quando olhou para a frente outra vez, com um misto de alívio e pena, viu que os índios haviam desaparecido. Por um momento ouviu o tropel dos cavalos; depois, só o vento nas folhas das árvores.


Nick Holden procurou disfarçar a preocupação quando Rob contou a visita dos índios. Fez uma inspeção rápida e verificou que não faltava nada.

– Os índios desta região eram os sauks. Há nove ou dez anos, durante a luta que nós chamamos de Guerra do Falcão Negro, atravessaram o Mississípi, instalando-se em Iowa. Alguns anos atrás, todos os sauks foram levados para a reserva no Kansas. No mês passado soubemos que cerca de quarenta bravos, com mulheres e filhos, tinham fugido da reserva. Ao que parecia, rumavam para Illinois. Duvido que um grupo tão pequeno cometa a tolice de nos criar problemas. Acho que esperam apenas que os deixemos em paz.

Rob concordou.

– Se quisessem me causar problemas, não teriam nenhuma dificuldade.

Nick estava ansioso para mudar de assunto. Não queria, de modo algum, dar muita importância a qualquer coisa que desmerecesse Holden's Crossing. Passara a manhã examinando quatro lotes de terra, disse ele. Cedendo à sua insistência, Rob selou Monica e foram ver os terrenos.

Eram propriedade do governo. No caminho, Nick explicou que a terra fora dividida pelos topógrafos do governo em lotes de oitenta acres. Os terrenos de propriedade particular estavam sendo vendidos a oito dólares o acre, ou mais, porém as terras do governo custavam $ 1.25 o acre, um lote de oitenta acres, cem dólares. A entrada era de 1/20 do preço total e 25% deviam ser pagos em quarenta dias. O resto em três prestações iguais, no fim de dois, três e quatro anos da data da compra. Nick disse que era a melhor terra que se podia encontrar e, quando chegaram ao local, Rob concordou com ele. Os lotes estendiam-se por quase dois quilômetros do rio, com uma faixa de floresta com fontes de água pura e madeira para construção. Além dos bosques ficava a promessa fértil da terra virgem.

– Este é o meu conselho – disse Holden. – Eu não consideraria esta terra como quatro lotes de oitenta acres, mas como dois lotes de cento e sessenta acres. Atualmente, o governo está permitindo a compra de duas partes e era o que eu faria, se fosse você.

Rob J. fez uma careta e balançou a cabeça.

– É uma bela terra. Mas não tenho os cinquenta dólares necessários.

Nick Holden olhou pensativamente para ele.

– Meu futuro depende do futuro desta cidade. Se eu puder atrair compradores, terei meu armazém, o moinho, a estalagem. Os colonos preferem um lugar que tenha médico. Para mim, você significa dinheiro em caixa. Os bancos estão emprestando dinheiro com juros de 2,5% ao ano. Eu empresto os cinquenta dólares a 1,5%, para serem pagos em oito anos.

Rob J. olhou em volta e conteve a respiração. Era uma *bela* terra. Exatamente o que ele queria e teve de controlar a emoção quando aceitou a oferta. Nick apertou a mão dele calorosamente e não quis ouvir falar em gratidão.

– Apenas um bom negócio.

Cavalgaram lentamente pela propriedade. Na extremidade sul a terra era quase completamente plana. A parte norte tinha várias elevações médias, quase pequenas montanhas.

– Eu ficaria com a parte sul – disse Holden. – O solo é melhor e mais fácil para cultivar.

Mas Rob J. já tinha resolvido comprar a parte norte.

– Deixo a maior parte com a relva para criar ovelhas. É o tipo de agricultura que eu conheço. Mas sei de uma pessoa que quer plantar e vai querer a parte sul.

Ele falou sobre Jason Geiger e o advogado sorriu satisfeito.

– Uma farmácia em Holden's Crossing? É leite no mel. Vou fazer um depósito para reservar a parte sul para Geiger. Se ele desistir, não vai ser difícil vender uma terra tão boa.

Na manhã seguinte, eles foram a Rock Island e quando saíram do Departamento de Terras dos Estados Unidos, Rob J. era proprietário de terra e devedor de um empréstimo.

Naquela tarde ele foi ver a propriedade sozinho. Amarrou Monica e explorou a pé o bosque e o prado, estudando e planejando. Como num sonho, caminhou pela margem do rio, atirando pedras na água, sem acreditar que era dono de tudo aquilo. Na Escócia era muito difícil comprar terra. A fazenda de criação de ovelhas pertencia à sua família há muitos séculos, passando de geração para geração.

À noite escreveu para Jason Geiger, descrevendo os 160 acres reservados para ele ao lado da sua propriedade, pedindo uma confirmação imediata da sua concordância em assumir a posse da terra. Pediu também a Geiger que enviasse um grande suprimento de enxofre, porque Nick, embora com relutância, tinha dito que, na primavera, havia sempre surtos do que o povo chamava de sarna de Illinois, que só cedia com grandes doses de enxofre.

# 10

## O DESPERTAR

Correu logo a notícia de que havia um médico no lugar. Três dias depois de chegar em Holden's Crossing, Rob J. cavalgou vinte e cinco quilômetros para atender seu primeiro paciente e depois disso não parou de trabalhar. Ao contrário dos colonos do sul e do centro de Illinois, vindos em sua maioria dos estados do Sul, os fazendeiros do Norte vinham dos estados de Nova York e da Nova Inglaterra. Mais chegavam a cada mês, a pé, a cavalo, em carroças cobertas, às vezes trazendo uma vaca, alguns porcos ou ovelhas. Sua clientela ia cobrir uma vasta extensão de território – a pradaria entre os grandes rios, cruzada por pequenos regatos, pontilhada de bosques e marcada por profundos pântanos lamacentos. Dos pacientes que iam a ele, Rob J. cobrava setenta e cinco centavos a consulta. A domicílio, cobrava um dólar; e quando a visita era à noite, um dólar e meio. Passava grande parte do dia a cavalo, pois naquela vasta região, as casas eram muito distanciadas umas das outras. Muitas vezes, quando chegava a noite, estava tão cansado que tudo que podia fazer era deitar no chão e dormir.

Rob J. disse a Holden que poderia pagar parte da sua dívida no fim do mês, mas Nick sorriu e balançou a cabeça.

– Não tenha pressa. Na verdade, acho melhor eu emprestar um pouco mais. Os invernos são rigorosos e vai precisar de um cavalo mais forte. Além disso, com todo esse trabalho, você não tem tempo para construir sua casa antes da primeira neve. Vou procurar alguém para fazer isso, por um bom preço.

Nick encontrou um construtor de cabanas de madeira chamado Alden Kimball, um homem ativo e magro como um espeto, com dentes amarelos por causa do cachimbo de sabugo de milho que não tirava da boca. Possuía uma fazenda em Hubbardton, Vermont, e recentemente havia abandonado a comunidade mórmon da cidade de Nauvoo, Illinois, cujos habitantes eram chamados de Santos dos Últimos Dias e os homens podiam ter tantas mulheres quantas quisessem. Quando Rob J. o conheceu, Kimball disse que tivera um desentendimento com os chefes da igreja e simplesmente foi embora. Rob J. não tinha intenção de fazer muitas perguntas. Para ele bastava o fato de Kimball usar o machado e o enxó como se fossem partes do seu corpo. Ele derrubava árvores e desgalhava os troncos e aplainava os dois lados, no lugar em que tinham caído, e certo dia Rob alugou um boi de um fazendeiro chamado Grueber. Rob sabia que Grueber não teria confiado o animal a ele se Kimball não estivesse por perto. O santo apóstata, pacientemente, conseguiu que o boi o obedecesse e juntos, homem e animal, num único dia levaram os troncos de árvore até o local escolhido por Rob para fazer sua casa, na margem do rio. Quando Kimball preparava os alicerces, unindo os troncos com pregos de madeira, Rob viu que o tronco maior, que serviria de apoio à parede do lado norte, era torto, mais ou menos a um terço da extremidade, e chamou a atenção de Kimball para o fato.

– Vai dar certo – disse Kimball e Rob foi embora, deixando-o com seu trabalho.

Em outra visita, alguns dias mais tarde, Rob encontrou as paredes já erguidas. Alden tinha calafetado os troncos com argila de um determinado lugar na margem do rio e estava pintando as linhas brancas do revestimento. No lado norte, todos os troncos entortavam a uma certa altura, quase exatamente como o tronco de apoio, o que dava uma leve curvatura à parede. Alden devia ter levado muito tempo procurando troncos de árvores com o mesmo defeito e em dois deles a curva fora feita com a ajuda do enxó.

Foi Alden quem falou sobre o cavalo quarto de milha que Grueber queria vender. Quando Rob J. confessou que não entendia muito de cavalos, Kimball deu de ombros.

— Quatro anos, ainda crescendo e engordando. Boa saúde, nada de errado com o animal.

Assim, Rob comprou a égua quarto de milha. Era o que Grueber chamava de baio cor de sangue, mais vermelho do que marrom, com pernas, crina e cauda negras e manchas negras na testa, quinze palmos de altura, com um corpo forte e um olhar inteligente. Por que as sardas na testa o faziam lembrar de uma moça que conhecera em Boston, deu à égua o nome de Margaret Holland, ou Meg, para abreviar.

Certamente Alden tinha bom olho para animais e certa manhã Rob perguntou se ele gostaria de ficar trabalhando para ele quando acabasse a construção da casa.

— Bem, que tipo de fazenda vai ser a sua?
— Criação de ovelhas.

Alden fez uma careta.

— Não sei nada sobre ovelhas. Sempre trabalhei bem com vacas leiteiras.
— Eu fui criado numa fazenda de ovelhas – disse Rob. – Não é difícil cuidar delas. Gostam de andar em rebanho, podem ser facilmente guardadas no pasto por um homem e um cão. Quanto aos outros serviços, castrar, tosquiar e coisas assim, eu posso ensinar.

Alden fingiu que estava pensando no assunto, mas só por delicadeza.

— Para falar a verdade, não gosto muito de ovelhas. Não – disse, finalmente. – Eu agradeço muito, mas acho que não. – Talvez para mudar de assunto, perguntou o que Rob pretendia fazer com a velha égua. Monica Grenville o tinha levado para o oeste, mas agora era um animal cansado. – Acho que não vai conseguir muita coisa por ela se não a tratar bem. Tem muito pasto no prado, mas vai ter de comprar feno para alimentar os animais no inverno.

O problema foi resolvido alguns dias depois, quando um fazendeiro em má situação financeira pagou um parto com uma carroça de feno. Depois de estudar o caso, Alden concordou em fazer, no lado sul da casa, um estábulo aberto para os cavalos, um telhado sobre postes de madeira. Terminou a construção em dois dias. Nick apareceu para ver como iam os trabalhos. Olhou para o estábulo aberto e com um largo sorriso, sem olhar para Alden, disse:

— Tem de admitir que é uma construção bem esquisita. – Olhou para a parede do lado norte e ergueu a sobrancelha. – Aquela maldita parede está torta.

Rob J. passou as pontas dos dedos na curva de um dos troncos.

— Não, foi construída assim de propósito, é assim que nós gostamos. Isso a fez diferente de todas as outras que se veem por aí.

Alden trabalhou em silêncio durante uma hora, depois que Nick foi embora, então, parou de martelar os pregos de madeira e foi até onde Rob estava escovando Meg. Bateu o forno do cachimbo no calcanhar.

– Acho que posso aprender a criar ovelhas.

## 11

## O RECLUSO

Rob resolveu começar seu rebanho com merinos espanhóis por causa da lã boa e curta e pelo fato de poder cruzá-los com uma raça inglesa de lã longa, como sua família tinha feito na Escócia. Disse a Alden que só compraria os animais na primavera, para economizar a despesa e o esforço de mantê-los durante o inverno. Enquanto isso, Alden preparou uma pilha de mourões de cerca, construiu dois celeiros fechados e uma cabana no bosque para morar. Felizmente ele não precisava de supervisão porque Rob J. estava sempre ocupado. Os moradores da região tinham passado muito tempo sem assistência médica e ele procurou corrigir os efeitos da falta de cuidado e dos remédios caseiros. Atendia pacientes com gota, câncer, hidropisia e escrófula e muitas crianças com vermes, além de pessoas de todas as idades com consumpção. Estava cansado de extrair dentes. Para ele, extrair dentes era o mesmo que fazer uma amputação, pois detestava tirar uma coisa que nunca mais poderia repor.

– Espere até a primavera. É quando todo mundo apanhava uma febre ou outra. Vai ficar rico – disse Nick Holden, com um largo sorriso.

Rob percorria trilhas remotas, quase inexistentes, para atender chamados. Nick ofereceu um revólver emprestado, até ele poder comprar um.

– Viajar é perigoso, há bandidos como piratas de terra e agora esses malditos hostis.

– Hostis?

– Índios.

– Alguém os viu?

Nick franziu a testa. Foram vistos muitas vezes, disse ele, mas admitiu, embora a contragosto, que nunca fizeram mal a ninguém.

– Por enquanto – acrescentou sombriamente.

Rob J. não comprou uma arma, nem usava a de Nick. Sentia-se seguro com o novo cavalo. Meg era muito resistente e ele gostava da firmeza do seu passo quando subia e descia as margens íngremes dos rios e atravessava regatos. Ele a ensinou a aceitar ser montada de qualquer lado e a trotar quando ele assobiava. Quartos de milha eram usados para reunir o gado e ela aprendera com Grueber a andar, parar e dar meia-volta imediatamente, respondendo à menor mudança do peso de Rob na sela ou a um pequeno movimento das rédeas.

Certo dia em outubro, foi chamado à fazenda de Gustav Schroeder, que tinha amassado dois dedos entre duas rochas pesadas. Rob se perdeu e parou para pedir informação num barraco miserável perto de um campo muito bem cuidado. A porta se abriu muito pouco, mas o suficiente para ele sentir o fedor de excreções de um velho corpo, ar viciado, podridão. No rosto que espiou pela fresta, ele viu olhos vermelhos e inchados e cabelos sujos e despenteados de bruxa.

– Vá embora – ordenou uma rouca voz feminina. Uma coisa do tamanho de um filhote de cão passou correndo e se escondeu atrás da porta. Não podia ser uma criança, não naquele lugar. A porta foi fechada com uma batida violenta.

Os campos cultivados pertenciam a Schroeder. Quando chegou à fazenda, Rob teve de amputar o dedo mínimo e a primeira falange do médio, uma verdadeira agonia para o paciente. Quando terminou, perguntou à mulher de Schroeder quem era a mulher do barraco e Alma Schroeder disse, visivelmente envergonhada.

– É só a pobre Sarah.

# 12

# O ÍNDIO GRANDE

As noites eram agora geladas e claras como cristal, com estrelas enormes. Então, durante uma semana o céu ficou mais baixo. A neve chegou, bela e terrível, muito antes do fim de novembro, seguida pelo vento que estendeu o branco e espesso lençol, e os montes de neve que desafiavam mas não conseguiam deter a égua. Foi quando verificou a coragem e determinação com que o animal enfrentava a neve que Rob começou a amá-lo.

O frio cortante dominou a planície durante todo o mês de dezembro e parte de janeiro. Voltando para casa, de madrugada, depois de passar a noite numa casa de barro enfumaçada com cinco crianças, três delas com crupe, Rob encontrou dois índios numa situação muito difícil. Eram os mesmos que tinham parado para ouvir sua música perto da casa de Nick Holden. As carcaças de três lebres da neve provavam que estiveram caçando. Um dos seus pôneis tinha tropeçado e quebrado a perna da frente, caindo sobre o cavaleiro, o sauk com nariz grande e curvo. O seu companheiro matou o animal imediatamente e abriu sua barriga, conseguindo livrar o homem ferido e colocando-o dentro da carcaça para evitar que morresse congelado.

– Eu sou médico. Talvez possa ajudar.

Eles não entendiam inglês, mas o índio maior não fez nenhum gesto para evitar que ele examinasse o homem ferido. Assim que Rob se abaixou ao lado da carcaça quente, percebeu que era um caso de deslocamento do quadril direito e que o homem estava sentindo muita dor. O pé dependurado, como se estivesse separado da perna, indicava lesão do nervo ciático e quando Rob tirou-lhe o sapato de pele e espetou a sola com a ponta da faca, o índio não conseguiu mover os dedos. Os músculos protetores estavam tensos e imobilizados por causa da dor e do frio e não era possível corrigir-lhe o quadril naquele lugar.

O outro índio montou no seu pônei e cavalgou na direção do bosque, talvez para trazer socorro. Rob vestia um casaco de pele de carneiro, roído por traças, ganho de um lenhador num jogo de pôquer no inverno anterior. Cobriu com ele o índio ferido. Depois, tirou da maleta algumas ataduras e amarrou com elas as pernas do homem, para imobilizar o quadril. O índio grande voltou então arrastando dois galhos de árvore fortes, mas flexíveis. Amarrou as extremidades dos galhos nas laterais do seu cavalo, como varais traseiros, e prendeu entre os dois uma pele, formando uma maca, onde deitaram o homem ferido. Não foi uma viagem fácil, mas era melhor arrastar-se pela neve do que pelo chão duro.

Rob acompanhou a maca sob uma leve chuva de granizo. Cavalgaram seguindo a borda da floresta que acompanhava o rio. Finalmente, o índio entrou numa trilha entre as árvores e chegaram ao acampamento dos sauks.

As barracas cônicas e pontudas – quando Rob teve oportunidade de contar, verificou que eram dezessete – erguiam-se entre as árvores, protegidas do vento. Os sauks possuíam bons agasalhos. Por toda a parte viam-se os sinais da reserva, pois vestiam roupas que tinham sido usadas por brancos bem como peles de animais, e havia caixas antigas de munição do exército em várias tendas. Tinham muita lenha seca empilhada e fumaça cinzenta saía pelas aberturas superiores das barracas cônicas. Mas Rob percebeu a avidez com que as mãos se estenderam para as três lebres magras caçadas pelos dois índios, bem como as faces encovadas, pois conhecia os sinais da fome nos seres humanos.

O homem ferido foi levado para uma das barracas e Rob o acompanhou.

– Alguém fala inglês?

– Eu falo a sua língua. – Era difícil determinar a idade de quem respondeu, pois estava envolto, como todos os outros, numa porção de peles informes, com a cabeça coberta por um capuz de peles de esquilos cinzentos costuradas, mas a voz era de mulher.

– Eu sei como curar este homem. Sou médico. Sabe o que é um médico?

– Eu sei. – Os olhos castanhos da mulher exibiam tranquilidade. Ela falou alguma coisa na própria língua e os outros, na barraca, esperaram, olhando para ele.

Rob J. reforçou o fogo com algumas achas secas da pilha de lenha. Tirou a roupa do índio e verificou que o quadril estava virado para dentro. Ergueu os joelhos do homem até dobrá-los completamente e então, usando a mulher como intérprete, mandou que segurassem o paciente com mãos firmes. Abaixando-se, pôs o ombro direito debaixo do joelho do lado lesado. Então ergueu o corpo num gesto com toda a força e ouviu-se um estalido, a cabeça do fêmur encaixou no osso do quadril.

O índio ficou imóvel, como se estivesse morto. Durante todo o processo mal deixara escapar alguns fracos gemidos e Rob J. achou que merecia um gole de uísque com láudano. Mas a bebida e o medicamento estavam na maleta em sua sela, e antes que tivesse tempo de apanhá-los, a mulher pôs água numa cabaça, dissolveu nela o pó tirado de um saquinho de couro e deu a mistura para o ferido que a tomou avidamente. Então, apoiou as mãos, uma de cada lado do quadril do homem e, olhando nos olhos dele, disse alguma coisa na sua língua com voz cantada. Rob sentiu um arrepio na espinha. Compreendeu que ela era a curandeira da tribo. Ou, talvez, uma espécie de sacerdotisa.

Naquele momento, a noite em claro e a luta contra a neve das últimas vinte quatro horas fizeram-se sentir e num atordoamento de cansaço ele saiu do *tipi* escuro para o grupo de sauks que, com as roupas cobertas de neve, esperavam do lado de fora. Um velho com olhos remelentos tocou nele, curioso.

– *Cawso wabeskiout!* – disse ele, e os outros repetiram, *Cawso Wabeskiou, Cawso wabeskiou.*

A médica-sacerdotisa saiu do *tipi*. O vento afastou o capuz do seu rosto e Rob viu que ela não era velha.

– O que eles estão dizendo? – perguntou.

– Eles chamam você de Xamã Branco – disse ela.


A curandeira disse que, por razões que Rob compreendeu imediatamente, o nome do homem ferido era Waucau-che, Nariz de Águia. O nome do índio grande era Pyawanegawa, Chega Cantando. De volta à sua cabana, Rob encontrou Chega Cantando e outros sauks que tinham saído apressadamente para chegar à carcaça do pônei antes dos lobos. Conduziam dois pôneis que carregavam os pedaços de carne. Passaram por ele em fila indiana, como se estivessem passando por uma árvore.

Quando chegou em casa, Rob escreveu no seu diário e tentou desenhar a mulher índia, porém, por mais que tentasse, tudo o que conseguiu foi um rosto que podia ser de qualquer índio, de qualquer sexo, e marcado pela fome. Precisava dormir, mas o colchão de palha não parecia convidativo.

Sabia que Gus Schroeder tinha espigas de milho secas para vender e Alden dissera que Paul Grueber tinha algum grão sobrando. Naquela tarde, montado em Meg e puxando Monica, ele voltou para o acampamento dos sauks e deixou dois sacos de milho, um de nabo sueco e outro de trigo.

A curandeira não agradeceu. Apenas olhou para as sacas de mantimento, deu algumas ordens e mãos ansiosas as tiraram imediatamente do frio e da neve, levando-as para dentro dos *tipis*. O vento mais uma vez abriu o capuz. Era uma legítima pele-vermelha. Sua pele era de um marrom-avermelhado, o nariz curvo, as narinas quase negroides. Os olhos castanhos eram enormes e o olhar direto. Rob perguntou como se chamava e ela disse Makwa-ikwa.

– O que significa, na minha língua?
– Mulher Urso – respondeu ela.

# 13
## ATRAVESSANDO O INVERNO

Os tocos dos dedos amputados de Gus Schroeder cicatrizaram sem infecção. Rob J. o visitou talvez com excessiva frequência porque estava intrigado com a mulher no barraco. Alma Schroeder a princípio não deu nenhuma informação, mas quando compreendeu que Rob J. queria ajudar, de forma maternal contou-lhe tudo sobre a jovem mulher. Sarah era uma viúva de vinte e dois anos que havia chegado a Illinois, proveniente da Virgínia, há cinco anos, em companhia do jovem marido, Alexander Bledsoe. Durante dois anos, na primavera, Bledsoe preparou o solo coberto de relva com raízes profundas, trabalhando com o arado e uma parelha de bois para arar a maior parte possível antes que a relva do prado crescesse acima da sua cabeça. Em maio do seu segundo ano no oeste, ele apanhou a sarna de Illinois, seguida por uma febre que o matou.

– Na primavera seguinte, ela tenta arar e plantar, sozinha – disse Alma. – Compra semente de *kleine*, limpa mais uma área de terra, mas não consegue. Não pode cultivar nada. Naquele verão nós viemos de Ohio, Gus e eu. Fizemos, como vocês chamam? Um acordo? Ela entrega os campos para Gustav, nós damos a ela farinha de milho e vegetais. Lenha para o fogo.

– Que idade tem a criança?
– Dois anos – disse Alma Schroeder. – Ela nunca diz nada, mas achamos que o pai é Will Mosby. Will e Frank Mosby viviam por aqui. Will costuma-

va passar muito tempo com ela. Ficamos satisfeitos. Neste lugar, a mulher precisa de um homem. – Alma suspirou com desprezo. – Aqueles irmãos. Nada bons, nada bons. Frank Mosby está fugindo da lei. Will foi morto numa briga de bar, um pouco depois da criança nascer. Uns dois meses. Sarah fica doente.

– Não teve muita sorte.

– Nenhuma sorte. Está muito doente, diz que está morrendo de câncer. Tem dor na barriga, tão forte que não pode... você sabe... controlar a água.

– Perdeu o controle dos intestinos também?

Alma Schroeder corou. Um bebê ilegítimo era apenas um dos fatos da vida, mas não estava acostumada a falar sobre as funções do corpo com nenhum homem a não ser Gus, nem mesmo um médico.

– Não. Só a água... Ela quer que eu fique com o menino quando ela morrer. Já estamos alimentando cinco... – Olhou para ele, desafiadoramente. – Você tem algum remédio para a dor dela?

O doente de câncer podia escolher entre o uísque e o ópio. Não havia nada que pudesse tomar e ao mesmo tempo cuidar do filho. Mas, quando saiu da casa dos Schroeder, Rob J. parou no barraco, fechado e aparentemente vazio.

– Sra. Bledsoe – chamou ele, batendo à porta.

Nada.

– Sra. Bledsoe. Sou Rob J. Cole. Sou médico. – Bateu outra vez.

– Vá embora!

– Eu disse que sou médico. Talvez possa fazer alguma coisa.

– Vá embora. Vá embora. Vá embora.


No fim do inverno, a cabana de Rob J. começava a parecer um lar. Aonde quer que fosse, ele adquiria coisas para a casa – uma panela de ferro, duas xícaras, uma garrafa colorida, uma tigela de barro, colheres de pau. Algumas ele comprava. Outras, aceitava como pagamento, como o par de velhas colchas de retalhos, uma das quais dependurou na parede do lado norte para evitar as correntes de vento e a outra usava na cama feita por Alden Kimball. Alden fez também uma banqueta de três pernas e um banco baixo para a frente da lareira e, antes da neve chegar, Kimball instalou um tronco de sicômoro de três metros, de pé, dentro da cabana. Pregou algumas tábuas e Rob as cobriu com uma manta. A essa mesa ele sentava regiamente, no melhor móvel da casa, a cadeira com assento de casca de nogueira, para comer ou ler livros e revistas de medicina, antes de dormir, à luz incerta de um pedaço de pano aceso num prato fundo com gordura derretida. A lareira, feita com pedras do rio e argila, aquecia a cabana. Acima dela, na parede, estavam os rifles e molhos de ervas, réstias de cebola e de alho, pedaços de maçã secos, presos uns aos outros, uma salsicha e um presunto defumado pendiam das vigas do teto. Num canto guardava suas ferramentas – enxada, machado, roçador de mato, garfo de madeira, todos feitos com diferentes graus de artesanato.

Ocasionalmente tocava a viola de gamba. A maior parte do tempo estava cansado demais para tocar sozinho. No dia 2 de março uma carta de Jay Geiger e um suprimento de enxofre chegaram ao escritório da diligência, em Rock Island. Geiger dizia que a descrição da terra em Holden's Crossing, feita por Rob J., era melhor do que ele e a mulher esperavam. Tinha enviado a Nick Holden uma ordem de pagamento referente ao sinal e faria os outros pagamentos no escritório de terras do governo. Infelizmente, os Geiger não poderiam ir imediatamente para Illinois. Lillian estava grávida outra vez, "uma ocorrência inesperada que, embora nos encha de alegria, vai retardar nossa ida". Teriam de esperar o nascimento do segundo filho e, depois, que ele tivesse idade suficiente para suportar a longa viagem.

A carta de Jay provocou-lhe sentimentos confusos. Rob J. ficou satisfeito por Jay confiar na sua recomendação sobre a terra, ele seria seu vizinho algum dia. Mas, ao mesmo tempo, sentiu quase um desespero, ao pensar que esse dia não estava próximo. Desejava poder tocar com eles a música que confortava e encantava sua alma. A planície era uma prisão imensa e silenciosa, onde ele passava sozinho a maior parte do tempo.

Rob J. achou que devia arranjar um cachorro.

Metade do inverno já havia passado e os sauks estavam famintos e magros outra vez. Gus Schroeder admirou-se de Rob querer mais duas sacas de milho, mas não insistiu na pergunta quando Rob não ofereceu nenhuma explicação. Como da primeira vez, os índios aceitaram a oferta em silêncio e sem demonstrar nenhuma emoção. Ele levou meio quilo de café para Makwa-ikwa e passou algum tempo com ela, ao lado do fogo. Ela misturou ao café tantas raízes secas que o resultado foi uma bebida diferente de qualquer outra que Rob já experimentara. Tomaram puro. Não era bom, mas era quente e de certa forma com gosto de comida de índio. Aos poucos começaram a se conhecer. Makwa-ikwa tinha estudado durante quatro anos numa missão para crianças índias, perto de Fort Crawford. Lia um pouco e já ouvira falar da Escócia, mas quando percebeu que Rob pensava que era cristã, tratou de esclarecer. Seu povo adorava Se-wanna – seu deus principal – e outros *nanitous* e era ela quem os orientava nos ritos tradicionais dessa religião. Rob compreendeu que ela era tão boa sacerdotisa quanto muitas outras coisas, como uma boa curandeira. Sabia tudo sobre a botânica medicinal do lugar e tinha molhos de ervas secas dependurados em vários postes. Algumas vezes ele a viu tratar os sauks, começando por se acocorar ao lado do doente, tocando suavemente um tambor feito com uma tigela de barro com dois terços de água coberta por uma pele fina, esticada. Ela passava uma vareta curva levemente na pele do tambor. O resultado era um som rouco e baixo que, depois de algum tempo, tinha efeito soporífico. Então, ela encostava as duas mãos na parte do corpo que devia ser tratada e falava com o paciente em voz baixa, na sua língua. Rob a viu curar desse modo uma distensão muscular nas costas de um jovem índio e a dor nos ossos de uma velha mulher.

– Como é que suas mãos acabam com a dor?

Mas ela balançou a cabeça.

– Não sei explicar.

Rob J. segurou as mãos da velha índia entre as suas. Embora a dor tivesse desaparecido, ele sentiu que as forças a abandonavam. Disse então a Marka-ikwa que a mulher tinha poucos dias de vida. Cinco dias depois, quando voltou ao acampamento, a velha índia estava morta.

– Como você sabia? – perguntou Makwa-ikwa.

– Senti a chegada da morte... algumas pessoas da minha família podem sentir. Uma espécie de dom. Não sei explicar.

Assim, cada um teve de aceitar a palavra do outro. Rob a achava extremamente interessante, diferente de todas as pessoas que já havia conhecido. A atração física era muito forte entre eles. Geralmente sentavam perto da pequena fogueira no chão do *tipi*, tomando café e conversando. Certo dia ele tentou descrever a Escócia, sem saber ao certo quanto Makwa podia compreender, mas ela escutou com atenção, fazendo uma ou outra pergunta sobre animais e plantações. Ela explicou a estrutura social dos sauks e foi sua vez de ser paciente, pois Rob achou tudo um tanto complicado. A nação sauk era dividida em doze grupos, como os clãs escoceses, só que, em vez de se chamarem McDonald, Bruce e Stewart, tinham nomes como *Namawuck*, Esturjão; *Muc-Kissou*, Águia Calva; *Pucca-hummowuck*, Perca Listrada; *Macco Pennyack*, Urso Batata; *Kiche Cumme*, Grande Lago; *Payshake-issewick*, Ganso; *Pesshepeshewick*, Pantera; *Waymeco-uck*, Trovão; *Muck-Wuck*, Urso; *Me-seco*; Perca Negra; *Ahawuck*, Cisne; e *Muhwa-wack*, Lobo. Os clãs viviam juntos sem competição, mas cada sauk pertencia às duas metades altamente competitivas, a *Keeso-qui*, Cabelos Longos, ou a *Osh-cush*, Homens Bravos. Cada primeiro filho homem, logo que nascia, era declarado membro da metade a que pertencia o pai, o segundo tornava-se membro da outra metade, e assim por diante, alternativamente, de modo que as duas metades eram representadas, mais ou menos igualmente, dentro de cada família e dentro de cada clã. Eles competiam nos jogos, na caça, na paternidade e em atos de bravura – em todos os aspectos da sua vida. A competição acirrada mantinha os sauks fortes e corajosos, mas não havia feudos de sangue entre as duas metades. Rob J. achou que era um sistema mais sensato do que o do seu povo, mais civilizado, pois milhares de escoceses tinham sido mortos pelos clãs rivais durante vários séculos de lutas internas selvagens.

Devido ao racionamento de comida e a uma certa desconfiança em relação ao alimento preparado pelos índios, no começo ele evitava partilhar as refeições com Makwa-ikwa. Depois, algumas vezes, quando os caçadores eram bem-sucedidos, ele experimentou a comida feita por ela e gostou. Eles comiam especialmente cozidos e assados e, quando podiam escolher, preferiam carne vermelha ou de aves, ao peixe. Ela falou sobre os banquetes religiosos de carne de cachorro, muito apreciada pelos *manitous*. Explicou que quanto mais o cão fosse querido como animal de estimação, melhor era o sacrifício nesses banquetes e mais forte o efeito medicinal. Rob J. não escondeu sua repulsa.

– Você não acha estranho comer um animal de estimação?

– Não tanto quanto comer o corpo e beber o sangue de Cristo.

Rob era um homem jovem e normal e, às vezes, embora os dois estivessem agasalhados com várias camadas de roupa e de peles, ele ficava dolorosamente excitado. Certa vez segurou as mãos frias e quadradas de Makwa-ikwa nas suas e ficou abalado com a força vital que sentiu nelas. Examinou os dedos curtos, a pele marrom-avermelhada e áspera, os calos rosados nas palmas. Perguntou se ela queria visitar sua cabana. Makwa-ikwa olhou solenemente para ele e retirou as mãos. Não disse se aceitava ou não o convite, mas nunca o visitou.

Durante a estação do degelo, Rob J. foi a cavalo até o acampamento dos índios, evitando os lamaçais onde a terra não conseguia absorver toda a água da neve derretida. Os sauks estavam deixando o local do acampamento de inverno e ele os acompanhou a um lugar aberto, a dez quilômetros de distância, onde os índios substituíram *os tipis* aconchegantes por *hedonoso-tes*, cabanas comunais de galhos entrelaçados, que permitiam a passagem da brisa de verão. Havia um bom motivo para mudar o local do acampamento. Os sauks ignoravam completamente os sistemas sanitários e o acampamento de inverno fedia. A mudança evidentemente animava os índios e por onde quer que olhasse Rob via jovens lutando, apostando corrida ou jogando com bola e bastão, um jogo que ele não conhecia. Usavam bastões pesados com bolsas de couro trançado nas pontas e uma bola de madeira recoberta com pele de gamo. Correndo a toda velocidade, o jogador atirava a bola de dentro da rede de couro do seu bastão e outro a apanhava, também na rede. Passando a bola de um para o outro, eles percorriam enormes distâncias. Era um jogo rápido e violento. Quando um jogador carregava a bola, os outros podiam tentar tirá-la da sua rede, quase sempre acertando os oponentes com golpes do bastão e eram comuns os tropeções e as quedas. Percebendo o interesse de Rob, um dos quatro jogadores o chamou e entregou a ele o bastão.

Com largos sorrisos, os outros imediatamente o aceitaram no jogo que, para Rob, parecia mais pancadaria do que esporte. Rob era maior do que a maioria deles e mais forte. Na primeira oportunidade, um deles, com um rápido movimento do pulso, atirou a bola pesada para Rob. Ele não a apanhou imediatamente e correu para alcançá-la, vendo-se no meio de uma briga selvagem, com a impressão de que todos os golpes dos bastões o tinham como alvo. Percebeu que não era capaz de controlar o passe longo da bola. Com admiração por uma habilidade que não possuía, devolveu o bastão ao dono.

Quando comiam coelho cozido na tenda, Makwa-ikwa transmitiu a ele um pedido dos sauks. Durante todo o inverno rigoroso seu povo havia apanhado muitos animais com suas armadilhas e agora tinham dois fardos de pele da melhor qualidade, visom, raposa, castor e rato almiscarado. Queriam trocar as peles por sementes para seu primeiro plantio do verão.

Rob ficou surpreso pois pensava que os índios não cultivassem a terra.

– Se levarmos as peles a um comerciante branco, seremos enganados – disse Makwa-ikwa, sem nenhum rancor, como se estivesse falando de coisas comuns.

Assim, certa manhã, Rob J. e Alden Kimball, levando dois burros carregados com as peles e outro sem carga, dirigiram-se para Rock Island. Rob J. negociou habilmente com o dono do armazém-geral e voltou com cinco sacas de semente de milho – uma saca de milho pequeno, de cultivo mais rápido, duas de milho maior, mais duro, e duas sacas de sementes de milho de espiga grande e grão macio para farinha – e mais três sacas, uma com sementes de feijão, outra com sementes de abóbora e a última com moranga. Ele recebeu também três peças de ouro de vinte dólares americanos para prover os sauks de um fundo de reserva para outras coisas que eles pudessem precisar comprar aos brancos. Alden mal continha sua admiração pela perspicácia do empregado, acreditando que Rob J. havia tratado essa negociação comercial tão complicada pensando em seu próprio proveito.

Eles pernoitaram em Rock Island. Num bar, após virar dois copos de cerveja, Rob J. escutou as reminiscências fanfarronas de dois caçadores de índios.

– Este lugar todo pertencia aos sauks e aos fox – contou o ramelento dono do bar. – Os sauks se autointitulavam ousakies e os fox se chamavam de mesquakies. Juntos eles possuíam tudo que havia entre o Mississípi, a oeste, o lago Michigan, a leste, o Wisconsin, ao norte, e o rio Illinois, ao sul – cinquenta milhões de acres das melhores terras! A maior aldeia deles era a Sauk-e-nuk, uma verdadeira cidade com ruas e praças. Onze mil sauks viviam por lá, cultivando 25 mil acres entre o rio Rock e o Mississípi. Bem, não levamos muito tempo para despachar os bastardos vermelhos e pormos aquela terra em atividade!

As histórias eram anedotas de lutas sangrentas com os black hawk e seus guerreiros, nas quais os índios eram sempre demoníacos e os brancos corajosos e nobres. Eram relatos como os de veteranos das Grandes Cruzadas, a maior parte deslavadas mentiras, sonhos do que poderia ter acontecido se aqueles que as contavam fossem homens melhores. Rob J.

sabia que a maioria dos homens brancos não via o mesmo que ele quando olhava para os índios. Os outros falavam como se os sauks fossem animais selvagens que tivessem sido merecidamente perseguidos até a fuga, tornando o campo mais seguro para o pessoal verdadeiramente humano. Rob buscara toda a vida a liberdade espiritual que percebia nos sauks. Era o que ele procurava quando escrevera o panfleto na Escócia, o que ele julgara ver morrer quando Andrew Gerould fora enforcado. Agora ele descobria o mesmo num punhado de jovens e exóticos peles-vermelhas. Não estava romantizando nada. Reconhecia a indigência do acampamento dos sauks, o atraso da sua cultura num mundo que tinha passado ao largo deles. Mas tomando lentamente a cerveja, fingindo interesse pelas histórias dos homens embriagados, histórias de eviscerações, escalpos, de saque e rapina, ele compreendeu que Makwa-ikwa e os sauks eram a melhor coisa que tinha encontrado naquele lugar.

# 14

# BOLA E BASTÃO

Rob J. surpreendeu Sarah Bledsoe e o filho como surpreendemos às vezes criaturas selvagens num raro momento de despreocupação. Ele já vira passarinhos aquecendo-se ao sol com aquele mesmo contentamento, depois de tirar o pó e arrumar as penas. A mulher e o filho estavam sentados no chão, na frente da casa, de olhos fechados. Sarah não tinha feito nenhuma limpeza nas penas. O cabelo louro e comprido estava embaraçado e sem brilho e o vestido amarrotado que cobria o corpo magro, muito sujo. A pele era flácida e o rosto pálido e doentio.

Quando Sarah abriu os olhos azuis e encontrou os de Rob, seu rosto refletiu imediatamente surpresa, medo, consternação e raiva e, sem uma palavra, ela pegou o filho nos braços e entrou em casa. Rob chegou à porta. Estava farto de tentar falar com ela através da madeira.

– Sra. Bledsoe, por favor, eu quero ajudá-la – disse ele, mas a única resposta foi a respiração um tanto ofegante pelo esforço de pôr a pesada tranca na porta.

Os índios não rebentavam a terra com arados, como faziam os colonos brancos. Eles procuravam as camadas mais finas entre o mato e perfuravam o solo com bastões de ponta aguda para plantar as sementes. Cobriam as partes mais duras com pilhas de mato e galhos secos, o que fazia com que a raiz da relva apodrecesse dentro de um ano, abrindo nova área para o plantio na primavera seguinte.

Quando Rob J. visitou o acampamento de verão dos sauks, o milho estava plantado e havia uma expectativa de festa no ar. Makwa-ikwa disse a Rob que, depois do plantio, eles realizavam a Dança da Garça, o mais alegre festival do seu povo. Começava com uma partida de bola e bastão, da qual todos os homens participavam. Não era preciso escolher os times, era metade contra metade. Os Cabelos Longos tinham uns seis homens a menos do que os Homens Bravos. O índio grande, chamado Chega Cantando, foi quem selou o destino de Rob J. Ele trocou algumas palavras com Makwa-ikwa e ela, voltando-se para Rob, disse, em inglês:

– Ele convida você para jogar com os Cabelos Longos.

– Ah, bem – respondeu Rob, com um sorriso idiota. Lembrando a habilidade dos índios e sua falta de jeito, jogar era a última coisa que queria fazer. As palavras de recusa estavam nos seus lábios, mas o homem e a mulher o observavam com interesse, e ele percebeu que o convite tinha um significado mais profundo. Assim, em vez de recusar, como qualquer homem sensato faria, ele agradeceu delicadamente e disse que teria prazer em jogar com os Cabelos Longos.

Com seu inglês impecável de aluna de colégio – tão interessante de ouvir –, ela explicou que a competição começaria no acampamento de verão. Ganharia a metade que conseguisse pôr a bola numa pequena caverna, na outra margem, uns nove quilômetros rio abaixo.

– Nove quilômetros! – Ficou mais admirado quando soube que não havia nenhuma linha demarcadora. Makwa-ikwa procurou explicar que o homem que fugisse para o lado, a fim de evitar seus oponentes, não era bem-visto.

Para Rob era uma competição completamente estranha, um jogo de outro povo, a manifestação de uma cultura selvagem. Então por que tinha aceitado? Fez essa pergunta a si mesmo centenas de vezes naquela noite, passada no *hedonoso-te* de Chega Cantando, porque o jogo ia começar logo depois do nascer do dia. A cabana tinha uns quinze metros de comprimento e seis de largura, construída de galhos entrelaçados e coberta, no lado de fora, por camadas de casca de álamo. Não havia janelas e as entradas, nas duas extremidades, eram fechadas com peles de búfalo, mas o ar circulava livremente. Tinha oito compartimentos, quatro de cada lado do corredor central. Chega Cantando e a mulher, Lua, dormiam num deles, os pais de Lua em outro e um terceiro era ocupado pelos dois filhos do casal. Os outros compartimentos serviam de depósito, e foi num deles que Rob passou a noite insone, contemplando as estrelas através da abertura para saída da fumaça, no teto, e ouvindo os suspiros, os pesadelos, os gases expelidos e, em várias ocasiões, o que só poderia ser o som de um vigoroso e entusiasmado ato de amor, embora seu anfitrião não tivesse cantado nem uma nota, nem mesmo cantarolado.

De manhã, depois da canjica na qual, felizmente, só conseguiu identificar as bolas de cinza, Rob J. submeteu-se a uma honra duvidosa. Nem todos os Cabelos Longos tinham cabelos compridos. Os times diferenciavam-se pela cor da tinta usada. Os Cabelos Longos usavam uma pintura negra, uma mistura de gordura animal e carvão. Os Homens Bravos estavam pintados com argila branca. Por todo o acampamento, os homens mergulhavam os dedos nas tigelas de tinta e decoravam a pele. Chega Cantando aplicou a tinta negra no rosto, no peito e nos braços. Então, passou a mistura para Rob.

*Por que não?*, perguntou ele a si mesmo, retirando a tinta da tigela com as pontas de dois dedos, como se estivesse comendo mingau de aveia com uma colher. Passou a mistura áspera na testa e no rosto. Tirou a camisa e deixou-a cair no chão, uma borboleta-macho nervosa saindo da crisálida, e pintou o peito. Chega Cantando olhou para os pesados sapatos escoceses de Rob e desapareceu. Voltou logo depois, com um par de sapatos de pele de gamo, igual aos de todos os sauks, mas embora Rob tivesse experimentado vários pares, nenhum serviu. Seu pé era muito grande, maior até que o de Chega Cantando. Riram juntos do tamanho dos pés de Rob e o índio grande desistiu, deixando-o com os sapatos escoceses.

Chega Cantando entregou a Rob um bastão com rede e cabo grosso e forte e fez sinal para que ele o acompanhasse. Os dois times reuniram-se num espaço aberto no meio das grandes cabanas. Makwa-ikwa fez um pequeno discurso na sua língua, aparentemente abençoando os competidores, e então, antes que Rob J. tivesse tempo de saber o que estava acontecendo, ela lançou o braço para trás e atirou a bola, que navegou na direção dos jogadores, numa parábola preguiçosa, que terminou com o estrépito selvagem das batidas com os bastões e gritos e rosnados de dor. Para desapontamento de Rob J. os Homens Bravos ganharam a bola que foi carregada na rede de um jovem, com calça comprida e justa, pouco mais que um menino, mas com as pernas musculosas de um adulto. Ele se afastou rapidamente e os outros o seguiram como cães atrás de uma lebre. Era sem dúvida o momento dos mais velozes, pois a bola foi passada várias vezes de um para outro e logo estava muito longe de Rob.

Chega Cantando ficou ao lado dele. Algumas vezes eles alcançaram os mais rápidos e o combate atrasava o movimento para a frente. Chega Cantando rosnou satisfeito quando a bola foi apanhada pela rede de um dos Cabelos Longos, mas não se surpreendeu quando foi recapturada, logo depois, pelos Homens Bravos. Quando os dois times corriam, acompanhando as árvores na margem do rio, Chega Cantando fez um sinal para Rob e os dois afastaram-se dos outros, na direção da pradaria aberta, seus passos pesados fazendo subir o orvalho da relva nova, como um enxame de insetos prateados nos seus calcanhares.

Para onde o índio grande o estava levando? Era tarde demais para se preocupar com isso, pois sua confiança já estava empenhada. Concentrou toda a energia para acompanhar Chega Cantando, que se movimentava muito bem para um homem tão grande. Logo ele compreendeu o objetivo do companheiro; corriam numa linha reta, um caminho muito mais curto do que o seguido pelos outros, ao longo da margem do rio. Quando Chega Cantando parou finalmente, os pés de Rob J. pesavam como chumbo, ele mal podia respirar e sentia uma pontada no lado do corpo. Mas tinham chegado antes dos outros.

Na verdade, a maior parte dos homens fora deixada para trás pelos mais velozes. Chega Cantando e Rob J. esperaram, escondidos entre as árvores, procurando recuperar o ritmo da respiração, e logo apareceram três homens pintados de branco. O que vinha na frente não estava com a bola e carregava o bastão com a rede como quem carrega uma lança. Estava descalço e com uma calça esfarrapada que já havia sido um dia uma calça marrom de tecido feito em casa. Era menor do que os dois homens escondidos entre as árvores, mas musculoso, e possuía uma enorme cicatriz no lado do rosto, de onde a orelha fora arrancada há muito tempo, conferindo-lhe uma aparência ameaçadora. Rob J. retesou os músculos, pronto para o ataque, mas Chega Cantando tocou de leve no braço dele, e deixaram o homem passar. A bola estava com o Homem Bravo que a apanhara primeiro no começo da corrida e que surgiu logo depois do índio sem orelha. Ao lado dele corria um sauk pequeno e entroncado, com uma calça da farda da cavalaria dos Estados Unidos, cortada na altura dos joelhos, azul, com listras amarelas e sujas de cada lado.

Chega Cantando apontou para Rob e depois para o jovem com a bola e Rob fez um gesto afirmativo. O homem era sua responsabilidade. Sabia que tinham de atacar de surpresa, porque se aquele Homem Bravo fugisse, ele e Chega Cantando nunca mais o alcançariam.

Assim, atacaram como relâmpago e trovão, e Rob compreendeu a utilidade das tiras de couro amarradas nos seus braços, pois com a rapidez com que um bom pastor segura um carneiro e amarra suas pernas, Chega Cantando derrubou o homem e amarrou seus pulsos e tornozelos. Foi bem na hora, pois o que ia na frente estava voltando. Rob foi mais lento no processo de amarrar o jovem com a bola, por isso Chega Cantando partiu sozinho para cima do homem sem orelha. O Homem Bravo brandiu o bastão como uma arma, mas Chega Cantando desviou-se do golpe quase com desdém. Duas vezes maior que o oponente e mais decidido, ele o derrubou e amarrou um pouco antes de Rob J. imobilizar o outro.

Chega Cantando apanhou a bola e a pôs na rede de Rob J. Sem uma palavra ou um olhar para os três sauks amarrados, Chega Cantando correu. Levando a bola na rede, como se fosse uma bomba com pavio aceso, Rob J. correu pela trilha atrás dele.

Não foram interceptados por ninguém até Chega Cantando parar e fazer sinal de que era ali que tinham de atravessar o rio. Outra utilidade das tiras de couro foi demonstrada quando o índio amarrou o bastão de Rob ao cinto, deixando suas mãos livres para nadar. Chega Cantando amarrou seu bastão na tanga de couro e tirou os sapatos, deixando-os na margem do rio. Rob J. sabia que seus pés eram delicados demais para seguir descalço, por isso, amarrou os sapatos no pescoço. A bola, ele enfiou na frente da calça.

Com um largo sorriso, Chega Cantando ergueu três dedos no ar.

Embora não fosse a coisa mais engraçada do mundo, serviu para aliviar a tensão e Rob deu uma gargalhada – um erro, pois a água, transportando o som da sua risada, os traiu e trouxe como resposta os gritos dos seus perseguidores. Os dois entraram rapidamente no rio.

Seguiram juntos, Rob no nado de peito, à moda europeia, e o índio com nado de cachorrinho. Rob estava se divertindo extremamente; não se sentia exatamente como um nobre selvagem, mas muito pouco seria preciso para convencê-lo de que ele era o próprio Meias de Couro. Quando chegaram na outra margem, Chega Cantando rosnou impaciente enquanto Rob calçava os sapatos. As cabeças dos perseguidores subiam e desciam na água, como maçãs numa banheira. Quando finalmente Rob se calçou e a bola estava na sua rede, o primeiro nadador estava quase na margem.

Assim que começaram a correr, Chega Cantando apontou para a pequena caverna que significava o fim do jogo e, vendo a abertura na rocha, Rob criou novo ânimo. Soltou um brado de vitória na sua língua erse. Mas foi prematuro. Meia dúzia de sauks apareceu na trilha entre eles e a caverna. Embora a água tivesse lavado grande parte da tinta, viam-se ainda alguns traços brancos. Quase imediatamente dois Cabelos Longos saíram da floresta e atacaram. No século XV, um dos ancestrais de Rob, Brian Culien, conseguira deter, sozinho, um grupo de McLaughlin, girando a grande espada escocesa num tremendo círculo de morte. Com dois círculos, menos letais, mas mesmo assim ameaçadores, os dois Cabelos Longos conseguiram manter à distância três oponentes, girando seus bastões. Isso deixava três Homens Bravos livres para tentar apanhar a bola. Chega Cantando aparou um golpe com seu bastão e inutilizou o adversário com um pontapé certeiro.

– Isso mesmo, no traseiro, um pontapé nesse traseiro assassino – gritou Rob, esquecido de que ninguém estava entendendo.

Um índio lançou-se para ele, com a fúria de um homem drogado. Rob desviou o corpo e pisou com seu sapato pesado no pé descalço do atacante. Apenas a alguns passos do homem que gemia de dor, estava a entrada da caverna, bastante próxima até mesmo para sua pouca habilidade no jogo. Com um movimento rápido do pulso, atirou a bola. Não importava que ela tivesse entrado aos pulos na caverna escura. O importante era que todos a viram entrar.

Rob atirou o bastão para o ar e gritou.
– Vitó-ó-ó-ória! Vitória do Clã Negro!

Ele ouviu, mais do que sentiu, o golpe quando o bastão do homem mais próximo atingiu violentamente sua cabeça. Foi um som seco e sólido como o que se ouve nos acampamentos dos lenhadores quando o machado entra em contato com um tronco sólido de carvalho. Com espanto, viu o chão se abrir. Caiu num buraco profundo e escuro que acabou com tudo, e Rob parou como um relógio sem corda.

## 15

## UM PRESENTE DE CÃO DE PEDRA

Rob não lembrava de ter sido arrastado para o acampamento como um saco de farinha. Quando abriu os olhos era noite. Sentiu o cheiro de relva pisada. Carne assada, provavelmente um esquilo gordo. A fumaça do fogo. A feminilidade de Makwa-ikwa, inclinada para ele, observando-o com seus olhos jovens/velhos. Não sabia o que ela estava perguntando. Sentia apenas uma tremenda dor de cabeça. O cheiro da carne provocou-lhe náuseas. Aparentemente ela previa isso pois estava segurando a cabeça dele sobre um balde de madeira para que pudesse vomitar.

Quando Rob terminou, Makwa-ikwa o fez tomar uma poção verde e amarga com um vago sabor de hortelã e outro mais forte e desagradável. Tentou recusar o resto, virando a cabeça, mas ela o obrigou a beber como se obriga uma criança teimosa. Rob ficou zangado. Mas logo depois, dormiu. Uma vez ou outra acordava e ela o fazia tomar o líquido verde. Assim, dormindo, semiconsciente, ou absorvendo com o líquido a força da mãe natureza, ele passou quase dois dias.

Na terceira manhã a saliência e a dor tinham desaparecido da sua cabeça. Makwa-ikwa concordou em dizer que ele estava melhor, mas continuou com a medicação e Rob tornou a dormir.

Lá fora, no acampamento, o festival da Dança da Garça continuava. Às vezes ele ouvia o som monótono do tambor de água, vozes cantando na língua gutural e ruídos próximos ou distantes dos jogos e das corridas, os gritos dos espectadores. No fim do dia, quando ele abriu os olhos na luz fraca da cabana, Makwa-ikwa estava trocando de roupa. Rob olhou intrigado para as marcas nos seios dela, que pareciam cicatrizes e vergões, formando símbolos estranhos, marcas cabalísticas que iam da base à aréola dos seios.

Rob não fez um gesto, nem um ruído, mas de algum modo ela pressentiu sua atenção. Seus olhos encontraram-se por um momento. Então ela voltou-se, ficando de costas. Não tanto, percebeu ele, para esconder o triângulo escuro, mas para proteger os símbolos misteriosos dos seios. Seios sagrados, pensou Rob. Não havia nada de sagrado nos quadris ou nas nádegas. Makwa-ikwa tinha ossos grandes, mas Rob imaginou por que a chamavam de Mulher Urso, pois seu rosto e seus movimentos lembravam mais um poderoso felino. Não podia imaginar sua idade. Rob foi dominado por uma visão na qual ele a possuía por trás, segurando as duas tranças de cabelos negros untados com óleo, como se estivesse cavalgando um sensual cavalo humano. Atônito, percebeu que estava pensando em fazer amor com uma pele-vermelha selvagem, mais maravilhosa do que qualquer uma que James Fenimore Cooper pudesse ter imaginado, e sentiu no corpo a vigorosa reação física à ideia. O priapismo podia ser um sinal ameaçador, mas ele sabia que o motivo era a mulher, não qualquer dano físico, portanto, um sinal de que estava se recuperando.

Imóvel e em silêncio ele a viu vestir uma túnica franjada de couro. Do ombro direito pendiam quatro tiras de couro coloridas que terminavam numa bolsa de couro pintada com figuras simbólicas e um círculo de penas de cores vistosas de pássaros que Rob não conhecia, a bolsa e o círculo apoiados no quadril.

Ela saiu da cabana e logo Rob ouviu sua voz que se erguia e baixava, certamente numa prece.

*Heugh! Heugh! Heugh!*, respondiam em uníssono e ela continuava a cantar. Rob não tinha ideia do que ela estava dizendo ao seu deus, mas a voz provocava calafrios e ele prestou atenção, vendo, pela abertura do teto, as estrelas que pareciam pedaços de gelo incendiados por aquela prece.

Naquela noite ele esperou impaciente o fim da Dança da Garça. Cochilava, acordava para ouvir, agitava-se, inquieto, esperava mais, e finalmente os sons foram diminuindo e a festa terminou. Ouviu alguém entrando na cabana, o som de roupa caindo no chão. Alguém sentou ao lado dele, com um suspiro, mãos se estenderam e o encontraram, as mãos dele tocaram carne macia. Tudo foi feito em silêncio, a não ser pela respiração acelerada, um riso abafado, um silvo selvagem. Rob não precisou fazer muita coisa. Se quisesse prolongar o prazer, não poderia porque há muito tempo não dormia com uma mulher. Ela era experiente e hábil; ele, ávido e rápido e, depois, desapontado.

Uma pequena mordida na fruta maravilhosa para descobrir que não era o que esperava.

Relembrando no escuro, tinha a impressão agora de que os seios eram mais flácidos do que pareciam, macios e sem cicatrizes. Arrastou-se até o fogo e acendeu um graveto.

Voltou para a esteira com o graveto aceso e suspirou.

O rosto largo que sorria para ele não era nada feio, mas Rob jamais o vira antes.


Makwa-ikwa voltou de manhã, com a roupa de todos os dias, de tecido feito em casa. Evidentemente o festival da Dança da Garça tinha terminado. Enquanto ela preparava a refeição para os dois, Rob ficou calado, sombrio. Então disse que ela não devia mais mandar nenhuma mulher para ele e Makwa-ikwa balançou a cabeça assentindo, tranquilamente, sem dúvida como aprendera a fazer quando os professores cristãos a censuravam com severidade.

Ela disse que o nome da mulher era Mulher Fumaça. Enquanto fazia a comida, explicou, sem nenhuma emoção, que ela não podia dormir com um homem, pois perderia seu poder de curar.

Bobagem de nativos, pensou ele. Mas era evidente que ela acreditava.

Enquanto comiam, tomando o café mais amargo do que nunca, Rob pensou no assunto. Para ser justo, tinha de admitir que ele a recusaria se penetrá-la com seu pênis significasse a perda da sua capacidade de curar.

Tinha de admirar o modo pelo qual ela havia resolvido a situação, certificando-se de que as chamas do desejo estavam apagadas, antes de explicar como eram as coisas. Makwa-ikwa era uma mulher extraordinária, pensou ele, não pela primeira vez.


Naquela tarde, vários sauks reuniram-se no *hedonoso-te* de Makwa-ikwa. Chega Cantando falou brevemente, dirigindo-se aos outros índios e não a Rob, mas Makwa-ikwa traduziu.

– *I'neni'wa*. Ele é um homem – disse o índio grande. Ele disse que *Cawso wabeskiou*, o Xamã Branco, para sempre seria um sauk e um Cabelos Longos. Por todos os seus dias, os sauks seriam irmãos e irmãs do *Cawso wabeskiou*.

O Homem Bravo, que tinha acertado sua cabeça depois do jogo de bola e bastão estar ganho, foi empurrado para a frente, sorrindo e arrastando os pés. Chamava-se Cão de Pedra. Os sauks não sabiam nada sobre pedir desculpas, mas sabiam muito sobre preparação. Cão de Pedra deu a Rob uma bolsa de couro igual à que Makwa-ikwa usava às vezes, porém, decorada com cerdas de porco do mato em vez de penas.

Makwa-ikwa disse que era para guardar sua medicina ali, os sagrados objetos de uso pessoal chamados *Mee-shome*, que jamais deviam ser mostrados a ninguém e dos quais todos os sauks absorviam sua força e poder. Ela prendeu na bolsa quatro tiras coloridas – marrom, cor de laranja, azul e negro – para pendurar no ombro. As tiras eram chamadas *Izze*, disse ela.

— Quando você as estiver usando, não pode ser ferido por nenhuma bala e sua presença ajuda a colheita e cura os doentes.

Comovido, mas embaraçado, Rob disse:

— Estou feliz por ser irmão dos sauks.

Sempre teve dificuldade para demonstrar apreciação. Quando, no seu tempo de estudante de medicina, o tio Ronald gastou cinquenta libras para lhe conseguir um lugar de enfermeiro no Hospital da Universidade, Rob só a custo disse obrigado. Agora, com os índios, foi a mesma coisa. Felizmente, os sauks também não eram dados a grandes demonstrações de gratidão, ou despedidas, e ninguém se importou quando ele selou o cavalo e foi embora.

De volta à sua cabana, a primeira coisa que fez foi escolher os objetos sagrados para a bolsa de medicina. Algumas semanas atrás havia encontrado no bosque um pequeno crânio de animal, branco, limpo e misterioso. Pelo tamanho, devia ser de maritaca. Muito bem, e o que mais? O dedo de um recém-nascido morto? O olho de uma salamandra-aquática, um dedo de sapo, penugem de morcego, língua de cachorro? De repente, resolveu preparar sua bolsa sagrada com seriedade. Quais eram os objetos da sua essência, as pistas para a sua alma, o *Mee-shome* do qual Robert Judson Cole tirava sua força?

Guardou na bolsa o bem de herança mais precioso da família Cole, o bisturi de aço azul que os Cole chamavam de escalpelo Rob J. e que passava sempre para o primeiro filho que se formava em medicina.

O que mais havia de precioso desde o início da sua vida? Não poderia guardar na bolsa o ar frio das montanhas da Escócia. Nem o calor seguro da família. Gostaria de se parecer com o pai, cujos traços tinha há muito esquecido. Ganhara da mãe uma Bíblia quando se despediram e por isso era preciosa, mas não ia ser guardada no seu *Mee-shome*. Estava certo de que nunca mais veria a mãe, talvez já estivesse morta. Pensou em desenhar seu rosto enquanto podia lembrar. Não teve dificuldade a não ser com o nariz que só conseguiu acertar depois de angustiantes horas de trabalho. Enrolou o papel e o guardou na bolsa.

Acrescentou aos objetos sagrados a partitura de Chopin, copiada por Jay Geiger para a viola de gamba.

Guardou também na bolsa uma barra de sabão escuro, símbolo do que aprendera sobre limpeza e cirurgia com Oliver Wendell Holmes. Isso o fez alterar o rumo do pensamento e, após um momento de reflexão, deixou na bolsa apenas o sabão e o bisturi. Acrescentou então pedaços de pano limpo, ataduras e medicamentos variados, mais os instrumentos cirúrgicos usados nas suas visitas.

Quando terminou, a bolsa era uma maleta de médico com suprimentos e instrumentos que lhe davam força e poder e sentiu-se muito feliz com o presente de Cão de Pedra, o Tinta Branca, como compensação da pancada na sua cabeça.

# 16

## OS CAÇADORES DE CORÇA

A aquisição das ovelhas foi um acontecimento importante para Rob porque era o detalhe que faltava para sentir-se em casa. No começo, tratou dos merinos com Alden, mas logo percebeu que Kimball era tão bom com ovelhas quanto com outros animais e em pouco tempo estava cortando caudas, castrando os machos e examinando as ovelhas para verificar se tinham sarna, como se fosse pastor há séculos. Era uma grande coisa Rob não ser necessário na fazenda porque, assim que se espalhou a notícia da presença de um bom médico na região, começou a receber muitos chamados para atender pacientes distantes. Compreendeu então que precisava limitar sua área de atendimento, porque o sonho de Nick Holden começava a acontecer e novas famílias chegavam constantemente a Holden's Crossing. Certa manhã Nick apareceu, para ver o rebanho, disse que os carneiros fediam e demorou algum tempo "para oferecer um negócio promissor. Um moinho de grãos".

Um dos recém-chegados, um alemão chamado Pfersick, era um moleiro de Nova Jersey. Pfersick sabia onde comprar equipamento para o moinho, mas não tinha capital.

– Novecentos dólares são suficientes. Eu entro com seiscentos, para 50% do estoque. Você entra com trezentos, para 25% – eu empresto o que precisar – e daremos a Pfersick 25% do negócio.

Rob tinha pagado menos da metade do que devia a Nick e detestava dever.

– Você está entrando com todo o dinheiro. Por que não fica com 75%?

– Quero forrar de penas o seu ninho, até ele ficar tão macio e rico que nem vai pensar em sair daqui. Você é necessário como a água.

Rob J. sabia que era verdade. Quando ele e Alden foram comprar as ovelhas em Rock Island, viram um impresso distribuído por Nick, que descrevia as muitas vantagens de Holden's Crossing, destacando a presença do Dr. Cole. Entrar para o negócio do moinho não podia prejudicar sua posição de médico, portanto, concordou.

– Sócios? – perguntou Nick.

Trocaram um aperto de mão para selar a sociedade. Rob recusou um imenso charuto oferecido em comemoração – o uso de charutos para a administração anal da nicotina cortou-lhe toda a vontade de fumar. Quando Nick acendeu o seu, Rob disse que ele parecia um perfeito banqueiro.

– Isso vai chegar muito antes do que você pensa e vai ser o primeiro a saber – Nick soprou a fumaça para cima, satisfeito. – Neste fim de semana vou caçar corça em Rock Island. Quer vir comigo?

– Caçar veado? Em Rock Island?

– Veado não. Pessoas do sexo feminino. Como é, vem comigo, bode velho?

– Não entro em bordéis.

– Estou falando em mercadoria particular de primeira.

– Certo. Vou com você – disse Rob J. Tentou parecer indiferente, mas algo em sua voz traiu o fato de que não era assunto sem importância para ele. Nick Holden deu um largo sorriso.


A Casa Stephenson refletia a personalidade de uma cidade do rio Mississípi, onde novecentos barcos a vapor aportavam anualmente e por onde passavam jangadas de troncos de árvores, com 500 metros de extensão cada uma. Sempre que os lenhadores e os homens que trabalhavam no rio tinham dinheiro, o hotel ficava movimentado e às vezes violento. A dispendiosa reserva feita por Nick Holden garantia a privacidade. Dois quartos separados por uma sala de estar e jantar. As mulheres eram primas, ambas com o mesmo sobrenome, Dawber, e ficaram muito satisfeitas com a companhia de dois profissionais liberais. A de Nick chamava-se Lettie, a de Rob, Virginia. Eram pequenas e vivas como pardais, mas Rob achou irritante seu ar de importância. Lettie era viúva. Virginia disse que era solteira, mas, na noite em que Rob conheceu seu corpo, verificou que ela já tivera filhos.

Na manhã seguinte, durante o café, as duas mulheres cochicharam e riram o tempo todo. Virginia devia ter contado a Lettie sobre a bainha que Rob chamava de Velho Tesão e Lettie devia ter contado a Nick porque, quando voltavam para casa, Nick a mencionou, rindo.

– Para que se preocupar com essas coisas?

– Bem, para evitar doenças – disse Rob – e gravidez.

– Estraga o prazer.

Será que o prazer fora tão grande assim? Admitia que serviu para acalmar seu corpo e seu espírito e quando Nick disse que tinha apreciado a companhia, respondeu que ele também tinha e concordaram em caçar corças outra vez.

Rob passou pela fazenda de Schroeder e viu Gus manejando perfeitamente a foice, a despeito da falta dos dedos, e os dois trocaram cumprimentos. Pensou em passar direto pela cabana de Bledsoe porque a mulher deixara bem claro que o considerava um intruso e a lembrança dela o incomodava. Mas no último instante virou o cavalo para a clareira e desmontou.

Ergueu a mão para bater à porta, mas deteve-se, ouvindo o choro de criança e os gritos roucos da mulher. Sons que não prenunciavam nada de bom. Rob tentou a porta. Não estava trancada. O cheiro, dentro da casa, agrediu-o como um murro e a iluminação era pouca, mas ele viu Sarah Bledsoe deitada no chão. A criança, sentada ao lado dela, ergueu os olhos para o homem estranho e enorme com uma expressão de pavor no rosto molhado de lágrimas e parou de chorar. Rob J. teve vontade de pegar o menino e acalmá-lo, mas a mulher gritou outra vez e ele compreendeu que devia cuidar dela primeiro.

Ajoelhou e tocou o rosto da mulher. Suor frio.

– O que é, senhora?

– O câncer. Ah.

– O que é que dói, Sra. Bledsoe?

As mãos com dedos longos e magros desceram como aranhas para a parte inferior do ventre, parando nos dois lados da pélvis.

– Dor aguda ou surda?

– Como uma facada! Cortante! Senhor, é... horrível!

Rob temeu que ela estivesse eliminando a urina através de uma fístula, provocada pelo parto. Se fosse isso, ele não podia fazer nada.

A mulher fechou os olhos, pois a prova da sua incontinência estava no cheiro que empesteava o ar e era visível em toda parte.

– Preciso examiná-la.

Sem dúvida ela teria recusado, mas quando abriu a boca foi para soltar um grito de dor. Embora seu corpo estivesse tenso, Rob conseguiu fazê-la deitar sobre o lado esquerdo e dobrar a perna direita. Viu que não havia nenhuma fístula.

Tirou da maleta um pouco de gordura branca para usar como lubrificante.

– Procure se acalmar. Eu sou médico – disse ele, mas ela começou a chorar, mais pela humilhação do que por desconforto quando o dedo médio de Rob penetrou sua vagina, enquanto com a mão direita ele apalpava o abdome. Rob tentou usar a ponta do dedo como se fosse um olho. A princípio não detectou nada, mas, quando chegou perto do osso pélvico, encontrou alguma coisa.

Depois outra.

Retirou o dedo cuidadosamente, deu um pedaço de pano limpo para a mulher se limpar e saiu para lavar as mãos no regato.

Rob voltou para a casa e levou a mulher para fora e a fez sentar num tronco de árvore com a criança no colo. Ela piscou os olhos semicerrados, ajustando-se à luz do sol.

– A senhora não tem câncer. – Ele gostaria de poder parar aí. – Tem uma pedra na bexiga.

– Não vou morrer?

Rob tinha um compromisso com a verdade.

– Se tivesse câncer, morreria. Com uma pedra na bexiga, suas chances são melhores. – Explicou que uma dieta pouco variada ou diarreia prolongada podiam provocar o acúmulo de minerais na bexiga.

– Sim, eu tive diarreia durante muito tempo, depois do parto. Existe remédio para isso?

– Não. Nenhum remédio dissolve as pedras. As menores, às vezes, passam com a urina e geralmente têm bordas cortantes que cortam os tecidos. Acredito que seja por isso que aparece sangue na sua urina. Mas a senhora tem duas pedras grandes. Grandes demais para serem expelidas naturalmente.

– Então vai me cortar? Pelo amor de Deus... – disse ela, apavorada.

– Não – Rob hesitou enquanto decidia o quanto ela precisava saber. Uma parte do juramento de Hipócrates dizia *Não cortarei uma pessoa que sofra de pedra*. Alguns cirurgiões carniceiros ignoravam o juramento e operavam, abrindo cortes profundos entre o ânus e a vulva ou o escroto, para abrir a bexiga e retirar a pedra, com poucos casos de recuperação. Muitos morreram de peritonite e outros ficaram inutilizados para o resto da vida por terem seccionado um músculo do intestino ou da bexiga. – Eu vou inserir um instrumento cirúrgico na uretra, o canal estreito por onde você urina. O instrumento é um litotrite. Tem duas pequenas pinças de aço, como garras, para remover ou esmagar as pedras.

– Vai doer?

– Vai, especialmente na entrada e na saída do litotrite. Mas a dor é menor do que a que está sofrendo agora. Se der certo, ficará completamente curada. – Era difícil admitir que o maior perigo estava na possibilidade de um erro seu. – Se quando tentar prender a pedra com o litotrite, eu danificar a bexiga, ou cortar o peritônio, você morre de infecção. – Rob podia ver no rosto pálido e desfeito a sombra de uma mulher jovem e bonita. – Você resolve se quer que tente quebrar as pedras ou não.

Na sua agitação ela apertou demais o filho e ele começou a chorar. Por causa disso, só depois de um minuto Rob percebeu o que tinha dito então.

Por favor.

Sabia que precisava de ajuda para fazer a litocenose. Lembrando a rigidez do corpo da mulher durante o exame, achou que devia ser assistido por uma mulher. Assim, quando deixou Sarah Bledsoe, foi diretamente para a casa mais próxima para pedir ajuda a Alma Schroeder.

— Oh! Não posso fazer isso! Nunca! – disse a pobre Alma, muito pálida, mas consternada pois sua preocupação com Sarah era genuína. – *Gott im Himmel!* Oh, Dr. Cole, por favor, eu não posso.

Cole garantiu que isso não a diminuía aos seus olhos. Muitas pessoas não aguentam ver uma cirurgia.

— Está bem, Alma. Vou procurar outra pessoa.

Voltando para casa, Rob passou mentalmente em revista todas as mulheres do distrito que conhecia, eliminando uma por uma. Já tinha visto muito choro. Precisava de uma mulher inteligente, com braços fortes, uma mulher capaz de ver o sofrimento sem se descontrolar.

No meio do caminho, Rob fez o cavalo dar meia-volta e seguiu na direção do acampamento indígena.

# 17

## A FILHA DO *MIDE' WIWIN*

Quando Makwa permitia a si mesma pensar no assunto, lembrava um tempo em que muitas pessoas do seu povo tinham peças de roupas dos brancos, quando uma camisa muito usada ou um vestido rasgado eram medicina forte porque todos usavam couro de gamo curtido e amaciado, ou peles de animais. Quando era pequena, em Sauk-e-nuk – seu nome era Nishwri Kekawi, Dois Céus, então – a princípio eram poucos os brancos, *mookamonik*, que influenciavam suas vidas. Havia uma guarnição do exército na ilha, instalada depois que os oficiais, em St. Louis, apanharam alguns sauks e mesquakies embriagados e os obrigaram a assinar papéis cujo conteúdo eles não poderiam ler nem que estivessem sóbrios. O pai de Dois Céus era Ashtibugwa-gupichee, Búfalo Verde. Ele contou a Dois Céus e à sua irmã mais velha, Meci-Ikwawa, Mulher Alta, que quando o posto do exército foi construído, os Facas Longas tinham destruído as melhores moitas de amora silvestre. Búfalo Verde descendia da linhagem dos Ursos, uma ascendência adequada para um líder, mas não queria ser chefe nem curandeiro. A despeito do nome sagrado (o nome de um *manitou*), era um homem simples, respeitado pela boa colheita dos seus campos. Quando jovem, lutara bravamente contra os iowas. Não estava sempre se vangloriando, como muitos outros, mas quando o tio de Dois Céus, Winnawa, Chifre Curto, morreu, ela ficou sabendo muito a respeito do pai. Chifre Curto foi o primeiro índio que ela viu morrer por causa do veneno que os *mookamon* chamavam de uísque de Ohio e o povo chamava de água de pimenta. Os sauks enterravam seus mortos, ao contrário das outras tribos que simplesmente deixavam o corpo na forquilha de uma árvore. Quando o corpo de Chifre Curto desceu para a terra, seu pai bateu na beirada da cova com seu *pucca-maw*, brandindo selvagemente a clava de guerra.

– Eu matei três homens na guerra e dou seus espíritos ao meu irmão que jaz aqui, para servirem a ele, como escravos, no outro mundo – disse ele, e foi assim que Dois Céus ficou sabendo que o pai fora guerreiro.

Búfalo Verde era pacífico e trabalhador. Ele e a mãe de Dois Céus, Matapya, União de Rios, cultivavam dois campos de milho, abóboras e abobrinhas, mas quando o Conselho viu que era um bom fazendeiro, deu a ele mais dois campos. Os problemas começaram quando Dois Céus tinha dez anos, com a chegada de um *mookamon* chamado Hawkins, que construiu uma cabana de troncos de árvore no campo ao lado do milharal do seu pai. A terra onde Hawkins se instalou fora abandonada quando o homem que a cultivava, Wegu-wa, Dançarino Shawnee, morreu e o Conselho não a passou para ninguém. Hawkins tinha cavalos e vacas. Os campos eram separados só por cercas vivas e moitas e os cavalos de Hawkins passaram para o campo de Búfalo Verde e comeram o milho. Búfalo Verde apanhou os cavalos e os levou para Hawkins, mas na manhã seguinte eles estavam outra vez no seu milharal. Ele reclamou, mas o Conselho não sabia o que fazer, pois havia mais cinco famílias brancas instaladas em Rock Island, em terras que há mais de cem anos eram cultivadas pelos sauks.

Búfalo Verde passou a prender os animais de Hawkins em suas terras, em vez de devolvê-los e imediatamente recebeu a visita de um comerciante de Rock Island, um branco chamado George Davenport. Davenport fora o primeiro branco a viver entre os índios e o povo confiava nele. Disse a Búfalo Verde para devolver os animais para Hawkins, do contrário seria preso pelos Facas Longas e Búfalo Verde seguiu o conselho do amigo Davenport.

No outono de 1831, os sauks foram para seu acampamento de inverno, no Missouri, como faziam todos os anos. Quando voltaram para Sauk-e-nuk, na primavera, outras famílias de brancos tinham se instalado nos seus campos, quebrando cercas e queimando suas casas. Agora o Conselho não podia mais ficar inativo e reuniu-se com Davenport, Felix St. Vram, o agente índio, e o Major Bliss, comandante do forte, para resolver a situação. Enquanto prosseguiam as longas reuniões, o Conselho designou outras terras aos homens da tribo cujas plantações tinham sido roubadas. Um holandês da Pensilvânia, pequeno e atarracado, Joshua Vandruff, apropriou-se do campo de um sauk chamado Makataimeshekiakiak, Falcão Negro. Vandruff começou a vender uísque para os índios no *hedonoso-te* que Falcão Negro e seus filhos tinham construído com suas próprias mãos. Falcão Negro não era um chefe, mas, durante grande parte dos seus sessenta e três anos, havia lutado contra os osages, cherokees, chippewas e kaskaskias. Quando começou a guerra entre os brancos, em 1812, ele reuniu um exército de guerreiros sauks e ofereceu seus serviços aos americanos, mas não foi aceito. Insultado, fez a mesma oferta aos ingleses, que o trataram com respeito e aceitaram seus serviços, dando a eles armas, munição, medalhas e o casaco vermelho que identificava o soldado.

Agora, perto da velhice, Falcão Negro via uísque ser vendido em sua própria casa. Pior ainda, testemunhava a corrupção do seu povo pelo álcool. Vandruff e um amigo, B. F. Pike, embriagavam os índios e os enganavam nas trocas de peles, cavalos, armas e armadilhas. Falcão Negro procurou Vandruff e Pike e pediu que deixassem de vender uísque aos sauks. Vendo seu pedido ignorado, voltou com meia dúzia de guerreiros que tiraram os barris da casa, quebraram todos e esvaziaram o uísque no chão.

Vandruff encheu seus alforjes com provisões para uma longa viagem e partiu para Bellville, onde morava John Reynolds, governador de Illinois. Num depoimento feito ao governador, ele jurou que os sauks estavam em pé de guerra e tinham esfaqueado um homem e provocado muita destruição nas terras dos brancos. Entregou uma petição, assinada por B. F. Pike, segundo a qual "os índios trazem seus cavalos para pastar nos nossos trigais, matam nosso gado a tiros e ameaçam incendiar nossas casas se não deixarmos a região".

Reynolds fora eleito há pouco tempo e havia garantido aos eleitores que Illinois era um lugar seguro para colonos. Um governador que tivesse sucesso na luta contra os índios podia aspirar à presidência.

– Por Deus, senhor – disse ele para Vandruff, emocionado –, procurou o homem certo para fazer justiça.


Setecentos cavalarianos do exército acamparam logo abaixo de Sauk-e-nuk, provocando inquietação e insegurança. Ao mesmo tempo, um navio a vapor, exalando fumaça, subiu o rio Rocky. Encalhou numa das rochas que davam nome ao rio, mas os *mookamonik* conseguiram livrar a embarcação e logo ancoraram, com o seu único canhão apontado para a cidade. O chefe guerreiro dos brancos, general Edmund F. Gaines, pediu para parlamentar com os sauks. Sentados à mesa estavam o general, o agente dos índios, St. Vram, e o comerciante Davenport, que servia de intérprete. Uns vinte sauks importantes compareceram.

O general Gaines disse que o tratado de 1803, que havia permitido a construção do forte em Rock Island, dava também ao Grande Pai em Washington o direito sobre todas as terras dos sauks a leste do Mississípi – cinquenta milhões de acres. Disse aos índios atônitos e confusos que eles haviam recebido anuidades e que agora o Grande Pai, em Washington, queria que seus filhos deixassem Sauk-e-nuk para morar no outro lado do

*Masesibowi*, o grande rio. Seu Pai, em Washington, daria a eles milho suficiente para o inverno.

O chefe dos sauks, Keokuk, sabia que os americanos eram muito numerosos. Quando Davenport passou a ele a palavra do chefe guerreiro branco, o coração de Keokuk se apertou. Os outros olharam para ele, esperando uma resposta, mas Keokuk ficou em silêncio. Porém um homem se levantou, um homem que tinha aprendido a língua dos brancos quando lutava ao lado dos britânicos, e disse:

– Nós jamais vendemos nossa terra. Jamais recebemos anuidade alguma do Pai Americano. Ficaremos na nossa cidade.

O general Gaines viu um índio quase velho, com cocar de chefe, com roupa de couro manchada, faces encovadas e testa alta. O tufo de cabelos no meio da cabeça raspada era mais branco do que negro. O nariz, curvo, grande, destacava-se, agressivo, entre os olhos bem separados. A boca era severa e o queixo, com uma covinha no meio, parecia não pertencer àquele rosto.

Gaines suspirou e olhou interrogativamente para Davenport.

– Chama-se Falcão Negro.

– O que ele é? – O general perguntou a Davenport, mas quem respondeu foi Falcão Negro.

– Eu sou um sauk. Meus pais eram sauks, grandes homens. Quero ficar onde estão seus ossos e ser enterrado junto deles. Por que eu abandonaria os campos que foram deles?

Ele e o general entreolharam-se, pedra e aço.

– Não vim aqui para pedir nem para pagar a vocês para deixarem sua aldeia. Minha missão é tirá-los destas terras – disse Gaines suavemente.
– Em paz, se for possível. À força, se for necessário. Dou a vocês dois dias para abandonar estas terras. Se até então não tiverem atravessado o Mississípi, nós os expulsaremos.

O povo confabulou, olhando para o canhão do navio apontado para eles. Os soldados que passavam a cavalo, em pequenos grupos, gritando e rindo, eram bem alimentados e bem armados, com muita munição. Os sauks tinham rifles velhos, poucas balas, nenhuma reserva de alimento.

Keokuk enviou um homem para chamar Wabokieshiek, Nuvem Branca, um curandeiro que vivia com os winnebagos. Nuvem Branca era filho de pai winnebago e mãe sauk. Era alto e gordo, cabelo longo e grisalho e, uma raridade entre os índios, usava um bigode negro e despenteado. Era um grande Xamã e cuidava do espírito e do corpo dos winnebagos, dos sauks e dos mesquakies. As três tribos o conheciam como Profeta, mas Nuvem Branca não pôde oferecer nenhuma profecia tranquilizadora a Keokuk. Disse que a milícia era uma força superior e que Gaines não daria ouvidos à razão. Seu amigo, o comerciante Davenport, disse ao chefe e ao Xamã que eles deviam obedecer à ordem dada e abandonar a terra antes que o sangue fosse derramado.

Assim, na segunda noite dos dois dias concedidos ao povo, eles deixaram Sauk-e-nuk como animais perseguidos e atravessaram o *Masesibowi*, entrando nas terras dos seus inimigos, os iowas.

Naquele inverno Dois Céus deixou de acreditar que o mundo fosse um lugar seguro. O milho entregue pelos agentes dos índios na nova aldeia, a oeste do *Masesibowi*, era de péssima qualidade e insuficiente para alimentar a todos. O povo não podia caçar ou apanhar animais para conseguir carne porque muitos deles tinham trocado suas armas e armadilhas pelo uísque de Vandruff. Lamentavam a perda das plantações deixadas nos seus campos. O milho para a farinha. A abóbora nutritiva, as abobrinhas grandes e doces. Certa noite, cinco mulheres atravessaram o rio, foram até seus antigos campos e apanharam espigas de milho congeladas, que elas mesmas haviam plantado na primavera anterior. Foram descobertas pelos brancos e severamente espancadas.

Algumas noites depois, Falcão Negro e alguns homens a cavalo foram até Rock Island. Encheram sacos com milho apanhado nos campos e invadiram um armazém, de onde tiraram abobrinhas e abóboras. Durante todo o inverno, os índios discutiram. Keokuk, o chefe, dizia que o ato de Falcão Negro provocaria um ataque do exército branco. A nova aldeia não era Sauk-e-nuk, mas podia ser um bom lugar para viver, argumentava ele, e *os mookamonik* na outra margem do rio significavam mercado para suas peles.

Falcão Negro disse que os brancos iam empurrar os sauks para o mais longe possível e depois destruí-los. A única escolha que tinham era a luta. A única esperança para todos os peles-vermelhas era esquecer os inimigos tribais e unirem-se, do Canadá até o México, com a ajuda do Pai Inglês, contra o grande inimigo, o americano.

Os sauks discutiram longamente. Na primavera, a maioria tinha resolvido ficar com Keokuk, na margem leste do grande rio. Apenas 368 homens e suas famílias acompanharam Falcão Negro. Entre eles estava Búfalo Verde.

As canoas foram carregadas. Falcão Negro, o Profeta, e Neosho, um curandeiro, embarcaram na primeira e os outros os seguiram, remando contra a forte corrente do *Masesibowi*. Falcão Negro não queria destruição nem morte, a não ser que suas forças fossem atacadas. Seguindo rio abaixo, chegaram a uma cidade *mookamon*. Ele mandou seu povo tocar os tambores e cantar bem alto. Contando as mulheres, crianças e velhos, eram ao todo quase trezentas vozes e os brancos fugiram apavorados. Em alguns lugares eles apanharam alimento, mas tinham muitas bocas para alimentar e nenhum tempo para caçar ou pescar.

Falcão Negro mandou mensageiros ao Canadá e aos britânicos com pedido de ajuda e mais a uma dezena de tribos. Os mensageiros voltaram com más notícias. Não era surpresa que os velhos inimigos, como os sioux, chippewas e osages recusassem ajuda aos sauks contra os brancos, mas as nações irmãs dos mesquakies e outras mandaram a mesma resposta. Pior ainda, os britânicos enviaram aos sauks apenas palavras de encorajamento e os votos de boa sorte na guerra.

Lembrando o canhão no barco de guerra, Falcão Negro tirou seu povo do rio, e mandou levar as canoas para terra, na margem leste de onde tinham sido expulsos. Como cada migalha de comida era preciosa, todos carregavam fardos, até as crianças e as mulheres grávidas, como União de Rios. Passaram ao largo de Rock Island, a caminho da aldeia dos potawatomis, onde esperavam alugar terras para plantar seu milho. Na aldeia dos potawatomis Falcão Negro soube que o Pai de Washington vendera o território dos sauks aos homens brancos. A cidade de Sauk-e-nuk e quase todos os seus campos tinham sido comprados por George Davenport, o comerciante de peles que, fingindo ser seu amigo, insistira com eles para abandonar a terra.

Falcão Negro mandou que realizassem um banquete de carne de cachorro, porque o povo precisava da ajuda dos *manitous*. O Profeta supervisionou o estrangulamento dos cães e a limpeza e purificação da carne. Quando a carne estava no fogo, Falcão Negro pôs suas bolsas de medicina na frente dos seus homens.

– Bravos e guerreiros – disse ele –, Sauk-e-nuk não existe mais. Nossas terras foram roubadas. Soldados de pele branca queimaram nossos *hedonoso-tes*. Derrubaram as cercas dos nossos campos. Araram a terra no nosso Lugar dos Mortos e plantaram milho entre os ossos sagrados. Estas são as bolsas de medicina do nosso pai, Muk-ataquet, que foi o começo da nação sauk. Foram entregues ao grande chefe guerreiro da nossa nação, Na-namakee, que estava em guerra com todas as nações do lago e todas as nações das planícies, e jamais foi derrotado. Espero que vocês todos as protejam.

Os guerreiros comeram a carne sagrada que lhes dava coragem e força. Precisavam fazer isso, pois Falcão Negro sabia que seriam atacados pelos Facas Longas. Talvez por obra dos *manitous*, União de Rios teve seu filho no acampamento e não durante a longa viagem. Era um menino e seu nascimento animou os guerreiros tanto quanto o banquete porque Búfalo Verde o chamou de Wato-kimita, O Dono da Terra.

Incitado pela histeria do povo provocada pelos rumores de que Falcão Negro e os sauks estavam em pé de guerra, o governador Reynolds, de Illinois, convocou mil voluntários montados. Mais de dois mil se apresentaram, ávidos para lutar contra os índios, e 1.935 homens não treinados para combate foram incorporados ao serviço militar. Em Beardstown uniram-se a 342 homens da milícia, formando quatro regimentos e dois batalhões de batedores. Samuel Whiteside, de St. Clair County, foi promovido a brigadeiro-general e comandante.

Os colonos informaram onde estavam Falcão Negro e seus homens e Whiteside se pôs em marcha. A primavera fora excepcionalmente chuvosa e os homens eram obrigados a atravessar a nado até os pequenos regatos e chapinhavam nos atoleiros comuns, transformados agora em extensos pântanos. Só ao fim de cinco dias de marcha difícil, atravessando uma região sem trilhas ou marcas, chegaram a Oquawka, onde esperavam encontrar suprimentos. Mas, por falha do exército, não havia nada em Oquawka e os soldados já tinham consumido tudo que levavam nos alforjes. Como civis que eram na realidade, indisciplinados e revoltados, exigiram que os oficiais providenciassem comida. Whiteside enviou um mensageiro ao Forte Armstrong e o comandante do forte, Atkinson, ordenou que o barco a vapor, *Chieftain*, descesse o rio carregado de alimentos. Whiteside mandou os dois batalhões da milícia seguir em frente, enquanto o corpo de voluntários enchia a barriga e descansava à vontade, durante duas semanas.

Os homens nunca esqueciam o fato de estarem num ambiente estranho e ameaçador. Numa bela manhã de maio, o grosso da tropa, cerca de mil e seiscentos homens montados, incendiou Prophetstown, a aldeia deserta de Nuvem Branca. Depois disso, os homens ficaram extremamente nervosos, certos de que atrás de cada colina estava um índio sedento de vingança. Logo, o nervosismo se transformou em medo e o terror os dominou. Abandonando equipamentos, suprimentos e munição, os homens atravessaram em disparada relvados, moitas e florestas e só pararam quando, sozinhos ou em pequenos grupos, entraram envergonhados em Dixon, a vinte quilômetros de onde tinham começado a correr.

O primeiro contato real ocorreu logo depois. Falcão Negro, com cerca de quarenta bravos, seguia ao encontro dos potawatomi, dos quais esperava alugar terras para plantar milho. Estavam acampados na margem do rio Rock, quando um batedor informou que uma grande força de Facas Longas marchava naquela direção. Imediatamente Falcão Negro mandou pregar uma bandeira branca na ponta de um mastro e mandou três sauks desarmados levá-la até os brancos, e pedir um encontro de Falcão Negro com o comandante dos brancos. Atrás deles, mandou cinco observadores sauks, a cavalo.

Os soldados brancos, sem nenhuma experiência na luta com os índios, ficaram apavorados quando viram os sauks. Imediatamente aprisionaram os três homens desarmados com a bandeira branca e saíram em perseguição dos cinco observadores, matando dois. Os outros três voltaram para o acampamento, perseguidos pela milícia. Quando os soldados brancos chegaram, foram atacados por cerca de trinta e cinco bravos liderados por Falcão Negro, que, com fúria fria e determinada, estava disposto a morrer para vingar o ato de traição dos brancos. Os soldados na vanguarda da cavalaria não sabiam que os índios não tinham um vasto exército de guerreiros atrás deles. Quando viram os sauks investindo para eles, deram meia-volta e fugiram.

Nada é mais contagioso do que o pânico em batalha e em poucos minutos a milícia era um caos. Na confusão, dois dos três sauks capturados com a bandeira de paz conseguiram fugir. O terceiro foi morto a tiros. Os 275 homens da milícia, montados e armados, fugiram cheios de medo, com a mesma histeria com que tinham fugido os voluntários, mas dessa vez o perigo não era imaginário. Os poucos guerreiros de Falcão Negro os fizeram debandar, caçaram os desgarrados e conseguiram onze escalpos. Alguns dos 464 brancos só pararam de correr quando chegaram em casa, mas a maior parte dos soldados finalmente alcançou a cidade de Dixon.

A pequena índia, então chamada Dois Céus, jamais esqueceu a alegria do seu povo depois da batalha. A esperança voltava. As notícias da vitória espalharam-se por todo o mundo dos peles-vermelhas e imediatamente noventa e dois winnebagos juntaram-se aos sauks. Falcão Negro desfilava orgulhoso com uma camisa branca enfeitada com babados e um livro de direito, encadernado em couro, debaixo do braço – encontrados no alforje abandonado por um oficial branco. Sua oratória estava no auge. Tinham demonstrado que os *mookanionik* podiam ser vencidos, disse ele, e agora as outras tribos enviariam guerreiros para a aliança dos seus sonhos.

Mas os dias se passaram e não apareceu nenhum guerreiro. A comida estava quase no fim e a caça não era boa. Finalmente, Falcão Negro mandou que os winnebagos seguissem um caminho e ele e seus sauks seguiram outro. Contrariando suas ordens, os winnebagos atacaram fazendas desprotegidas e escalpelaram os brancos, entre eles St. Vram, o agente dos índios. Por dois dias seguidos, o céu escureceu e o *manitou* Shagwa fez tremer céu e terra. Wabokieshiek recomendou a Falcão Negro que nunca começasse uma marcha sem enviar batedores na frente e o pai de Dois Céus resmungou sinistramente que não precisavam de um profeta para saber que alguma coisa terrível estava para acontecer.

O governador Reynolds ficou furioso. A vergonha que sentia era partilhada por todos os que viviam nos estados da fronteira. As depredações dos winnebagos eram descritas com muito exagero e a culpa atribuída a Falcão Negro. Novos voluntários apareceram, atraídos pela notícia de que a recompensa determinada pela legislação de Illinois, em 1814, estava ainda em vigor – cinquenta dólares por cada índio morto ou por uma mulher índia ou criança capturada. Reynolds não teve dificuldade para reunir mais três mil homens. Dois mil soldados extremamente nervosos estavam acampados nos fortes, nas margens do Mississípi, sob o comando do general Henry Atkinson, tendo como segundo em comando o coronel Zachary Taylor. Duas companhias de infantaria foram transferidas de Baton Rouge, Louisiana, para Illinois e um exército de mil soldados de carreira chegou dos postos do leste sob o comando do general Winfield Scott. Durante a travessia dos Grandes Lagos, nos navios a vapor, vários homens de Scott apanharam cólera, mas, mesmo sem eles, uma força enorme, sedenta de vingança e decidida a restaurar a honra dos brancos, foi posta em movimento.

O mundo ficou pequeno para a menina Dois Céus. Sempre lhe parecera enorme nas jornadas entre o acampamento de inverno dos sauks, no Missouri, e a cidade de verão no rio Rocky. Mas agora, para onde quer que seu povo se voltasse, lá estavam os batedores brancos e os tiros e gritos. Ganharam alguns escalpos e perderam alguns bravos. Por sorte não tinham encontrado o corpo principal do exército dos brancos. Falcão Negro procurava esconder as marcas da sua passagem e criava pistas falsas para iludir os soldados, mas a maioria dos seus seguidores era de mulheres e crianças e tornava-se difícil esconder os movimentos de tantas pessoas.

Esse número diminuía rapidamente. Os velhos morriam, bem como algumas crianças. O rosto do irmãozinho de Dois Céus ficou muito pequeno e os olhos ficaram muito grandes. Sua mãe ainda tinha leite, mas era pouco e ralo, insuficiente para alimentar a criança. Dois Céus carregava o irmão o tempo todo.

Falcão Negro não falava mais em expulsar os brancos. Agora, falava em fugir para o Norte distante, de onde os sauks tinham vindo há centenas de anos. Mas, à medida que as luas passavam, a confiança dos homens desaparecia. Famílias e mais famílias abandonavam Falcão Negro e tomavam outro rumo. Grupos pequenos provavelmente não poderiam sobreviver, mas a maioria estava convencida de que os *manitous* não estavam mais com Falcão Negro.

Búfalo Verde permaneceu fiel, embora, quatro luas depois de ter deixado os sauks de Keokuk, o grupo de Falcão Negro estivesse reduzido a algumas centenas de pessoas que procuravam sobreviver comendo raízes e casca de árvore. Voltaram para o *Mesesibowi*, como sempre procurando conforto no grande rio. O navio a vapor *Warrior* avistou os sauks tentando pescar nos baixios da embocadura do rio Ouisconsin. Quando o navio começou a se aproximar deles, Falcão Negro viu o canhão enorme na proa e compreendeu que não podia mais lutar. Seus homens ergueram uma bandeira branca, mas o navio chegou mais perto e um mercenário winnebago, que estava no convés, gritou na sua língua.

– *Fujam e escondam-se, os brancos vão atirar!*

Ainda dentro da água rasa, os índios começaram a fugir para a margem quando o canhão disparou, num tiro direto, acompanhado por fogo cerrado de mosquetes. Vinte e três sauks foram mortos. Os outros fugiram para a floresta, alguns carregando ou arrastando os feridos.

Naquela noite eles confabularam. Falcão Negro e o Profeta resolveram seguir para as terras dos chippewas. Três famílias concordaram em ir com eles, mas os outros, incluindo Búfalo Verde, não acreditavam que os chippewas cedessem campos de milho aos sauks, quando as outras tribos não o tinham feito e resolveram voltar para os sauks de Keokuk. De manhã, despediram-se dos poucos que iam para as terras dos chippewas e seguiram para o sul, de volta para casa.

O *Warrior* perseguiu os índios rio abaixo, guiando-se pelos bandos de abutres e corvos. Agora, quando levantavam acampamento, os sauks simplesmente abandonavam seus mortos. Eram os velhos, as crianças, os feridos. O navio parava e os homens retiravam as orelhas e os escalpos dos corpos abandonados pelos índios. Não importava se o escalpo de cabelos negros era de uma criança ou se a orelha vermelha era de uma mulher; seriam mostrados orgulhosamente nas pequenas cidades, como provas de que seus possuidores tinham lutado contra os índios.

Os sauks restantes deixaram o *Masesibowi* e rumaram para o interior, e logo se viram à frente dos mercenários winnebagos. Atrás dos winnebagos, fileiras de soldados calaram as baionetas pelas quais os índios os chamavam de Facas Longas. Os brancos avançaram com um grito uníssono, rouco e animalesco, mais profundo do que um grito de guerra, mas não menos selvagem. Eram muitos, todos resolvidos a matar para recuperar algo que pensavam ter perdido. Os sauks recuaram, atirando. Quando chegaram outra vez ao *Masesibowi*, tentaram lutar, mas foram repelidos para o rio. Dois Céus estava ao lado da mãe, com água até a cintura, quando uma bala de chumbo penetrou no queixo de União de Rios e ela caiu de bruços na água. Dois Céus, carregando o irmão, O Dono da Terra, com grande dificuldade conseguiu virar o corpo da mãe e compreendeu que União de Rios estava morta. Dois Céus não viu o pai nem a irmã. O mundo todo era feito de tiros e gritos, e quando os sauks dirigiram-se para uma pequena ilha, ela os acompanhou.

Tentaram se proteger na ilha, agrupados atrás de rochas e troncos caídos. Mas, no rio, surgindo da névoa como um enorme fantasma, o navio logo começou a castigar a ilha com seu canhão. Algumas mulheres atiraram-se no rio, tentando atravessá-lo a nado. Dois Céus não sabia que os brancos haviam contratado os sioux para esperá-los na outra margem do rio e matar quem tentasse atravessar. Finalmente ela entrou na água, segurando com os dentes a pele flácida da nuca do irmãozinho para poder nadar. Com o gosto do sangue do irmão na boca, os músculos do pescoço e dos ombros tensos e doloridos com o esforço de manter a cabeça fora d'água, ela nadou. O cansaço logo a venceu e Dois Céus compreendeu que, se continuasse, ela e a criança iam morrer. Deixou que a correnteza os levasse rio abaixo, para longe do tiroteio, e virou para terra, nadando como uma raposa ou um esquilo, carregando o filhote. Quando chegou na margem, ficou deitada ao lado do bebê que gritava de dor, procurando não olhar para o pescoço dele.

Dois Céus apanhou O Dono da Terra nos braços e correu para longe do som da luta. Uma mulher estava sentada na margem do rio e, quando se aproximou, Dois Céus viu que era sua irmã. Mulher Alta estava coberta de sangue, mas disse que não era o seu. Um soldado tentava violentá-la quando foi atingido por uma bala. Ela conseguiu sair de baixo do corpo ensanguentado do homem. Ele ergueu a mão, pedindo socorro na sua língua e Mulher Alta o matou com uma pedra.

Mulher Alta conseguiu contar sua história, mas não compreendeu quando Dois Céus disse que sua mãe estava morta. Os gritos e os tiros pareciam mais próximos. Carregando o irmão e conduzindo a irmã, Dois Céus escondeu-se com eles entre as moitas cerradas da margem do rio. Mulher Alta não disse uma palavra, mas O Dono da Terra não parava de gritar e Dois Céus teve medo de que o choro estridente atraísse os soldados. Abriu o vestido na frente e levou a boca do irmão ao seio de menina. O pequeno mamilo cresceu com a sucção dos lábios da criança e ela o apertou contra o corpo.

As horas passaram, os tiros tornaram-se mais esparsos e o tumulto terminou. As sombras da tarde alongavam-se no solo quando ela ouviu os passos de uma patrulha e o bebê começou a chorar outra vez. Dois Céus pensou em estrangular O Dono da Terra para que ela e Mulher Alta pudessem viver. Mas apenas esperou, e depois de alguns minutos, um garotinho magro e branco enfiou o mosquete na moita e as arrastou para fora.

A caminho do navio, por toda a parte, elas viam membros do seu povo sem orelhas ou escalpados. Os Facas Longas tinham reunido trinta e nove mulheres e crianças. Todos os outros estavam mortos. O Dono da Terra chorava ainda e um winnebago olhou para a criança emaciada com o pescoço ferido. "Ratinho", disse ele, com desdém, mas um soldado ruivo, com duas divisas amarelas na manga da túnica azul, misturou água e açúcar numa garrafa de uísque vazia e enfiou um pedaço de pano no gargalo. Tirou o bebê dos braços de Dois Céus, deu o pano para ele chupar e afastou-se, satisfeito, com o menino nos braços. Dois Céus tentou ir atrás dele, mas o winnebago bateu na cabeça dela com a mão aberta até seus ouvidos ficarem zunindo. O navio afastou-se da embocadura do Bad Ax, navegando entre os corpos dos sauks. A sessenta quilômetros rio abaixo, chegaram a Prairie du Chien, onde Dois Céus, Mulher Alta e mais três sauks, Mulher Fumaça, Lua e Pássaro Amarelo, foram levados para uma carroça. Lua era mais jovem do que Dois Céus. As outras duas eram mais velhas, mas não tanto quanto Mulher Alta. Ela não sabia o que tinha acontecido às outras prisioneiras e nunca mais viu O Dono da Terra.

A carroça chegou a um posto do exército que mais tarde elas souberam ser Forte Crawford, mas as mulheres foram levadas para uma casa de fazenda com cercas e várias construções externas, a cinco quilômetros do forte. Dois Céus viu campos arados e plantados e vários animais pastando, além de aves domésticas. Dentro da casa ela mal podia respirar pois o ar achava-se impregnado com o cheiro estranho de sabão e cera, um cheiro de santidade *mookamonik* que ela detestaria pelo resto da vida. Na Escola Evangélica para Meninas Índias, Dois Céus teve de aguentar aquele cheiro durante quatro anos.

A escola era dirigida pelo reverendo Edvard Bronsun e pela Srta. Eva, dois irmãos de meia-idade. Nove anos antes, sob o patrocínio da Sociedade Missionária da Cidade de Nova York, tinham partido para as terras selvagens para conduzir os índios pagãos a Jesus. A escola começou com duas meninas winnebago, uma delas retardada. Perversamente, as mulheres índias recusavam os convites frequentes para trabalhar nos campos dos Bronsun, tomar conta do gado, caiar e pintar os prédios e fazer o trabalho doméstico. Só através da cooperação das autoridades legais e militares conseguiram aumentar o número de alunas e, por ocasião da chegada das sauks, tinham vinte e uma meninas índias, taciturnas, mas obedientes, trabalhando numa das mais perfeitas fazendas da região.

O Sr. Edvard, alto e magro, com a cabeça calva e sardenta, ensinava agricultura e religião, enquanto a Srta. Eva, corpulenta e com olhos frios, ensinava como os brancos queriam que o assoalho fosse esfregado e os móveis e os painéis de madeiras encerados. As alunas aprendiam trabalho doméstico, trabalho no campo, que se tornava cada vez mais pesado, a língua inglesa, esquecendo sua língua e sua cultura, e aprendiam a rezar a deuses que não conheciam. A Srta. Eva, com um eterno sorriso frio, castigava a preguiça, a insolência ou o uso de uma palavra indígena, espancando-as com galhos finos e flexíveis de ameixeira.

As outras alunas eram winnebagos, chippewas, illinois, kickapoos, iroqueses e potawatomis. As sauks eram tratadas com hostilidade por todas, mas não as temiam. Tendo chegado juntas, formavam uma maioria tribal, embora o sistema da escola procurasse anular essa vantagem. A primeira coisa que a aluna perdia era seu nome índio. Para os Bronsun, somente seis nomes bíblicos podiam inspirar devoção a uma convertida: Rachel, Ruth, Mary, Martha, Sarah e Anna. Uma vez que essa escolha limitada significava várias alunas com o mesmo nome, para evitar confusão, cada uma recebia um número que só podia ser descartado quando a aluna deixava a escola. Assim,

Lua passou a ser Ruth Três, Mulher Alta, Mary Quatro, Pássaro Amarelo, Rachel Dois e Mulher Fumaça, Martha Três. Dois Céus era agora Sarah Dois.

    A adaptação não foi difícil. As primeiras palavras inglesas que aprenderam foram "por favor" e "obrigado". Durante as refeições, todos os alimentos e bebidas eram identificados uma vez, em inglês. A partir daí, quem não fizesse o pedido em inglês passava fome. As sauks aprenderam inglês rapidamente. As duas refeições diárias consistiam em canjica, pão de milho e raízes vegetais picadas. A carne, raramente servida, era lombo gordo de animais pequenos. As crianças que algumas vezes passaram fome sempre comem avidamente. Apesar do trabalho árduo, elas engordaram. O brilho voltou aos olhos de Mulher Alta, mas das cinco sauks ela era a que mais vezes esquecia que era proibido falar a língua do povo e por isso era espancada com maior frequência. No segundo mês da chegada das sauks, a Srta. Eva ouviu Mulher Alta cochichando na língua do seu povo e a espancou severamente, na presença do Sr. Edvard. Naquela noite, o Sr. Edvard foi ao sótão escuro que servia de dormitório e em voz baixa disse que tinha um unguento para tirar a dor das costas de Mary Quatro. Ele a levou para fora do dormitório.

    No dia seguinte, o Sr. Edvard deu a Mulher Alta um saco de broas de milho que ela dividiu entre as outras sauks. Depois disso, ele passou a aparecer frequentemente no dormitório para levar Mulher Alta, e as meninas acostumaram-se com a comida extra.

    Dois meses depois, Mulher Alta começou a sentir enjoo de manhã e ela e Dois Céus souberam, muito antes do seu ventre começar a crescer, que Mary Quatro ia ter um filho.

    Algumas semanas depois, o Sr. Edvard atrelou o cavalo à charrete e a Srta. Eva saiu, levando Mulher Alta com ela. Quando voltou, sozinha, disse a Dois Céus que sua irmã fora abençoada, que de agora em diante ia trabalhar numa ótima fazenda cristã no outro lado do Forte Crawford. Dois Céus nunca mais viu Mulher Alta.

Sempre que tinha certeza de que estavam sós, Dois Céus falava com as outras sauks na sua língua. Enquanto tiravam lagartas das batatas, ela contava histórias que ouvira de União de Rios. Capinando as plantações de beterrabas, ela cantava as canções dos sauks. Cortando lenha, ela falava de Sauk-e-nuk e do acampamento de inverno, lembrando as danças e os festivais e os parentes vivos e mortos. Quando elas não respondiam na língua dos sauks, Dois Céus as ameaçava com uma punição pior do que as sovas da Srta. Eva. Embora duas das meninas fossem mais velhas e maiores do que ela, nenhuma a desafiava e assim conservaram a língua do seu povo.

    Quando estavam há mais de três anos e meio na escola, chegou uma nova aluna sioux. Asa Tatalante era mais velha do que Mulher Alta.

Pertencia ao grupo dos wabashaws, e à noite ela provocava as sauks contando como seu pai e seus irmãos tinham esperado na margem do *Masesibowi* para matar e escalpelar todos os seus inimigos sauks que conseguiram atravessar o rio durante o massacre do Bad Ax. Asa Tatalante ficou com o nome de Mulher Alta, Mary Cinco. Desde o princípio o Sr. Edvard gostou dela. Dois Céus chegou a pensar em matá-la, mas afinal a presença de Asa Tatalante foi uma sorte, pois dentro de poucos meses ela também ficou grávida. Talvez Mary fosse um nome prolífico.

Dois Céus via o ventre de Asa Tatalante crescer a cada dia e planejou e preparou. A Srta. Eva levou Asa Tatalante na charrete num quente dia de verão. O Sr. Edvard sozinho não podia tomar conta de todas. Assim que a mulher saiu, Dois Céus largou a enxada no campo de beterrabas e desapareceu atrás do celeiro. Empilhou grandes nós de pinho ao lado dos troncos secos e acendeu com os fósforos de enxofre roubados para esse fim. Quando o fogo foi notado, o celeiro estava em chamas. O Sr. Edvard saiu correndo como um louco da plantação de batatas, onde estava, gritando, com os olhos arregalados, e mandou que as meninas ficassem enfileiradas, passando baldes de água para apagar o incêndio.

Dois Céus ficou impassível no meio da confusão. Reuniu Lua, Pássaro Amarelo e Mulher Fumaça. Com uma inspiração de momento, apanhou um dos galhos de ameixeira da Srta. Eva e com ele fez o porco enorme da fazenda sair da lama do chiqueiro. Depois levou o animal fedido para dentro da casa esfregada e piedosamente polida da Srta. Eva e fechou a porta. Então, levou as outras para a floresta, para longe daquele lugar de *mookamon*.

Elas evitaram estradas, caminhando no bosque até chegarem ao rio. As quatro soltaram um grande tronco de carvalho que estava preso pelo mato na margem do rio. As águas mornas que guardavam os ossos e os espíritos dos seus entes queridos envolveram as meninas agarradas no tronco e o *Masesibowi* as levou para o sul.

Saíram do rio quando começou a escurecer. Naquela noite dormiram com fome, na floresta. De manhã, quando colhiam frutas silvestres na margem do rio, encontraram uma canoa sioux escondida entre os arbustos e apossaram-se dela, torcendo para que pertencesse a um parente de Asa Tatalante. No meio da tarde, depois de uma curva do rio, chegaram a Prophetstown. Um pele-vermelha limpava peixe na margem. Quando viram que era um mesquakie, as meninas riram, aliviadas, e viraram a canoa para a margem.

Depois da guerra, logo que foi possível, Nuvem Branca retornou a Prophetsiown. Os soldados brancos haviam queimado seu *hedonoso-te* e muitos outros, e ele construiu mais um. Quando souberam que o Xamã tinha voltado, as famílias foram chegando, como antes, de várias tribos e instalaram-se ao lado dele. Outros discípulos chegaram de tempos em tempos, mas agora ele demonstrou interesse especial pelas quatro meninas que haviam escapado dos brancos e chegado até ele. Durante dias ele as observou enquanto descansavam e se alimentavam no seu *hedonoso-te*, notando que para qualquer coisa pediam conselho a uma delas. Ele as interrogou longamente, uma de cada vez e todas falaram sobre Dois Céus.

Sempre, Dois Céus. Nuvem Branca começou a observá-la esperançosamente.

Depois de algum tempo, ele apanhou dois cavalos da manada e disse a Dois Céus para acompanhá-lo. Ela cavalgou atrás dele grande parte do dia e finalmente chegaram a uma colina. Todas as montanhas são sagradas, mas na planície até uma colina é um santuário. No topo arborizado, ele a conduziu até uma clareira com cheiro almiscarado de urso, onde havia ossos de animais espalhados e cinzas de antigas fogueiras.

Quando desmontaram, Wabokieshiek tirou a manta dos ombros e mandou Dois Céus se despir e deitar nela. Dois Céus não ousou recusar, embora certa de que o velho Xamã pretendia usá-la sexualmente. Mas quando Wabokieshiek a tocou, não foi como um amante. Ele a examinou até certificar-se de que ela estava intacta.

Quando o sol desceu para o horizonte, eles entraram no bosque próximo e o Xamã preparou três armadilhas. Então fez uma fogueira na clareira e sentou-se ao lado do fogo, cantando, enquanto Dois Céus, deitada no chão, dormia.

Quando ela acordou, ele estava abrindo o ventre de um coelho apanhado numa das armadilhas. Dois Céus estava com fome, mas, em vez de cozinhar o coelho, ele estudava as vísceras do animal, tocando-as com as pontas dos dedos, mais demoradamente do que tinha examinado o corpo de Dois Céus. Quando terminou, rosnou satisfeito e olhou para ela com expressão cautelosa e maravilhada.

Foi com tristeza e desânimo que Nuvem Branca e Falcão Negro souberam do massacre do seu povo no rio Bad Ax. Resolveram que mais nenhum sauk devia morrer sob sua liderança, por isso entregaram-se ao agente dos índios, em Prairie du Chien. No Forte Crawford, foram entregues a um jovem tenente do exército chamado Jefferson Davis, e com ele desceram o *Masesibowi* até St. Louis. Passaram o inverno confinados no quartel Jefferson, humilhados e agrilhoados. Na primavera, para mostrar aos brancos a arrasadora vitória do exército sobre o povo, o Grande Pai, em Washington, ordenou que os dois prisioneiros fossem levados a cidades americanas. Eles viram estradas de ferro pela primeira vez e viajaram de trem para Washington, Nova York, Albany e Detroit. Por toda a parte, multidões, como manadas de búfalos, corriam para ver as curiosidades, os "chefes índios" derrotados.

Nuvem Branca viu cidades enormes, prédios magníficos, máquinas assustadoras. E um número infinito de americanos. Quando permitiram que voltasse a Prophetstown, ele contemplou a amarga verdade. Os *mookamonik* jamais poderiam ser expulsos da terra dos sauks. Os peles-vermelhas seriam empurrados cada vez mais, e cada vez para mais longe das terras férteis e da caça. Aqueles que eram seus filhos, os sauks, os mesquakies e os winnebagos precisavam se acostumar ao mundo cruel, dominado pelos brancos. O problema não era mais expulsar os brancos. Agora, o Xamã tentava descobrir quais as mudanças necessárias para que seu povo pudesse sobreviver, conservando seus *manitous,* sua medicina. Nuvem Branca estava velho e próximo da morte, por isso começou a procurar uma pessoa para a qual pudesse passar o que ele era, um escrínio onde pudesse guardar a alma das tribos dos algonquins. Mas não encontrou ninguém. Até aquele momento.

Tudo isso ele explicou para Dois Céus, sentado no lugar sagrado da colina, estudando os augúrios favoráveis das entranhas do coelho, que já começavam a cheirar mal. Quando terminou, perguntou se Dois Céus permitiria que ele lhe ensinasse a ser uma curandeira.

Dois Céus era uma criança, mas sabia o suficiente para ficar com medo. Não compreendia muita coisa ainda, mas compreendia o que era importante.

– Vou tentar – ela murmurou para o Profeta.

Nuvem Branca mandou Lua, Pássaro Amarelo e Mulher Fumaça para os sauks de Keokuk, mas Dois Céus ficou em Prophetsiown, morando na casa de Wabokieshiek, como uma filha predileta. Ele mostrou as folhas e raízes e cascas de árvores, dizendo qual delas faziam com que o espírito saísse do corpo para conversar com os *manitous,* quais serviam para tingir a pele de gamo e as que serviam para fazer a tinta de guerra, quais deviam ser secas e quais umedecidas, quais deviam ser expostas ao vapor, e quais eram usadas em compressas, quais podiam ser raspadas com movimentos de baixo para cima e as que deviam ser raspadas de cima para baixo, quais podiam abrir as entranhas e quais as fechavam, quais faziam baixar a febre e quais podiam aliviar a dor, as que podiam curar e as que podiam matar.

Dois Céus ouvia com atenção. No fim de quatro estações, o Profeta fez o teste e ficou satisfeito. Disse que a tinha conduzido através da Primeira Tenda da Sabedoria.

Antes de passar pela segunda tenda, sua condição de mulher revelou-se pela primeira vez. Uma das sobrinhas de Nuvem Branca ensinou a ela o que devia fazer, e todos os meses ela ficava na tenda das mulheres, enquanto sua vagina sangrava. O Profeta explicou que ela não devia conduzir uma cerimônia, nem tratar qualquer doença ou ferimento sem primeiro se purificar na tenda do suor, depois de cada fluxo mensal.

Durante os quatro anos seguintes, ela aprendeu a chamar os *manitous* com canções e tambores, os vários métodos de matar cães, de acordo com a cerimônia e como prepará-los para os banquetes, como ensinar os cantores e os tambores que tomavam parte nas danças sagradas. Aprendeu a ler o futuro nas entranhas de um animal. Aprendeu a força da ilusão – para sugar doenças do corpo e cuspir depois, jogando-as fora sob a forma de uma pedra, que o doente podia ver e saber que estava curado. Aprendeu o canto que enviava o espírito do agonizante para outro mundo, quando não conseguia persuadir os *manitous* a permitir que ele vivesse.

Eram sete as Tendas da Sabedoria. Na quinta, o Profeta a ensinou a controlar o próprio corpo para aprender a controlar os corpos das outras pessoas. Ela aprendeu a dominar a sede e a passar longos períodos sem comer. Frequentemente ele a levava, a cavalo, até lugares muito distantes e voltava sozinho, com os dois cavalos para que Dois Céus encontrasse o caminho de volta a pé e sem a sua ajuda. Gradualmente ele a ensinou a dominar a dor, enviando a mente para um lugar dentro de si mesma, tão pequeno e tão profundo, que a dor não podia alcançar.

No fim daquele verão, ele a levou outra vez à clareira sagrada no topo da colina. Fizeram uma fogueira, homenagearam os *manitous* com canções e novamente puseram as armadilhas na mata. Dessa vez apanharam um coelho magro e marrom e quando o abriram e leram as entranhas, Dois Céus reconheceu que os sinais eram favoráveis.

No fim da tarde, Nuvem Branca lhe mandou tirar o vestido e os sapatos. Então, com sua faca britânica, ele fez dois cortes em cada ombro dela, depois, cuidadosamente, descolou a pele, formando duas dragonas como as dos oficiais brancos. Passou uma corda sob os cortes, fez um laço, prendeu a outra extremidade da corda num galho de árvore e a ergueu a pouca distância do chão, suspensa pela própria carne sangrenta.

Aqueceu as pontas de finas varetas de carvalho no fogo, até ficarem em brasa, e com elas desenhou nos seios de Dois Céus os sinais dos espíritos do seu povo e os símbolos dos *manitous*.

A noite chegou quando ela tentava ainda se libertar. Durante boa parte da noite, Dois Céus se debateu até a alça de pele do ombro esquerdo se partir. Logo partiu-se também a do ombro direito e ela caiu no chão. Com a mente no lugarzinho distante e profundo, para fugir da dor, talvez tivesse adormecido.

Quando surgiu a luz fraca da manhã, estava acordada e ouviu o ruído arrastado dos pés de um urso entrando na clareira. O animal não sentiu seu cheiro porque caminhava na direção da brisa matinal, num passo tão lento que Dois Céus notou o focinho branco e viu que era uma fêmea. Outro urso apareceu, todo negro, um macho jovem, ansioso para acasalar, a despeito do rosnado de advertência da fêmea. De onde estava, Dois Céus podia ver o *coska* grande e rígido, circundado pelas cerdas protetoras, cinzentas e duras, quando ele ergueu as patas dianteiras para tomar a fêmea por trás. A fêmea rosnou e girou o corpo rapidamente, batendo as patas dianteiras no ar, e o macho fugiu. Ela deu alguns passos na direção do urso negro, mas viu a carcaça do coelho e, tomando-a nos dentes, saiu da clareira.

Finalmente, sentindo muita dor, Dois Céus ficou de pé. O Profeta tinha levado suas roupas. Ela não viu nenhuma pegada de urso na terra dura da clareira, mas nas cinzas finas do fogo morto havia a marca das patas de uma raposa. Se a raposa tivesse entrado na clareira durante a noite, certamente teria levado a carcaça do coelho. Talvez os ursos fossem um sonho ou, quem sabe, *manitous*.

Durante todo aquele dia ela caminhou. Em certo momento ouviu o tropel de cavalos e se escondeu nas moitas. Seis jovens sioux passaram rapidamente. Era dia ainda quando entrou em Prophetstown acompanhada por fantasmas, o corpo nu coberto de sangue e de terra. Três homens pararam de falar quando a viram e uma mulher parou de socar o milho. Pela primeira vez Dois Céus viu medo nos rostos voltados para ela.

O próprio Profeta a lavou. Tratando dos ferimentos e das queimaduras, ele perguntou se ela havia sonhado. Dois Céus falou dos dois ursos e os olhos dele brilharam.

– O sinal mais poderoso! – murmurou Nuvem Branca. Significava, disse ele, que, enquanto ela não dormisse com um homem, os *manitous* ficariam ao seu lado.

Dois Céus pensou por um momento e Nuvem Branca disse que ela nunca mais seria Dois Céus, nunca mais seria Sarah Dois. Naquela noite, em Prophetstown, ela se tornou Makwa-ikwa, a Mulher Urso.

O Grande Pai, em Washington, mais uma vez mentiu para os sauks. O exército prometeu aos sauks de Keokuk que poderiam viver para sempre na terra dos iowas, além da margem leste do *Masesibowi*, mas aquelas terras estavam sendo rapidamente ocupadas pelos brancos. Uma cidade branca surgiu na frente de Rock Island, na outra margem do rio. Chamava-se Davenport, em honra do negociante de peles que aconselhara os sauks a abandonar os ossos dos seus antepassados e Sauk-e-nuk, e depois comprou suas terras para fazer fortuna.

Agora o exército disse aos sauks de Keokuk que eles deviam muito dinheiro americano e deviam vender suas novas terras no território de Iowa para viver na reserva instalada pelos Estados Unidos numa região distante, a sudoeste, no território do Kansas.

O Profeta disse à Mulher Urso que enquanto vivesse ela não devia acreditar na palavra dos brancos.

Naquele ano Pássaro Amarelo foi picada por uma cobra, metade do seu corpo ficou inchada e cheia d'água e ela morreu. Lua encontrou um marido, um sauk chamado Chega Cantando, e já tinham filhos. Mulher Fumaça não casou. Dormia com tantos homens, com tanta felicidade, que todos sorriam ao pronunciar seu nome. Às vezes, Makwa-ikwa sentia desejo sexual, mas sabia controlar-se, como sabia controlar a dor. A falta de filhos era penosa. Lembrava-se de quando tinha se escondido com O Dono da Terra durante o massacre em Bad Ax, lembrava-se dos lábios do irmão sugando seu seio. Mas já estava conformada. Vivia há muito tempo com os *manitous* para pensar em questionar a decisão de que jamais seria mãe. Estava satisfeita com a posição de curandeira.

As duas últimas Tendas da Sabedoria tratavam de magia, como provocar doença numa pessoa sã por meio de encantamento, como evocar e dirigir a má sorte. Makwa-ikwa conheceu os pequenos seres malvados chamados *watawinonas,* conheceu fantasmas e bruxos, e Panguk, o Espírito da Morte. Esses espíritos só eram evocados nas tendas finais porque uma curandeira precisava dominar a si mesma antes de chamá-los, do contrário ela se juntaria aos *watawinonas* na sua maldade. A magia negra era sua mais pesada responsabilidade. Os *watawinonas* roubaram de Makwa-ikwa a capacidade de sorrir. Ela ficou pálida e emaciada. Sua carne derreteu, fazendo com que os ossos parecessem enormes e às vezes seu sangue mensal não vinha. Percebeu que os *watawinonas* estavam absorvendo também a vida de Wabokieshiek. Ele ficava cada vez mais fraco e pequeno, mas garantiu a Makwa-ikwa que não estava para morrer ainda.

Ao fim de mais dois anos, o Profeta a conduziu através da última tenda. No passado, isso exigia a convocação dos grupos mais distantes dos sauks, a realização de corridas e jogos, a cerimônia do cachimbo da paz e uma reunião secreta dos *Mide'wiwin,* a sociedade dos curandeiros das tribos algonquianas. Mas esses dias não existiam mais. Os povos de pele-vermelha estavam espalhados e em situação difícil. Tudo que Nuvem Branca conseguiu foi a presença de três outros homens idosos, para servir de juízes, Faca Perdida, dos mesquakies, Cavalo Estéril, dos ojibwas, e Pequena Grande Cobra, dos menominis. As mulheres de Prophetstown fizeram um vestido e um par de sapatos de corça branca para Makwa-ikwa e ela usou seus *izze* e argolas nos pulsos e nos tornozelos, que chocalhavam quando ela se movia. Ela matou dois cães com a vareta estranguladora e supervisionou a limpeza e o preparo da carne. Depois do banquete, ela e os velhos passaram a noite sentados em volta do fogo.

Makwa-ikwa respondeu com respeito, mas com a firmeza de uma igual, às perguntas dos anciãos. Fez soar nos tambores de água os sons de súplica, enquanto cantava, evocando os *manitous* e os espíritos pacificadores. Os anciãos revelaram a ela os segredos do *Mide'wiwin,* guardando os próprios segredos, assim como Makwa-ikwa guardaria os dela daquele dia em diante. Quando o dia nasceu, Makwa-ikwa era uma Xamã.

No passado o título de Xamã conferia grande poder. Mas agora Wabokieshiek ajudou-a a colher as ervas que não existiam no lugar para onde Makwa-ikwa ia. Depois de se despedir do Profeta, ela montou no outro presente, um pônei cinzento e, puxando pela rédea a mula malhada carregada com seus tambores, a bolsa de medicina e as ervas, partiu para o território do Kansas, onde viviam os sauks.

A reserva ficava numa região mais plana do que as planícies do Illinois.
Seca.
Havia água suficiente para beber, mas tinha de ser carregada de muito longe. Dessa vez os brancos tinham dado terras bastante férteis para os sauks. As sementes plantadas brotaram fortes na primavera, mas logo no começo do verão, tudo secou e morreu. O vento soprava areia através da qual o sol escaldava como um olho redondo e vermelho.

Assim, eles se contentavam com a comida dada pelos soldados. Carne estragada, gordura de porco malcheirosa, vegetais velhos. Migalhas dos banquetes dos brancos.

Não tinham *hedonoso-tes*. O povo vivia em cabanas feitas com troncos verdes que empenavam e encolhiam, deixando frestas por onde entrava a neve no inverno. Duas vezes por ano, um agente índio, pequeno e nervoso, chegava acompanhado de soldados e deixava mercadorias na planície: espelhos baratos, contas de vidro, arreios rachados e quebrados com sinos, roupas velhas, carne bichada. A princípio, todos os sauks examinaram as pilhas de objetos, então alguém perguntou ao agente por que ele levava aquelas coisas e ele respondeu que era pagamento pelas terras confiscadas aos sauks pelo governo. Depois disso, só os mais fracos e mais desprezados aceitavam alguma coisa. A pilha crescia de seis em seis meses, apodrecendo exposta ao tempo.

Tinham ouvido falar de Makwa-ikwa. Quando ela chegou, eles a receberam com respeito, mas não eram mais uma tribo para precisar de uma Xamã. Os mais decididos tinham acompanhado Falcão Negro e foram mortos pelos brancos, ou pela fome, afogados no *Masebowi* ou assassinados pelos sioux, mas havia alguns na reserva que conservavam os corações fortes dos amigos sauks. Sua coragem era constantemente testada nas lutas com tribos nativas da região, porque a caça vinha diminuindo e os comanches, os kiowas, os cheyennes e os osagres ressentiam-se da competição das tribos do Leste, levadas para suas terras pelos americanos. Os brancos prejudicavam a capacidade de defesa dos sauks, fornecendo grandes quantidades de uísque de má qualidade, tomando em troca as peles dos animais que eles apanhavam. A cada dia aumentava o número de sauks que passavam os dias embriagados e doentes por causa da bebida.

Makwa-ikwa ficou pouco mais de um ano na reserva. Naquela primavera, uma pequena manada de búfalos apareceu na planície. O marido de Lua, Chega Cantando, saiu com outros caçadores e voltaram com carne para os sauks. Makwa-ikwa ordenou que fizessem a Dança do Búfalo e instruiu tambores e cantores. No passado o povo dançava e ela viu nos olhos de alguns um brilho que há muito tinha desaparecido, uma luz que a encheu de alegria.

Outros também perceberam. Depois da Dança do Búfalo, Chega Cantando disse a Makwa-ikwa que alguns sauks queriam deixar a reserva e viver como seus pais tinham vivido. Perguntaram se sua Xamã os acompanharia.

Ela perguntou a Chega Cantando para onde pretendiam ir.

– Para casa – disse ele.

Assim, os mais jovens e mais fortes deixaram a reserva, e Makwa-ikwa com eles. No outono, estavam na terra que alegrava suas almas e ao mesmo tempo magoava seus corações. Era difícil evitar o homem branco. Durante a longa viagem davam longas voltas para não atravessar as fazendas e cidades dos brancos. A caça era pouca. O inverno os apanhou desprevenidos. Wabokieshiek tinha morrido no último verão e Prophetstown estava deserta. Ela não podia pedir a ajuda dos brancos, lembrando a advertência do Profeta, para jamais confiar na palavra de um branco.

Mas ela rezou e os *manitous* mandaram ajuda na pessoa do médico branco chamado Cole, e a despeito do espírito do Profeta, ela chegou à conclusão de que podia confiar nele.

Assim, quando ele entrou no acampamento dos sauks e disse que precisava da ajuda de Makwa-ikwa para fazer sua medicina, ela concordou sem hesitar.

# 18

# PEDRAS

Rob J. tentou explicar a Makwa-ikwa o que era um cálculo na bexiga, mas teve a impressão de que ela não acreditou que a doença de Sarah Bledsoe fosse provocada por pedras na bexiga. Makwa-ikwa perguntou se ele ia socar as pedras, e depois da conversa ficou claro que ela esperava assistir a um espetáculo de prestidigitação, uma espécie de malabarismo, para convencer a paciente de que tinha retirado a causa da sua doença. Rob J. explicou várias vezes que as pedras eram reais, que existiam de verdade e provocavam muita dor, e que ele ia inserir um instrumento no corpo de Sarah para retirá-las.

Makwa-ikwa ficou mais intrigada ainda quando, ao chegarem à casa de Rob, ele lavou com água e sabão escuro a mesa feita por Alden, na qual ia fazer a operação. Os dois foram de charrete apanhar Sarah Bledsoe em casa. O garoto, Alex, ficou com Alma Schroeder e Sarah estava à espera do médico, com os olhos muito grandes no rosto miúdo e abatido. Voltaram para a casa de Rob, Makwa-ikwa em silêncio e Sarah paralisada de medo. Rob tentou amenizar o ambiente, falando sobre coisas variadas, mas sem resultado.

Quando chegaram à sua casa, Makwa-ikwa saltou da charrete e, com uma gentileza que surpreendeu Rob J., ajudou a jovem branca a descer. Então, ela falou pela primeira vez.

– Houve um tempo em que eu me chamava Sarah Dois – disse ela, para Sarah Bledsoe, mas Rob pensou ter ouvido "Sarah também".


Sarah não estava acostumada a beber. Tossiu quando tentou tomar os três dedos de uísque de malte ácido e engasgou com os dois dedos, ou mais, que Rob adicionou à caneca, por medida de segurança. Ele queria que Sarah ficasse atordoada e insensível, mas capaz de cooperar. Enquanto esperavam que o uísque fizesse efeito, ele acendeu velas em volta da mesa, apesar do calor, porque a luz era fraca no interior da casa. Quando a despiram, viram que seu corpo estava vermelho de tanto esfregar e lavar. As nádegas magras eram pequenas como as de uma criança e as coxas azuladas pareciam quase côncavas de tão magras. Ela contraiu o rosto quando Rob inseriu o cateter e encheu a bexiga com água. Rob mostrou a Makwa-ikwa como devia segurar os joelhos da paciente. Depois, lubrificou o litotrite com gordura limpa, menos as duas pinças, que deviam triturar as pedras. Sarah deixou escapar um gemido abafado quando ele inseriu o instrumento na sua uretra.

– Eu sei que dói, Sarah. É doloroso quando entra, mas... Pronto. Agora, vai melhorar.

Sarah estava acostumada a dor muito mais intensa e parou de gemer, mas Rob estava preocupado. Fizera isso há alguns anos e assim mesmo, sob o olhar atento do homem que era, sem dúvida, um dos melhores cirurgiões do mundo. Tinha passado várias horas, no dia anterior, praticando o uso do litotrite, apanhando com as pinças uvas e pequenas pedras, quebrando cascas de nozes, movimentando-o dentro de um pequeno tubo com água, com os olhos fechados. Mas era muito diferente fazer o mesmo dentro da bexiga frágil de um ser humano, sabendo que se forçasse demais ou se apanhasse um pedaço de tecido, em vez da pedra, poderia provocar um ferimento que teria como resultado infecção e morte dolorosa.

Uma vez que não podia usar os olhos, ele os fechou e movimentou o litotrite delicadamente, em círculo, todo seu ser concentrado no nervo que funcionava na extremidade do instrumento. Sentiu que tocava em alguma coisa. Abriu os olhos e observou a virilha e o abdome da mulher, desejando poder enxergar através da carne.

Makwa-ikwa observava atentamente as mãos dele, seu rosto. Rob J. afastou com a mão livre uma mosca impertinente e depois ignorou tudo que não fosse sua paciente e o que estava fazendo e o instrumento que estava manejando. A pedra... Meu Deus, sem dúvida era muito grande! Talvez do tamanho do seu dedo polegar, calculou, manobrando e manipulando o instrumento lenta e cautelosamente.

Para saber se a pedra podia ser movida, ele apertou as pinças do litotrite em volta dela, mas quando puxou de leve, a mulher na mesa abriu a boca e gritou.

– Apanhei a pedra maior, Sarah – disse ele, calmamente. – É grande demais para sair inteira, portanto vou tentar quebrá-la. – Enquanto falava, seus dedos se moviam para o parafuso na extremidade externa do litotrite. Era como se cada volta do parafuso aumentasse a tensão dentro dele também, porque se não conseguisse quebrar a pedra, o prognóstico era desanimador. Mas ele continuou a girar o cabo e finalmente ouviu o estalo abençoado da pedra que se partia, com o som de uma vasilha de barro amassada sob os pés.

Rob quebrou a pedra em três pedaços. Mesmo trabalhando com todo o cuidado, quando retirou o primeiro pedaço, ele a machucou. Makwa-ikwa limpou com um pano molhado o suor do rosto de Sarah. Com a mão livre, Rob abriu os dedos dela um a um, como pétalas de flor, e pôs o pedaço da pedra na palma. Era um cálculo feio, marrom e negro. O pedaço do centro era macio e ovalado, mas as duas extremidades irregulares, com pequenas arestas finas e cortantes. Quando os três pedaços estavam na mão dela, Rob inseriu o cateter e lavou a bexiga e com a urina saíram vários cristais da pedra partida.

Sarah estava exausta.

– Por hoje chega – resolveu ele. – Há outra pedra na sua bexiga, mas é pequena e vai ser mais fácil de remover. Faremos isso outro dia.

A febre que acompanhava qualquer cirurgia apareceu em menos de uma hora. Eles a fizeram tomar líquidos, incluindo o eficiente chá de casca de salgueiro de Makwa-ikwa. Na manhã seguinte, Sarah estava ainda levemente febril, mas já podia voltar para casa. Apesar de dolorida e exausta, como Rob sabia que ela devia estar, Sarah não se queixou nem uma vez durante a viagem. A febre não tinha desaparecido ainda dos seus olhos, mas havia neles agora uma outra luz, a luz da esperança.

Alguns dias mais tarde, Nick Holden o convidou para outra caçada de corça e Rob aceitou, um tanto ressabiado. Dessa vez tomaram um barco e subiram o rio até Dexter, onde as duas irmãs LaSalle os esperavam na taverna. Apesar da descrição hiperbólica de Nick, Rob percebeu que eram duas prostitutas cansadas. Nick escolheu Polly, a mais jovem e mais atraente, deixando para Rob uma mulher envelhecida, com expressão amarga e um bigode incipiente, que camadas de pó de arroz não conseguiam esconder – Lydia. Lydia ficou evidentemente ofendida com a insistência de Rob no uso de água e sabão, além do Velho Tesão, mas executou sua parte da transação com eficiente profissionalismo. Naquela noite, deitado ao lado dela, no quarto que guardava o leve odor dos fantasmas de desejos passados e pagos, ele perguntou a si mesmo o que estava fazendo ali. Do quarto vizinho chegava o som de vozes exaltadas, depois o estalo de uma bofetada, gritos roucos de mulher, baques surdos mas inequívocos.

– Meu Deus! – Rob J. bateu na parede fina. – Nick. Está tudo bem aí?

– Perfeito. Que diabo, Cole. Veja se dorme um pouco agora. Ou faça outra coisa qualquer. Está ouvindo? – respondeu Holden, irritado, com voz arrastada, cheia de uísque.

Na manhã seguinte, quando se encontraram para o café, Polly estava com o lado do rosto inchado. Nick devia ter pago muito bem a pancadaria porque, quando se despediram, ela não parecia nem um pouco descontente.

Não era possível ignorar o incidente. No barco a vapor, quando voltavam, Nick pôs a mão no braço de Rob.

– Às vezes mulheres gostam de jogo bruto, não sabia disso, seu bode velho? Elas praticamente pedem pancada, para se excitar.

Rob olhou para ele em silêncio, certo de que aquela fora sua última caçada de corça. Tirando a mão do seu braço, Nick começou a falar sobre as eleições. Ia se candidatar a um cargo público na legislatura do distrito. Rob J. podia ajudar, disse ele, esperançoso, convencendo seus pacientes a votar no seu velho amigo.

# 19

# UMA MUDANÇA

Duas semanas depois da primeira operação, Rob J. estava pronto para remover o cálculo menor da bexiga de Sarah, mas ela não parecia muito disposta. Nos dias que se seguiram à retirada da pedra, ela havia expelido cristais, às vezes com alguma dor. Os sintomas tinham desaparecido. Pela primeira vez, desde o aparecimento da doença, deixou de sofrer dores lancinantes e aos poucos recuperou o controle do próprio corpo.

– Ainda tem uma pedra na bexiga – lembrou ele.

– Não quero tirar. Não sinto nenhuma dor – disse ela, com desafio, e depois abaixou os olhos. – Sinto mais medo agora do que da primeira vez.

Rob notou a melhora na aparência dela. O rosto trazia ainda as marcas do longo período de sofrimento e aflição, mas estava mais cheio e menos abatido.

– A pedra grande que removemos começou como uma pedra pequena. Elas crescem, Sarah – disse ele.

Então ela concordou. Mais uma vez Makwa-ikwa ajudou na remoção do pequeno cálculo – mais ou menos um quarto do tamanho do primeiro. Depois de um mínimo de desconforto, a sensação de triunfo.

Porém, a febre pós-operatória quando chegou pareceu incendiar o corpo de Sarah. Rob pressentiu o desastre iminente e censurou a si mesmo por ter insistido. Antes do anoitecer, o temor de Sarah se tornou realidade. O processo muito mais simples de remoção da pedra menor teve como resultado uma infecção generalizada. Rob e Makwa-ikwa revezaram-se ao lado do leito durante quatro dias e quatro noites, enquanto o corpo de Sarah empenhava-se numa feroz batalha contra a morte. Segurando as mãos dela, Rob sentia a vitalidade fugindo rapidamente. Uma vez ou outra, com o olhar perdido na distância, Makwa-ikwa entoava cantos suaves na sua língua. Disse a Rob que estava pedindo a Panguk, o deus da morte, para poupar aquela mulher. Tudo que podiam fazer era lavar o corpo de Sarah com panos molhados, ampará-la quando ministravam líquidos e passar gordura limpa nos seus lábios rachados e secos. Durante algum tempo, seu estado deteriorou, mas na manhã do quinto dia – teria sido obra de Panguk, da força do espírito de Sarah ou do chá de loureiro? – ela começou a transpirar. As camisolas ficavam encharcadas de suor assim que eram trocadas. No meio da manhã, ela mergulhou num sono profundo e reparador e, à tarde, sua testa estava quase fria sob a mão de Rob.

A expressão de Makwa-ikwa não se alterou muito, mas Rob J. começava a conhecê-la e teve certeza de que a ideia a agradava, embora, a princípio, ela não a tivesse levado a sério.

– Trabalhar com você? Sempre?

Ele fez que sim com a cabeça. Rob não hesitou em fazer o pedido porque estava certo da sua capacidade para cuidar de doentes. Disse que podia ser muito vantajoso para ambos.

– Você pode aprender um pouco da minha medicina e pode me ensinar muita coisa sobre suas ervas e plantas. O que elas podem curar, como devem ser usadas.

Tocaram no assunto pela primeira vez na charrete, depois de terem deixado Sarah em casa. Rob não insistiu. Queria que ela tivesse tempo para pensar.

Alguns dias depois, ele foi ao acampamento dos sauks e repetiu a sugestão, enquanto comiam cozido de coelho. Makwa-ikwa não gostou da ideia de morar perto da casa de Rob, uma necessidade, segundo ele, para casos de emergência.

– Preciso ficar com meu povo.

Rob havia pensado longamente na situação dos sauks.

– Mais cedo ou mais tarde o homem branco vai requisitar ao governo cada pedaço de terra que vocês precisam para sua aldeia ou para seu acampamento de inverno. Serão obrigados a voltar para a reserva de onde fugiram. – O que deviam fazer, disse ele, era aprender a viver no mundo que existia agora. – Preciso de ajuda na minha fazenda. Alden Kimball não pode fazer tudo. Um casal, como Lua e Chega Cantando, podia ser muito útil. Podem construir casas de madeira nas minhas terras. Pagarei os três com dinheiro dos Estados Unidos, bem como com produtos da fazenda. Se der certo, talvez outros fazendeiros queiram dar trabalho aos sauks. E se vocês puderem economizar algum dinheiro, mais cedo ou mais tarde poderão comprar terras, de acordo com a lei e os costumes dos brancos, e ninguém mais poderá expulsá-los.

Makwa-ikwa olhou pra ele.

– Sei que a ideia de comprar sua própria terra a ofende. O homem branco mentiu para vocês e os enganou. E matou muitos do seu povo. Mas os peles-vermelhas também mentiram uns para os outros. Também roubaram do seu próprio povo. E os grupos diferentes sempre mataram uns aos outros, você mesma me contou. A cor da pele não é importante, todos os povos são uns filhos da mãe. Mas nem todas as pessoas do mundo são filhas da mãe.

Dois dias mais tarde, Makwa-ikwa, Lua, Chega Cantando e seus filhos chegaram à fazenda de Rob. Construíram um *hedonoso-te* com duas aberturas para saída da fumaça, uma única casa longa para todos, com espaço suficiente para acomodar também o terceiro filho que estava a caminho. Ergueram a casa na margem do rio, quinhentos metros rio abaixo da casa de Rob J. Ao lado, construíram uma tenda de suor e a casa que as mulheres usavam quando estavam menstruadas.

Alden Kimball não aprovou a ideia.

– Há muitos homens brancos à procura de trabalho – censurou ele. – *Homens brancos.* Nunca lhe ocorreu que eu posso me recusar a trabalhar com os malditos índios?

– Não – disse Rob –, nunca me ocorreu. Achei que, se tivesse encontrado um bom trabalhador branco, você me teria aconselhado a empregá-lo, há muito tempo. Eu conheço essa gente. São pessoas muito boas. Agora, sei que você pode me deixar, Alden, porque só um tolo não o agarraria imediatamente se estivesse desempregado. Eu sentiria muito, porque nunca vou encontrar um homem melhor para dirigir esta fazenda. Portanto, espero que fique.

Alden olhou para ele, confuso, satisfeito com o elogio, mas consciente da mensagem. Depois de algum tempo, desviou os olhos e começou a carregar a carroça com moitões de cerca.

O tamanho e a força prodigiosa de Chega Cantando, aliados ao seu bom gênio, faziam dele um trabalhador excepcional. Isso e o fato de Lua ter aprendido a preparar a comida dos brancos na escola cristã contribuíram para inclinar a balança a favor dos índios. Para dois homens solteiros que moravam sozinhos, seus biscoitos quentinhos, suas tortas e a comida saborosa eram verdadeiras maravilhas. No fim da primeira semana, embora Alden continuasse arredio, sem dar o braço a torcer, os sauks tinham se tornado parte da fazenda.

Rob J. enfrentou uma rebelião semelhante entre seus pacientes. Quando tomavam um copo de refresco de maçã, Nick Holden disse:

– Alguns dos fazendeiros estão chamando você de Injun Cole. Dizem que é amigo dos índios. Dizem que você deve ter uma parte de sangue sauk.

Rob J. sorriu. Gostou da ideia.

– Você pode fazer uma coisa. Se alguém reclamar do médico, entregue um daqueles impressos que está sempre distribuindo. Aqueles onde diz como são afortunados por terem um médico com a prática e os conhecimentos do Dr. Cole. Quando estiverem feridos ou doentes, duvido que façam objeção aos meus supostos ancestrais. Ou à cor das mãos da minha assistente.


Quando foi visitar Sarah, notou que o caminho que levava a casa tinha agora uma cerca viva, a terra estava aplainada e varrida. Canteiros de flores silvestres enfeitavam os cantos da pequena casa. Dentro, todas as paredes estavam caiadas e só se sentia o cheiro de sabão e o perfume de lavanda e poejo, sálvia e anisanto pendiam das vigas do teto.

– Alma Schroeder me deu as ervas – disse Sarah. – É muito tarde nesta estação para plantar, mas no próximo ano terei a minha horta. – Mostrou o lugar reservado para isso, em parte já capinado e limpo.

Porém, a transformação mais notável que ele constatou foi em Sarah. Agora estava cozinhando todos os dias, disse ela, em vez de depender dos ocasionais pratos quentes mandados pela generosa Alma. A dieta regular e mais nutritiva tinha contribuído para substituir a magreza e a palidez excessivas por uma graciosa feminilidade. Ela se inclinou para apanhar as cebolinhas que haviam brotado naturalmente no pedaço da terra limpa e Rob notou a pele rosada da nuca. Logo não ia mais aparecer, porque o cabelo crescia rapidamente como um manto amarelo.

O animalzinho louro que era seu filho escondia-se atrás dela. Ele também estava limpo, notou Rob, mas Sarah, aborrecida, inclinou-se para limpar a lama dos joelhos do menino.

– É impossível manter um garoto limpo – disse Rob. O menino o examinou com um olhar selvagem e assustado.

Rob apanhou na maleta uma das balas feitas em casa, que o ajudavam a conquistar a confiança dos pequenos pacientes, e a desembrulhou. Só depois de quase meia hora de um monólogo em voz baixa ele conseguiu se aproximar do pequeno Alex para dar a bala. Quando finalmente a mãozinha segurou o doce, Rob ouviu Sarah soltar a respiração e, voltando-se, viu que ela o observava fixamente. Sarah tinha olhos maravilhosos, cheios de vida.

– Eu fiz uma torta de carne de veado, se quiser jantar conosco.

Rob ia recusar, mas os dois rostos estavam voltados para ele, o do menino, muito sério, chupando a bala, o da mãe, com solene expectativa. Pareciam fazer perguntas que ele não podia compreender.

– Eu gosto muito de torta de carne de veado – disse ele.

# 20

## OS PRETENDENTES DE SARAH

Para Rob, seu dever de médico justificava as várias visitas que fez na semana seguinte a Sarah Bledsoe, quando voltava dos seus chamados e passava por perto da casa dela. Como seu médico, devia certificar-se de que a paciente estava se recuperando satisfatoriamente. Não tinha muita coisa a dizer sobre a saúde dela, exceto que o tom da pele passara de branco doentio para o rosado de pêssego, que lhe caía muito bem, e que os olhos cintilavam cheios de vida e de inteligência. Certa tarde, ela serviu chá e broa de milho. Na semana seguinte ele a visitou três vezes, e em duas delas aceitou o convite para a refeição. Sarah cozinhava melhor do que Lua e Rob nunca se fartava das delícias que, segundo ela, eram típicas da Virgínia. Sabia que Sarah tinha poucos recursos, por isso começou a levar pequenos presentes, uma saca de batatas, um pequeno presunto. Certa manhã, um fazendeiro com pouco dinheiro pagou parte da consulta com quatro gordos galos silvestres recém-caçados e Rob chegou à casa de Sarah com os galos dependurados na sela.

Sarah e Alex estavam sentados no chão, perto da horta, que um homem enorme, sem camisa, suado, com músculos de quem faz trabalho manual e pele queimada de sol, cobria de adubo. Sarah apresentou Samuel Merriam, fazendeiro de Hooppole. Merriam trouxera de Hooppole uma carroça de esterco de porco e a metade já cobria a futura horta de Sarah.

— A melhor coisa do mundo para fazer as coisas crescerem — disse o homem jovialmente para Rob J.

Comparado ao presente principesco de uma carroça de esterco e da aplicação cuidadosa do mesmo, os galos silvestres de Rob não eram nada, mas ele os entregou assim mesmo e Sarah agradeceu sincera e calorosamente. Rob recusou delicadamente o convite para jantar com ela e Samuel Merriam e foi visitar Alma Schroeder, que o cumulou de elogios pela cura de Sarah.

— Já tem um pretendente na casa dela, não tem? — disse ela, com um sorriso satisfeito.

A mulher de Merriam tinha morrido de febre no último outono e ele precisava urgente de alguém para tomar conta dos cinco filhos e ajudar na criação de porcos.

— Uma boa oportunidade para Sarah — disse ela. — Embora, com essa escassez de mulheres na fronteira, ela possa ter muitas outras chances.

Quando deixou Alma, Rob voltou à casa de Sarah. Ele parou e, sem descer do cavalo, olhou demoradamente para ela. Dessa vez o sorriso de Sarah parecia hesitante e Merriam parou de trabalhar, curioso. Até abrir a boca, Rob não tinha ideia do que ia dizer.

— Você devia estar fazendo esse trabalho — disse ele severamente — porque precisa de exercício para ficar completamente curada. — Então, levou as pontas de dois dedos à aba do chapéu e voltou para casa mal-humorado.

Três dias depois, quando ele passou pela casa de Sarah, não havia sinal de nenhum pretendente. Ela estava tentando dividir um grande e velho ruibarbo em quatro partes para replantar e finalmente Rob resolveu o problema com o machado. Juntos, cavaram o solo, plantaram as raízes e as cobriram com terra quente, um trabalho que Rob gostou de fazer e pelo qual mereceu partilhar com ela o cozido, acompanhado por água fresca da fonte.

Mais tarde, enquanto Alex dormia a sesta à sombra de uma árvore, os dois sentaram na margem do rio, atentos à linha de pesca de Sarah, e Rob falou sobre a Escócia e ela disse que gostaria que houvesse uma igreja por perto para que seu filho pudesse aprender religião.

— Ultimamente tenho pensado muito em Deus — disse ela. — Quando pensei que estava morrendo e que Alex ia ficar sozinho, eu rezei e Ele mandou você.

Um pouco temeroso, Rob confessou que não acreditava em Deus.

— Acho que os deuses são inventados pelos homens e sempre foi assim — disse ele.

Viu o choque nos olhos dela e teve medo de ter condenado Sarah a uma vida de pieguice religiosa e criação de porcos. Mas ela mudou de assunto e começou a falar da sua infância na Virgínia, onde seus pais tinham uma fazenda. Os olhos imensos eram de um azul profundo, quase violeta. Não havia neles sentimentalismo, mas Rob pressentiu a saudade daquele tempo de mais calor e de vida mais fácil.

– Cavalos! – disse ela. – Eu cresci amando cavalos.

Isso serviu de pretexto para Rob convidá-la, no dia seguinte, a visitar com ele um velho que estava morrendo de consumpção e Sarah nem procurou disfarçar a alegria com que aceitou o convite. Na manhã seguinte Rob foi apanhá-la em casa, montado em Margaret Holland e puxando Monica Grenville pela rédea. Deixaram Alex com Alma Schroeder, que sorriu satisfeita porque Sarah estava "saindo a cavalo" com o doutor.

O dia estava bom para cavalgar, não muito quente, para variar, e eles seguiram sem pressa, deixando que os animais escolhessem o passo. Sarah tinha pão e queijo no alforje e fizeram um piquenique à sombra de um carvalho. Na casa do doente, ela se manteve a uma distância discreta, ouvindo a respiração estertorante e vendo Rob segurar as mãos do velho homem. Ele esperou a água esquentar na lareira e lavou os membros magros e emaciados, depois administrou, colher por colher, um paliativo para que o sono amenizasse misericordiosamente a espera. Sarah ouviu quando ele disse ao filho e à nora do doente que ele ia morrer dentro de algumas horas. Quando saíram, ela estava comovida e falou pouco. Para trazer de volta a descontração da viagem de ida, ele sugeriu que trocassem de cavalos para a volta, porque ela montava muito bem e podia manejar Margaret Holland facilmente. Foi um prazer para Sarah montar a égua esperta e forte.

– As duas têm nomes de mulheres que você conheceu no passado? – perguntou ela, e Rob disse que sim.

Sarah balançou a cabeça pensativamente, num gesto afirmativo. Apesar dos esforços de Rob, a viagem de volta foi silenciosa.

Dois dias depois, quando Rob chegou, encontrou outro homem, um cadavérico vendedor ambulante chamado Timothy Mead, que via o mundo com os olhos castanhos e sombrios, e falou respeitosamente ao ser apresentado ao médico. Mead deu a Sarah quatro carretéis de linha de cores diferentes.

Quando Rob tirou um espinho do pé de Alex, notando que o verão estava no fim e ele não tinha um bom par de sapatos, tirou a medida do pé do garoto. Na sua primeira visita a Rock Island, encomendou um par de sapatos de criança daquele tamanho. Na semana seguinte, quando entregou o presente, percebeu que Sarah ficou constrangida. Ela era ainda um mistério para ele, nunca sabia dizer quando estava satisfeita ou aborrecida.

Na manhã seguinte à sua eleição para a legislatura, Nick Holden chegou à casa de Rob. No prazo de dois dias iria se mudar para Springfield, onde criaria leis favoráveis a Holden's Crossing. Cuspindo para o lado, pensativamente, Holden disse que todos estavam comentando os passeios a cavalo de Rob com a viúva Bledsoe.

— Bem, você precisa saber de algumas coisas, bode velho.

Rob olhou para ele.

— Bem, o garoto, o filho dela. Você sabe que ele é de pai desconhecido? Nasceu quase dois anos depois da morte do marido dela.

Rob ficou de pé.

— Adeus, Nick. Faça uma boa viagem para Springfield.

Holden compreendeu e levantou-se.

— Só estou tentando dizer que um homem não precisa... – começou ele, mas o que viu no rosto de Rob J. o fez engolir as palavras. Num momento ele estava montado, despediu-se meio sem graça e partiu.

Rob via sempre uma combinação estranha de sentimentos no rosto dela. Prazer por vê-lo e por estar na sua companhia, ternura, quando se permitia, mas também, às vezes, uma espécie de terror. Afinal, chegou a noite em que ele a beijou. A princípio, a boca de Sarah se abriu, macia e satisfeita, e ela apertou o corpo contra o dele, mas então o momento passou. Sarah se afastou. Que diabo, pensou Rob, ela não gosta de mim, esse é o caso. Mas com algum esforço perguntou gentilmente o que estava acontecendo.

— Como pode sentir atração por mim? Não me viu feia e suja, numa condição horrível? Você... sentiu o cheiro da sujeira – disse ela, com o rosto em fogo.

— Sarah – Rob olhou nos olhos dela. – Quando você estava doente, eu era seu médico. Desde então tenho visto você como uma mulher encantadora e inteligente, com quem tenho muito prazer em trocar ideias e partilhar meus sonhos. Eu a desejo de todos os modos. Só penso em você. Eu a amo.

O único contato físico era o das mãos dela nas dele. Rob apertou os dedos mas ela nada disse.

— Talvez você possa aprender a me amar?

— *Aprender?* Como posso deixar de amá-lo? – disse ela, com calor. – Você que me devolveu a vida, como se fosse Deus!

— Não, que diabo! Eu sou um homem comum! E é assim que tenho que ser...

Então, estavam se beijando. Beijaram-se por um longo tempo, sem se saciarem. Foi Sarah quem evitou o que fatalmente aconteceria, empurrando-o rudemente, virando de costas e ajeitando a roupa.

— Sarah, case comigo.

Ela não respondeu e ele disse:

— Você não foi feita para tratar de porcos o dia inteiro, nem andar por aí com uma bolsa de vendedora ambulante nas costas.

– Então, para que eu fui feita? – ela perguntou, em voz baixa e com amargura.

– Ora, para ser mulher de um médico. Está claro – disse ele, muito sério.

Sarah não precisava fingir que falava sério.

– Muita gente vai fazer questão de contar tudo sobre Alex, sobre seu pai, portanto eu quero contar primeiro.

– Eu quero ser o pai de Alex. Eu me preocupo com o que ele é hoje e o que será amanhã. Não preciso saber nada sobre ontem. Eu também tive alguns ontens terríveis. Case comigo, Sarah.

Os olhos de Sarah encheram-se de lágrimas, mas tinha mais para revelar. Olhou para ele e disse calmamente.

– Dizem que a mulher índia vive com você. Tem de mandá-la embora.

– *Dizem. E muita gente vai contar.* Muito bem, vou dizer uma coisa, Sarah Bledsoe. Se casar comigo, terá de aprender a mandar essa *gente* para o inferno. – Respirou fundo e continuou: – Makwa-ikwa é uma boa mulher e trabalha arduamente. Ela mora em sua casa, nas minhas terras. Mandá-la embora seria uma injustiça com ela e comigo e eu não farei isso. Seria o pior modo de começarmos nossa vida juntos. Tem de acreditar em mim quando digo que não há motivo para ciúmes – continuou ele, segurando com força a mão dela. – Alguma outra condição?

– Sim – disse ela, com voz decidida. – Tem de mudar os nomes das suas éguas. São nomes de mulheres com quem você dormiu, não são?

Rob esboçou um sorriso, mas havia fúria nos seus olhos.

– Uma delas. A outra era uma bela mulher mais velha que conheci quando garoto, amiga da minha mãe. Eu a desejava, mas para ela eu não passava de uma criança.

Ela não perguntou quem era quem.

– É uma brincadeira vulgar e muito cruel. Você não é um homem vulgar e nem cruel e deve mudar os nomes dos animais.

– Você escolhe outros nomes, então – disse ele, imediatamente.

– E quero que prometa, seja o que for que aconteça entre nós, no futuro, nunca dar meu nome a um cavalo.

– Eu prometo. É claro – ele não resistiu e disse: – pretendo encomendar um porco a Samuel Merriam e...

Felizmente Rob ainda estava segurando as mãos dela, e só as soltou quando Sarah correspondeu devidamente ao seu beijo. Quando terminou, viu que ela estava chorando.

– O que foi? – perguntou ele, com a inquietadora impressão de que não ia ser fácil viver com aquela mulher.

Os olhos de Sarah, cheios de lágrimas, brilharam.

– Cartas enviadas pela diligência são muito caras – disse ela. – Mas finalmente posso mandar boas notícias para meu irmão e minha irmã, na Virgínia.

## 21

## O GRANDE DESPERTAR

Era mais fácil resolver casar do que encontrar um padre ou pastor. Por isso, muitos casais da fronteira jamais se deram ao trabalho de casar formalmente, mas Sarah recusou-se a "casar sem ser casada". Foi clara e objetiva.

— Eu sei o quanto custa ter de criar um filho sem pai e isso nunca mais vai me acontecer — disse ela.

Rob compreendeu. Mas o outono chegou e ele sabia que, se a neve cobrisse a planície, teriam de esperar meses até que um pregador ou um pastor itinerante aparecesse em Holden's Crossing. A resposta para o problema surgiu um dia num volante que ele leu no armazém-geral, anunciando o encontro religioso que ia durar uma semana.

— Chama-se O Grande Despertar e vai ser realizado na cidade de Belding Creek. Nós precisamos ir, Sarah, porque certamente não vão faltar ministros religiosos no encontro.

Rob sugeriu que deviam levar Alex e Sarah concordou, satisfeita. Escolheram a carruagem de quatro rodas. Era uma viagem de um dia e meio, numa estrada transitável, mas pedregosa. Passaram a noite no celeiro de um fazendeiro, estendendo os cobertores sobre o feno fresco e cheiroso, no celeiro. Na manhã seguinte, Rob J. passou quase uma hora castrando os dois touros do fazendeiro e extraindo um tumor do flanco de uma vaca, para pagar a hospedagem. Apesar dessa demora, chegaram a Belding Creek antes do meio-dia. A comunidade era apenas cinco anos mais antiga do que Holden's Crossing, mas bem maior. Quando entraram na cidade, Sarah arregalou os olhos, chegou para mais perto de Rob e segurou a mão de Alex, pois não estava acostumada a ver tanta gente na rua. O Grande Despertar estava sendo realizado na planície, ao lado de um pequeno bosque de salgueiros. Havia gente de toda a região. Barracas eram erguidas para proteger os forasteiros do sol e do vento do outono e havia carroças de todos os tipos, cavalos e gado amarrados nelas. Os organizadores do encontro atendiam o povo e os três viajantes de Holden's Crossing passaram por fogueiras onde os vendedores preparavam petiscos cheirosos — veado assado, cozido de peixe de rio, porco assado, milho doce, lebre cozida. Quando Rob J. amarrou o cavalo nos galhos de um arbusto — o animal que antes era Margaret Holland e agora se chamava Vicky, em homenagem à rainha Vitória ("Você nunca dormiu com a jovem rainha, dormiu?", tinha perguntado Sarah antes de rebatizar a égua) –, estavam todos com fome, mas não precisavam gastar dinheiro comprando comida. Alma Schroeder tinha providenciado um cesto tão grande que a festa de casamento podia durar uma semana, e naquele dia comeram galinha fria e bolinhos de maçã.

Comeram rapidamente, contagiados pela excitação que pairava no ar, olhando o movimento, ouvindo os gritos e o vozerio. Então, cada um segurando uma das mãos de Alex, deram uma volta, andando devagar. Na verdade eram dois encontros religiosos e tornou-se ferrenha a competição entre pregadores metodistas e batistas. Ouviram durante algum tempo o pregador batista, numa clareira, no bosque. Chamava-se Charles Prestiss Willard e gritava e esbravejava, provocando calafrios em Sarah. Ele advertiu que Deus estava escrevendo os nomes de todos no seu livro, marcando os que teriam a vida eterna e os que estariam condenados à morte eterna. O que condenava o pecador à morte eterna, disse ele, era a conduta imoral e não cristã, como fornicação, beber uísque ou trazer ao mundo crias ilegítimas.

Rob J. estava sombrio e Sarah trêmula e pálida quando foram ouvir o metodista, na pradaria, um homem chamado Arthur Johnson. Não era um orador tão impressionante quanto o Sr. Willard, mas disse que todos podiam alcançar a salvação praticando boas ações, confessando os pecados e pedindo perdão a Deus, e Sarah balançou a cabeça afirmativamente quando Rob perguntou se ela não achava que o Sr. Johnson podia realizar o casamento. O Sr. Johnson ficou satisfeito quando Rob falou com ele, depois do sermão. Queria que a cerimônia fosse realizada perante todos os presentes, mas nem Rob, nem Sarah estavam dispostos a fazer parte do espetáculo. Por três dólares, ele concordou em acompanhá-los para fora da cidade. Rob e Sarah ficaram de pé, na margem do Mississípi, sob uma árvore, Alex sentou no chão e uma mulher gorda e tranquila, que o Sr. Johnson apresentou apenas como Irmã Jane, serviu de testemunha.

– Eu tenho um anel – disse Rob, tirando a joia do bolso, e Sarah arregalou os olhos porque a aliança da mãe, que Rob mostrou, foi uma surpresa para ela. Os dedos longos de Sarah eram finos e a aliança ficou larga. Ela tirou a fita azul-escura, presente de Alma, que prendia seus cabelos louros, deixando-os cair sobre os ombros e as costas, enfiou nela a aliança e disse que a usaria dependurada no pescoço até poder adaptá-la ao seu dedo. Segurou fortemente a mão de Rob enquanto o Sr. Johnson realizava a cerimônia com a tranquilidade da sua grande experiência. Rob J. surpreendeu-se com a força da própria voz quando repetiu os votos. A voz de Sarah soou trêmula e ela parecia não acreditar no que estava acontecendo. Depois da cerimônia, estavam ainda se beijando quando o Sr. Johnson começou a tentar convencê-los a voltar para o encontro, pois era na sessão da noite que a maioria das almas compareciam em busca da salvação.

Mas eles agradeceram e se despediram, pondo Vicky na direção de casa. Alex, cansado, estava rabugento e manhoso, mas Sarah o distraiu com canções e histórias e Rob parou várias vezes para brincar um pouco com ele.

Jantaram cedo, tortas de carne e rim, da cesta preparada por Alma, bolo inglês com cobertura de açúcar e água do regato. Depois, procuraram resolver o tipo de acomodação que deviam procurar para aquela noite. Havia uma estalagem a poucas horas de viagem e a ideia agradou a Sarah que nunca tivera dinheiro suficiente para pagar um quarto numa estalagem. Mas quando Rob J. falou de percevejos e da sujeira desses estabelecimentos, ela concordou em parar no mesmo lugar da noite anterior.

Chegaram ao cair da noite e depois da permissão imediata do fazendeiro, subiram para o calor do jirau escuro, quase com a sensação de estarem chegando em casa.

Cansado da viagem e da falta da sua sesta habitual, Alex mergulhou imediatamente num sono profundo e, depois de cobri-lo cuidadosamente, os dois estenderam um cobertor e abraçaram-se com avidez, antes mesmo de estarem despidos. Rob ficou satisfeito por Sarah não fingir inocência, admitindo que o desejo que os envolvia era honesto e sincero. Fizeram amor barulhento e agitado e depois esperaram para ver se não tinham acordado Alex, mas o menino dormia tranquilamente.

Rob acabou de tirar a roupa dela e, como estava muito escuro dentro do celeiro, aproximaram-se da portinhola por onde o feno era levado para o jirau e a abriram. No retângulo de luz desenhado pela lua nova, eles se examinaram mutuamente durante um longo tempo. Ele observou os ombros e os braços banhados de luar, os seios firmes, o triângulo entre as pernas, que parecia o ninho de um pequeno pássaro, as nádegas muito brancas. Rob queria fazer amor ao luar, mas o ar estava um pouco frio e Sarah teve medo de que o fazendeiro pudesse vê-los. Rob fechou a porta e dessa vez fizeram amor lenta e ternamente e, no momento em que se satisfez, ele exclamou, exultante:

– Isto fará nosso pequeno *bairn*. Isto! – Alex acordou com os gemidos roucos da mãe e começou a chorar.

Com Alex deitado entre eles, Rob a acariciou suavemente, tirando as palhas de feno do corpo dela e lembrando.

– Você não pode morrer – disse ela.

– Nenhum de nós, por muito e muito tempo.

– Um *bairn* é um filho?

– É.

– Acha que já começamos um?

– ... Pode ser.

Sarah engoliu em seco e disse:

– Talvez, para garantir, seja melhor continuarmos a tentar?

Como marido e como médico, Rob achou a ideia sensata. Os dois engatinharam sobre o feno fresco, afastando-se do pequeno Alex adormecido.

Parte 3

# HOLDEN'S CROSSING

*14 de novembro, 1841*

## 22
## DESVENTURAS E BÊNÇÃOS

Em meados de novembro começou a esfriar. A neve pesada chegou cedo e a rainha Vitória afundava as patas nas camadas brancas, macias e geladas. Quando Rob J. enfrentava o pior tempo, ele a chamava de Margaret e as orelhas da égua empinavam ouvindo o antigo nome. Cavalo e cavaleiro sabiam onde queriam chegar. Ela, ao lugar onde estavam a água quente e o saco de aveia. Ele ansiava pelo calor e a luz proporcionados mais pela mulher e pelo garoto do que pela lareira e os lampiões a óleo. Se Sarah não tinha concebido na viagem do casamento, concebeu logo depois. Os terríveis enjoos matinais não arrefeceram o ardor dos dois. Esperavam ansiosos que Alex adormecesse e se atracavam, os corpos tão ávidos quanto os lábios, com um entusiasmo constante. Mas à medida que a gravidez evoluía, Rob tornou-se um amante cauteloso e terno. Uma vez por mês ele apanhava caderno e lápis e a desenhava nua, perto do fogo, um registro do desenvolvimento da gravidez, que não deixava de ser científico apesar das emoções que se transmitiam ao desenho. Rob desenhou também a planta para a nova casa com três quartos, uma grande cozinha e sala de estar. Fez os desenhos em escala para que Alden pudesse contratar dois carpinteiros e começasse a construção depois do plantio da primavera.

Não agradava a Sarah o fato de Makwa-ikwa partilhar uma parte da vida do marido que lhe estava interditada. Quando os dias mais quentes transformaram a pradaria, primeiro num pântano e depois num delicado tapete verde, Sarah disse a Rob que, quando começassem a aparecer as febres da estação, ela o acompanharia em suas visitas aos doentes. Mas no fim de abril seu corpo estava enorme. Torturada pelo ciúme e pela gravidez, ficava em casa, aborrecida, enquanto a mulher índia saía a cavalo com o médico, para voltar horas – às vezes dias – mais tarde. Exausto, Rob J. chegava em casa, comia, tomava banho quando era possível, dormia algumas horas e, depois, apanhava Makwa e os dois partiam outra vez.

Em junho, o último mês de gravidez, a febre epidêmica diminuiu bastante e Rob não precisava tanto da ajuda de Makwa-ikwa. Certa manhã, quando ele saiu a cavalo, sob chuva pesada, para atender à mulher de um fazendeiro que estava agonizando com muitas dores, Sarah entrou em trabalho de parto. Makwa-ikwa pôs o pedaço de madeira entre os dentes de

Sarah e atou a ponta de uma corda na porta, dando a outra extremidade para ela puxar.

Rob levou muitas horas até perder a batalha contra a erisipela gangrenosa – como escreveu mais tarde no relatório para Oliver Wendell Holmes, a doença fatal, resultado de um corte malcuidado, quando a mulher do fazendeiro picava batatas. Quando chegou em casa, no entanto, seu filho ainda não tinha nascido. Com os olhos muito abertos e furiosos, Sarah disse, assim que ele entrou:

– Ele está me abrindo ao meio. Acabe com isso, seu filho da mãe!

Condicionado aos ensinamentos de Holmes, Rob esfregou e lavou as mãos até quase ficarem em carne viva, antes de chegar perto dela. Depois que ele a examinou, ele e Makwa-ikwa afastaram-se da cama.

– O bebê está vindo devagar – disse ela.

– O bebê está vindo com os pés na frente.

Os olhos de Makwa-ikwa se toldaram, mas, inclinando a cabeça, em assentimento, voltou para Sarah.

O trabalho de parto continuou. No meio da noite Rob, com relutância, tomou as mãos de Sarah nas suas, temendo o que elas iam dizer.

– O quê? – perguntou ela, com voz pastosa.

Rob sentiu a força vital da mulher, enfraquecida, mas constante. Murmurou palavras carinhosas, mas Sarah estava sofrendo muito para ouvir palavras de amor ou sentir beijos.

A tortura continuou. Com gemidos e gritos. Rob, quase instintivamente, rezou, sem saber como, assustado por não ser capaz de negociar, sentindo-se arrogante e hipócrita. *Se estou errado e você existe, por favor, me castigue de outro modo, não prejudicando esta mulher. Ou esta criança que luta para se libertar,* acrescentou rapidamente. De madrugada, apareceram as pequeninas extremidades vermelhas, pés grandes para um recém-nascido, perfeitos, com cinco dedos cada um. Rob murmurou palavras de encorajamento, disse ao bebê relutante que a vida toda é uma luta. As pernas apareceram aos poucos, entusiasmando Rob com os chutes violentos.

O pequeno pênis do menino. Mãos, cinco dedos cada uma. Um bebê perfeito, bem desenvolvido, mas os ombros ficaram presos e ele teve de cortar Sarah. Mais dor. Ele estava de bruços, com o rostinho encostado na parede da vagina. Para evitar que o bebê sufocasse, Rob afastou um pouco aquela parte da vagina com dois dedos, até o rostinho indignado sair para o mundo, com um choro fraco.

Com mãos trêmulas, Rob amarrou e cortou o cordão e costurou a mulher que soluçava alto. Quando ele começou a massagear a barriga de Sarah para ajudar a contração do útero, Makwa-ikwa já tinha limpado e enfaixado o bebê e o levado para o seio da mãe. Foram vinte e três horas de trabalho de parto e durante muito tempo Sarah dormiu como se estivesse morta. Quando abriu os olhos, Rob apertou a mão dela carinhosamente.

Bom trabalho.

– Ele é grande como um búfalo. Mais ou menos como Alex quando nasceu – disse ela, com voz rouca. Rob o pesou. Quatro quilos e meio. – Um bom *bairn*? – perguntou ela, e fez uma careta quando Rob disse que era um *bairn* danado de bom. – Olha essa linguagem – disse Sarah.

Encostando os lábios na orelha dela, Rob murmurou.

– Lembra do que você me chamou ontem?

– Do quê?

– Filho da mãe.

– Eu *nunca* disse isso! – exclamou Sarah, chocada e furiosa. Ficou sem falar com ele durante uma hora.

Robert Jefferson Cole. Na família dos Cole, o primeiro filho sempre se chamava Robert, com outro nome começado por J. Rob considerava o terceiro presidente americano um gênio e, para Sarah, "Jefferson" estava ligado a Virgínia. Ela preocupou-se, temendo que Alex tivesse ciúmes, mas Alex estava fascinado. Nunca ficava a menos de dois passos do irmão, sempre atento. Desde o começo deixou bem claro que os outros dois podiam tomar conta do bebê, alimentar, trocar as fraldas, brincar com ele, oferecer beijos e admiração. Mas competia a ele vigiá-lo.

De um modo geral, 1842 foi um bom ano para a pequena família. Alden contratou Otto Pfersick, o moleiro, e um fazendeiro originário do Estado de Nova York, chamado Morton London, para ajudar na construção da casa. London era um bom e experiente carpinteiro. Pfersick não era muito bom no trabalho com madeira, mas era ótimo pedreiro e os três homens passaram dias escolhendo as melhores pedras do rio, que eram puxadas por bois para o local da construção. Os alicerces, as chaminés e as lareiras ficaram bonitos. Eles trabalhavam sem pressa, sabendo que estavam construindo algo permanente, numa região de casas de troncos de árvores, e quando chegou o outono e Pfersick precisou trabalhar o dia inteiro no moinho e os outros dois homens, na fazenda, a estrutura da casa estava pronta e fechada.

Mas faltava muito para terminar. Sarah estava sentada na frente da casa de madeira, debulhando vagens, quando a carroça coberta puxada por dois cavalos cansados entrou na clareira. Ela olhou para o homem forte que conduzia a carroça, notando o rosto sem beleza e a poeira da estrada no cabelo e na barba negra.

– Será que esta pode ser a casa do Dr. Cole, senhora?

– Pode ser e é, mas ele está atendendo um chamado. O paciente está ferido ou doente?

– Não há nenhum paciente, graças a Deus. Somos amigos do doutor, e vamos morar nesta cidade.

Uma mulher apareceu na parte de trás da carroça. Sarah viu a touca de babado emoldurando o rosto muito branco e ansioso.

– Vocês não são... Será que podem ser os Geiger?

– Podemos e somos. – O homem tinha belos olhos e o sorriso largo e franco parecia aumentar sua altura.

– Oh, são tão bem-vindos, vizinhos! Descam já dessa carroça. – Na pressa, deixou cair as vagens quando se levantou do banco. Havia três crianças na carroça. O mais novo, Herman, dormia, mas Rachel, com quatro anos, e David, de dois, começaram a chorar quando foram tirados da carroça e o bebê de Sarah imediatamente reforçou o coro.

Sarah notou que a Sra. Geiger era alguns centímetros mais alta que o marido e que nem a fadiga de uma viagem longa e árdua conseguia esconder a delicadeza dos seus traços. Uma mulher da Virgínia sabia reconhecer boa qualidade. Era uma beleza exótica, que Sarah nunca tinha visto antes, mas ela começou imediatamente a planejar uma refeição especial. Então Lillian começou a chorar e Sarah lembrou o tempo interminável que tinha passado numa carroça. Abraçou a outra mulher e, para seu espanto, viu que estava chorando também, enquanto Jason ficava parado, sem saber o que fazer, no meio do choro das mulheres e das crianças. Finalmente Lillian recuou, murmurando, embaraçada, que toda a sua família precisava de um regato para se lavar.

– Muito bem, isso podemos resolver imediatamente – disse Sarah, com uma sensação de poder.

Quando Rob J. chegou em casa, encontrou todos com os cabelos molhados ainda do banho no regato. Depois dos apertos de mão e batidas nas costas, ele teve oportunidade de ver sua fazenda através dos olhos dos recém-chegados. Jay e Lillian ficaram maravilhados com os índios e impressionados com a habilidade de Alden. Jay concordou com entusiasmo quando Rob sugeriu que selassem Vicky e Bess e fossem ver as terras dos Geiger. Voltaram a tempo para o ótimo jantar. Os olhos de Geiger cintilavam de felicidade quando tentou descrever para a mulher a terra que Rob J. tinha reservado para eles.

– Você vai ver, espere só para ver! – disse ele.

Depois do jantar, Jay foi até sua carroça e voltou com o violino. Como não podiam transportar o piano de Lillian na carroça, resolveram pagar para guardá-lo num lugar seco e seguro, até o dia em que o pudessem levar para Holden's Crossing.

– Você aprendeu o Chopin? – perguntou Jay.

Segurando a viola de gamba entre os joelhos, Rob tocou as primeiras notas da mazurca. A sessão de música em Ohio fora muito mais gloriosa por causa do piano, mas o violino e a viola combinaram maravilhosamente. Sarah terminou de arrumar a cozinha e sentou para ouvir, observando os três. Os dedos de Lillian se moviam às vezes, como se estivessem tocando piano. Sarah teve vontade de tomar as mãos de Lillian nas suas e reconfortá-la com palavras e promessas, mas em vez disso, ficou em silêncio, sentada no chão, enquanto a música enchia o ar, como uma dádiva de esperança e conforto.

Os Geiger acamparam perto de uma fonte, em suas terras, enquanto Jason abatia as árvores para construir a sua primeira casa. Não queriam de modo algum abusar da hospitalidade dos Cole. As duas famílias visitavam-se constantemente. Numa noite fria, quando estavam sentados em volta do fogo, no acampamento dos Geiger, os lobos começaram a uivar na planície e Jay tirou do violino um som exatamente igual, longo e trêmulo. Os lobos responderam e durante algum tempo os animais e o homem conversaram na noite escura, até Jason notar que Lillian tremia, não só de frio e, pondo mais lenha na fogueira, ele guardou o violino.

Geiger não era bom carpinteiro. Mais uma vez a construção da casa de Rob foi adiada, pois logo que folgou um pouco do trabalho na fazenda, Alden começou a fazer a casa dos Geiger. Logo depois, Otto Pfersick e Mort London foram ajudá-lo. Os três construíram rapidamente uma acolhedora casa de troncos, com um galpão, uma farmácia para guardar as caixas de medicamentos, que ocupavam quase todo o espaço na carroça. Jay pregou no batente da porta um tubo fino de lata que continha o pergaminho com uma parte do Deuteronômio, um costume dos judeus, disse ele, e os Geiger mudaram para a nova casa no dia dezoito de novembro, um pouco antes do frio intenso descer do Canadá.

Jason e Rob abriram uma trilha no meio do bosque ligando a casa de madeira dos Geiger à casa nova dos Cole. Logo todos a chamavam de Caminho Longo, para diferenciá-lo da outra, aberta por Rob J. entre a casa e o rio, o Caminho Curto.

Os construtores levaram suas ferramentas para a nova casa dos Cole. Com todo o inverno para terminar o interior, eles queimavam lascas de madeira na lareira e trabalhavam aquecidos e bem-humorados, fazendo frisos e lambris de carvalho e misturando tintas feitas com nata de leite nas cores escolhidas por Sarah. O pequeno bebedouro de búfalos, perto da casa, estava congelado e às vezes Alden amarrava patins às suas botas e mostrava suas habilidades de patinador no gelo, adquiridas durante a infância, em Vermont. Rob J. costumava patinar no gelo todos os invernos, na Escócia, e teria pedido emprestado os patins de Alden se não fossem pequenos demais para seus pés.

A primeira neve fina começou a cair três semanas antes do Natal. Era como fumaça levada pelo vento e as pequenas partículas pareciam brasas quando tocavam a pele humana. Então chegaram os flocos pesados da verdadeira neve cobrindo o mundo todo de branco e deixando-o assim. Com entusiasmo crescente, Sarah começou a planejar seu menu de Natal, descrevendo para Lillian as receitas infalíveis da Virgínia. Agora, começava a descobrir diferenças entre ela e os Geiger, pois Lillian não compartilhava seu entusiasmo. Na verdade, Sarah soube, com espanto, que seus novos vizinhos não comemoravam o nascimento de Cristo, preferindo comemorar uma antiga e estranha batalha na Terra Santa com velas e panquecas de batata! Mesmo assim, eles deram presentes de Natal aos Cole, compotas de ameixas feitas em Ohio e meias de lã tricotadas por Lillian para todos. O presente dos Cole para os Geiger foi uma pesada e negra frigideira de ferro montada sobre um tripé, que Rob tinha comprado no armazém-geral de Rock Island.

Insistiram para que os Geiger os acompanhassem na ceia de Natal e, depois de alguma hesitação, eles aceitaram, embora Lillian Geiger não comesse carne fora de casa. Sarah serviu sopa de creme de cebola, peixe de rio com molho de cogumelos, ganso assado com molho de miúdos, bolinhos de batata, pudim inglês de ameixas, feito com as compotas de Lillian, bolachas, queijo e café. Sarah deu para sua família suéteres de lã. De Rob ela ganhou uma manta de pele de raposa, tão brilhante que a encantou e provocou exclamações de admiração dos convidados. Alden ganhou de Rob um cachimbo e uma caixa de fumo, e surpreendeu o patrão com um par de patins de neve de lâmina afiada, feito na oficina de ferreiro da fazenda – do tamanho dos pés do médico!

– Agora, a neve está cobrindo o gelo – disse Alden, com um largo sorriso –, mas vai aproveitar os patins no ano que vem.

Depois que os convidados saíram, Makwa-ikwa bateu à porta e entregou luvas fechadas, um par para Sarah, outro para Rob e o terceiro para Alex e foi embora antes que tivessem tempo de convidá-la para entrar.

– É uma mulher estranha – disse Sarah, pensativa. – Devíamos ter dado alguma coisa para ela.

– Eu me encarreguei disso – disse Rob, e disse que tinha dado a Makwa-ikwa uma frigideira com tripé, igual à dos Geiger.

– Não vai me dizer que deu para aquela índia um presente caro, comprado em loja? – Ele não respondeu e Sarah continuou, com voz tensa. – Aquela mulher deve significar muito para você!

Rob olhou para ela.

– Significa – respondeu ele, secamente.


Naquela noite, a temperatura subiu e choveu em vez de nevar. De manhã, Freddy Grueber, um garoto de quinze anos, todo molhado de chuva e chorando, bateu à porta dos Cole. O boi, o bem mais precioso de Hans Grueber, tinha derrubado um lampião a óleo e, apesar da chuva, o celeiro pegou fogo.

– Nunca vi nada igual. Cristo, não conseguimos apagar o fogo. Salvamos os animais, menos uma mula. Mas meu pai está muito queimado no braço, no pescoço e nas pernas. Tem de vir agora, doutor!

O garoto tinha cavalgado vinte quilômetros naquela chuva e Sarah ofereceu comida e bebida, mas ele não aceitou e voltou para casa.

Sarah arrumou numa cesta as sobras do jantar de Natal, enquanto Rob apanhava as ataduras de pano limpo e os unguentos de que ia precisar. Depois ele foi chamar Makwa-ikwa. Em poucos minutos Sarah os viu desaparecer na chuva, Rob montando Vicky, com o capuz na cabeça, o corpo grande inclinado sobre a sela para se proteger do vento. A mulher índia, enrolada numa manta, montava Bess. No meu cavalo e saindo com meu marido, pensou Sarah, e foi para a cozinha, fazer pão porque sabia que não adiantava tentar dormir de novo.

Sarah esperou por Rob e Makwa-ikwa o dia todo. Quando a noite chegou, sentou ao lado do fogo, ouvindo a chuva e vigiando para que o jantar que estava guardando no fogão não se queimasse. Finalmente foi para a cama, mas não dormiu, dizendo para si mesma que, se os dois tinham parado num *tipi* ou numa caverna, a culpa era sua, por atormentá-lo com seus ciúmes.

De manhã ela estava à mesa, torturada pela imaginação, quando Lillian Geiger, que sentia falta da vida na cidade e não estava acostumada com a solidão, enfrentou a chuva para uma visita. Sarah estava com olheiras e abatida, mas recebeu Lillian amavelmente e conversou durante algum tempo, até começar a chorar no meio da conversa sobre sementes de flores. Imediatamente Lillian levantou-se e passou o braço em volta dos ombros dela. Sarah, consternada, surpreendeu-se contando a ela seus temores.

– Até ele aparecer, minha vida era péssima. Agora é tão boa! Se eu o perder...

– Sarah – disse Lillian ternamente. – Ninguém pode saber o que acontece entre os casais, é claro, mas... Você mesma diz que seus temores podem ser infundados. Eu tenho certeza disso. Rob J. não é o tipo de homem capaz de enganar alguém.

Sarah deixou que Lillian a consolasse e a convencesse de que estava errada. Quando Lillian saiu, a tempestade emocional tinha passado.

Rob J. chegou ao meio-dia.

– Como está Hans Grueber? – perguntou ela.

– Ah, queimaduras terríveis – disse Rob, com voz cansada. – Muita dor. Espero que fique bom. Deixei Makwa-ikwa tomando conta dele.

– Isso é bom – disse ela.

Rob dormiu a tarde toda até o começo da noite e, durante esse tempo, a chuva passou e a temperatura caiu rapidamente. Ele acordou no meio da noite e se vestiu para ir à privada, fora da casa, porque a neve derretida pela chuva tinha agora a consistência de mármore. Voltou para a cama mas não conseguiu dormir. Tinha pensado em voltar de manhã à casa dos Grueber, mas com a neve transformada em gelo, o cavalo não tinha onde firmar os cascos. Vestiu-se outra vez, no escuro, saiu e bateu com o pé calçado de bota fortemente no chão, mas não conseguiu quebrar a camada de gelo.

Foi até o celeiro, apanhou os patins feitos por Alden e os prendeu na bota. No caminho que levava à casa, muito usado, o gelo estava áspero e irregular, mas no fim dele estava a planície aberta, onde a superfície varrida pelo vento era macia e lisa como vidro. Rob patinou seguindo a faixa de luar, a princípio hesitante, depois, ganhando confiança, aventurando-se mais para longe na vasta extensão de gelo, ouvindo apenas o som das lâminas sobre o gelo e a própria respiração.

Finalmente, quase sem fôlego, ele parou e contemplou o mundo estranho e noturno da planície gelada. Muito perto e assustadoramente alto, soou o uivo de um lobo. Rob sentiu eriçarem os cabelos na sua nuca. Se caísse, se quebrasse uma perna, em poucos minutos seria presa dos predadores famintos do inverno. O lobo uivou outra vez, ou talvez fosse outro. Havia naquele uivo tudo que Rob não queria ouvir. Era um chamado feito de fome, solidão e selvageria. Imediatamente ele começou a voltar para casa, patinando com mais cuidado e menos audácia do que antes, mas voando assim mesmo como se estivesse sendo perseguido.

Entrou em casa e foi ver se Alex e o bebê estavam bem cobertos. Os dois dormiam calmamente. Quando se deitou, sua mulher aqueceu seu rosto gelado com os seios quentes. Ela o abraçou com os braços e as pernas, murmurando baixinho, um som de amor e contrição. O médico estava preso pelo gelo. Grueber ficaria bem sem ele, enquanto Makwa-ikwa estivesse lá, pensou Rob, entregando-se aos lábios e ao corpo quentes e à alma que o acolhiam, para o passatempo mais misterioso do que o luar, mais agradável até do que voar à luz da lua sobre o gelo, sem lobos.

# 23

# TRANSFORMAÇÕES

Se Robert Jefferson Cole tivesse nascido no Norte da Grã-Bretanha, seria chamado de Rob J., e Robert Judson Cole seria Grande Rob, ou simplesmente Rob, sem o J. Para os Cole da Escócia, o J era usado pelo primeiro filho só até ele se tornar pai de um primeiro filho, quando então ele o passava adiante, de boa vontade e sem criar problemas. Rob J. não tinha intenção de quebrar a tradição secular da família, mas este era um novo país para os Cole e os que ele amava não conheciam os costumes tradicionais da família. Por mais que ele tentasse explicar, eles nunca chamaram o novo filho de Rob J. Para Alex, a princípio, o novo irmão era Baby. Para Alden era o Menino. Foi Makwa-ikwa quem o chamou com o nome que ia se tornar parte essencial dele. Certo dia o menino, que começava a engatinhar e *hedonoso-te* com dois dos três filhos de Lua e Chega Cantando. As crianças índias eram Anemoha, Pequeno Cão, com três anos, e Cisawa-ikwa, Mulher Pássaro, com dois. Brincavam com bonecos de espiga de milho, mas o menininho branco se afastou dos outros. À luz fraca que entrava pelas aberturas do teto, ele viu o tambor de água de Makwa-ikwa e bateu com a mão na pele esticada, produzindo um som que fez erguer todas as cabeças no interior da casa.

O garoto se afastou do tambor, mas em vez de voltar para as outras crianças, como um adulto fazendo inspeção, engatinhou para onde estavam as ervas medicinais, parando muito sério na frente de cada pilha, examinando-as com atenção e interesse.

Makwa-ikwa sorriu.

– Você é *ubenu migegee-ieh,* um pequeno Xamã – disse ela.

Desde esse dia, foi assim que ela passou a chamar o menino e os outros logo fizeram o mesmo porque combinava com ele e porque ele atendia prontamente quando o chamavam de Xamã. Havia exceções. Alex o chamava de Irmão, e era Maior para ele, porque desde o começo Sarah dizia seu Irmão Bebê e seu Irmão Maior. Só Lillian Geiger procurava chamá-lo de Rob J. porque ouvira Rob falar do costume da família e ela acreditava muito em família e tradição. Mas até Lillian esquecia as vezes e o chamava de Xamã, e Rob J. Cole (o pai) logo desistiu da luta e ficou com a inicial J. Com inicial ou não, sabia que, quando ele não estava presente, seus pacientes o chamavam de Injun Cole e alguns de "o maldito serra-ossos amigo dos sauks". Porém, liberais ou bitolados, todos o conheciam como um bom médico. Quando o chamavam, ele os atendia prontamente, quer gostassem dele ou não.

Holden's Crossing que, até pouco tempo, não passava de descrições otimistas dos volantes de Holden, tinha agora uma rua principal com lojas e casas, conhecida por todos como a Village. Orgulhava-se do prédio da Prefeitura, do Armazém-Geral de Tom Haskins: aviamentos, mercearia, instrumentos agrícolas e armarinho em geral; Rações e Sementes, de N. B. Reimer; a Instituição de Holden's Crossing, Companhia para Poupança e Hipotecas; a pensão da Srta. Anna Wiley, que também servia refeições para o público; a loja de Jason Geiger, farmacêutico; o Bar do Nelson (era uma estalagem, nos planos de Nick para a cidade, mas por causa da pensão da Srta. Wiley, nunca passou de um salão de teto baixo com um comprido bar) e os estábulos e a oficina de ferreiro de Paul Williams. Na sua casa de madeira, na Village, Roberta Williams, mulher do ferreiro, fazia roupas e vestidos sob encomenda. Durante alguns anos, Harold Ames, de uma agência de seguros em Rock Island, aparecia no armazém-geral de Holden's Crossing, todas as quartas-feiras, para fazer negócios. Mas, à medida que todos os lotes do governo eram vendidos e alguns fazendeiros, que não tinham sorte, revendiam suas terras para recém-chegados, tornou-se necessário um escritório de compra e venda de imóveis e Carroll Wilkenson instalou-se na cidade com uma firma de seguros e de vendas de imóveis. Charles Anderson – que, alguns anos mais tarde, tornou-se presidente do banco – foi eleito prefeito da cidade na primeira eleição e em todas as seguintes, durante anos. Todos gostavam de Anderson, mesmo sabendo que era o candidato escolhido por Holden e que estava no bolso de Nick. O mesmo acontecia com o xerife. Mort London não precisou nem de um ano para se convencer de que não dava para fazendeiro. O trabalho de marcenaria, na comunidade, não dava para viver, porque quase todos faziam sua própria carpintaria, sempre que possível. Assim, quando Nick se ofereceu para apoiar sua candidatura para xerife, Mort aceitou alegremente. Era um homem calmo, dedicado aos seus deveres, que consistiam especialmente em controlar os bêbados no Nelson's. Para Rob era importante quem ocupava o cargo de xerife. No campo, cada médico era um legista e era o xerife quem determinava qual deles fazia a autópsia em caso de crime ou acidente. Muitas vezes, a autópsia era a única oportunidade que os médicos tinham para dissecar um cadáver e aprimorar sua habilidade de cirurgião. Rob J. sempre seguia à risca os padrões científicos que vigoravam em Edimburgo, quando fazia uma autópsia. Pesava todos os órgãos vitais, anotava e arquivava os resultados. Por sorte, dava-se muito bem com Mort London e podia fazer muitas delas.

Nick Holden conseguiu se eleger três vezes seguidas para a legislatura do estado. Às vezes, os cidadãos de Holden's Crossing aborreciam-se com a atitude possessiva assumida por ele e comentavam que Nick era dono do banco, de uma parte do moinho, do armazém-geral e do bar, e só Deus sabia de quantos acres de terra, mas, por Deus, não era dono *deles,* nem da terra *deles!* Mas, de um modo geral, viam com orgulho e admiração seu desempenho de verdadeiro político, em Springfield, tomando uísque com o governador nascido no Tennessee, servindo em comitês do Legislativo e manejando os cordões com tanta rapidez e habilidade que eles só podiam sorrir e balançar a cabeça.

Nick confessava abertamente duas ambições.

– Quero trazer a estrada de ferro para Holden's Crossing, assim, talvez algum dia esta cidadezinha se transforme num grande centro – ele disse a Rob, certo dia, fumando um fino charuto, sentado na varanda do armazém de Haskins. – E desejo ardentemente ser eleito para o Congresso dos Estados Unidos. Não vou trazer a estrada de ferro para cá se continuar em Springfield.

O relacionamento entre Nick e Rob J. tinha esfriado depois que Holden tentou dissuadi-lo de casar com Sarah, mas sempre que se encontravam tratavam-se cordialmente. Rob olhou para ele com ar de dúvida.

– Vai ser difícil ser eleito para o Congresso, Nick. Você terá de conseguir votos de outros distritos, não apenas deste. E há também o velho Singleton.

O senador eleito, Samuel Turner Singleton, conhecido em todo o Condado de Rocky Island como "o nosso Sammil", estava firmemente entrincheirado no cargo.

– Sammil Singleton está velho. Logo vai morrer ou se aposentar. Quando isso acontecer, farei com que todos no distrito compreendam que votar em mim é votar pela prosperidade – Nick continuou, com um largo sorriso. – Fiz tudo certo para você, não fiz, doutor?

Rob tinha de admitir que sim. Era acionista do moinho e do banco. Nick controlava o financiamento do armazém-geral e do bar, mas não havia convidado Rob para participar desses investimentos. Rob compreendia; estava profundamente enraizado em Holden's Crossing agora e Nick não desperdiçava agrados quando não eram necessários.

A farmácia de Jay Geiger e a contínua chegada de colonos logo atraíram outro médico a Holden's Crossing. O Dr. Thomas Beckermann era um homem de meia-idade, pálido, com mau hálito e olhos vermelhos. Era de Albany, Nova York, e instalou-se numa pequena casa de madeira na Village, perto da farmácia. Não era formado por nenhuma faculdade de medicina e era muito vago quando falava sobre os detalhes do seu aprendizado da profissão que, dizia ele, fora feito com um certo Dr. Cantwell, em Concord, New Hampshire. A princípio, Rob gostou da presença de mais um médico na região. O número de pacientes era suficiente para dois médicos que não fossem ambiciosos demais, e para Rob significava dividir os chamados distantes e difíceis, em toda a planície. Mas Beckermann não era um bom médico e bebia demais, e a comunidade logo verificou esses dois fatos. Assim, Rob continuou a percorrer longas distâncias e a atender um número muito grande de pacientes.

Apenas na primavera isso era quase impossível para ele, quando apareciam as epidemias, febres nas margens dos rios, a sarna Illinois nas fazendas da planície e doenças contagiosas por toda a parte. Sarah tinha imaginado trabalhar ao lado do marido, atendendo os aflitos e, na primavera, depois do nascimento do segundo filho, começou uma campanha intensa para acompanhá-lo e ajudá-lo com os doentes. Mas escolheu o momento errado.

Naquele ano, as doenças mais comuns eram a febre de leite e sarampo e, quando ela começou a insistir com ele, Rob estava tratando de muitos doentes, alguns à morte, e não tinha tempo para dar atenção a ela. Assim, Sarah o viu sair com Makwa-ikwa por mais uma primavera e o tormento do ciúme voltou.

No meio do verão as epidemias começaram a ceder e Rob retomou a rotina dos seus dias. Certa noite, depois de se refazer do trabalho do dia, tocando o Dueto em Sol para violino e viola, com Geiger, Jay abordou o assunto da infelicidade de Sarah. Os dois homens eram agora amigos íntimos, mas mesmo assim Rob J. ficou chocado com a presunção de Geiger de interferir num mundo que para ele era inviolavelmente particular.

– Como é que você conhece os sentimentos de Sarah?

– Ela fala com Lillian, Lillian fala comigo – disse Jay. Depois de um silêncio embaraçado, continuou. – Espero que compreenda. Estou falando movido por... uma afeição genuína... por vocês dois.

– Eu compreendo. E, além da sua preocupação afetuosa, tem... algum conselho?

– Pelo bem da sua mulher, você tem de se livrar da mulher índia.

– Somos apenas amigos – disse Rob, sem disfarçar seu ressentimento.

– Não importa. A presença dela é a causa da infelicidade de Sarah.

– Ela não tem para onde ir! Nenhum deles tem! Os brancos dizem que eles são selvagens e não permitem que vivam como sempre viveram. Chega Cantando e Lua são os melhores lavradores que se podem encontrar, mas ninguém está disposto a empregar um sauk. Makwa-ikwa, Lua e Chega Cantando mantêm o resto do grupo com o pouco que eu pago. Ela trabalha arduamente e é leal e não posso mandá-la para a reserva ou para coisa pior.

Com um suspiro, Jay concordou e não tocou mais no assunto.

A entrega de uma carta era uma raridade. Quase uma ocasião especial. Rob J. recebeu uma, enviada pelo chefe dos correios de Rock Island, que a guardou durante cinco dias, até Harold Ames, o agente de seguros, precisar visitar Holden's Crossing, a negócios.

Rob abriu o envelope ansiosamente. Era uma longa carta do Dr. Harry Loomis, seu amigo de Boston. Quando terminou, Rob a releu, mais devagar. E outra vez.

A carta era de 20 de novembro de 1846, e levara todo o inverno para chegar ao destino. Harry evidentemente estava com sua carreira muito bem encaminhada, em Boston. Contava que fora recentemente nomeado professor-assistente de anatomia, em Harvard, e sugeria o casamento próximo com uma moça chamada Julia Salmon. Mas a carta continha mais informações de ordem médica do que pessoais. Uma descoberta tornava possível a cirurgia sem dor, dizia Harry, com entusiasmo. Era um gás chamado éter, há muitos anos usado como solvente na fabricação de ceras e perfumes. Harry lembrava na carta antigas experiências nos hospitais de Boston para medir a eficácia do óxido nitroso, ou "gás hilariante" como anestésico. Acrescentava, maliciosamente, que Rob J. devia estar lembrado também de brincadeiras com o óxido nitroso, fora do hospital. Rob lembrou, com um misto de culpa e prazer, a noite em que ele e Meg Holland usaram o vidro de gás dado por Harry. Talvez o tempo e a distância tornassem a lembrança melhor e mais engraçada do que realmente fora.

*No último dia 5 de outubro* escrevia Loomis, *outra experiência; desta vez com éter, foi marcada para ser levada a efeito no anfiteatro cirúrgico do Hospital Geral de Massachusetts. As tentativas para dominar a dor com o óxido nitroso falharam completamente, com estudantes e alunos, nas galerias, vaiando e gritando "Farsa! Farsa!" As experiências nesse sentido caíram no ridículo e a próxima, no Hospital Geral de Massachusetts, não prometia ser melhor. O cirurgião era o Dr. John Collins Warren. Estou certo de que está lembrado que o Dr. Warren é um cirurgião agressivo e capaz, mais conhecido por sua rapidez com o bisturi do que por sua paciência com idiotas. Assim, o anfiteatro estava repleto de médicos e estudantes, no dia marcado.*

*Rob, procure imaginar a cena: o homem que ia administrar o éter, um dentista, chamado Morton, está atrasado. Warren, furioso, aproveita a espera para descrever como pretende retirar o grande tumor canceroso da língua de um jovem chamado Abbott, que já está na cadeira operatória; quase morto de medo. Depois de quinze minutos, Warren não tem mais nada a dizer e, carrancudo, tira o relógio do bolso. Começam as risadas abafadas na galeria quando chega o dentista. O Dr. Warren faz um gesto de assentimento, ainda furioso, arregaça as mangas e escolhe o bisturi. Os assistentes abrem a boca de Abbott e puxam e seguram a língua. Outras mãos o prendem à cadeira para evitar que ele agite o corpo. Warren inclina-se para o homem e faz a primeira incisão, rápida e profunda; e o sangue escorre do canto da boca do jovem Abbott.*

*Ele não faz o menor movimento.*

*Faz-se silêncio completo na galeria. O menor gemido ou suspiro poderá ser ouvido. Warren retoma o trabalho. Faz a segunda incisão e depois a terceira. Cuidadosa e rapidamente, ele retira o tumor, faz a raspagem do local, sutura e aplica a compressa para controlar o sangue.*

*O paciente dorme. O paciente dorme. Warren ergue o corpo. Se você pode acreditar, Rob, os olhos daquele amargo autocrata estão cheios de lágrimas!*

*"Cavalheiros", diz ele, "isto não é uma farsa."*

*A descoberta do éter para eliminar a dor foi anunciada na imprensa médica de Boston,* informava Harry. *Nosso Holmes, sempre na vanguarda, propõe que o processo seja chamado de* anestesia, *do grego, insensibilidade.*

A farmácia de Geiger não tinha estoque de éter.

— Mas eu sou um bom químico – disse Jay. – Posso talvez fabricar éter. Terei de destilar álcool etílico com ácido sulfúrico. Não posso usar meu alambique porque o ácido perfura o metal. Mas eu tenho uma espiral de vidro e um garrafão.

Procuraram nas prateleiras da farmácia e encontraram muito álcool etílico, mas nem uma gota de ácido sulfúrico.

— Você pode fazer ácido sulfúrico? – perguntou Rob.

Geiger coçou o queixo, evidentemente divertindo-se intensamente com tudo aquilo.

— Precisaria misturar enxofre com oxigênio. Tenho muito enxofre, mas a química é um tanto complicada. Oxidando o enxofre uma vez, obtemos dióxido de enxofre. Preciso oxidar novamente o dióxido de enxofre, para fazer ácido sulfúrico... certo, por que não?

Em poucos dias Rob J. possuía uma boa quantidade de éter. Harry Loomis, na carta, explicava como se fazia o cone de arame e pano, para aplicação. Primeiro, Rob experimentou o gás num gato que ficou insensibilizado por vinte e dois minutos. Depois fez um cão dormir por mais de uma hora, um tempo tão longo que Rob teve certeza de que o gás era perigoso e devia ser tratado com respeito. Administrou o éter a um carneiro antes da castração, e os testículos foram retirados sem um balido.

Finalmente, ele explicou a Geiger e a Sarah como aplicar o éter e fez o papel de paciente. Rob J. ficou inconsciente apenas por alguns minutos porque Geiger e Sarah, nervosos, aplicaram uma dose mínima, mas foi uma experiência singular.

Alguns dias mais tarde, Gus Schroeder, com apenas oito dedos e meio, amassou o indicador da mão direita, a que estava ainda completa, sob a roda do seu reboque. Rob deu éter a ele e Gus acordou com sete dedos e meio e perguntou quando Rob ia começar a operar.

Rob estava assombrado com as possibilidades. Era como se estivesse vendo uma pequena parte da vasta extensão além das estrelas, reconhecendo que o éter era mais poderoso do que seu Dom. Apenas alguns membros da sua família possuíam o Dom, mas todos os médicos do mundo podiam operar agora, sem provocar dor. No meio da noite Sarah foi até a cozinha e encontrou o marido sentado, sozinho.

— Você está bem?

Rob estudava o líquido incolor dentro do vidro, como que procurando guardá-lo na memória.

— Sarah, se eu tivesse isto antes, não a teria feito sofrer quando a operei.

— Você se saiu muito bem sem isso. Salvou a minha vida. Eu sei.

— Este líquido – ergueu o vidro. Para Sarah, não era diferente de água pura – vai salvar muitas vidas. É a espada contra o Cavaleiro Negro.

Sarah detestava quando Rob falava da morte como se fosse uma pessoa que podia abrir a porta e entrar na sua casa a qualquer momento. Cruzou os braços com força sobre os seios fartos e estremeceu.

– Venha para a cama, Rob J. – disse ela.

No dia seguinte Rob entrou em contato com os médicos da área e os convidou para uma reunião, que se realizou algumas semanas depois, num quarto em cima da loja de rações, em Rock Island. A essa altura, Rob já havia empregado o éter em três outras ocasiões. Sete médicos e Jason Geiger ouviram o que Loomis dizia na carta e o relatório de Rob J. sobre seus casos.

As reações variaram entre interesse e ceticismo. Dois dos médicos presentes encomendaram a Jay éter e máscaras aplicadoras.

– É uma moda passageira – disse Thomas Beckermann – como aquela bobagem sobre lavar as mãos. – Alguns médicos sorriram porque todos conheciam o uso excêntrico que Rob J. fazia da água e do sabão. – Talvez os hospitais metropolitanos possam perder tempo com coisas como essas. Mas nenhum bando de médicos de Boston vai nos ensinar a como praticar a medicina na fronteira do Oeste.

Outros médicos foram mais discretos. Tobias Barr disse que apreciava a experiência de se encontrar com outros médicos para trocar ideias e sugeriu a formação da Sociedade de Medicina do Condado de Rock Island, com o que todos concordaram. O Dr. Barr foi eleito presidente, Rob J., secretário correspondente, uma honra que não podia recusar porque todos os presentes receberam um cargo ou a presidência de um comitê que Tobias Barr garantia serem de grande importância.

Não foi um bom ano. Numa tarde quente e úmida, quase no fim do verão, quando as plantações estavam quase prontas para a colheita, de repente, o céu ficou pesado e escuro. O trovão ribombou e relâmpagos rasgaram as nuvens negras. Sarah, que estava tirando o mato da horta, viu, no fim da planície, um funil esguio que descia das nuvens em direção ao solo. Coleava como uma serpente gigantesca, emitindo um silvo que se transformou num rugido quando sua boca chegou na planície e começou a sugar terra e pequenos objetos.

O funil estava se movendo para longe da sua casa, mas Sarah correu para apanhar os filhos e os levou para o celeiro.

A doze quilômetros de casa, Rob J. também viu o tornado de longe. O funil desapareceu em poucos minutos, mas quando ele chegou à fazenda de Hans Buckman, percebeu que quarenta acres de plantação de milho da melhor qualidade estavam arrasados.

– Como Satanás brandindo uma foice enorme – disse Buckman, com amargura.

Alguns fazendeiros perderam milho e trigo. A velha égua branca dos Mueller foi sugada pela espiral e cuspida, morta, num pasto a trinta metros de distância. Mas nenhuma vida humana se perdeu e todos sabiam que Holden's Crossing teve sorte naquele dia.

Congratulavam-se ainda por terem escapado do tornado, quando chegaram o outono e a epidemia. Era a estação em que o frio cortante supostamente garantia vigor e boa saúde. Na primeira semana de outubro, oito famílias ficaram doentes, e Rob J. não conseguia identificar a doença. Era uma febre, acompanhada de alguns sintomas de tifo, mas ele suspeitava não ser tifo. Quando começou a aparecer pelo menos um caso por dia, Rob J. compreendeu que tinha um grande problema nas mãos.

Rob saiu e dirigiu-se para a cabana a fim de avisar Makwa-ikwa de que iam visitar doentes, mas, no meio do caminho, parou e voltou diretamente para a cozinha da sua casa.

— Está havendo muitos casos de febre grave e vai se espalhar mais ainda, certamente. Posso ter de ficar fora de casa por algumas semanas.

Sarah balançou a cabeça afirmativa e compreensivamente. Quando ele perguntou se gostaria de acompanhá-lo, seu rosto se iluminou.

— Vai ficar longe dos meninos — disse ele.

— Makwa pode tomar conta deles. Ela é muito boa com crianças — disse Sarah.

Partiram naquela tarde. Sempre que começava uma epidemia, Rob visitava todas as casas onde havia um doente, para evitar que a doença se alastrasse. Verificou que sempre começava do mesmo modo, com uma rápida elevação da temperatura ou com inflamação de garganta, acompanhada de febre. Geralmente, no princípio, aparecia diarreia, com muita bile verde-amarelada. Em todos os pacientes, a boca ficava cheia de pequenas papilas, independentemente do fato de a língua estar seca ou úmida, escura ou esbranquiçada.

Ao fim de uma semana, Rob constatou que, quando o paciente não apresentava outros sintomas, a morte era certa. Quando os primeiros sintomas vinham acompanhados por arrepios de frio e dores nas extremidades, quase sempre muito fortes, o paciente geralmente se recuperava. Bolhas e abscessos, que apareciam quando a febre terminava, eram bom sinal. Ele não tinha ideia de como tratar a doença. Uma vez que a diarreia geralmente acabava com a febre, às vezes recomendava um catártico. Quando os pacientes tinham calafrios, Rob dava a eles o tônico verde de Makwa com um pouco de álcool, para provocar a transpiração, e fazia compressas de linhaça. Logo depois que a epidemia começou, ele e Sarah encontraram Tom Beckermann, que ia atender alguns doentes.

— Tifo, sem dúvida — disse Beckermann.

Mas Rob não achava que fosse tifo. Não havia manchas vermelhas no abdome e nenhum doente apresentava hemorragia anal. Mas não discutiu.

Fosse o que fosse, chamar disto ou daquilo não fazia a doença menos assustadora. Beckermann disse que dois dos seus pacientes tinham morrido no dia anterior, depois dele ter feito uma grande sangria e aplicado ventosas. Rob procurou convencê-lo de que não era prudente fazer sangria num paciente com febre alta, mas Beckermann não estava disposto a seguir a recomendação do único outro médico da cidade. Rob e Sarah não passaram mais de alguns minutos conversando com o Dr. Beckermann. Nada preocupava mais Rob J. do que um médico incompetente.

A princípio, Rob estranhou a companhia de Sarah em vez de Makwa-ikwa. Sarah esforçou-se ao máximo apressando-se a fazer tudo que ele pedia. A diferença era que ele precisava ensinar e pedir, ao passo que Makwa sabia o que fazer sem que ele pedisse. Ao lado dos pacientes, ou cavalgando entre uma casa e outra, ele e Makwa mantinham longos e confortáveis silêncios. No começo, Sarah falava o tempo todo, feliz por estar com ele, mas depois de terem tratado muitos pacientes, a exaustão a obrigou a ficar calada.

A doença alastrou-se rapidamente. De um modo geral, quando uma pessoa ficava doente, logo toda a família ficava também. Porém, Rob J. e Sarah foram de casa em casa e não adoeceram, como se estivessem protegidos por um escudo invisível. De três em três, ou quatro em quatro dias, eles voltavam para casa, para tomar banho, mudar de roupa e dormir algumas horas. A casa estava sempre aquecida e limpa, com o cheiro bom da comida que Makwa preparava para eles. Os dois brincavam um pouco com os filhos, renovavam o estoque do tônico verde preparado por Makwa, misturado com um pouco de vinho, como Rob queria, e saíam outra vez. Nos intervalos dessas visitas, dormiam abraçados onde podiam, geralmente nos jiraus dos celeiros ou no chão, na frente da lareira de alguma casa.

Certa manhã, um fazendeiro chamado Benjamin Haskell entrou no celeiro e arregalou os olhos ao ver seu médico com a mão enfiada debaixo da saia da mulher. Foi o mais perto que chegaram do ato do amor durante as seis semanas de duração da epidemia. As folhas estavam mudando de cor quando começou e havia uma poeira de neve no solo quando terminou.

No dia em que voltaram para casa, sabendo que não precisavam sair outra vez, Sarah mandou as crianças na charrete, com Makwa, até a casa dos Mueller, apanhar maçãs ácidas para fazer molho. Depois de um banho demorado, na frente do fogo, aqueceu mais água e preparou o banho de Rob J. e quando ele estava dentro da banheira de lata, começou a lavar as costas do marido, lenta e suavemente, como eles lavavam os doentes, mas com uma diferença, com as mãos e não com um esfregão. Molhado e tremendo de frio, Rob a acompanhou pela casa fria, subiram a escada e entraram debaixo das cobertas, onde ficaram durante horas, até Makwa voltar com as crianças.

Alguns meses depois, grávida de poucos meses, Sarah teve um aborto natural e a hemorragia intensa preocupou Rob. Ele compreendeu que seria perigoso para ela ter mais filhos e começou a tomar precauções. Passou a observar Sarah ansiosamente, temendo detectar manchas roxas no corpo dela, como acontecia muitas vezes depois de um aborto, mas além de uma leve palidez e longos períodos de distanciamento, com os olhos cor de violeta fechados, Sarah parecia se recuperar rapidamente.

# 24

# A MÚSICA DA PRIMAVERA

Assim, frequentemente e por longos períodos, os meninos Cole eram deixados aos cuidados da mulher sauk. Xamã se acostumou ao cheiro de morangos amassados de Makwa-ikwa, tanto quanto ao cheiro branco de sua mãe natural, à cor escura da pele de Makwa, tanto quanto à brancura loura de Sarah. E com o passar do tempo, mais acostumado ainda. Sarah parecia querer se afastar dos deveres de mãe e Makwa aproveitava avidamente a oportunidade, aconchegando o menino, o filho de *Cawso wabeskiou*, ao calor do seu seio com uma satisfação que não sentia desde quando abraçara o irmãozinho, O Dono da Terra. Envolveu o menino num feitiço de amor. Às vezes, cantava para ele.

> *Ni-na ne-gi-se ke-wi-to-se-me-ne ni-na*
> *Ni-na ne-gi-se ke-wi-to-se-me-ne ni-na*
> *Wi-a-ya-ni*
> *Ni-na ne-gi-se ke-wi-to-se-me-ne ni-na*
> *Eu caminho com você, meu filho,*
> *Eu caminho com você, meu*
> *filho.*
> *Onde quer que você vá,*
> *Eu caminho com você, meu filho*

Às vezes, cantava para protegê-lo:

> *Tti-la-ye ke-wi-ta-mo-ne i-no-k i,*
> *Tti-la-ye ke-wi-ta-mo-ne i-no-ki-i-i*
> *Me-ma-ko-te-si-ta*
> *Ki-ma-m a-to-me-ga*
> *Ke-te-ma-ga-yo-se*

> *Espírito, eu te chamo hoje.*
> *Espírito, falo contigo agora,*
> *Alguém que precisa muito*
> *Vai te adorar*
> *Manda tua bênção para mim.*

Essas eram as canções que Xamã cantarolava, seguindo os passos dela. Alex ia atrás, taciturno, vendo outro adulto apossando-se de parte do seu irmão. Ele obedecia a Makwa, mas ela percebia, às vezes, nos olhos dele, o reflexo da suspeita e da repulsa que via nos olhos de Sarah. Isso não a incomodava muito. Alex era uma criança e ela se esforçaria para ganhar a confiança dele. Quanto a Sarah, até onde Makwa era capaz de lembrar, os sauks sempre tiveram inimigos.

Jay Geiger, ocupado com sua farmácia, contratou Mort London para arar a primeira parte da sua fazenda, um trabalho lento e brutal. Mort trabalhou de abril até o fim de julho para quebrar a dura camada de solo cheio de mato, um processo mais demorado porque os torrões que ele retirava precisavam de dois ou três anos para apodrecer, antes que o campo pudesse ser arado novamente e plantado, e também porque Mort apanhou a sarna de Illinois, que atacava a maior parte dos homens que aravam a pradaria. Alguns pensavam que era provocada por miasmas emanados da terra, enquanto outros diziam que era o resultado da picada de insetos perturbados pelo arado. Era uma doença desagradável, provocando pequenas feridas e comichão intensa. Tratada com enxofre, podia ser contida como um pequeno desconforto, mas sem tratamento podia evoluir para uma febre fatal como a que tinha levado Alexander Bledsoe, o primeiro marido de Sarah.

Jay insistia para que todos os cantos dos seus campos fossem limpos e semeados cuidadosamente. De acordo com a antiga lei judaica, na época da colheita ele não tocava nos cantos, deixando-os para os pobres. Quando o primeiro lote de Jay começou a produzir uma boa colheita de milho, ele estava pronto para preparar o segundo para o plantio de trigo. Mas então, Mort London já era xerife e nenhum dos outros fazendeiros queria trabalhar como assalariado. Era o tempo em que os cules chineses tinham medo de deixar as turmas que trabalhavam nas estradas de ferro porque podiam ser apedrejados nas cidades. Ocasionalmente, um irlandês ou um dos raros italianos escapavam das turmas que trabalhavam na construção do canal Illinois e Michigan e apareciam em Holden's Crossing, mas os papistas eram malvistos pela maioria do povo e eles saíam rapidamente da cidade. Jay conhecia alguns sauks porque eles eram os pobres que ele convidava para colher o milho que brotava no seu terreno. Finalmente, ele comprou quatro novilhos e um arado de aço e contratou dois guerreiros sauks, Chifre Pequeno e Cão de Pedra, para que limpassem e arassem o campo para ele.

Os índios contavam com métodos secretos para arar e desmatar o solo da planície, virando-o pelo avesso, expondo sua carne e seu sangue, a terra negra. Enquanto trabalhavam, pediam desculpas à terra pela agressão e cantavam para evocar os espíritos benfazejos. Sabiam que o homem branco arava a uma profundidade exagerada. Quando preparavam o solo para o plantio superficial, a massa de raízes sob a terra arada apodrecia mais depressa e eles cultivavam 2 1/4 de acres por dia, em vez de um só. E nem Chifre Pequeno, nem Cão de Pedra contraíram sarna.

Entusiasmado, Jay tentou ensinar o método a todos os seus vizinhos, mas ninguém lhe deu atenção.

– É porque os ignorantes filhos da mãe me consideram estrangeiro, embora eu tenha nascido na Carolina do Sul e alguns deles na Europa – queixou-se ele para Rob J. – Não confiam em mim. Odeiam os irlandeses e os judeus, os chineses e os índios, os italianos e Deus sabe quem mais, por terem vindo para a América tarde demais. Detestam os franceses e os mórmons por princípio. E detestam os índios por terem chegado à América cedo demais. Que diabo, de *quem* eles gostam?

Rob sorriu.

– Ora, Jay... gostam *deles mesmos!* Acreditam que estão absolutamente certos por terem tido a sensatez de chegar exatamente no tempo certo – disse Rob J.


Em Holden's Crossing, ser admirado era uma coisa, ser aceito era outra bem diferente. Rob J. Cole e Jay Geiger foram aceitos com relutância pois seus serviços eram necessários. À medida que se tornavam duas partes importantes na colcha de retalhos, as duas famílias continuaram amigas, apoiando e se estimulando mutuamente. As crianças se acostumaram com as obras dos grandes compositores, deitadas na cama à noite e ouvindo a bela música tocada pelos pais nos instrumentos de corda.

Quando Xamã tinha cinco anos, a pior doença da primavera foi o sarampo. O escudo invisível que protegia Rob e Sarah desapareceu, bem como a sorte que os mantinha incólumes. Sarah levou a doença para casa, porém ela e Xamã tiveram um sarampo benigno. Rob J. dizia que tiveram sorte, porque sua experiência demonstrava que a doença não atacava duas vezes a mesma pessoa. Mas Alex apanhou a forma mais violenta. A mãe e o irmão tinham ficado febris, mas ele ardia em febre. Sarah e Xamã tinham comichão, mas Alex sangrava de tanto se coçar e Rob J. enrolou seu corpo em folhas murchas de repolho e prendeu as mãos dele para não se machucar.

Na primavera seguinte, a epidemia foi de escarlatina. Os sauks apanharam a doença e Makwa-ikwa apanhou deles. Assim, Sarah teve de ficar em casa, muito contra a vontade, e tratar da mulher índia, em vez de sair a cavalo com o marido, como sua assistente. Então Alex e Xamã ficaram doentes. Dessa vez, Alex teve a forma branda e Xamã ardeu de febre, vomitou, gritou de dor de ouvido e teve uma erupção tão extensa que em certos lugares sua pele se soltava como a das cobras.

Quando a doença chegou ao fim, Sarah abriu a casa para o ar quente de maio e resolveu que a família precisava de férias. Assou um ganso e informou os Geiger de que sua presença seria apreciada e, naquela noite, a música que não era ouvida há semanas reinou absoluta.

Os filhos dos Geiger dormiram em esteiras ao lado das camas dos pequenos Cole. Lillian Geiger entrou no quarto e abraçou e beijou todos eles. Na porta, ela parou e disse boa-noite. Alex respondeu, bem como Rachel, Davey, Herm e Cubby, que era pequeno demais para carregar o seu nome verdadeiro, Lionel. Lillian notou que um deles não respondeu.

— Boa-noite, Rob J. — disse ela.

Nenhuma resposta, e Lillian viu que Xamã olhava para a frente, como se estivesse absorto em pensamento.

— Xamã? Meu bem? — Não obtendo resposta, ela bateu palmas com força. Cinco rostos voltaram-se para ela, mas o sexto não se moveu.

Na outra sala, os músicos tocavam um dueto de Mozart, a peça que tocavam melhor, com verdadeiro brilhantismo. Rob J. ficou atônito quando Lillian parou na frente dele, estendeu o braço e, segurando o arco da viola, interrompeu a frase musical de que ele mais gostava.

— Seu filho — disse ela. — O menor. Ele não está ouvindo.

# 25
## A CRIANÇA SILENCIOSA

Rob J., que durante toda a vida lutara para salvar as pessoas dos males físicos e mentais, ficou surpreso com a intensidade da dor quando o paciente era alguém que ele amava. Rob gostava de todos os seus pacientes, mesmo os que a doença tornava cruéis e mesquinhos, mesmo os que ele sabia que eram cruéis e mesquinhos antes da doença, porque, ao procurar sua ajuda, de certa forma tornavam-se propriedade dele. Como um médico jovem, na Escócia, tinha visto a mãe adoecer e caminhar para a morte, e foi uma lição amarga e especial sobre o limite do seu poder de curar. Agora, a dor era mais viva, sofrendo com o que tinha acontecido ao garoto forte, grande para a idade, filho do seu corpo e da sua alma.

Xamã parecia atordoado quando o pai batia as mãos, deixava cair no chão objetos pesados, ficava na frente dele e gritava.

– VOCÊ... ESTÁ... OUVINDO... ALGUMA COISA? FILHO? – gritava Rob, apontando para as próprias orelhas, mas o menino apenas olhava intrigado. Xamã estava completamente surdo.

– Será que isso passa? – perguntou Sarah.

– Talvez – disse Rob, mas estava mais assustado do que ela, porque sabia mais, já tinha visto tragédias cujas possibilidades ela só podia imaginar.

– Você vai fazer passar – Sarah tinha confiança absoluta no marido. Como a salvou uma vez, agora ia salvar o filho.

Rob não sabia como, mas tentou. Pôs óleo morno nos ouvidos de Xamã. Fez o menino tomar banhos quentes e demorados, aplicou compressas. Sarah rezava a Jesus. Os Geiger rezavam para Jeová. Makwa-ikwa batia no tambor de água e cantava para os *manitous* e para os espíritos. Nenhum deus e nenhum espírito ouviu.

No começo, Xamã estava confuso demais para ter medo. Mas depois de algumas horas, começou a chorar e gritar. Balançava a cabeça e agarrava as orelhas. Sarah pensou que a dor de ouvido tinha voltado, mas Rob percebeu que não era isso, porque já vira algo igual antes.

– Ele está ouvindo ruídos que nós não podemos ouvir. Dentro da cabeça.

Sarah empalideceu.

– Tem alguma coisa na cabeça dele?

– Não, não. – Ele podia dizer que aquilo se chamava *tinnitus*, mas não podia dizer o que provocava os sons que só Xamã ouvia.

Xamã não parou de chorar. O pai, a mãe e Makwa revezavam-se ao lado da sua cama, abraçando-o e consolando-o. Mais tarde Rob J. aprendeu que o filho ouvia uma variedade de ruídos, estalidos, campainhas, rugidos trovejantes, apitos estridentes. Tudo muito alto e Xamã estava sempre apavorado.

A barragem interna desapareceu em três dias. O alívio foi profundo e a volta do silêncio, reconfortante, mas os adultos que o amavam estavam torturados pelo desespero que viam no rosto pequenino e branco.

Naquela noite, Rob J. escreveu para Oliver Wendell Holmes, em Boston, pedindo conselho para o tratamento da surdez. Pediu também, no caso de não ser possível fazer nada, informações sobre o melhor modo de se criar um filho surdo.

Ninguém sabia como tratar Xamã. Enquanto Rob J. procurava uma solução dentro da medicina, foi Alex quem assumiu a responsabilidade. Embora atônito e assustado com o que tinha acontecido ao irmão, Alex se adaptou rapidamente à situação. Segurou a mão de Xamã e não a largou mais. Onde o irmão mais velho ia, Xamã ia também. Quando seus dedos ficavam cansados,

Alex passava Xamã para o outro lado e segurava a outra mão. Xamã logo se acostumou à segurança dos dedos suados, muitas vezes sujos do Maior.

Alex o vigiava de perto.

– Ele quer mais – dizia quando estavam à mesa, estendendo o prato de Xamã para a mãe, para ser servido outra vez.

Sarah observava seus dois filhos e via o quanto eles sofriam. Xamã deixou de falar e Alex resolveu fazer o mesmo, falando raramente, comunicando-se com Xamã por meio de uma série de gestos exagerados e olhos nos olhos.

Sarah torturava-se, imaginando situações em que Xamã sofria acidentes terríveis por não ouvir seus gritos de aviso. Obrigava os filhos a ficarem sempre perto de casa. Eles se aborreciam. Sentavam no chão brincando idiotamente com nozes e pedras, desenhando na terra com gravetos. Às vezes, por incrível que fosse, ela os ouvia rir alto. Como não ouvia a própria voz, Xamã falava muito baixo, e quando pediam para ele repetir, não ouvia o que estavam dizendo. Começou a rosnar em vez de falar. Quando Alex ficava impaciente, esquecia a realidade. "O quê?" Ele gritava. "O quê, Xamã?" Então lembrava e voltava aos gestos. Começou a rosnar também, como Xamã, para enfatizar o que tentava explicar com as mãos. Sarah não suportava aqueles grunhidos e rosnados. Pareciam dois animais.

Sarah adquiriu o hábito torturante de testar a surdez do filho com muita frequência. Ficava atrás dos dois e batia palmas, estalava os dedos ou dizia os nomes deles. Dentro de casa, quando ela batia com o pé no chão, a vibração fazia Xamã se voltar. Nas outras vezes, só a expressão de censura de Alex respondia a essas interrupções.

Sarah fora até então a mãe que ora está, ora não está, saindo com o marido sempre que podia, em vez de cuidar dos filhos. Admitia para si mesma que o marido era a coisa mais importante da sua vida, assim como reconhecia que a medicina era a força principal na vida dele, mais importante do que seu amor por ela. Assim eram as coisas. Sarah jamais sentira por Alexander Bledsoe, ou por qualquer outro homem, o que sentia por Rob J. Cole. Agora que um dos seus filhos estava ameaçado, ela voltou todo seu amor para os dois meninos, mas era tarde demais. Alex não cedia nenhuma parte do irmão e Xamã estava acostumado a depender de Makwa-ikwa.

Makwa não desencorajava essa dependência. Xamã passava a maior parte do tempo no seu *hedonoso-te* e ela observava cada movimento do menino. Certa vez Sarah a viu correr para a árvore onde o pequeno Xamã tinha urinado, raspar um pouco da terra molhada guardando-a numa vasilha, como se fosse uma relíquia sagrada. Sarah estava certa de que a mulher era um súcubo, o demônio feminino que tentava roubar do seu marido a parte mais valiosa e que agora queria roubar seu filho. Ela sabia que Makwa estava fazendo encantamentos, cantando, realizando estranhos rituais, mas não tinha coragem de reclamar. Por mais desesperadamente que desejasse ajuda para seu filho

– de qualquer pessoa, de qualquer coisa –, não podia evitar um sentimento de vingança, uma afirmação da sua crença verdadeira, à medida que os dias passavam e toda aquela bobagem pagã não produzia nenhum resultado.

À noite, Sarah ficava acordada, na cama, atormentada com a lembrança dos surdos-mudos que tinha conhecido, especialmente uma débil mental, suja e andrajosa, que ela e os amigos perseguiam nas ruas da cidadezinha da Virgínia, atormentando-a, caçoando da sua gordura e da surdez. Bessie era o nome dela, Bessie Turner. As crianças jogavam gravetos e pedras, rindo às gargalhadas quando Bessie respondia ao insulto físico, depois de ignorar completamente as palavras injuriosas que gritavam. Sarah imaginava se crianças cruéis iam perseguir Xamã pelas ruas.

Aos poucos ela se convenceu de que nem Rob – nem mesmo Rob! – podia ajudar Xamã. Ele saía de manhã para atender aos chamados, pensando apenas nas doenças das outras pessoas. Não estava abandonando a família. Apenas Sarah tinha essa impressão, às vezes porque ela ficava com os filhos dia após dia e testemunhava sua luta.

Os Geiger, procurando dar o maior apoio possível, convidavam os Cole para reuniões em família, como faziam antes, mas Rob J. não aceitava. Ele não tocava mais a viola de gamba. Sarah acreditava que Rob não podia suportar a música que Xamã não seria capaz de ouvir.

Ela procurava consolo no trabalho da fazenda. Alden Kimball limpou e arou um outro pedaço de terra e Sarah começou a plantar sua horta que, esperava, seria especial. Caminhou quilômetros pela margem do rio à procura de mudas de lírio que plantou na frente da casa. Ajudava Alden e Lua a levar pequenos grupos de ovelhas até a balsa e soltá-las no meio do rio, para que nadassem até a margem, lavando assim a lã antes da tosquia. Depois de castrar as crias nascidas na primavera, Alden olhava de soslaio quando Sarah pedia os testículos retirados, o petisco preferido dele. Sarah retirava a pele dos testículos de carneiro, imaginando se os dos homens seriam iguais sob a pele enrugada. Então, os cortava pela metade e fritava em gordura de porco com cebola silvestre e cogumelo picado. Alden comia sua porção avidamente, dizia que estava delicioso e esquecia o ressentimento.

Sarah poderia quase estar satisfeita. A não ser por uma coisa.

Certo dia, Rob J. chegou em casa e disse que tinha falado com Tobias Barr a respeito de Xamã.

– Recentemente abriram uma escola para surdos em Jacksonville, mas Barr não tinha muitas informações a respeito. Eu podia ir até lá para ver como é. Mas... Xamã é tão pequeno ainda.

– Jacksonville fica a duzentos e quarenta quilômetros daqui. Nós o veríamos muito pouco.

Rob disse que o médico de Rock Island lhe confessara que não sabia nada sobre como tratar uma criança surda. Na verdade, alguns anos atrás, ele havia desistido do caso de uma menina de oito anos e do irmão, de seis. Finalmente, as crianças foram entregues à tutela do estado e enviadas para o Asilo Illinois, em Springfield.

– Rob J. – disse ela. Pela janela aberta chegavam até eles os grunhidos dos filhos, um som impressionante, e Sarah, de repente, viu os olhos vazios de Bessie Turner. – Mandar uma criança surda para um asilo de doidos... é um pecado. – A ideia de pecado a fez ficar gelada. – Você acha que Xamã está sendo punido por meus pecados?

Ele a tomou nos braços e Sarah sentiu, como sempre, a força de Rob passando para ela.

– Não – disse ele. Abraçou-a por um longo tempo. – Oh, minha Sarah. Nunca pense isso. – Mas não disse o que podiam fazer.


Naquela manhã, quando os dois garotos estavam sentados na frente do *hedonoso-te* com Cão Pequeno e Mulher Pássaro, tirando a casca de galhos de salgueiro que Makwa fervia para preparar sua medicina, um índio estranho, a cavalo, saiu do bosque, na margem do rio. Era uma aparição, um sioux não muito jovem, tão magro quanto o cavalo que montava, tão maltratado e andrajoso. Os pés descalços estavam sujos. Vestia uma calça justa até os joelhos, uma tanga de pele de gamo e um pedaço rasgado de pele de búfalo sobre os ombros, como um xale, preso por um trapo amarrado na cintura. O cabelo malcuidado tinha uma trança curta atrás e duas, mais longas, nos dois lados do rosto, amarradas nas pontas com tiras de pele de lontra.

Alguns anos antes, um sauk teria recebido o sioux com uma arma na mão, mas agora ambos sabiam que estavam rodeados pelo inimigo comum, e quando o homem a cavalo a saudou com a linguagem dos sinais, usada pelas tribos da planície, que falavam línguas diferentes, Makwa respondeu do mesmo modo.

Ela imaginou que o sioux devia ter atravessado o Ouisconsin, acompanhando a orla da floresta ao longo do *Masesibowi*. Os sinais do índio diziam que ele vinha em paz e seguia o sol poente a caminho das Sete Nações. Pediu comida.

As quatro crianças estavam fascinadas. Riam e imitavam o gesto que indicava *comida* com as mãos pequeninas.

O homem era um sioux, portanto Makwa não podia dar qualquer coisa a ele sem receber nada em troca. Ele trocou uma corda trançada por um prato de esquilo assado e um pedaço de bolo de milho, além de uma pequena bolsa com vagens secas para a viagem. O assado estava frio, mas ele desmontou e comeu com avidez.

O sioux viu o tambor de água, perguntou se ela era uma guardiã dos espíritos, e ficou visivelmente perturbado quando Makwa disse que era.

Não deram um ao outro o poder de saber seus nomes. Quando ele terminou de comer, Makwa disse que ele não devia caçar as ovelhas, pois, se o fizesse, o homem branco o mataria. O homem voltou para seu cavalo magro e foi embora.

As crianças estavam ainda brincando de imitar o sioux, fazendo gestos que não significavam coisa alguma, com exceção de Alex que repetia o sinal de *comida*. Makwa deu a ele um pedaço do bolo de milho, depois ensinou o sinal aos outros, recompensando com um pedaço de bolo quando acertavam. A linguagem intertribal era uma das coisas que as crianças sauks deviam aprender, por isso Makwa ensinou a eles o sinal para *salgueiro*, incluindo os dois irmãos brancos. E, quando notou que Xamã aprendia com mais facilidade do que os outros, passou a se concentrar nele.

Além dos sinais para *comida* e *salgueiro*, ela ensinou *menina*, *menino*, *lavar-se* e *vestir-se*. Era bastante para o primeiro dia, pensou ela, mas os fez praticar por muito tempo, como se fosse um jogo, até todos terem aprendido perfeitamente.

Naquela tarde, quando Rob J. chegou em casa, Makwa fez com que as crianças mostrassem a ele o que tinham aprendido.

Rob J. olhou pensativamente para o filho. Os olhos de Makwa brilhavam de satisfação. Ele elogiou as crianças e agradeceu a Makwa, que prometeu continuar com as aulas.

– O que adianta isso? – perguntou Sarah, quando ficaram sozinhos. – Para que nosso filho precisa aprender sinais que só um punhado de índios pode entender?

– Existe uma linguagem de sinais para os surdos – disse Rob J. pensativamente. – Inventada pelos franceses. Quando eu estava na escola de medicina, vi duas pessoas surdas conversando facilmente, usando as mãos em vez da voz. Posso encomendar um livro com os sinais e poderemos falar com Xamã e ele conosco.

Sarah concordou com relutância e Rob J. decidiu que aprender o sinais dos índios não ia prejudicar em nada seu filho.

Rob J. recebeu uma longa carta de Oliver Wendell Holmes. Como era típico dele, Holmes pesquisou a literatura na biblioteca da Faculdade de Medicina de Harvard e consultou autoridades no assunto, descrevendo com detalhes o caso de Xamã.

Na sua opinião, a condição de Xamã era irreversível. Às *vezes*, escreveu ele, o *paciente acometido de surdez total, depois de uma doença como sarampo, escarlatina ou meningite, recobra a audição. Mas de um modo geral, a infecção ocorrida durante a doença danifica e escarifica os tecidos, destruindo os processos sensitivos e delicados irreversivelmente.*

*Na sua carta, você diz que examinou os dois canais auditivos a olho nu, por meio do espéculo, e foi muito engenhoso, iluminando o interior da orelha com a luz de uma vela refletida num espelho. É quase certo que o dano foi mais profundo, onde você não podia ver. Nós dois já fizemos a disseca-*

ção do ouvido e sabemos como são complexos e delicados os ouvidos médio e interno. Provavelmente nunca saberemos se o problema do jovem Robert está no tímpano, nos ossículos auditivos, no martelo, na bigorna, no estribo, ou talvez no labirinto. O que sabemos, meu caro amigo, é que, se seu filho estiver surdo ainda quando você receber esta carta, provavelmente ficará surdo pelo resto da vida.

Desse modo, o problema a ser considerado seria qual a melhor forma de criá-lo.

Holmes havia consultado o Dr. Samuel G. Howe, de Boston, que ensinara dois pacientes surdos-mudos e cegos a se comunicar soletrando as palavras com os dedos. Três anos antes, numa viagem à Europa, o Dr. Howe vira crianças surdas que aprendiam a falar clara e distintamente.

*Mas nenhuma escola para surdos, na América, ensina a falar,* escreveu Holmes, *apenas ensinam a linguagem dos sinais. Se seu filho aprender a linguagem dos sinais, só poderá se comunicar com pessoas surdas. Se aprender a falar e a ler os lábios, nada o impedirá de levar uma vida normal na sociedade.*

*Portanto, o Dr. Howe recomenda que seu filho fique em casa e seja educado por você, e eu concordo.*

Os médicos consultados por Holmes disseram que, a menos que aprendesse a falar, Xamã ficaria mudo por atrofia das cordas vocais. Mas Holmes advertia que, para que ele pudesse aprender a falar, a família Cole não devia usar nenhum dos sinais formais, e nunca aceitar nenhum sinal feito por ele.

# 26
# O COMPROMISSO

A princípio Makwa-ikwa não compreendeu quando *Cawso wabeskiou* mandou parar de ensinar a linguagem dos sinais das nações para seus filhos. Mas Rob J. explicou por que os sinais não eram boa medicina para Xamã. O menino já sabia dezenove sinais. Sabia dizer que tinha fome, sede, que estava com frio, com calor, conhecia os sinais para indicar saúde, prazer ou aborrecimento, sabia cumprimentar e se despedir, indicar tamanho dos objetos, comentar sobre sabedoria ou estupidez. Para as outras crianças, era um novo jogo. Para Xamã, isolado de toda comunicação do modo mais estranho, era um novo contato com o mundo.

Seus dedos continuaram a falar.

Rob J. proibiu os outros de atenderem aos sinais dele, mas eram apenas crianças e quando Xamã fazia um sinal, o impulso para responder era às vezes intuitivo e irresistível.

Depois de ver Xamã usar a linguagem dos sinais várias vezes, Rob apanhou um rolo de atadura feito por Sarah, envolveu com ela os pulsos do filho e amarrou a ponta no cinto do menino.

Xamã chorou e gritou.

– Você trata seu filho... como um animal – murmurou Sarah.

– Talvez já seja muito tarde para ele. Esta pode ser sua única chance. – Rob segurou as mãos da mulher, procurando consolá-la. Mas Rob não cedeu aos pedidos dela e as mãos de Xamã continuaram amarradas, como as de um prisioneiro.


Alex lembrou-se do que tinha sentido quando teve sarampo e Rob J. amarrou suas mãos para evitar que se ferisse. Esqueceu como se coçava até tirar sangue, lembrando apenas a comichão terrível e o horror de ficar amarrado. Na primeira oportunidade, ele apanhou uma foice no celeiro e cortou as ataduras que prendiam as mãos do irmão.

Rob J. castigou Alex proibindo-o de sair de casa, mas o menino desobedeceu. Com uma faca de cozinha soltou outra vez as ataduras, depois tomou Xamã pela mão e o levou embora.

Só ao meio-dia notaram a ausência dos irmãos e todos na fazenda interromperam o trabalho para procurar nos bosques, nos pastos, na margem do rio, chamando alto o nome do único que podia ouvir. Ninguém mencionou o rio, mas, naquela primavera, dois franceses de Nauvoo haviam morrido afogados quando sua canoa virou com a força da corrente. Agora, todos lembraram a ameaça do rio.

No fim do dia, quando começava a escurecer, não tinham visto nem sinal dos meninos. Então Jay Geiger apareceu a cavalo, na casa dos Cole, levando Xamã na sua frente, na sela, e Alex atrás. Disse a Rob que os encontrara no meio do seu milharal, sentados no chão, de mãos dadas e cansados de tanto chorar.

– Se eu não tivesse ido até lá para limpar o mato, eles ainda estariam sentados no meio do milho – disse Jay.

Depois que os dois irmãos lavaram o rosto e jantaram, Rob J. levou Alex para um passeio na margem do rio. A água cantava, batendo nas pedras da margem, mais escura, refletindo o começo da noite. Andorinhas voavam em círculos e mergulhavam no ar, às vezes tocando a superfície da água. Um pouco acima, uma garça caminhava no raso, como um pequeno navio.

– Você sabe por que eu o trouxe aqui?

– Vai me bater.

– Nunca bati em você, bati? Não vou começar agora. Não, quero fazer uma consulta.

Alex olhou para ele assustado, sem saber se uma consulta era pior do que uma sova.

– O que é isso?

– Você sabe o que é fazer uma troca?

Alex fez um gesto afirmativo.

– Claro. Eu já troquei coisas, muitas vezes.

– Pois eu quero trocar ideias com você. Sobre seu irmão. Xamã tem sorte por ter um irmão mais velho como você, um irmão que toma conta dele. Sua mãe e eu... nos orgulhamos de você. E agradecemos.

– ... Pai, você trata Xamã muito mal, amarrando as mãos dele e coisas assim.

– Alex, se você continuar a falar com ele com sinais, Xamã nunca vai precisar falar. Logo vai esquecer como se fala, e você nunca mais ouvirá a voz dele. Nunca mais. Acredita em mim?

O menino arregalou os olhos, preocupado. Balançou a cabeça afirmativamente.

– Eu quero que você deixe as mãos dele amarradas. Estou pedindo para nunca mais usar os sinais para falar com Xamã. Quando falar com ele, primeiro faça com que ele olhe para a sua boca. Depois, fale clara e distintamente. Repita as palavras, para que ele comece a ler seus lábios. – Rob J. olhou para ele. – Compreendeu, filho? Vai nos ajudar a ensinar Xamã a falar?

Alex fez que sim com a cabeça. Rob J. o abraçou com força. Alex cheirava exatamente como um garoto de dez anos, que havia passado o dia sentado no solo adubado do milharal, suando e chorando. Quando voltassem para casa, pensou Rob J., ia ajudá-lo a preparar um banho para ele e para Xamã.

– Eu te amo, Alex.

– ... também, pai – murmurou Alex.

Todos receberam as mesmas instruções.

Captar a atenção de Xamã. Apontar para os próprios lábios. Falar para os olhos dele, e não para os ouvidos.

De manhã, quando levantavam, Rob J. amarrava as mãos do filho. Alex as desamarrava na hora da refeição, para que ele pudesse comer. Depois, as prendia outra vez. Alex se encarregou de impedir que as outras crianças falassem com Xamã usando sinais.

Mas a expressão no rostinho magro de Xamã era de aflição. Não conseguia compreender. E não disse uma palavra.

Se Rob J. soubesse de alguém que mantinha as mãos do filho amarradas, teria feito de tudo para salvar a criança. A crueldade não era um dos seus talentos e percebeu o efeito do sofrimento de Xamã em todos os outros. Para ele, apanhar sua maleta e sair para atender aos doentes era como uma fuga.

O mundo, fora da sua fazenda, continuava, em nada afetado pelos problemas da família Cole. Naquele verão, três famílias estavam construindo casas novas de madeira para substituir as cabanas de barro em Holden's Crossing. Começaram a falar em construir uma escola e em contratar um professor, e Rob J. e Jason Geiger aprovaram calorosamente a ideia. Eles ensinavam os filhos em casa, às vezes revezando-se, em caso de emergência, mas sabiam que uma escola seria melhor para as crianças.

Naquele dia, quando Rob J. passou pela farmácia, Jay tinha novidades. Finalmente, haviam mandado buscar o piano Babcock de Lillian. Engradado e embarcado em Columbus, o instrumento viajara mais de mil quilômetros, por balsa e barco fluvial.

— Desceu o rio Scioto até o Ohio, do Ohio ao Mississípi e subiu o Mississípi até o píer da Grande Companhia de Transportes do Sul, em Rock Island, onde está agora, esperando a minha carroça puxada por bois.


Alden Kimball pediu a Rob J. para atender um dos seus amigos em Nauvoo, a cidade abandonada dos mórmons.

Alden acompanhou Rob para mostrar o caminho. Compraram passagens para ambos e para os cavalos, na chata que descia o rio. Nauvoo era uma cidade sinistra, quase deserta, uma rede de ruas largas à margem de uma bela curva do rio, com casas bonitas e ricas e, no centro, as ruínas do grande templo de pedra que parecia construído pelo rei Salomão. Um pequeno número de mórmons morava ainda na cidade, disse Alden, velhos e rebeldes, desligados dos líderes dos mórmons quando os Santos dos Últimos Dias mudaram para Utah. Era um lugar que atraía livres-pensadores. Uma das extremidades da cidade era alugada a uma pequena colônia de franceses que se intitulavam icarianos e viviam em sistema de cooperativa. Alden e Rob J. atravessaram o bairro francês, Alden muito empertigado na sela, com olhar desdenhoso, e chegaram a uma casa de tijolos vermelhos, castigada pelo tempo, ao lado de uma bela trilha arborizada.

Uma mulher de meia-idade atendeu à porta e cumprimentou Alden com uma inclinação de cabeça, sem uma sombra de sorriso. Inclinou a cabeça outra vez quando Alden a apresentou a Rob J. como a Sra. Bidamon. Entraram e viram uma dezena de pessoas na sala, mas a Sra. Bidamon levou Rob para o andar superior, onde estava o garoto de mais ou menos dezesseis anos, com sarampo. Não era um caso grave. Rob deu semente de mostarda moída para ser misturada na água do banho do doente e um pacote de flores secas de sabugueiro para fazer chá.

— Acho que não vai mais precisar de mim — disse ele. — Mas quero que me chame imediatamente se ele tiver inflamação dos ouvidos.

A Sra. Bidamon desceu a escada na frente dele e tranquilizou as pessoas que estavam na sala. Quando Rob J. apareceu na porta, eles o esperavam com presentes, um vidro de mel, três vidros de conserva, uma garrafa de vinho. E murmúrios de agradecimentos. Fora da casa, ele ficou parado, com os braços cheios de presentes, olhando atônito para Alden.

– Eles são gratos a você por tratar do menino – disse Alden. – A Sra. Bidamon é viúva de Joseph Smith, o Profeta dos Santos do Último Dia, o fundador da religião. Eles acreditam que o menino doente é também profeta.

Quando partiram, Alden olhou para a cidade de Nauvoo e suspirou.

– Era um bom lugar para se viver. Arruinado porque Joseph Smith não conseguiu guardar o pênis dentro da calça. Ele e sua poligamia. Joseph as chamava de esposas espirituais. Nada de especial, só que ele gostava de variar.

Rob J. sabia que os Santos tinham sido expulsos de Ohio, do Missouri e finalmente de Illinois, por escandalizarem os habitantes com sua poligamia. Rob J. era discreto, nunca perguntara sobre o passado de Alden, mas dessa vez não resistiu.

– Você também tinha mais de uma mulher?

– Três. Quando me separei da Igreja, elas e os filhos foram distribuídos entre os outros Santos.

Rob não teve coragem de perguntar quantos eram os filhos. Mas um demônio o levou a dizer.

– Você não se aborreceu com isso?

Alden pensou um pouco, depois cuspiu para o lado.

– Não posso negar que a variedade era bem interessante. Mas sem elas, a paz é maravilhosa – disse ele.


Naquela semana, depois de tratar um jovem profeta, Rob atendeu um velho senador. Foi chamado a Rock Island para examinar o senador dos Estados Unidos Samuel T. Singleton, que começou a se sentir mal quando voltava de Washington para Illinois.

Quando Rob entrou na casa de Singleton, Beckermann estava saindo. Ele disse que Tobias Barr também havia examinado o senador Singleton.

– Ele precisa de uma porção de opiniões médicas, não é mesmo? – disse Beckermann, mal-humorado.

Isso indicava a extensão do medo de Sammil Singleton e, após examiná-lo, Rob concluiu que o medo não era infundado. Singleton tinha setenta e nove anos, era um homem pequeno, quase completamente calvo, com pele flácida e uma enorme barriga. O coração dele chiava, gorgolejava e estalava, esforçando-se para continuar batendo.

Rob segurou as mãos do homem nas suas e olhou nos olhos do Cavaleiro Negro.

O assistente de Singleton, Stephen Hume, e seu secretário, Billy Rogers, estavam sentados ao pé da cama.

— Passamos o ano todo em Washington. Ele precisa fazer discursos. Consertar cercas. Tem muito trabalho para fazer, doutor — disse Hume, acusador, como se a indisposição de Singleton fosse culpa de Rob J. Hume era um nome escocês, mas Rob J. não simpatizou com ele.

— O senhor tem de ficar na cama — Rob disse, sem rodeios. — Esqueça os discursos e as cercas. Faça uma dieta leve. Não abuse do álcool.

Rogers disse, zangado:

— Não foi o que os outros dois médicos recomendaram. O Dr. Barr disse que qualquer pessoa se sentiria assim depois da longa viagem de Washington. O outro, de sua cidade, Dr. Beckermann, concordou com Barr, e disse que o senador só precisa de boa cozinha e ar puro da planície.

— Achamos que seria uma boa ideia chamar alguns de vocês — disse Hume — para o caso de haver divergência de opinião. Exatamente o que estamos tendo, não é mesmo? E os outros médicos discordam de você, dois a um, portanto.

— Muito democrático. Mas isto não é uma eleição — Rob J. voltou-se para Singleton. — Para sua sobrevivência, espero que faça o que recomendei.

Uma expressão divertida passou pelos olhos velhos e frios.

— Você é amigo do deputado Holden. Sócio dele em vários empreendimentos, se estou certo.

Hume deu uma gargalhada.

— Nick está um pouco impaciente. Não vê a hora de o senador se aposentar.

— Eu sou médico. Não ligo a mínima para política. O *senhor* mandou *me* chamar, senador.

Singleton inclinou a cabeça, assentindo, e lançou um olhar de advertência aos outros dois homens. Billy Rogers saiu do quarto com Rob. Quando o médico procurou acentuar a gravidade do estado do senador, o secretário limitou-se a fazer um gesto afirmativo e a agradecer com palavras convencionais. Rogers pagou a consulta como quem dá gorjeta a um criado e conduziu Rob suave e rapidamente para fora da casa.

Algumas horas mais tarde, quando seguia, montado em Vicky, pela rua principal de Holden's Crossing, Rob percebeu que o sistema de espionagem de Holden estava funcionando. Nick o esperava na varanda da loja de Haskins, com a cadeira inclinada para trás, o espaldar apoiado na parede, um dos pés na grade. Quando avistou Rob J., indicou-lhe o poste onde amarravam os cavalos.

Nick levou Rob para os fundos da loja, sem disfarçar a excitação.

— E então?

— Então o quê?

— Eu sei que está vindo da casa de Sammil Singleton.

— Eu falo dos meus pacientes só com os meus pacientes. Ou, às vezes, com quem eles amam. Você é um dos entes queridos de Singleton?

Nick sorriu.

– Eu gosto muito dele.

– Gostar não basta, Nick.

– Não brinque comigo, Rob J. Só preciso saber de uma coisa. Ele vai ter de se aposentar?

– Se quer saber, pergunte a ele.

– Deus do céu – disse Holden, irritado.

Rob J. passou cuidadosamente ao lado de uma ratoeira armada e saiu dos fundos da loja. A fúria de Nick o acompanhou, misturando-se ao cheiro do couro dos arreios e de batata podre.

– Seu problema, Cole, é que você é burro demais para saber quem são seus verdadeiros amigos!

É provável que Haskins tenha muito cuidado no fim do dia para guardar o queijo em lugar fechado, além de cobrir o barril de biscoitos. Os ratos podem fazer uma farra com sua mercadoria, durante a noite, pensou Rob, caminhando para a frente da loja. E não há jeito de evitar os ratos ali, tão perto da pradaria.

---

Quatro dias depois, Samuel Singleton estava à mesa, na companhia de dois membros do conselho municipal de Rock Island e dois de Davenport, Iowa, explicando a posição tarifária da Estrada de Ferro Chicago e Rock Island, que pretendia construir uma ponte ferroviária sobre o Mississípi, entre as duas cidades. Estava falando sobre direitos de passagem, quando deu um pequeno suspiro, como se estivesse irritado, e afundou na cadeira. Quando o Dr. Tobias chegou, todos na vizinhança sabiam que Sammil Singleton estava morto.

Só depois de uma semana o governador indicou o sucessor. Nick Holden se ausentara da cidade logo após os funerais para tentar obter a nomeação. Rob podia imaginar a força de persuasão empregada por Nick e sem dúvida por seu ocasional companheiro de alguns copos de uísque, o vice-governador natural do Kentucky. Mas evidentemente, a organização de Singleton tinha seus próprios amigos e o governador nomeou o assistente de Singleton, Stephen Hume, para os últimos dezoito meses do mandato.

– Nick perdeu a parada – observou Jay Geiger. – Até o fim do mandato, Hume vai arrumar sua cama. Vai concorrer nas próximas eleições como candidato à cadeira do Senado e será quase impossível a vitória de Nick.

Rob J. não estava interessado. Vivia ocupado com o que acontecia dentro de sua casa.

---

Ao fim de duas semanas, ele deixou de amarrar as mãos do filho. Xamã não tentava mais os sinais, mas também não falava. Havia algo morto e triste nos olhos do menino. Eles o abraçavam constantemente, mas isso só o consolava por um momento. Sempre que Rob olhava para Xamã era com uma sensação de insegurança e desamparo.

Enquanto isso, todos seguiam suas instruções, como se ele fosse infalível no tratamento da surdez. Falavam com Xamã lentamente, enunciando bem as palavras, primeiro apontando para a própria boca e, quando captavam sua atenção, procuravam incitá-lo a ler seus lábios.

Foi Makwa-ikwa quem pensou numa nova abordagem do problema. Disse a Rob que ela e as outras sauks tinham aprendido a falar inglês rapidamente na Escola Evangélica para meninas índias porque, na hora da refeição, os pratos não eram servidos se não fossem pedidos em inglês.

Sarah explodiu, furiosa, quando Rob expôs a ela a ideia de Makwa-ikwa.

– Não chegou você amarrá-lo como a um escravo? Agora quer que ele morra de fome, também?

Mas Rob J. não tinha muitas alternativas e começava a se desesperar. Conversou longa e seriamente com Alex, que concordou em cooperar, e depois pediu a Sarah para preparar uma refeição especial. Xamã adorava comida agridoce, e Sarah fez galinha cozida no vapor com bolinhos de massa e torta quente de ruibarbo para a sobremesa.

Naquela noite, quando a família sentou à mesa e ela serviu o primeiro prato, a sequência foi semelhante à que vinham seguindo há quase uma semana. Rob levantou a tampa da terrina fumegante, espalhando o cheiro tentador da galinha, dos bolinhos e dos vegetais.

Ele serviu Sarah primeiro, depois Alex. Sacudiu a mão, até conseguiu a atenção de Xamã e apontou para a própria boca.

– Galinha – disse ele, erguendo a terrina. – Bolinhos.

Xamã olhou para ele, em silêncio.

Rob J. serviu-se e sentou.

Xamã observou os pais e o irmão atentos aos próprios pratos, ergueu o seu e rosnou, zangado.

Rob apontou outra vez para a boca e ergueu a terrina.

– Galinha.

Xamã continuou com o prato levantado, esperando.

– Galinha – repetiu Rob J. Xamã não disse nada. Rob pôs a terrina na mesa e voltou a comer.

Xamã começou a chorar. Olhou para a mãe que, com esforço, tinha acabado a comida do prato. Ela apontou para a própria boca e estendeu o prato para Rob.

– Galinha, por favor – pediu e Rob atendeu.

Alex também pediu mais e recebeu. Xamã tremia de horror, com o rosto contraído ante aquele novo assalto, esse novo terror, a privação da comida.

Todos terminaram, os pratos foram retirados e então Sarah serviu a sobremesa, quente ainda, acompanhada de uma jarra de leite. Sarah orgulhava-se da sua torta de ruibarbo, feita segundo uma antiga receita da Virgínia. Muito açúcar de bordo fervido com o suco ácido do ruibarbo para caramelizar a parte de cima, como uma sugestão da delícia do que havia dentro.

– Torta – disse Rob, e Sarah e Alex repetiram. – Torta – ele disse para Xamã.

Não estava funcionando. O coração de Rob se apertou. Afinal, não podia deixar o filho morrer de fome, pensou, era melhor um filho mudo do que um filho morto.

Desanimado cortou uma fatia da torta.

– Torta!

Foi um uivo de revolta, um ataque a todas as injustiças do mundo. A voz era familiar e amada, uma voz que Rob não ouvia há muito tempo. Porém, ele ficou imóvel por um momento, abismado, querendo ter certeza de que não tinha partido de Alex.

– *Torta! Torta! Torta!* – berrou Xamã. – TORTA!

O corpo pequeno tremia de fúria e frustração. O rosto estava molhado de lágrimas. Afastou a mão da mãe, que tentava limpar seu nariz.

As boas maneiras não importavam naquele momento, pensou Rob. "Por favor" e "obrigado" podiam ficar para depois. Apontou para a própria boca.

– Sim – disse para o filho, cortando uma grande fatia de torta. – Sim, Xamã! Torta.

# 27
# POLÍTICA

A terra plana com relva alta, ao sul da fazenda de Jay Geiger, foi comprada do governo por um imigrante sueco chamado August Lund. Lund passou três anos extraindo as raízes do mato, mas na primavera do quarto ano sua jovem mulher apanhou cólera e morreu. A morte da mulher foi como se tivessem envenenado sua terra e Lund ficou inconsolável. Jay comprou suas vacas e Rob os arreios e algumas ferramentas, pagando um preço quase absurdo porque sabiam que Lund queria desesperadamente sair de Holden's Crossing. Ele voltou para a Suécia e nos dois anos seguintes o campo preparado para o cultivo ficou deserto e triste como uma mulher abandonada, lutando para voltar ao que era antes. Então a propriedade foi vendida por um corretor de Springfield e alguns meses depois chegaram, em duas carroças cobertas, um homem e cinco mulheres.

Um cafetão com suas prostitutas não teria provocado tanto alvoroço em Holden's Crossing. Eram um padre e cinco freiras da Ordem Católica Romana de São Francisco Xavier de Assis e logo se espalhou a notícia de que pretendiam abrir uma escola para atrair as crianças para o papismo. Holden's Crossing precisava de escola e de igreja. Esses dois projetos provavelmente teriam ficado na intenção por muitos anos ainda se não fosse a chegada dos franciscanos. Depois de uma série de "reuniões sociais" nas salas das fazendas, foi nomeado um comitê destinado a levantar fundos para a construção de uma igreja. Depois de uma reunião, Sarah disse, irritada:

– Eles simplesmente não conseguem chegar a um acordo, como um bando de crianças teimosas. Uns querem uma igreja econômica, de toras de madeira. Outros querem uma estrutura de madeira, ou de tijolo, ou de pedra. – Ela era a favor de uma construção de pedra, com torre, campanário e vitrais, uma igreja de verdade. Durante todo o verão, o outono e o inverno eles discutiram, mas em março, reconhecendo que o povo da cidade teria de pagar também a construção de uma escola, o comitê resolveu fazer uma igreja simples de troncos de árvore, com as paredes entabuadas, em vez de lambris, e pintada de branco. A controvérsia sobre a arquitetura foi amena, tendo em vista o debate acirrado sobre a afiliação e denominação religiosa da nova igreja, mas como os batistas predominavam em Holden's Crossing, a maioria prevaleceu. O comitê entrou em contato com a Primeira Igreja Batista de Rock Island, que contribuiu com orientação e uma quantia mínima para ajudar a instalação da igreja irmã.

Correu a lista das doações e Nick Holden assombrou a todos com a imensa quantia de quinhentos dólares.

– Vai precisar de muito mais que filantropia para ser eleito para o Congresso – Rob J. disse a Jay. – Hume trabalhou com afinco e sua indicação para candidato do partido democrata está quase certa.

Evidentemente, Holden também pensava assim, pois logo todos ficaram sabendo que Nick Holden tinha rompido com os democratas. Alguns esperavam que ele procurasse o apoio do partido liberal, mas ele se declarou membro do partido americano.

– Partido americano. É novidade para mim – disse Jay.

Rob explicou, lembrando os sermões anti-irlandeses e os artigos que vira por toda a parte, em Boston.

– É um partido que glorifica o americano nativo e prega a supressão dos católicos e dos estrangeiros.

– Nick tira vantagem de qualquer paixão ou medo que encontra – disse Jay. – Outra noite, na varanda do armazém-geral, ele estava advertindo as pessoas contra Makwa-ikwa e os sauks, como se fossem o bando de Falcão

Negro. Alguns dos homens ficaram bastante entusiasmados. Ele disse que, se não tomarmos cuidado, vai haver derramamento de sangue, muitos fazendeiros com os pescoços cortados. – Jay fez uma careta. – Nosso Nick. O eterno estadista.

Certo dia Rob recebeu uma carta do irmão Herbert, que estava na Escócia. Era a resposta à que ele havia mandado oito meses antes, falando da sua família, sua clínica, sua fazenda. Descreveu com muito realismo sua vida em Holden's Crossing e pediu a Herbert para mandar notícias de todos que ele amava, no velho país. A carta de Herbert continha uma informação temida mas não inesperada, pois quando Rob saiu da Escócia sabia que a vida da mãe estava no fim. Ela morreu três meses depois da sua partida, escreveu Herbert, e foi sepultada ao lado do seu pai, no "novo cemitério" coberto de musgo do *kirk*, em Kilmarnock. O irmão do seu pai, Roland, morreu no ano seguinte.

Herbert dizia que tinha aumentado o rebanho e construído um novo celeiro com pedra retirada da base do rochedo. Mencionava tudo isso com certa cautela, satisfeito por contar ao irmão que estava indo bem, mas ao mesmo tempo evitando qualquer sugestão de prosperidade. Provavelmente, às vezes Herbert temia que ele voltasse para a Escócia, deduziu Rob. A terra pertencia por direito a Rob J., o filho mais velho. Na noite anterior à sua fuga, para assombro e satisfação de Herbert, que adorava a criação de ovelhas, ele passou o título de propriedade para o irmão.

Herbert contava que estava casado com Alice Broome, filha de John Broome, juiz da Exposição de Ovelhas em Kilmarnock, e de sua mulher, Elsa, da família dos McLarkin. Rob lembrava-se vagamente de Alice Broome, uma jovem magra, de cabelo cor de rato, que levava a mão à boca sempre que ria porque tinha os dentes muito grandes. Ela e Herbert tinham três filhas, mas Alice estava grávida e dessa vez Herbert esperava que fosse um filho, pois o rebanho estava crescendo e ele precisava de ajuda.

*Uma vez que a situação política se acalmou, você não está pensando em voltar para casa?*

Rob podia sentir a tensão na letra apertada de Herbert, a vergonha, a incerteza, a apreensão. Escreveu imediatamente uma resposta para eliminar os temores do irmão. Não voltaria à Escócia, escreveu ele, a não ser para uma visita, algum dia, quando estivesse rico e aposentado. Enviava seu amor para a cunhada e para as sobrinhas e elogiou Herbert pelo sucesso. Era evidente, escreveu ele, que a fazenda dos Cole estava em boas mãos.

Quando terminou, saiu e caminhou pela trilha na margem do rio, até a pilha de pedras que marcava o fim da sua propriedade e o começo das terras de Jay. Sabia que nunca ia sair dali. Illinois o tinha conquistado, apesar das chuvas de granizo, dos tornados destruidores e dos extremos de temperatura. Ou talvez por causa de tudo isso e de muito mais.

A terra da fazenda dos Cole era muito melhor do que a de Kilmarnock, terra preta em grande profundidade, tinha mais água, relva mais viçosa para o pasto. Rob já se sentia responsável por ela. Sabia de cor todos os cheiros e sons, amava as manhãs quentes de verão quando o vento fazia murmurar a relva alta e o abraço brutal e gelado do inverno cheio de neve. Era realmente sua terra.

Alguns dias depois, foi a Rock Island para a reunião da Sociedade de Medicina e passou pela prefeitura onde preencheu o formulário de naturalização.

Roger Murray, o funcionário encarregado, leu o formulário com atenção.
– Só daqui a três anos, o senhor sabe, doutor, poderá ser cidadão.
Rob J. fez um gesto afirmativo.
– Eu posso esperar. Não vou a lugar nenhum – disse ele.


Quanto mais Tom Beckermann bebia, mais desequilibrado ficava o atendimento médico em Holden's Crossing, o peso maior recaindo todo nas costas de Rob J., que amaldiçoava o vício de Beckermann, desejando que aparecesse outro médico na cidade. Stephen Hume e Billy Rogers agravaram essa situação ao contarem a quem quisesse ouvir que o Dr. Rob J. Cole fora o único médico que dissera a Samuel Singleton a gravidade da sua condição. Se Samuel tivesse dado ouvidos a Cole, diziam eles, o senador poderia estar aqui hoje. A lenda de Rob J. crescia e novos pacientes o procuravam.

Rob esforçava-se para passar algum tempo com Sarah e os meninos. Estava admirado com Xamã. Era como uma planta que, depois de ter o crescimento ameaçado, reagia como uma explosão de vitalidade, com brotos verdes por todo o lado. Xamã se desenvolvia a olhos vistos. Sarah, Alex, os sauks, Alden, todos que moravam nas terras dos Cole praticavam fiel e longamente com ele a leitura dos lábios – na verdade, quase com histeria, tamanho o alívio que sentiam com o fim do seu silêncio – e quando Xamã começou a falar, ele falava e falava. Tinha aprendido a ler um ano antes de ficar doente e agora era um apaixonado pelos livros.

Sarah ensinava aos filhos o que sabia, mas tinha estudado apenas até o sexto ano da escola rural e conhecia as próprias limitações. Rob J. ensinava latim e aritmética. Alex ia muito bem, era inteligente e estudioso. Mas foi Xamã quem brilhou com a facilidade com que aprendia tudo. Rob sentia o coração apertado vendo o brilhantismo natural do filho.

– Ele teria sido um médico e tanto – Rob disse para Jay, tristemente, naquela tarde, os dois sentados no lado da sombra, na casa de Geiger, tomando gengibre com água. Confessou a Jay que era inato nos Cole o desejo de que o primeiro filho fosse médico.

Jay assentiu, compreensivo.

– Bem, você tem Alex. É um garoto muito bom.

Rob J. balançou a cabeça.

– É uma coisa terrível. Xamã, que nunca será médico porque não pode ouvir, é o único que gosta de me acompanhar nas minhas visitas médicas. Alex, que pode ser o que quiser, quando crescer, prefere andar atrás de Alden Kimball, como uma sombra. Prefere ver Alden fazer cercas ou lancetar o testículo inflamado de um carneiro do que ver qualquer coisa que eu faço.

Jay sorriu.

– E você também não preferia, na idade dele? Bem, talvez os irmãos tomem conta da fazenda, juntos. Os dois são ótimos.

Lillian estava estudando o Concerto 23 para Piano, de Mozart. Ela era muito rigorosa com o dedilhado e chegava a irritar toda vez que repetia a mesma frase musical até conseguir o colorido e a expressão corretos. Mas quando ficava satisfeita e tocava desinibidamente, era uma música especial. O piano Babcock tinha chegado quase perfeito, a não ser por um extenso e não muito profundo arranhão, de origem desconhecida, que desfigurava a perfeição de uma das pernas elegantes de nogueira polida. Lillian chorou quando viu a pequena avaria, mas Jay disse que nunca seria consertada para que seus netos soubessem o quanto eles tinham viajado para chegar aonde estavam.


A Primeira Igreja de Holden's Crossing foi consagrada no fim de junho, de modo que a inauguração quase coincidiu com o Quatro de Julho. O senador Hume e Nick Holden, candidato ao cargo de Hume, discursaram na inauguração. Rob J. achou que Hume estava muito à vontade e descontraído, ao passo que Nick parecia desesperado, sabendo que estava muito atrás na corrida.

No domingo depois do feriado, o primeiro de uma série de serviços religiosos conduzidos por pregadores visitantes, Sarah disse a Rob J. que estava nervosa e ele compreendeu que ela pensava no pregador batista do Grande Despertar que pedia a condenação ao inferno de todas as mulheres que conceberam filhos ilegítimos. Ela preferia um pastor menos severo, como o Sr. Arthur Johnson, o metodista que ministrara seu casamento. Mas a escolha do pastor seria feita por toda a congregação. Assim, durante todo o verão, pregadores de todos os tipos visitaram Holden's Crossing. Rob compareceu a vários serviços religiosos, para dar apoio a Sarah, mas, sempre que podia, ficava em casa.

Em agosto, um impresso pregado na porta do armazém-geral anunciava a visita de um tal Ellwood R. Patterson, que faria uma palestra intitulada "A onda que ameaça o cristianismo", na igreja, no sábado dia 2 de setembro, às 7 horas da noite, e, depois, conduziria o serviço religioso e faria o sermão de domingo.

No sábado de manhã, um homem apareceu no dispensário de Rob J. Esperou pacientemente na saleta enquanto Rob tratava o dedo médio da mão direita de Charley Haskins, que tinha ficado preso entre duas toras de madeira. Charley tinha vinte anos, era filho do dono do armazém e lenhador por profissão. Estava sentindo muita dor e censurava o seu descuido que provocara o acidente, mas era um jovem descontraído e irreverente, sempre de bom humor.

– Então, doutor. Isso vai me impedir de casar?

– Logo vai poder usar o dedo muito bem, como antes – disse Rob, secamente. – A unha vai cair, mas nasce outra vez. Agora dê o fora. E volte daqui a três dias para mudar o curativo.

Rindo, ele levou Charley até a porta e chamou o homem que estava na sala de espera, que se apresentou como Ellwood Patterson. O pastor visitante, lembrou Rob. Ellwood devia ter uns quarenta anos, com excesso de peso, corpo ereto, rosto largo e arrogante, cabelo negro longo, corado e pequenas veias salientes no nariz e nas faces.

O Sr. Patterson disse que sofria de espinhas. Quando ele tirou a camisa, Rob J. viu marcas escuras, cicatrizes de espinhas no meio das feridas abertas, erupções purulentas, vesículas escamosas e granuladas e tumores moles gomosos.

Olhou para o homem com simpatia.

– O senhor sabe que tem uma doença?

– Disseram que é sífilis. Alguém no bar disse que o senhor é um médico especial. Então pensei em consultá-lo para ver se pode fazer alguma coisa.

Três anos atrás, ele tivera relações ao modo francês com uma prostituta. Logo depois apareceu uma úlcera sifilítica e uma inchação atrás dos testículos, contou ele.

– Eu fui falar com a mulher. Ela não vai passar sífilis para mais ninguém.

Alguns meses depois foi acometido de febre e feridas cor de cobre no corpo, bem como dores fortes nas juntas e dores de cabeça. Todos os sintomas desapareceram sem nenhum tratamento e ele pensou que estava curado, mas então começaram a aparecer as feridas e caroços.

Rob escreveu o nome dele numa papeleta e a anotação "sífilis terciária".

– De onde o senhor é?

– ... Chicago. – Mas ele hesitou o tempo suficiente para Rob pensar que estava mentindo. Não tinha importância.

– Não tem cura, Sr. Patterson.

– Sei... E o que acontece comigo agora?

Não era caso para esconder informação.

– Se infectar seu coração, o senhor morre. Se chegar ao cérebro, fica louco. Se penetrar nos ossos ou nas juntas, ficará aleijado. Mas geralmente nenhuma dessas coisas horríveis acontece. Às vezes, os sintomas simplesmente desaparecem e nunca mais voltam. O que tem a fazer é esperar e acreditar que o senhor é um dos felizardos.

Patterson riu com amargura.

– Por enquanto, as feridas não são visíveis quando estou vestido. Pode me dar alguma coisa para evitar que apareçam no rosto e no pescoço? Eu levo uma vida pública.

– Posso lhe vender uma pomada. Não sei se vai adiantar para esse tipo de ferida – disse Rob gentilmente e o Sr. Patterson, com um gesto afirmativo, apanhou a camisa.

Na manhã seguinte, um garoto descalço, com uma calça rasgada, chegou montado numa mula, logo depois do nascer do dia, e pediu, por favor, senhor, sua mãe estava passando mal e será que o doutor podia ter a bondade de ir até sua casa? Era Malcolm Howard, filho mais velho de uma família que tinha chegado da Louisiana há poucos meses, instalando-se nas terras baixas, dez quilômetros rio abaixo. Rob selou Vicky e seguiu a mula por caminhos difíceis até uma cabana um pouco melhor do que o galinheiro pegado a ela. Dentro ele encontrou Mollie Howard na cama, e o marido, Julian, e os filhos em volta. A mulher estava com um acesso de malária, mas Rob viu que não era grave e algumas palavras de encorajamento e uma dose de quinino aliviaram a preocupação da doente e da família.

Julian Howard não deu nem sinal de que pretendia pagar e Rob também não cobrou, vendo o pouco que eles tinham. Howard saiu da casa com ele e começou a comentar a atuação do seu senador dos Estados Unidos, Stephen A. Douglas, que tinha conseguido a aprovação do Congresso para a Lei Kansas-Nebraska que estabelecia a criação de dois novos territórios no Oeste. O projeto de lei de Douglas propunha que ficasse a cargo das legislaturas territoriais decidir se as duas áreas deviam ou não adotar a escravidão e, por isso, a opinião pública, no Norte, estava combatendo a lei com unhas e dentes.

– Aqueles malditos nortistas, o que eles sabem sobre os negros? Alguns de nós, fazendeiros, estamos fundando uma organização para convencer o povo de Illinois a permitir que um homem tenha escravos. Talvez o senhor queira se juntar a nós? Aquela gente de pele escura foi feita para trabalhar nos campos dos brancos. Eu soube que muitos de vocês por aqui têm alguns negros vermelhos trabalhando nos campos.

– Eles são sauks, não escravos. Recebem salário. Eu não sou a favor da escravidão.

Os dois homens entreolharam-se. Howard corou e ficou calado, sem dúvida constrangido por ter procurado dar uma lição ao médico arrogante que não cobrou seus serviços. Quanto a Rob, ficou satisfeito por poder ir embora.

Deixou mais quinino com ele e voltou para casa, mas, quando chegou, encontrou Gus Schroeder esperando-o, em pânico, porque Alma, quando estava limpando a cocheira, descuidadamente ficou entre a parede e o grande touro malhado do qual tanto se orgulhavam. O touro a empurrou com o focinho, derrubando-a, no momento em que Gus entrou no celeiro.

– Então aquela coisa amaldiçoada não quis mais sair do lugar. Ficou lá, em cima dela, abaixando os chifres, até eu ter de pegar o forcado e tirar ele de lá à força. Ela diz que não está gravemente ferida, mas você conhece Alma.

Assim, antes de tomar o café da manhã, ele foi para a casa dos Schroeder. Alma estava bem, embora pálida e abalada. Encolheu-se de dor quando Rob apalpou a quinta e a sexta costelas do lado direito, e ele preferiu não correr o risco de não imobilizar as costelas. Sabia o quanto a mortificava despir-se na frente dele e pediu para Gus cuidar do seu cavalo, para que o marido não fosse testemunha da sua humilhação. Mandou que ela segurasse os seios grandes e caídos, com veias azuis, conversando o tempo todo sobre ovelhas e trigo e sua mulher e seus filhos. Quando terminou, ela sorriu timidamente para ele e foi para a cozinha fazer café para os três.

Gus contou que a "palestra" de Ellwood, no sábado, tinha sido discurso muito mal disfarçado a favor de Nick Holden e do partido americano.

– Todos estão comentando que ele veio a mando de Nick.

Segundo Patterson, "A onda que ameaça o cristianismo" eram os imigrantes católicos nos Estados Unidos. Os Schroeder estiveram ausentes da igreja pela primeira vez naquela manhã. Alma e Gus eram luteranos, mas ficaram fartos de Patterson com sua palestra. Ele disse que os estrangeiros – e isso se aplicava aos Schroeder – estavam roubando o pão dos trabalhadores americanos. Achava que o período de três anos exigido para a naturalização devia ser aumentado para vinte e um anos.

Rob J. sorriu.

– Eu não gostaria de esperar tanto tempo – disse ele.

Mas os três tinham o que fazer no domingo e ele agradeceu a Alma pelo café e se despediu. Rob tinha de percorrer oito quilômetros rio acima para atender o velho sogro de John Ashe Gilbert, Fletcher White, que estava de cama, com um resfriado muito forte. White tinha oitenta e três anos, mas era um homem forte, que havia superado problemas brônquicos antes, e Rob J. tinha certeza de que ele iria superá-los outra vez.

Tinha dito à filha de Fletcher, Suzy, para dar bebidas quentes para o pai e ferver água numa chaleira, para Fletcher aspirar o vapor. Rob J. o visitava talvez mais do que era necessário, mas dava um valor especial aos pacientes idosos, pois eram poucos. Os pioneiros, de um modo geral, eram homens jovens e fortes que deixavam os velhos para trás quando iam para o Oeste e eram raros os velhos que faziam a viagem.

Fletcher estava muito melhor. Suzy Gilbert ofereceu a Rob um almoço de galo silvestre frito e panquecas de batata e pediu a ele para passar na casa dos seus vizinhos, os Baker, porque um dos filhos precisava lancetar um dedo do pé inflamado. Rob encontrou Donny Baker, dezenove anos, muito mal, febril e sentindo dores intensas devido a uma grave infecção. Metade da sola do pé estava quase negra. Rob amputou dois dedos, lancetou o pé e pôs um dreno, mas duvidava que o pé pudesse ser salvo. Além disso, tivera muitos casos em que só a amputação do pé não bastava para conter a infecção.

A tarde estava no fim quando Rob começou a voltar para casa. No meio do caminho alguém o chamou e Rob puxou as rédeas de Vicky para que Mort London pudesse alcançá-lo com seu cavalo de peito largo.

– Xerife.

– Doutor, eu... – Mort tirou o chapéu e, irritado, bateu com a mão numa mosca importuna. Suspirou. – Uma coisa danada. Acho que precisamos de um legista.

Rob estava irritado também. As panquecas de Suzy pesavam no seu estômago. Se Calvin Baker tivesse falado com ele há uma semana, poderia ter tratado o dedo de Donny Baker sem problemas. Agora, ia haver muitos problemas, talvez uma tragédia. Estava imaginando quantos dos seus pacientes estariam correndo perigo sem que ele soubesse e tinha resolvido visitar pelo menos três antes da noite.

Acho melhor chamar Beckermann – disse ele. – Tenho muito que fazer hoje.

O xerife voltou-se para ele, com o chapéu na mão.

– Bem, acho que vai querer fazer esta, Dr. Cole.

– Um dos meus pacientes? – Começou a examinar mentalmente a lista de possibilidades.

– A mulher sauk.

– Rob J. olhou para ele.

– A mulher índia que trabalha para o senhor – disse London.

## 28

# A PRISÃO

Rob disse a si mesmo que era Lua. Não que Lua fosse menos importante ou que não gostasse dela ou que não desse valor a ela, mas só duas mulheres sauks trabalhavam para ele, e se não era Lua, a alternativa era inconcebível.

– Aquela que o ajuda a tratar dos doentes – disse Mort London.

– Apunhalada – continuou ele – uma porção de vezes. Quem a matou a espancou muito antes. As roupas foram arrancadas e rasgadas. Acho que foi estuprada.

Cavalgaram em silêncio por algum tempo.

– Deve ter sido mais de um. Uma porção de marcas de patas de cavalos na clareira em que foi encontrada – disse o xerife. Então ele se calou e eles seguiram o caminho.

Quando chegaram à fazenda, já haviam levado Makwa para o dispensário. Do lado de fora estavam Sarah, Alex, Xamã, Jay Geiger, Lua e Chega Cantando e seus filhos. Os índios não estavam lamentando em voz alta, mas seus olhos falavam de dor e da inutilidade da vida. Rob J. foi até Sarah, que chorava mansamente, e a beijou.

Jay Geiger levou Rob para longe dos outros

– Eu a encontrei. – Balançou a cabeça, como para espantar um inseto. – Lillian me pediu para levar umas conservas para Sarah. De repente, eu vi Xamã dormindo sob uma árvore.

Rob J. ficou chocado.

– Xamã estava lá? Ele viu Makwa?

– Não, não viu. Sarah disse que Makwa o apanhou, de manhã, para colher ervas no bosque, como fazia às vezes. Quando ele se cansou, ela o deixou dormir na sombra da árvore. E você sabe que nenhum barulho, grito ou outra coisa qualquer poderia acordar Xamã. Imaginei que ele não devia estar sozinho, por isso eu o deixei dormindo e segui em frente, para a clareira. Então a encontrei...

– Foi uma cena horrível, Rob. Precisei de alguns minutos para me refazer do choque. Voltei e acordei Xamã. Mas ele não viu nada. Então eu o trouxe para cá e depois fui chamar London.

– Parece que você está sempre trazendo meu filho para casa.

Jay olhou atentamente para ele.

– Você está bem?

Rob fez um gesto afirmativo.

Jay estava pálido e parecia muito abalado.

– Acho que você tem muito que fazer. Os sauks querem limpar Makwa para enterrar.

– Mantenha todos afastados, por algum tempo – disse Rob J. entrando sozinho no dispensário e fechando a porta.

Ela estava coberta com um lençol. Não fora deixada ali por Jay nem por nenhum dos sauks. Provavelmente dois ajudantes de London, porque a tinham jogado, quase descuidadamente, na mesa de dissecação, de lado, como um objeto inanimado e sem valor, um tronco de madeira ou uma mulher índia. O que ele viu primeiro, quando ergueu o lençol, foi a nuca e as costas nuas, as nádegas e as pernas.

A lividez *post-mortem* indicava que ela estava deitada de costas quando morreu. As costas e as nádegas apresentavam manchas roxas de sangue capilar coagulado. Mas na crena anal violada, ele viu uma rugosidade vermelha e líquido branco seco, tingido de vermelho, onde se misturava com o sangue.

Gentilmente ele a virou, para ficar deitada de costas na mesa.

O rosto estava arranhado talvez por gravetos, ao ser arrastada pelo chão da floresta.

Rob J. tinha um carinho especial pelo traseiro feminino. Sarah tinha descoberto isso logo no começo do casamento. Ela gostava de se oferecer a ele, com os olhos apertados contra o travesseiro, os seios amassados contra o lençol, os meniscos em forma de pera brancos e rosados acima do velocino de ouro. Uma posição desconfortável, mas que ela adotava às vezes porque a excitação sexual do marido aguçava seu prazer. Rob J. considerava o coito como uma forma de amor e não mero veículo para a procriação, por isso, para ele, nenhum orifício era sagrado no ato sexual. Mas, como médico, tinha observado que o esfíncter anal podia perder a elasticidade se usado exageradamente, e era fácil, quando fazia amor com Sarah, escolher os modos que não pudessem prejudicá-la.

Mas não tiveram essa consideração com Makwa.

Seu corpo moldado pelo trabalho era o de uma mulher com dez anos menos do que a idade que devia ter. Anos atrás, ele e Makwa tinham aprendido a controlar cuidadosamente a atração física entre os dois. Mas, algumas vezes, ele pensava naquele corpo, imaginando como seria fazer amor com ela. Agora, a morte começava sua destruição. O abdome estava inchado, os seios achatados pela morte dos tecidos. Os músculos começavam a enrijecer e ele esticou as pernas dela, antes que fosse tarde demais. O púbis era como uma moita negra, bastante ensanguentado. Talvez fosse uma misericórdia Makwa não ter sobrevivido, porque teria perdido seu poder de curar.

*"Canalhas! Seus canalhas imundos!"*

Rob passou a mão nos olhos, lembrando que todos lá fora deviam ter ouvido seu grito e sabiam que estava sozinho com Makwa. A parte superior do torso dela era uma massa de contusões e ferimentos, e o lábio inferior completamente esmagado, talvez por um punho forte.

No chão, ao lado da mesa, estavam os objetos encontrados pelo xerife. O vestido rasgado e cheio de sangue (um velho vestido de chita, dado por Sarah); o cesto quase cheio de folhas de hortelã, um tipo de agrião silvestre e algumas folhas de árvore, talvez de amora preta, e um pé de sapato de pele de gamo. Um pé de sapato? Rob procurou mas não encontrou o outro. Os pés morenos e quadrados estavam descalços, pés fortes, com pele grossa. O segundo dedo do pé esquerdo era torto, resultado talvez de uma antiga fratura. Rob a tinha visto descalça muitas vezes e sempre tentava imaginar como tinha acontecido aquela fratura, mas nunca perguntou.

Olhou para o rosto e viu a boa amiga. Os olhos estavam abertos, mas o humor vítreo perdera a pressão e as pupilas secas eram a coisa mais morta de todo aquele corpo. Rob os fechou rapidamente e pôs uma moeda sobre cada pálpebra, mas sentia como se continuassem olhando para ele. O nariz parecia maior e mais feio. Makwa não teria sido uma velha bonita, mas seu rosto conservava toda sua dignidade. Rob estremeceu e apertou as mãos uma contra a outra, como uma criança rezando.

– Eu sinto tanto, Makwa – Rob não acreditava que ela pudesse ouvi-lo, mas era um consolo falar com ela. Apanhou a pena, tinta e papel e copiou os sinais cabalísticos dos seios dela, sentindo que deviam ser importantes. Não sabia se alguém podia decifrá-los, porque Makwa não havia preparado ninguém para assumir o seu lugar, como guardiã dos espíritos dos sauks, acreditando que ia viver muitos anos ainda. Provavelmente ela esperava que um dos filhos de Lua e Chega Cantando pudesse vir a ser um aprendiz adequado quando chegasse a hora.

Rapidamente, Rob desenhou o rosto dela, como era em vida.

Algo terrível tinha acontecido a ele também. Assim como, durante toda a vida, ele ia sonhar com o estudante de medicina e carrasco, segurando a cabeça decapitada do seu amigo Andrew Gerould de Lanark, ia sonhar com a morte de Makwa. Rob não sabia dizer do que era feita a amizade, como não sabia do que era feito o amor, mas, de algum modo, aquela mulher índia e ele tinham sido verdadeiros amigos e sua morte representava uma grande perda. Por um momento, ele esqueceu seu voto de não violência. Se os homens que tinham feito aquilo estivessem ao seu alcance, ele os teria esmagado como vermes.

O momento passou. Amarrou um lenço cobrindo o nariz e a boca por causa do mau cheiro. Apanhou o bisturi e, com movimentos rápidos, abriu um grande U, de ombro a ombro, no corpo sem vida, depois fez uma incisão em linha reta até o umbigo, formando um Y sem nenhum sangue. Seus dedos pareciam insensíveis, obedecendo cegamente às ordens do cérebro. Ainda bem que não estava operando um paciente vivo. Até ele descolar as três partes, o corpo era Makwa. Mas quando apanhou o cortador de costelas, para liberar o esterno, deliberadamente Rob passou a um outro nível de conscientização, que afastou de sua mente tudo que não se relacionasse com o trabalho específico, e, entrando na rotina conhecida, começou a fazer o que devia ser feito.

### Relatório de morte violenta.

*Vítima:* Makwa-ikwa
*Endereço:* Fazenda Cole de Criação de Ovelhas, Holden's Crossing, Illinois.
*Ocupação:* Assistente, dispensário do Dr. Robert J. Cole.
*Idade:* Aproximadamente 29 anos.
*Altura:* 1,75 metro.
*Peso:* Aproximadamente 63 quilos.
*Circunstâncias:* Corpo da vítima, uma mulher da tribo sauk, foi descoberto numa parte do bosque da Fazenda Cole de Criação de Ovelhas por um transeunte, no meio da tarde do dia 3 de setembro de 1851. Havia onze ferimentos de faca, seguindo em linha irregular, da jugular até o esterno, numa posição de aproximadamente dois centímetros abaixo do apêndice xifoide. Os ferimentos tinham 0,947 a 0,952 centímetro de largura. Foram feitos por um instrumento agudo, provavelmente uma lâmina triangular de metal, com três gumes muito afiados.

A vítima, que era virgem, foi estuprada. Os remanescentes do hímen indicam que era *imperfuratus*, e tinha a membrana espessa e sem flexibilidade. Provavelmente o estuprador não conseguiu penetrá-la com o pênis; a defloração foi completada com um instrumento sem corte, com arestas pequenas e ásperas, provocando extensa destruição da vulva, mais profundos arranhões no períneo e nos grandes lábios, e ferindo e arrancando pedaços da entrada da vagina. Antes ou depois desse defloramento, a vítima foi virada de bruços. As equimoses nas coxas sugerem que foi segura na posição sodomizada, o que indica que os atacantes eram pelo menos dois, e talvez mais. O canal anal foi alargado e rasgado. Havia uma grande quantidade de esperma no reto, e hemorragia no colo descendente. Outras contusões generalizadas no corpo e na face sugerem que a vítima foi severamente espancada, provavelmente por punhos de homem.

Há evidência de que a vítima resistiu ao ataque. Debaixo das unhas dos dedos indicador, médio e anular havia pedaços de pele e dois fios de cabelos pretos, talvez de barba.

As facadas foram bastante violentas, a ponto de lascar a terceira costela e penetrar várias vezes no esterno. O pulmão esquerdo foi atingido duas vezes, e o direito, três vezes, rasgando a pleura e lacerando o tecido interno. Os dois pulmões devem ter entrado em colapso imediatamente. Três golpes de faca penetraram no coração, dois deles provocando ferimentos na região do átrio direito, de 0,887 centímetro e 0,799 centímetro de largura, respectivamente. O terceiro ferimento, no ventrículo direito, tinha 0,803 centímetro de largura. O sangue do coração dilacerado ficou depositado em toda a cavidade abdominal.

Não foi encontrado nada de excepcional nos órgãos a não ser o trauma. Peso do coração, 263 gramas; do cérebro, 1,43 quilo; fígado, 1,62 quilo; baço, 199 gramas.

*Conclusão*: Homicídio seguido de estupro, por uma pessoa ou pessoas desconhecidas.

(assinado) Dr. Robert Judson Cole
Médico-legista
Condado de Rock Island
Estado de Illinois.

Naquela noite, Rob J. ficou acordado até tarde, fazendo uma cópia do relatório para o arquivo do condado e outra para Mort London. De manhã, os sauks enterraram Makwa-ikwa na ribanceira do rio, perto do *hedonoso-te*. Rob ofereceu o local sem consultar Sarah.

Ela ficou furiosa quando soube.

– Na nossa terra? Onde você estava com a cabeça? Uma sepultura é para sempre, ela vai ficar ali eternamente. Nunca nos livraremos dela! – disse Sarah, com desespero.

– Controle sua língua, mulher – disse Rob J., em voz baixa, e Sarah deu meia-volta e afastou-se dele.

Lua lavou Makwa e a vestiu com a túnica de Xamã de pele de gamo. Alden ofereceu-se para fazer um caixão de pinho, mas Lua disse que os sauks enterravam seus mortos apenas envoltos na sua melhor manta. Então, Alden ajudou Chega Cantando a cavar o túmulo. Lua os fez começar o trabalho de manhã bem cedo. Esse era o costume, disse ela, a cova aberta de manhã, o enterro à tarde. Disse que os pés de Makwa deviam apontar para o oeste e mandou apanhar no acampamento sauk a cauda de uma fêmea de búfalo para pôr no túmulo. Isso ajudaria Makwa a atravessar a salvo o rio de espuma que separa a terra dos vivos da Terra no Oeste, ela explicou para Rob J.

O enterro foi uma cerimônia simples. Os índios, os Cole e Jay Geiger, ao lado da cova aberta, esperaram que alguém começasse, mas não havia ninguém, eles não tinham mais um Xamã. Então Rob viu que os índios olhavam para ele. Se ela fosse cristã, talvez ele cedesse, dizendo algumas coisas nas quais não acreditava. Mas, como esse não era o caso, a ideia era absurda. De algum lugar veio a lembrança das palavras:

O barco no qual estava sentada, como um tronco brilhante,
Cintilava sobre as águas; a proa de ouro batido,
Roxas as velas, e tão perfumadas que os ventos
Estavam cegos de amor por elas; os remos eram de prata,

> Que, ao som de flautas, moviam-se ritmadamente, fazendo
> A água na qual batiam correr mais depressa,
> Como que apaixonada por sua carícia. Quanto a ela,
> Estava acima de qualquer descrição.

Jay Geiger olhou espantado para ele, como se Rob estivesse louco. Cleópatra? Mas compreendeu que, para ele, Makwa tinha uma espécie de majestade sombria, um brilho régio e sagrado, uma beleza especial. Era melhor do que Cleópatra; Cleópatra não sabia tudo sobre autossacrifício, fidelidade e ervas. Ele jamais conheceria outra igual e John Donne deu a ele outras palavras para atirar no rosto do Cavaleiro Negro:

> Morte, não fiques orgulhosa, embora alguns te considerem
> Poderosa e assustadora, não és nada disso,
> Pois aqueles que pensas que podes destruir
> Não morrem, pobre morte, ainda não podes me matar.

Quando se tornou evidente que isso era tudo que ele pretendia dizer, Jay pigarreou e disse algumas frases numa língua que Rob supôs ser hebraico. Por um momento ele teve medo de que Sarah incluísse Jesus na cerimônia, mas ela era tímida demais para isso. Makwa havia ensinado algumas preces cantadas para os sauks e eles entoaram uma delas, hesitantes, mas em uníssono.

> *Tti-la-ye ke-wi-ta-mo-ne i-no-ki,*
> *Tti-la-ye ke-wi-ta-mo-ne i-no-ki-i-i,*
> *Me-ma-ko-te-si-ta*
> *Ke-te-ma-ga-yo-se.*

Era uma canção que Makwa cantava sempre para Xamã, e Rob viu o filho movendo os lábios silenciosamente, dizendo as palavras. Quando terminou o canto, a cerimônia terminou também. E foi tudo.

Mais tarde ele foi à clareira, no bosque, onde tudo tinha acontecido. O solo estava coberto de marcas de patas de cavalos. Rob perguntara a Lua se algum dos sauks era bom rastreador, mas ela disse que todos os rastreadores estavam mortos. De qualquer modo, os homens de London já tinham estado na clareira e as marcas das suas botas e dos seus cavalos misturavam-se com as outras. Rob J. sabia o que estava procurando. Encontrou o galho fino de árvore numa moita. Parecia um graveto comum a não ser pela cor de ferrugem numa das extremidades. O outro pé de sapato estava no meio do mato, no outro lado da clareira, atirado por alguém com bastante força no braço. Não havia nada mais para ver. Rob embrulhou os dois objetos num pedaço de pano e foi direto para o escritório do xerife.

Mort London aceitou o relatório e os dois objetos sem fazer nenhum comentário e com certa frieza, aborrecido talvez porque seus homens não haviam encontrado o graveto e o sapato. Rob não se demorou.

Ao lado do escritório do xerife, na varanda do armazém-geral, Julian Howard o chamou.

— Tenho uma coisa para você — disse Howard, começando a procurar nos bolsos. Rob ouviu o tilintar de moedas grandes e Howard estendeu para ele um dólar de prata.

— Não tem pressa, Sr. Howard.

Mas Howard continuou com a mão estendida.

— Eu pago minhas dívidas — disse ele, carrancudo, e Rob apanhou a moeda, sem mencionar que faltavam cinquenta centavos dos medicamentos que tinha deixado para a doente. Howard já tinha dado as costas sem se despedir.

— Como está sua mulher? — perguntou Rob.

— Muito melhor. Ela não precisa de você.

Boas-novas, pensou Rob, pois o livraram de uma viagem longa e penosa. Foi então para a fazenda dos Schroeder e encontrou Alma ocupada com a faxina de outono. Evidentemente não tinha nenhuma costela quebrada. Em seguida, visitou Donny Baker. O garoto estava ainda febril, e, pela aparência do pé, Rob não podia ainda fazer um prognóstico. Trocou o curativo e deu láudano para a dor.

A partir desse momento, a manhã, que tinha começado sombria e tristonha, foi piorando. Sua última parada foi na fazenda de Gilbert, onde encontrou Fletcher White em péssimo estado, com os olhos cegos e sem brilho, o corpo magro sacudido pela tosse, a respiração uma tortura.

— Ele estava melhor — murmurou Suzy Gilbert.

Rob sabia que Suzy tinha muitos filhos e trabalhava arduamente em casa. Tinha interrompido a inalação de vapor de água e as bebidas quentes cedo demais e Rob teve vontade de gritar com ela e sacudi-la pelos ombros. Mas, ao segurar as mãos de Fletcher, viu que o homem tinha pouco tempo de vida e a última coisa que Rob desejava era fazer com que Suzy pensasse que o pai tinha morrido por sua culpa. Deu a ela o tônico poderoso de Makwa para aliviar o sofrimento de Fletcher. Seu estoque de tônico estava no fim. Rob vira Makwa preparar o medicamento várias vezes e sabia quais eram os ingredientes. Precisava fazer mais.

Rob tinha programado passar a tarde no dispensário, mas quando chegou em casa encontrou um caos. Sarah estava muito pálida. Lua, que não tinha derramado uma lágrima no enterro de Makwa, chorava copiosamente. As crianças estavam apavoradas. Mort London, Fritz Graham, seu assistente, e Otto Pfersick, nomeado assistente para a ocasião, tinham chegado quando Rob estava fora. Sob a mira dos rifles, Mort deu ordem de prisão a

Chega Cantando. Com as mãos atadas atrás das costas e uma corda em volta do corpo, amarrada na sela de um dos cavalos, eles o levaram como se fosse um animal.

# 29
# OS ÚLTIMOS ÍNDIOS DE ILLINOIS

— Está cometendo um erro, Mort – disse Rob.
Embora visivelmente constrangido, Mort balançou a cabeça.
— Não. Nós achamos que é quase certo que o filho da mãe a matou.
Algumas horas antes, quando Rob passou por seu escritório, Mort não comentara nada sobre sua intenção de ir à casa do médico para prender um dos seus empregados. Algo estava errado. O problema de Chega Cantando era como uma doença de etiologia desconhecida. Notou que Mort disse "nós". Rob sabia quem eram "nós" e compreendeu que Nick Holden pretendia tirar alguma vantagem política com a morte de Makwa-ikwa. Mas Rob procurou controlar a fúria.
— Um grave erro, Mort.
— Uma testemunha viu o índio grande na clareira onde o corpo foi encontrado, um pouco antes do crime.
Não havia nada de estranho nisso, disse Rob, uma vez que Chega Cantando era um dos seus empregados e o bosque estava dentro de suas terras.
— Eu quero pagar a fiança.
Não pode haver fiança. Precisamos esperar a chegada de um juiz itinerante de Rock Island.
— Quanto tempo vai demorar?
London deu de ombros.
— Uma das boas coisas que herdamos dos ingleses é o código penal. Precisamos agir de acordo com ele aqui.
— Não posso apressar um juiz por causa de um índio. Cinco, seis dias. Talvez uma semana
— Eu quero falar com Chega Cantando.
London o levou até as duas celas do escritório do xerife. Os assistentes estavam sentados no corredor escuro, entre as celas, com os rifle no colo. Fritz Graham parecia estar se divertindo a valer. Otto, por sua vez, tudo que queria era estar no seu moinho, fazendo farinha. Uma das celas estava vazia. A outra estava lotada com o imenso Chega Cantando.
— Desamarre o homem – disse Rob secamente.

London hesitou. Rob percebeu que eles tinham medo de chegar perto do prisioneiro. Chega Cantando tinha uma contusão no olho direito (uma coronhada?). Seu tamanho bastava para intimidar qualquer um.

– Deixe-me entrar na cela. Eu mesmo o desamarro.

London abriu a cela e Rob J. entrou sozinho.

– *Pyawanegawa* – disse ele, pondo a mão no ombro de Chega Cantando, chamando-o pelo nome índio.

Tentou desatar a corda que prendia as mãos de Chega Cantando, mas o nó estava cruelmente apertado.

– Preciso cortar – disse para London. – Me dê sua faca.

– Uma ova que eu dou.

– Uma tesoura, na minha maleta.

– Também é uma arma – resmungou London, mas deixou que Graham apanhasse a tesoura e Rob J. cortou a corda. Esfregou os pulsos de Chega Cantando, olhando-o nos olhos, falando como falava com o filho surdo.

– *Cawso wabeskiou* vai ajudar *Pyawanegawa*. Somos irmãos da mesma metade, dos Cabelos Longos, os *keeso-qui*.

Ignorou a surpresa desdenhosa dos brancos no outro lado das grades. Não sabia se Chega Cantando havia entendido tudo, mas percebeu uma leve mudança nos olhos negros e inexpressivos, algo que não podia definir com certeza, que podia ser fúria ou o renascer da esperança.

Naquela tarde, ele levou Lua para ver o marido. Ela serviu de intérprete no interrogatório.

Chega Cantando parecia surpreso com as perguntas.

Admitiu imediatamente sua presença na clareira naquela manhã. Estava apanhando lenha para o inverno, disse ele, olhando para o homem que o pagava para fazer aquele serviço. E estava procurando bordos de açúcar, memorizando a localização das árvores, para retirar a seiva na primavera.

– Ele morava na mesma casa que a mulher morta – observou London.

– Sim.

– Alguma vez teve relações sexuais com ela?

Lua hesitou, antes de traduzir. Rob J. olhou furioso para London, mas tocou no braço dela, fez um gesto afirmativo e Lua transmitiu a pergunta para o marido. Chega Cantando respondeu imediatamente, sem parecer zangado.

– Não, nunca.

Terminado o interrogatório, Rob J. voltou com Mort London para o escritório do xerife.

– Pode me dizer por que prendeu este homem?

– Eu já disse. Uma testemunha o viu na clareira um pouco antes do crime.

– Quem é a sua testemunha?

– ... Julian Howard.

Rob perguntou a si mesmo o que Julian Howard estaria fazendo em suas terras. Lembrou do tilintar das moedas quando Howard pagou a consulta que devia.

– Vocês pagaram Howard para dizer isso. – Era uma afirmação, não uma pergunta.

– Eu não. Não – disse London, corando intensamente, mas ele era um vilão amador, não tinha prática na arte de fingir que estava ofendido na sua honra.

Nick devia ter se encarregado da recompensa, além de bajular Julian, garantindo que ele era um santo, apenas cumprindo seu dever.

– Chega Cantando estava onde devia estar, trabalhando na minha propriedade. Você podia me prender também como dono da terra onde Makwa foi assassinada, ou Jay Geiger por encontrar o corpo.

– Se não foi o índio, vamos saber no julgamento. Ele vivia com a mulher...

– Ela era uma Xamã. O mesmo que um pastor cristão. O fato de morarem na mesma casa proibia o sexo entre eles, eram como irmãos.

– Pastores cristãos já foram assassinados. E já transaram com suas irmãs.

Rob J. dirigiu-se para a porta, enojado, mas parou e disse:

– Não é tarde para esclarecer as coisas, Mort. O posto de xerife é apenas um maldito emprego, você pode sobreviver sem ele. Acho que você é um homem bom. Mas se fizer uma coisa dessas uma vez, vai ficar mais fácil fazer outras e outras vezes.

Foi um erro. Mort podia viver com o fato de toda a cidade saber que estava no bolso de Nick Holden, desde que ninguém jogasse isso no seu rosto.

– Eu li aquela porcaria que você chama de relatório da autópsia, Dr. Cole. Vai ter muito trabalho para convencer um juiz e um júri de seis bons homens brancos de que aquela mulher era virgem. Uma índia bonita, na idade dela, e todos sabem que era sua mulher. Você tem coragem, pregando moral. Agora, dê o fora daqui. E não pense em voltar a não ser que tenha alguma informação oficial.


Lua disse que Chega Cantando estava assustado.

– Não acredito que façam algum mal a ele – disse Rob J.

Ela disse que o marido não tinha medo de ser maltratado fisicamente.

– Mas ele sabe que os brancos, às vezes, enforcam as pessoas. Se um sauk morrer enforcado, não pode atravessar o rio de espuma, nunca poderá entrar na Terra do Oeste.

– Ninguém vai enforcar Chega Cantando – disse Rob J., irritado. – Eles não têm nenhuma prova concreta. E só uma manobra política, e dentro de alguns dias terão de libertá-lo.

Mas o medo de Lua contagiava. Nick Holden era o único advogado de Holden's Crossing. Havia outros em Rock Island, mas Rob não conhecia nenhum pessoalmente. Na manhã seguinte, atendeu os pacientes que precisavam de cuidados imediatos e depois dirigiu-se à sede do município. Havia mais gente na sala de espera do senador Stephen Hume do que Rob costumava ver no seu dispensário. Teve de esperar quase noventa minutos para ser atendido.

Hume o ouviu atentamente.

– Por que veio me procurar? – perguntou.

– Porque é candidato à reeleição e seu oponente é Nick Holden. Por algum motivo que eu ainda não entendi, Nick está procurando criar problemas para os sauks em geral e para Chega Cantando em particular.

Hume suspirou.

– Nick está andando com gente da pesada, e eu não posso arriscar a minha candidatura. O partido americano está incutindo nos trabalhadores sentimentos de medo e ódio contra os imigrantes e os católicos. Eles mantêm uma central clandestina em cada cidade com um buraco na porta para evitar a entrada dos que não pertencem ao partido. O povo o chama de Partido dos que Não Sabem de Nada porque são treinados para não revelar coisa alguma sobre suas atividades. Promovem e usam a violência contra os estrangeiros, e tenho de admitir, embora envergonhado, que estão dominando politicamente o país. Os imigrantes continuam a chegar em grande quantidade, mas no momento setenta por cento dos habitantes de Illinois são nascidos aqui, e os outros trinta por cento não são cidadãos e não votam. No ano passado, os Não Sabem de Nada quase elegeram o governador de Nova York e elegeram quarenta e nove deputados. Uma aliança do partido liberal com os Não Sabem de Nada dominou a eleição na Pensilvânia e no Delaware, e Cincinnati votou em peso com eles depois de uma luta ferrenha.

– Mas por que Nick está perseguindo os sauks? Eles não são estrangeiros!

Hume sorriu com amargor.

– Provavelmente os instintos políticos de Nick são bem fundamentados. Dezenove anos atrás, os brancos estavam sendo massacrados pelos índios nesta região, e retribuindo na mesma moeda. Muita gente morreu na guerra contra Falcão Negro. Dezenove anos é pouco tempo. Muitos dos que eram garotos ainda e sobreviveram aos ataques e ao medo dos índios hoje são eleitores e ainda odeiam e temem os índios. Portanto, meu honrado oponente está atiçando as brasas. Uma noite, em Rock Island, ele pagou uísque para muita gente e depois recapitulou as guerras contra os índios, sem esquecer um único escalpo ou suposto ato de depravação. Então referiu-se aos últimos índios de Illinois, sedentos de sangue, que estão sob sua proteção, na sua cidade, e prometeu que, quando for eleito senador dos Estados Unidos, fará com que todos voltem para a reserva do Kansas, que é o lugar deles.

– O senhor pode fazer alguma coisa para ajudar os sauks?

– Fazer alguma coisa? – Hume suspirou outra vez. – Dr. Cole, sou um político. Os índios não votam, portanto não vou tomar uma posição pública a favor deles, individual ou coletivamente. Mas politicamente, posso me beneficiar se conseguir anular essa coisa porque meu oponente está fazendo uso dela para ganhar o meu lugar.

– Os dois juízes do tribunal itinerante deste distrito são o meritíssimo Daniel P. Allan e o meritíssimo Edwin Jordan. O juiz Jordan é mesquinho e partidário dos liberais. Dan Allan é um ótimo juiz e um excelente democrata. Eu o conheço e trabalhei com ele durante muito tempo e, se ele presidir o julgamento deste caso, não permitirá que Nick Holden o transforme num carnaval para condenar seu amigo sauk sem provas concretas e para ajudar a eleição de Nick. Não tenho meios para saber qual dos dois vai ser designado para julgar o caso. Se for Allan, ele será justo, mas apenas justo.

– Nenhum advogado da cidade vai querer defender um índio, essa é a verdade. O melhor advogado que temos é um jovem chamado John Kurland. Vou conversar com ele, ver se consigo convencê-lo.

– Eu agradeço muito, senador.

– Bem, pode demonstrar sua gratidão com seu voto.

– Faço parte dos trinta por cento. Já pedi minha naturalização, mas tenho de esperar três anos...

– Então poderá votar nas próximas eleições – disse Hume, com espírito prático. Apertou a mão de Rob com um largo sorriso. – Enquanto isso, vá convencendo seus amigos.

A cidade não ia se interessar durante muito tempo pela morte de uma índia. Era mais importante a anunciada inauguração da Academia de Holden's Crossing. Todos estariam dispostos a ceder uma parte das suas terras para a construção de uma escola, garantindo assim o acesso dos próprios filhos, mas ficou decidido que a instituição devia ficar num ponto central, e finalmente o conselho da cidade aceitou três acres de Nick Holden, para grande satisfação dele, pois o local escolhido era o mesmo designado para esse fim, nos seus antigos "mapas de sonhos" de Holden's Crossing.

Foi construída, cooperativamente, uma escola feita de toras de madeira, com uma única sala. Com o início do trabalho, o projeto pegou fogo. Em vez de chão de terra batida, os homens transportaram toras por dez quilômetros até o local para fazer um assoalho de tábuas. Fizeram uma estante baixa, em toda a extensão das paredes, para servir de mesa coletiva, com um banco comprido também, para que os alunos pudessem escrever virados para a parede, voltando-se para o professor para ouvir as aulas e recitar as lições. Instalaram no centro da sala um aquecedor a lenha quadrado e feito de ferro. Ficou determinado que as aulas começariam todos os anos depois da colheita e seriam divididas em três períodos de doze semanas cada um, o professor receberia dezenove dólares por período, além de casa e comida. A lei estadual determinava que o professor devia ser qualificado para ensinar a escrever, ler e contar e ter noções de geografia, ou gramática, ou história. Não apareceram muitos candidatos, pois o pagamento era pouco para muito trabalho, mas, finalmente, a cidade contratou Marshall Byers, primo de Paul Williams, o ferreiro.

O Sr. Byers era um jovem magro, de vinte e um anos, olhos saltados, que lecionara em Indiana, antes de ir para Illinois, e portanto sabia o que significava "rodízio", ou seja, morar a cada semana na casa de um dos alunos. Ele disse a Sarah que estava satisfeito numa fazenda de criação de ovelhas porque preferia carne de carneiro e cenouras a carne de porco com batatas.

— Nos outros lugares em que servem carne é sempre porco com batatas — disse ele.

Rob J. sorriu.

— Você vai adorar os Geiger.

Rob J. não simpatizou com o professor. Havia algo de maldoso no modo como ele olhava para Lua e Sarah e para Xamã, como se o menino fosse um monstro.

— Estou ansioso para ver Alexander na minha escola — disse o Sr. Byers.

— Xamã também está ansioso para começar a estudar — disse Rob J. calmamente.

— Oh, mas é claro que isso é impossível. O menino não fala normalmente. E como uma criança que não ouve vai aprender alguma coisa na escola?

— Ele lê os lábios. E aprende com facilidade, Sr. Byers.

O Sr. Byers franziu a testa. Ia protestar, mas olhou para Rob J. e mudou de ideia.

— É claro, Dr. Cole — disse, secamente. — É claro.


Na manhã seguinte, depois do café, Alden Kimball bateu à porta dos fundos, estava voltando da loja de rações com muitas novidades.

— Aqueles índios idiotas! Agora estragaram tudo — disse ele. — Ficaram bêbados ontem à noite e incendiaram o celeiro daquele lugar das freiras papistas.

Lua imediatamente negou, quando Rob foi falar com ela.

— Ontem à noite eu estava no acampamento dos sauks com meus amigos, falando sobre Chega Cantando. O que Alden contou é mentira.

— Talvez, eles tivessem começado a beber depois que você saiu.

— Não. É mentira. — Sua voz estava calma, mas os dedos tremiam, tirando o avental. — Vou falar com o povo.

Rob suspirou. Achou que era melhor fazer uma visita aos católicos.

Rob ouvira falar deles como "aqueles malditos besouros marrons". Compreendeu por que quando os viu. Usavam hábitos de lã marrom que pareciam quentes demais para o outono e deviam ser uma tortura no verão. Quatro freiras estavam trabalhando nas ruínas do belo e pequeno celeiro que August Lund e sua mulher haviam construído com tanta esperança jovem e determinada. Pareciam procurar alguma coisa ainda intacta entre a fumaça dos restos de incêndio.

– Bom-dia – disse ele.

Não o tinham visto chegar. Estavam com as barras dos hábitos presas nos cintos, para facilitar os movimentos, e apressaram-se a esconder quatro pares de pernas fortes sujas de fuligem, soltando as saias.

– Eu sou o Dr. Cole – disse ele, desmontando. – Seu vizinho distante. – Olharam para ele como se não o estivessem compreendendo e ocorreu a Rob que talvez não entendessem sua língua. – Posso falar com a pessoa encarregada?

– É a madre superiora – disse uma delas, em voz muito baixa.

Com um pequeno gesto ela se dirigiu para a casa. Rob foi atrás. Perto de um barracão, ao lado da casa, um velho com uma roupa preta trabalhava com a enxada numa horta destruída pela geada e não demonstrou nenhum interesse pela presença de Rob. A freira bateu duas vezes na porta, batidas sussurrantes como sua voz.

– Podem entrar.

O hábito marrom entrou na frente dele e fez uma reverência.

– Este senhor quer vê-la, reverenda Madre. Um médico e vizinho – disse a freira sussurrante, e saiu rapidamente, depois de outra curvatura respeitosa.

A madre superiora estava numa cadeira de madeira atrás de uma pequena mesa. O rosto emoldurado pelo véu era grande, o nariz largo e generoso, o olhar irônico, de um azul penetrante. Olhos mais claros que os de Sarah, porém desafiadores, em vez de belos.

Rob apresentou-se e disse que sentia muito o que tinha acontecido.

– Posso ajudar em alguma coisa?

– Tenho certeza de que o Senhor nos ajudará. – Seu inglês era fluente, com sotaque talvez alemão, pensou Rob, embora diferente do sotaque dos Schroeder. Talvez fossem de regiões diferentes da Alemanha.

– Sente-se, por favor – disse ela, indicando a única poltrona confortável da sala, grande como um trono, forrada de couro.

– A senhora trouxe isto numa carroça?

– Sim. Quando o bispo nos visita, precisa de um lugar decente para sentar – disse ela, muito séria. Contou então que os homens haviam chegado na hora da prece noturna. – A comunidade estava absorta na oração e não ouvimos o barulho nem o estalar das chamas, mas logo sentimos o cheiro da fumaça.

— Ouvi dizer que foram os índios.

— O tipo de índios que compareceram àquele chá em Boston – disse ela, secamente.

— Tem certeza?

Ela sorriu sem humor.

— Eram homens brancos bêbados, vomitando a imundície de homens brancos bêbados.

— Temos uma sede do partido americano na cidade.

Ela assentiu com um gesto.

— Os Não Sabem de Nada. Dez anos atrás eu estava na comunidade franciscana, na Filadélfia, recém-chegada da minha cidade natal, Württenberg. Os Não Sabem de Nada me ofereceram uma semana de desordens, quando duas igrejas foras atacadas, doze católicos foram espancados até a morte e dezenas de residências de católicos foram queimadas. Só depois de algum tempo descobri que nem todos são americanos.

Rob balançou afirmativamente a cabeça. Viu que um dos dois quartos da casa construída por August Lund, que servia de celeiro, era agora um dormitório espartano, com esteiras empilhadas num canto. Além da mesa e da cadeira da superiora e da poltrona do bispo, havia apenas uma grande e belíssima mesa de jantar com bancos de madeira nova, e Rob elogiou o trabalho de marcenaria.

— Foram feitos por seu padre?

Ela levantou-se com um sorriso.

— O padre Russell é o nosso capelão. A irmã Mary Peter Celestine é nossa marceneira. Gostaria de visitar nossa capela?

Rob entrou com ela no quarto onde os Lund comiam, dormiam e faziam amor e onde Greta Lund havia morrido. Havia sido caiado. Contra uma parede estava o altar de madeira, e na frente dele um genuflexório. Frente ao crucifixo do altar uma vela grande de tabernáculo, dentro de um vidro vermelho, era ladeada por outras menores. Havia quatro estátuas de gesso que pareciam separadas por sexo. Ele reconheceu a Virgem, à direita. A madre superiora disse que ao lado da Virgem estava Santa Clara, fundadora da ordem das freiras franciscanas e, no outro lado do altar, ficavam São Francisco e São José.

— Ouvi dizer que as senhoras pretendem abrir uma escola.

— Foi mal informado.

Rob sorriu.

— E que pretendem atrair as crianças para o papismo.

— Bem, essa informação não é tão errada – disse ela, séria. – Sempre esperamos salvar uma alma por meio de Cristo, criança, mulher ou homem. Sempre procuramos fazer amigos, fazer católicos dentro da comunidade. Mas a nossa ordem é de enfermeiras.

— De enfermeiras? E onde vão trabalhar? Vão construir um hospital aqui?

– Ah – disse ela, tristemente. – Não temos dinheiro. A Santa Madre Igreja comprou esta propriedade e nos mandou para cá. Agora temos de sobreviver sozinhas. Estamos certas de que o Senhor proverá.

Rob não tinha tanta certeza.

– Posso chamar suas freiras, se precisar, para cuidar dos doentes?

– Nas casas deles? Não, isso não seria possível – disse ela, severamente.

Pouco à vontade na capela, Rob fez menção de sair.

– Creio que não é católico, Dr. Cole.

Ele balançou a cabeça. Então teve uma ideia.

– Se for necessário, para ajudar os sauks, estariam dispostas a testemunhar que os homens que incendiaram seu celeiro eram brancos?

– É claro – disse ela, secamente. – Uma vez que é a verdade, não é mesmo?

Rob imaginou que as outras freiras deviam viver tremendo de medo dela.

– Muito obrigado... – Hesitou, sabendo que não ia fazer nenhuma curvatura, nem chamar a superiora de reverenda madre. – Qual é o seu nome, madre?

– Sou a madre Miriam Ferocia.

Rob estudara latim na escola, trabalhando arduamente para traduzir Cícero e acompanhar César na sua campanha na Gália e lembrava o suficiente para saber que o nome significava Maria, a Corajosa. Porém, mesmo depois, quando pensava naquela mulher – para si mesmo e só para si mesmo –, ele a chamava de Miriam Feroz.


Rob foi a Rock Island para falar com Stephen Hume e foi recompensado imediatamente da longa viagem pois o senador tinha boas notícias. Daniel P. Allan ia presidir o julgamento. Devido à falta de provas, o juiz Allan não via problemas em soltar Chega Cantando sob fiança.

– Porém, como se trata de um crime capital, não foi possível determinar uma fiança abaixo de duzentos dólares. Para um fiador, precisa ir a Rockford ou Springfield.

– Eu pago a fiança. Chega Cantando não vai fugir de mim – disse Rob J.

– Ótimo. O jovem Kurland concordou em fazer a defesa. Dadas as circunstâncias, é melhor o senhor não ir à cadeia. O advogado Kurland o encontrará dentro de duas horas, no seu banco. É aquele em Holden's Crossing?

– É.

– Faça uma ordem de pagamento para o Condado de Rock Island, assine e entregue a Kurland. Ele tratará do resto. – Hume continuou, com um largo sorriso. – A audiência será dentro de algumas semanas. Se Nick Holden perturbar o caso, Dan Allan e John Kurland se encarregarão de fazer com que ele faça papel de tolo. – Seu aperto de mão foi firme e congratulatório.

Rob J. voltou para casa a atrelou o cavalo na charrete pois achou que Lua precisava preparar um comitê de recepção. Lua sentou na charrete, muito empertigada, com o vestido que usava sempre em casa e um chapéu de pano que fora de Makwa, mais silenciosa do que nunca. Rob percebeu que ela estava nervosa. Amarrou o cavalo na frente do banco e ela esperou na charrete enquanto ele tratava da ordem de pagamento que entregou a John Kurland, um jovem sério que respondeu delicadamente mas sem nenhum calor quando foi apresentado a Lua.

Quando o advogado se afastou, Rob J. subiu na charrete e sentou-se ao lado de Lua. Os dois esperaram então, com os olhos pregados na porta do escritório de Mort London. O sol estava quente para setembro.

Ficaram ali sentados por um tempo que, para os dois, pareceu uma eternidade. Então Lua tocou o braço dele, quando a porta se abriu, e Chega Cantando apareceu, curvando-se para passar pelo batente baixo para ele. Kurland vinha logo atrás.

Viram Lua e Rob ao mesmo tempo e caminharam para eles. Fosse numa explosão de alegria por estar livre, fosse por um impulso instintivo para se afastar da cadeia, Chega Cantando começou a correr. Mas não dera mais de dois longos passos quando alguma coisa estalou, acima e à direita dele, e de outro telhado, no outro lado da rua, foram disparados mais dois tiros.

*Pyawanegawa*, o caçador, o líder, o herói do bola e bastão devia ter caído majestosamente, como uma árvore gigantesca, mas caiu desajeitado, como todos os homens, com o rosto na terra.

Rob J. saltou da charrete e correu para ele, mas Lua ficou paralisada. Quando chegou ao lado do homem ferido e o virou de costas, viu o que Lua já sabia. Uma bala tinha atingido a nuca. As outras duas atingiram o peito, menos de uma polegada uma da outra e as duas no coração.

Kurland correu também e parou horrorizado. Só depois de um minuto London e Holden saíram do escritório do xerife. Mort ouviu a explicação de Kurland e começou a gritar ordens, verificando os telhados dos dois lados da rua. Ninguém pareceu muito surpreso por encontrar os telhados vazios.

Rob J. estava ajoelhado ao lado de Chega Cantando. Levantou-se então e olhou para Nick. Holden estava pálido mas parecia calmo, pronto para qualquer coisa. Por absurdo que fosse, naquele momento Rob mais uma vez ficou impressionado com a beleza daquele homem. Notou que Nick trazia um revólver no cinto e sabia que o que ia dizer podia pôr sua vida em risco, que devia escolher cuidadosamente as palavras, mas tinha de dizer.

– Nunca mais quero ter nada com você. Nunca, em toda a minha vida – disse ele.

Chega Cantando foi levado para o dispensário na fazenda de criação de ovelhas e Rob J. o deixou lá com a família. À noite, ele foi chamar Lua e os filhos para jantar mas não encontrou ninguém, nem o corpo de Chega Cantando. Tarde, naquela noite, Jay Geiger encontrou a charrete dos Cole com o cavalo amarrado na frente do seu celeiro e a levou para a casa de Rob. Ele disse que Chifre Pequeno e Cão de Pedra tinham desaparecido da sua fazenda. Lua e os filhos não voltaram. Naquela noite Rob não dormiu, imaginando que Chega Cantando talvez estivesse numa sepultura sem marca em algum lugar do bosque. Na terra de outra pessoa qualquer, terra que tinha pertencido aos sauks.

Rob J. só recebeu a notícia no meio da manhã do dia seguinte, quando Jay apareceu outra vez dizendo que o enorme celeiro de Nick Holden fora completamente destruído pelo fogo durante a noite.

– Desta vez não há dúvida. Foram os sauks. Todos eles desapareceram. Nick passou a noite toda tentando evitar que o fogo atingisse sua casa e prometendo chamar a milícia e o exército dos Estados Unidos. Ele já saiu com uns quarenta homens, os mais patéticos guerreiros que o mundo já viu – Mort London, Dr. Beckermann, Julian Howard, Fritz Graham, a maior parte dos fregueses habituais do bar do Nelson –, metade dos *shikers* desta parte do condado, e todos pensando que estão atrás de Falcão Negro. Terão sorte se não atirarem nos pés uns dos outros.

Naquela tarde, Rob J. foi até o acampamento dos sauks. Os índios tinham ido embora para sempre. As mantas de pele de búfalo não estavam mais nas portas dos *hedonoso-tes* que pareciam enormes bocas desdentadas. O lixo estava espalhado pelo chão. Ele apanhou uma lata evidentemente aberta com uma faca ou uma baioneta. O rótulo dizia que continha metades de pêssegos da Geórgia. Rob jamais conseguiu convencer os sauks da necessidade de cavar latrinas e agora foi poupado de sentir a partida deles pelo cheiro de fezes humanas que chegava até ele trazido pelo vento que soprava do campo em volta das casas, a última indicação malcheirosa de que alguma coisa de valor tinha desaparecido daquele lugar e não podia ser trazida de volta com encantamentos nem com política.


Nick Holden e seu grupo procuraram os sauks durante quatro dias. Nem chegaram perto. Os índios caminhavam o tempo todo na floresta, ao longo do Mississípi, seguindo para o norte. Não eram tão bons para enfrentar a vida na selva como os muitos que estavam mortos, mas, de qualquer modo, eram melhores do que o homem branco e iam para a frente e para trás, deixando pistas falsas que os brancos seguiam sem hesitação.

Os homens brancos continuaram a perseguição até o Wisconsin. Teria sido melhor se pudessem voltar com troféus, algumas orelhas e escalpos, mas convenceram uns aos outros de que haviam conseguido uma grande vitória. Pararam em Prairie du Chien, tomaram muito uísque, Fritz Graham brigou com um tropeiro e foi parar na cadeia, mas Nick o libertou, convencendo o xerife de que o assistente de xerife de Holden's Crossing merecia uma pequena cortesia profissional. Quando voltaram, trinta e oito discípulos saíram para a rua pregando o evangelho segundo o qual Nick Holden tinha salvo o estado da ameaça dos peles-vermelhas e além disso era um grande amigo de todos.

Naquele ano o outono foi brando, melhor do que o verão, pois todos os insetos foram mortos pelas geadas do começo da estação. Um tempo dourado, com as folhas nas margens do rio coloridas pelo frio da noite, mas os dias eram agradáveis e amenos. Em outubro, a Igreja chamou para seu púlpito o reverendo Joseph Hill Perkins. Ele havia pedido uma paróquia e um salário; assim, após a colheita, construíram uma pequena casa de troncos e o pastor mudou-se para ela com sua mulher, Elizabeth. Não tinham filhos. Sarah trabalhou ativamente como membro do comitê de recepção.

Rob J. encontrou lírios antigos na margem do rio e plantou as raízes em volta do túmulo de Makwa-ikwa. Os sauks não costumavam marcar as sepulturas com lajes de pedra, mas ele pediu a Alden para aplainar uma tábua de falsa acácia que não apodrecia. Não seria adequado perpetuar a memória dela com palavras escritas em inglês, e ele mandou Alden gravar na madeira os símbolos cabalísticos que Makwa tinha no corpo, marcando assim um lugar que era só dela. Teve uma única conversa insatisfatória com Mort London no sentido de convencer o xerife a investigar a morte de Makwa e a de Chega Cantando, mas London disse que tinha certeza de que o assassino dela fora morto a tiros, provavelmente por outros índios.

Em novembro, em todo o território dos Estados Unidos, os cidadãos do sexo masculino, com mais de vinte e um anos, foram às urnas. Em todo o país, os trabalhadores reagiram à concorrência dos imigrantes. Rhode Island, Connecticut, New Hampshire, Massachusetts e Kentucky elegeram governadores do partido Não Sabem de Nada. Em oito estados, representantes desse partido foram eleitos para a legislatura. No Wisconsin, o partido ajudou a eleger advogados republicanos que passaram a fechar as agências de imigração. Os Não Sabem de Nada venceram no Texas, no Tennessee, na Califórnia e em Maryland, e tiveram boa votação na maioria dos estados do Sul.

Em Illinois, tiveram maioria de votos em Chicago e no norte do estado. No Condado de Rock Island, o senador dos Estados Unidos Stephen Hume foi derrotado por uma diferença de 183 votos pelo caçador de índios Nicholas Holden, que partiu para representar seu distrito em Washington D.C. imediatamente após as eleições.

Parte 4
---

# O MENINO SURDO

*12 de outubro, 1851*

## 30
## LIÇÕES

A estrada de ferro começou em Chicago. Imigrantes recém-chegados da Alemanha, Irlanda e Escandinávia conseguiam emprego assentando os trilhos brilhantes nos trechos mais planos, chegando afinal à margem leste do Mississípi, em Rock Island. Ao mesmo tempo, no outro lado do rio, a Companhia de Estradas de Ferro Mississípi e Missouri estava construindo uma linha que atravessava Iowa, de Davenport a Council Bluffs, e a Companhia de Pontes do Rio Mississípi foi fundada para ligar as duas vias férreas por meio de uma ponte sobre o grande rio.

Nas profundezas misteriosas das águas correntes, logo depois do escurecer, numa noite tranquila, milhões de larvas aquáticas se transformaram em moscas-d'água. Os grandes insetos, as libélulas, voaram do rio em bandos, com suas quatro asas prateadas, e caíram sobre Davenport como flocos de neve brilhantes, cobrindo as janelas, entrando nos olhos, nos ouvidos e nas bocas das pessoas e dos animais, praticamente impedindo que se saísse de casa.

As moscas-d'água viveram só uma noite. O breve ataque era um fenômeno que ocorria uma ou duas vezes por ano, e todos que viviam nas margens do Mississípi sabiam como se defender. De madrugada, a invasão terminou, os insetos estavam mortos. Às oito horas da manhã, quatro homens sentaram nos bancos na margem do rio, fumando e observando o trabalho das turmas de limpeza que varriam os insetos, empilhavam e depois os jogavam nas carroças para atirá-los no rio. Logo chegou outro homem a cavalo, puxando outros quatro cavalos, e os homens deixaram o banco, montaram e partiram.

Era quinta-feira. Dia de pagamento. Na rua Dois, no escritório da Estrada de Ferro Chicago e Rock Island, o encarregado dos pagamentos e dois empregados faziam o pagamento dos homens que trabalhavam na construção da nova ponte.

Às 8:19, os cinco homens chegaram no escritório da companhia. Quatro desmontaram e entraram, deixando lá fora o homem com os cavalos. Não usavam máscaras e pareciam fazendeiros, a não ser pelo fato de estarem armados. Quando disseram ao que vinham, em voz baixa e com toda delicadeza, um dos empregados fez a tolice de tentar apanhar uma pistola na estante próxima e foi abatido com um único tiro na cabeça, caindo morto como as libélulas de asas prateadas. Ninguém mais esboçou um gesto de resistência e os quatro assaltantes calmamente recolheram num saco de linho sujo todo o dinheiro do pagamento, um total de 1.106,37 dólares. O encarregado, mais tarde, disse às autoridades que tinha certeza de que o chefe dos bandidos era um homem chamado Frank Mosby, que durante muitos anos tinha cultivado as terras no outro lado do rio, ao sul, além de Holden's Crossing.

Sarah escolheu o momento errado. Naquela manhã de domingo na igreja, ela esperou que o reverendo Perkins chamasse os fiéis para dar testemunho e, reunindo toda sua coragem, adiantou-se. Em voz baixa, ela disse ao pastor e à congregação que depois de ficar viúva, muito jovem, teve relações fora dos laços sagrados do matrimônio e, como resultado, teve um filho. Agora, disse ela, procurava, com a confissão pública, redimir seu pecado através da graça purificadora de Jesus Cristo.

Quando terminou, ergueu o rosto pálido e seus olhos encontraram os olhos cheios de lágrimas do reverendo Perkins.

– O Senhor seja louvado! – murmurou ele. Seus dedos longos e finos agarraram a cabeça de Sarah, obrigando-a a se ajoelhar. – Deus! – ordenou ele severamente. – Absolve esta boa mulher do seu pecado, pois ela se livrou do peso da culpa neste dia, na tua casa, lavou a marca escarlate da alma, tornando-a branca como a rosa, pura como a primeira neve.

Os murmúrios dos fiéis cresceram e se transformaram em gritos e exclamações.

"O Senhor seja louvado!"

"Amém!"

"Aleluia!"

"Amém! Amém!"

Sarah sentiu realmente a alma mais leve. Teve a impressão de que ia flutuar para o paraíso naquele momento, quando a força do Senhor penetrou no seu corpo através da pressão dos cinco dedos do Sr. Perkins na sua cabeça.

A congregação estava quase histérica de emoção. Todos sabiam do assalto ao escritório da companhia de estrada de ferro e que o chefe do bando fora identificado como Frank Mosby, cujo falecido irmão, Will, todos sabiam também, era o pai do primeiro filho de Sarah. Desse modo, os fiéis, na igreja, vivendo o drama da confissão, olhavam para o rosto e o corpo de Sarah Cole, criando na imaginação uma variedade de cenas lascivas, que iam passar adiante, para seus vizinhos e amigos como se fossem histórias reais.

Quando finalmente o Sr. Perkins permitiu que Sarah voltasse ao seu lugar, mãos ávidas estenderam-se para ela e muitas vozes murmuravam palavras de alegria e de congratulações. Era a realização cintilante de um sonho que a atormentava há muitos anos. Era a prova da bondade de Deus, de que o perdão de Cristo tornava possível a esperança e de que ela fora aceita num mundo de amor e caridade. Era o momento mais feliz da sua vida.

Na manhã seguinte ia ser inaugurada a academia, primeiro dia de aula. Xamã adorou a companhia de dezoito crianças de vários tamanhos, o cheiro forte de madeira nova da casa e dos móveis, sua lousa e lápis e seu livro *McGuffey's Fourth Eclectic Reader,* muito surrado, porque a escola de Rock Island tinha comprado o mais recente *McGuffey's Fifth Eclectic Reader* para seus alunos e a Academia de Holden's Crossing comprara os usados. Porém, quase imediatamente surgiram os problemas.

O Sr. Byers determinava os lugares dos alunos em ordem alfabética, em quatro grupos, de acordo com a idade, de modo que Xamã ficou na extremidade de uma das compridas mesas comuns e Alex muito longe para poder ajudá-lo. O professor falava com rapidez nervosa e Xamã tinha dificuldade para ler os lábios dele. Mandou os alunos desenharem suas casas nas lousas e depois escrever o nome, a idade, os nomes dos pais e suas profissões. Com o entusiasmo do primeiro dia de aula, todos viraram para a parede e começaram a desenhar e escrever.

Xamã só percebeu que alguma coisa estava errada quando a vareta de madeira bateu no seu ombro.

O Sr. Byers tinha mandado a classe parar de escrever e virar para ele. Todos obedeceram, menos o menino surdo, que não ouviu a ordem. Quando Xamã virou rapidamente, assustado, viu que as outras crianças estavam rindo dele.

– Agora, vou chamar um de cada vez para ler o que escreveu na lousa e mostrar o desenho da sua casa. Começaremos por você – e a vareta bateu no ombro dele outra vez.

Xamã leu, hesitando em algumas palavras. Depois que ele mostrou o desenho, o Sr. Byers chamou Rachel Geiger, na outra extremidade da sala. Por mais que Xamã se inclinasse no banco, não podia ver o rosto dela. Ele levantou a mão.

– O que é?

– Por favor – disse ele, dirigindo-se ao professor como sua mãe tinha ensinado. – Não posso ver os rostos daqui. Não posso ficar de pé na frente deles?

Na sua última escola Marshall Byers tivera problemas disciplinares, alguns tão terríveis que tinha medo de entrar na sala de aula. Essa escola era uma nova chance e tinha resolvido controlar rigorosamente os pequenos selvagens. Decidiu que um meio de fazer isso era determinando os lugares deles na classe. Em ordem alfabética. Em quatro pequenos grupos, de acordo com a idade. Cada um no seu lugar.

Compreendeu que não podia deixar o menino ficar de pé na frente dos outros enquanto eles recitavam a lição, olhando para os lábios deles, talvez fazendo caretas nas suas costas, provocando o riso e talvez brincadeiras maldosas contra o professor.

– Não, você não pode.

Durante quase toda a manhã Xamã ficou sentado, sem compreender o que estava acontecendo à volta dele. Na hora do almoço, as crianças saíram para brincar de pique. Xamã gostou da brincadeira, até que o maior aluno da escola, Lucas Stebbins, deu um safanão em Alex que o atirou para longe, no chão. Quando Alex se levantou, com os punhos fechados, Stebbins chegou bem perto dele e disse:

– Quer brigar, seu merda? Não devíamos deixar você brincar com a gente. Você é um bastardo. Meu pai disse.

– O que é um bastardo? – perguntou Davey Geiger.

– Você não sabe? – perguntou Luke Stebbins. – Quer dizer que alguém, que não é seu pai, um bandido ladrão qualquer chamado Will Mosby enfiou o pinto no buraco de fazer xixi da Sra. Cole.

Alex avançou para Luke e recebeu um murro violento que tirou sangue do seu nariz e o mandou outra vez para o chão. Xamã correu para o atacante do irmão e ganhou um murro nas orelhas, tão forte que as outras crianças, com medo de Luke, viraram o rosto.

– Pare com isso. Você vai machucar ele – gritou Rachel Geiger, furiosa.

Geralmente Luke atendia Rachel, deslumbrado porque, apesar de ter apenas doze anos, Rachel já tinha seios bem visíveis. Mas dessa vez apenas sorriu.

– Ele já é surdo. Não se pode machucar mais as orelhas dele. Os idiotas falam engraçado – disse ele, alegremente, com um murro final na cabeça de Xamã, antes de ir embora.

Se Xamã permitisse, Rachel o teria abraçado carinhosamente. Para horror da menina, ele e Alex, sentados no chão, um ao lado do outro, começaram a chorar juntos, sob os olhares das outras crianças.

Depois do almoço, tiveram aula de música, onde aprendiam a música e a letra de hinos religiosos e patrióticos, uma aula de que todos gostavam pois os livrava dos livros. Durante a aula de música o Sr. Byers mandava o menino surdo esvaziar o balde com as cinzas da véspera, que ficava ao lado do aquecedor a lenha, e encher o cesto de lenha, carregando achas pesadas. Xamã concluiu que detestava a escola.

Foi Alma Schroeder quem falou com admiração do testemunho de Sarah na igreja, pensando que Rob J. sabia. Quando Rob soube dos detalhes, teve uma discussão com Sarah. Ele conhecia o tormento da mulher e sentia agora o alívio, mas não podia compreender como era possível revelar a estranhos detalhes da vida particular, dolorosos ou não.

Não para estranhos, corrigiu ela.

– Irmãos na graça, irmãs em Cristo, que compartilharam minha confissão e minha absolvição.

O Sr. Perkins tinha dito que todos que quisessem ser batizados na primavera deviam se confessar e obter a absolvição, explicou. Tudo era tão claro para ela. Não compreendia como Rob não podia ver.

Quando os meninos começaram a chegar da escola com marcas de brigas, Rob J. suspeitou que pelo menos um dos irmãos na graça ou irmãs em Cristo não estava disposto a compartilhar com os outros as confissões que observavam na igreja. Seus filhos não diziam nada sobre as marcas de violência. Rob não podia conversar sobre Sarah com eles, a não ser para falar dela com amor e admiração sempre que possível. Mas conversava com eles sobre brigas.

– Não vale a pena bater em outra pessoa quando estamos zangados. As coisas podem se descontrolar facilmente, até levar à morte. Nada justifica matar uma pessoa.

Os meninos ficaram intrigados. Estavam falando de brigas no pátio da escola, não de matar.

– Como é que a gente vai deixar de bater quando batem na gente, papai? – perguntou Xamã.

Rob J. balançou a cabeça, compreensivo.

– Sei que é um problema. Você deve usar a cabeça e não os punhos.

Alden Kimball ouviu essa conversa. Um pouco depois, ele olhou para os dois irmãos e disse, horrorizado:

– Bobagem! *Bobagem!* Seu pai pode ser o homem mais inteligente que já existiu, mas acho que às vezes ele se engana. Ouçam o que eu digo, se alguém bate em você, você tem de agarrar o filho da mãe, senão ele nunca mais para de bater.

– Luke é muito grande, Alden – disse Xamã. Era o que seu irmão maior estava pensando.

– Luke? Aquele garoto dos Stebbins? Luke Stebbins? – perguntou Alden, e os dois fizeram que sim com a cabeça.

– Quando eu era moço, era um bom lutador. Sabem o que é isso?

– Um lutador bom mesmo? – perguntou Alex.

– Bom mesmo! Eu era melhor do que bom. Lutava boxe nas feiras. Parques de diversões e coisas assim. Lutava três minutos com qualquer pessoa que pagasse quatro dólares. Se eles venciam, levavam três dólares. E não pensem que não tinha muito homem forte lutando por aqueles três dólares.

– Você ganhava muito dinheiro, Alden? – quis saber Alex.

Alden ficou sério.

– Nada disso. Tinha um agente, ele sim ganhava dinheiro. Fiz isso durante dois anos, no verão e no outono. Então fui vencido. O agente pagou três dólares para o cara que me venceu e o contratou para ficar no meu lugar. – Olhou para os dois. – O negócio é o seguinte, eu posso ensinar vocês a lutar, se quiserem.

Os dois rostinhos ergueram-se para ele. E as duas cabeças balançaram, assentindo.

– Parem com isso! Será que não podem dizer sim? – disse Alden, irritado. – Parecem dois malditos carneiros.


– Um pouco de medo é bom – disse Alden. – Põe o sangue em movimento. Mas se ficarem apavorados, só podem perder. E não vão querer ficar zangados também. Um lutador zangado começa a bater de qualquer jeito, ficando aberto para o inimigo.

Xamã e Alex sorriram, constrangidos, mas Alden estava muito sério quando mostrou a posição das mãos, a esquerda ao nível dos olhos, para proteger a cabeça, a direita mais baixa, para proteger o corpo. Caprichou, ensinando como fechar o punho, insistindo para que dobrassem os dedos com força, endurecendo as juntas para atingir o oponente como se tivessem uma pedra em cada mão.

– Só precisam saber quatro golpes – disse Alden. – *Jab* de esquerda, gancho de esquerda, cruzado de direita, direto de direita. O *jab* é como uma cobra. Pode arder um pouco, mas não machuca muito o oponente, só o faz perder o equilíbrio, abrindo a guarda para um golpe mais duro. O gancho de esquerda não tem muito alcance, mas funciona – você vira para a esquerda, põe o peso do corpo na perna direita, e ataca com força a cabeça do adversário. Agora, o cruzado de direita, você apoia o peso do corpo na outra perna, vira rapidamente a cintura para dar mais força, assim. Meu favorito, o direto de direita no corpo, eu chamo de *stick*. Você vira abaixado para a direita, com o peso do corpo na perna esquerda, e manda o punho direto na barriga dele, como se todo seu braço fosse uma lança.

Ele ensinou um golpe de cada vez, para não confundir os meninos. No primeiro dia ele os fez golpear o ar durante duas horas, para que se acostumassem com a ideia de dar um soco, familiarizando-se com o ritmo muscular. Na tarde seguinte eles voltaram à pequena clareira perto da casa de madeira de Alden, onde não seriam interrompidos, e também todas as outras tardes depois daquela. Praticaram cada golpe exaustivamente, lutando um com o outro. Alex era três anos e meio mais velho, mas Xamã era grande para a idade, de modo que a diferença parecia de apenas um ano. Lutavam, mas com cuidado, para não machucarem uns aos outros. Finalmente, Alden enfrentou um deles de cada vez, dizendo para baterem forte, como se fosse uma luta de verdade. Para espanto dos meninos, ele girava o corpo, desviava-se dos golpes, bloqueava os punhos deles com o braço ou com os punhos.

– Estão vendo? Não estou ensinando nenhum segredo. Outros também sabem lutar. Precisam aprender a se defender. – Insistiu na defesa de queixo, que devia ficar abaixado, quase tocando o peito. Mostrou como prender o oponente num *clinch*, mas disse que Alex devia evitar o *clinch* com Luke a qualquer custo. – Quando o homem é muito maior do que você, fique longe, não deixe que ele prenda você no chão.

Era pouco provável que Alex pudesse vencer um garoto daquele tamanho, pensou Alden, mas talvez pudesse castigá-lo o suficiente para que o deixasse em paz. Ele não tentou fazer dos irmãos Cole lutadores perfeitos. Só queria que aprendessem a se defender, e ensinou somente os pontos básicos porque era o que sabia. Não mostrou o jogo de pernas. Anos mais tarde, ele confessaria a Xamã que, se soubesse movimentar bem as pernas numa luta, não teria sido vencido por aquele lutador de três dólares.

Por três vezes Alex pensou que estava pronto para enfrentar Luke, mas Alden disse que ele diria quando os dois estivessem preparados para isso, e essa hora ainda não tinha chegado. Assim, Alex e Xamã iam para a escola todos os dias, sabendo que teriam maus momentos no recreio. Para Luke, os meninos Cole eram uma brincadeira. Ele os esmurrava e insultava à vontade, e só os chamava de Idiota e Bastardo. Empurrava os dois violentamente quando brincavam de pegar e, quando lutavam, esfregava os rostos deles na terra.

Mas Luke não era o único problema de Xamã na academia. Só podia ver menos da metade do que acontecia ou era dito na classe e desde o começo ficou muito atrasado em relação aos outros. Marshall Byers ficou satisfeito com isso, pois tinha tentado convencer o pai do garoto de que uma escola comum não era lugar para um surdo. Mas estava sendo cauteloso, preparando tudo para ter provas suficientes quando o assunto fosse novamente abordado. Anotava criteriosamente as notas baixas de Xamã e o fazia ficar na escola depois das aulas, fazendo deveres, o que, aparentemente, não contribuía para melhorar o seu aproveitamento.

Às vezes, o Sr. Byers fazia Rachel Geiger também ficar depois das aulas, uma vez que ela era a melhor aluna da escola. Quando isso acontecia, Xamã e Rachel voltavam juntos para casa. Numa tarde cinzenta, quando a primeira neve do ano começava a cair, de repente Rachel começou a chorar, assustando Xamã.

Ele ficou imóvel, olhando para ela.

Rachel parou de chorar e virou para Xamã para que ele pudesse ler seus lábios.

– Aquele Sr. Byers! Sempre que ele pode, fica... muito perto de mim. E está sempre me tocando.

– Tocando?

– Aqui – disse ela, levando a mão à frente do casaco azul.

Xamã, na sua inexperiência, não sabia como reagir à revelação.

– O que podemos fazer? – perguntou, mais para si mesmo do que para ela.

– Eu não sei. Não sei. – Para horror de Xamã, ela recomeçou a chorar.

– Eu tenho de matar o Sr. Byers – resolveu ele, calmamente.

Rachel parou de chorar.

– Isso é bobagem.

– Não, não é. É o que vou fazer.

A neve começou a cair com mais força e os flocos se juntavam ao cabelo e no gorro de Rachel. Os olhos castanhos, com pestanas espessas e negras, ainda cheios de lágrimas, estudaram Xamã pensativamente. Um floco maior derreteu no rosto macio mais moreno que o dele, um tom de pele entre o branco quase transparente de Sarah e o moreno de Makwa.

– Você faria isso por mim?

Xamã pensou sinceramente no assunto. Teria prazer em se livrar do Sr. Blyers, mas os problemas de Rachel com o professor eram um peso a mais a seu favor no prato da balança e ele achou que podia responder afirmativamente. Então Xamã descobriu que o sorriso de Rachel despertava nele uma nova e agradável sensação.

Rachel pôs a mão no peito dele solenemente, na mesma altura em que tinha tocado o próprio peito para mostrar onde Byers a tocava.

– Você é meu amigo para sempre e eu sou sua amiga para sempre – disse ela, e Xamã reconheceu que era verdade.

Continuaram a andar e a mão enluvada de Rachel segurou a dele. Como as luvas azuis dela, as vermelhas de Xamã tinham sido feitas por Lillian, que sempre dava luvas de presente de aniversário. O calor da mão dela passou através da luva e pareceu subir pelo braço de Xamã. Então Rachel parou outra vez e virou o rosto para ele.

– Como é que você vai... você sabe... fazer isso?

Xamã procurou retirar do ar frio a lembrança de uma frase que seu pai sempre dizia.

– Isso vai exigir um estudo considerável – respondeu.

# 31

# TEMPO DE ESCOLA

Rob J. gostava das reuniões da Sociedade de Medicina. Às vezes eram instrutivas. Mas, geralmente, eram uma oportunidade de passar algumas horas na companhia de homens que tinham experiências iguais às suas e que falavam uma linguagem comum. Na reunião de novembro, Julius Barton, um jovem médico do norte do condado, apresentou um relatório sobre picadas de cobras e depois falou sobre mordidas estranhas de animais, que tinha tratado, como o caso da mordida que tirou sangue da nádega de uma mulher.

– O marido disse que foi o cachorro, o que fazia da mordida um caso muito especial, porque demonstrava claramente que o cachorro do casal tinha dentes humanos!

Para não ficar atrás, Tom Beckermann contou o caso de um amante de gatos que apareceu com arranhões nos testículos, que podiam ou não terem sido feitos por um gato. Tobias Barr disse que essas coisas não eram incomuns. Alguns meses atrás, tinha tratado de um homem com o rosto todo arranhado.

– Ele disse que fora arranhado por um gato também, mas era um gato com três unhas e grandes como de uma gatinha humana – disse o Dr. Barr, provocando mais gargalhadas.

Ele começou em seguida a contar outro caso engraçado e ficou aborrecido quando Rob o interrompeu, perguntando se podia lembrar exatamente quando tinha atendido o homem com o rosto arranhado.

– Não – disse ele, continuando com a história.

Depois da reunião, Rob J. aproximou-se do Dr. Barr.

– Tobias, aquele paciente com o rosto arranhado. Será que tratou dele num domingo, dia 3 de setembro?

– Não posso afirmar. Não anotei a data – disse o Dr. Barr, na defensiva, pois sabia que Rob praticava um tipo de medicina mais científica, anotando e comentando cada caso. – Pelo amor de Deus, não precisamos anotar todas as coisas estranhas e sem importância, precisamos? Especialmente com um paciente desse tipo, um pregador itinerante de fora do condado, só de passagem pela cidade. Provavelmente eu nunca mais o verei, muito menos vou precisar tratar dele.

– Pregador? Lembra o nome dele?

O Dr. Barr franziu a testa, pensou por um tempo, balançou a cabeça.

– Talvez Patterson – disse Rob J. – Ellwood Patterson?

O Dr. Barr arregalou os olhos.

Ao que se lembrava, o paciente não tinha deixado endereço.

– Acho que disse que era de Springfield.

– Para mim disse Chicago.

– Ele o procurou por causa da sífilis?

– Estágio terciário.

– Sim, sífilis terciária – disse o Dr. Barr. – Ele me perguntou sobre sífilis, depois que tratei seu rosto. O tipo de homem que quer tirar o máximo possível de cada dólar. Se tivesse um calo no dedo do pé, ia querer que eu o tirasse pelo preço da consulta. Vendi a ele um unguento para a sífilis.

— Eu também — disse Rob J. e os dois sorriram.

O Dr. Barr estava intrigado.

— Ele ficou devendo a consulta, certo? Por isso você o está procurando?

— Não. Eu fiz autópsia numa mulher que foi assassinada no dia em que você o examinou. Ela foi estuprada por vários homens. Encontrei fragmentos de pele debaixo de três unhas, provavelmente arrancadas dos rostos dos homens.

O Dr. Barr pigarreou.

— Lembro que dois homens estavam esperando por ele, fora do meu consultório. Apearam dos cavalos e sentaram nos degraus na frente da porta. Um deles era grande, parecia um urso em hibernação, com uma boa camada de gordura. O outro era magro, mais jovem. Tinha uma mancha cor de vinho no rosto debaixo do olho, acho que do direito. Não cheguei a saber os nomes deles, nem vi nada além disso.

O presidente da Sociedade de Medicina tinha certa tendência ao ciúme profissional e às vezes era pomposo, mas Rob J. gostava dele. Agradeceu a Tobias Barr e saiu.

Mort London o recebeu com mais calma, talvez por se sentir inseguro com a ausência de Nick Holden, que estava em Washington, ou talvez por ter chegado à conclusão de que um xerife eleito devia saber controlar a língua. Ele ouviu o que Rob J. tinha a dizer, anotou a descrição física de Ellwood Patterson e dos outros dois homens e prometeu, atenciosamente, começar a investigação. Rob J. teve a vaga impressão de que aquelas anotações iam parar na cesta de lixo assim que ele saísse do escritório do xerife. Se pudesse escolher entre Mort furioso e Mort suavemente diplomático, daria preferência ao primeiro.

Assim, Rob começou a investigar por conta própria. Carroll Wilkenson, o corretor de imóveis e de seguros, era presidente do comitê pastoral da igreja e tinha providenciado a vinda de todos os pregadores visitantes até escolher o Sr. Perkins. Um bom comerciante, Wilkenson tinha um arquivo muito completo de todas as suas atividades.

— Aqui está — disse ele, tirando do arquivo um volante dobrado. — Apanhei numa reunião de agentes de seguros, em Galesburg. O folheto oferecia às igrejas cristãs a visita de um pregador que faria um sermão sobre os planos de Deus para o vale do rio Mississípi. A igreja não pagaria nada ao pregador visitante e todas as suas despesas seriam cobertas pelo Instituto Religioso Estrelas e Listras, Palmer Avenue, 282, Chicago.

"Escrevi uma carta dando a eles para escolher três datas abertas, três domingos. Responderam dizendo que Ellwood Patterson estaria aqui no dia 3 de setembro. Eles se encarregaram de tudo. — Reconheceu que o sermão de Patterson não tinha agradado muito. — Ele se limitou a fazer advertências contra os católicos. – Sorriu. – Se quer saber a verdade, ninguém deu muita atenção. Mas então, ele começou a falar das pessoas que vêm de outros países para o vale do Mississípi. Disse que estavam roubando os empregos dos cidadãos nascidos aqui. Os que vieram de outros países ficaram danados da vida. – Ele não tinha o endereço de Patterson. – Ninguém pensou em convidar o homem outra vez. A última coisa que uma igreja como a nossa precisa é de um pregador que procura dividir a congregação, jogando uns contra os outros."

Ike Nelson, o dono do bar, lembrava de Ellwood Patterson.

– Eles chegaram tarde, na noite de sábado. Ele é um mau bebedor, aquele Patterson, assim como os outros que estavam com ele. Fácil com o dinheiro, mas não valia os problemas que criaram. O grandalhão, Hank, passou o tempo todo gritando comigo, pedindo para arranjar algumas prostitutas, mas não demorou a ficar bêbado e esqueceu das mulheres.

– Qual o sobrenome desse Hank?

– Um nome engraçado. Sneeze, não... Cough! Hank Cough. O outro homem, pequeno e magricela, mais moço, eles chamavam de Len. Às vezes de Lenny. Não me lembro de ter ouvido o sobrenome. Tinha uma marca roxa no rosto. Mancava, como se tivesse uma perna mais curta do que a outra.

Toby Barr não tinha falado de um homem manco. Provavelmente não vira o homem andar, pensou Rob.

– De que perna ele mancava? – perguntou e percebeu que Nelson não tinha entendido a pergunta.

– Ele andava assim? – disse Rob, favorecendo a perna direita. – Ou assim? – favorecendo a esquerda.

– Menos do que isso. Quase não dava para notar. Não sei de que lado. Tudo que sei é que os três tinham pernas ocas, para aguentar tanta bebida. Patterson pôs um belo maço de notas no bar e me mandou continuar servindo e tomar alguns também. No fim da noite, tive de mandar chamar Mort London e Fritz Graham, dei pra eles algumas notas do maço e mandei levar os homens para a casa de Anna Wiley e pôr os três na cama. Mas ouvi dizer que no dia seguinte, na igreja, Patterson estava sóbrio e tão santo quanto se pode desejar. – Com um largo sorriso, Ike disse: – Esse é o meu tipo de pregador!


Oito dias antes do Natal, Alex Cole foi para a escola com a permissão de Alden para brigar.

No recreio, Xamã viu o irmão atravessar o pátio. Horrorizado, notou que as pernas do Maior estavam tremendo.

Alex foi direto para onde Luke Stebbins e mais alguns meninos brincavam de saltar, no canto do pátio onde a neve macia estava ainda empilhada. A sorte sorriu para Alex pois Luke tinha errado dois saltos e, para melhorar o desempenho, tirou o pesado casaco de pele de boi. Dar um soco naquele casaco era o mesmo que bater num pedaço de madeira.

Luke pensou que Alex queria entrar na brincadeira e se preparou para se divertir mais uma vez. Mas Alex caminhou para ele e acertou um direto bem no meio do sorriso de Luke.

Foi um erro, um mau começo de luta. As instruções de Alden eram claras. O primeiro golpe de surpresa devia ser no estômago, para tirar o fôlego de Luke, mas o terror impediu Alex de usar a cabeça. O soco amassou o lábio inferior de Luke e ele voou para cima de Alex furioso. O avanço de Luke era algo que, dois meses antes, teria deixado Alex petrificado, mas ele estava acostumado com as investidas de Alden e apenas desviou o corpo. Quando Luke passou por ele, Alex mandou um violento *jab* de esquerda que atingiu a boca já ferida. Então, quando o menino maior conseguiu controlar o impulso da corrida, antes que ele pudesse retomar o equilíbrio, Alex mandou mais dois *jabs* no mesmo lugar.

Xamã tinha começado a comemorar, aos gritos, no primeiro golpe, e as crianças acorreram de todos os cantos do pátio para ver a luta.

O segundo grande erro de Alex foi olhar para Xamã quando ele começou a gritar. O punho grande de Luke o acertou debaixo do olho direito e ele cambaleou e caiu. Mas Alden tinha trabalhado bem e, nem bem caiu, Alex se levantou e enfrentou Luke, que avançou outra vez quase às cegas.

O rosto de Alex estava dormente e o olho direito começou a inchar e a fechar, porém suas pernas estavam espantosamente firmes. Recuperando-se, passou para a rotina do treinamento diário. Seu olho esquerdo estava bom e ele o manteve fixo onde Alden tinha mandado, bem no meio do peito de Luke, para ver para que lado ele ia virar o corpo. Tentou bloquear só um soco, que deixou dormente todo seu braço. Luke era forte demais. Alex começava a sentir cansaço, mas saltava e dava fintas, ignorando o estrago que mais um murro de Luke podia fazer, se o acertasse. Sua mão esquerda subiu rapidamente, castigando a boca e o rosto de Luke. O primeiro golpe da luta tinha amolecido um dente da frente de Luke e os outros golpes seguidos no mesmo lugar terminaram o trabalho. Para espanto de Xamã, Luke balançou a cabeça e cuspiu o dente na neve.

Alex comemorou, socando outra vez com a esquerda e depois mandando um desajeitado cruzado de direita, que acertou em cheio o nariz de Luke, tirando mais sangue. Luke levou a mão ao rosto, atônito.

– O *stick*, Maior! – berrou Xamã – O *stick*!

Alex ouviu e enfiou o punho no estômago de Luke com toda a força. Luke dobrou o corpo e perdeu a respiração. Foi o fim da luta, porque as outras crianças se espalharam, abrindo caminho para o furioso professor. Dedos de aço torceram a orelha de Alex e o Sr. Byers, fulminando os dois com os olhos, disse que o recreio havia acabado.

Na classe, Luke e Alex foram exibidos aos outros alunos como símbolos do mau exemplo – bem debaixo do cartaz onde estava escrito "PAZ NA TERRA".

– Não vou tolerar brigas na minha escola – disse o Sr. Byers, friamente. Com a vareta que usava para apontar as lições e os mapas, castigou os dois com cinco vergões vermelhos na palma da mão de cada um. Luke chorou. O lábio inferior de Alex tremeu quando recebeu o castigo. O olho inchado parecia uma berinjela, as costas e a palma da mão direita eram um tormento, a primeira, com as juntas quase em carne viva, a segunda, vermelha e inchada por causa dos golpes da vara do Sr. Byers. Mas quando ele olhou para Xamã, os irmãos sentiram-se plena e maravilhosamente realizados.

Quando terminaram as aulas e todos saíram, um grupo de crianças rodeou Alex, rindo e fazendo perguntas, cheios de admiração. Luke Stebbins caminhou sozinho, atordoado ainda. Quando Xamã Cole correu para ele, Luke pensou que era a vez do mais novo dos Cole e ergueu as mãos, a esquerda fechada, a direita aberta, quase numa súplica.

Xamã falou suavemente, mas com firmeza.

– Você chama meu irmão de Alexander. E você me chama de Robert – disse ele.


Rob J. escreveu para o Instituto Religioso Estrelas e Listras dizendo que gostaria de entrar em contato com o reverendo Ellwood Patterson para tratar de um assunto eclesiástico, pedindo ao instituto para enviar por escrito o endereço do pregador.

Se respondessem, a carta levaria semanas para chegar. Rob J. não contou a ninguém o que sabia, nem o que suspeitava, até a noite em que ele e Geiger terminaram a execução de *Eine Kleine Nachtmusik*, de Mozart. Sarah e Lillian conversavam na cozinha, enquanto preparavam o chá com bolo, e Rob J. contou tudo a Jay.

– O que devo fazer se encontrar esse pregador com o rosto arranhado? Sei que Mort London não vai levantar um dedo para levá-lo a julgamento.

– Então você deve fazer um barulho que chegue aos ouvidos de Springfield – disse Jay. – E se as autoridades locais não o ajudarem, terá de apelar para Washington.

– Ninguém lá em cima está disposto a fazer o menor esforço por causa de uma índia morta.

– Nesse caso – disse Jay –, se houver prova da culpa, teremos de procurar alguns homens honestos que saibam usar armas.

– Você faria isso?

Jay olhou atônito para ele.

– É claro. Você não faria?

Rob contou seu voto de não violência.

— Eu não tenho esses escrúpulos, meu amigo. Quando sou ameaçado por pessoas desonestas, tenho direito de me defender.

— Sua Bíblia diz "Não matarás".

— Ah! Mas diz também "Olho por olho, dente por dente". E mais: "Aquele que ataca um homem e o mata deve morrer também."

— "Se fores esbofeteado na face direita, deves oferecer a esquerda."

— Isso não é da *minha* Bíblia – disse Geiger.

Ah, Jay, esse é o problema, bíblias demais e cada uma afirmando que tem a chave da verdade.

Geiger sorriu, compreensivo.

— Rob J., eu jamais tentaria dissuadi-lo de ser um livre-pensador. Mas deixo com você outro pensamento. "O temor a Deus é o começo da sabedoria." – E passaram a falar de outras coisas quando as mulheres serviram o chá.

Nas semanas seguintes, Rob J. pensou muito no amigo, às vezes com ressentimento. Para Jay era fácil. Várias vezes por dia ele se enrolava no xale de oração, como quem se envolve na segurança e na confiança do ontem e do amanhã. Tudo era determinado: as coisas permitidas, as coisas proibidas, a direção a seguir marcada claramente. Jay acreditava nas leis de Jeová e do homem e só precisava seguir os mandamentos antigos e as leis da Assembleia Geral de Illinois. A revelação de Rob J. era a ciência, uma crença menos confortável e bem menos confortadora. A verdade era sua divindade, a prova, seu estado de graça, a dúvida, sua liturgia. Continha muitos mistérios como as outras religiões e era cortada por trilhas sombrias que conduziam a enormes perigos, a penhascos horríveis, aos mais profundos abismos. Nenhum poder mais alto lançava sua luz para iluminar o caminho tenebroso e sombrio e ele contava apenas com seu frágil julgamento para escolher as trilhas mais seguras.


No gelado quarto dia do novo ano de 1852, a violência irrompeu na escola outra vez.

Naquela manhã de frio intenso, Rachel se atrasou. Quando chegou na escola, foi diretamente para seu lugar, sem sorrir para Xamã e sem o cumprimento habitual apenas com um movimento dos lábios. Surpreso, ele viu que o pai estava com ela. Jason Geiger foi até a mesa do professor e olhou para o Sr. Byers.

— Ora, Sr. Geiger. É um prazer, senhor. Em que posso servi-lo?

Jay Geiger apanhou a vareta que estava sobre a mesa e açoitou com ela o rosto do professor.

O Sr. Byers levantou-se de um salto, derrubando a cadeira. Era mais alto do que Geiger, mas de compleição normal. Mais tarde, todos lembravam do ocorrido como de uma cena cômica, o homem baixo e gordo avançando para o outro, alto e mais jovem, empunhando a vareta, levantando e abaixando o braço, e a expressão de incredulidade do Sr. Byers. Mas naquela manhã, ninguém riu de Jay Geiger. Os alunos ficaram imóveis, quase sem respirar. Incrédulos como o Sr. Byers. Era mais incrível do que a luta de Alex com Luke. Xamã observava Rachel, notando a palidez e o embaraço no rosto da menina. Teve a impressão de que ela tentava ficar tão surda quanto ele, além de cega para o que estava acontecendo.

– Que diabo está fazendo? – O Sr. Byers ergueu os braços para proteger o rosto e gritou de dor quando a vareta acertou suas costelas. Deu um passo ameaçador para Jay. – Seu maldito idiota! Seu judeuzinho maluco!

Jay continuou batendo, levando o professor para a porta. O Sr. Byers afinal saiu da sala e bateu a porta, rapidamente. Jay apanhou o casaco que estava na cadeira e o atirou para fora, na neve, depois voltou para a sala, com a respiração ofegante. Sentou na cadeira do professor.

– A aula terminou por hoje – disse ele, depois de algum tempo. Depois, montou no cavalo, pôs Rachel na garupa e foi para casa, deixando os dois filhos, David e Herman, para voltarem a pé com os irmãos Cole.

Estava gelado lá fora. Xamã, com duas echarpes de lã, uma cobrindo a cabeça e amarrada sob o queixo, a outra envolvendo a boca e o nariz, sentia o gelo fechar suas narinas cada vez que respirava.

Quando chegaram em casa, Alex correu a contar para a mãe o que tinha acontecido na escola, mas Xamã foi direto para a margem do rio, onde o gelo tinha se partido com o frio. Devia ser um som maravilhoso. O frio partira ao meio também um grande álamo, não muito longe do *hedonoso-te* de Makwa, agora coberto de neve. A árvore parecia atingida por um raio.

Estava satisfeito por Rachel ter contado a Jay. Aliviado por não ter de matar o Sr. Byers, certo agora de que não seria enforcado. Mas alguma coisa o incomodava como uma comichão teimosa. Se Alden achava que era direito lutar quando era preciso, e se Jay achava que era direito lutar para proteger a filha, o que havia de errado com seu pai?

# 32

# MEDICINA NOTURNA

Poucas horas depois de Marshall Byers fugir de Holden's Crossing, foi formado um comitê para contratar outro professor. Paul Williams foi designado para o comitê para provar que ninguém culpava o ferreiro pela falta do primo. O Sr. Byers, afinal, não passava de uma ovelha negra na família. Jason Geiger foi também nomeado, para mostrar que tinha agido certo quando expulsou o Sr. Byers. Carroll Wilkenson foi o outro escolhido, o que era bom porque o agente de seguros acabava de pagar um pequeno seguro de vida que John Meredith, um comerciante de Rock Island, fizera para o pai. Meredith disse a Carroll que estava muito agradecido à sua sobrinha, Dorothy Burnham, por deixar a escola onde lecionava para cuidar do seu pai nos seus últimos dias de vida. Quando o comitê entrevistou Dorothy Burnham, Wilkenson gostou dela por seu rosto sem beleza e pelo fato de ser uma solteirona, o que afastava o perigo de um dia deixar a escola para se casar. Paul Williams a recomendou porque, quanto mais cedo contratassem alguém, mais depressa esqueceriam seu maldito sobrinho Marshall. Jay gostou porque ela falava sobre sua profissão com tranquila confiança e com um entusiasmo que indicava uma verdadeira vocação. Eles a contrataram por 17,50 dólares por período, 1,50 menos do que pagavam ao Sr. Byers, porque era mulher.

Oito dias depois da fuga do Sr. Byers da escola, a Srta. Burnham começou a lecionar. Manteve a disposição dos lugares determinada pelo Sr. Byers porque os alunos estavam acostumados. Já havia ensinado em duas escolas antes, uma, menor que a de Holden's Crossing, na cidade de Bloom, a outra, maior, em Chicago. Até então o único caso de deficiência física que havia encontrado foi o de um aluno manco, e agora estava muito interessada no novo aluno surdo.

Na sua primeira conversa com o jovem Robert Cole, ficou intrigada com o processo de leitura dos lábios. Aborreceu-a o fato de ter levado quase meio dia para perceber que, de onde estava, ele não podia ver o que a maior parte dos alunos dizia. A escola tinha uma cadeira extra para visitantes adultos e a Srta. Burnham fez Xamã sentar nela, na frente do banco, um pouco de lado, de onde podia ver os lábios de todos os alunos e os da professora.

A outra grande mudança para Xamã foi na aula de música. Como fazia sempre, ele levou para fora as cinzas do aquecedor e começou a carregar lenha para dentro, mas a Srta. Burnham o fez parar e voltar para sua cadeira.

Dorothy Burnham deu o tom assoprando num pequeno tubo sonoro e depois ensinou a encaixar a letra na escala ascendente, "Nossa-escola-é-um-refúgio-precioso!" e na escala descendente, "Aqui-nós-aprendemos-a-pensar-e-a-crescer!" No meio da primeira canção ela percebeu que não fora boa ideia incluir o jovem Cole na aula de música, pois ele apenas observava e a expressão paciente dos seus olhos era comovedora. Precisava dar a ele um instrumento cuja vibração lhe permitisse "ouvir" o ritmo da música. Talvez um tambor? Mas o tambor destoaria da música feita pelas outras crianças.

Depois de pensar por algum tempo, ela foi ao armazém-geral de Haskins, pediu uma caixa de charutos e pôs dentro seis bolinhas vermelhas que os meninos usavam para o jogo de gude, na primavera. As bolinhas faziam muito barulho ao serem sacudidas, então ela grudou no fundo e nas paredes da caixa um pedaço de pano azul e o resultado foi satisfatório.

Na manhã seguinte, na aula de música, ela fez Xamã segurar a caixa e a sacudir acompanhando a melodia de "América", cantada pelos outros alunos. Ele compreendeu o que tinha de fazer, lendo nos lábios da professora quando devia sacudir a caixa. Xamã não podia cantar, mas acostumou-se com o ritmo e o tempo, acompanhando a letra da música com o movimento dos próprios lábios e os outros alunos logo se acostumaram com as batidas da "caixa de Robert". Xamã adorava sua caixa de charutos. O rótulo tinha a figura de uma rainha de cabelos negros com o grande busto coberto de chifon, as palavras *Panatelas de los Jardines dela Reina,* e mais abaixo, Companhia Gottlieb de Nova York Importadora de Tabaco. Quando ele a levava ao nariz, sentia o cheiro do cedro e o leve odor da folha cubana.

A Srta. Burnham determinou um rodízio de alunos que deviam chegar mais cedo para esvaziar o balde com as cinzas e levar lenha para o aquecedor. Embora Xamã nunca tivesse pensado no assunto nesses termos, sua vida tinha mudado drasticamente pelo fato de o Sr. Byers não conseguir controlar seu desejo de bolinar os seios das meninas adolescentes.

No gélido início de março, com a pradaria ainda congelada e rígida como aço, os pacientes lotavam a sala de espera de Rob J. todas as manhãs e, quando terminava o trabalho no dispensário, ele se esforçava para atender o maior número de chamados porque, dentro de algumas semanas, as viagens seriam verdadeiras torturas na lama da neve derretida. Quando Xamã não estava na escola, Rob J. o levava nessas visitas, pois ele tomava conta do cavalo enquanto o pai atendia o paciente.

No fim de uma tarde cinzenta, depois de atender Freddy Wall, que estava com pleurisia, Rob J. e Xamã seguiam pela estrada do rio. Rob estava pensando se devia visitar Anne Frazier, que estivera doente durante todo o inverno, ou se seria melhor deixar para o dia seguinte, quando três homens a cavalo saíram do meio das árvores. Estavam bem agasalhados, como os Cole, mas Rob percebeu que todos estavam armados, dois com o cinturão do coldre por fora do casaco, o terceiro com a arma presa na frente da sela.

– Você é doutor, não é?

Rob J. fez um gesto afirmativo.

– Quem são vocês?

– Temos um amigo que precisa muito de médico. Um pequeno acidente.

– Que tipo de acidente? Acham que tem algum osso quebrado?

– Não. Bom, não tenho certeza. Pode ser. Um tiro. Aqui – disse ele, apontando para o braço, perto do ombro.

– Está perdendo muito sangue?
– Não.
– Está bem, eu vou, mas primeiro vou deixar meu filho em casa.
– Não – disse o homem outra vez e Rob J. olhou para ele. – Nós sabemos onde você mora, no outro lado da cidade. Nosso amigo está longe daqui, nesta direção.
– A que distância?
– Mais de uma hora a cavalo.
Rob disse, com um suspiro resignado.
– Vá na frente.
O homem que tinha falado saiu na frente. Rob notou que os outros esperaram que ele o seguisse e ficaram atrás, um de cada lado do seu cavalo.

Seguiram primeiro para o noroeste, Rob tinha certeza. Percebeu que, uma vez ou outra, eles voltavam para trás, por outro caminho, ou faziam voltas desnecessárias, como uma raposa perseguida. O estratagema funcionou, pois dentro de pouco tempo Rob, confuso, não tinha a mínima ideia de onde estavam. Depois de meia hora chegaram a uma sucessão de colinas arborizadas, entre o rio e a planície. Os lodaçais entre as colinas, congelados agora, ficariam intransitáveis quando a neve começasse a derreter.
O homem que ia na frente parou.
– Tenho de vendar seus olhos.
Rob nem pensou em protestar.
– Espere um pouco – disse ele, e virou o rosto para Xamã. – Eles vão cobrir seus olhos, mas não tenha medo. E ficou aliviado quando Xamã apenas fez um gesto afirmativo.
O lenço que usaram em Rob não estava limpo e ele rogou que o de Xamã estivesse melhor, porque não lhe agradava a ideia de encostarem no rosto do filho um pano cheio de suor e ranho seco.
Amarraram uma rédea para puxar o cavalo de Rob e ele teve a impressão de ter viajado por um longo tempo entre as colinas, mas talvez parecesse mais tempo por estar com os olhos vendados. Finalmente sentiu que estavam subindo uma pequena encosta e logo depois pararam. Quando tiraram a venda, Rob viu uma pequena construção, mais barraco do que casa, sob as árvores grandes. Os olhos deles logo se ajustaram à luz fraca do fim do dia. Rob viu Xamã piscar várias vezes.
– Você está bem, Xamã?
– Muito bem, pai.
Rob conhecia aquele rosto. Sabia que Xamã tinha conhecimento suficiente para estar assustado. Mas, quando bateram com os pés no chão para restaurar a circulação, antes de entrar na casa, Rob notou que Xamã obser-

vava tudo com interesse, apesar do medo, e mentalmente censurou a si mesmo por não ter dado um jeito de deixar o filho em algum lugar seguro.

Dentro da casa o ar estava aquecido pelo carvão que ardia na lareira, mas viciado e malcheiroso. Não havia nenhum móvel. O homem gordo estava sentado no chão, encostado numa sela, e, apesar da pouca luz, Xamã viu que ele era calvo embora tivesse tanto pelo no rosto quanto a maioria dos homens têm na cabeça. Mantas amassadas no cimo marcavam onde os outros tinham dormido.

– Você demorou muito – disse o homem gordo. Tomou um gole da caneca preta que tinha na mão e tossiu.

– Não perdi tempo nenhum – disse o homem que tinha viajado na frente, em voz baixa. Tirou o lenço que cobria o rosto e Xamã viu que tinha a barba branca e parecia mais velho do que os outros. O homem pôs a mão no ombro de Xamã e o empurrou para baixo. – Senta – disse ele, como se estivesse falando com um cão.

Xamã sentou não muito longe do fogo, de onde podia ver a boca do homem ferido e a do seu pai.

O homem mais velho tirou a pistola do cinto e a apontou para Xamã.

– Acho melhor você tratar *muito bem* do nosso amigo, doutor.

Xamã ficou apavorado. O cano da pistola parecia um olho redondo apontado para ele.

– Não vou fazer nada enquanto alguém estiver empunhando uma arma – Xamã ouviu o pai dizer para o homem que estava deitado no chão.

O homem pensou por um momento.

– Vocês vão para fora – ordenou ele.

– Antes de irem embora – disse o pai de Xamã –, tragam lenha e acendam o fogo. Ponham água para ferver. Tem outro lampião?

– Lanterna – disse o homem.

– Vá buscar. – O pai de Xamã pôs a mão na testa do homem gordo. Desabotoou a camisa do ferido e a abriu. – Quando aconteceu isto?

– Ontem de manhã. – Os olhos embaçados voltaram-se para Xamã. – Esse é seu filho.

– Meu filho mais novo.

– O surdo.

– ... Parece que sabe muita coisa sobre minha família.

O homem assentiu com a cabeça.

– O mais velho é que alguns dizem que é do meu irmão Willy. Se for parecido com o meu Willy, deve ser o diabo em pessoa. Sabe quem eu sou?

– Posso imaginar – Xamã viu o pai inclinar-se um pouco para a frente e dizer, com os olhos nos olhos do homem ferido e o rosto quase encostado no dele. – Os dois são meus filhos. Se está falando do meu filho mais velho, ele é *meu* filho mais velho. E no futuro, você vai ficar bem longe dele, como sempre ficou no passado.

O homem no chão sorriu.

– Ora, e por que eu não posso querer ficar com ele?

– Especialmente porque ele é um menino muito bom e honesto, que tem tudo para levar uma vida decente. E se ele fosse do seu irmão, não ia querer que acabasse como você agora, deitado como um animal ferido na terra suja de um chiqueiro.

Os dois homens entreolharam-se por um longo momento. Então o ferido fez um movimento e uma careta de dor e o pai de Xamã começou a tratar dele. Tirou a caneca da mão do homem, depois a camisa.

– Não tem orifício de saída.

– Oh, a maldita está aí dentro, eu podia ter dito isso antes. Vai doer bastante quando começar a mexer. Posso tomar mais um ou dois goles?

– Não. Vou dar uma coisa para você dormir.

O homem não gostou.

– Não vou dormir coisa nenhuma e deixar que você faça o que bem entender quando eu estiver indefeso.

– A decisão é sua – disse o pai de Xamã. Devolveu a caneca e deixou o homem beber enquanto esperava que a água fervesse. Então lavou a área em volta do ferimento com sabão escuro e um pano limpo, Xamã não podendo ver muito bem o ferimento. Depois, inseriu uma tenta fina de metal no orifício da bala. O homem gordo ficou imóvel, abriu a boca e pôs a língua de fora. – ... Está quase no osso, mas não há nenhuma fratura. A bala devia estar quase sem impulso quando o acertou.

– Foi pura sorte – disse o homem. – O filho da mãe estava bem longe. – Sua barba estava molhada de suor e a pele cinzenta.

O pai de Xamã tirou da maleta um fórceps para a retirada de corpo estranho.

– Vou usar isto para retirar a bala. É muito mais grosso do que a tenta. Vai doer bem mais. Acho melhor confiar em mim – acrescentou ele, simplesmente.

O ferido virou a cabeça e Xamã não soube o que ele disse, mas devia ter pedido alguma coisa mais forte do que uísque. Seu pai tirou da maleta o cone para aplicar éter e chamou Xamã, que o tinha visto administrar o produto várias vezes, mas nunca tinha ajudado. Segurou cuidadosamente o cone sobre o nariz e a boca do homem gordo enquanto seu pai aplicava as gotas de éter. O orifício da bala era maior do que Xamã esperava, com a borda arroxeada. Quando o éter fez efeito, seu pai inseriu o fórceps cuidadosamente, um pouco de cada vez. Uma gota vermelha apareceu na borda do ferimento e escorreu pelo braço do homem. Mas quando o fórceps foi retirado, segurava na ponta a bala de chumbo.

Seu pai lavou a bala e a pôs sobre a manta para o homem encontrá-la quando acordasse.

Rob J. chamou os outros homens e eles entraram com uma panela de feijões congelados que ficara no telhado da casa. Esquentaram o feijão no fogo e deram um pouco para Xamã e para seu pai. Tinha uns pedaços de alguma coisa que podia ser carne de coelho e Xamã pensou que ficaria muito melhor com melado, mas comeu avidamente.

Depois desse jantar, seu pai aqueceu mais água e começou a lavar todo o corpo do paciente, o que, a princípio, os homens observaram com suspeita, mas depois com indiferença. Eles deitaram sobre as mantas e, um a um, adormeceram, mas Xamã ficou acordado. Depois de algum tempo, o paciente começou a vomitar violentamente.

– Uísque e éter não combinam muito bem – disse seu pai. – Trate de dormir agora. Eu cuido do resto.

Xamã obedeceu e a luz cinzenta entrava pelas frestas da parede quando o pai o acordou e mandou vestir os agasalhos. O homem gordo estava deitado, olhando para eles.

– Vai sentir alguma dor por duas ou três semanas – disse o pai. – Vou deixar um pouco de morfina, não muita, mas é toda que tenho aqui. O mais importante é manter o ferimento limpo. Se começar a gangrenar, mande me chamar que virei imediatamente.

O homem rosnou.

– Diabo, vamos estar muito longe daqui antes que você possa voltar.

– Bem, se tiver algum problema, mande me chamar. Eu irei onde quer que você esteja.

– Pague bem o homem – disse ele para o homem de barba branca, que tirou um maço de notas de uma mochila e o estendeu para o médico. O pai de Xamã tirou duas notas de um dólar e jogou o resto na manta.

– Um dólar e meio pela visita noturna, cinquenta centavos pelo éter. – Deu um passo para a porta e voltou-se. – Vocês sabem alguma coisa de um homem chamado Ellwood Patterson? Às vezes viaja com um homem chamado Hank Cough e outro mais novo chamado Lenny.

Os homens apenas olharam para ele. O ferido balançou a cabeça. O pai de Xamã fez um gesto afirmativo e os dois saíram para o ar que cheirava só a árvores. Só o homem de barba branca os acompanhou na volta. Esperou que estivessem montados para cobrir seus olhos com os lenços outra vez. Rob J. ouviu a respiração acelerada do filho e desejou ter falado com ele antes de estarem com os olhos vendados.

Os ouvidos de Rob J. estavam funcionando a toda. Seu cavalo estava sendo puxado, ele ouvia as patas do outro animal na frente. Não havia ninguém atrás. Mas podia ter alguém esperando no caminho. Tudo que teria a fazer era deixar que eles passassem, inclinar-se para a frente, encostar uma arma na cabeça de cada um e puxar o gatilho.

Foi uma longa viagem. Quando finalmente pararam, Rob sabia que, se pretendiam matá-los, seria aquele o momento. Mas os lenços foram retirados.

– Siga aquele caminho ali, está ouvindo? Logo vai chegar a um lugar que conhece.

Piscando os olhos, Rob fez um gesto afirmativo, e não disse que já sabia onde estavam. Rob e Xamã seguiram numa direção, o homem de barba branca na outra.

Depois de algum tempo, Rob parou num pequeno bosque para urinar e esticar as pernas.

– Xamã – disse ele. – Ontem, você viu minha conversa com o homem ferido?

O menino assentiu, inclinando a cabeça e olhando para ele.

– Filho. Você sabe do que estávamos falando?

Outro gesto afirmativo.

Rob J. acreditou.

– Muito bem, como é que você entendeu? Alguém andou falando sobre essas coisas com você... – Não podia dizer "sua mãe". – Seu irmão?

– Alguns meninos na escola.

Rob J. respirou fundo. Olhos de um velho num rosto tão jovem, pensou ele.

– Muito bem, Xamã, o negócio é o seguinte. Eu acho que o que aconteceu – nossa viagem com aqueles homens, o tratamento do ferido, tudo que conversamos –, acho que tudo isso deve ser um segredo entre nós dois. Só seu e meu. Porque, se contar ao seu irmão ou à sua mãe, eles podem ficar magoados. E preocupados.

– Sim, pai.

Montaram outra vez. Uma brisa quente começou a soprar. O garoto tinha razão, pensou Rob, o degelo da primavera estava chegando. Dentro de um ou dois dias, os rios estariam fluindo novamente. Então o tom decidido da voz de Xamã o sobressaltou.

– Eu quero ser igualzinho a você, papai. Quero ser um bom médico.

Rob sentiu os olhos arderem. Não era o momento certo, de costas para Xamã, na sela, o menino com frio, com fome, cansado, para explicar que alguns sonhos eram impossíveis por causa da surdez. Limitou-se a estender o braço para trás e puxar o filho para mais perto. Sentiu a testa de Xamã nas suas costas e, deixando de se torturar, tirou um cochilo, como um homem faminto com medo de devorar um prato de doce, enquanto o cavalo seguia o caminho, levando-os para casa.

# 33
## RESPOSTAS E PERGUNTAS

> Instituto Religioso Estrelas e Listras
> Palmer Avenue, 282
> Chicago, Illinois
> 18 de maio, 1852

Dr. Robert J. Cole
Holden's Crossing, Illinois

Caro Dr. Cole

Recebemos sua carta pedindo o endereço do reverendo Ellwood Patterson. Infelizmente não podemos dar a informação pedida.

Como deve saber, nosso instituto serve tanto a igrejas quanto aos trabalhadores de Illinois, levando a mensagem cristã de Deus aos honestos mecânicos nativos deste estado. No ano passado, o Sr. Patterson entrou em contato conosco e se ofereceu para ajudar nossa obra e nós o designamos para visitar sua comunidade e sua bela igreja. Mas depois disso, ele saiu de Chicago e não temos nenhuma informação a seu respeito.

Queremos assegurar que, se tivermos alguma informação, nós a enviaremos ao senhor. Nesse meio-tempo, se tiver algum assunto que possa ser esclarecido por um dos ministros de Deus pertencentes ao instituto – ou alguma questão teológica que eu possa esclarecer pessoalmente –, não hesite em entrar em contato comigo.

> Sinceramente, em Cristo (assinado)
> Oliver G. Prescott, Diretor
> Instituto Religioso Estrelas e Listras.

Era mais ou menos o que Rob esperava. Então ele escreveu uma carta, relatando os fatos da morte de Makwa-ikwa. Citou também a presença dos três estranhos em Holden's Crossing. Falou sobre os pedaços de pele encontrados sob as unhas de Makwa e do Dr. Barr ter tratado três profundos arranhões no rosto do Sr. Ellwood Patterson na tarde do dia do crime.

Enviou cartas idênticas para o governador de Illinois, em Springfield, e para os dois senadores, em Washington. Então por obrigação enviou outra, muito formal, a Nick Holden. Pedia às autoridades para, usando as facilidades dos seus cargos, ajudá-lo a localizar Patterson e seus dois companheiros e investigar qualquer conexão que pudessem ter com a morte da Mulher Urso.

Na reunião de junho a Sociedade de Medicina recebeu um convidado, um médico chamado Naismith, de Hannibal, Missouri. Antes do começo da reunião, ele falou sobre um processo movido por um escravo do Missouri no sentido de se tornar um homem livre.

– Antes da guerra contra Falcão Negro, o Dr. John Emerson foi designado para o posto de cirurgião aqui no Illinois, no Forte Armstrong. Ele tinha um escravo negro chamado Dred Scott e, quando o governo liberou as terras que pertenciam aos índios para os colonos, ele adquiriu uma parte na região então chamada Stephenson e que hoje é Rock Island. O escravo construiu um barraco na terra e viveu ali durante muitos anos para que seu dono o pudesse qualificar como dono da terra.

– Dred Scott foi para Wisconsin com Emerson, quando o cirurgião foi transferido e depois voltou, com ele, para o Missouri, onde o médico morreu. O negro tentou comprar da viúva sua liberdade, bem como a da mulher e das duas filhas. A Sra. Emerson não aceitou, então o negro atrevido foi para os tribunais, afirmando que durante muitos anos vivera como um homem livre no Wisconsin e em Illinois.

Tom Beckermann deu uma gargalhada.

– Um negro entrando com um processo nos tribunais.

– Bem – disse Julius Barton –, parece-me que a afirmação é procedente, a escravidão é proibida tanto em Illinois, quanto no Wisconsin.

O Dr. Naismith continuou, com um sorriso.

– Ah, mas é claro que ele foi vendido e comprado no Missouri, um estado escravagista, e voltou para lá.

Tobias Barr disse, pensativamente:

– Qual a sua opinião sobre a escravatura, Dr. Cole?

– Eu acho – disse Rob J. deliberadamente – que um homem pode possuir um animal do qual ele gosta, e para o qual ele fornece água e comida suficientes. Mas não creio que seja direito um ser humano possuir outro ser humano.

O Dr. Naismith esforçou-se para não perder a jovialidade.

– Sinto-me feliz por serem meus colegas de profissão, senhores, e não advogados ou juízes.

O Dr. Barr fez um gesto afirmativo, vendo que o homem queria evitar uma discussão desagradável.

– Dr. Naismith, houve muitos casos de cólera no Missouri este ano? – perguntou ele.

– De cólera não, mas tivemos muitos do que alguns chamam de gripe – disse o Dr. Naismith. Descreveu então a aparente etiologia da doença, e até o fim da reunião trataram de assuntos médicos.

Alguns dias depois, Rob J. passava, de tarde, pelo convento das irmãs de São Francisco Xavier de Assis quando, num impulso de momento, virou o cavalo e entrou no caminho que levava à casa das religiosas.

Dessa vez sua chegada foi detectada com bastante antecedência por um jovem que estava no jardim e entrou correndo na casa. A madre Miriam Ferocia ofereceu a cadeira do bispo com um sorriso tranquilo.

– Temos café – disse ela, e seu tom denotava que isso não era comum. – Aceita uma xícara?

Rob não queria desfalcar o convento, mas algo no rosto dela o fez aceitar, agradecendo. O café foi servido, preto e quente. Era muito forte e com um gosto estranho para ele, como a religião das freiras.

– Não temos leite – disse madre Miriam Ferocia, jovialmente. – Deus ainda não nos mandou uma vaca.

Ele perguntou como ia o convento e ela respondeu, secamente, que estavam sobrevivendo muito bem, obrigada.

– Há um jeito de conseguir dinheiro para o seu convento – disse Rob J.

– É sempre prudente ouvir quando alguém fala em dinheiro – respondeu ela, com calma.

– Sua ordem é de enfermeiras que não têm lugar para exercer essa atividade. Eu trato de pacientes que precisam de cuidados de enfermagem. Alguns deles podem pagar.

Mas não conseguiu uma reação melhor do que a da primeira vez em que tocou no assunto. A madre superiora fez uma careta.

– Somos irmãs de caridade.

– Alguns dos pacientes não podem pagar coisa alguma. Tratem deles e estarão praticando a caridade. Outros podem pagar. Tratem deles e mantenham seu convento.

– Quando o Senhor nos der um hospital para tratar dos doentes, nós vamos trabalhar.

Rob J. sentiu-se frustrado.

– Pode me dizer por que não permite que suas enfermeiras atendam os pacientes em casa?

– Não. O senhor não compreenderia.

– Por que não tenta?

Mas Miriam, a Feroz, limitou-se a franzir a testa, friamente.

Rob J. suspirou resignado e tomou mais um gole do café amargo.

– Há uma outra coisa. – Contou a ela tudo o que descobrira e seus esforços para localizar Ellwood Patterson. – Será que a senhora descobriu alguma coisa sobre esse homem?

– Sobre o Sr. Patterson, não. Mas descobri sobre o Instituto Religioso Estrelas e Listras. Uma organização anticatólica patrocinada por uma sociedade secreta que apoia o partido americano. É chamada a Suprema Ordem da Bandeira de Estrelas e Listras.

– Como ficou sabendo dessa... Suprema...?

– Ordem da Bandeira de Estrelas e Listras. Eles a chamam de SOBEL. – Olhou atentamente para ele. – A Santa Igreja é uma organização muito vasta. Tem meios de obter informações. Nós oferecemos a outra face, mas seria tolice não procurar saber de onde virá o próximo golpe.

– Talvez a Igreja possa me ajudar a encontrar esse Patterson.

– Vejo que é importante para o senhor.

– Eu acho que ele matou uma amiga minha. Não podemos permitir que mate outras pessoas.

– Não pode deixar que Deus se encarregue de seu julgamento? – perguntou, em voz baixa.

– Não.

Ela suspirou.

– É pouco provável que o encontre por meu intermédio. Às vezes uma investigação percorre apenas um ou dois elos da infinita corrente da Igreja. Muitas vezes perguntamos e nunca mais ouvimos falar no assunto. Mas vou indagar.

Rob saiu do convento e foi à fazenda de Daniel Rayner onde tentou, sem sucesso, aliviar a torção nas costas de Lydia-Belle Rayner e depois foi para a fazenda de criação de cabras de Lester Shedd. Shedd esteve a poucos passos da morte com uma inflamação dos pulmões e era um exemplo do quanto seria útil o trabalho das irmãs enfermeiras. Mas Rob J. o tinha visitado sempre que podia durante todo o inverno e toda a primavera e, com a ajuda da Sra. Shedd, conseguiu curá-lo.

Shedd ficou aliviado quando Rob J. disse que suas visitas não seriam mais necessárias, mas falou sobre o que devia a ele, um tanto constrangido.

– Você por acaso tem uma boa cabra leiteira? – perguntou Rob J., atônito com as próprias palavras.

– Não dando leite agora. Mas tenho uma belezinha, um pouco nova ainda para ser iniciada. Mas dentro de dois meses eu garanto os serviços de um dos meus bodes reprodutores, sem cobrar nada. Cinco meses depois – muito leite.

Rob J. arrastou o animal recalcitrante até o convento, com uma corda amarrada na sela do seu cavalo.

A madre Miriam agradeceu adequadamente, mas observando com certa ironia que, dentro de sete meses, quando ele as visitasse outra vez, tomaria café com creme, como que o acusando de dar o presente para satisfazer o próprio paladar.

Mas Rob viu um brilho diferente nos olhos dela. O sorriso de madre Miriam aqueceu seu rosto de traços fortes e severos e Rob voltou para casa sentindo que tinha aproveitado muito bem o seu dia.

Dorothy Burnharn até então via o jovem Robert Cole apenas como um aluno inteligente e ansioso para aprender. Primeiro ela estranhou as notas baixas de Robert Cole no livro do Sr. Byers, e depois ficou indignada, pois percebeu que o menino era muito inteligente e sem dúvida fora tratado com desprezo.

Não tinha nenhuma experiência com alunos surdos, mas era uma professora que dava valor a uma experiência nova.

Quando se hospedou na casa dos Cole por duas semanas, esperou o momento oportuno para falar em particular com o Dr. Cole.

– É sobre a dicção de Robert – começou ela e logo percebeu que tinha toda a atenção do médico. – Temos sorte porque ele fala com clareza. Mas, como sabe, há outros problemas.

Rob J. fez um gesto afirmativo.

– Sua dicção é sem cadência ou expressão. Eu sugeri que ele procurasse variar o tom da voz, mas... – ele balançou a cabeça.

– Eu acho que ele fala monotonamente porque com o passar do tempo vai esquecendo o som da voz humana, os altos e baixos da entonação. Acho que podemos fazer com que volte a lembrar – disse ela.

Dois dias depois, com a permissão de Lillian, a professora levou Xamã à casa dos Geiger, depois da aula. Fez o menino ficar de pé ao lado do piano, com a palma da mão apoiada sobre a caixa de cordas do instrumento. Tocou com força a nota mais baixa e segurou para que a vibração chegasse até a mão do menino. Então, olhando para ele, disse "Nossa!" A mão direita da professora estava também sobre o piano, com a palma para cima.

Tocou a nota seguinte, "escola!". Ergueu um pouco a mão direita.

A nota seguinte, "é". Levantou mais um pouco a mão.

Nota por nota ela tocou a escala ascendente, para cada uma dizendo as palavras do que cantavam na classe, "Nossa-escola-é-um-refúgio-precioso!" Então, a escala descendente, "Aqui-nós-aprendemos-a-pensar-e-a-crescer!"

Ela repetiu as escalas várias vezes, para que Xamã se acostumasse às diferentes vibrações, cuidando para que ele observasse a subida e a descida gradual da sua mão com cada nota.

Então, mandou que ele cantasse as palavras das escalas, não apenas com o movimento dos lábios, como fazia na escola, mas em voz alta. O resultado não foi nada musical, mas Dorothy Burnham não estava procurando fazer música. Queria que Xamã conseguisse controlar o tom da voz e, após várias tentativas, em resposta aos movimentos rápidos da mão dela, Xamã elevou a voz. Porém, foi além de uma única nota e então ele olhou mesmerizado para a mão da professora que, com o dedo polegar e indicador quase juntos, indicava um pequeno espaço.

E assim ela insistiu e corrigiu e Xamã não gostou muito. A mão esquerda da Srta. Burnham marchava sobre o teclado, tocando uma nota depois da outra, enquanto a direita ia se levantando a cada som diferente, depois começava a baixar do mesmo modo. Xamã coaxou repetidamente seu amor pela escola. Às vezes ele parecia zangado, e em duas ocasiões seus olhos se encheram de lágrimas, mas Dorothy Burnham aparentemente não notou.

Finalmente ela parou de tocar. Abriu os braços e envolveu Robert Cole com eles, abraçando-o por um longo tempo e acariciando a cabeça dele duas vezes antes de soltá-lo.

– Vá para casa – disse ela, mas o fez parar, quando ele se virou para sair.
– Vamos repetir amanhã, depois da aula.

Xamã disse, desapontado:

– Sim, Srta. Burnham – sem nenhuma inflexão na voz, mas ela não desanimou.

Depois que ele saiu, ela sentou ao piano e tocou as escalas mais uma vez.
– Sim – disse Dorothy Burnham.


Naquele ano a primavera passou rapidamente – um pequeno período de calor agradável, e depois um calor opressivo caiu sobre a planície. Numa tórrida manhã de sexta-feira, em meados de junho, quando passava pela rua Principal, em Rock Island, Rob J. foi abordado por George Cliburne, um fazendeiro quacre que era agora intermediário da venda de cereais.

– Pode me dar um minuto, doutor? – disse Cliburne delicadamente, e num acordo tácito e mútuo os dois saíram do sol escaldante para o abrigo refrescante e quase sensual que a sombra de uma nogueira proporcionava.

– Ouvi dizer que o senhor tem simpatia por homens escravizados.

Rob J. estranhou a observação. Conhecia o comerciante apenas de vista. George Cliburne tinha fama de bom negociante, astuto, mas honesto.

– Minhas opiniões pessoais não são da conta de ninguém. Quem teria dito isso ao senhor?

– O Dr. Barr.

Rob lembrou a conversa com o Dr. Naismith na reunião da Sociedade de Medicina. Percebeu que Cliburne olhava em volta para se certificar de que ninguém estava ouvindo.

– Embora nosso estado proíba a escravidão, os oficiais da lei de Illinois reconhecem o direito dos cidadãos de outros estados de terem escravos. Assim, escravos fugidos dos estados do Sul são presos aqui e devolvidos aos seus donos. São tratados cruelmente. Vi com meus próprios olhos uma grande casa, em Springfield, cheia de pequenas celas, cada uma com um escravo com pés e mãos presos à parede por pesadas correntes.

– Alguns de nós... que pensamos do mesmo modo, que abominamos os males da escravidão, estamos trabalhando para ajudar aqueles que fogem à procura da liberdade. Nós o convidamos a juntar-se a nós nessa obra de Deus.

Rob J. esperou que Cliburne dissesse mais alguma coisa, e finalmente deu-se conta de que ele acabava de fazer uma oferta.

– Ajudar... como?

– Não sabemos de onde eles vêm. Não sabemos para onde vão quando saem daqui. São trazidos para nós e levados só em noites sem lua. O senhor só precisa preparar um esconderijo seguro com espaço para um homem. Um canto no celeiro, uma abertura na parede, um buraco no solo. Comida suficiente para dois ou três dias.

Rob J. nem pensou. Balançou a cabeça.

– Sinto muito.

A expressão de Cliburne não era de surpresa, nem ressentimento, mas tinha algo de familiar.

– Pode guardar segredo desta conversa?

– Sim. Sim, é claro.

Cliburne respirou fundo e fez um gesto afirmativo.

– Que Deus o acompanhe – disse ele, saindo da sombra para o calor da rua.

Dois dias depois, no domingo, os Geiger foram jantar na casa dos Cole. Alex e Xamã gostavam dessas visitas porque o jantar era sempre especial. No começo, Sarah ficou ofendida quando notou que os Geiger sempre recusavam a carne que ela fazia, para não quebrar seu *kashruth*. Mas acabou compreendendo e procurava compensar. Sempre que eles os visitavam, oferecia pratos diferentes, uma sopa sem carne, pães variados, legumes e várias sobremesas.

Jay levou com ele o *Weekly Guardian,* de Rock Island, com uma reportagem sobre o processo de Dred Scott e o comentário de que o escravo tinha pouca ou nenhuma chance de ganhar nos tribunais.

– Malcolm Howard diz que na Louisiana todo mundo tem escravos – disse Alex, e sua mãe sorriu.

– Nem todos – disse Sarah. – Duvido que o pai de Malcolm Howard tenha tido muitos escravos ou muito de qualquer outra coisa.

– Seu pai tem escravos lá na Virgínia? – perguntou Xamã.

– Meu pai era um modesto madeireiro – disse Sarah. – Tinha só três escravos, mas as coisas ficaram difíceis e ele teve de vender a serraria e os escravos e foi trabalhar para o pai dele que tinha uma grande fazenda e mais de quarenta escravos.

– E a família do meu pai na Virgínia? – perguntou Alex.

– A família do meu primeiro marido era de comerciantes – disse Sarah. – Não tinham escravos.

– Afinal, por que alguém vai querer ser escravo? – perguntou Xamã.

— Eles não querem — disse Rob J. — São pessoas pobres e infelizes em situação desprivilegiada.

Jay tomou um gole de água da fonte e franziu os lábios.

— Sabe, Xamã, é assim que as coisas são, assim que têm sido no Sul por mais de duzentos anos. Os radicais reclamam, dizendo que os negros devem ser livres. Mas se um estado como a Carolina do Sul libertasse todos os escravos, como eles iam viver? Agora eles trabalham para os brancos e os brancos tomam conta deles. Alguns anos atrás, o primo de Lilian, Judah Benjamin, tinha cento e quarenta escravos na sua plantação de cana, na Louisiana. E ele tratava a todos muito bem. Meu pai, em Charleston, tinha dois criados negros. Pertenceram a ele durante grande parte da minha vida. Meu pai trata os dois com tanta bondade que tenho certeza que não o abandonariam nem que alguém os pudesse levar embora.

— Exatamente — disse Sarah.

Rob J. abriu a boca mas fechou sem dizer nada e passou as ervilhas e cenouras para Rachel. Sarah foi até a cozinha e voltou com um enorme bolo de batata, feito com uma receita de Lillian Geiger, e Jay gemeu, dizendo que estava mais do que satisfeito, mas assim mesmo estendeu o prato.

Quando se despediram, Jay insistiu para que Rob J. os acompanhasse até em casa para tocarem um pouco. Mas Rob declinou do convite alegando cansaço.

A verdade era que estava se sentindo antissocial, irritado. Esperando melhorar o humor, andou até o rio para aproveitar a brisa. Notou o capim alto no túmulo de Makwa e com uma fúria selvagem arrancou tudo pela raiz.

Compreendeu por que a expressão de George Cliburne lhe tinha parecido familiar. Era a mesma que vira nos olhos de Andrew Gerould na primeira vez que ele pediu a Rob para escrever um panfleto contra a administração dos ingleses e Rob recusou. Havia nos rostos dos dois homens um misto de fatalismo, força obstinada e o constrangimento de saber que tinham se tornado vulneráveis ao seu caráter e ao seu silêncio.

# 34

# O RETORNO

Quando a neblina da madrugada pairava como vapor espesso sobre o rio e cobria as árvores do bosque, Xamã saiu de casa, passou pela privada e foi urinar languidamente nas águas claras. Um disco cor de laranja aparecia bem acima da névoa, embaçando as camadas mais baixas. O mundo era novo e de um frescor que cheirava bem, e ele pôde perceber que o rio e os bosques combinavam com a paz permanente dos seus ouvidos. Se alguém quisesse pescar naquele dia, pensou, tinha de começar cedo.

O menino deu as costas ao rio. Entre ele e a casa estava o túmulo e quando viu o vulto entre as faixas esgarçadas da neblina, não sentiu medo, apenas uma pequena luta entre a incredulidade e a sensação avassaladora da mais doce felicidade e gratidão. *Espírito, eu te chamo hoje. Espírito, fale comigo agora.*

– Makwa! – exclamou ele cheio de alegria e deu um passo para a frente.

– Xamã?

Quando chegou perto dela, a primeira sensação foi de desapontamento. Não era Makwa.

– Lua? – disse ele, o nome uma interrogação por causa do terrível aspecto da mulher.

Viu então atrás de Lua dois vultos, dois homens. Um era um índio que ele não conhecia, e o outro era Cão de Pedra, que tinha trabalhado para Jay Geiger. Cão de Pedra estava com o peito nu e com uma calça de pele de gamo. O estranho vestia calça de pano tecido em casa e uma camisa esfarrapada. Os dois calçavam mocassins, mas Lua estava com botas de trabalho de homem branco e um vestido azul velho e sujo, rasgado no ombro direito. Os homens carregavam coisas que Xamã reconheceu, uma manta de queijo, um presunto defumado, uma perna de carneiro crua e compreendeu que tinham assaltado o pequeno depósito sobre o rio, onde refrigeravam os alimentos.

– Tem uísque? – perguntou Cão de Pedra, apontando para a casa e Lua o repreendeu na língua sauk, depois cambaleou e caiu.

– Lua, você está bem? – perguntou Xamã.

– Xamã. Tão grande. – Olhou admirada para ele.

Xamã ajoelhou ao lado dela.

– Onde você esteve? Os outros vieram também?

– Não, outros em Kansas. Reserva. Deixei meus filhos lá, mas... – Ela fechou os olhos.

– Vou chamar meu pai – disse ele e ela abriu os olhos.

– Eles nos fizeram tanto mal, Xamã – murmurou Lua. Segurou a mão dele com força.

Xamã sentiu que alguma coisa passava do corpo dela para sua mente. Como se pudesse ouvir de novo o rugido do trovão, e ele soube – de alguma forma, ele *soube* – o que ia acontecer a ela. Suas mãos formigavam. Xamã abriu a boca mas não conseguiu gritar, não podia avisar Lua. Um medo completamente novo para ele, mais selvagem do que o terror do começo da surdez, pior do que qualquer coisa que tinha experimentado na vida, o paralisou.

Finalmente conseguiu soltar as mãos.

Correu para a casa como se fosse sua única chance.
– *Papai!* – ele gritou.


Rob J. estava acostumado a ser acordado de madrugada para uma emergência, mas não pela voz histérica do filho. Xamã repetia, nervoso, que Lua tinha voltado e que estava morrendo. Só depois de alguns minutos Rob J. e Sarah conseguiram fazer com que ele olhasse para seus lábios para ver o que estavam perguntando. Quando compreenderam que Lua tinha mesmo voltado e estava muito doente, deitada no chão, na margem do rio, os dois saíram correndo de casa.

A neblina desaparecia rapidamente. A visibilidade melhorou e eles viram que não havia ninguém lá. Os pais interrogaram Xamã atenta e repetidamente. Lua e Cão de Pedra e outro sauk estavam ali, insistia ele. Descreveu como estavam vestidos, o que tinham dito, a sua aparência.

Sarah saiu correndo quando Xamã disse o que eles levavam nas mãos e voltou furiosa porque a pequena casa sobre o rio estava arrombada e alguns alimentos conseguidos com tanta dificuldade haviam desaparecido.

– Robert Cole – disse ela, zangada. – Você tirou aquelas coisas só por brincadeira e depois inventou essa história do retorno dos sauks?

Rob J. caminhou pela margem do rio, chamando Lua, mas ninguém respondeu.

Xamã chorava incontrolavelmente.

– Ela está morrendo, papai.

– Muito bem, e como você sabe disso?

– Ela segurou minhas mãos e ela... – O menino estremeceu.

Rob J. olhou para o filho e respirou fundo. Balançou a cabeça afirmativamente. Aproximou-se de Xamã e o abraçou com força.

– Não fique assustado. Não é culpa sua o que aconteceu com Lua. Vou tentar explicar isso tudo. Mas, primeiro, acho melhor tentar encontrar Lua – disse ele.


Rob J. selou o cavalo e saiu. Durante toda a manhã concentrou a busca na entrada da floresta ao longo do rio, porque, se estavam fugindo, procurariam abrigo entre as árvores, onde não podiam ser vistos. Cavalgou primeiro para o norte, na direção de Wisconsin, depois para o sul. De tempos em tempos chamava Lua em voz alta, mas ninguém respondeu.

Era possível que tivesse passado perto deles. Os três sauks podiam se esconder no mato alto, deixando que passasse por eles, talvez muitas vezes. No começo da tarde teve de admitir que não sabia como pensavam os sauks fugitivos, porque ele não era um sauk fugitivo. Talvez tivessem se afastado do rio imediatamente. Havia ainda na pradaria a relva alta de fim de verão que podia disfarçar a passagem de três pessoas e milharais trinta centímetros mais altos do que um homem.

Quando afinal desistiu, Rob voltou para casa e foi procurar Xamã, que ficou extremamente desapontado com o insucesso da busca.

Os dois sentaram à sombra de uma árvore na margem do rio e Rob J. falou do Dom, como tinha aparecido a alguns membros da família Cole em um passado muito distante.

– Mas não são todos. Às vezes desaparece por toda uma geração. Meu pai tinha o Dom, mas meu irmão e meu tio não tinham. Ele se manifesta muito cedo.

– Você tem, papai?

– Sim, eu tenho.

– Que idade você tinha quando...?

– Eu só percebi quando era quase cinco anos mais velho do que você é agora.

– E o *que é*? – perguntou Xamã, em voz baixa.

– Bem, Xamã... Na verdade, eu não sei. Só sei que não tem nada de magia nisso. Acredito que seja uma espécie de sentido, como ouvir ou sentir cheiro. Alguns de nós podem segurar as mãos de uma pessoa e dizer se ela está morrendo. Acho que é uma sensibilidade extraordinária, como sentir o pulso em várias partes do corpo. Às vezes... – Deu de ombros. – Às vezes é uma habilidade muito útil para um médico.

Xamã balançou tremulamente a cabeça.

– Acho que vai ser útil quando eu for médico.

Rob J. teve de enfrentar o fato de que, se o filho tinha maturidade para saber do Dom, devia poder entender outras coisas também.

– Você não vai ser médico, Xamã – disse ele, gentilmente. – O médico precisa ouvir. Eu uso minha audição todos os dias para tratar meus pacientes. Escuto o peito do doente, a respiração, a qualidade das suas vozes. O médico deve ser capaz de ouvir um chamado de socorro. Um médico precisa dos seus cinco sentidos.

Rob preferia não ter visto aquela expressão nos olhos do filho.

– Então o que eu vou ser quando crescer?

– Esta é uma boa fazenda. Pode tomar conta dela com o Maior – disse Rob J., mas o menino balançou a cabeça. – Bem, então pode ser um homem de negócios, talvez trabalhar numa loja. A Srta. Burnham disse que você é o aluno mais inteligente que ela já teve. Quem sabe queira ser professor.

– Não, não quero ser professor.

– Xamã, você é ainda um garoto. Tem muitos anos para resolver. Enquanto isso, fique de olhos abertos. Estude os homens, suas ocupações. Há muitos meios de se ganhar a vida. Você pode escolher qualquer coisa.

– Exceto – disse Xamã.

Rob J. não ia expor o filho a sofrimento desnecessário sugerindo a possibilidade de um sonho no qual ele não acreditava.

– Sim. Exceto – disse, com voz firme.


Foi um dia triste, que deixou Rob revoltado com a injustiça da vida. Detestava ter de matar o sonho bom e luminoso do filho. Era o mesmo que dizer a uma pessoa que ama a vida que não adianta fazer planos a longo prazo.

Rob percorreu a fazenda desanimado. Perto do rio, os mosquitos competiram com ele pela sombra das árvores e venceram.

Sabia que nunca mais veria Lua. Gostaria de ter se despedido dela. Teria perguntado onde Chega Cantando estava enterrado. Gostaria de sepultar os dois dignamente, mas agora talvez ela também estivesse numa sepultura abandonada e sem marca. Como se costuma enterrar fezes de cachorro.

Sentia uma fúria selvagem e uma sensação de culpa porque ele era parte dos problemas deles, e sua fazenda também. No passado, os sauks possuíam ricas plantações e as Cidades dos Mortos, com sepulturas marcadas.

*Eles nos fizeram tanto mal,* Lua dissera a Xamã.

Havia uma boa Constituição na América, que Rob já tinha lido cuidadosamente. Dava liberdade, mas tinha de admitir que só funcionava para as pessoas de pele branca ou morena queimada de sol. Ter a pele mais escura significava o mesmo que ter pelos ou penas.

Durante todo o tempo que andou pela fazenda, estava procurando. Só percebeu o que estava fazendo depois de algumas horas e então sentiu-se um pouco melhor, mas não muito. O lugar que ele queria não devia ser no campo ou no bosque, onde Alden ou um dos meninos, ou até mesmo um caçador furtivo, podiam chegar de repente. A casa também não servia, porque precisava guardar segredo de todos da família, uma coisa que o incomodava bastante. Seu dispensário às vezes ficava vazio, mas quando estava em uso ficava repleto de pacientes. O celeiro também era muito frequentado. Mas...

Atrás do celeiro, separado da leiteria por uma parede fechada, havia um barracão estreito e comprido. O barracão de Rob J., onde ele guardava medicamentos, tônicos e outros produtos medicinais. Além das ervas dependuradas e das prateleiras cheias de vidros e garrafas, havia uma mesa de madeira e um conjunto de bacias de drenagem, porque era ali que ele fazia as autópsias, atrás da porta de madeira com uma fechadura forte.

A parte norte do barracão, como toda a parte do celeiro, fora construída sobre pedra. No barracão, uma parte da parede de pedra servia de prateleira, mas a outra parte era de terra.

Depois de um dia inteiro de atendimento no dispensário e de várias visitas a pacientes, na manhã seguinte Rob conseguiu uma folga. Era o momento certo porque Xamã e Alden estavam consertando cercas e construindo um telheiro para guardar as rações, longe do celeiro, e Sarah estava trabalhando num projeto da igreja. Só Kate Stryker, contratada por Sarah para ajudá-la nos trabalhos domésticos, metade do dia, estava em casa, mas ela não o perturbaria.

Assim que todos saíram, Rob apanhou uma picareta e uma pá e começou a trabalhar. Há algum tempo não fazia trabalho braçal, por isso procurou não se apressar. O solo era rochoso e pesado, como em quase toda a fazenda, mas ele era forte e a picareta soltava a terra facilmente. Rob empilhava a terra; depois, com a pá, a passava para um carrinho de mão e a descarregava numa vala funda longe do celeiro. Imaginou que precisaria de vários dias de trabalho, mas no começo da tarde tinha alcançado a parede de pedra, que se estendia para o norte. A escavação não tinha mais de um metro de profundidade num lado e mais de três metros, no outro, com menos de três metros de largura. Mal dava para um homem deitado, especialmente se precisasse guardar comida e outros suprimentos, mas Rob J. achou que ia servir. Cobriu o buraco com tábuas de dois centímetros de espessura, que estavam empilhadas ao tempo, há mais de um ano, para não destoar do resto do celeiro. Com uma sovela alargou os orifícios de entrada dos pregos e passou óleo, para que as tábuas pudessem ser retiradas com facilidade e sem ruído.

Cobriu cuidadosamente com uma camada de folhas a terra nova empilhada na vala.

Na manhã seguinte foi a Rock Island para uma conversa breve mas importante com George Cliburne.

# 35
## O QUARTO SECRETO

Naquele outono o mundo começou a mudar para Xamã, nada tão repentino e terrível quanto a perda da audição, mas uma alteração complexa e gradual da polaridade de sua vida. Alex e Mal Howard eram agora amigos íntimos e as conversas alegres e brincadeiras barulhentas isolavam um pouco Xamã da sua companhia. Rob J. e Sarah não aprovavam aquela amizade. Sabiam que Mollie Howard era uma mulher relaxada e choramingas e o marido Julian, preguiçoso, e não gostavam que Alex fosse à casa suja e sempre cheia de gente dos Howard onde boa parte da população comprava a bebida de polpa de milho destilada por Julian num alambique secreto com uma tampa enferrujada.

Sua preocupação aumentou no dia das bruxas quando Alex e Mal tomaram um pouco de uísque que o filho de Howard tinha roubado ao ajudar o pai na destilaria secreta. Sob o efeito da bebida, os dois começaram a derrubar as privadas externas das fazendas do distrito, até Alma Schroeder sair aos gritos da privada derrubada e Gus Schroeder acabar a brincadeira ameaçando-os com seu rifle de caçar búfalos.

O incidente deu origem a uma série de conversas entre Alex e os pais, nas quais Xamã logo desistiu de tomar parte porque, depois das primeiras, verificou que não conseguia ler os lábios dos três. Uma reunião dos pais, com os meninos e o xerife London, foi mais desagradável ainda.

Julian Howard, todo ofendido, disse que "estavam fazendo muito barulho por causa da brincadeira de dois garotos no dia das bruxas".

Rob J. tentou esquecer sua antipatia por Howard que, era capaz de apostar, pertenceria à Suprema Ordem da Bandeira de Estrelas e Listras, se houvesse uma filial em Holden's Crossing, e estava sempre disposto a fazer desordem. Concordou com o fabricante de uísque, dizendo que os meninos não eram bandidos nem assassinos, mas como seu trabalho levava muito a sério a digestão das pessoas, não concordava com a opinião geral de que tudo que dizia respeito a fezes era engraçado, inclusive a destruição de privadas. Sabia que o xerife London estava armado com uma série de queixas contra Alex e Mal e disposto a agir contra eles, porque não gostava dos pais de nenhum dos dois. Rob J. sugeriu que Alex e Mal deviam reparar o que haviam feito. Três privadas estavam praticamente destruídas. Duas não deviam ser erguidas no mesmo lugar, porque a fossa estava cheia. Os meninos deviam cavar novas fossas e reconstruir e consertar as privadas. Rob pagaria pela madeira necessária e Alex e Mal podiam trabalhar na sua fazenda para cobrir essa despesa. E se não cumprissem o combinado, o xerife London podia entrar em ação.

Com relutância, Mort London admitiu que não via nada de errado nesse plano. Julian Howard foi contra, até saber que Mal e Alex continuariam responsáveis por suas tarefas habituais. Não foi dada a Alex ou a Mal a oportunidade de recusar, assim, no mês seguinte, os dois tornaram-se especialistas em reabilitação de privadas, cavando as fossas primeiro, antes que o inverno congelasse o solo, e fazendo o trabalho de carpintaria com mãos dormentes de frio. Trabalharam bem, todas as suas privadas duraram anos, exceto a que ficava atrás da casa dos Humphrey, destruída por um tornado que arrasou a casa e o celeiro no verão de 1863 e matou Irving e Letty Humphrey.

Alex continuava com as suas. Tarde da noite entrou no quarto que partilhava com Xamã, com o lampião aceso, e anunciou, com profunda satisfação, que finalmente tinha feito aquilo.

— Aquilo o quê? — perguntou Xamã, esfregando os olhos cheios de sono.

— Você sabe. Eu fiz. Com Pattie Drucker.

Xamã acordou completamente.

– Não. Está mentindo, Maior.
– Não estou. Eu fiz com Pattie Drucker. Bem na casa do pai dela, quando a família foi visitar os tios.
Xamã olhou para ele encantado, incrédulo, mas querendo acreditar.
– Se você fez mesmo, como foi?
Com um sorriso, Alex começou a descrição.
– Quando você empurra seu pinto e passa os pelos e tudo o mais, é quente e aconchegante. Muito quente e muito aconchegante. Mas então, você fica todo excitado e começa a se mexer para a frente e para trás porque está feliz. Para a frente e para trás, como o carneiro faz com a ovelha.
– A mulher também vai para a frente e para trás?
– Não – disse Alex. – Ela fica deitada, muito feliz e deixa você fazer o movimento.
– Então, o que acontece?
– Bom, você fica vesgo. A coisa sai do seu pinto como uma bala.
– Puxa! Como uma bala! Machuca a mulher?
– Não, seu bobo, eu quis dizer, rápido como uma bala, não duro como uma bala. E mais macio do que pudim, como quando você faz sozinho. Bom, a essa altura, está quase acabado.
Xamã ficou convencido de que era verdade por causa dos detalhes que não conhecia.
– Isso quer dizer que Patty Drucker é sua namorada?
– Não! – disse Alex.
– Tem certeza? – perguntou Xamã, ansioso. Patty Drucker já era quase tão grande quanto a mãe de rosto pálido e sua risada parecia um relincho.
– Você é criança demais para entender – resmungou Alex, preocupado e irritado, apagando o lampião para acabar a conversa.
Deitado no escuro, Xamã pensou no que Alex tinha contado, também excitado e preocupado. Não gostava da parte de ficar vesgo. Luke Stebbins tinha dito que, se ele se masturbasse, podia ficar cego. Se surdo já bastava, não queria perder mais nenhum dos sentidos. Talvez já estivesse começando a ficar cego, pensou, e na manhã seguinte passou muito tempo testando sua visão, em objetos próximos e distantes.


Quanto menos tempo Maior passava com ele, mais Xamã procurava a companhia dos livros. Lia depressa e não se acanhava de pedir mais. Os Geiger tinham uma boa biblioteca e emprestavam seus livros a ele. Xamã ganhava livros no aniversário e no Natal, o combustível para aquecer o frio da solidão. Dorothy Burnham dizia que nunca vira ninguém ler tanto.
Ela trabalhava com afinco para melhorar a dicção de Xamã. Nas férias tinha casa e comida de graça na casa dos Cole e Rob J. providenciava para que seus esforços fossem recompensados, mas ela não trabalhava com

Xamã para proveito próprio. Conseguir que ele falasse perfeitamente e claramente era seu objetivo pessoal. Continuaram com o treinamento no piano. A Srta. Burnham, desde o começo, observou, fascinada, que ele era sensível às diferentes vibrações e em pouco tempo podia identificar as notas, assim que eram tocadas.

O vocabulário de Xamã ampliou-se com a leitura, mas ele tinha problemas de pronúncia, pois era incapaz de ouvir como os outros usavam as palavras. Por exemplo, "catedral" ele pronunciava "catédral", e ela compreendeu que parte da dificuldade residia no desconhecimento da acentuação. Passou a usar uma bola de borracha para demonstrar a ênfase correta das palavras, batendo a bola suavemente no chão para a acentuação branda e com mais força para a mais aguda. Isso tomava muito tempo, porque Xamã tinha dificuldade para apanhar a bola. Dorothy Burnham percebeu então que seu movimento para apanhar a bola era condicionado ao som que a mesma fazia quando batia no chão. Xamã não tinha esse condicionamento, portanto tinha de saber de cor o tempo exato que a bola precisava para bater e voltar para sua mão, dependendo da força com que era lançada.

Quando Xamã finalmente identificou os saltos da bola como representantes da ênfase das palavras, ela iniciou uma série de testes com lousa e giz, escrevendo as palavras e desenhando pequenos círculos sobre as sílabas não acentuadas e círculos maiores sobre as que deviam ser acentuadas. Ca-te-dral. Bom-dia. Qua-dro. Fes-ta. Mon-ta-nha.

Rob J. cooperou, ensinando Xamã a fazer malabarismo, geralmente com a ajuda de Alex e Mal. Rob J. já tinha feito isso muitas vezes para distrair os filhos e eles achavam divertido e interessante, mas era uma arte difícil. Mesmo assim, ele os encorajava a persistir.

– Em Kilmarnock, todas as crianças da família Cole aprendem a fazer malabarismo. É um costume antigo. Se eles podem aprender, vocês também podem – disse ele e os meninos descobriram que Rob estava certo. Para seu desapontamento Mal Howard era o melhor dos três e logo estava usando quatro bolas. Mas Xamã vinha logo atrás, e Alex treinou com afinco até conseguir manter três bolas no ar com bastante facilidade. O objetivo não era preparar malabaristas, mas dar a Xamã a noção da variedade de ritmos, e funcionou.

Certa tarde, quando a Srta. Burnham trabalhava no piano de Lillian com Xamã, ela tirou a mão dele do piano e a encostou no seu pescoço.

– Quando eu falo – disse ela –, as cordas da minha laringe vibram, como as cordas do piano. Você sente as vibrações, como são diferentes para cada palavra?

Ele balançou a cabeça afirmativamente, encantado, e os dois sorriram.

– Oh, Xamã – disse Dorothy Burnham, tirando a mão dele do seu pescoço e segurando-a entre as suas. – Você está progredindo maravilhosamente. Mas precisa de treinamento constante, mais do que vou poder dar quando começarem as aulas. Você conhece alguém que possa fazer isso?

Xamã sabia que o pai estava sempre muito ocupado. A mãe tinha o trabalho da igreja e além disso ele percebia uma certa relutância da parte dela em tomar conhecimento da sua surdez, uma relutância que o intrigava, mas que era real. E Alex saía com Mal sempre que podia.

Dorothy suspirou.

– Quem poderia trabalhar regularmente com você?

– Eu teria prazer em ajudar. – A voz vinha da grande *bergère* que ficava de costas para o piano e Dorothy viu Rachel Geiger levantar-se rapidamente da cadeira e se aproximar deles.

Quantas vezes, pensou Dorothy, Rachel tinha sentado ali, ouvindo os exercícios?

– Eu sei que posso, Srta. Burnham – disse Rachel, um pouco ofegante.

Xamã parecia ter gostado da ideia.

Dorothy sorriu e apertou de leve a mão de Rachel.

– Tenho certeza de que pode, minha querida – disse ela.

Rob J. não recebeu nenhuma resposta das suas cartas sobre o assassinato de Makwa-ikwa. Uma noite ele resolveu transpor sua frustração para o papel com outra carta, mais agressiva, tentando agitar a lama pegajosa.

"... *Os crimes de estupro e assassinato têm sido sistematicamente ignorados pelos representantes do governo, um fato que suscita a questão: será o Estado de Illinois – ou, na verdade, todos os Estados Unidos da América – o reino de uma verdadeira civilização ou um lugar onde os homens têm permissão para agir como animais inferiores, com inteira impunidade?*" Enviou as cartas para os mesmos destinatários das primeiras, esperando que o tom mais agressivo produzisse algum resultado.

Ninguém se comunicava com ele sobre qualquer assunto, pensou Rob, desanimado. Tinha cavado o esconderijo no barracão quase freneticamente, mas até agora não ouvira nem uma palavra de George Cliburne. A princípio, à medida que os dias se transformavam em semanas, ele tentava imaginar como iam se comunicar com ele, e depois começou a pensar que seu oferecimento fora ignorado. Tratou de esquecer o esconderijo, voltando a atenção para o encurtamento dos dias, o espetáculo da formação em V dos gansos voando para o Sul no ar azul, o som sussurrante do rio mais cristalino à medida que o frio aumentava. Certa manhã ele entrou na cidade e Carroll Wilkenson levantou-se da cadeira na varanda do armazém e caminhou calmamente para ele, esperando que Rob apeasse do pequeno malhado de pescoço caído.

– Cavalo novo, doutor?

— Estou experimentando hoje. Nossa Vicky está quase cega. É boa para as crianças, no pasto, mas... Esta aqui é de Tom Beckermann. — Balançou a cabeça. O Dr. Beckermaun dissera que o malhado tinha cinco anos, mas os dentes incisivos do animal diziam que tinha duas vezes essa idade, e ele se assustava com qualquer inseto ou sombra.

— Tem preferência por éguas?

— Não necessariamente, embora elas sejam mais confiáveis do que os garanhões.

— Tem toda a razão. Toda a razão, doutor... Ontem eu encontrei George Cliburne. Mandou dizer que tem alguns livros novos e que o senhor podia estar interessado em dar uma olhada neles.

Era o sinal e apanhou Rob de surpresa.

— Muito obrigado, Carroll. George tem uma ótima biblioteca — disse, procurando falar com voz firme.

— Sim, tem — Wilkenson ergueu a mão, despedindo-se. — Bem, vou espalhar a notícia de que está procurando um cavalo para comprar.

— Eu agradeço — disse Rob J.


Depois do jantar ele observou o céu, até se certificar de que a lua não ia aparecer. Durante toda a tarde, nuvens escuras e pesadas tinham deslizado no céu, levadas pelo vento. O ar era como uma lavanderia depois de dois dias de trabalho intenso e prometia chuva antes do começo do dia seguinte.

Rob J. foi cedo para a cama e dormiu algumas horas, mas, como médico, estava acostumado a pouco sono e acordou, completamente alerta, à uma hora da manhã. Preparou-se para sair da cama sem acordar Sarah, afastando-se dela bem antes das duas horas. Tinha deitado com a roupa de baixo. Apanhou o resto da roupa silenciosamente e desceu a escada. Sarah estava acostumada às saídas dele para atender os doentes a qualquer hora do dia ou da noite, e dormia placidamente.

As botas estavam no chão do hall, debaixo do casaco. No estábulo ele selou a rainha Vitória, porque ia só até a estrada, no fim da entrada para sua casa e Vicky conhecia o caminho de cor. Nervoso, Rob saiu cedo demais e ficou uns dez minutos parado na estrada, alisando o pescoço de Vicky, sob a chuva fina. Aguçava os ouvidos para ruídos imaginários, mas finalmente ouviu sons reais, o tilintar e estalar dos arreios, as patas do cavalo. A carroça apareceu, pesada, cheia de feno.

— É o senhor? — perguntou George Cliburne, calmamente.

Rob controlou o impulso de dizer que não era. Cliburne afastou uma porção de feno e o outro homem apareceu. Evidentemente o escravo estava bem orientado, pois, sem dizer palavra, ele segurou a parte traseira da sela de Vicky e saltou para a garupa de Rob J.

— Que Deus os acompanhe — disse Cliburne jovialmente, estalando as rédeas e partindo com a carroça. Em algum momento do passado — talvez vários – o negro tinha perdido o controle da bexiga. O nariz experiente de Rob J. dizia que era urina seca, provavelmente de vários dias, mas mesmo assim ele inclinou o corpo para a frente, afastando-se do cheiro forte de amoníaco. Passaram pela casa que estava ainda escura. Rob tinha pensado em levar o homem rapidamente para o esconderijo, levar o cavalo para o estábulo e voltar para a cama quente. Mas quando entraram no barracão, o processo se tornou mais complicado.

À luz do lampião, Rob viu um homem negro, que podia ter de trinta a quarenta anos, com os olhos medrosos e desconfiados de um animal acuado, nariz grande, cabelo despenteado, crespo como a lã de um bode preto. Calçava sapatos fortes, estava com uma camisa passável, mas pouco sobrava da calça esfarrapada.

Rob J. gostaria de perguntar o nome dele e de onde tinha fugido, mas lembrou a advertência de Cliburne: nenhuma pergunta, é contra o regulamento. Rob levantou as tábuas, e identificou tudo que havia no buraco: uma bacia coberta para as necessidades físicas, jornais para se limpar, uma garrafa com água potável, um saco com bolachas. O negro não disse uma palavra e, abaixando-se, entrou no esconderijo. Rob repôs as tábuas.

No fogão frio estava uma panela com água. Rob J. preparou e acendeu o fogo. Apanhou de um prego, no celeiro, sua mais velha calça de trabalho, muito comprida e muito larga, e um suspensório, antes vermelho, agora cinzento de poeira, do tipo que Alden chamava de *galluses*. Calça enrolada na perna podia ser perigosa numa fuga, por isso cortou vinte centímetros de cada perna com sua tesoura cirúrgica. Quando acabou de acomodar o cavalo, a água estava quente. Rob retirou as tábuas outra vez e passou para o buraco água, sabão e a calça cortada, depois recolocou as tábuas, apagou o fogão e o lampião.

Depois de uma breve hesitação, disse para as tábuas no chão:
– Boa-noite.
Pelo barulho que ouviu, o homem já estava se lavando. Mas a resposta finalmente veio, na voz rouca e baixa, como se estivessem numa igreja.
– Muito obrigado, senhor.


O primeiro hóspede da estalagem, pensou Rob. O homem ficou setenta e três horas no esconderijo. George Cliburne, sempre tranquilo e jovial, tão delicado que chegava a ser formal, apanhou o escravo no meio da noite e o levou embora. Embora estivesse tão escuro que era difícil ver os detalhes, Rob teve a impressão de que o cabelo do quacre estava cuidadosamente penteado para cobrir a calva e o rosto impecavelmente barbeado.

Mais ou menos uma semana depois, Rob J. pensou que ele, Cliburne, o Dr. Barr e Carroll Wilkenson iam ser presos por cumplicidade no roubo de propriedade privada, pois ouviu dizer que um negro fugido fora apanhado por Mort London. Porém, não era o "seu" negro e sim um escravo fugido da Louisiana, escondido, sem que ninguém soubesse ou desse ajuda, numa barcaça no rio.

Foi uma boa semana para Mort London. Alguns dias mais tarde recebeu o dinheiro da recompensa pela devolução do escravo. Além disso, Nick Holden também recompensou sua lealdade com o posto de assistente do chefe de polícia dos Estados Unidos, em Rock Island. London renunciou imediatamente ao cargo de xerife e, por sua recomendação, o prefeito Anderson designou seu único assistente, Fritzie Graham, para substituí-lo até as próximas eleições. Rob J. não gostava de Graham, mas a primeira vez que se encontraram o novo xerife apressou-se em deixar bem claro que não pretendia levar adiante as implicâncias de London.

– Espero que volte à atividade de legista, doutor.

– Eu gostaria muito – disse Rob J. Era verdade, porque sentia falta da oportunidade de treinar suas técnicas cirúrgicas com as dissecações.

Encorajado, não resistiu ao impulso de pedir a Graham para reabrir o caso da morte de Makwa, mas o olhar incrédulo do novo xerife o fez adivinhar a resposta, embora Fritzie prometesse fazer todo o possível, "pode ficar certo disso, senhor".

A catarata espessa e leitosa cobriu os olhos de Vicky e a velha e mansa égua ficou completamente cega. Se ela fosse mais nova, Rob teria operado, mas sua capacidade de trabalho estava no fim e ele não via razão para infligir dor desnecessária ao animal. Nem pensou em matá-la porque ela parecia satisfeita no pasto, onde todos, na fazenda, paravam uma vez ou outra para lhe oferecer uma cenoura ou uma maçã.

A família precisava de um cavalo para os dias em que ele estivesse fora. A outra égua, Bess, era mais velha do que Vicky e teria de ser substituída em breve também, por isso Rob continuava à procura de um bom cavalo para comprar. Rob era um homem de criar hábitos e detestava a ideia de depender de um novo animal, mas finalmente, em novembro, comprou dos Schroeder, para todo uso, uma pequena égua baia, nem jovem, nem velha, por um preço tão razoável que não sentiria a perda do dinheiro se o animal não fosse o que eles queriam. Os Schroeder a chamavam de Trude, e ele e Sarah não viram necessidade de mudar o nome. Rob deu pequenos passeios com ela, esperando o desapontamento, mas bem no fundo sabia que Jay e Alma nunca lhe venderiam um animal de má qualidade.

Numa tarde fria Rob saiu com Trude para visitar pacientes próximos e distantes. Trude era menor do que Vicky ou Bess e seus ossos pareciam mais salientes sob a sela, mas obedecia bem e não era nervosa. Quando Rob voltou para casa, no fim da tarde, estava convencido de que ela ia servir e a escovou demoradamente, depois de dar água e ração. Os Schroeder só falavam alemão com Trude. Rob tinha falado inglês o dia inteiro, mas, naquele momento, passou a mão no flanco dela e disse, *Gute Nacht, Meine gnadige Liebchen,* usando de uma vez só todo o seu vocabulário de alemão.

Apanhou a lanterna e ia sair do celeiro, mas quando chegou à porta ouviu um estampido. Hesitou, tentando identificar o som, querendo acreditar que existiam outros estampidos iguais a um tiro de rifle, mas aquele foi seguido imediatamente por outro estampido surdo e um estalo seco, como se uma lasca de madeira da porta tivesse sido arrancada pela bala, vinte centímetros acima da sua cabeça.

Rob recuou rapidamente para dentro do estábulo e apagou a lanterna.

A porta dos fundos da casa foi aberta e fechada com uma batida e Rob ouviu passos que correm para ele.

– Papai? Você está bem? – perguntou Alex.

– Sim. Volte para dentro.

– O que...

– *Agora!*

Os passos voltaram, a porta foi aberta e fechada. Espiando para o escuro lá fora, Rob percebeu que estava tremendo. As três éguas agitaram-se nas baias e Vicky relinchou. O tempo parou.

– Dr. Cole? – Era a voz de Alden. – Foi você que atirou?

– Não, alguém atirou no celeiro e quase me acertou.

– Não saia daí – disse Alden, com voz autoritária.

Rob sabia como funcionava a mente de Alden. Levaria muito tempo até que ele apanhasse a espingarda na sua casa, no bosque. A intenção dele era apanhar o rifle de caça na casa de Cole. Rob ouviu os passos cautelosos e a voz baixa.

– Sou eu – a porta do celeiro foi aberta e logo fechada.

... e aberta outra vez. Os passos de Alden se afastaram e depois, silêncio. Depois de um século, uns sete minutos, mais ou menos, os passos voltaram para o celeiro.

– Ninguém que se possa ver, Dr. Cole, e eu procurei muito bem. Onde foi que acertaram? – Rob mostrou e Alden ficou na ponta dos pés e passou a mão na madeira lascada. Ninguém acendeu a lanterna. – Que diabo! – disse Alden, com voz trêmula e o rosto muito pálido. – Não interessa se ele estava caçando nas nossas terras, mas caçar tão perto da casa e com pouca luz! Se eu pegar o idiota, ele vai se arrepender!

– Não aconteceu nada. Ainda bem que você estava por perto – disse Rob J. tocando no ombro dele.

Entraram juntos na casa para tranquilizar a família e esquecer o quase acidente. Rob J. serviu uísque para Alden e o acompanhou, um fato raro.

Sarah tinha feito o jantar que ele gostava, pimentão verde e abobrinha, recheados com carne moída temperada e assados com batata e cenoura.

Rob comeu com apetite e elogiou a culinária da mulher, mas depois foi sentar sozinho na varanda.

Não era nenhum caçador furtivo, Rob sabia, tão perto da casa e naquela hora de pouca visibilidade.

Ele considerou a possível conexão do acidente com o esconderijo no barracão, mas não parecia haver nenhuma. Se alguém quisesse criar problemas por causa dos negros fugidos, esperaria a chegada do próximo escravo e, depois, faria prender o tolo Dr. Cole para receber a recompensa.

Mas Rob não conseguia se livrar da ideia de que o tiro era um aviso de alguém.

A lua estava alta; uma escuridão luminosa, não uma noite para o movimento de escravos fugitivos. Ali sentado, olhando para fora, observando o movimento das sombras das copas das árvores movidas pelo vento, Rob teve certeza de que acabava de receber a resposta às suas cartas.

# 36

# O PRIMEIRO JUDEU

Rachel temia o Dia do Juízo, mas adorava a Páscoa, porque os oito dias do *Pesach* compensavam o Natal das outras pessoas. Na Páscoa, os Geiger ficavam em casa, o que, para ela, era como um céu cheio de luz e calor. Eram feriados de música, canto e jogos, de assustadoras histórias bíblicas com final feliz e de comida especial no *seder*, pão ázimo vindo de Chicago e vários bolos feitos pela mãe, tão altos e leves que, quando era pequena, acreditava no que o pai dizia: se olhasse para eles com atenção, ia ver os bolos voando no ar.

No Rosh Hashana e no Yom Kippur, ao contrário, no outono, a família fazia as malas, depois de semanas de preparativos, e viajava na carroça por mais de um dia, até Galesburg, onde tomava o trem para um porto no rio Illinois e então descia o rio no navio a vapor até Peoria, onde havia uma comunidade judaica e uma sinagoga. Embora fossem a Peoria apenas para aquelas duas semanas santas, cada ano, pagavam seu dízimo como parte da congregação e tinham lugares reservados no templo. Durante os Grandes Dias Santos, os Geiger sempre se hospedavam na casa de Morris Goldwasser, um comerciante de tecidos, membro proeminente do *shul*. Tudo era grande e expansivo no que se referia ao Sr. Goldwasser, incluindo seu corpo, sua família e sua casa. Não aceitava pagamento de Jason, dizendo que a ocasião era um *mitzvah*, para que outro judeu pudesse adorar a Deus e insistindo em dizer que, se os Geiger pagassem por sua hospitalidade, o estariam privando da bênção divina. Assim, todo ano Lillian e Jason preocupavam-se, durante semanas, com o presente que iam levar para o Sr. Goldwasser.

Rachel detestava todos aqueles preparativos que arruinavam seu outono – a preocupação com a escolha do presente, a viagem cansativa, o sacrifício de sobreviver todos os anos durante duas semanas na casa de estranhos, o tormento e a fraqueza das vinte e quatro horas do jejum do Yom Kippur.

Para seus pais, cada visita a Peoria era uma oportunidade para renovarem seu judaísmo. Eram muito requisitados socialmente porque o primo de Lillian, Judah Benjamin, fora eleito Senador dos Estados Unidos pelo estado da Louisiana – o primeiro judeu no Senado – e todos queriam falar a respeito dele com os Geiger. Iam à sinagoga sempre que podiam. Lillian trocava receitas, punha em dia as fofocas, Jay falava de política com os homens, tomava um ou dois *schnapps*, trocava charutos. Ele sempre elogiava Holden's Crossing, admitindo que queria atrair outros judeus para a comunidade, para formar uma *minyan* de dez homens, que lhes daria acesso à celebração dos ritos religiosos. Os outros homens o tratavam com compreensão e simpatia. Entre todos eles, só Jay e Ralph Seixas, nascido em Newport, Rhode Island, eram nascidos na América. Os outros eram estrangeiros e sabiam o que significava ser um pioneiro. Era difícil, concordavam, ser o primeiro judeu a se instalar numa comunidade.

Os Goldwasser tinham duas filhas gorduchas. Rose, quase um ano mais velha do que Rachel, e Clara, três anos mais velha. Quando Rachel era pequena, ela gostava de brincar com as duas Goldwasser (de casinha, escola, de gente grande), mas quando Rachel completou doze anos, Clara casou com Harold Green, o chapeleiro. O casal morava com os pais de Clara e naquele ano, quando os Geiger chegaram para os Grandes Dias Santos, Rachel encontrou mudanças. Clara não queria mais brincar de "gente grande" porque era agora gente grande, uma Mulher Casada. Ela conversava com a irmã e Rachel numa voz suave e cheia de condescendência, dava ao marido atenção constante e amorosa e podia recitar as bênçãos quando acendiam as velas do Sabbath, uma honra reservada à matrona da casa. Mas uma noite, quando as três estavam sozinhas em casa, tomaram vinho de uva no quarto de Rose, e Clara Goldwasser Green, com seus quinze anos, esqueceu que era uma matrona. Contou para Rachel e para a irmã tudo sobre o casamento. Revelou os mais sagrados segredos da irmandade dos adultos, descrevendo com deliciosos detalhes a fisiologia e os hábitos do homem judeu.

Rose e Rachel já tinham visto o pênis, mas sempre em miniatura, de irmãos ou primos pequenos, quando tomavam banho – um apêndice macio e rosado que terminava numa saliência da circuncisão, de carne macia com um único orifício para a saída da urina.

Mas Clara, tomando vinho, com os olhos fechados, maliciosamente descreveu as diferenças entre um bebê e um homem adulto judeu. E passando a língua nas últimas gotas de vinho do lado de fora do copo, descreveu a transformação da carne doce e inofensiva quando um homem judeu deitava ao lado da mulher, e o que acontecia depois.

Ninguém gritou de terror, mas Rose apanhou o travesseiro e o apertou contra o rosto com as duas mãos.

– Isso acontece com muita frequência? – perguntou, com a voz abafada.

Sim, afirmou Clara, e mesmo no Sabbath e nos dias santos, pois Deus dissera ao homem judeu que era uma bênção.

– Exceto, é claro, quando estou menstruada.

Rachel já sabia do sangramento mensal. Era o único segredo que a mãe tinha contado a ela. Não tinha acontecido ainda, um fato que ela não revelou para as duas irmãs. Mas outra coisa a perturbava, uma questão de senso comum da mecânica das medidas, e ela via mentalmente um diagrama assustador. Instintivamente pôs as mãos no colo, como para se proteger.

– É claro – disse ela, em voz baixa – que não é possível fazer isso.

Às vezes, informou Clara com ar importante, seu Harold usava manteiga *kosher* pura.

Rose Goldwasser tirou o travesseiro do rosto e olhou para a irmã, como quem acaba de fazer uma grande descoberta.

– Então é por isso que nossa manteiga está sempre acabando! – exclamou.

Os dias seguintes foram especialmente difíceis para Rachel. Ela e Rose, considerando as duas opções, acharam as revelações de Clara horríveis ou cômicas. Talvez por autodefesa, escolheram a comédia. No café da manhã e no almoço, que geralmente consistiam em laticínios, bastava um olhar para provocar acessos de riso tão incontroláveis que muitas vezes chegaram a ser expulsas da mesa. No jantar, quando os homens estavam presentes, era pior ainda, pois Rachel não podia sentar de frente para Harold Green, olhar para ele e conversar, sem evocar a imagem do homem todo lambuzado de manteiga.

No ano seguinte, quando os Geiger visitaram Peoria, Rachel ficou desapontada ao saber que nem Clara e nem Rose estavam morando com os pais. Clara e Harold tinham um filho e moravam agora numa casa própria, perto do rio. Quando visitavam os Goldwasser, Clara estava sempre ocupada com o filho e dava pouca atenção a Rachel. Rose estava casada desde julho com um homem chamado Samuel Bielfield, e morava em St. Louis.

Naquele Yom Kippur, Rachel e seus pais foram abordados fora da sinagoga por um homem idoso chamado Benjamin Schoenberg. O Sr. Schoenberg usava uma cartola de pele de lontra, uma camisa de algodão com babados na frente e gravata preta fina. Ele conversou com Jay sobre a situação do comércio farmacêutico e depois começou a fazer perguntas a Rachel sobre os estudos e o que fazia em casa para ajudar a mãe.

Lillian Geiger sorriu para o homem e balançou a cabeça enigmaticamente.

– É muito cedo ainda – disse ela e o Sr. Schoenberg fez um gesto afirmativo, sorriu e se despediu, com mais algumas amabilidades.

Naquela noite, Rachel ouviu trechos da conversa de sua mãe com a Sra. Goldwasser e ficou sabendo que o Sr. Benjamin Schoenberg era um *shadchen*, um agente matrimonial. Na verdade, ele tinha arranjado os casamentos de Clara e Rose. Rachel ficou apavorada, mas acalmou-se lembrando que a mãe tinha dito que era cedo ainda. Ela era muito nova para casar, como seus pais sabiam, pensou Rachel, esquecendo que Rose Goldwasser era apenas oito meses mais velha.

Durante todo aquele outono, incluindo as duas semanas passadas em Peoria, o corpo de Rachel transformou-se gradualmente. Os seios, quando se desenvolveram, eram seios de mulher adulta, que chegavam a inclinar para a frente o corpo magro, e ela aprendeu tudo sobre sutiãs, fadiga muscular e dores nas costas. Esse foi o ano em que o Sr. Byers começou a tocar nela, fazendo de sua vida um tormento, até seu pai resolver as coisas. Quando Rachel se olhava no espelho da mãe, tinha certeza de que nenhum homem iria querer uma moça de cabelos lisos e negros, ombros estreitos, pescoço longo demais, seios muito pesados para o corpo, pele pálida e olhos castanhos e bovinos.

Então ocorreu a ela que o homem que a aceitasse tinha de ser feio também, e burro, e muito pobre, e estava certa de que cada dia a levava para mais perto de um futuro que ela não queria nem imaginar. Ressentia-se com os irmãos e os tratava com desprezo porque não conheciam os dons e privilégios concedidos por sua masculinidade, o direito de viver na segurança e no calor da casa dos pais o tempo que quisessem, o direito de ir à escola e estudar por tempo ilimitado.

Sua menstruação começou tarde. De tempos em tempos, Lillian perguntava casualmente, demonstrando preocupação com o atraso. Então, uma tarde, quando Rachel estava na cozinha ajudando a fazer geleia de morangos, sem nenhum aviso prévio, as cólicas a fizeram dobrar o corpo. A mãe mandou que ela fosse verificar e o sangue estava lá. Seu coração disparou, mas não foi inesperado, nem tinha acontecido quando ela estava sozinha ou fora de casa. Lillian estava ali e com voz mansa ensinou o que ela devia fazer. Tudo estava bem até a mãe a beijar e dizer que agora ela era uma mulher.

Rachel começou a chorar. Não conseguia parar. Chorou durante horas, inconsolável. Jay Geiger entrou no quarto da filha, deitou na cama ao lado dela, algo que não fazia desde que Rachel era pequena.

Acariciou a cabeça da filha e perguntou o que estava acontecendo. Os ombros dela tremiam convulsivamente e o coração de Jay se apertou. Teve de repetir a pergunta uma porção de vezes.

Finalmente, ela murmurou.

– Papai, eu não quero casar. Não quero deixar vocês, nem a minha casa.

Jay a beijou no rosto e foi falar com a mulher. Lillian estava muito preocupada. Muitas meninas casavam com treze anos e ela achava que seria melhor tratarem de arranjar um bom casamento judeu para a filha, do que dar atenção ao seu terror infantil. Mas Geiger a fez lembrar de que, quando se casaram, Lillian tinha mais de dezesseis anos, não era uma menina. O que fora bom para a mãe seria bom para a filha, que precisava de uma chance para crescer e se acostumar à ideia do casamento.

Assim, Rachel ganhou um longo tempo de liberdade. Imediatamente sua vida melhorou. A Srta. Burnham informou Jay de que ela era uma estudante nata e que seria muito beneficiada se continuasse a estudar. Os pais resolveram que ela devia continuar na academia, em vez de trabalhar o dia todo em casa e na fazenda, como era o costume, e ficaram gratificados vendo a alegria e a vida voltar aos olhos da filha.

Em Rachel a bondade era instintiva, parte da sua natureza, mas a própria infelicidade a fazia especialmente sensível a todos que eram desfavorecidos pelas circunstâncias. Ela sempre fora muito chegada aos Cole, como se fossem parentes. Certa vez, quando Xamã era pequeno e o puseram para dormir com Rachel, ele fez xixi na cama e foi ela quem o consolou e o protegeu das risadas das outras crianças. Rachel ficou profundamente perturbada com a surdez dele porque era o primeiro incidente na sua vida que indicava a presença de perigos desconhecidos e imprevisíveis. Ela acompanhou a luta de Xamã com a frustração de quem quer fazer alguma coisa e sabe que não pode e orgulhava-se de cada progresso dele como se Xamã fosse seu irmão. Enquanto crescia, ela o viu passar de garotinho para um jovem alto e forte, maior do que o irmão, Alex. Porque o corpo dele amadureceu cedo, nos primeiros anos de crescimento, ele parecia um cãozinho desajeitado e Rachel o observava com uma nova ternura.

Várias vezes sentada na *bergère* da sala, sem ser vista, maravilhava-se com a coragem e a tenacidade de Xamã, testemunha fascinada da habilidade de Dorothy Burnham como professora. Quando a Srta. Burnham perguntou a Xamã se alguém podia ajudá-lo, Rachel reagiu instintivamente, ansiosa para ter aquela oportunidade. O Dr. Cole e Sarah ficaram agradecidos e os Geiger satisfeitos com o que consideravam um gesto generoso.

Mas Rachel sabia que, pelo menos em parte, ela queria ajudá-lo porque era seu amigo fiel, porque uma vez, com toda seriedade, um garotinho havia se oferecido para matar o homem que estava abusando dela.

A base do trabalho de recuperação de Xamã consistia em longas horas de prática, sem tempo para o descanso, e ele não demorou em pôr à prova a autoridade de Rachel de um modo que jamais teria feito com a Srta. Burnham.

— Por hoje chega. Estou cansado – disse ele, no segundo dia que ficaram sozinhos, depois da Srta. Burnham fazer Rachel repetir mais de dez vezes todo o processo.

— Não, Xamã – disse Rachel, com firmeza. – Estamos quase terminando.

Mas ele conseguiu escapar.

A segunda vez que isso aconteceu, ela ficou zangada, Xamã sorriu e Rachel voltou aos dias em que eram pequenos, chamando-o de todos os nomes que sabia. Mas na terceira vez, no dia seguinte, os olhos dela encheram-se de lágrimas e Xamã ficou desarmado.

— Vamos tentar outra vez, então – disse ele, com relutância.

Rachel ficou agradecida, mas nunca cedeu à tentação de controlar Xamã com suas lágrimas, percebendo instintivamente que seria melhor para ele uma atitude mais rigorosa. Depois de algum tempo, as longas horas se tornaram rotina para ambos. Com a passagem dos meses e o progresso de Xamã, Rachel adaptou novas modalidades ao método da Srta. Burnham.

Passavam um longo tempo praticando o modo como a entonação de voz podia mudar o sentido de uma palavra na mesma sentença.

A criança *está* doente.

A *criança* está doente.

A criança está *doente*.

Às vezes, Rachel apertava a mão dele para mostrar a palavra enfatizada e Xamã gostava disso. Já não gostava do exercício com o piano, quando identificava cada nota pela vibração, porque para sua mãe o processo era um truque de salão e ela vivia pedindo para ele fazer demonstrações. Mas Rachel continuou a trabalhar com ele no piano, e ficava fascinada quando tocava a escala em outro tom e ele identificava as notas com a mesma facilidade.

Aos poucos ele passou das notas do piano para as outras vibrações que o rodeavam. Sabia quando alguém batia à porta, embora não pudesse ouvir. Percebia os passos subindo a escada, embora as outras pessoas não ouvissem.

Um dia, como Dorothy Burnham tinha feito, Rachel segurou a mão dele e a encostou no seu pescoço. No começo ela falou alto. Depois, moderou a sonoridade da voz e foi até o sussurro.

— Você sente a diferença?

A mão de Xamã sentia o calor e a maciez delicada, mas forte, da pele de Rachel, sentia os músculos e os tendões. Ele pensou num cisne, depois minipassarinho, quando sentiu a pulsação de um modo que não tinha sentido no pescoço mais grosso e mais curto da Srta. Burnham.

Xamã sorriu.
– Sim, eu sinto – disse ele.

## 37

## MARCAS-D'ÁGUA

Ninguém mais atirou em Rob J. Se o incidente no celeiro foi uma mensagem para que desistisse da investigação da morte de Makwa, quem puxou o gatilho devia estar certo de ter atingido seu objetivo. Rob não fez nada mais porque não sabia mais o que fazer. Finalmente recebeu cartas corteses do congressista Nick Holden e do governador de Illinois. Foram os únicos que responderam e eram apenas negativas delicadas. Rob J. não gostou, mas concentrou-se nos problemas mais imediatos.

No começo, raramente exigiam a hospitalidade do seu esconderijo sob o barracão, mas depois de ter ajudado escravos fugitivos durante anos, o número de hóspedes cresceu e havia ocasiões em que nem bem um saía, outro já estava entrando.

O interesse pelos negros era generalizado e controvertido. Dred Scott venceu, na primeira instância do tribunal do Missouri, sua causa pela liberdade, mas a Suprema Corte do Estado determinou que ele continuasse a ser escravo e seus advogados abolicionistas apelaram para a Suprema Corte dos Estados Unidos. Enquanto isso, escritores e pregadores, jornalistas e políticos, defensores do abolicionismo ou da escravidão, se digladiavam nos jornais, nos livros e nos púlpitos. A primeira coisa que Fritz Graham fez no dia seguinte à sua eleição para o mandato de cinco anos como xerife foi comprar um bando de cães "caçadores de negros", pois tal atividade tornara-se um esporte muito lucrativo. As recompensas pelos negros fugidos eram bem maiores e as penalidades para quem os ajudava a fugir, mais severas. Rob J. tinha medo ainda quando imaginava o que aconteceria se fosse apanhado, mas evitava pensar nisso.

George Cliburne o cumprimentava com polidez sonolenta sempre que se encontravam por acaso, como se nunca tivessem se encontrado no meio da noite, em circunstâncias bem diferentes. Um subproduto dessa associação foi o acesso à vasta biblioteca de Cliburne. Rob levava livros para Xamã e às vezes também lia alguns. O forte da coleção eram os livros de filosofia e religião, mas era fraca em ciência, exatamente como Rob definia Cliburne.

Quando completou um ano que Rob vinha protegendo negros fugidos, Cliburne o convidou para uma reunião dos quacres e, diante da recusa, disse, com certo constrangimento.

– Achei que isso podia ajudá-lo, uma vez que faz o trabalho do Senhor. Rob ia corrigir, dizendo que fazia o trabalho dos homens e não de Deus, mas achou que era uma frase pomposa demais e limitou-se a sorrir, balançando a cabeça.

Sabia que seu esconderijo era apenas um dos elos de uma grande cadeia, mas não conhecia nada sobre o resto do sistema. Ele e o Dr. Barr nunca se referiram ao fato de que a recomendação do médico o tinha levado a se tornar um violador da lei. Seus únicos contatos clandestinos eram com Cliburne e com Carroll Wilkenson, que o avisava sempre de que o quacre tinha recebido "um livro novo e interessante". Rob J. tinha certeza de que quando os fugitivos deixavam sua fazenda eram levados para o Norte, atravessando o Wisconsin e entrando no Canadá. Provavelmente cruzavam de barco o Lago Superior. Essa seria a rota de fuga que ele teria traçado se fosse o mentor do projeto.

Uma vez ou outra Cliburne levava uma mulher, mas a maioria dos fugitivos era formada por homens. A variedade era enorme, sempre andrajosos, com roupas de estopa. Alguns tinham a pele de uma negritude tão intensa que para Rob era a verdadeira definição de negror completo, o roxo-escuro e brilhante de ameixas maduras, o negro opaco de ossos queimados, o negro profundo das asas do corvo. Outros eram produto da diluição da cor original com a dos seus opressores, com tonalidades que iam desde o café com leite até o marrom-claro do pão torrado. Muitos eram homens grandes, com corpos fortes e musculosos, mas um era jovem e magro, quase branco e usava óculos com aros de metal. Disse que era filho de uma criada doméstica negra e do dono da plantação de um lugar chamado Shreve's Landing, na Louisiana. Ele sabia ler e ficou muito grato quando Rob forneceu velas, fósforos e números antigos de jornais de Rock Island.

Rob J. sentia-se frustrado como médico porque os fugitivos não se demoravam o suficiente para que pudesse tratar dos seus problemas físicos. Percebeu que as lentes do negro de pele clara eram fortes demais para ele. Semanas depois de o jovem ter ido embora, Rob encontrou óculos com lentes mais adequadas. Na sua primeira visita a Rock Island, procurou Cliburne e perguntou se ele poderia enviar os óculos para o jovem fugitivo, mas Cliburne balançou a cabeça.

– O senhor devia ser mais sensato, Dr. Cole – e afastou-se sem se despedir.

Em outra ocasião, um homem grande, de pele muito escura, ficou três dias no esconderijo, mais do que suficiente para Rob ver que estava nervoso e com problemas intestinais. Às vezes seu rosto tinha uma cor acinzentada e doentia e seu apetite era irregular. Rob estava certo de que o homem tinha uma solitária. Deu a ele um vidro de medicamento específico, com a recomendação de só tomar quando chegasse ao seu destino.

– Do contrário, ficará muito fraco para viajar e vai deixar um rastro de fezes que qualquer xerife poderá seguir!

Enquanto vivesse, Rob jamais esqueceria nenhum deles. Identificava-se com seus temores e seus sentimentos e não era só pelo fato de ter sido também um fugitivo; compreendia que o fato de identificar-se com a dor daqueles homens vinha da experiência de haver testemunhado o sofrimento dos sauks.

Há muito tempo vinha ignorando a advertência de Cliburne para não fazer perguntas. Alguns eram falantes, outros calados. Na pior das hipóteses, ele conseguia sempre saber seus nomes. O jovem de óculos chamava-se Nero, mas a maioria era de nomes judaico-cristãos: Moisés, Abraão, Isaac, Aarão, Pedro, Paulo, José. Ele ouvia os mesmos nomes repetidamente e lembrava das histórias que Makwa contava sobre os nomes bíblicos na Escola Cristã para meninas índias.

Passava com os mais falantes tanto tempo quanto a segurança dele e dos fugitivos permitia. Um homem do Kentucky tinha fugido antes e fora apanhado. Mostrou a Rob J. as cicatrizes nas costas. Outro, do Tennessee, disse que não era maltratado pelo dono. Rob perguntou por que estava fugindo. O homem franziu os lábios e entrecerrou os olhos, como que procurando uma resposta.

– Não podia esperar o Jubileu – disse finalmente.

Rob perguntou a Jay o que era o Jubileu. Na antiga Palestina, de sete em sete anos, os campos não eram cultivados para o solo recuperar as forças, de acordo com os mandamentos da Bíblia. Depois de sete anos sabáticos, o quinquagésimo ano era declarado ano do Jubileu e os escravos recebiam um presente e eram libertados.

Rob J. afirmou que o Jubileu era melhor do que manter seres humanos em perpétua servidão, mas não era de modo nenhum um ato de verdadeira bondade, uma vez que, na maioria dos casos, cinquenta anos de escravidão eram mais do que uma vida.

Ele e Jay discutiram o assunto com muita cautela pois conheciam há muito tempo a profundidade das diferenças entre ambos.

– Você sabe quantos escravos existem nos estados do Sul? Quatro milhões. Um negro para dois brancos. Liberte esses homens e as plantações que alimentam uma porção de abolicionistas no Norte desaparecerão. E depois, o que vamos fazer com esses quatro milhões de negros? Onde eles vão viver? O que vão ser?

– Vão viver como qualquer outra pessoa. Se tiverem alguma educação, podem ser qualquer coisa. Farmacêuticos, por exemplo – disse ele, sem resistir ao humor.

Jay balançou a cabeça.

– Você simplesmente não compreende. A existência do Sul depende da escravidão. Por isso mesmo nos estados onde não há escravidão é crime ajudar os negros fugitivos.

Jay acertou em cheio.

– Não me venha falar de crime! O tráfico de escravos africanos é proibido por lei desde 1808, mas o povo africano ainda é dominado e amontoado como animais nos navios que os transportam para os estados do Sul onde são vendidos em leilão.

– Bem, você está falando numa lei nacional. Cada estado tem suas leis. E são essas que contam.

Rob J. fungou com desprezo e a conversa terminou aí.

Ele e Jay continuavam amigos e companheiros em tudo, mas a questão da escravatura era uma barreira que ambos lamentavam. Rob era um homem que dava valor a uma conversa tranquila com um amigo e, assim, começou a virar Trude para a entrada do convento das franciscanas sempre que passava por perto.

Era difícil determinar com exatidão o momento em que se tornou amigo da madre Miriam Ferocia. Sarah dava a ele a satisfação física fiel e constante, tão necessária quanto a comida e a bebida, mas passava mais tempo conversando com o pastor da igreja do que com o marido. Rob tinha descoberto no seu relacionamento com Makwa que era possível ser amigo de uma mulher sem pensar em sexo. Agora provava isso outra vez com essa irmã da Ordem de São Francisco, uma mulher quinze anos mais velha do que ele, com olhos severos no rosto forte emoldurado pelo cabelo de religiosa.

Tinham se encontrado poucas vezes até aquela primavera. O inverno fora brando e com chuvas pesadas. A superfície das águas subiu imperceptivelmente até ficar quase impossível a travessia dos regatos e pequenos rios e em março a cidade pagou o preço de estar situada entre dois rios, porque, de repente, estavam no meio do que se chamou a Enchente de 1857. Rob viu o rio subir acima das margens altas, em sua fazenda. A água entrou terra adentro arrasando a tenda do suor e a casa das mulheres de Makwa. Seu *hedonoso-te* foi poupado porque ela o havia construído no alto de uma colina. A casa dos Cole não foi alcançada também. Mas logo depois que as águas retrocederam, Rob foi chamado para tratar o primeiro caso de febre virulenta. Depois, o segundo. E o terceiro.

Sarah foi obrigada a servir de enfermeira, mas ela, Rob e Tom Beekermann logo ficaram assoberbados de trabalho. Então, certo dia, Rob foi à fazenda dos Haskell e encontrou Ben Haskell com febre, confortado pelos cuidados e por um banho de esponja ministrado pelas irmãs franciscanas. Todos os "besouros marrons" estavam fora do convento, tratando os doentes. Rob viu imediatamente, com profunda gratidão, que elas eram excelentes enfermeiras. Andavam sempre aos pares. Até a superiora trabalhava com uma companheira. Quando Rob protestou, dizendo que era uma bobagem dos seus regulamentos, a madre superiora respondeu com uma veemência gelada, deixando bem claro que suas objeções eram inúteis.

Rob pensou então que sempre trabalhavam aos pares para se preservarem mutuamente dos lapsos da fé ou da carne. Alguns dias depois, quando ele terminava seu dia com uma xícara de café, no convento, sugeriu que a superiora tinha medo de deixar uma das suas irmãs sozinha na casa de um protestante. Confessou que isso o intrigava.

— Isso quer dizer que a sua fé é fraca?

— Nossa fé é forte! Mas gostamos de calor e conforto como qualquer outra pessoa. A vida que escolhemos é árida. E bastante cruel para que não acrescentemos a praga da tentação.

Ele compreendeu. Aceitou as irmãs sob os termos de Miriam Ferocia e a eficiência delas era o que contava afinal.

A superiora perguntou certa vez com frio desprezo na voz.

— Dr. Cole, não tem outra maleta, além dessa horrível coisa de couro, enfeitada com cerdas de porco?

— É o meu *Mee-shome*, minha bolsa de medicina. As alças são de pano *izze*. Quando estou com ela, nenhuma bala pode me atingir.

Ela arregalou os olhos.

— O senhor não tem a fé do nosso Salvador mas aceita a proteção da feitiçaria dos índios sauks?

— Ah, mas funciona. — Contou do tiro na porta do celeiro.

— Deve ter muito cuidado — disse ela, servindo o café.

A cabra dada por ele dera cria duas vezes, dois cabritos machos. Miriam Ferocia trocou um deles e conseguiu de algum modo mais três fêmeas, sonhando com uma indústria de queijo, mas até então, sempre que Rob J. ia ao convento, não tinha leite no seu café, porque as cabras aparentemente estavam sempre prenhes ou amamentando. Rob passava sem o leite, como as freiras, e aprendeu a gostar do café puro.

Começaram a falar de coisas mais sérias. Era uma pena que a investigação da igreja não tivesse conseguido lançar nenhuma luz sobre o paradeiro de Patterson. Então contou a ela que tinha um plano.

— O que acha de instalarmos um espião dentro da Suprema Ordem da Bandeira de Estrelas e Listras? Podíamos saber o que estão planejando, a tempo de impedir suas maldades.

— Como ia fazer isso?

Rob tinha pensado bastante no assunto. Precisava ser um americano nativo, de toda confiança e amigo de Rob J. Jay Geiger não servia, porque a SOBEL provavelmente não aceitaria um judeu.

— Tem o meu empregado, Alden Kimball. Nascido em Vermont. Uma ótima pessoa.

Ela balançou a cabeça, preocupada.

— Se é uma boa pessoa, pior ainda, porque pode estar sacrificando um bom homem e a você mesmo com esse plano. Estamos falando de gente muito perigosa.

Rob tinha de aceitar a sensatez dessas palavras. E pensar no fato de que Alden começava a demonstrar a idade. Não velho ou inútil ainda, mas mostrando a idade.

E ele bebia um bocado.

– Precisa ter paciência – disse ela suavemente. – Vou fazer novas investigações. Enquanto isso, deve esperar.

Madre Ferocia apanhou a xícara dele e Rob sabia que estava na hora de levantar da cadeira do bispo e ir embora, porque a madre superiora ia se preparar para as preces noturnas. Ele apanhou seu escudo contra balas e sorriu para o olhar de desafio com que ela brindou seu *Mee-shome*.

– Muito obrigado, reverenda madre – disse ele.

# 38

# OUVINDO MÚSICA

O padrão educacional de Holden's Crossing determinava que uma família devia mandar os filhos à academia por um ou dois semestres, para aprender a ler, fazer contas e escrever com certa dificuldade. Então terminava o programa de ensino e as crianças começavam a trabalhar nas fazendas em tempo integral. Quando Alex completou dezesseis anos, resolveu que estava farto da escola. Embora Rob J. tivesse se oferecido para pagar os seus estudos, Alex preferiu trabalhar com Alden na fazenda, e Xamã e Rachel eram agora os alunos mais antigos da academia.

Xamã queria continuar a estudar e Rachel estava satisfeita em se deixar levar pelo correr dos seus dias, agarrada a uma existência sempre igual como se fosse sua tábua de salvação. Dorothy Burnham reconhecia que tinha sorte a professora que encontrava pelo menos um aluno como aqueles dois em toda sua vida. Ela os tratava como tesouros, passando para eles tudo que sabia e procurando aprender mais para mantê-los motivados. Rachel era três anos mais velha do que Xamã e tinha mais instrução do que ele, mas logo a Srta. Burnham estava lecionando para uma classe de dois alunos. Era natural para eles passar muito tempo estudando juntos.

Sempre que terminavam os deveres da escola, Rachel começava o treinamento de Xamã. Duas vezes por mês Dorothy Burnham fazia uma avaliação de tudo que tinham feito, às vezes sugerindo alguma mudança ou novos exercícios. Estava encantada com o progresso de Xamã e feliz porque Rachel tinha conseguido tanto dele.

À medida que a amizade se consolidava, Rachel e Xamã começaram a trocar pequenas confidências. Rachel contou o quanto temia ir a Peoria todos os anos para os Grandes Dias Santos judaicos. Xamã despertou a ternura dela revelando, sem falar claramente, a angústia que sentia com a frieza de Sarah. ("Makwa foi mais mãe para mim, do que ela é, e ela sabe disso. É uma coisa que a deixa furiosa, mas é a verdade.") Rachel tinha notado que a Sra. Cole nunca se referia ao filho como Xamã, como todo mundo. Sarah o chamava de Robert – quase formalmente, como a Srta. Burnham o chamava na escola. Rachel imaginava se seria porque a Sra. Cole não gostava de palavras indígenas. Certa vez ouviu Sarah dizer à sua mãe que estava satisfeita porque os sauks tinham ido embora para sempre.

Xamã e Rachel trabalhavam nos exercícios vocais em qualquer lugar, navegando no barco de fundo chato de Alden ou sentados na margem alta do rio enquanto pescavam, apanhando agrião, caminhando na pradaria ou descascando frutas e legumes para Lillian, na varanda estilo sulista dos Geiger. Vários dias por semana, trabalhavam no piano de Lillian. Xamã sentia a tonalidade vocal de Rachel, tocando a cabeça ou as costas dela, mas do que mais gostava era sentir as vibrações de sua garganta macia. Ele sabia que Rachel podia fazer tremer seus dedos.

– Eu gostaria de poder lembrar o tom da sua voz.

– Você lembra da música?

– Não lembro realmente... Ouvi música um dia depois do Natal no ano passado.

Rachel olhou para ele, intrigada.

– Eu sonhei.

– E no sonho, você ouviu a música?

Ele fez um gesto afirmativo.

– Tudo que eu via eram os pés e as pernas de um homem. Acho que eram do meu pai. Lembra quando éramos pequenos e eles nos punham para dormir no chão, enquanto tocavam? Não vi sua mãe nem seu pai, mas ouvi o violino e o piano. Não lembro o que estavam tocando. Só lembro da... música.

Rachel mal podia falar.

– Eles gostam de Mozart, talvez fosse isso – disse ela e começou a tocar. Depois de algum tempo, ele balançou a cabeça.

– Para mim é só uma vibração. A outra era música de verdade. Tenho tentado sonhar outra vez mas não consigo.

Os olhos de Rachel cintilavam e para espanto de Xamã ela se inclinou para a frente e o beijou na boca. Ele retribuiu o beijo, algo novo, como uma música diferente, pensou. Quase sem perceber, Xamã pôs a mão no seio dela e, quando o beijo acabou, a mão ficou. Talvez tudo ficasse naquilo se ele tivesse retirado a mão imediatamente. Mas, como a vibração de uma nota musical, ele podia sentir o pequeno mamilo enrijecer sob seus dedos. Xamã apertou e Rachel levou o braço para trás e depois para a frente, acertando-o em cheio na boca.

O segundo golpe estalou logo abaixo do olho direito. Xamã ficou imóvel, atordoado, e não fez nem um gesto para se defender. Rachel podia matá-lo se quisesse, mas limitou-se a um terceiro golpe violento. Acostumada ao trabalho na fazenda, Rachel era forte, além disso, bateu com o punho fechado. O lábio superior de Xamã estava amassado e um filete de sangue saía do nariz. Viu Rachel sair da sala correndo e chorando.

Correu atrás dela até o hall de entrada. Felizmente não havia ninguém em casa.

– Rachel – chamou uma vez, mas não podia saber se ela tinha respondido ou não e não teve coragem de subir a escada.

Xamã saiu e caminhou para casa, fungando para não manchar o lenço de sangue. Quando estava perto da casa, viu Alden saindo do celeiro.

– Cristo santíssimo. O que aconteceu com você?

– ... numa briga.

– Bom, isso estou vendo. Que alívio. Estava começando a pensar que Alex era o único Cole com coragem. Como está a cara do outro safado?

– Horrível. Muito pior do que isto.

– Oh. Isso é bom, então – disse Alden, satisfeito, e foi embora.

Na hora do jantar, Xamã teve de aguentar vários sermões a respeito de se meter em brigas.

De manhã, as crianças menores examinaram seus ferimentos de batalha com respeito, mas a Srta. Burnham os ignorou completamente. Ele e Rachel mal trocaram palavras durante todo o dia, mas para surpresa de Xamã, depois das aulas, ela estava à sua espera, fora da escola, como sempre, e voltaram juntos e em silêncio, para a casa dela.

– Contou para seu pai que eu toquei em você?

– Não! – disse ela, secamente.

– Isso é bom. Não quero que ele me dê uma sova de chicote – disse Xamã com sinceridade. Precisava olhar para ela para conversar, por isso viu Rachel corar e, com surpresa e confusão, viu que ela estava rindo também.

– Oh, Xamã! Seu pobre rosto. Eu sinto muito, de verdade – disse ela, apertando a mão dele.

– Eu também – disse Xamã, embora sem saber ao certo por que ela sentia.

Quando chegaram, Lillian deu a eles um pedaço de bolo de gengibre. Quando terminaram de comer, um de cada lado da mesa, fizeram o dever de casa. Depois foram para a sala. Sentaram juntos na banqueta do piano, mas Xamã teve cuidado para não encostar nela. O que acontecera na véspera fez com que tudo mudasse, como ele temia, mas verificou, surpreso, que não era uma sensação desagradável. Era algo de quente entre os dois, um segredo só deles, como uma xícara partilhada.

Rob recebeu uma intimação oficial para se apresentar no tribunal de Rock Island "no dia vinte e um de junho, do ano de Nosso Senhor de mil oitocentos e cinquenta e sete, para fins de naturalização".

O dia estava claro e abafado, mas as janelas do tribunal estavam fechadas porque o meritíssimo Daniel P. Allan não gostava de moscas. Havia pouco movimento e Rob J. teve certeza de que não ia demorar, até o juiz Allan começar com o juramento.

– Muito bem, vejamos. Jura que, a partir de agora, renuncia a todos os títulos e fidelidade a qualquer outro país?

– Eu juro – respondeu Rob J.

– E jura apoiar e defender a Constituição e empunhar armas a favor dos Estados Unidos da América?

– Bem, não, senhor, não juro – disse Rob J. com firmeza.

Sobressaltado, o juiz saiu do torpor e olhou para ele.

– Não acredito em violência, meritíssimo, por isso não lutarei na guerra.

O juiz Allan ficou aborrecido. Sentado à mesa do meirinho, ao lado do juiz, Roger Murray pigarreou.

– A lei diz, juiz, que em casos como este, o candidato tem de provar que faz objeção consciente, porque suas crenças o impedem de empunhar armas. Significa que ele deve pertencer a algum grupo como os quacres, que declaram publicamente que não lutarão.

– Conheço a lei e sei o que significa – replicou o juiz, secamente, furioso porque Murray sempre dava um jeito de instruí-lo publicamente. Olhou por cima dos óculos: – O senhor é quacre, Dr. Cole?

– Não, meritíssimo.

– Bem, então que diabo o senhor é?

– Não sou filiado a nenhuma religião – disse Rob J. e percebeu que o juiz parecia ter sido insultado.

– Meritíssimo, posso me aproximar da mesa? – disse alguém no fundo da sala. Rob J. viu Stephen Hume, que era advogado da estrada de ferro desde que Nick Holden tinha ganho sua cadeira no Congresso. O juiz Allan fez sinal para ele se aproximar.

– Senador.

– Juiz – disse Hume, com um sorriso –, eu gostaria de me responsabilizar pessoalmente pelo Dr. Cole. Um dos cavalheiros mais distintos de Illinois, serve o povo noite e dia como médico. Todos sabem que sua palavra vale ouro. Se ele diz que não pode tomar parte numa guerra por causa das suas crenças, essa é a prova razoável de que precisamos.

O juiz Allan franziu a testa, sem saber ao certo se um advogado com conexões políticas o estava chamando, perante o tribunal, de irracional e resolveu que o mais seguro seria olhar com ferocidade para Roger Murray.

– Vamos prosseguir com a naturalização. – E assim, sem maiores obstáculos, Rob J. tornou-se cidadão dos Estados Unidos da América.

Voltando para Holden's Crossing, lembranças estranhas e saudosas o assaltaram, lembranças da terra dos escoceses à qual acabava de renunciar. Era bom ser americano. Só que o país estava sobrecarregado de problemas. A Suprema Corte dos Estados Unidos decidiu definitivamente que Dred

Scott era um escravo porque o Congresso não tinha força legal para proibir a escravidão nos territórios. A princípio, os sulistas se alegraram, mas logo estavam furiosos outra vez porque os líderes do partido republicano disseram que não aceitariam a decisão da corte como definitiva.

Rob J. também não aceitava, embora sua mulher e seu filho mais velho fossem ardentes simpatizantes dos sulistas. Ele havia enviado dezenas de fugitivos para o Canadá, com passagem por seu esconderijo no barracão, e no processo várias vezes esteve a ponto de ser apanhado. Certa vez Alex disse que, na noite anterior, tinha encontrado George Cliburne a uns dois quilômetros da fazenda.

— Lá estava ele, sentado no alto da carroça cheia de feno, às três horas da manhã! Agora diga, o que acha disso?

— Acho que você tem de trabalhar duro para levantar mais cedo do que um quacre industrioso. Mas o que você estava fazendo fora de casa a essa hora da manhã? — perguntou Rob J. e Alex se esforçou para mudar de assunto, para não ter de revelar a farra com bebida e mulheres, na companhia de Mal Howard. Assim, o estranho horário de trabalho de George Cliburne foi completamente esquecido.

No meio de outra noite Rob estava fechando o cadeado do barracão quando Alden apareceu.

— Não consigo dormir. Acabou meu suco e lembrei que tinha um pouco guardado no celeiro. — Ergueu o garrafão, oferecendo um gole. Rob J. raramente bebia, pois o álcool enfraquecia o Dom, mas naquele momento quis partilhar alguma coisa com Alden. Tirou a rolha do garrafão, tomou um gole e tossiu. Alden abriu um enorme sorriso.

Rob queria afastar Alden do barracão. No esconderijo estava um negro de meia-idade com um chiado asmático. Rob J. suspeitava que o chiado às vezes aumentava e, se isso acontecesse, Alden poderia ouvir. Mas Alden não parecia querer ir a lugar algum. Agachou, sentando nos calcanhares, e mostrou como um campeão bebe uísque, o dedo passado na asa do garrafão apoiado no cotovelo, o cotovelo erguido o suficiente para enviar a quantidade certa de bebida à boca.

— Tem tido dificuldade para dormir ultimamente?

Alden deu de ombros.

— Quase sempre eu apago logo, cansado do trabalho. Quando isso não acontece, a bebida ajuda.

Desde a morte de Chega Cantando, Alden parecia mais cansado e abatido.

— Preciso arranjar alguém para ajudar a tomar conta da fazenda — Rob disse, pela vigésima vez.

— Difícil achar um homem branco que queira trabalhar para os outros. Eu não trabalharia com um negro — disse Alden e Rob imaginou se o som das suas vozes chegava até onde estava o fugitivo. – Além disso, Alex está trabalhando comigo agora e ele vai muito bem.

– Vai mesmo?

Alden ficou de pé, e cambaleou um pouco. Devia ter tomado um bocado de suco antes de sair para apanhar mais.

– Que diabo, doutor – disse ele, deliberadamente. – Nunca dá valor aos dois meninos. – Segurando o garrafão com cuidado, ele voltou para casa.

No fim daquele verão, um chinês de meia-idade, nome desconhecido, apareceu em Holden's Crossing. Recusou o emprego oferecido no bar do Nelson e pagou uma prostituta chamada Penny Davis para comprar uma garrafa de uísque e o levar para seu quarto, onde, na manhã seguinte, ele morreu na cama. O xerife Graham disse que não queria na sua cidade nenhuma prostituta que tinha dormido com um *chink* e depois ia dormir com homens brancos, e providenciou pessoalmente a saída de Penny Davis de Holden's Crossing. Então pôs o corpo numa carroça e mandou-o para o legista mais próximo.

Naquela tarde, quando Rob J. chegou perto do barracão, Xamã estava à sua espera.

– Nunca vi um oriental.

– Acontece que este está morto. Você sabe disso, não sabe, Xamã?

– Sei, pai.

Rob J. fez um gesto afirmativo e abriu a porta.

O corpo estava coberto com um lençol que Rob dobrou e pôs na cadeira. Xamã estava pálido, mas controlado, observando o homem morto. O chinês era pequeno, magro, mas musculoso. Os olhos estavam fechados. O tom da pele era algo entre o branco pálido dos brancos e o avermelhado dos índios. As unhas dos pés, duras e amarelas, precisavam ser cortadas. Rob procurou ver o homem com os olhos do filho e ficou comovido.

– Agora preciso fazer meu trabalho, Xamã.

– Posso ver?

– Tem certeza?

– Tenho, pai.

Rob apanhou o bisturi e abriu o peito do chinês. Oliver Wendell Holmes tinha um estilo bombástico para apresentar a morte. O de Rob era mais simples. Avisou que as entranhas de um homem fediam mais do que qualquer animal que Xamã já tinha limpado e mandou que ele respirasse pela boca. Então notou que o tecido frio não era mais uma pessoa.

– Fosse o que fosse que dava vida a este homem – alguns chamam de alma – já deixou o corpo.

Xamã estava pálido, mas alerta.

– É essa parte que vai para o céu?

– Não sei para onde vai – disse Rob. Começou a pesar os órgãos e deixou que Xamã o ajudasse, anotando o peso de cada um.

– William Fergusson, que foi meu mentor, costumava dizer que o espírito deixa o corpo para trás como uma casa vazia, por isso temos de tratá-lo com cuidado e dignidade, como prova de respeito pelo homem que morava aqui. Este é o coração e foi o que o matou.

Tirou o coração e o pôs na mão de Xamã para que ele pudesse observar o músculo arredondado, de tecido escuro, morto e estufado.

– Por que isso aconteceu, pai?

– Eu não sei, Xamã.

Rob repôs os órgãos no lugar e fechou a incisão e quando os dois terminaram de se lavar, a cor já tinha voltado ao rosto de Xamã.

– Você gostaria de estudar comigo aqui, uma vez ou outra?

– Sim, gostaria! – disse Xamã, feliz.

– Ocorreu-me que você pode querer se formar em ciências. Pode ganhar a vida dando aulas, talvez até mesmo numa faculdade. Acha que gostaria disso, filho?

Xamã olhou para ele muito sério, franzindo a testa enquanto pensava. Depois deu de ombros.

– Talvez – disse ele.

# 39

# PROFESSORES

Naquele mês de janeiro, Rob J. levou alguns cobertores a mais para o esconderijo porque os fugitivos do extremo Sul do país sofriam muito com o frio. Caiu menos neve do que de costume, mas o bastante para cobrir os campos cultivados fazendo-os parecer a pradaria no inverno.

Às vezes, ao voltar de um chamado, no meio da noite, imaginava que a qualquer momento avistaria uma longa fila de peles-vermelhas montados em bons cavalos, atravessando o brilho ofuscante da vasta planície, seguindo seus Xamãs e seus chefes, ou de criaturas enormes e corcundas saindo da escuridão e caminhando até ele, com o pelo coberto de geada e o luar brilhando nos chifres curvos de pontas cortantes. Mas nunca viu coisa alguma porque acreditava em fantasmas menos do que acreditava em Deus.

Quando chegou a primavera, diminuiu o número de fugitivos e os rios e regatos não passaram acima das margens. Talvez tivesse algo a ver com o fato de ele ter tratado de um menor número de casos de febre naquela estação. Porém, por algum motivo, foi maior o número de mortes entre os que adoeceram. Uma das pacientes que Rob perdeu foi Matilda Cowan, cujo marido, Simeon, cultivava milho na região norte do condado, numa terra boa, embora um tanto seca. Tinham três filhas pequenas. Se uma mulher jovem morria, deixando filhos, todos esperavam que o viúvo voltasse a se casar imediatamente, mas quando Cowan pediu Dorothy Burnham, a professora, em casamento, muita gente ficou surpresa. Ele foi aceito na hora.

Tomando o café da manhã, certo dia, Rob J. disse para Sarah, com um sorriso divertido, que a diretoria da escola estava preocupada.

— Pensamos que Dorothy seria uma solteirona pelo resto da vida. Cowan é esperto. Ela vai ser uma boa esposa.

— Ela é uma mulher de sorte — disse Sarah, secamente. — Muito mais velha do que ele.

— Oh, Simeon Cowan é só uns dois ou três anos mais moço que Dorothy — disse Rob J., passando manteiga num biscoito. — Não é uma diferença muito grande. — E sorriu vendo Xamã balançar a cabeça concordando, atento à conversa sobre sua professora.

No último dia da Srta. Burnham na academia, Xamã esperou que todos saíssem e foi se despedir.

— Acho que vamos nos ver na cidade. Estou contente porque a senhora não foi se casar em outro lugar longe daqui.

— Eu também estou feliz por continuar em Holden's Crossing, Robert.

— Eu quero agradecer — disse ele, um pouco embaraçado. Xamã sabia o que aquela mulher feia e carinhosa tinha significado em sua vida.

— Não precisa agradecer, meu querido. — Dorothy Burnham tinha informado aos pais dele que não ia mais trabalhar com Xamã, agora que precisava cuidar da fazenda e de três crianças. — Estou certa de que você e Rachel podem fazer maravilhas sem a minha ajuda. Além disso, você chegou ao ponto em que pode dispensar os exercícios de voz.

— Acha que minha voz é igual às dos outros?

— Bem... — Ela pensou na pergunta com seriedade. — Não exatamente. Quando você está cansado, sua voz fica gutural. Você está sempre atento ao som da sua voz, por isso não arrasta tanto a fala como muitas pessoas. Logo, há uma pequena diferença. — Percebeu que isso o preocupava e segurou a mão dele. — É uma diferença muito charmosa — disse ela, e ficou feliz vendo a satisfação nos olhos dele.

Xamã tinha comprado em Rock Island um pequeno presente para ela, com seu dinheiro. Lenços com bainha de renda azul-clara.

– Também tenho uma coisa para você – disse ela, estendendo um livro com sonetos de Shakespeare. – Quando ler os sonetos, tem de lembrar de mim – ordenou ela. – Menos os amorosos, é claro! – acrescentou e depois riu com ele, com a liberdade de saber que como Sra. Cowan podia fazer e dizer coisas que a pobre Srta. Burnham, a professora, nem sonharia.

Com o intenso movimento no rio naquela primavera, houve vários afogamentos em toda a extensão do Mississípi. Um jovem marinheiro caiu da barcaça, desapareceu rio abaixo, levado pela correnteza, e só foi aparecer na jurisdição de Holden's Crossing. Os homens da barcaça não sabiam de onde ele era, sabiam apenas que se chamava Billy e o xerife Graham o entregou a Rob J.

Xamã assistiu à sua segunda autópsia e outra vez anotou os pesos dos órgãos no caderno do seu pai. Aprendeu também o que acontece com os pulmões quando a pessoa se afoga. Dessa vez foi mais difícil para ele. Não se identificara com o chinês devido à diferença de idade e à sua origem exótica, mas Billy era pouco mais velho do que seu irmão, Maior, e sua morte lembrava a Xamã sua condição de mortal. Conseguiu afastar tudo isso da mente, no entanto, o bastante para observar e aprender.

Quando terminaram a autópsia, Rob J. começou a dissecar logo abaixo do pulso direito de Billy.

– A maioria dos cirurgiões tem horror a mãos – disse para Xamã. – Isso porque nunca passaram um bom tempo estudando essa parte do corpo. Se você vier a ser professor de anatomia ou fisiologia, precisa conhecer bem a mão.

Xamã compreendeu por que os cirurgiões tinham medo de operar a mão. Era só músculos, tendões e juntas móveis e ficou apavorado quando terminaram de dissecar a mão direita e seu pai o mandou dissecar a esquerda sozinho.

Rob J. sorriu, como se soubesse exatamente o que ele estava sentindo.

– Não se preocupe. Nada do que fizer pode machucá-lo.

Assim, Xamã passou grande parte do dia cortando e examinando e observando, memorizando os nomes de todos os ossículos, aprendendo como as juntas se movem nas mãos dos vivos.

Algumas semanas mais tarde, o xerife levou o corpo de uma mulher velha que tinha morrido no asilo dos pobres do condado. Xamã preparou-se imediatamente para a nova lição, mas seu pai não o deixou entrar no barracão.

– Xamã, você já viu uma mulher nua?

– ... Vi Makwa uma vez. Ela me levou na tenda do suor e cantou canções para curar minha surdez.

O pai olhou atônito para ele e achou que devia explicar.

– Achei que sua primeira vez não deveria ser o corpo de uma mulher que fosse velha e estivesse morta.

Xamã assentiu com a cabeça e corou.

– Não é a primeira vez, papai. Makwa não era velha nem feia.

– Não, não era – disse o pai. Bateu de leve no ombro de Xamã e os dois entraram no barracão e fecharam a porta.


Em julho o comitê da escola ofereceu a Rachel Geiger a posição de professora da academia. Não era raro um dos alunos mais velhos ter oportunidade de ensinar na escola quando havia uma vaga e Rachel foi entusiasticamente recomendada por Dorothy Burnham na sua carta de demissão. Além disso, como fez notar Carroll Wilkenson, podiam pagar um salário de principiante e, como ela morava com os pais, não precisaria se hospedar nas casas dos alunos.

A oferta provocou angústia e incerteza na casa dos Geiger e conversas tensas e em voz baixa entre Lillian e Jay.

– Nós já adiamos as coisas por muito tempo – disse Jay.

– Mas um ano como professora, vai ser muito vantajoso para ela, pode ajudar a arranjar um bom casamento. Ser professora é tão americano!

Jay suspirou. Ele amava os três filhos, Davey, Herm e Cubby. Bons meninos, amorosos. Os três tocavam piano como a mãe, com graus variados de perfeição, e Davey e Herm queriam aprender instrumentos de sopro, se algum dia encontrassem um professor. Rachel era sua única filha e a primeira, a filha a quem ele tinha ensinado a tocar violino. Ela ia sair de casa um dia, talvez para longe, passando a viver para ele em cartas talvez raras, com visitas pouco frequentes.

Jay resolveu ser egoísta e mantê-la no seio da família por mais um tempo.

– Está bem, deixe que ela seja professora – disse para Lillian.


Fazia alguns anos que a enchente tinha levado a tenda de suor de Makwa. Tudo o que dela restava eram duas paredes de madeira, com um metro e oitenta e três de comprimento, quase um metro de altura e separadas uma da outra por trinta e cinco centímetros. Em agosto, Xamã começou a construir uma cúpula de galhos novos e curvos sobre as paredes. Ele trabalhava lenta e laboriosamente, entrelaçando junco verde com os galhos finos. Quando Rob viu o que ele estava fazendo, perguntou se podia ajudar, e os dois, trabalhando durante quase duas semanas, no seu tempo livre, construíram uma cabana quase igual à que existia antes, a que fora construída por Makwa em poucas horas, com ajuda de Lua e Chega Cantando.

Usando mais junco e galhos de salgueiro, fizeram um cesto raso de palha, do tamanho de um homem, e o levaram para dentro da cabana.

Rob J. tinha um manto rasgado de pele de búfalo e uma única pele de gamo. Estenderam as peles sobre a nova construção, mas metade da cabana ficou descoberta.

– Talvez uma manta? – sugeriu Xamã.

– É melhor duas, uma camada dupla, do contrário não vai evitar a saída do vapor.

Eles experimentaram a tenda de suor no primeiro dia de geada em setembro. As pedras de Makwa para o banho a vapor estavam onde ela as havia deixado e eles acenderam o fogo e puseram as pedras em cima. Xamã chegou enrolado apenas numa manta que deixou do lado de fora e deitou, tremendo de frio, no cesto de palha. Usando duas forquilhas, Rob J. levou as pedras quentes para dentro, derramou sobre elas vários baldes de água e fechou hermeticamente a cabana. Xamã, deitado no cesto de vime, no meio do vapor, sentia a umidade quente e lembrou o medo que sentiu na primeira vez, como tinha se aninhado nos braços de Makwa, assustado com o calor e o escuro. Lembrou das marcas estranhas nos seios dela, cicatrizes ásperas contra seu rosto. Rachel era mais magra e mais alta do que Makwa e tinha seios maiores. Pensando em Rachel, sentiu uma ereção e ficou preocupado, pensando que o pai podia voltar para ver como ia seu banho a vapor. Obrigou-se a pensar em Makwa outra vez, lembrando a afeição tranquila que dela emanava, tão reconfortante quanto a primeira onda de vapor que subia das pedras. Era estranho estar na cabana em que estivera com ela tantas vezes. A cada ano que passava, a lembrança ficava mais vaga e Xamã se perguntou por que alguém iria querer matar Makwa, por que existia gente tão cruel. Quase sem perceber, começou a cantar uma das canções que ela lhe ensinou, *Wi-a-ya-ni, Ni-na ne-gi-seke-wi-to-seme-ne ni-na...* Aonde quer que você vá, eu caminho com você, meu filho.

Depois de algum tempo, Rob levou mais pedras, derramou água outra vez e o vapor encheu completamente a cabana. Xamã aguentou o maior tempo possível, e então, com o corpo molhado de suor e quase sufocado, saltou do cesto de vime, correu para fora, para o ar gelado, e mergulhou na água fria do rio. Por um momento pensou que tinha morrido, uma morte muito limpa, mas quando começou a se agitar e nadar, o sangue circulou vivo por todo o seu corpo e ele gritou de prazer, como um sauk, ao sair da água e correr para o celeiro, onde se enxugou vigorosamente e vestiu roupas quentes.

Evidentemente Xamã tinha demonstrado muita alegria porque quando ele saiu do celeiro, seu pai o esperava para experimentar a cabana e foi a vez de Xamã levar as pedras quentes para dentro e jogar água sobre elas para fazer vapor.

Os dois voltaram para casa rindo felizes e descobriram que tinham suado durante toda a hora do jantar. A mãe de Xamã, aborrecida, tinha deixado os dois pratos na mesa, e a comida ficara fria. Xamã e o pai não tomaram a sopa e tiveram de raspar a gordura da carne de carneiro, mas acharam que valeu a pena. Makwa sabia realmente como tomar banho.

Rachel não teve nenhuma dificuldade em se tornar professora. A rotina era tão familiar, as lições, o trabalho na classe, as canções, os deveres de casa. Xamã era melhor do que ela em matemática, por isso pediu a ele que ministrasse as aulas de aritmética. Ele não recebia nada pelas aulas, mas Rachel elogiou o seu trabalho para os seus pais e para a diretoria da escola. Xamã gostava de planejar as aulas com ela.

Nenhum dos dois mencionou a opinião da Srta. Burnham sobre o fato de Xamã não precisar mais dos exercícios vocais. Agora que Rachel era professora, eles faziam os exercícios na academia, depois das aulas, menos os que necessitassem do piano. Xamã gostava de sentar perto dela na banqueta do piano, mas apreciava mais ficar sozinho com ela na escola.

Os alunos costumavam comentar com risadas e brincadeiras o fato de a Srta. Burnham nunca ir ao banheiro e agora Rachel fazia o mesmo, mas, assim que todos saíam, tinha de correr para a privada. Enquanto esperava, Xamã imaginava o que ela devia usar debaixo da saia. Maior tinha dito que, quando ele fizera tudo com Pattie Drucker, teve de ajudá-la a tirar uma ceroula velha e rasgada que fora do pai dela, mas Xamã sabia que a maioria das mulheres usava saias armadas com barbatanas ou roupas de baixo de crina de cavalo, que eram um pouco ásperas, mas bem quentes. Rachel não gostava de frio. Quando ela voltava, pendurava o casaco no gancho de madeira na parede e corria para o aquecedor a lenha no meio da sala, oferecendo ao calor primeiro a frente, depois as costas.

Ela estava lecionando há um mês quando teve de ir a Peoria com a família, para os feriados judaicos, e Xamã a substituiu durante duas semanas de outubro, e dessa vez foi pago. Os alunos já estavam acostumados com suas aulas de aritmética. Sabiam que ele precisava ver seus lábios para compreender o que diziam e na primeira aula, Randy Williams, o filho mais novo do ferreiro, disse uma gracinha quando estava de costas para Xamã. As crianças riram e o professor balançou a cabeça, compreensivo. Depois perguntou a Randy Williams se queria ficar dependurado pelos tornozelos durante algum tempo. Xamã era maior do que a maioria dos homens que conhecia e os sorrisos desapareceram quando Randy timidamente fez que não com a cabeça, não queria que aquilo acontecesse. A partir desse dia, tudo ficou fácil para Xamã.

No primeiro dia de aula, depois da volta de Peoria, Rachel estava tristonha. Naquela tarde, quando terminaram as aulas, ela voltou da privada tremendo de frio e chorando.

Xamã a abraçou. Rachel não esboçou nenhum protesto e ficou entre ele e o aquecedor com os olhos fechados.

– Eu odeio Peoria – disse ela, em voz baixa. – É horrível conhecer tanta gente. Minha mãe e meu pai... eles me puseram em exposição.

Parecia razoável que se orgulhassem dela, pensou Xamã. Além disso, ela não teria de ir a Peoria por um ano inteiro. Mas ficou calado. Nem sonhou em beijar Rachel, contente com o contato do corpo macio, certo de que nada do que um homem e uma mulher fazem juntos podia ser melhor do que aquilo. Então, ela se afastou um pouco e olhou solenemente nos olhos dele.

– Meu amigo fiel – disse ela.

– Sim – disse Xamã.


Dois incidentes funcionaram como verdadeiras revelações para Rob J. Numa fria manhã de novembro, Xamã o fez parar quando se dirigia para o celeiro.

– Eu visitei a Srta. Burnham, quero dizer, a Sra. Cowan ontem. Ela mandou lembranças para você e mamãe.

Rob J. sorriu.

– Oh? Isso é ótimo. Espero que ela esteja se acostumando com a vida na fazenda de Cowan.

– Sim. Parece que as meninas gostam dela. É claro que tem muito trabalho, só os dois para fazer tudo. – Olhou para o pai. – Papai? Existem muitos casamentos como o deles? Quero dizer, a mulher mais velha do que o homem?

– Ora, Xamã, geralmente é o contrário, mas nem sempre. Suponho que sejam tão bons quanto qualquer outro. – Esperou a continuação da conversa, mas o filho apenas balançou a cabeça e foi para a academia. Rob foi até o celeiro e arreou o cavalo.

Alguns dias mais tarde ele e Xamã estavam trabalhando juntos em casa. Sarah tinha visto coberturas para assoalhos em várias casas de Rock Island e insistiu tanto com Rob J. que ele concordou em fazer coberturas de assoalho para ela. Eram feitas de lona, cortada no tamanho do cômodo que iam cobrir, tratadas com resina e depois com cinco camadas de tinta. O resultado era à prova de lama, de água e muito decorativo. Sarah tinha contratado Alden e Alex para aplicar a resina e as primeiras quatro camadas de tinta, mas requisitou o marido para o acabamento.

Rob J. tinha preparado a tinta para as cinco camadas, usando nata de leite, óleo comprado na loja e cascas de ovo bem moídas para fazer a tinta da cor do trigo novo. Ele e Xamã tinham acabado de aplicar a última camada e agora, na manhã ensolarada de domingo, estavam acrescentando as faixas negras em volta de cada cobertura, tentando acabar o serviço antes que Sarah voltasse da igreja.

Xamã estava sendo paciente. Rob J. sabia que Rachel o esperava na cozinha, mas percebeu que ele não procurava apressar o trabalho e agora estavam fazendo a borda decorativa no último tapete.

– Papai? – perguntou Xamã. – A gente precisa de muito dinheiro para casar?

– Hum. Uma quantia considerável. – Limpou o pincel no pano. – Bem, varia, é claro. Alguns casais vivem com os pais dela ou dele, até conseguirem manter a própria casa. – Rob tinha feito uma régua de madeira fina para facilitar e agora Xamã protegia com ela a superfície pintada e aplicava a tinta negra, concluindo o trabalho.

Limparam os pincéis, guardaram as ferramentas no celeiro e voltaram para casa. Xamã balançou a cabeça afirmativamente.

– Sim, eu compreendo que deve variar.

– O que deve variar? – perguntou Rob J. distraído, pensando em como ia drenar o fluido do joelho inchado de Harold Hayse.

– O dinheiro que a gente precisa para casar. Depende do quanto se ganha, do tempo que o primeiro filho leva para chegar, coisas assim.

– Exatamente – disse Rob J. Estava intrigado, certo de ter perdido a parte essencial da conversa.

Porém, alguns minutos mais tarde, Xamã e Rachel Geiger passaram pelo celeiro, na direção da estrada. Xamã olhava para Rachel para ver o que ela dizia, mas, observando o rosto do filho, Rob J. compreendeu imediatamente o que significava sua expressão.

Muita coisa se encaixava, pensou Rob J. e fez uma careta.

Antes de tratar do joelho de Harold Hayse, ele foi até a fazenda dos Geiger. Jay estava no barracão das ferramentas, amolando duas foices, e o recebeu com um sorriso, sem parar o movimento raspante da pedra na lâmina.

– Rob J.

– Jason.

Rob J. apanhou a outra pedra de amolar e começou a trabalhar na segunda foice.

– Preciso conversar com você sobre um problema – disse ele.

# 40

# CRESCENDO

A última e obstinada camada de neve do inverno cobria ainda os campos como uma geada fina quando Rob J. deu início às atividades da primavera na fazenda de criação de ovelhas, e Xamã, surpreso e feliz, viu-se incluído nos planos pela primeira vez. Até então ele fazia trabalhos ocasionais, dedicando-se aos estudos e à terapia da voz.

– Este ano precisamos muito da sua ajuda – disse o pai. – Alden e Alex não querem admitir, mas três homens não fazem o que Lua fazia sozinha. Além disso, o rebanho cresce a cada ano e eles cercaram outros pastos. Falei com Dorothy Cowan e com Rachel. Elas acham que você já aprendeu tudo que podia aprender na academia. Disseram também que não precisa mais dos exercícios vocais e – sorriu para Xamã – devo dizer que concordo com elas. Acho que você está falando muito bem.

Rob J. teve o cuidado de dizer a Xamã que aquilo não era permanente.

– Eu sei que você não quer ser fazendeiro. Mas você nos ajuda agora e enquanto isso pensamos no que vai querer fazer.

Alden e Alex se encarregaram de abater as ovelhas. Xamã devia plantar as cercas vivas, assim que o solo descongelasse. As cercas de vigas de madeira não serviam porque as ovelhas passavam por elas e os predadores também. Para marcar um novo pasto, Xamã fazia uma vala em todo o perímetro e depois plantava pés de madura, um bem junto do outro para formar uma barreira espessa. Distribuía as sementes com cuidado porque custavam 10 dólares o quilo. As árvores cresciam fortes e com folhagem cerrada e longos espinhos que contribuíam para manter longe delas as ovelhas e os lobos. A laranja osage, ou madura, levava três anos para formar uma cerca protetora, mas Rob J. plantava barreiras de espinhos desde o começo e quando Xamã acabava de plantar as novas cercas, passava os dias numa escada podando as antigas. Além disso ele desenterrava pedras do solo, rachava lenha, fazia postes de madeira e retirava os tocos de árvores da entrada dos bosques.

Suas mãos e braços ficaram arranhados pelos espinhos, as palmas ficaram calejadas, os músculos, doloridos a princípio, ficaram mais rijos em seguida. Seu corpo se desenvolvia, a voz ficava mais grossa. À noite tinha sonhos eróticos. Geralmente não lembrava dos sonhos nem das mulheres que apareciam neles, mas às vezes sabia que sonhara com Rachel. Pelo menos uma vez teve certeza de que a mulher era Makwa, o que o deixou confuso e assustado. Fazia o possível para remover as provas nos lençóis antes que fossem levados para a fervura na lavanderia.

Durante anos Xamã viu Rachel todos os dias, e agora raramente se encontravam. Numa tarde de domingo foi à casa dela e Lillian atendeu à porta.

– Rachel está ocupada e não pode falar com você agora. Eu digo que você mandou lembranças, Rob J. – disse Lillian, suavemente. Uma vez ou outra, aos sábados, quando os pais se reuniam para tocar música, ele sentava ao lado de Rachel e conversavam sobre a escola. Xamã sentia falta das aulas de aritmética e de ajudar Rachel no planejamento de algumas outras quando tinham oportunidade. Mas ela parecia estranhamente constrangida. Uma das coisas que ele amava em Rachel, uma espécie de calor e brilho, parecia abafada, como um fogo com excesso de lenha. Quando ele sugeriu um passeio, foi como se os adultos na sala estivessem esperando a resposta e a tensão só diminuiu quando ela disse muito obrigada, Xamã, mas não estou com vontade de andar agora.

Lillian e Jay conversaram tranquilamente com Rachel, falaram do entusiasmo quase infantil de Xamã e deixaram bem claro que competia a ela não encorajar de modo algum esse sentimento. Não foi fácil. Xamã era seu amigo e Rachel sentia falta da sua companhia. Preocupava-se com o futuro dele, mas estava na beira de um abismo e o esforço para desvendar o que havia no fundo escuro a enchia de ansiedade e de medo.

Rachel devia ter compreendido que a paixão de Xamã teria sido a força catalisadora da mudança, mas era tão intensa sua negação do próprio futuro que, quando Johann C. Regensberg passou um fim de semana na casa dos Geiger, ela o viu apenas como um amigo do pai. Regensberg era um homem amável de trinta e poucos anos, um pouco gordo, que chamava Jay respeitosamente de Sr. Geiger, mas insistia para ser chamado de Joe. De estatura mediana, ele tinha olhos azuis muito vivos que olhavam o mundo através dos óculos com aros de metal. O rosto agradável aparecia entre a barba curta e o cabelo castanho logo atrás da calva incipiente. Mais tarde, Lillian o descrevia para as amigas dizendo que Joe tinha "testa alta".

Joe Regensberg apareceu na fazenda na sexta-feira, em tempo para o jantar do *Shabbat*. Aquela noite e o dia seguinte ele passou tranquilamente com a família Geiger. No sábado de manhã ele e Jason leram as Escrituras e estudaram o Livro do Levítico. Depois do almoço de pratos frios, ele visitou o celeiro e a farmácia, e depois, agasalhado contra o frio do dia cinzento, foi com toda a família ver os campos preparados para o plantio da primavera.

Os Geiger encerraram o *Shabbat* com um jantar de *cholenm*, um prato feito com vagens, carne, cevada e ameixas, que estava cozinhando lentamente sobre o carvão em brasa desde a tarde do dia anterior porque a religião judaica proíbe que se acenda fogo durante o *Shabbat*. Depois tocaram um pouco de música. Jason tocou parte de uma sonata de Beethoven para violino e depois passou o instrumento para Rachel que, com prazer, terminou a sonata, enquanto o estranho a observava com evidente admiração. No fim da noite, Joe Regensberg tirou da sua bolsa de tapeçaria presentes para todos. Uma cesta de pão para Lillian, feita na sua fábrica de artigos de folha de flandres, em Chicago, uma garrafa de conhaque envelhecido para Jay, e para Rachel um livro, *The Pickwick Papers*, de Charles Dickens.

Quando viu que não havia presentes para seus irmãos, Rachel, cheia de terror e confusão, compreendeu o significado da visita. Agradeceu mecanicamente dizendo que gostava do Sr. Dickens mas que só tinha lido até então *Nicholas Nickleby*.

— *The Pickwick Papers* é um dos meus favoritos — disse ele. — Comentaremos o livro depois que você tiver lido.

Joe Regensberg não podia ser descrito como um homem bonito, mas tinha um rosto inteligente. Um livro, pensou Rachel, era o presente que só um homem excepcional daria a uma mulher naquelas circunstâncias.

— Achei que seria adequado para uma jovem professora — disse ele, como se pudesse ler os pensamentos dela.

Ele se vestia melhor do que os outros homens que Rachel conhecia, provavelmente suas roupas eram feitas por melhores alfaiates. Quando ele sorria, pequenas rugas surgiam em volta dos olhos.


Jason tinha escrito para Benjamin Schoenberg, o *shadchen* de Peoria, e, por segurança, enviou outra carta a um agente matrimonial chamado Solomon Rosen, de Chicago, onde era grande a colônia judaica. Schoenberg respondeu com uma carta rebuscada, dizendo que tinha vários jovens candidatos que seriam maridos maravilhosos, e que os Geiger podiam conhecê-los quando fossem a Peoria para os Grandes Dias Santos. Mas Solomon Rosen agiu imediatamente. Um dos seus melhores candidatos era Johann Regensberg. Quando Regensberg disse que precisava ir ao oeste de Illinois para visitar alguns dos seus fregueses, incluindo várias lojas em Rock Island e em Davenport, Solomon providenciou sua apresentação aos Geiger.

Algumas semanas depois da visita, chegou outra carta do Sr. Rosen. Johann Regensberg ficara favoravelmente impressionado com Rachel. O Sr. Rosen informava então que a família Regensberg tinha *yiches*, a verdadeira distinção concedida a uma família que por várias gerações vinha prestando serviços à comunidade. A carta dizia que entre os ancestrais do Sr. Regensberg havia professores e estudiosos da Bíblia e que a família remontava ao século XIV.

Mas continuando a leitura, Jay franziu a testa, insultado. Os pais de Johann, Leon e Golda Regensberg, estavam mortos e eram representados para o contrato de casamento pela Sra. Harriet Ferber, irmã do falecido Leon Regensberg. Procurando seguir a tradição da família, a Sra. Ferber exigia que fossem apresentadas testemunhas ou outra prova da virgindade da futura noiva.

— Isto não é a Europa. E eles não estão comprando uma vaca — disse Jason, furioso.


A breve e fria nota de recusa de Geiger foi respondida imediatamente com uma carta conciliatória do Sr. Rosen, retirando a exigência e perguntando se a tia de Johann podia visitar os Geiger. Assim, algumas semanas depois, a Sra. Ferber chegou a Holden's Crossing. Era uma mulher pequena de cabelos brancos e brilhantes penteados para trás e presos por um coque na nuca. Com uma cesta cheia de frutas cristalizadas, bolos e uma dúzia de garrafas de vinho *kosher,* ela também chegou a tempo para o *Shabbat.* Elogiou a comida feita por Lillian e a arte musical da família, mas sua atenção estava toda concentrada em Rachel, com quem conversou sobre educação de filhos e de quem evidentemente gostou desde o começo.

Ela não era tão amedrontadora quanto tinham imaginado. Depois do jantar, enquanto Rachel arrumava a cozinha, a Sra. Ferber e os Geiger falaram sobre suas famílias.

Os antepassados de Lillian eram judeus espanhóis fugidos da Inquisição, primeiro para a Holanda, depois para a Inglaterra. Na América tinham antecedentes notáveis na política. Por parte de pai, Lillian era parente de Francis Salvador, eleito por seus vizinhos cristãos para o Congresso da Província da Carolina do Sul e que, servindo na milícia patriótica, algumas semanas depois de entrar em vigor a Declaração da Independência, foi o primeiro judeu a dar a vida pelos Estados Unidos, vítima de uma cilada, e escalpelado pelos tóris e pelos índios. Por parte de mãe ela era uma Mendes, prima de Judah Benjamin, senador representante da Louisiana no Senado dos Estados Unidos. A família de Jason, fabricantes de produtos farmacêuticos na Alemanha, chegara a Charleston em 1819, quando, na Alemanha, grupos exaltados percorriam as ruas à procura de judeus, gritando "Hep! Hep! Hep!" como no tempo das cruzadas, a sigla de *Hierosolyma est perdita,* Jerusalém está perdida.

Os Regensberg saíram da Alemanha dez anos antes dos distúrbios dos Heps, contou a Sra. Ferber. A família possuía vinhedos na Renânia. Não eram ricos, mas gozavam de uma confortável situação financeira e a fábrica de artigos de folha de flandres de Johann ia muito bem. Ele era membro da tribo de *Kohane,* o sangue dos sumos sacerdotes do Templo de Salomão corria em suas veias. Se o casamento se realizasse, disse ela delicadamente para Lillian e Jay, seus netos seriam descendentes de dois rabinos importantes de Jerusalém. Os três conversaram, com simpatia evidente dos dois lados, tomando o bom chá inglês, um dos artigos do opulento cesto da Sra. Ferber.

– A irmã da minha mãe chamava-se Harriet – disse Lillian. – Nós a chamávamos de Hattie.

– Todos *me* chamam só de Harriet – disse a Sra. Ferber, com um bom humor tão caloroso que os Geiger não tiveram dificuldade em aceitar o convite para visitá-la em Chicago.

Algumas semanas mais tarde, numa quarta-feira, toda a família Geiger embarcou no trem em Rock Island para uma viagem de cinco horas, direta, sem baldeação. Chicago era grande, espalhada, suja, superpopulosa, feia, barulhenta e, para Rachel, extremamente excitante. Os Geiger hospedaram-se no Palmer's Illinois House Hotel. Na quinta e na sexta-feira, durante os dois jantares na casa de Harriet, na Avenida South Wabash, conheceram os outros membros da família e no sábado de manhã foram até a sinagoga da família dos Regensberg para os serviços religiosos. A Congregação *Kehilath Anshe Maarib* concedeu a Jason a honra de ser chamado à Torá para entoar uma bênção. À noite foram ao teatro, onde uma companhia itinerante apresentava *Der Freischütz,* de Carl Maria von Weber. Rachel nunca assistira a uma ópera antes e ficou encantada com a música leve e romântica das árias. No primeiro intervalo, Joe Regensberg a levou para fora do teatro e a pediu em casamento, e ela aceitou. Tudo se processou quase sem trauma, pois o verdadeiro pedido já fora feito pela Sra. Ferber e aceito pelos pais de Rachel. Ele tirou do bolso o anel que fora da sua mãe. Era um brilhante, o primeiro que Rachel via, modesto, mas finamente engastado. O anel era um pouco largo para seu dedo e Rachel manteve a mão fechada para não perdê-lo. Quando voltaram a seus lugares, o segundo ato estava começando. Sentada no escuro, ao lado de Lillian, Rachel segurou a mão da mãe e a pôs sobre o anel, sorrindo ao ouvir a exclamação abafada. Deixando que a música a transportasse para a floresta da Alemanha, ela compreendeu que aquilo que temia há tanto tempo poderia na verdade ser a porta para a liberdade e uma agradável espécie de poder.

Na quente manhã de maio em que ela foi à fazenda dos Cole, Xamã, coberto de suor, poeira e mato seco, depois de trabalhar horas com a foice, estava juntando a palha com o ancinho. Rachel estava com um vestido velho, que ele conhecia muito bem, com manchas de suor começando a aparecer nas axilas, uma touca de pano cinzenta de abas largas, que Xamã nunca tinha visto, e luvas brancas de algodão. Quando ela perguntou se ele podia acompanhá-la até a casa, Xamã largou o ancinho alegremente.

Durante algum tempo falaram sobre a academia, mas logo ela começou a falar do que estava acontecendo na sua vida.

Com um sorriso, Rachel tirou a luva da mão esquerda e mostrou o anel, e Xamã compreendeu que ela ia casar-se.

– Então vai embora de Holden's Crossing?

Rachel segurou a mão dele. Anos depois, lembrando aquela cena vezes sem conta, Xamã envergonhava-se por não ter dito nada. De não ter desejado a ela uma vida feliz, de não ter dito o que ela significava para ele, de não ter agradecido.

De não ter se despedido.

Mas não conseguiu olhar para ela, por isso não viu o que Rachel estava dizendo. Era como se estivesse se transformando em pedra e as palavras escorriam por ele como chuva.

Quando chegaram à entrada da fazenda dos Geiger, Xamã fez meia-volta e se afastou, com a mão dolorida da força com que Rachel a tinha apertado o tempo todo.

No dia seguinte ao da partida dos Geiger para Chicago, onde Rachel ia se casar na sinagoga, sob um dossel, Rob J. chegou em casa e foi recebido por Alex, que se ofereceu para levar o cavalo para a estrebaria no celeiro.

– Acho melhor você ir ver. Tem alguma coisa errada com Xamã.

Rob J. parou ao lado da porta do quarto de Xamã e ouviu os soluços roucos e guturais. Quando tinha a idade de Xamã, Rob lembrava-se de ter chorado assim porque sua cadela tinha começado a atacar e a morder todo mundo e sua mãe a deu para um pequeno fazendeiro que vivia sozinho nas colinas. Mas sabia que o filho chorava por um ser humano e não por um animal.

Entrou e sentou na beirada da cama.

– Você precisa saber de algumas coisas. Existem poucos judeus e, em quase toda parte, vivem no meio de um grande número de nós. Por isso, eles acham que devem casar entre eles para sobreviver. Mas isso não se aplica a você. Você nunca teve sequer uma chance. – Afastou o cabelo molhado de lágrimas do rosto do filho e depois apoiou a mão na cabeça dele. – Porque ela é uma mulher – disse ele. – E você é um garoto.

No verão o comitê da escola, à procura de um bom professor a quem pudessem pagar pouco devido à pouca idade, ofereceu o lugar a Xamã, mas ele recusou.

– Então, o que você quer fazer? – perguntou o pai.

– Eu não sei.

– Há um colégio em Galesburg, o Colégio Knox – disse Rob J. – Dizem que é muito bom. Gostaria de estudar mais? E mudar um pouco de cenário?

Xamã fez que sim com a cabeça.

– Acho que sim.

Dois meses depois de completar quinze anos, Xamã saiu de casa.

## 41

## VENCEDORES E PERDEDORES

Em setembro de 1858, o reverendo Joseph Hills Perkins foi chamado para o púlpito da maior igreja batista de Springfield. Faziam parte do seu próspero e novo rebanho o governador e vários membros do

Legislativo estadual e o Sr. Perkins ficou apenas um pouco mais maravilhado com sua boa sorte do que os membros da sua igreja em Holden's Crossing, que viam no seu sucesso a prova da inteligência com que o tinham escolhido. Durante algum tempo Sarah se ocupou com a organização de jantares e reuniões de despedida. Depois da partida de Perkins, recomeçou a procura de um novo pastor e a série de candidatos que se hospedavam nas casas dos paroquianos, além das discussões e debates acerca das qualidades dos mesmos.

A princípio, a preferência da maioria voltou-se para um pastor do norte de Illinois, um fervoroso inimigo do pecado, mas para alívio dos que, como Sarah, não gostavam do seu estilo, tiveram de levar em consideração o fato de o pastor ter seis filhos, com outro a caminho, demais para a pequena casa oferecida pela cidade. Finalmente escolheram o Sr. Lucian Blackmer, um homem de rosto corado e peito largo, recentemente chegado do Oeste. "Do Estado de Rhode Island, para o Estado de Graça", assim Carroll Wilkenson apresentou a Rob J. o novo pastor. O Sr. Blackmer parecia um homem agradável, mas Rob J. ficou deprimido quando conheceu a mulher dele, pois Julia Blackmer era magra e ansiosa, com a palidez e a tosse de uma longa e avançada doença dos pulmões. Ao cumprimentá-la, dando as boas-vindas, Rob sentiu que Blackmer o observava como que esperando que o médico pudesse lhes oferecer uma renovada esperança e uma cura certa.

Holden's Crossing, Illinois<br>12 de outubro de 1858

Querido Xamã

Fiquei satisfeito por saber, através de sua carta, que já se instalou em Galesburg, que está gostando dos estudos e que goza de boa saúde. Aqui todos estão bem. Alden e Alex terminaram o abate dos porcos e estamos nos deliciando com toucinho fresco, costeletas, sobrecoxas, presuntos (cozidos, defumados e salgados), carne de porco em conserva, geleia de mocotó e banha.

Todos dizem que o novo ministro é um homem interessante quando sobe ao púlpito. Para lhe fazer justiça, devo dizer que é um homem de coragem, pois seu primeiro sermão versou sobre uma certa questão moral a respeito da escravidão e, embora pareça ter recebido a aprovação da maioria dos ouvintes, uma vigorosa minoria vocal (incluindo sua mãe!) discordou dele depois do serviço religioso.

Gostei de saber que Abraham Lincoln, de Springfield, e o senador Douglas farão um debate no Colégio Knox no dia 7 de outubro, e espero que você tenha oportunidade de assistir. Os dois são candidatos ao Senado. Pela primeira vez vou votar como cidadão e não sei qual dos candidatos é o pior. Douglas combate a intolerância ignorante dos Não Sabem de Nada, mas é a favor dos donos de escravos. Lincoln ataca fulminantemente a escravidão, mas aceita – na verdade aplaude – os Não Sabem de Nada. Ambos me deixam furioso! Políticos!

Os seus estudos parecem interessantes. Lembre-se de que, além de botânica, astronomia e fisiologia, podemos aprender muitos segredos com a poesia.

Talvez o que esteja anexando a esta carta o ajude a comprar os presentes de Natal. Espero ansiosamente sua visita por ocasião das festas.

Com amor,<br>seu pai.

Rob J. sentia falta de Xamã. Seu relacionamento com Alex era mais cauteloso do que caloroso. Sarah estava sempre ocupada com o trabalho da igreja. Uma vez ou outra tocava música com os Geiger, mas quando terminavam de tocar, enfrentavam suas divergências políticas. Eram mais frequentes agora suas visitas ao Convento de São Francisco de Assis, depois das visitas do dia. A cada ano que passava, mais se convencia de que a madre Miriam era mais corajosa do que feroz, mais valiosa do que ameaçadora.

– Tenho uma coisa para você – disse ela, certa tarde, entregando a ele um maço de papéis marrons, cobertos por uma escrita pequena e apertada, com tinta preta aguada. Sentado na poltrona de couro e tomando café, Rob leu a descrição das atividades secretas da Suprema Ordem da Bandeira de Estrelas e Listras, que só podia ter sido escrita por um dos seus membros.

Começava com um resumo da estrutura nacional da sociedade política secreta. Baseava-se em conselhos distritais, que escolhiam seus próprios membros, criavam as próprias leis e suas regras de iniciação na sociedade. Acima deles estavam os conselhos dos condados, formados por um único representante de cada conselho de distrito. Os conselhos dos condados supervisionavam as atividades políticas dos conselhos distritais e escolhiam os candidatos políticos locais dignos do apoio da ordem.

Todas as unidades de um estado eram controladas por um grande conselho, composto por três delegados de cada conselho distrital, e governado por um grande presidente e outros membros eleitos. No topo da complexa estrutura ficava o conselho nacional que decidia todos os assuntos políticos nacionais, incluindo a seleção dos candidatos da ordem para a presidência e vice-presidência dos Estados Unidos. O conselho nacional decidia a punição dos membros que faltassem com o dever para com a instituição e determinava os extensos rituais da ordem.

Havia dois graus necessários para a inclusão na ordem. Para chegar ao primeiro grau, o candidato devia ser adulto, ser do sexo masculino, nascido nos Estados Unidos, de pais protestantes e não ser casado com mulher católica.

A cada candidato era feita a pergunta: "Está disposto a usar sua influência para eleger e votar somente em cidadãos nascidos na América para todos os postos de honra, confiança, ou vantajosos ao bem do povo, excluindo todos os estrangeiros e católicos romanos em particular, independente de preferências partidárias?"

Depois desse juramento, exigiam que o candidato renunciasse a todas as outras fidelidades partidárias para apoiar a vontade política da ordem, e trabalhar para modificar as leis da naturalização. Então confiavam a ele os segredos, descritos minuciosamente no relatório – o sinal de reconhecimento, o aperto de mão, os desafios e as advertências.

Para chegar ao segundo grau dentro da ordem, o candidato devia ser um veterano confiável. Só os membros do segundo grau podiam ser eleitos para postos de liderança dentro da ordem, tomar parte em atividades clandestinas e contar com o apoio para cargos políticos a nível nacional e local. Quando eleitos ou designados para um cargo de poder, eram obrigados a remover todos os estrangeiros, estranhos ou católicos que trabalhavam para eles, e em nenhuma hipótese "designar uma dessas pessoas para qualquer cargo público sob sua jurisdição".

Rob J. olhou para Miriam Ferocia.

– Quantos são?

Ela deu de ombros.

– Não acreditamos que haja muitos na ordem secreta. Uns mil, talvez. Mas são a força e o esteio do partido americano.

– Estou entregando esse relatório porque sei que se opõe a esse grupo que procura fazer mal à Madre Igreja, e porque você precisa conhecer a natureza dos que nos fazem mal e por cujas almas oramos a Deus. – Olhou para ele com ar severo. – Mas vai me prometer que não fará uso dessa informação para interpelar qualquer suspeito de pertencer à ordem, em Illinois, porque isso significaria perigo de vida para quem escreveu esse relatório.

Rob J. balançou a cabeça, assentindo. Dobrou as páginas escritas e as estendeu para ela, mas a madre superiora fez um gesto negativo.

– São suas – disse ela. – Junto com minhas preces.

– Não deve rezar por mim! – Rob sentia-se embaraçado quando falava com ela sobre religião.

– Não pode me impedir. Você merece orações e eu falo frequentemente a seu respeito com o Senhor.

– Reze apenas por meus inimigos – disse ele, com mau humor, mas madre Miriam Ferocia não se abalou.

Mais tarde, em casa, Rob releu o relatório, estudando atentamente a letra miúda e apertada. Fora escrito por alguém (talvez um padre?) que estava vivendo uma mentira, fingindo ser o que não era, arriscando a própria segurança, talvez a vida. Rob J. gostaria de conhecer aquele homem e conversar com ele.

Nick Holden conseguiu facilmente ser reeleito duas vezes, devido a sua fama de inimigo dos índios, mas agora fazia campanha para o quarto mandato e seu oponente era John Kurland, o advogado de Rock Island. Kurland era muito conceituado entre os democratas e outros, e o apoio dos Não Sabem de Nada a Nick Holden parecia ter enfraquecido. Muitos eram de opinião que o senador devia deixar o cargo e Rob J. esperava que Nick apelasse para algum gesto espetacular para ganhar votos. Assim, foi com pouca surpresa que, ao chegar em casa, certa tarde, soube que o senador Holden e o xerife Graham estavam organizando outro grupo de voluntários para caçar os fora da lei.

– O xerife diz que Frank Mosby, aquele fora da lei, está escondido no norte do condado – informou Alden. – Nick pôs todo mundo em pé de guerra e, para mim, estão mais dispostos a linchar do que a prender. Graham está nomeando assistentes a torto e a direito. Alex saiu daqui todo excitado. Levou a espingarda de caça e Vicky – Alden franziu a testa, procurando se desculpar. – Eu tentei fazer com que ele desistisse, mas... – Deu de ombros.

Trude não teve tempo de esfriar da longa jornada das visitas. Rob a arreou de novo e foi para a cidade.

Grupos de homens enchiam a rua. Rob ouviu gargalhadas na varanda do armazém, onde Nick e o xerife presidiam o movimento, mas ele os ignorou. Alex estava com Mal Howard e dois outros jovens, todos armados, com os olhos brilhando de importância. Seu entusiasmo gelou quando viu Rob J.

– Quero falar com você, Alex – disse Rob, levando-o para longe dos outros. – Quero que volte para casa – disse, quando não podiam ser ouvidos.

– Não, pai.

Alex tinha dezoito anos e era imprevisível. Se fosse pressionado, podia mandar tudo para o inferno e sair de casa para sempre.

– Não quero que você vá. Por uma boa razão.

– Tenho ouvido suas boas razões durante toda a vida – disse Alex, com amargura. – Uma vez perguntei para minha mãe se Frank Mosby é meu tio. E ela disse que não.

– Você é um tolo, sujeitando sua mãe a isso. Tanto faz que você vá até lá e mate Frank Mosby com suas próprias mãos. Muita gente vai continuar falando. O que eles dizem não tem a menor importância. Eu podia dizer que quero que volte para casa porque essa arma me pertence e porque está com o meu cavalo cego, mas o verdadeiro motivo é que você é meu filho e não vou deixar que faça uma coisa da qual vai se arrepender pelo resto da vida.

Alex lançou um olhar de desespero para Mal e os outros que o esperavam, curiosos.

– Diga a eles que tem muito que fazer na fazenda. Depois, apanhe Vicky onde a deixou e volte para casa.

Rob montou em Trude e seguiu pela rua Principal. Um grupo de homens ria e falava alto na frente da igreja e ele percebeu que já haviam bebido bastante.

Rob cavalgou mais de quinhentos metros sem olhar para trás, e quando se virou na sela, viu Vicky com seu trote curto e cuidadoso, resultado da quase cegueira, e o homem inclinado sobre seu pescoço como se estivesse cavalgando contra o vento forte, a pequena espingarda de caçar pássaros segura com o cano para cima, como ele havia ensinado aos seus filhos.

Nas semanas seguintes, Alex evitou Rob J., não tanto por estar zangado, mas para fugir à sua autoridade. O grupo do xerife ficou fora dois dias. Encontraram a presa nas ruínas de um barracão de barro, tomaram todas as precauções para o ataque, mas ele estava dormindo, morto para o mundo. E não era Frank Mosby. Era um homem chamado Buren Harrison que tinha assaltado um lojista em Geneseo e roubado quatorze dólares, e Nick Holden e seus homens da lei o escoltaram triunfantes e embriagados para as mãos da justiça. Souberam depois que Frank Mosby estava morto há dois anos, tendo se afogado em Iowa quando tentava atravessar a cavalo o rio Cedar na época da enchente.

Em novembro, Rob J. votou em John Kurland para o Congresso e em Steven A. Douglas para seu segundo mandato no Senado. Na noite seguinte estava com os homens que esperavam o resultado das eleições no armazém de Haskins e viu na vitrina um par de maravilhosos canivetes. Cada um tinha uma lâmina grande, duas menores, e uma pequena tesoura, tudo de aço temperado, numa caixa de tartaruga polida e capas de prata brilhante nas duas extremidades. Eram canivetes para homens que não tinham medo de tirar grandes aparas da vida, e Rob os comprou para dar de presente no Natal.

Logo depois que escureceu, Harold Ames chegou de Rock Island com o resultado das eleições. Foi o dia dos titulares. Nick Holdcn, caçador de índios e guardião da lei, venceu John Kurland por pequena margem de votos e o senador Douglas foi reeleito para sua cadeira em Washington.

– Isso vai ensinar Abraham Lincoln a não dizer ao povo que não pode ter escravos – disse Julian Howard, rindo, erguendo o punho fechado em triunfo. – Nunca mais vamos ouvir falar *naquele* filho da mãe!

# 42

# O ESTUDANTE

Uma vez que a estrada de ferro não passava por Holden's Crossing, o pai de Xamã o levou de charrete, com sua mala atrás, e percorreram os cinquenta quilômetros até Galesburg. A cidade e o colégio, fundados há um quarto de século por presbiterianos e congregacionistas, ficava no estado de Nova York. Era uma cidade planejada com as ruas formando um perfeito tabuleiro de damas em volta da praça. No colégio, o diretor, Charles Hammond, disse que, por ser mais novo do que os outros alunos, Xamã não poderia morar no dormitório. O diretor e a mulher aceitavam pensionistas na sua casa branca em Cherry Street e foi lá que Xamã ficou, num quarto do segundo andar.

Uma porta, no fim da escada no lado de fora do quarto, levava à bomba-d'água no pátio e à privada. No quarto à direita do seu moravam dois pálidos congregacionistas, estudantes de religião, que não falavam com ninguém. Nos dois quartos do outro lado do corredor estavam hospedados o pequeno e empertigado bibliotecário da universidade e um aluno do último ano chamado Ralph Brooke, sardento e simpático, com olhos que pareciam sempre maravilhados. Brooke estudava latim. Na primeira manhã, quando tomavam café, Brooke estava com um livro de Cícero. Xamã, que tinha aprendido latim com o pai, disse.

– *Iucundi acti labores*. O trabalho feito é agradável.

O rosto de Brooke iluminou-se como um lampião.

– *Ita vivam, ut saio*. Enquanto vivo, eu aprendo.

Brooke era a única pessoa da casa com quem Xamã conversava regularmente, com exceção do diretor e da sua mulher magra e de cabelos brancos, que diariamente tentava murmurar algumas palavras agradáveis.

– *Ave!* – Brooke o cumprimentava assim todos os dias. – *Quomo do te habes hodie, uvenis?* – Como vai hoje, jovem?

– *Tam bene quam fieri possit talibus in rebus, Caesar*. – Tão bem quanto se pode esperar, dadas as circunstâncias, ó César – respondia Xamã. Todas as manhãs. O pequeno código particular dos dois.

No café da manhã Brooke roubava biscoitos e bocejava sem parar. Só Xamã sabia por quê. Brooke tinha uma mulher na cidade e quase sempre ficava acordado até tarde. Dois dias depois da chegada de Xamã, o latinista o convenceu a descer a escada às escondidas e abrir a porta do quintal, depois que todos estivessem deitados, para que ele pudesse sair sem ser visto. Era um serviço muito requisitado por Brooke.

As aulas começavam às oito horas da manhã. Xamã estudava fisiologia, redação e literatura inglesas e astronomia. Para espanto de Brooke, ele passou no exame de latim. Obrigado a estudar outra língua, Xamã preferiu hebraico ao grego, por razões que ele se negava a aprofundar. No seu primeiro domingo em Galesburg, o diretor e a Sra. Hammond o levaram à igreja presbiteriana, mas depois disso Xamã disse a eles que era congregacionista e, aos estudantes de religião, dizia que era presbiteriano; assim, todas as manhãs de domingo, ele podia passear livremente pela cidade.

A estrada de ferro chegara a Galesburg seis anos antes de Xamã, levando prosperidade e uma grande variedade de pessoas. Além disso, uma colônia de suecos, fracassada em Mission Hill, tinha se mudado para Galesburg. Xamã gostava de ver as mulheres e as meninas suecas com seus cabelos amarelos e pele clara e bonita. Quando começou a tomar precauções para não manchar os lençóis da Sra. Hammond, as mulheres de suas fantasias eram todas suecas. Certo dia ele parou de repente na rua Principal quando viu uma cabeça de cabelos castanhos, certo de que a conhecia e, por um momento, deixou de respirar. Mas era uma estranha, que sorriu quando percebeu que ele a observava. Xamã abaixou a cabeça e se afastou rapidamente. A jovem devia ter pelo menos vinte anos. Ele não queria conhecer nenhuma mulher mais velha.

Xamã estava doente de saudades de casa e doente de amor, mas as duas doenças diminuíram de intensidade, tornando-se apenas dores suportáveis, como uma dor de dente não muito violenta. Não fez amigos, talvez por ser muito jovem e por ser surdo, o que lhe valeu um ótimo aproveitamento, pois passava quase o tempo todo estudando. Suas matérias preferidas eram astronomia e fisiologia, embora esta última não passasse de uma listagem das partes do corpo e dos seus componentes. O mais próximo que o Sr. Rowells, o instrutor, chegou da discussão dos processos era uma aula sobre digestão e a importância da regularidade. Mas na classe de fisiologia havia um esqueleto com os ossos presos com arame, dependurado por um parafuso no alto do crânio, e Xamã passava horas sozinho com ele, memorizando o nome, a forma e a função de cada um dos ossos descorados.

Galesburg era uma bela cidade de ruas arborizadas, com álamos, bordos e nogueiras plantados pelos primeiros colonos. Os habitantes tinham orgulho de três coisas. Harvey Henry May tinha inventado o arado de aço autolimpante, em Galesburg. Um cidadão de Galesburg, chamado Olmsted Ferris, descobrira uma qualidade especial de milho para pipoca. Ele foi à Inglaterra e fez pipoca na frente da rainha Vitória. E o senador Douglas e seu oponente, Lincoln, haviam feito um debate na universidade, no dia 7 de outubro de 1858.

Xamã foi ao debate, mas quando chegou ao salão de conferências estava quase lotado e nem do melhor lugar vago ele poderia ler os lábios dos candidatos. Saiu do salão e subiu a escada até a porta de acesso ao telhado, onde o professor Gardner, seu mestre de astronomia, tinha um pequeno observatório, no qual todos os alunos eram obrigados a estudar várias horas por mês. Naquela noite Xamã estava sozinho e encostou o olho no telescópio refrator Alvan Clark, de cinco polegadas, orgulho e paixão do professor Gardner. Ajustou o foco, diminuindo a distância entre seus olhos e as lentes convexas frontais, e as estrelas correram para ele, duas vezes maiores do que antes. Noite fria, bastante clara para ver dois dos anéis de Saturno. Estudou a nébula de Órion e a de Andrômeda, depois começou a girar o telescópio no tripé, pesquisando o céu. O professor Gardner chamava isso de "varrer o céu", e disse que uma mulher chamada Maria Mitchell costumava varrer o céu e conquistou fama mundial com a descoberta de um cometa.

Xamã não descobriu nenhum cometa. Observou até parecer que as estrelas estavam rodando, enormes e brilhantes. O que as teria formado lá em cima, lá longe? E as estrelas além daquelas? E além?

Sentia que cada estrela e cada planeta eram parte de um sistema complexo, como um osso no esqueleto ou uma gota de sangue no corpo. Tanta coisa na natureza parecia organizada, planejada – com tanta ordem, mas bastante complexa. O que as tinha feito assim? O Sr. Gardner observara que para ser um bom astrônomo bastava ter bons olhos e saber matemática. Durante alguns dias ele pensou em escolher a astronomia como profissão para o resto da vida, mas depois mudou de ideia. As estrelas eram mágicas, mas tudo que se podia fazer era observá-las. Se um corpo celeste se desorganizasse, não podíamos nem ter esperança de consertá-lo.

Quando voltou para casa, no Natal, Holden's Crossing parecia diferente, mais solitária do que seu quarto na casa do diretor, e, no fim da semana de festas, estava quase ansioso para voltar ao colégio.

Gostou imensamente do canivete dado por seu pai e comprou uma pequena pedra de amolar e um vidrinho de óleo para afiar as lâminas até que pudessem cortar um fio de cabelo.

No segundo semestre Xamã escolheu química em vez de astronomia. Tinha dificuldade nas aulas de redação. *Você me disse ANTES*, escrevia o mal-humorado professor de inglês, *que Beethoven escreveu a maior parte da sua música quando já estava surdo*. O professor Gardner o encorajava a usar o telescópio sempre que quisesse, mas na noite anterior ao exame de química, em fevereiro, Xamã sentou no telhado e chorou, em vez de estudar a tabela dos pesos atômicos de Berzelius, e no dia seguinte foi mal na prova. Depois disso, diminuiu suas visitas às estrelas, mas foi muito bem em química. Quando voltou para Holden's Crossing, na Páscoa, os Geiger convidaram os Cole para jantar e o interesse de Jason pela química e suas perguntas sobre seus estudos amenizaram o mal-estar de Xamã.

Suas respostas deviam ter sido satisfatórias porque, depois de algum tempo, Jay perguntou.

– O que pretende fazer na vida, Xamã?

– Ainda não sei. Eu pensei... talvez possa trabalhar em alguma das ciências.

– Se escolher farmácia, terei prazer em ensinar.

Xamã percebeu que a oferta era do agrado dos seus pais, e agradeceu a Jay, um pouco constrangido, dizendo que ia pensar, mas sabia que não queria ser farmacêutico. Abaixou os olhos para o prato por alguns minutos e perdeu parte da conversa, mas quando ergueu a cabeça, viu tristeza no rosto de Lillian. Ela estava contando para Sarah que o filho de Rachel teria nascido dentro de cinco meses e daí em diante só falaram em perder filhos antes do nascimento.

Naquele verão Xamã trabalhou com as ovelhas e leu livros de filosofia da biblioteca de George Cliburne. Quando voltou ao colégio, o diretor Hammond permitiu que ele deixasse o hebraico, e Xamã começou a estudar as peças de Shakespeare, além de fazer os cursos de matemática avançada, botânica e zoologia. Só um dos estudantes de religião voltou para Knox para mais um ano. Brooke também voltou e Xamã continuou a conversar com ele como se fosse um romano, mantendo em dia o seu latim. Seu professor favorito, o Sr. Gardner, lecionava zoologia, mas era melhor astrônomo do que biólogo. Eles dissecavam apenas rãs, ratos e pequenos peixes, fazendo uma porção de diagramas. Xamã não tinha o talento artístico do pai, mas devido à convivência com Makwa, quando pequeno, sabia alguma coisa de botânica. Seu primeiro trabalho foi sobre a anatomia das flores.

Naquele ano o debate sobre a escravidão tomou conta do colégio.

Com outros estudantes e professores, Xamã entrou para a Sociedade para Abolição da Escravatura, mas havia muitos no colégio e em Galesburg que se identificavam com os estados do Sul e às vezes as discussões eram acaloradas.

De um modo geral, eles o deixavam em paz. Os habitantes da cidade e os estudantes estavam acostumados à sua presença, mas para os ignorantes e supersticiosos Xamã era um mistério, uma lenda local. Não sabiam nada sobre surdez, nem como os surdos podiam desenvolver os outros sentidos para compensar a deficiência. Logo se convenceram de que ele era completamente surdo, mas alguns pensavam que tinha poderes ocultos, porque quando estava estudando sozinho e alguém se aproximava por trás, em silêncio, ele sempre percebia sua presença. Diziam que tinha "olhos na nuca". Não compreendiam que ele sentia a vibração dos passos, que podia sentir o ar mais frio quando abriam uma porta, ou que percebia o movimento do papel que tinha nas mãos, agitado pela deslocação do ar. Xamã dava graças por nenhum deles conhecer sua capacidade de identificar as notas do piano.

Sabiam que às vezes se referiam a ele como "o estranho menino surdo".

Numa agradável tarde de maio, Xamã estava passeando pela cidade, observando o crescimento das flores nos jardins, quando um bonde puxado por cavalos entrou velozmente na esquina de South Street com Cedar. Embora sem ouvir o tropel das patas e os relinchos dos animais, Xamã viu o cãozinho escapar da frente do veículo e ser atingido pela roda traseira que o arrastou por algum tempo antes de atirá-lo para longe. O bonde seguiu seu caminho, deixando o animal no meio da rua. Xamã correu para ele.

Era uma cadela vira-lata amarela com pernas fortes e um chumaço de pelo na ponta da cauda. Xamã achou que devia ser mestiça de terrier. Estava de costas no chão, contorcendo-se, com um filete de sangue escorrendo do canto da boca.

Um casal que passava aproximou-se para olhar.

– Uma vergonha – disse o homem. – Condutores malucos. Podia muito bem ter sido qualquer um de nós. – Ergueu a mão num gesto de advertência quando viu que Xamã ia se ajoelhar ao lado do animal. – Eu não faria isso. Ela está sentindo muita dor e pode morder.

– O senhor conhece o dono? – perguntou Xamã.

– Não – disse a mulher.

– É apenas um vira-lata – disse o homem e os dois se afastaram. Xamã ajoelhou e tocou cautelosamente no animal ferido, mas a cadelinha apenas lambeu sua mão.

– Pobre cão – disse ele. Examinou as quatro patas. Nenhuma parecia estar quebrada, mas ele sabia que o sangue era um mau sinal. Mesmo assim, depois de um momento, tirou o paletó e enrolou nele o animal ferido. Carregando-o nos braços como se fosse uma criança ou um embrulho de roupa suja, ele o levou para casa. Ninguém o viu entrar pelo portão do quintal. Não encontrou ninguém na escada dos fundos. No quarto, pôs o animal no chão e esvaziou a última gaveta da cômoda, onde guardava meias e roupas de baixo. Apanhou no armário do corredor alguns pedaços de pano que a Sra. Hammond usava para fazer a limpeza e fez com eles um pequeno ninho para o cão ferido. Examinou seu paletó. Tinha apenas alguns pingos de sangue na parte interna.

A cadela ficou deitada na gaveta, respirando pesadamente, com os olhos pregados nele.

Na hora do jantar, Xamã saiu do quarto. No corredor, Brooke se admirou quando o viu trancar a porta, uma coisa que ninguém fazia quando ia ficar em casa.

– *Quid vis?* – perguntou Brooke.

– *Condo parvam catulam in meo cubiculo.*

Brooke ergueu as sobrancelhas, atônito.

– Você tem... – Não confiou no próprio latim. – ... Uma cadelinha escondida no seu quarto?

– *Sic est.*

– Puxa! – disse Brooke incrédulo, batendo nas costas de Xamã.

Como era segunda-feira, o jantar era o que tinha sobrado do assado de domingo. Xamã guardou alguns pedaços de carne no bolso. Brooke observou com interesse. Quando a Sra. Hammond foi apanhar a sobremesa, ele apanhou meio copo de leite e saiu da mesa, enquanto o diretor conversava sobre orçamento com o bibliotecário.

A cadela não se interessou nem um pouco pela carne, nem pelo leite. Xamã molhou os dedos no leite e os levou à boca do animal, como se estivesse alimentando um cordeirinho sem mãe e desse modo conseguiu fazer com que ela comesse alguma coisa.

Xamã estudou durante algumas horas. Depois, levantou da mesa e afagou o animalzinho ferido. Sentiu que o focinho estava quente e seco.

– Durma agora, como uma boa menina – disse ele, apagando o lampião. Era estranho ter outra criatura viva no quarto, mas era bom.

De manhã ele examinou o cão e viu que o focinho estava frio. Na verdade, o corpo todo estava frio e rígido.

– Maldição – disse Xamã, com amargura.

Agora precisava pensar num modo de se livrar dela. Xamã se lavou, vestiu e desceu para o café, trancando a porta do quarto outra vez. Brooke esperava por ele no corredor.

– Pensei que você estivesse brincando – disse ele. – Mas eu a ouvi gritar e choramingar a noite toda.

– Desculpe – disse Xamã. – Não vai ser incomodado outra vez.

Depois do café, ele subiu para o quarto, sentou na cama e olhou para o cão. Viu uma pulga na borda da gaveta e, por mais que tentasse, não conseguiu apanhá-la. Tinha de esperar que todos saíssem para tirar o cão da casa, pensou ele. Devia haver uma pá no porão. Isso significava que ia perder a primeira aula.

Então lhe ocorreu que seria uma ótima oportunidade para fazer uma autópsia.

A ideia era tentadora, mas apresentava problemas. O primeiro era o sangue. Quando assistiu às autópsias feitas pelo pai, viu que o sangue coagulava algum tempo depois da morte, mas mesmo assim havia sangue.

Esperou que quase todos tivessem saído e foi até o corredor dos fundos onde havia uma banheira de metal dependurada num prego. Levou a banheira para o quarto e a pôs no chão, ao lado da janela, onde a luz era melhor. Quando pôs o animal deitado de costas na banheira, com as patas para cima, ele parecia estar esperando que alguém coçasse sua barriga. As unhas eram longas, como as de uma pessoa descuidada e uma delas estava quebrada. Nas patas traseiras havia três garras e uma menor, um pouco mais acima, em cada pata da frente, como polegares nascidos para cima. Xamã queria comparar as juntas do animal com as do corpo humano. Abriu a lâmina menor do canivete dado pelo pai. O cão tinha pelos longos e finos e outros mais curtos e grossos, mas na barriga não eram espessos e a lâmina abriu a carne facilmente.

Xamã não foi ao colégio, nem parou para almoçar. Dissecou durante o dia todo tomando notas e fazendo diagramas. No fim da tarde, tinha terminado o exame dos órgãos internos e de várias juntas. Queria estudar e desenhar a coluna vertebral, por isso guardou o cão na gaveta e dessa vez a fechou. Pôs água na bacia que tinha no quarto e se lavou, esfregando demoradamente e com força com bastante sabão escuro, depois despejou a água suja na banheira. Antes de descer para o jantar, trocou toda a roupa.

Mesmo assim, mal tinham começado a tomar a sopa, quando o diretor Hammond franziu o nariz grosso.

– O que foi? – perguntou a mulher.
– Alguma coisa – disse ele. – Repolho?
– Não – respondeu ela.

Xamã saiu da sala logo que terminaram de jantar. Entrou no quarto e sentou por um tempo, suando frio, com medo de que alguém resolvesse tomar banho.

Ninguém precisou da banheira. Nervoso demais para dormir, esperou até bem tarde, até ter certeza de que todos estivessem dormindo, e saiu do quarto com a banheira, desceu a escada, saiu para o ar puro do quintal e despejou a água suja no gramado do jardim. Teve impressão de que a bomba-d'água estava mais barulhenta do que nunca e havia sempre o perigo de alguém sair para usar a privada, mas não apareceu ninguém. Xamã esfregou a banheira com sabão e passou água várias vezes, depois a levou para dentro e a pendurou no prego do corredor.

De manhã convenceu-se de que não podia dissecar a coluna vertebral porque o quarto estava mais quente e o cheiro muito forte. Deixou a gaveta fechada e empilhou o travesseiro e as roupas da cama em volta da cômoda, para evitar que o mau cheiro se espalhasse. Mas quando desceu para o café, todos estavam preocupados.

– Talvez um camundongo morto entre as paredes – disse o bibliotecário.
– Ou, quem sabe, uma ratazana.

– Não – disse a Sra. Hammond. – Esta manhã descobrimos de onde vem o cheiro. Parece que vem do chão, em volta da bomba-d'água.

O diretor suspirou.

– Espero que não precisemos cavar outro poço.

Brooke estava com cara de quem tinha passado a noite em claro e olhava para os lados nervoso.

Apavorado, Xamã saiu apressadamente para a aula de química, dando tempo para que todos saíssem da casa. Depois da aula, em vez de ir para a leitura de Shakespeare, voltou correndo, ansioso para acabar logo com tudo aquilo. Mas quando subiu a escada dos fundos, encontrou Brooke, a Sra. Hammond e um dos dois policiais da cidade parados na frente da porta. Ela estava com a chave na mão.

Todos olharam para Xamã.

– Alguma coisa morta aí dentro? – perguntou o policial.

Xamã não conseguiu responder.

– Ele me disse que tinha uma mulher escondida no quarto – disse Brooke.

Xamã recuperou a voz.

– Não – disse ele, mas o policial apanhou a chave da mão da Sra. Hammond e abriu a porta.

Dentro do quarto, Brooke começou a procurar debaixo da cama, mas o policial viu o travesseiro e a roupa de cama empilhada, foi diretamente para a cômoda e abriu a gaveta.

– Um cão – disse ele. – Todo cortado.

– Não é uma mulher?! – exclamou Brooke. Olhou para Xamã. – Você disse uma prostituta.

– *Você* disse uma prostituta. Eu disse *catulam* – respondeu Xamã. – Cachorro, gênero feminino.

– Senhor, suponho que não tenha mais nada morto escondido por aqui.

– Não – disse Xamã.

A Sra. Hammond olhou para ele sem dizer palavra. Saiu correndo do quarto e desceu a escada e eles ouviram a porta da rua ser aberta e fechada com uma batida forte.

O policial suspirou.

– Ela vai direto para o escritório do marido. Acho que devemos ir também.

Com um gesto afirmativo, Xamã o acompanhou, passando por Brooke, que o olhava como quem pede desculpas, por cima do lenço com que tampava o nariz e a boca.

– *Vale* – disse Xamã.

Xamã foi expulso da casa. Faltavam menos de três semanas para o fim do semestre e o professor Gardner permitiu que ele dormisse numa cama de lona no barracão do seu quintal. Xamã cavou a terra com a enxada e plantou trinta e dois pés de batata, como agradecimento. Levou um susto com uma cobra que morava debaixo de alguns vasos de barro, mas quando viu que era apenas uma pequena cobra não venenosa, ficaram bons amigos.

As notas de Xamã foram excelentes, mas fizeram com que levasse uma carta fechada para o pai. Quando chegou em casa, sentou na sala de trabalho de Rob J. e esperou que ele lesse a carta. Sabia muito bem o que ela dizia. O diretor Hammond dizia que Xamã tinha ganho dois anos de créditos nos estudos, mas estava suspenso por um ano, para amadurecer o bastante para se adaptar à comunidade acadêmica. Quando voltasse, teria de procurar outro lugar para morar.

O pai terminou de ler a carta e olhou para ele.

– Você aprendeu alguma coisa com essa pequena aventura?

– Aprendi – disse ele. – É surpreendente a semelhança do interior do corpo de um cão com o interior do corpo humano. O coração é muito menor, é claro, menos da metade do coração do homem, mas parece muito com os corações que eu vi você retirar e pesar. A mesma cor de mogno.

– Não exatamente...

– Bem... avermelhado.

– Sim, avermelhado.

– Os pulmões e o trato intestinal são iguais também. Mas não o baço. Em vez de redondo e compacto, é como uma língua grande, com trinta centímetros de comprimento, duas polegadas de largura e uma polegada de espessura. A aorta estava rompida. Foi isso que a matou. Acho que ela perdeu quase todo o sangue. Grande parte estava empoçada na cavidade abdominal.

Rob J. olhava atentamente para ele.

– Eu tomei notas. Se estiver interessado nelas, pode vê-las.

Estou muito interessado, disse o pai, pensativamente.

# 43

# O CANDIDATO

Naquela noite Xamã deitou na cama de cordas que precisavam ser esticadas, olhando para as paredes tão conhecidas que, pela variação da luz do sol sobre elas, ele podia adivinhar a estação do ano. O pai sugeriu que ele passasse em casa o ano de suspensão do colégio.

– Agora que você aprendeu um pouco de fisiologia, pode me ajudar mais nas autópsias. E também nas visitas aos doentes. Nos intervalos – disse Rob J. – pode trabalhar na fazenda.

Logo parecia que Xamã nunca tinha saído de casa. Mas pela primeira vez em sua vida, o silêncio que o envolvia era dolorosamente solitário.

Naquele ano, tendo como livros os corpos de suicidas e indigentes sem família, ele aprendeu a arte da dissecação. Nas casas dos doentes e dos feridos, preparou instrumentos e curativos e viu como seu pai agia de acordo com as exigências de cada caso. Sabia que o pai o estava observando também e esforçava-se para estar sempre alerta, aprendendo os nomes dos instrumentos, pinças e curativos para estar sempre com tudo pronto quando o pai precisasse.

Certa manhã, quando pararam a charrete perto do bosque para aliviar as bexigas, ele disse ao pai que, em vez de voltar para o Colégio Knox quando terminasse o ano de suspensão, queria estudar medicina.

– Que diabo – disse Rob J. Xamã compreendeu, desapontado, que nada do que tinha feito havia modificado a opinião do pai.

– Você não entende, menino? Estou tentando poupar você de muito sofrimento. Está claro que você tem um verdadeiro talento para a ciência. Termine o colégio e eu pago o melhor ensino superior que possa encontrar, em qualquer lugar do mundo. Você pode lecionar, fazer pesquisa. Acredito que tenha talento para fazer grandes coisas.

Xamã balançou a cabeça.

– Não me importa ser magoado. Uma vez você amarrou minhas mãos e se negou a me dar comida enquanto eu não falasse. Estava tentando fazer o melhor possível para mim, não me protegendo do sofrimento.

Rob balançou afirmativamente a cabeça e disse, com um suspiro resignado:

– Muito bem. Se está resolvido a tentar a medicina, pode treinar comigo.

Mas Xamã balançou a cabeça outra vez.

– Você estaria fazendo uma caridade para seu filho surdo. Procurando transformar mercadoria inferior em uma coisa valiosa, contra seu julgamento.

– Xamã... – disse o pai, com voz firme.

– Pretendo estudar como você estudou, na faculdade de medicina.

– Essa é a pior ideia que você já teve. Não acredito que uma boa faculdade o aceite. Existe uma porção de escolas inferiores por toda a parte, e essas certamente o aceitarão. Aceitam qualquer um que tenha dinheiro. Mas seria um triste erro aprender medicina nesses lugares.

– Não é o que pretendo fazer. – Xamã pediu ao pai uma lista das melhores escolas de medicina a uma distância razoável do vale do Mississípi.

Assim que chegaram em casa, Rob J. fez a lista e a entregou antes do jantar, como se quisesse apagar o assunto da mente. Xamã trocou o óleo do lampião, sentou à pequena mesa no seu quarto e escreveu cartas até bem depois da meia-noite. Fez questão de deixar bem claro que o candidato era surdo, para evitar surpresas desagradáveis.

A égua chamada Bess, ex-Monica Grenville, ficou magra e capenga depois de carregar Rob J. através de meio continente, mas agora estava gorda e bonita na sua velhice descansada. Para a pobre e cega Vicky, no entanto, que fora comprada para substituir Bess, o mundo não foi generoso. No fim do outono Rob J. chegou em casa, certa tarde, e viu Vicky tremendo no pasto. Com a cabeça baixa, as pernas magras um pouco abertas, parecia alheia a tudo que a rodeava, como um ser humano doente e velho.

Na manhã seguinte ele foi à casa de Geiger e pediu a Jay um suprimento de morfina.

Quanto você quer?

– O bastante para matar um cavalo – disse Rob J.

Levou Vicky para o meio do pasto e deu a ela duas cenouras e uma maçã. Injetou a morfina na veia jugular direita, falando em voz baixa e passando a mão no pescoço dela, enquanto Vicky mastigava sua última refeição. Quase imediatamente ela caiu de joelhos e rolou para o lado. Rob J. ficou ao lado dela até o fim, então deixou o corpo a cargo dos filhos e saiu para atender os chamados.

Xamã e Alex começaram a cavar junto às costas do animal morto. Levaram algum tempo, porque a cova tinha de ser larga e comprida. Quando terminaram, olharam para Vicky.

– Estranho o ângulo dos incisivos dela – disse Xamã.

– É assim que se conhece a idade dos cavalos, pelos dentes – explicou Alex.

– Eu me lembro de quando os dentes dela eram tão certos quanto os meus ou os seus. Ela era um bom animal.

– Vivia soltando peidos – disse Alex, e os dois sorriram.

Mesmo assim, depois que a empurraram para a cova, começaram a jogar a terra rapidamente com as pás, evitando olhar para o animal. Estavam suando, apesar do frio. Alex levou Xamã até o celeiro e mostrou onde Alden escondia o uísque. Tomou um longo gole e Xamã um gole menor.

– Tenho de sair daqui – disse Alex.

– Pensei que gostasse de trabalhar na fazenda.

– ... Não consigo me entender com papai.

Xamã hesitou.

– Ele se preocupa conosco, Alex.

– É claro. Ele sempre foi bom para mim. Mas... Quero saber alguma coisa sobre meu verdadeiro pai. Ninguém me diz nada e eu estou sempre procurando encrenca, como para provar que sou mesmo um bastardo.

Xamã ficou magoado.

– Você tem mãe e pai. E um irmão – disse, com severidade. – Isso devia bastar para quem não é tolo.

– O velho Xamã, sempre sensato. – Continuou com um largo sorriso. – Vamos fazer uma coisa. Vamos embora... juntos. Para a Califórnia. Deve ter ainda algum ouro por lá. Podemos nos divertir, ficar ricos, depois voltamos e compramos a maldita cidade de Nick Holden.

Era uma ideia tentadora. Sair pelo mundo com Alex. E a oferta parecia quase sincera.

– Arranje outros planos, Maior. E trate de não fugir, porque se você não estiver aqui, quem vai enterrar o esterco das ovelhas?

Alex avançou para o irmão e o jogou no chão. Rosnando e gritando, rolaram de um lado para o outro, cada um procurando uma pegada melhor. O garrafão de Alden voou pelos ares, esparramando uísque pelo chão, enquanto os irmãos rolavam no feno do celeiro. Os músculos de Alex estavam fortalecidos pelo trabalho braçal na fazenda, mas Xamã, maior e mais forte, logo o prendeu numa chave de pescoço. Depois de algum tempo, percebeu que Alex tentava dizer alguma coisa e, segurando o pescoço dele com o braço esquerdo, com o direito virou a cabeça do irmão para ler seus lábios.

– Desista que eu solto você – disse Alex, e Xamã deitou no feno, rindo às gargalhadas.

Alex olhou tristemente para o garrafão.

– Alden vai ficar louco de raiva.

– Diga que eu bebi tudo.

– Nada disso. Quem iria acreditar? – disse Alex, levando o garrafão à boca para aproveitar as últimas gotas.

Choveu bastante naquele outono, até o meio da estação, quando, normalmente, começava a nevar. A chuva caía como uma fina cortina prateada e constante nos intervalos das tempestades e os rios se agigantaram, rugindo com a correnteza rápida e forte, mas permaneceram dentro das margens. No pasto, o monte de terra sobre o corpo de Vicky foi aplainado, não deixando nenhuma identificação do lugar.

Rob J. comprou um cavalo magro e cinzento para Sarah. Eles o chamaram de Boss, o patrão, mas quando Sarah montava, era ela quem dava as ordens.

Rob J. disse que ia procurar um bom cavalo para Alex. Alex gostou da ideia porque seu forte não era a economia e, além disso, todo dinheiro que conseguia separar era para comprar um rifle de caça de carregar pela culatra.

– Tenho a impressão de que estou sempre procurando um cavalo – disse Rob J., mas não falou em comprar um para Xamã.

A correspondência para Holden's Crossing chegava de Rock Island às terças e sextas. Um pouco antes do Natal, começou a espera de Xamã, mas só na terceira semana de fevereiro recebeu as primeiras cartas. Naquela terça-feira chegaram duas notas breves, rejeitando seu pedido de matrícula, uma da Faculdade de Medicina do Wisconsin e a outra do Departamento Médico da Universidade de Louisiana. Na sexta-feira outra carta informava que seus conhecimentos práticos e suas recomendações eram excelentes, mas "a Faculdade de Medicina Rush de Chicago não estava equipada para receber alunos surdos".

Equipada? Será que eles pensam que preciso ficar numa jaula?

Seu pai sabia da chegada das cartas e a expressão de Xamã dizia claramente que fora recusado. Xamã não queria que Rob demonstrasse piedade ou simpatia e isso não aconteceu. As recusas doíam. Nas semanas seguintes não recebeu mais carta alguma, e achou melhor assim.

Rob J. achou promissoras, embora um tanto simplistas, as notas de Xamã sobre a dissecação do cachorro. Sugeriu que seus arquivos poderiam ajudá-lo e Xamã os estudava sempre que tinha tempo. Assim, acidentalmente, ele leu o relatório da autópsia de Makwa-ikwa. Uma estranha sensação o invadiu. Enquanto tudo aquilo estava acontecendo, ele dormia no bosque, a pouca distância do crime.

– Ela foi estuprada? Eu sabia que tinha sido assassinada, mas...

– Violentada e sodomizada. Não é o tipo de coisa que se conta a uma criança – disse o pai.

Sim, era verdade.

Xamã leu o relatório, mais uma, duas vezes, mesmerizado.

Onze ferimentos a faca, numa linha irregular da jugular, descendo para o esterno, até uns dois centímetros abaixo do apêndice xifoide.

Ferimentos triangulares de 0,947 a 0,952 centímetro de largura. Três atingindo o coração, com 0,887, 0,779 e 0,803 centímetro.

– Por que os ferimentos têm larguras diferentes?

– Significa que foram feitos com uma arma de ponta aguçada, a lâmina se alargando progressivamente do cabo para a ponta. Quanto mais forte o golpe, mais largo o ferimento.

– Acha que algum dia pegarão os assassinos?

– Não, não acho – disse o pai. – Provavelmente eram três. Durante muito tempo eu procurei um homem chamado Ellwood Patterson. Mas nunca encontrei nem sinal dele. Talvez fosse um nome falso. Havia um homem com ele, chamado Cough. Nunca conheci nem ouvi falar de alguém com esse nome. E um homem jovem com uma marca cor de vinho no rosto, e manco de uma perna. Mas todos que foram encontrados ou têm só a marca, ou só a perna mais curta, nunca as duas coisas. As autoridades nunca se deram ao trabalho de procurá-los e agora... – Rob deu de ombros. – Já passou muito tempo, muitos anos.

Xamã sentiu a tristeza na voz do pai, mas percebeu que a fúria há muito tempo tinha desaparecido.

Num dia em abril, Xamã e o pai passavam pelo convento e Rob J. entrou com Trude na pequena estrada que conduzia à casa das freiras. Xamã foi atrás, com Bess.

Quando entraram, Xamã notou que as freiras chamavam seu pai pelo nome e não pareciam surpresas com sua presença. Rob J. o apresentou à madre Miriam Ferocia. Ela os convidou para sentar, Rob no grande trono de couro e Xamã numa cadeira de espaldar reto, sob o crucifixo na parede, do qual pendia um Cristo de madeira com olhos tristes. Uma das freiras serviu café e pão quente.

– Vou trazer sempre meu filho – disse Rob J. – Geralmente não me servem pão com o café.

Xamã pensou que o pai era um homem com várias facetas de personalidade e que talvez nunca viesse a conhecê-lo realmente.

Xamã tinha visto as freiras cuidando dos pacientes de Rob J. sempre aos pares. Rob e a superiora falaram sobre vários pacientes, mas logo passaram para a política e Xamã compreendeu que aquela não era apenas uma visita social. Rob J. olhou para o crucifixo.

– Segundo um artigo do *Tribune* de Chicago, Ralph Waldo Emerson teria dito que John Brown tornou a forca tão gloriosa quanto a cruz – disse Rob J.

Miriam Ferocia observou que Brown, um abolicionista fanático, enforcado por assaltar um arsenal dos Estados Unidos, a oeste da Virgínia, fora transformado em mártir por todos os que se opunham à escravatura.

– Contudo, a escravidão não é a verdadeira causa dos problemas entre as regiões. A causa é econômica. O Sul vende algodão e açúcar para a Inglaterra e para os outros países da Europa e compra desses mesmos países produtos manufaturados, em vez de comprar dos estados industriais do Norte. O Sul resolveu que não precisa do resto dos Estados Unidos da América. A despeito dos discursos do Sr. Lincoln contra a escravidão, esse é o ponto de discórdia.

– Não entendo de economia – disse Xamã, pensativamente. – Ia começar a estudar este ano, no colégio.

A freira perguntou por que não tinha voltado a estudar e Rob disse que estava suspenso por um ano por ter dissecado um cão.

– Oh, que coisa! E o animal estava morto? – perguntou ela.

Rob garantiu que estava e ela fez um gesto afirmativo.

– *Ja*, então está tudo bem. Eu também nunca estudei economia. Mas está no sangue. Meu pai começou a vida como carpinteiro, consertando carroças de feno. Agora tem uma fábrica de carroças em Frankfurt e outra de carruagens, em Munique. – Ela sorriu. – O nome do meu pai é Brotknecht. Significa padeiro, porque na Idade Média minha família era toda de padeiros.

Porém, em Baden, onde fiz meu noviciado, havia um padeiro chamado Wagenknecht, quer dizer, fabricante de carroças!

– Como era seu nome, antes de ser freira? – perguntou Xamã.

Viu a hesitação dela, a testa franzida do pai e compreendeu que a pergunta era indelicada, mas Miriam Ferocia respondeu.

– Quando eu estava no mundo, meu nome era Andrea. – Levantou e apanhou um livro na estante. – Talvez você se interesse por isto – disse ela. – É de David Ricardo, um economista inglês.

Naquela noite Xamã leu o livro até tarde. Muita coisa ele não compreendia perfeitamente, mas entendeu que Ricardo defendia o livre-mercado entre todas as nações, exatamente o que o Sul defendia.

Quando finalmente adormeceu, viu a crucificação de Cristo. No sonho, via o nariz aquilino e longo do Senhor diminuir de tamanho e ficar mais largo. A pele ficava mais escura e avermelhada, o cabelo ficava negro. Apareceram seios femininos com marcas cabalísticas. Viu os *stiginata*. No sonho, mesmo sem contar, Xamã sabia que eram onze facadas e, enquanto ele olhava, um filete de sangue desceu pelo corpo, pingando nos pés de Makwa.

# 44

# CARTAS E ANOTAÇÕES

Quarenta e nove carneiros nasceram na fazenda dos Cole na primavera de 1860 e a família toda se ocupou com os nascimentos e a castração.

– O rebanho cresce sempre na primavera – Alden disse para Rob J. preocupado e orgulhoso. – Quero que me diga o que devo fazer com estes.

Rob J. não tinha muita escolha. Não podia abater muitos. Os vizinhos raramente compravam carne porque todos tinham criação de animais e, além disso, a carne estragava antes de chegar à cidade. O gado ou rebanho em pé podia ser transportado e vendido, mas era um processo complicado que exigia tempo, esforço e dinheiro.

– O valor das peles é proporcional ao tamanho – disse Rob J. – O melhor é continuar a aumentar o rebanho e ganhar dinheiro com a venda da lã, como a minha família sempre fez na Escócia.

– Sim. Mas nesse caso o trabalho vai aumentar como o diabo. Vamos precisar de mais um par de braços – disse Alden, embaraçado, e Xamã imaginou se Alex teria contado a Alden seu plano de fugir de casa. – Doug Penfield está disposto a trabalhar para você por meio período. Foi ele quem me disse.

— Acha que ele é bom?
— Claro que é, ele é de New Hampshire. Não é o mesmo que ser de Vermont, mas é quase.

Rob J. concordou e Doug Penfield foi contratado.

Naquela primavera, Xamã fez amizade com Lucille Williams, filha de Paul Williams, o ferreiro. Durante alguns anos Lucille frequentara a academia, e Xamã havia sido seu professor de matemática. Agora era uma moça. Seu cabelo louro, que ela usava preso num grande coque no alto da cabeça, era mais acinzentado do que os das suecas dos seus sonhos, mas tinha um sorriso franco e um rosto muito doce. Sempre que a encontrava na cidade, Xamã parava para conversar como se fossem velhos amigos e perguntar sobre seu trabalho, que consistia em ajudar o pai nos estábulos e a mãe na loja Roberta's de roupas femininas na rua Principal. Essas ocupações lhe permitiam uma certa flexibilidade de horário e liberdade porque os pais nunca estranhavam sua ausência, o pai, pensando que ela estava na loja, a mãe, que estava nos estábulos. Assim, quando Lucille perguntou se Xamã podia entregar manteiga da fazenda em sua casa, às duas horas da tarde, ele ficou excitado e nervoso.

Lucille explicou que Xamã devia deixar o cavalo na rua Principal, na frente das lojas, e dar a volta no quarteirão, a pé, até a avenida Illinois, atravessar a propriedade dos Reimer, atrás da fileira de arbustos altos, para não ser visto, saltar a cerca para o quintal dos Williams e bater na porta dos fundos.

— Assim não vai parecer... você sabe, estranho para os vizinhos — disse ela, abaixando os olhos.

Não foi surpresa para Xamã, porque Alex já tinha entregado manteiga na casa dela há quase um ano, com relatórios subsequentes, mas Xamã estava apreensivo temendo não ser tão bom quanto Alex.

No dia seguinte, os lilases dos Reimer estavam em flor. A cerca era fácil de ser transposta e a porta dos fundos abriu-se na primeira batida. Lucille elogiou efusivamente o modo como a manteiga estava embrulhada em panos limpos, que ela dobrou e deixou sobre a mesa da cozinha ao lado do prato. Em seguida, levou a manteiga para a despensa fria. Voltou, segurou a mão de Xamã e o levou para a sala ao lado da cozinha, evidentemente a sala de provas de Roberta Williams. Num canto estava meia peça de fazenda e havia pedaços de seda e cetim, chita e tecidos de algodão dobrados numa comprida prateleira. Ao lado de um longo sofá de crina estava um manequim de arame e pano, e Xamã notou, fascinado, que ele tinha nádegas de marfim.

Ela ofereceu o rosto para um único e longo beijo, e então os dois estavam se despindo com pressa e ordem, arrumando as roupas em duas pilhas perfeitas, as meias nos sapatos. Ele observou clinicamente que o corpo de

Lucille não era bem distribuído. Os ombros eram estreitos e caídos, os seios pareciam panquecas pouco crescidas, com uma gota de geleia no centro e enfeitadas com cereja marrom-clara. A parte abaixo da cintura era pesada, com quadris largos e pernas grossas. Quando ela se voltou para cobrir o sofá com um lençol acinzentado ("os arranhões da crina!"), Xamã viu que o manequim da costureira não era para as saias dela, que deviam ser bem maiores.

Ela não soltou o cabelo.

– Demora muito para pentear de novo – disse, desculpando-se, e ele garantiu, quase formalmente, que estava bem.

O ato em si foi fácil. Ela se encarregou disso e Xamã há tanto tempo ouvia as gabolices de Alex e de outros, que não saiu dos trilhos nem uma vez, pois tinha uma boa ideia dos sinais da estrada. Um dia antes, ele nem teria sonhado em tocar as nádegas de marfim do manequim da costureira, e agora estava tocando carne quente e viva, lambendo a geleia e comendo as cerejas. Rapidamente e com grande alívio ele se livrou do peso da castidade num clímax estremecedor. Sem poder ouvir o que ela murmurava ofegante junto a suas orelhas, ele usou ao máximo todos os outros sentidos e ela obedeceu, assumindo todas as posições exigidas para uma cuidadosa inspeção, até Xamã estar pronto para repetir a experiência, dessa vez mais demorada. Ele estava disposto a continuar e continuar, mas Lucille olhou rapidamente para o relógio e saltou do sofá, dizendo que o jantar precisava estar pronto quando os pais chegassem em casa. Enquanto se vestiam, planejaram o futuro. Ela (e aquela casa vazia!) estava disponível durante o dia. Infelizmente era quando Xamã trabalhava. Combinaram que ela tentaria estar em casa às terças e sextas, às duas horas, para o caso dele poder ir à cidade. Desse modo, explicou ele, com espírito prático, podia apanhar a correspondência.

Com o mesmo espírito prático, quando se despediu com um beijo, ela disse que gostava de açúcar-cande, o cor-de-rosa, não o verde que tinha gosto de hortelã. Ele garantiu que sabia a diferença. No outro lado da cerca, caminhando com uma leveza nunca antes experimentada, ele passou outra vez por baixo da longa linha de arbustos de lilases carregados de flores, sentindo o perfume pesado e arroxeado que seria, durante toda a sua vida, o cheiro mais erótico do mundo.

Lucille gostava da maciez das mãos dele, sem saber que eram macias porque estavam quase sempre cobertas pela lanolina das peles de carneiro. A tosquia, que seguiu até meados de maio, foi feita quase toda por Xamã, Alex e Alden, e por um Doug Penfield ansioso para aprender, mas desajeitado ainda com os tosquiadores. A maior parte do tempo eles o faziam catar e raspar as peles. Doug chegava sempre com notícias do mundo lá fora, como o fato de que os republicanos tinham escolhido Abraham Lincoln como seu candidato à presidência. Quando todas as peles estavam enroladas, atadas e arrumadas em fardos, eles souberam também que os democratas tinham se reunido em Baltimore e escolhido Douglas como seu candidato, depois de acirrado debate. Em poucas semanas, os democratas do Sul convocaram outra reunião e escolheram para candidato à presidência o vice-presidente John C. Breckinridge, que protegeria o direito à posse de escravos.

Regionalmente, os democratas eram mais unidos e mais uma vez escolheram John Kurland, o advogado de Rock Island, para disputar com Nick Holden sua cadeira no Congresso. Nick era o candidato do partido republicano e do partido americano e apoiava a candidatura de Lincoln, na esperança de tomar uma carona no trem presidencial. Lincoln aceitou o apoio dos Não Sabem de Nada e por isso Rob J. decidiu que não poderia votar nele.

Xamã achava difícil se concentrar na política. Em julho recebeu uma carta da Faculdade de Medicina de Cleveland com outra recusa e no fim do verão fora recusado pelo Colégio de Medicina de Ohio e pela Universidade de Louisville. Disse a si mesmo que precisava só de uma resposta positiva. Na terça-feira da primeira semana de setembro, quando Lucille o esperou em vão, Rob J. chegou em casa com a correspondência e entregou a Xamã um envelope comprido e marrom cujo remetente era a Escola de Medicina do Kentucky. Xamã o levou para o celeiro e abriu. Ficou satisfeito por estar sozinho porque era outra recusa e deitou-se no feno, esforçando-se para não ceder ao pânico.

Ainda estava em tempo de ir a Galesburg e matricular-se no terceiro ano do Colégio Knox. Seria mais seguro, uma volta à rotina na qual tinha sobrevivido antes, e onde se saíra muito bem. Com o diploma de bacharel a vida podia ser mais interessante, pois poderia então estudar ciência no Leste. Talvez até mesmo na Europa.

Se não voltasse para Knox e não fosse aceito em nenhuma faculdade de medicina, o que seria da sua vida?

Mas não saiu imediatamente para dizer ao pai que ia voltar ao colégio. Ficou deitado no feno por um longo tempo, depois levantou-se, apanhou a pá e o carrinho e começou a limpar o celeiro, um ato que, por si só, era uma espécie de resposta.

Era impossível evitar a política. Em novembro, o pai de Xamã admitiu abertamente que tinha votado em Douglas, mas era o ano de Lincoln, pois os democratas do Norte e do Sul dividiram o partido com seus candidatos diferentes e Lincoln venceu facilmente. Como uma espécie de pequeno consolo, Nick Holden finalmente foi vencido na disputa pelo lugar no Congresso.

– Pelo menos John Kurland vai ser um bom senador – disse Rob J.

No armazém-geral especulavam se Nick voltaria a Holden's Crossing para advogar.

A pergunta foi respondida depois de algumas semanas, quando Abraham Lincoln começou a anunciar algumas das nomeações para seu novo governo. O honrado congressista Nicholas Holden, herói das guerras sauk e ardente defensor da candidatura do Sr. Lincoln, foi nomeado Comissário de Assuntos Indígenas nos Estados Unidos. Sua tarefa consistia em fazer tratados com as tribos do Oeste e providenciar reservas adequadas, em troca da conduta pacífica e desistência de todas as outras terras e territórios indígenas.

Rob J. ficou rabugento e deprimido durante semanas.

Para Xamã particularmente foi uma época de tensão e infelicidade, e também uma época de tensão e infelicidade para o resto do país; no entanto, muito mais tarde, Xamã lembrar-se-ia daquele inverno com saudade, vendo-o na memória como uma preciosa cena rural gravada por mãos hábeis e pacientes e congelada numa casa de cristal. A casa, o celeiro. O rio gelado, campos cobertos de neve. As ovelhas e os cavalos e as vacas leiteiras. Cada pessoa, um indivíduo. Todos seguros e unidos no lugar que era deles.

Mas o cristal fora derrubado da mesa e começava a cair.

Alguns dias após a eleição de um presidente cuja campanha fora baseada no fim da escravidão, os estados do Sul começaram o movimento para a secessão. A Carolina do Sul tomou a iniciativa e as forças do exército dos Estados Unidos que ocupavam dois fortes no porto de Charleston passaram para o maior dos dois, o Forte Sumter. Imediatamente o forte foi sitiado. Em rápida sucessão, as milícias dos estados da Geórgia, Alabama, Flórida, Louisiana e Mississípi tomaram as instalações dos Estados Unidos das forças federais de paz, muito mais numerosas, em alguns casos, depois de luta.

Queridos mamãe e papai,

Vou com Mal Howard me alistar no exército do Sul. Não sabemos exatamente em qual estado vamos nos alistar. Mal gostaria de ir para o Tennessee, para servir com seus parentes. Para mim tanto faz, a não ser que possa ir para a Virgínia dizer alô aos nossos parentes.

O Sr. Howard diz que é importante para o Sul organizar um exército de voluntários para mostrar ao Sr. Lincoln que não estamos brincando. Ele diz que não vai haver guerra, que não passa de uma briga em família. Assim, estarei de volta a tempo para as crias da primavera.

Nesse meio-tempo, papai, talvez eu ganhe um cavalo e uma arma só para mim!

Do filho que os ama,
Alexander Bledsoe Cole.

Xamã encontrou outro bilhete no quarto, rabiscado num pedaço de papel pardo de embrulho debaixo do canivete igual ao seu, presente de Rob J.

Irmãozinho,
Tome conta dele para mim. Não quero perdê-lo. Vejo você logo.
Maior.

Rob J. foi imediatamente à casa de Julian Howard, que admitiu com atitude de desafio temeroso ter levado os dois jovens a Rock Island de charrete, na noite anterior, logo depois que terminaram o trabalho.

– Não precisa ficar todo nervoso, pelo amor de Deus! São homens crescidos e não passa de uma pequena aventura.

Rob J. perguntou em qual porto do rio ele os tinha deixado. Rob estava muito perto dele, com toda sua altura e força, e Howard, percebendo o desprezo na voz do médico orgulhoso, gaguejou que os tinha deixado perto do cais da Companhia de Transporte Três Estrelas.

Rob J. seguiu direto para o cais sabendo que tinha pouca chance de conseguir levá-los de volta. Se estivesse tão frio quanto nos invernos anteriores, talvez tivesse mais sorte, mas o rio não estava congelado e era grande o movimento. O gerente da companhia de transporte de carga olhou para ele com ar de espanto quando Rob perguntou se tinha visto dois rapazes procurando trabalho em uma das barcaças ou balsas que descem o rio.

– Moço, tivemos setenta e duas embarcações carregando e descarregando neste cais ontem, e isso fora da temporada, e somos apenas uma das companhias de transporte fluvial do Mississípi. A maioria dessas embarcações emprega jovens fugidos da família em toda a parte, portanto eu nem noto mais – disse ele, sem demonstrar má vontade.

Para Xamã, os estados do Sul pareciam estar se separando como pipocas no óleo quente. Sua mãe, sempre com os olhos vermelhos de chorar, passava os dias rezando e seu pai continuava a fazer as visitas aos doentes, mas sem sorrir. Em Rock Island uma das lojas de rações passou parte da mercadoria para um quarto dos fundos e alugou metade do seu espaço para um recrutador do exército. Xamã entrou na loja certo dia pensando que, se todo o resto falhasse na sua vida, poderia carregar macas com feridos, porque era grande e forte. Mas o cabo encarregado do alistamento ergueu as sobrancelhas ironicamente quando soube que Xamã era surdo e o mandou voltar para casa.

Xamã achava que, com o resto do mundo indo para o inferno, não tinha direito de se preocupar com a confusão da sua vida. Na segunda terça-feira de janeiro seu pai levou para casa uma carta, e outra, na sexta-feira. Rob J. o surpreendeu, mostrando que tinha contado o número de respostas recebidas pelo filho.

– Esta é a última, não é? – disse Rob J. naquela noite, depois do jantar.

– Sim, da Faculdade de Medicina do Missouri. Uma recusa – disse Xamã e o pai fez um gesto afirmativo, sem nenhuma surpresa.

– Mas esta é a carta que chegou na terça-feira – disse Xamã, tirando o envelope do bolso.

Era do diretor Lester Nash Berwyn, doutor na Escola de Medicina Policlínica de Cincinnati. A escola o aceitava como aluno com a condição dele fazer o primeiro semestre a título experimental. A escola, filiada ao Hospital de Cincinnati, oferecia um programa de estudo de dois anos para o diploma de doutor em medicina, quatro períodos a cada ano. O próximo período começaria em 24 de janeiro.

Xamã tinha tudo para sentir a alegria da vitória, mas sabia que o pai estava vendo a palavra "condição" e "experimental" e preparou-se para a discussão. Com a partida de Alex, precisavam dele na fazenda, mas estava resolvido a não perder essa oportunidade. Por várias razões, algumas egoístas, ficou zangado porque o pai deixara Alex escapar. E já que tocaram no assunto, estava zangado porque o pai tinha tanta certeza de que Deus não existia e porque não compreendia que a maioria das pessoas não era suficientemente forte para ser pacifista.

Mas quando Rob J. ergueu os olhos da carta, Xamã viu os olhos e a boca dele. A descoberta de que o Dr. Rob J. Cole não era invulnerável o atingiu como uma flecha.

– Alex não vai ser ferido. Ele vai ficar bem! – exclamou Xamã mas sabia que não era a afirmação honesta de uma pessoa responsável, de um homem. A despeito da existência da sala com o manequim de arame com nádegas de marfim, e da chegada da carta de Cincinnati, ele compreendeu que era apenas o desejo sem valor de um garoto desesperado.

Parte 5

# BRIGA EM FAMÍLIA

*24 de janeiro, 1861*

## 45
## NA POLICLÍNICA

Cincinnati era maior do que Xamã esperava, as ruas com tráfego intenso, o rio Ohio sem gelo e cheio de embarcações. A fumaça intimidadora das fábricas subia das chaminés altas. Havia gente por toda parte. Ele podia imaginar o barulho que faziam.

Um bonde puxado por cavalos o levou da estação da estrada de ferro do cais diretamente para a terra prometida na rua Nove. O hospital compunha-se de dois prédios de tijolos vermelhos, cada um com três andares, e um pavilhão de isolamento, de madeira, com dois andares. No outro lado da rua, em outro prédio de tijolos, encimado por uma cúpula com laterais de vidro, ficava a Escola de Medicina Policlínica de Cincinnati.

Dentro Xamã viu salas de aula e salões de conferências modestamente mobiliados. Perguntou onde ficava o escritório do diretor e um aluno indicou a escada de carvalho que levava ao segundo pavimento. O Dr. Berwyn era um homem jovial de meia-idade, com bigode branco e uma calva que brilhava na luz suave das janelas altas e sujas.

– Ah, então você é Cole.

Indicou uma cadeira. Seguiu-se uma preleção sobre a história da escola de medicina, das responsabilidades dos bons médicos e da necessidade de rigorosos hábitos de estudo. Xamã sabia que era um discurso decorado, feito para todos os novos alunos, mas dessa vez teve um arremate só para ele.

– Não deve se deixar intimidar por sua condição – disse o Dr. Berwyn, cautelosamente. – De certo modo, todos os alunos aqui estão em caráter experimental e devem provar que podem ser candidatos.

*De certo modo* Xamã era capaz de apostar que nem todos os alunos tinham sido avisados dessa condição por carta. Porém, agradeceu cortesmente. O Dr. Berwyn disse onde ficava o dormitório, uma casa de madeira com três andares, escondida atrás da escola de medicina. Um aviso afixado no corredor dizia que Cole, Robert J. estava no quarto Dois-B, com Cooke, Paul P.; Torrington, Ruel; e Henried, William.

O Dois-B era um quarto pequeno completamente ocupado por duas camas beliche, duas cômodas e uma mesa com quatro cadeiras, numa das quais estava sentado um jovem gordo, escrevendo.

– Alôooo! Eu sou P. P. Cooke, de Xenia. Billy Henried foi apanhar os livros. Então, você deve ser Torrington, do Kentucky, ou o cara surdo.

Xamã riu e a tensão desapareceu por completo.

– Eu sou o cara surdo – disse ele. – Incomoda-se se o chamar de Paul?

Naquela noite eles se observaram, tirando conclusões. Cooke era filho de um comerciante de rações, bastante próspero, a julgar por suas roupas e outros objetos. Xamã percebeu que ele estava acostumado a bancar o tolo, talvez por ser gordo, mas havia uma inteligência viva nos olhos castanhos, que não perdiam nada. Billy Henried era magro e quieto. Disse que crescera numa fazenda perto de Columbus e estudara num seminário durante dois anos antes de decidir que não fora talhado para a vida religiosa. Ruel Torrington, que só chegou depois do jantar, foi uma surpresa. Tinha o dobro da idade dos outros três, um veterano na prática da medicina. Muito cedo começou o aprendizado com um médico e tinha resolvido fazer a escola de medicina para legitimar seu título de "doutor".

Os outros três estudantes do Dois-B ficaram entusiasmados, pensando que seria vantajoso para eles estudar com um médico experiente, mas Torrington chegou mal-humorado e continuou assim durante todo o tempo que esteve com eles. A única cama vazia quando ele chegou era a de cima de um dos beliches, encostado na parede, e ele não gostou. Deixou bem claro que desprezava Cooke porque ele era gordo, Xamã porque era surdo e Henried porque era católico. Sua animosidade contribuiu para unir os outros três, muito mais do que uma aliança antiga, e eles não perdiam tempo com ele.

Cooke tinha chegado há alguns dias e informou os outros de tudo que já sabia. O corpo docente da escola era quase todo formado por nomes muito respeitados na profissão, mas dois brilhavam mais do que os outros. Um era o professor de cirurgia, Dr. Berwyn, que era também diretor. O outro era o Dr. Barnett A. McGowan, patologista, que lecionava a matéria mais temida, a A&F – anatomia e fisiologia.

– Eles o chamam de Barney quando ele não está presente – disse Cooke. – Dizem que é responsável por mais reprovações do que todos os outros juntos.

Na manhã seguinte Xamã foi a um banco e depositou numa poupança quase todo o dinheiro que tinha levado. Ele e o pai haviam planejado cuidadosamente suas necessidades financeiras. A faculdade custava sessenta dólares por ano, cinquenta, se pagos adiantado. Acrescentaram dinheiro para casa e comida, livros, transporte e outras despesas. Rob J. estava disposto a pagar tudo que fosse necessário, mas Xamã teimosamente insistia na ideia de que, como o curso de medicina era invenção sua, ele devia pagar. No fim, chegaram a uma solução. Xamã assinou uma declaração prometendo pagar ao pai até o último dólar, quando se formasse.

Saiu do banco e foi procurar o tesoureiro da escola para pagar sua anuidade. O tesoureiro explicou que se ele fosse dispensado por motivos de ordem acadêmica ou de saúde, apenas parte da anuidade seria devolvida, o que não contribuiu para animar o espírito de Xamã.

A sua primeira aula foi uma palestra de uma hora sobre ginecologia. Xamã aprendera no colégio que era importante chegar cedo às aulas para conseguir um lugar de onde pudesse ler os lábios dos professores. Sentou na primeira fila, o que foi bom pois o professor Harold Meigs falava muito depressa. Xamã tinha aprendido a tomar notas enquanto olhava para os lábios do professor. Escrevia com clareza, certo de que Rob J. iria pedir para ler suas anotações de aula para saber o que estava acontecendo na escola de medicina.

Na aula seguinte, de química, constatou que já tinha bastante conhecimento das técnicas de laboratório para a escola de medicina, o que o animou e despertou seu apetite tanto para a comida quanto para o trabalho. Almoçou rapidamente no refeitório do hospital, sopa e biscoitos salgados, nada de especial. Depois foi à Livraria Cruishank, que atendia os estudantes de medicina, alugou um microscópio e comprou os livros que constavam da lista. *Terapêutica geral e matéria médica*, de Dunglison, *Fisiologia humana*, de McGowan, *Tábuas anatômicas*, de Quain, *Cirurgia operatória*, de Berwyn, *Química*, de Fowne, e dois livros de Meigs, *A Mulher, suas doenças e remédios* e *Doenças infantis*.

Quando o velho empregado da livraria fazia as contas, Xamã viu o Dr. Berwyn conversando com um homem pequeno e carrancudo com a barba e o cabelo grisalhos e bem aparados. Era tão cabeludo quanto Berwyn era calvo. Estavam discutindo acaloradamente, mas em voz baixa, pensou Xamã, porque ninguém parecia dar atenção aos dois. O Dr. Berwyn estava de lado, mas o outro homem bem de frente e Xamã instintivamente leu os lábios dele.

*... sei que o país vai entrar em guerra. Estou consciente, senhor, de que esta classe tem quarenta e dois alunos, em vez de sessenta como de hábito, e sei muito bem que alguns deles irão para a guerra quando o estudo da medicina ficar pesado demais. Especialmente numa situação como esta devemos nos prevenir contra a baixa nos nossos padrões. Harold Meigs me disse que o senhor aceitou alguns alunos que foram rejeitados no ano passado. Disseram-me que entre eles há um surdo-mudo...*

Felizmente para Xamã, nesse momento o empregado da livraria tocou no seu ombro e mostrou a conta.

– Quem é aquele senhor que está conversando com o Dr. Berwyn? – perguntou Xamã, o mudo, recuperando a voz.

– É o Dr. McGowan, senhor – disse o homem.

Xamã fez um gesto afirmativo, apanhou seus livros e saiu.

Algumas horas mais tarde, o professor Barnett Alan McGowan estava à sua mesa, no laboratório de dissecação da escola de medicina, passando para o arquivo algumas notas. Todos os relatórios eram sobre a morte, porque o Dr. McGowan raramente tratava de pessoas vivas. Como a maioria das pessoas considera a morte como algo sinistro e triste, estava acostumado a trabalhar em lugares isolados, longe do público. No hospital, onde o Dr. McGowan era chefe do serviço de patologia, a sala de dissecação ficava no porão do prédio principal. Embora ligada convenientemente à escola por um túnel de tijolos que passava sob a rua, era um lugar sombrio, com canos de metal cruzando o teto baixo.

O laboratório de anatomia ficava nos fundos do prédio, no segundo andar. Uma janela alta, sem cortina, permitia a entrada da luz cinzenta de inverno na sala comprida e estreita. Numa extremidade do assoalho irregular e áspero, de frente para a mesa do professor, estava o pequeno anfiteatro, com cadeiras próximas demais umas das outras, confortáveis, mas que não facilitavam a concentração. Na outra extremidade ficavam as três fileiras de mesas para dissecação. O tanque grande com solução salina, cheio de partes destacadas do corpo humano, ficava no centro da sala, ao lado da mesa com os instrumentos. Sobre uma tábua larga apoiada em dois cavaletes estava o corpo coberto por um pano branco de uma mulher jovem. Era sobre a autópsia desse corpo o relatório que o professor escrevia naquele momento.

Quando faltavam vinte minutos para a aula, um estudante entrou no laboratório. O professor McGowan não ergueu os olhos nem cumprimentou o jovem grande e alto. Molhou a pena no tinteiro e continuou a escrever. O estudante foi até a cadeira no centro da primeira fila do anfiteatro e pôs sobre ela seu caderno de anotações para reservar o lugar. Depois deu uma volta pelo laboratório examinando tudo com atenção.

Parou na frente do tanque e, para espanto do Dr. McGowan, apanhou a vara de madeira com o gancho de ferro na ponta e começou a puxar as peças mergulhadas na solução salina, como um garotinho brincando num pequeno lago. Nos seus dezoito anos de profissão, o Dr. McGowan jamais vira um aluno agir daquele modo na aula inaugural de anatomia. Os novos alunos sempre entravam pela primeira vez no laboratório com um ar de importante dignidade, geralmente com passos lentos, um tanto temerosos.

– Você! Pare com isso. Largue esse gancho! – ordenou McGowan.

O jovem não deu nenhuma atenção, nem mesmo quando o Dr. McGowan bateu palmas com força e o professor compreendeu imediatamente de quem se tratava. Começou a se levantar, mas depois sentou de novo, curioso para ver até onde o aluno ia chegar.

O jovem movia o gancho, escolhendo cuidadosamente dentro do tanque. A maior parte das peças era antiga e muitas já usadas nas aulas. A condição geral de mutilação e decomposição era o principal elemento de choque da primeira aula de anatomia. McGowan viu a mão que o rapaz puxou para a superfície, depois uma perna bastante recortada. Depois, um antebraço, evidentemente em melhor estado do que o resto. McGowan observou o modo com que ele usou o gancho para levar a peça até a parte superior direita do tanque, cobrindo-a depois com várias outras menos perfeitas. Ele a estava escondendo!

O jovem alto pôs o gancho no lugar, foi até a mesa e começou a examinar os vários instrumentos, verificando o corte das lâminas dos bisturis. Quando encontrou um em melhor estado, ele o afastou um pouco dos outros e então voltou para o anfiteatro e sentou no lugar marcado com seu caderno de anotações.

O Dr. McGowan preferiu ignorá-lo e durante os dez minutos seguintes concentrou-se no seu relatório. Logo os outros alunos começaram a chegar. Todos sentavam imediatamente. Muitos já entravam pálidos porque o cheiro da sala estimulava suas fantasias e seus temores.

Exatamente na hora marcada, o Dr. McGowan largou a pena e ficou de pé na frente da mesa.

– Senhores – disse ele.

Fez-se silêncio e ele se apresentou.

– Neste curso vamos estudar os mortos para aprender a tratar dos vivos. Os primeiros relatórios desse tipo de estudo foram feitos pelos antigos egípcios, que dissecavam os corpos das pobres vítimas dos seus sacrifícios humanos. Os antigos gregos são os verdadeiros pais da investigação fisiológica. Havia uma grande escola de medicina em Alexandria, onde Herófilo da Calcedônia estudava os órgãos e as vísceras do corpo humano. Ele deu os nomes ao *calamus scriptorius* e ao duodeno.

O Dr. McGowan percebia que os olhos do aluno alto na primeira fila estavam fixos nos seus lábios, literalmente presos a cada palavra.

Falou então do desaparecimento dos estudos de anatomia durante o vazio supersticioso da Idade das Trevas, ou Idade Média, e do seu reaparecimento depois do ano 1300 d.C.

A parte final da exposição foi a advertência de que, depois que o espírito vivo deixa o corpo, este deve ser tratado sem medo, mas com respeito.

– No meu tempo de estudante, na Escócia, o professor de anatomia comparava o corpo depois da morte a uma casa deixada pelo dono. Ele dizia que o corpo devia ser tratado com cuidadosa dignidade, por respeito à alma que viveu nele – disse o Dr. McGowan, e não gostou do sorriso que viu nos lábios do estudante na primeira fila.

Mandou que cada um escolhesse uma peça no tanque e um bisturi e começasse a dissecar, fazendo desenhos do que fossem encontrando, para entregar no fim da aula. No primeiro dia, os alunos sempre hesitavam um momento, antes de obedecer a essa ordem. O aluno da primeira fila mais uma vez foi o primeiro a se adiantar. Foi até o tanque e apanhou a peça que tinha escondido, e depois o bisturi separado. Enquanto os outros se aproximavam do tanque, ele já estava começando a trabalhar na mesa mais bem iluminada da sala.

O Dr. McGowan conhecia de sobra a pressão da primeira aula de anatomia. Estava acostumado ao cheiro adocicado que saía do tanque com solução salina, mas sabia o efeito do mesmo sobre os principiantes. A tarefa que acabava de determinar não era justa, porque o estado da maioria das peças não permitia uma dissecação adequada nem um desenho preciso, mas o Dr. McGowan levava isso em consideração para o julgamento dos trabalhos. Era mais um exercício disciplinar, o primeiro contato do exército de novatos com o sangue da batalha. Era um desafio à habilidade de cada um, uma mensagem dura mas necessária dizendo que a prática da medicina era mais do que ganhar dinheiro e desfrutar uma posição respeitável na comunidade.

Após alguns minutos, muitos já haviam se retirado da sala, um deles, um jovem, quase correndo. Para satisfação do Dr. McGowan, depois de algum tempo quase todos voltaram. Durante quase uma hora ele andou lentamente entre as mesas, verificando o trabalho dos alunos. Havia vários homens mais velhos que já praticavam a medicina sob orientação de um médico. O Dr. McGowan observou um deles, Ruel Torrington, e suspirou resignado, pensando na carnificina que devia ser a cirurgia praticada por aquele homem.

Parou por uma fração de segundo a mais na última mesa, onde um jovem gordo, com o rosto molhado de suor, lutava para dissecar uma cabeça que era quase só ossos.

O rapaz surdo trabalhava de frente para o aluno gordo e suado. Tinha experiência e usava bem o bisturi, abrindo o braço em camadas regulares. Essa prova de um conhecimento prévio de anatomia agradou e ao mesmo tempo surpreendeu o professor. Notou que as juntas, os músculos, os nervos e os vasos sanguíneos estavam claramente reproduzidos nos desenhos e devidamente identificados. Enquanto observava, o jovem assinou o desenho e o entregou ao professor. Robert J. Cole.

– Sim. Ah. Cole, no futuro deve escrever com letras maiores.

– Sim, senhor – disse Cole, com voz clara e normal. – Mais alguma coisa?

— Não. Ponha a peça de volta no tanque e faça a limpeza. Depois, pode sair.

Ouvindo isso, uma meia dúzia de alunos apressou-se a entregar seus desenhos, mas o professor os mandou voltar ao trabalho, sugerindo uma revisão dos desenhos ou alguns modos para melhorar sua técnica.

Enquanto falava com os alunos, observou Cole levar a peça para o tanque. Viu o rapaz lavar e enxugar o bisturi antes de deixá-lo na mesa. Depois, lavou a parte da mesa de dissecação que tinha usado, e em seguida esfregou cuidadosamente as mãos e os braços com sabão escuro e água limpa antes de abaixar as mangas.

Antes de sair, Cole parou ao lado do aluno gordo, examinou o desenho dele e murmurou alguma coisa no seu ouvido. O rapaz pareceu se acalmar e com um gesto afirmativo bateu de leve no ombro de Cole. Então o aluno gordo voltou ao trabalho e o aluno surdo saiu da sala.

# 46
## OS SONS DO CORAÇÃO

A escola de medicina era como uma terra distante e estranha na qual Xamã uma vez ou outra ouvia os ecos amedrontadores da iminência da guerra nos Estados Unidos. Ouviu falar da Convenção de Paz em Washington, com cento e trinta e um delegados de vinte e um estados. Mas na manhã da abertura da Convenção, o Congresso Provisório dos Estados Confederados da América reuniu-se em Montgomery, Alabama. Alguns dias mais tarde, a Confederação votou a favor da secessão dos Estados Unidos e todos compreenderam com tristeza que não ia haver paz.

Xamã contudo dedicava apenas parte da sua atenção aos problemas da nação. Estava empenhado na luta pela sobrevivência. Felizmente era um bom aluno. Estudava até tarde da noite, só parando quando seus olhos cansados não viam mais as letras, e muitas vezes conseguia algumas horas de estudo antes do café da manhã. Tinha aulas de segunda a sábado, das dez à uma e das duas às cinco da tarde. Geralmente as aulas eram dadas antes ou depois da prática em uma das seis clínicas que davam o nome à escola. Terça-feira à tarde, doenças do peito; quinta-feira à noite, doenças femininas; sábado de manhã, clínica cirúrgica e, à tarde, os alunos observavam o trabalho dos médicos nas enfermarias do hospital.

No sexto sábado de Xamã na policlínica, o Dr. Meigs deu uma aula sobre o estetoscópio. Meigs estudara na França com professores que tinham aprendido com o próprio inventor a usar o instrumento. Contou que, certo dia, em 1816, um médico chamado René Laënnec, relutando em encostar o ouvido no seio avantajado de uma paciente embaraçada, enrolou uma folha de papel em forma de tubo e amarrou nela um barbante. Quando Laënnec encostou o tubo no peito da paciente e seu ouvido na outra extremidade, notou com surpresa, que, ao invés de diminuir, o tubo amplificava os sons.

Meigs disse que, até pouco tempo, os estetoscópios eram tubos simples de madeira através dos quais os médicos ouviam com apenas um ouvido. Mostrou então a versão mais moderna do instrumento, o tubo era feito de seda e tinha duas peças de marfim, uma para cada ouvido. Durante a ronda nas enfermarias, depois da aula, o Dr. Meigs usou um estetoscópio com uma segunda saída com um tubo extra, para que o aluno pudesse ouvir junto com o professor. Cada aluno teve a oportunidade de ouvir uma vez, mas quando chegou a vez de Xamã, ele disse ao professor que não adiantava.

– Eu não poderia ouvir nada.

O Dr. Meigs franziu os lábios.

– Deve pelo menos tentar. – Mostrou a Xamã como devia aplicar o instrumento no ouvido. Mas Xamã apenas balançou a cabeça. – Desculpe-me – disse o professor Meigs.


Foi marcado um exame de clínica médica. Cada aluno devia examinar um paciente, usando o estetoscópio e fazer um relatório. Xamã sabia que ia ser reprovado.

Numa fria manhã ele vestiu o casaco, calçou as luvas, enrolou o cachecol no pescoço e saiu a pé da escola. Um pequeno vendedor de jornais numa esquina anunciava a posse de Lincoln. Xamã foi até o rio e caminhou durante algum tempo ao longo do cais, pensando.

Quando voltou, seguiu diretamente até o hospital e andou pelas enfermarias, observando os enfermeiros e atendentes. A maioria era de homens e uma grande parte de bêbados contumazes, que procuravam aquele tipo de trabalho por ser de padrão mais baixo. Observou os que pareciam sóbrios e inteligentes e finalmente resolveu que um homem chamado Jim Halleck servia para o que pretendia fazer. Esperou que o atendente tivesse deixado a lenha que carregava ao lado do aquecedor e o interpelou.

– Quero lhe fazer uma proposta, Sr. Halleck – disse Xamã.

No dia do exame, a presença do Dr. McGowan e do Dr. Berwyn na clínica médica aumentou o nervosismo de Xamã. O Dr. Meigs começou o exame chamando os alunos por ordem alfabética. Xamã foi o terceiro, depois de Allard e Bronson. Israel Allard foi muito bem; sua paciente era uma jovem com torção nas costas e coração forte, regular e sem complicações. Clark Bronson examinou um asmático não muito jovem. Hesitante, ele descreveu os sons da respiração quase estertorante no peito do homem. Meigs precisou fazer várias perguntas para obter a informação desejada, mas, no fim, ficou satisfeito.

– Sr. Cole?

Evidentemente ele esperava que Xamã declinasse a participação no exame. Mas Xamã adiantou-se e apanhou o estetoscópio de madeira monoauricular. Olhou para Jim Halleck que estava sentado a certa distância e o atendente levantou e se pôs ao lado dele. O paciente era um jovem de dezesseis anos, de constituição forte, que tinha cortado a mão numa tarefa de carpintaria. Halleck encostou uma extremidade do estetoscópio no peito do rapaz e o ouvido na outra. Xamã segurou o pulso do paciente.

– As pulsações são normais e regulares. Uma média de setenta e oito por minuto – disse ele, depois de algum tempo. Olhou para o atendente, que balançou a cabeça. – Nenhum sinal de estertor – disse Xamã.

– O que significa este... teatro? – perguntou o Dr. Meigs. – O que Jim Halleck está fazendo aqui?

– O Sr. Halleck está substituindo meus ouvidos, senhor – disse Xamã, e notou, aborrecido, os sorrisos de alguns alunos.

O Dr. Meigs não sorriu.

– Compreendo. Seus ouvidos. O senhor vai casar com o Sr. Halleck, Sr. Cole? E levá-lo para onde quer que pretenda praticar a medicina? Pelo resto da sua vida?

– Não, senhor.

– Então, vai pedir a outras pessoas para serem seus ouvidos?

– Talvez, uma vez ou outra.

– E se for socorrer um paciente e não houver ninguém por perto?

– Posso tomar o pulso dele. – Xamã encostou dois dedos na carótida do paciente. – E saber se está normal, acelerado ou muito fraco. – Encostou a palma da mão no peito do rapaz. – Posso sentir o ritmo da respiração. Posso ver a pele e tocá-la para ver se está febril ou fria, úmida ou seca. Posso ver os olhos. Se o paciente estiver acordado, posso falar com ele, e consciente ou não, posso observar a consistência do seu catarro, ver a cor e o cheiro da sua urina, até o gosto, se for preciso. – Olhando diretamente para o professor, antecipou a objeção antes que o Dr. Meigs tivesse tempo de falar. – Mas nunca poderei ouvir o estertor no peito.

– Não, não poderá.

– Para mim, a respiração estertorante não me avisará de um problema. Mas quando observo a respiração de um paciente com crupe, posso saber que a respiração no seu peito está estalando, áspera e difícil. Se meus pacientes respiram com dificuldade acentuada, eu sei que, além do estertor, podem-se ouvir bolhas no seu peito. Se for um caso de asma ou infecção dos brônquios, sei que o estertor é sibilante. Mas não poderei confirmar nada disso. – Fez uma pausa e olhou diretamente para o Dr. Meigs. – Não posso fazer nada pela minha surdez. A natureza me roubou um valioso instrumento de diagnóstico, mas eu tenho outros. E, numa emergência, posso atender meu paciente, usando meus olhos, meu nariz, minha boca, meus dedos e meu cérebro.

A expressão do Dr. Meigs demonstrava claramente que aquela não era a resposta respeitosa que esperava de um aluno do primeiro ano. O Dr. McGowan inclinou-se ao lado da cadeira do professor e disse alguma coisa no seu ouvido.

O Dr. Meigs olhou para Xamã.

– Foi sugerido que aceitemos sua palavra e que o senhor examine um paciente sem o estetoscópio. Estou disposto a permitir, se o senhor concordar.

Xamã fez um gesto afirmativo, mas com um nó no estômago.

O professor os levou para outra enfermaria e parou ao lado de um paciente que, segundo a papeleta ao pé da cama, chamava-se Arthur Herrenshaw.

– Pode examinar este paciente, Dr. Cole.

Xamã viu imediatamente, pelos olhos do homem, que Arthur Herrenshaw tinha problemas graves.

Retirou o cobertor e o lençol e ergueu a camisola do doente. Herrenshaw parecia extremamente gordo, mas, quando Xamã pôs a mão na barriga dele, era como se tocasse massa de bolo crescida no forno. Desde o pescoço, onde as veias distendidas pulsavam a olhos vistos, até os tornozelos disformes, os tecidos estavam cheios de fluido. Ele respirava com dificuldade.

– Como está hoje, Sr. Herrenshaw?

Teve de repetir a pergunta, mais alto, para que o paciente respondesse com um leve balançar da cabeça.

– Que idade tem o senhor?

– ... Eu... cin... quenta e dois. – Arfava dolorosamente entre uma sílaba e outra, como se acabasse de dar uma longa corrida.

– Sente dor, Sr. Herrenshaw?... Senhor? Sente dor?

– Oh... – disse o homem, pondo a mão no peito.

Xamã notou que ele parecia estar fazendo força para cima.

– Quer sentar? – Ajudou o doente, ajeitando os travesseiros atrás das costas dele.

O Sr. Herrenshaw suava profusamente, mas estremecia com calafrios. A enfermaria era aquecida por um cano grosso e negro que saía do fogão a lenha e corria pelo centro do teto, e Xamã cobriu os ombros do Sr. Herrenshaw com o cobertor. Tirou o relógio do bolso. Quando tomou o pulso do doente, foi como se o ponteiro grande tivesse diminuído de velocidade. O pulso era fraco, filiforme e incrivelmente rápido, como as passadas frenéticas de um pequeno animal fugindo de um predador. Xamã teve dificuldade para contar as pulsações. O pequeno animal diminuiu o passo, parou, deu dois saltos lentos. Começou a correr outra vez.

Xamã sabia que aquele era o momento em que o Dr. Meigs teria usado o estetoscópio. Podia imaginar os sons interessantes e trágicos que teria ouvido, os sons de um homem afogando-se nos fluidos do próprio corpo.

Segurou as mãos do Sr. Herrenshaw e ficou gelado ao receber a mensagem. Sem perceber o que fazia, ele tocou de leve no ombro do homem antes de se afastar da cama.

Voltaram para a sala, para ouvir o relatório de Xamã.

– Eu não sei o que provocou o acúmulo de fluido nos tecidos. Não tenho bastante experiência para entender isso. Mas o pulso do paciente está fraco e filiforme. Irregular. O coração está falhando, com cento e trinta e duas batidas por minuto, quando acelerado. – Olhou para Meigs. – Nestes últimos anos ajudei meu pai na autópsia de dois homens e uma mulher que morreram do coração. Nos três casos, uma parte da parede do coração estava morta. O tecido parecia queimado por uma brasa viva.

– O que faria por ele?

– Eu o manteria aquecido. Daria soporíficos. Ele vai morrer dentro de poucas horas, portanto devemos aliviar sua dor. – Imediatamente percebeu que tinha falado demais, mas era tarde.

Meigs atacou.

– Como sabe que ele vai morrer?

– Eu senti – disse Xamã, em voz baixa.

– O quê? Fale alto, Sr. Cole, para que toda a classe possa ouvir.

– Eu senti, senhor.

– Não tem experiência suficiente para saber sobre acúmulo de fluidos, mas é capaz de sentir a morte iminente – disse o professor, secamente. Olhou para a classe. – A lição neste caso é clara, senhores. Enquanto existe vida num paciente, nós nunca – vocês não devem *nunca* – devemos condená-lo à morte. Lutamos para transmitir a ele uma fé sempre renovada, até o fim. Compreendeu isso, Sr. Cole?

– Sim, senhor – disse Xamã, contrito.

– Então, pode voltar ao seu lugar.

Xamã levou Jim Halleck para jantar num bar perto do rio com serragem no chão, onde comeram carne de boi cozida com repolho e cada um tomou três canecões de cerveja escura e amarga. Não era uma comemoração de vitória. Nenhum deles sentia-se bem com o acontecido. Além de concordarem que Meigs era um tormento, pouco tinham a dizer e, quando terminaram de comer, Xamã agradeceu a Halleck, pagou pelo trabalho e o atendente voltou para a mulher e os filhos alguns dólares mais rico do que quando saíra de casa naquela manhã.

Xamã ficou no bar e tomou mais cerveja, sem se preocupar com o efeito do álcool sobre seu Dom. Não acreditava que a utilidade do Dom fosse durar muito tempo em sua vida.

Voltou para o dormitório cautelosamente, procurando pensar apenas na necessidade de pôr um pé na frente do outro e subiu para seu beliche vestido como estava.

Pela manhã descobriu outra boa razão para evitar a bebida, sua cabeça e os ossos do rosto doíam insuportavelmente. Levou um longo tempo para se lavar e trocar de roupa, e estava tomando café, atrasado, quando um aluno do primeiro ano, chamado Rogers, entrou correndo no refeitório do hospital.

– O Dr. McGowan quer que você vá imediatamente ao laboratório do hospital.

Quando Xamã chegou à sala de teto baixo, no porão, encontrou o Dr. Berwyn e o Dr. McGowan. O corpo de Arthur Herrenshaw estava sobre a mesa.

– Estávamos à sua espera – disse o Dr. McGowan irritado, como se Xamã estivesse atrasado para um encontro.

– Sim, senhor – respondeu ele, sem saber o que dizer.

– Quer começar a abrir? – perguntou o Dr. McGowan.

Xamã nunca tinha feito uma autópsia. Mas vira seu pai fazer várias e fez um gesto afirmativo. O Dr. McGowan estendeu o bisturi para ele. Fez a incisão no peito sob os olhares atentos dos dois médicos. O Dr. McGowan cortou as costelas, removeu o esterno e, inclinando-se, segurou o coração e o ergueu levemente para que o Dr. Berwyn e Xamã pudessem ver a marca arredondada do que parecia ser uma queimadura na parede do músculo cardíaco do Sr. Herrenshaw.

– Há uma coisa que você precisa saber – o Dr. Berwyn disse para Xamã. – Às vezes o dano ocorre no interior do coração e não pode ser visto na parede do órgão.

Xamã balançou a cabeça, indicando que tinha compreendido.

McGowan disse alguma coisa para o Dr. Berwyn e Berwyn riu. O Dr. McGowan olhou para Xamã. Seu rosto parecia de couro enrugado e foi a primeira vez que Xamã o viu sorrir.

– Eu disse a ele "Vá lá fora e traga-me mais alguns surdos" – disse o Dr. McGowan.

## 47

## OS DIAS EM CINCINNATI

Diariamente, durante a primavera cinzenta do tormento nacional, multidões ansiosas reuniam-se no lado de fora dos escritórios do *Commercial* de Cincinnati para ler as últimas notícias da guerra, escritas com giz no quadro-negro. O presidente Lincoln ordenou o bloqueio de todos os portos confederados pelo Departamento Federal da Marinha e conclamava os homens dos estados do Norte para responderem ao chamado da pátria. Por toda a parte só se falava na guerra, com muitos palpites e sugestões. O general Winfield Scott, chefe do exército da União, era um sulista que apoiava os Estados Unidos, mas era um homem velho e cansado. Um paciente da enfermaria contou a Xamã que Lincoln oferecera ao coronel Robert E. Lee o comando das forças da União. Mas alguns dias depois os jornais anunciavam que Lee havia declinado do posto, preferindo lutar pelo Sul.

Antes do fim do semestre, mais de uma dezena de alunos da Escola Policlínica de Medicina, quase todos com dificuldades no curso, abandonaram os estudos para se alistar em um ou outro exército. Entre eles estava Ruel Torrington, que deixou duas gavetas vazias com cheiro de roupa suja. Outros falavam em terminar o semestre e depois se alistar. Em maio, o Dr. Berwyn reuniu todos os alunos da escola e explicou que o corpo docente tinha pensado em fechar a escola durante o tempo que durasse a emergência militar, mas, após muita reflexão, tinham resolvido prosseguir com as aulas.

– Logo vamos precisar de médicos como nunca antes, tanto no exército como para cuidar dos civis.

Mas o Dr. Berwyn tinha más notícias. Como a faculdade dependia do que os alunos pagavam, com a diminuição das matrículas, eram obrigados a aumentar a anuidade. Para Xamã isso significava lançar mão de um dinheiro que não esperava gastar agora. Mas se não permitia que a surdez prejudicasse seus planos, não ia deixar que uma coisa insignificante como o dinheiro o impedisse de ser médico.

Ele e Paul Cooke ficaram amigos. Em assuntos da escola e de medicina, Xamã era o conselheiro e guia e Cooke ficava encarregado de todo o resto. Paul o levou ao primeiro restaurante e ao primeiro teatro. Encantados, foram à Pike's Opera House ver Edwin Thomas Booth no papel de Ricardo III. O teatro tinha três fileiras de balcões, três mil lugares e espaço para mais mil pessoas de pé. Mesmo na oitava fila de cadeiras, dos dois lugares que Cooke havia conseguido, Xamã não compreendeu toda a peça, mas tinha lido Shakespeare no colégio e leu novamente depois do teatro. Saber a história e as falas era o mais importante e ele gostou imensamente da experiência.

Numa noite de sábado, Cooke o levou a um bordel, onde Xamã acompanhou uma mulher taciturna até o quarto para um serviço rápido. O sorriso fixo nem por um momento desapareceu do rosto da mulher, e ela falou muito pouco. Xamã não teve nenhuma vontade de voltar ao bordel, mas como era jovem e saudável, o desejo sexual era um problema. No dia em que foi designado para dirigir a ambulância do hospital, ele foi à Companhia P. L. Trent de Velas, que empregava mulheres e crianças, para atender um menino de treze anos com as pernas queimadas por cera quente. Levaram o menino para a enfermaria. Uma jovem com pele cor de pêssego e cabelos escuros sacrificou o pagamento das suas horas de trabalho para acompanhar o garoto, que era seu primo, ao hospital. Xamã a viu outra vez na quinta-feira à noite, durante a visita aos doentes indigentes. Outros parentes esperavam para ver o menino, por isso a visita da jovem foi breve, e Xamã teve oportunidade de falar com ela. O nome da moça era Hazel Melville. Embora não estivesse em situação de fazer despesas, Xamã a convidou para jantar no domingo seguinte. Ela tentou fingir que estava chocada, mas desistiu e aceitou com um grande sorriso.

Hazel Melville morava perto do hospital, no terceiro andar de um prédio de apartamentos muito parecido com o dormitório da escola. Sua mãe tinha morrido. Xamã teve consciência, como nunca antes, do tom gutural da própria voz quando o pai de Hazel, um homem corado, meirinho do Tribunal Municipal de Cincinnati, olhou para ele desconfiado, sem saber ao certo o que havia de estranho no novo conhecido de Hazel.

Se fosse um dia quente, ele a teria levado para um passeio de barco no rio. Os dois estavam agasalhados e, apesar do vento que vinha do rio, a temperatura estava agradável para andar, olhar as vitrines à luz do fim do dia. Hazel era muito bonitinha, decidiu Xamã, a não ser pelos lábios, finos e severos, que desenhavam rugas de permanente descontentamento nos cantos da boca. Ficou chocada quando soube que ele era surdo. Ouviu a explicação sobre leitura dos lábios com um sorriso incerto.

Mesmo assim, era agradável conversar com uma mulher que não estava doente nem ferida. Ela disse que trabalhava na fábrica há um ano, que detestava o trabalho, mas não havia muitos empregos para mulheres.

Contou também que dois primos seus ganhavam muito bem na Wells & Companhia.

— A Wells & Companhia recebeu um pedido de dez mil pentes de balas minié para mosquete, da Milícia do Estado de Indiana. Eu gostaria que eles empregassem mulheres.

Jantaram num pequeno restaurante, escolhido com a ajuda de Cooke porque era barato e bem iluminado, para que Xamã pudesse ver o que ela dizia. Hazel aparentemente gostou, devolveu os pãezinhos, porque não estavam quentes, falando asperamente com o garçom. Quando voltaram, o pai dela não estava em casa. Xamã a beijou e a resposta foi tão intensa e completa que a coisa progrediu naturalmente, passando pela fase de tocar o corpo dela por cima da roupa, até o ato final, no desconforto do sofá da sala. Como o pai podia chegar a qualquer momento, ela deixou a luz acesa e não tirou toda a roupa, apenas levantando a saia e abaixando a roupa de baixo. O cheiro da parafina na qual ela mergulhava os pavios seis dias por semana era mais forte do que o cheiro natural feminino. Xamã a possuiu rápida e bruscamente, sem nenhum prazer real, pensando na possível chegada de um meirinho furioso, partilhando mais o contato humano do que era possível com a mulher do bordel.

Não voltou a pensar nela durante sete semanas.

Porém, uma tarde, levado pelo desejo natural, foi até a fábrica de velas. O ar no interior da fábrica era quente e oleoso, pesado com o cheiro concentrado de loureiro da parafina. Hazel Melville ficou aborrecida quando o viu.

— Não podemos receber visitas. Quer que me despeçam?

Mas antes dele sair, ela disse apressadamente que não podia mais vê-lo, porque durante aquelas semanas ficara noiva de um homem que conhecia há muito tempo. Era um profissional, um guarda-livros, disse ela, sem disfarçar a satisfação.


Na verdade, Xamã tinha menos distração física do que gostaria de ter. Canalizava tudo — todo desejo, cada esperança e expectativa de prazer, sua energia e sua imaginação — para o estudo. Cooke dizia, com franca inveja, que Robert J. Cole nascera para estudar medicina e Xamã concordava. Durante toda sua vida tinha esperado por aquilo que estava encontrando em Cincinnati.

No meio do semestre, ele começou a ir à sala de dissecação sempre que tinha uma hora livre, às vezes sozinho, mas geralmente com Cooke e Billy Henried, para aperfeiçoar a técnica com os instrumentos, ou para verificar alguma coisa encontrada nos livros ou ouvida numa aula.

No começo do curso de A&F, o Dr. McGowan começou a pedir a Xamã que ajudasse os alunos que apresentassem alguma dificuldade. Xamã estava com notas excelentes nas outras matérias e até o Dr. Meigs o cumprimentava amavelmente quando se encontravam no corredor. Todos estavam acostumados à sua surdez. Às vezes, muito concentrado durante a aula, na classe ou no laboratório, Xamã voltava ao antigo hábito de murmurar baixinho, sem perceber. Certa vez o Dr. Berwyn interrompeu a aula e disse:

– Pare de zumbir, Sr. Cole.

No começo do curso alguns alunos riam, mas logo aprenderam a tocar no braço dele, indicando com um olhar que ele devia ficar quieto. Xamã não se importava. Tinha muita confiança em si mesmo.

Xamã gostava de passear sozinho pelas enfermarias. Certo dia uma paciente reclamou que ele tinha passado por ela sem atender aos seus chamados. Depois disso, para provar a si mesmo que sua surdez não prejudicava os doentes, adquiriu o hábito de parar ao lado de cada cama, segurar as mãos do paciente e dizer algumas palavras.

O espectro do período de experiência há muito tinha desaparecido quando o Dr. McGowan o convidou para trabalhar no hospital durante as férias de julho e agosto. McGowan disse francamente que ele e o Dr. Berwyn disputavam a ajuda de Xamã, mas resolveram que podiam dividir seus serviços entre os dois.

– Você passa o verão trabalhando para nós dois, fazendo o trabalho sujo para Berwyn todas as manhãs, na sala de operações, e ajudando-me na autópsia dos erros dele, todas as tardes.

Era uma oportunidade maravilhosa e o pequeno salário o ajudaria a compensar o aumento da anuidade.

– Eu gostaria muito – disse ele. – Mas meu pai me espera em casa para ajudar na fazenda, no verão. Tenho de escrever e pedir a permissão dele para ficar aqui.

Barney McGowan sorriu.

– Ah, a fazenda – disse ele. – Posso garantir que você não vai mais trabalhar na fazenda, meu jovem. Seu pai é um médico rural no Illinois, se não me engano? Há algum tempo estou para perguntar. Alguns anos atrás havia um aluno mais adiantado do que eu na Universidade e no Hospital de Edimburgo. Com o seu nome.

– Sim. Era meu pai. Ele conta a mesma coisa que o senhor contou na primeira aula, sobre Sir William Fergusson dizer que um corpo morto é como uma casa abandonada pelo dono.

– Lembro-me de que você sorriu quando eu disse isso. Agora compreendo por quê. – McGowan entrecerrou os olhos e disse, pensativamente: – Você sabe por que... bem... seu pai saiu da Escócia?

Xamã percebeu que McGowan tentava ser discreto.

– Sei. Ele me contou. Problemas políticos. Ele quase foi deportado para a Austrália.

– Eu me lembro – McGowan balançou a cabeça. – Eles usavam o nome dele como uma advertência. Todos na universidade sabiam da história. Ele era protegido de Sir William Fergusson, com um futuro ilimitado. E agora é um médico rural. Uma pena!

– Não precisa ter pena – Xamã dominou a fúria e finalmente sorriu. – Meu pai é um grande homem – disse, percebendo, com surpresa, que era verdade. Começou a contar a Barney McGowan uma porção de coisas sobre Rob J. Que tinha trabalhado com Oliver Wendell Holmes, em Boston, contou a penosa viagem através do país, trabalhando no acampamento de lenhadores e como médico da estrada de ferro. Descreveu o dia em que seu pai teve de atravessar a nado dois rios, com seu cavalo, para chegar a casa onde ajudou uma mulher a dar à luz gêmeos. Descreveu as cozinhas da pradaria onde seu pai tinha feito operações e falou das vezes em que Rob J. Cole tinha operado numa mesa tirada da cozinha para fora da casa por causa da luz. Contou do dia em que o pai foi sequestrado por criminosos que o fizeram remover a bala do braço de um deles, sob ameaça de uma arma. Falou da noite em que o pai voltava para casa, com uma temperatura de quinze graus abaixo de zero e salvou a própria vida apeando do cavalo e segurando a cauda de Bess, deixando que ela o arrastasse por um bom tempo para fazer voltar a circulação do sangue ao seu corpo.

Barney McGowan sorriu.

– Você tem razão – disse ele. – Seu pai é um grande homem. E um pai com muita sorte.

– Muito obrigado, senhor. – Xamã deu alguns passos para sair da sala, mas parou. – Dr. McGowan, uma das autópsias feitas por meu pai foi de uma mulher assassinada com onze ferimentos no peito, cada um com aproximadamente 0,95 centímetro de largura. Feitos com um instrumento pontudo, triangular, as três lâminas muito agudas. O senhor teria ideia do instrumento que poderia ter ocasionado esse tipo de ferimento?

O patologista pensou por alguns momentos, muito interessado.

– Pode ter sido um instrumento cirúrgico. Há o bisturi Beer, com três lados, usado para cirurgia de catarata e para corrigir defeitos da córnea. Mas os ferimentos que você descreveu eram grandes demais para um bisturi Beer. Talvez tenham sido feitos com algum tipo de bisturi. As bordas dos ferimentos eram de largura uniforme?

– Não. O instrumento, fosse qual fosse, era denteado.

– Nunca ouvi falar de um instrumento desse tipo. Provavelmente não era um instrumento cirúrgico.

Xamã hesitou.

– Podiam ter sido feitos por um objeto usado comumente pelas mulheres?

– Agulha de tricô, ou coisas assim. É possível, é claro, mas também não conheço nenhum objeto usado pelas mulheres capaz de produzir esse tipo de ferimento – McGowan sorriu. – Deixe-me pensar no problema por algum tempo, depois falaremos no assunto outra vez. Quando escrever para seu pai – disse ele – mande lembranças de alguém que estudou com William Fergusson poucos anos depois dele.

Xamã prometeu que mandaria.

A resposta de Rob J. só chegou a Cincinnati oito dias antes do fim do semestre, mas em tempo para Xamã aceitar o trabalho de verão no hospital.

Seu pai não lembrava do Dr. McGowan mas ficou satisfeito por saber que Xamã estava estudando patologia com outro escocês que tinha aprendido a arte e a ciência da dissecação com William Fergusson. Pediu ao filho para transmitir seus respeitos ao professor, além da permissão para Xamã trabalhar no hospital.

Era uma carta afetuosa mas breve e Xamã deduziu por ela que seu pai estava triste. Ninguém tinha notícias de Alex e Rob J. dizia que a cada notícia de uma batalha sua mãe ficava mais amedrontada.

# 48

# O PASSEIO DE BARCO

Não passou despercebido a Rob J. que tanto Jefferson Davis quanto Abraham Lincoln conseguiram a liderança no governo ajudando a destruir a nação dos sauks na guerra com Falcão Negro. Davis, então uma jovem tenente, havia descido o Mississípi, levando Falcão Negro e Nuvem Branca, do Forte Crawford para o Quartel Jefferson, onde os dois ficaram presos e agrilhoados. Lincoln lutara contra os sauks com a milícia, como soldado raso e como capitão. Agora, esses dois homens eram chamados de Sr. Presidente e cada um comandava uma metade da América contra a outra.

Rob J. queria ficar longe desse mundo absurdo e idiota, mas era esperar demais. Na sexta semana de guerra, Stephen Hume foi até Holden's Crossing para falar com ele. O ex-senador disse francamente que tinha usado de influência para conseguir o posto de coronel no exército dos Estados Unidos. Tirou licença do lugar de advogado da estrada de ferro em Rock Island para organizar o 102º Regimento de Voluntários de Illinois e queria oferecer ao Dr. Rob J. o posto de cirurgião do regimento.

– Não é para mim, Stephen.

– Doutor, acho correto ser contra a guerra de modo abstrato. Mas, agora, temos de admitir que há boas razões para esta guerra.

– Não acho que matar uma porção de gente vai mudar a opinião das pessoas sobre a escravidão e o mercado livre. Além disso, vocês precisam de alguém mais jovem. Sou um homem de quarenta e quatro anos que começa a engordar – Rob estava mais gordo. No passado, quando os escravos fugidos se escondiam no barracão, ele se acostumou a guardar comida no bolso quando passava pela cozinha – uma batata-doce assada, um pedaço de galinha frita, uns dois pãezinhos doces – para os fugitivos. Agora, ele continuava a fazer isso, mas comia quando saía para visitar os pacientes.

– Oh, eu quero você mesmo, gordo ou magro, zangado ou de boa paz – disse Hume. – Neste momento temos apenas noventa oficiais médicos em todo o maldito exército. Vai trabalhar muito. Vai começar como capitão e, antes que dê pela coisa, será major. Médicos como você sobem depressa.

Rob balançou a cabeça. Mas gostava de Stephen Hume e estendeu a mão.

– Desejo que volte a salvo, coronel.

Com um sorriso cansado, Hume balançou a cabeça. Alguns dias depois, Rob J. soube que Tom Beckermann fora designado para cirurgião do 102º.

Durante três meses os dois lados brincaram de guerra, mas em julho era evidente que ia haver um grande confronto. Muitos estavam convencidos ainda de que não ia durar, mas aquela primeira batalha foi uma epifania para a nação. Rob J. lia avidamente os jornais, como qualquer amante da guerra.

Mais de trinta mil soldados da União, comandados pelo general Irvin McDowell, enfrentaram vinte mil confederados, comandados pelo general Pierre G. T. Beauregard, em Manassas, Virgínia, quarenta e cinco quilômetros ao sul de Washington. Cerca de mais onze mil confederados estavam no vale Shenandoah, comandados pelo general Joseph E. Johnston, enfrentando outra força da União de quatorze mil homens, comandados pelo general Robert Patterson. Esperando que Patterson mantivesse Johnston ocupado, no dia 21 de julho, McDowell conduziu seus homens contra os sulistas, perto de Sudley Ford, em Bull Run Creek.

Não chegou a ser um ataque de surpresa.

Imediatamente antes do ataque de McDowell, Johnston livrou-se de Patterson e juntou-se a Beauregard. O plano de batalha dos nortistas era tão conhecido que os senadores e outros servidores do governo saíram de Washington em charretes, com cestas de piquenique, mulheres e filhos e foram para Manassas, esperar o espetáculo, como se fosse uma corrida de cavalos. Dezenas de cocheiros tinham sido requisitados pelo exército para cuidar dos cavalos e das carroças que iam servir de ambulâncias, se houvesse feridos. Muitos desses cocheiros de ambulância levaram suas garrafas de uísque para o piquenique.

Enquanto esses espectadores deliciavam-se com o espetáculo, os soldados de McDowell lançaram-se ao exército reforçado dos confederados. A maioria, nos dois lados, era de homens inexperientes, que lutavam com mais entusiasmo do que arte. Os cidadãos-soldados do exército confederado recuaram uns poucos quilômetros e pararam rapidamente, deixando que os nortistas se cansassem em vários assaltos frenéticos. Então Beauregard ordenou o contra-ataque. Os homens da União, exaustos, recuaram e começaram a retirada. E a retirada se transformou numa debandada geral.

A batalha não foi o que os espectadores esperavam. O ruído dos tiros de rifle e da artilharia e os gritos dos homens eram terríveis, o que se via era muito pior. Em lugar de um jogo, viram seres humanos transformados em objetos eviscerados, sem cabeça, sem pernas, sem braços. Milhares de mortos. Alguns dos civis desmaiavam. Outros choravam. Todos queriam fugir, mas uma bala de canhão atingiu uma carroça e matou o cavalo, bloqueando a principal via de fuga. A maior parte dos cocheiros de ambulâncias, alguns bêbados, outros sóbrios, fugiram com as carroças vazias. Os poucos que tentaram socorrer os feridos foram impedidos pela desordem dos veículos e cavalos dos civis. Os gravemente feridos ficaram no campo de batalha, onde gritaram até morrer. Os que podiam andar levaram vários dias para chegar a Washington.

Em Holden's Crossing, a vitória dos confederados renovou o entusiasmo dos simpatizantes do Sul. Rob J. ficou mais deprimido com a falta de atendimento aos feridos do que com a derrota. No começo do outono souberam que o resultado de Bull Run foi de quase cinco mil mortos, feridos e desaparecidos e muitas vidas foram perdidas por falta de atendimento médico.

Certa noite, na cozinha dos Cole, Rob J. e Jay Geiger evitavam falar sobre a batalha. Comentaram o fato de o primo de Lillian, Judah Benjamin, ter sido designado para a Secretaria de Guerra, pela Confederação. Mas os dois concordavam com a selvageria idiota dos dois exércitos, que não tomaram nenhuma providência para salvar seus homens feridos.

– Por mais difícil que seja – disse Jay –, não podemos deixar esta guerra destruir nossa amizade.

– Não! É claro que não! – Pode não destruir, pensou Rob J., mas a amizade já andava tensa e prejudicada. Espantou-se quando Geiger, ao partir, o abraçou como se fossem amantes.

– Para mim, sua família é minha família – disse Jay. – Não existe nada que eu não faria para garantir sua felicidade.

No dia seguinte, Rob J. compreendeu aquela despedida sentimental quando Lillian, na cozinha dos Cole, disse, com os olhos cheios de lágrimas, que o marido partira para o Sul ao nascer do dia para se alistar como voluntário no exército confederado.

Para Rob J. era como se o mundo todo estivesse tão sombrio quanto o cinzento do uniforme dos confederados. Apesar de todos os seus esforços, Julia Blackmer, a mulher do pastor, morreu antes do ar do inverno ficar fino e gelado. No cemitério da igreja, o pastor, chorando, recitou as últimas orações e a primeira pá de terra caiu com um ruído surdo sobre o caixão de pinho de Julia. Sarah apertou a mão de Rob J. com tanta força que chegou a machucar. O rebanho de Blackmer procurou consolar o pastor nos dias seguintes ao enterro e Sarah organizou as mulheres para que nunca faltasse ao Sr. Blackmer o conforto de uma companhia e de refeições preparadas com carinho. Rob J. achava que deviam permitir ao pastor alguma privacidade na dor, mas o Sr. Blackmer parecia muito agradecido por toda aquela atenção.

Antes do Natal, madre Miriam Ferocia disse a Rob que tinha recebido uma carta de uma firma de advocacia de Frankfurt, informando-a da morte de Ernst Brotknecht, seu pai. Seu testamento determinara a venda da fábrica de carruagens e carroças em Munique e uma considerável quantia esperava sua filha e herdeira, Andrea Brotknecht.

Rob J. apresentou seus sentimentos pela morte do pai que ela não via há anos e depois disse:

– Meu Deus. Madre Miriam, a senhora está rica!

– Não – disse ela, calmamente. Quando tomou o hábito, ela prometera ceder à Santa Madre Igreja todos os seus bens. Já assinara os papéis para doar a herança para a jurisdição do seu arcebispo.

Rob J. não gostou. Durante todos aqueles anos, testemunhando o sofrimento das freiras, ele fizera uma série de pequenas doações à comunidade. Observou o rigor das suas vidas, o racionamento e a falta de qualquer coisa que pudesse ser considerada supérflua.

– Um pouco de dinheiro faria muita diferença para as irmãs da sua comunidade. Se não pode aceitar para si mesma, devia pensar em suas freiras.

Mas ela não permitiu que ele a envolvesse na sua revolta.

– A pobreza é parte essencial da vida delas – disse madre Ferocia, inclinando levemente a cabeça, com irritante resignação cristã, quando ele se levantou bruscamente e foi embora.

Com a ausência de Jay, parte do calor desapareceu da vida de Rob J. Ele teria continuado a tocar com Lillian, mas o piano e a viola de gamba soavam estranhamente vazios sem o comentário melodioso do violino de Jay e eles sempre encontravam uma desculpa para não tocar sem ele.

Na primeira semana de 1862, num momento de profundo descontentamento, Rob J. teve a satisfação de receber uma carta de Harry Loomis, de

Boston, acompanhada da tradução de um artigo publicado em Viena, há alguns anos, escrito por um médico húngaro, Ignaz Semmelweis. O artigo, intitulado "Etiologia, Conceito e Profilaxia da Febre Puerperal", acentuava a importância do trabalho feito por Oliver Wendell Holmes, na América. No Hospital Geral de Viena, Semmelweis chegara à conclusão de que a febre puerperal, que vitimava doze parturientes em cem, era contagiosa. Exatamente como Holmes havia feito há algumas décadas, descobriu que os próprios médicos transmitiam a doença, por não lavarem as mãos.

Harry Loomis dizia que estava muito interessado nos modos de prevenir a infecção de ferimentos e incisões cirúrgicas. Perguntava se Rob J. estava informado sobre a pesquisa do Dr. Milton Akerson sobre o problema, no Hospital do Vale do Mississípi, em Cairo, Illinois, que Harry acreditava não ficar muito longe de Holden's Crossing.

Rob J. não tinha ouvido falar do trabalho do Dr. Akerson, mas resolveu imediatamente ir a Cairo. A oportunidade demorou meses para chegar. Ele continuou a enfrentar a neve para atender os chamados, mas, finalmente, as coisas se acalmaram com a chegada das chuvas da primavera. Madre Miriam garantiu que ela e as suas irmãs tomariam conta dos pacientes e Rob J. anunciou que ia tirar umas pequenas férias em Cairo. No dia 9 de abril, quarta-feira, montou em Boss, vencendo a lama do degelo nas estradas, chegou a Rock Island, onde guardou o cavalo num estábulo e no fim da tarde embarcou numa balsa de toras de madeira que descia o Mississípi. Durante toda a noite, ele flutuou rio abaixo, no conforto razoável da pequena cabine da balsa, dormindo sobre as toras de madeira, perto do fogão. Quando desembarcou em Cairo, na manhã seguinte, estava com o corpo dolorido e a chuva continuava.

Cairo estava horrível, com os campos e as ruas completamente alagados. Numa estalagem, Rob fez uma toalete cuidadosa e tomou café. Depois, seguiu até o hospital. O Dr. Akerson era um homenzinho moreno, de óculos, com bigodes que iam até as orelhas, segundo a moda lamentável criada por Ambrose Burnside, cuja brigada fizera o primeiro ataque contra os confederados em Bull Run.

O Dr. Akerson recebeu Rob J. cortesmente, demonstrando satisfação por saber que seu trabalho merecera a atenção dos médicos de Boston. Enchia o ar das enfermarias o cheiro acre do ácido clorídrico, o agente que o Dr. Akerson acreditava poder debelar as infecções mortais dos ferimentos. Rob J. notou que o cheiro do que o Dr. Akerson chamava de "desinfetante" disfarçava alguns dos cheiros desagradáveis da enfermaria, mas irritava o nariz e os olhos.

Rob J. percebeu imediatamente que o cirurgião de Cairo não tinha nenhuma cura miraculosa.

– Algumas vezes, o ácido clorídrico parece impedir eficazmente a infecção. Outras vezes... – o Dr. Akerson deu de ombros – nada parece dar resultado.

Experimentara borrifar ácido clorídrico na sala de cirurgia e nas enfermarias, contou ele, mas desistiu porque prejudicava os olhos e a respiração. Agora, contentava-se em embeber no ácido os curativos que eram aplicados diretamente nos ferimentos. Acreditava que a gangrena e outras infecções seriam causadas por corpúsculos de pus que flutuavam no ar, como poeira, e que os curativos embebidos no ácido evitavam que esses corpúsculos contaminassem os ferimentos ou incisões.

Um atendente chegou com uma bandeja cheia de curativos embebidos em ácido e um deles caiu da bandeja no chão. O Dr. Akerson o apanhou, limpou a poeira com a mão e mostrou a Rob J. Era um curativo comum, feito de pano de algodão embebido em ácido clorídrico. Quando Rob o devolveu, o Dr. Akerson pôs o curativo de volta na bandeja, para ser usado.

– É uma pena não sabermos por que às vezes funciona outras não – disse o Dr. Akerson.

Foram interrompidos por um jovem cirurgião. O Sr. Robert Francis, representante da Comissão Sanitária dos Estados Unidos, precisava falar com o Dr. Akerson sobre "um assunto de grande urgência".

O Dr. Akerson acompanhou Rob J. até a porta e encontraram o Sr. Francis no corredor. Rob J. aprovava a Comissão Sanitária, uma organização civil, criada para levantar fundos e recrutar pessoal para cuidar dos feridos. Agitado e falando rapidamente, o Sr. Francis contou que houvera uma terrível batalha de dois dias, em Pittsburgh Landing, Tennessee, cinquenta quilômetros ao norte de Corinth, Mississípi.

– Temos muitas baixas, em maior número e mais terríveis do que em Bull Run. Recrutamos voluntários para tratar dos feridos, mas precisamos urgentemente de médicos.

O Dr. Akerson lamentou.

– A guerra levou quase todos os nossos médicos. Não podemos dispensar nenhum mais.

Rob J. disse imediatamente.

– Eu sou médico, Sr. Francis. Posso ir.

Com outros três médicos das cidades vizinhas e quinze civis, que nunca tinham cuidado de doentes, Rob J. embarcou no barco a vapor *City of Louisiana* ao meio-dia e navegaram na água lamacenta do rio Ohio. Às cinco horas da tarde chegaram a Paducah, Kentucky, e entraram no rio Tennessee. Foi uma longa viagem de 340 quilômetros, descendo o Tennessee. Na escuridão da noite passaram, sem ver e sem serem vistos, por Fort Henry, capturado há um mês por Ulysses Grant. Durante todo o dia seguinte navegaram, passando por cidades, portos movimentados, campos alagados. Era quase noite outra vez quando chegaram a Pittsburgh Landing, às cinco horas da tarde.

Rob J. contou vinte e quatro barcos a vapor, incluindo dois armados com canhões. Desembarcaram com lama até os joelhos, resultado da retirada dos ianques, no domingo anterior. Rob J. foi designado para o *War Hawk*, um navio com 406 soldados feridos. Estavam terminando de carregar o navio, quando ele embarcou, e seguiram viagem imediatamente. Um oficial muito abatido disse em voz baixa que o enorme número de feridos tinha lotado todos os hospitais do Tennessee. O *War Hawk* ia percorrer mil quilômetros, subindo o rio Tennessee, até o Ohio, depois subir o rio Ohio, até Cincinnati.

Havia feridos por toda a parte – no convés inferior, nas cabines dos oficiais e de passageiros e no convés superior, aberto, sob a chuva incessante. Rob J. e um oficial-médico do exército, da Pensilvânia, chamado Jim Sprague, eram os únicos médicos. Todos os suprimentos estavam amontoados em uma das cabines, e não tinham viajado duas horas quando Rob J. percebeu que estavam roubando o vinho medicinal. O comandante militar do navio era um jovem primeiro-tenente, chamado Crittendon, atordoado ainda pelo combate. Rob o convenceu a designar uma guarda armada para os suprimentos.

Rob J. deixara sua maleta em Holden's Crossing. Havia um *kit* cirúrgico entre os suprimentos e ele pediu ao oficial-engenheiro que afiasse alguns dos instrumentos. Não queria usar nenhum deles.

– A viagem é um choque muito grande para os feridos – ele disse a Sprague. – Acho que, sempre que for possível, devemos deixar a cirurgia para quando chegarmos ao hospital.

Sprague concordou.

– Não sou muito de operar – disse ele, deixando claro que preferia que Rob J. tomasse as decisões.

Rob concluiu que ele também não era muito de medicina, mas encarregou-o de fazer curativos e providenciar para que os feridos recebessem sopa e pão.

Rob verificou que ia precisar fazer algumas amputações imediatamente.

Os enfermeiros voluntários tinham boa vontade mas nenhuma experiência – contadores, professores, cavalariços, todos enfrentando sangue, dor e todo tipo de tragédias que nunca tinham imaginado. Rob reuniu alguns para ajudá-lo nas amputações e mandou o resto trabalhar com o Dr. Sprague, tratando ferimentos, aplicando ataduras, dando água aos que tinham sede e protegendo da chuva, com cobertores e casacos, os que se encontravam no convés aberto.

Rob J. gostaria de falar com todos os feridos, mas não havia tempo para isso. Atendia o paciente quando um dos ajudantes dizia que o homem estava "mal". Teoricamente, nenhum dos homens embarcados no *War Hawk* devia estar tão "mal" a ponto de não sobreviver à viagem, mas muitos morreram em pouco tempo.

Rob mandou retirar todos da cabine do imediato e começou a amputar à luz de quatro lampiões. Naquela noite ele amputou quatorze membros. Muitos tinham sofrido amputações antes de serem embarcados e ele os examinou, verificando com tristeza a péssima qualidade de algumas das cirurgias. Um homem chamado Peters, de dezenove anos, tivera a perna direita amputada na altura do joelho, a esquerda na altura do quadril e todo o braço direito. No meio da noite, o que restava da perna esquerda começou a sangrar, ou talvez já estivesse sangrando quando foi levado para bordo. Foi o primeiro a ser encontrado morto.

– Papai, eu tentei – chorava um soldado com longos cabelos louros e um buraco nas costas, pelo qual se via a coluna vertebral como uma espinha de peixe. – Eu tentei bastante.

– Sim, você tentou. Você é um bom filho – disse Rob J., passando a mão na cabeça dele.

Alguns gritavam, outros envolviam-se no silêncio como se fosse uma armadura, outros ainda choravam e diziam coisas desconexas. Aos poucos, Rob ouviu a história da batalha, juntando as pequenas peças de sofrimento individual. Grant estava em Pittsburgh Landing com quarenta e dois mil homens, esperando as forças do general Don Carlos Buell. Beauregard e Albert Johnston resolveram atacar Grant antes da chegada de Buell, e quarenta mil confederados lançaram-se sobre o acampamento dos soldados da União. A linha de frente de Grant foi repelida na esquerda e na direita, mas o centro, formado por soldados de Iowa e Illinois, resistiu, numa das mais selvagens batalhas da guerra.

No domingo, os rebeldes haviam feito muitos prisioneiros. O grosso do exército da União recuou até o rio, entrou na água, de costas para os rochedos que impediam a continuação da retirada. Mas na segunda-feira de manhã, quando os confederados preparavam-se para completar sua vitória, da neblina do rio surgiram barcos com vinte mil homens de Buell, e a batalha tomou outro rumo. No fim de um dia inteiro de luta renhida, os sulistas recuaram para Corinth. Ao cair da noite, até onde se podia avistar de Shiloh, o campo de batalha estava coberto de corpos. Então alguns dos feridos foram apanhados e levados para os barcos.

De manhã, o *War Hawk* passou por florestas cheias de folhas novas e azevinho, por campos verdes e, uma vez ou outra, por pessegueiros cobertos de flores, mas Rob não viu.

O capitão do barco pretendia parar de manhã e à noite numa cidade costeira para se abastecer de lenha. Nessas paradas, os voluntários desembarcariam para procurar comida e água para os feridos. Mas Rob J. e o Dr. Sprague convenceram o capitão a parar também ao meio-dia e, às vezes, no meio da tarde, porque a água acabava muito depressa e não estava dando para satisfazer a sede dos feridos.

Para desespero de Rob J., os voluntários não tinham a menor noção de higiene. Muitos soldados estavam com disenteria, muito antes de serem feridos. Os homens urinavam e defecavam onde estivessem e era impossível limpar todos. Não tinham roupas limpas para trocar e a sujeira secava grudada no corpo, sob a chuva fria. Os enfermeiros passavam a maior parte do tempo distribuindo a sopa. Na segunda tarde, a chuva parou e o sol apareceu quente e forte, para grande alívio de Rob J. Mas, com o vapor que se erguia do convés, o cheiro dos homens feridos e sujos invadiu completamente o *War Hawk*. Era um fedor quase palpável. Às vezes, quando o navio parava, civis subiam a bordo com cobertores, água e comida. Seus olhos se enchiam de água e tratavam de deixar o navio o mais depressa possível. Rob J. desejou ter um pouco do ácido clorídrico do Dr. Akerson.

Os homens morriam e eram envoltos em lençóis imundos. Rob J. fez mais meia dúzia de amputações, os casos mais graves, e quando chegaram ao destino, entre os trinta e oito mortos havia vinte amputados.

Chegaram a Cincinnati na manhã de terça-feira. Há três dias e meio Rob praticamente não dormia e não comia. De repente, livre da responsabilidade, ficou parado no cais vendo os pacientes divididos em grupos com destino a vários hospitais. Quando lotaram uma carreta com os feridos que iam para o Southwestern Ohio Hospital, Rob J. subiu também e sentou no chão entre duas macas.

Ao retirarem os pacientes da carreta, Rob deu uma volta pelo hospital, andando devagar porque o ar de Cincinnati era espesso como pudim. Os funcionários olhavam desconfiados para o gigante de meia-idade, com a barba por fazer, que fedia de longe. Um atendente perguntou o que ele queria e Rob disse o nome de Xamã.

Finalmente o levaram a um pequeno balcão acima do anfiteatro cirúrgico. Já estavam operando os feridos do *War Hawk*. Havia quatro homens em volta da mesa e um deles era Xamã. Rob observou por algum tempo, mas logo o sono se ergueu como uma onda, acima da sua cabeça, e Rob mergulhou nele ávida e facilmente.

Não se lembrava de ter sido levado para o quarto de Xamã, nem de terem tirado sua roupa. Dormiu todo o resto do dia e a noite inteira sem saber que estava na cama do filho. Acordou na quarta-feira de manhã com o sol brilhando lá fora. Enquanto fazia a barba e tomava banho, o amigo de Xamã, um jovem agradável chamado Cooke, apanhou a roupa dele na lavanderia do hospital, onde tinha sido fervida e passada, e foi chamar Xamã.

Xamã estava mais magro mas parecia bem de saúde.

– Alguma notícia de Alex? – ele perguntou.

– Não.

Xamã fez um gesto afirmativo. Levou Rob J. a um restaurante longe do hospital, para não serem interrompidos. Comeram ovos, batatas e carne de porco salgada e tomaram um café horrível, quase todo só de chicória seca. Xamã esperou que o pai tomasse o primeiro gole de café quente e só então começou as perguntas. Durante um tempo ouviu, absorto na história da viagem do *War Hawk*.

Rob J. perguntou sobre a escola, e disse que estava muito orgulhoso de Xamã.

– Você lembra daquele velho bisturi de aço azul que eu tenho em casa?

– Aquela antiguidade que você chama de bisturi de Rob J.? Que você diz que está há séculos na família?

– Isso mesmo. Está na família há séculos. Vai sempre para o primeiro filho que se forma em medicina. É seu.

Xamã sorriu.

– Não acha melhor esperar até dezembro, quando eu me formar?

– Não sei se poderei vir para a formatura. Vou ser médico do exército.

Xamã arregalou os olhos.

– Mas você é pacifista. Você *odeia* a guerra.

– Sou e odeio – disse ele, com voz mais amarga do que o café de chicória. – Mas você está vendo o que estão fazendo uns aos outros.

Ficaram ali sentados por muito tempo, tomando xícaras do café que não queriam, dois homens grandes, olhando-se atentamente nos olhos, falando pausada e tranquilamente, como se tivessem muito tempo para estar juntos.

Mas às onze horas da manhã estavam de volta à sala de cirurgia.

Os feridos do *War Hawk* tinham sobrecarregado o hospital e os médicos. Alguns cirurgiões haviam trabalhado durante toda a noite e parte da manhã e, agora, Robert Jefferson Cole estava operando um jovem do Ohio com estilhaços dos confederados nos ombros, nas costas, nas nádegas e nas pernas. Era um trabalho demorado e difícil, porque cada pedaço de metal precisava ser retirado com um mínimo de dano para os tecidos e a sutura dos músculos era tarefa delicada. A pequena galeria do anfiteatro estava repleta de estudantes e alguns professores, observando os casos que podiam encontrar numa guerra. Sentado na primeira fila, o Dr. Meigs encostou o cotovelo no Dr. Barney McGowan, com um movimento da cabeça, indicou o homem que estava na sala de cirurgia, a uma certa distância da mesa, para não atrapalhar, mas observando tudo atentamente. Era um homem grande, com um pouco de barriga e cabelo grisalho. Com os braços cruzados, ele estava completamente absorto na operação. Observando a competência, a firmeza e a confiança do cirurgião, ele balançou a cabeça aprovadoramente e os dois médicos entreolharam-se e sorriram.

Rob J. voltou de trem e chegou à estação de Rock Island nove dias depois de ter saído de Holden's Crossing. Na rua, encontrou Paul e Roberta Williams, que faziam compras em Rock Island.

– Olá, doutor. Acaba de descer do trem? – perguntou Williams.
– Ouvi dizer que tirou umas férias.
– Sim – disse Rob J.
– Muito bem, divertiu-se bastante?

Rob J. abriu a boca, depois fechou e abriu de novo.

– Foi muito agradável, Paul – disse, com voz calma. Então foi ao estábulo, apanhou Bess e voltou para casa.

# 49

# O CIRURGIÃO CONTRATADO

Rob levou quase todo o verão planejando o que ia fazer. Sua primeira ideia foi convencer outro médico das vantagens financeiras de ficar com sua clientela de Holden's Crossing, mas depois de um tempo concluiu que isso era impossível devido à escassez de médicos criada pela guerra. O melhor que conseguiu foi combinar com Tobias Barr para atender os doentes no seu dispensário às quartas-feiras e os casos de emergência. Os casos sem gravidade podiam ir ao consultório do Dr. Barr, em Rock Island, ou consultar as freiras enfermeiras.

Sarah ficou furiosa – e Rob tinha a impressão de que era tanto por ele pretender se alistar no "lado errado", quanto por estar se afastando de casa. Ela rezava e procurava o conselho do Sr. Blackmer. Ia ficar completamente indefesa, insistia ela.

– Antes de ir, você deve escrever para o exército da União para saber se Alex foi feito prisioneiro ou se está ferido.

Rob J. já havia feito isso há alguns meses, mas concordou que estava na hora de escrever outra vez.

Sarah e Lillian estavam mais unidas do que nunca. Jay tinha inventado um meio de mandar cartas e notícias dos confederados através das linhas inimigas, talvez por meio dos contrabandistas do rio. Antes dos jornais de

Illinois publicarem a notícia, Lillian contou que Judah P. Benjamin fora promovido pelos confederados, de secretário de guerra a secretário de estado. Certa vez, Rob J. e Sarah tinham jantado com os Geiger e Benjamin quando o primo de Lillian foi a Rock Island para conversar com Hume sobre um processo da estrada de ferro. Benjamin parecia um homem inteligente e modesto, não um homem à espera da oportunidade para dirigir uma nova nação.

Quanto a Jay, Lillian dizia que ele estava em lugar seguro. Com o posto de intendente, foi encarregado de administrar um hospital em algum lugar da Virgínia.

Quando Lillian soube que Rob J. ia se alistar no exército do Norte, disse sensatamente:

– Rezo para que você e Jay não se encontrem enquanto estivermos em guerra.

– Acho pouco provável – disse Rob, batendo de leve na mão dela.

Rob se despediu com a maior discrição possível. A madre Miriam Ferocia ouviu a notícia com resignação quase gelada. Fazia parte da disciplina de uma freira, pensou ele, despedir-se dos que saem das suas vidas. Elas iam onde o Senhor mandava. A esse respeito eram muito semelhantes aos soldados.

No dia 12 de agosto de 1862, com seu *Mee-shome* e uma pequena mala, Rob J. despediu-se de Sarah no cais do barco a vapor, em Rock Island. Ela chorou e o beijou na boca várias vezes, quase selvagemente, ignorando os olhares das pessoas que estavam no cais.

– Você é a minha menina querida – disse ele, carinhosamente.

Rob J. detestava deixá-la daquele modo, mas foi com alívio que embarcou e acenou um adeus quando o barco, com dois apitos breves e um longo, se afastou da terra e seguiu rio abaixo.

– Rob permaneceu no convés durante quase toda a viagem. Gostava do Mississípi e de ver o movimento naquela estação do ano. Até então, o Sul contava com os soldados mais destemidos e arrojados e os generais mais competentes. Mas quando os federais tomaram Nova Orleans, naquela primavera, estabeleceram a supremacia da União nas áreas do baixo e do alto Mississípi. Com a disponibilidade do Tennessee e de outros rios menores, as forças da União dispunham agora de uma via fluvial que os levaria até o centro vulnerável do Sul.

Um dos postos avançados da União era Cairo, onde Rob tinha começado a viagem no *War Hawk,* e foi ali que ele desembarcou dessa vez. Era o fim de agosto e não havia mais enchentes, porém milhares de soldados estavam acampados nas proximidades e os detritos daquela concentração de seres humanos espalhavam-se pela cidade sob a forma de lixo, cães mortos, restos podres que enchiam as ruas enlameadas e acumulavam-se na frente de belas casas. Rob J. seguiu o tráfego militar até o acampamento, onde foi interpelado pelo sentinela. Depois de se identificar, pediu para ser levado ao oficial-comandante, o coronel Sibley, do 176º de Voluntários da Pensilvânia. O coronel disse que o 176º já tinha os dois cirurgiões permitidos pela organização do exército. Mas havia mais três regimentos no acampamento, o 42º Kansas, o 106º Kansas e o 201º Ohio. Informou que o 106º Kansas tinha uma vaga para cirurgião assistente e foi para onde Rob se dirigiu.

O oficial-comandante do 176º era o coronel Frederick Hilton. Rob o encontrou na frente da barraca, mascando tabaco e escrevendo, sentado a uma pequena mesa. Hilton o aceitou imediatamente. Falou no posto de tenente (capitão, o mais depressa possível) e alistamento de um ano como oficial-médico assistente, mas Rob J. tinha pensado muito e feito algumas investigações antes de sair de casa. Se fizesse o exame para cirurgião geral, teria o posto de major, um pagamento generoso e um lugar num hospital geral como oficial-médico ou cirurgião. Mas ele sabia o que queria.

– Nada de alistamento. Nada de comissão. O exército aceita médicos civis por algum tempo e eu quero fazer um contrato de três meses.

Hilton deu de ombros.

– Vou mandar preparar os papéis para cirurgião assistente. Volte depois do jantar para assinar. Oito dólares por mês, usa seu próprio cavalo. Posso indicar um alfaiate na cidade, para fazer a farda.

– Não vou usar farda.

O coronel olhou para ele por algum tempo.

– Acho melhor usar. Esses homens são soldados. Não vão obedecer às ordens de um civil.

– Não importa.

O coronel Hilton balançou a cabeça e cuspiu tabaco. Chamou um sargento e mandou mostrar ao Dr. Cole a barraca do oficial-médico.

Antes de chegarem, soou o toque para o arriamento da bandeira. No silêncio total que se fez, todos os homens, em posição de sentido, saudaram a bandeira.

O espetáculo, novo para ele, o comoveu, pois era como um ato religioso, uma comunhão que unia todos aqueles homens que, em silêncio e em posição de sentido, fizeram continência até desaparecerem na distância as últimas notas do clarim. Então, o campo voltou à atividade normal.

Os abrigos em sua maioria eram barracas de campanha, mas o sargento o levou a um grupo de barracas cônicas, que lembravam os *tipis* dos sauks, e pararam na frente de uma delas.

– Chegamos em casa, senhor.

– Muito obrigado.

Dentro da barraca havia duas camas, no chão, cobertas com um pano cada uma. Um homem, sem dúvida o cirurgião do regimento, dormia profundamente numa delas, exalando um forte cheiro de suor e de rum.

Rob pôs a mochila no chão e sentou ao lado dela. Tinha cometido muitos erros e feito papel de tolo, menos vezes do que alguns e mais do que outros, pensou. E perguntou a si mesmo se não estaria cometendo a maior asneira de sua vida.

O cirurgião era o major C. H. Wofenden. Rob J. logo ficou sabendo que o major nunca tinha frequentado uma escola de medicina, tendo aprendido e praticado por algum tempo "com o Dr. Cowan", antes de passar a clinicar e operar por conta própria. Que fora comissionado pelo coronel Hilton, em Topeka. Que o soldo de major era o melhor salário regular que já tinha recebido na vida. E que ficaria satisfeito em se devotar à bebida, deixando o trabalho a cargo do cirurgião assistente.

O trabalho durava quase o dia todo, todos os dias, porque a fila de pacientes parecia interminável. O regimento tinha dois batalhões. O primeiro, com cinco companhias. O segundo, com apenas três. O regimento tinha menos de quatro meses e foi formado quando os melhores homens já haviam se alistado no exército. O 106º ficou com as sobras e o segundo batalhão com o que havia de pior em Kansas. Muitos dos homens que esperavam na fila eram velhos demais para serem soldados, e outros, jovens demais, incluindo uma meia dúzia que mal parecia ter passado dos doze anos. Todos em péssimas condições. As doenças mais comuns eram diarreia e disenteria, mas Rob constatou vários tipos de febres, resfriados com comprometimento dos pulmões e das vias respiratórias, casos de sífilis e gonorreia, *delirium tremens* e outros sinais de alcoolismo, hérnias e muito escorbuto.

Depois das suas primeiras refeições no acampamento, Rob J. compreendeu o motivo de tantos problemas digestivos. Procurou o oficial intendente, um segundo-tenente afobado, chamado Zearing, e ficou sabendo que o exército dava ao regimento dezoito centavos por dia para alimentar cada homem. O resultado era uma ração diária de 300 gramas de carne de porco salgada, 70 gramas de feijão ou ervilhas e 500 gramas de farinha ou 300 gramas de bolacha dura. A carne era quase sempre preta por fora e amarela e podre por dentro e os soldados chamavam as bolachas de "castelos de vermes", porque eram grandes e grossas, quase sempre emboloradas e frequentemente habitadas por larvas e carunchos.

Cada soldado recebia a ração crua e a preparava numa pequena fogueira ao ar livre, geralmente fervendo o feijão e fritando a carne com as bolachas esfareladas – fritavam até a farinha – em banha de porco. Combinada com as doenças, a dieta significava um desastre total para milhares de estômagos, e não havia latrinas. Os homens defecavam em qualquer lugar, geralmente atrás das barracas, embora alguns, com diarreia, se afastassem um pouco, fazendo o que tinham de fazer no meio do espaço entre duas barracas. Pairava sobre o campo um cheiro que lembrava o *War Hawk* e Rob J. chegou à conclusão de que o exército inteiro fedia a fezes humanas.

Compreendeu que não podia fazer nada com a dieta, pelo menos não imediatamente, mas estava resolvido a melhorar as condições gerais de higiene. Na tarde seguinte, depois de atender a fila de doentes, ele foi procurar o sargento da Companhia C, Primeiro Batalhão, que estava ensinando meia dúzia de homens a usar a baioneta.

— Sargento, sabe onde posso encontrar algumas pás?

— Pás? Ora, é claro que sei — disse o sargento com voz cansada.

— Bem, quero que dê uma a cada um destes homens e quero que eles cavem uma vala — disse Rob.

— Uma vala, senhor? — O sargento olhou espantado para o homem de terno preto folgado, camisa amarrotada, gravata fina e chapéu preto de aba larga.

— Sim, uma vala — disse Rob J. — Bem aqui. Com três metros de comprimento, noventa centímetros de largura e um metro e oitenta de profundidade.

O médico civil era um homem grande. Parecia muito decidido. E o sargento sabia que tinha a autoridade de primeiro-tenente.

Pouco depois, quando os seis homens cavavam vigorosamente, observados por Rob J. e pelo sargento, o coronel Hilton e o capitão Irvine, da Companhia C, Primeiro Batalhão, aproximaram-se deles.

— Que diabo é isso? — O coronel Hilton perguntou ao sargento, que abriu a boca e olhou para Rob J.

— Estão cavando uma fossa, coronel — disse Rob J.

— Uma *fossa*?

— Sim, senhor, uma privada.

— Eu sei o que é uma fossa. Acho que eles aproveitam melhor o tempo aprendendo a usar a baioneta. Logo esses homens estarão combatendo. Estamos mostrando a eles como matar rebeldes. Este regimento vai atirar nos confederados, enfiar as baionetas e as facas neles e, se for necessário, fazer com que urinem e defequem até morrer. Mas não vamos cavar privadas.

Um dos homens com a pá riu alto. O sargento olhou para Rob J. com um largo sorriso.

— Ficou bem claro, cirurgião assistente?

Rob J. não sorriu.

— Sim, coronel.

Isso aconteceu no seu quarto dia no 106º. Faltavam ainda oitenta e seis dias que passaram muito lentamente e foram contados com muita precisão.

## 50

## A CARTA DE UM FILHO

Cincinnati, Ohio
12 de janeiro, 1863

Querido papai,

Muito bem, agora quero o bisturi Rob J.!
O coronel Peter Brandon, o primeiro assistente do cirurgião general William A. Hammond, foi o paraninfo da turma. Alguns acharam que foi um bom discurso, mas eu fiquei desapontado. O Dr. Brandon disse que, segundo a história, os médicos sempre trataram dos soldados dos seus países. Citou uma porção de exemplos, os hebreus da Bíblia, os gregos, os romanos etc. etc. Então falou das esplêndidas oportunidades que o exército dos Estados Unidos, em tempo de guerra, oferece aos médicos, os salários, a gratificação por servir ao país. Nós queríamos ouvir falar das glórias da nossa profissão – Platão e Galeno, Hipócrates e Andreas Vesalius – e ele fez um discurso de recrutamento. Além disso, não era necessário. Dezessete novos médicos, da minha classe de trinta e seis, já tinham providenciado para se alistar no Departamento Médico do Exército.

Eu sei que você vai entender quando eu disser que, embora esteja ansioso para ver a mamãe, fiquei aliviado quando ela desistiu da viagem a Cincinnati. Trens, hotéis etc. estão tão cheios e tão sujos atualmente que uma mulher viajando sozinha teria de se sujeitar a muito desconforto, ou coisa pior. Senti muita falta da sua presença, outro motivo para que eu odeie a guerra. O pai de Paul Cooke, que vende ração e cereais em Xenia, veio à formatura e depois nos levou para um grande almoço, onde fomos brindados com vinho e muito cumprimentados. Paul é um dos que vai diretamente para o exército. Ele engana muito porque está sempre brincando, mas é o mais brilhante da classe e recebeu o diploma *summa cum laude*. Eu o ajudei no trabalho do laboratório, e ele me ajudou a ganhar meu *summa cum laude*, porque, sempre que acabávamos de estudar, ele me fazia perguntas mais difíceis do que as do professor.

Depois do jantar, ele e o pai foram à Pike's Opera House, para o concerto de Adelina Patti e eu voltei para a policlínica. Eu sabia exatamente o que queria fazer. Um túnel de tijolos passa sob a rua Nova, ligando a escola de medicina ao hospital. É para uso exclusivo dos médicos. Para estar sempre livre em caso de emergência, é proibido aos alunos, que precisam atravessar a rua, por mais inclemente que esteja o tempo. Fui até o porão da escola de medicina, sentindo-me um aluno ainda, e entrei no túnel. Eu o atravessei e, quando cheguei ao hospital, no outro lado, pela primeira vez me senti como um médico!

Papai, aceitei o contrato de dois anos como residente no Southwestern Ohio Hospital. Pagam apenas trezentos dólares por ano, mas o Dr. Berwyn disse que é o caminho para um bom salário como cirurgião. "Nunca subestime a importância do dinheiro", disse ele. "Lembre-se de que a pessoa que reclama amargamente do pouco que ganha um médico geralmente não é médico."

Sinto-me embaraçado e reconheço minha sorte quando o Dr. Berwyn e o Dr. McGowan disputam o papel de meu protetor. No outro dia, Barney McGowan descreveu seu plano para o meu futuro. Vou trabalhar com ele durante alguns anos como assistente e depois ele me arranja a nomeação de professor assistente de anatomia. Assim, diz ele, quando se aposentar, eu estarei pronto para assumir a cátedra de professor de patologia.

Foi demais para mim, eles me deixaram atordoado porque meus planos sempre foram simplesmente ser médico. No fim, eles elaboraram um programa vantajoso para mim. Como eu fiz no verão, vou passar as manhãs operando com Berwyn e as tardes na patologia, com McGowan, só que em vez de fazer o trabalho sujo de estudante, vou funcionar como médico. A despeito de toda essa bondade, não sei se quero ficar definitivamente em Cincinnati. Sinto falta de um lugar pequeno, onde conheça todo mundo.

O sentimento geral em Cincinnati é mais sulista do que em Holden's Crossing. Billy Henried contou para alguns poucos amigos que, quando se formar, vai se alistar no exército confederado como cirurgião. Duas noites atrás fui a um jantar de despedida com Henried e Cooke. Foi estranho e triste, cada um deles sabendo para onde o outro estava indo.

A notícia de que o presidente Lincoln assinou a proclamação que dá liberdade aos escravos provocou muita indignação. Eu sei que você não gosta do presidente por causa do seu papel na destruição dos sauks, mas eu o admiro por libertar os escravos, sejam quais forem seus motivos políticos. Os nortistas parecem capazes dos maiores sacrifícios quando se convencem que é para salvar a União, mas não querem que o objetivo da guerra seja a abolição dos escravos. A maioria deles parece não estar preparada para pagar este terrível preço de sangue se o objetivo único for a libertação dos negros. As perdas foram terríveis em batalhas como a Segunda de Bull Run e a de Antietahi. Agora, temos notícias da carnificina em Fredericksburg, onde quase trezentos mil soldados da União foram dizimados quando tentavam tomar uma colina dos sulistas. Isso provocou um grande desespero na maioria das pessoas com quem tenho conversado.

Eu me preocupo constantemente com você e com Alex. Talvez não goste de saber que comecei a rezar, embora não saiba para quem ou para quê. Apenas peço que vocês dois voltem para casa.

Por favor, cuide o melhor possível da sua saúde, como cuida da saúde dos outros, e lembre-se de que existem pessoas que ancoram suas vidas na sua força e na sua bondade.

Do filho que o ama,<br>
Xamã<br>
(Dr. Robert Jefferson Cole)

# 51

# O TROMPETISTA

Viver numa barraca não era tão difícil quanto Rob J. imaginara, nem dormir outra vez no chão. O mais difícil era viver com as perguntas que o atormentavam. Por que estava ali, e qual seria o resultado daquela guerra terrível. As coisas continuavam péssimas para o Norte. "Perdendo desse jeito nunca vamos ganhar", disse o major G. H. Woffenden, num dos seus momentos de semissobriedade.

A maioria dos homens bebia demais quando não estava de serviço, especialmente logo depois do pagamento. Bebiam para esquecer, para lembrar, para comemorar, para lamentar. Os jovens sujos e quase sempre bêbados eram como cãezinhos aprisionados, aparentemente esquecidos da proximidade da morte, esforçando-se para vencer o inimigo natural, outros americanos que sem dúvida estariam igualmente sujos e com a mesma frequência embriagados.

Por que estavam tão ansiosos para matar os confederados? Poucos deles o sabiam realmente. Rob J. achava que, para eles, a guerra assumia um significado e uma motivação muito além de razões e causas. Estavam ávidos para lutar porque a guerra existia, e porque matar fora oficialmente definido como um ato admirável e patriótico. Isso bastava.

Rob queria gritar com todos eles, trancar os generais e os políticos num quarto escuro como crianças tolas e malcomportadas, segurar todos pelas nucas e sacudir e perguntar: o que há com vocês? *Que diabo está acontecendo com vocês?*

Mas em vez disso ele atendia a fila de doentes todas as manhãs e distribuía ipecacuanha, quinino e elixir paregórico e tinha cuidado de olhar para o chão para ver onde pisava, como um homem que fez sua casa num canil gigantesco.

No seu último dia com o 106º Kansas, Rob J. procurou o oficial tesoureiro, recebeu seus oitenta dólares, foi à sua barraca cônica, pôs o *Mee-shome* a tiracolo e apanhou a mala. O major O. H. Woffenden, enrolado na sua manta de borracha, não abriu os olhos nem murmurou um adeus.

Cinco dias antes, os homens do 176º Pensilvânia foram amontoados nos barcos a vapor e carregados para o Sul, para a frente de combate, no Mississípi, segundo os boatos. Agora, de outros barcos desembarcava o 131º Indiana, que começava a erguer suas barracas onde antes estavam as do Pensilvânia. Rob J. saiu à procura do oficial-comandante e encontrou um coronel com cara de bebê, de vinte e poucos anos, Alonzo Symonds. O coronel Symonds estava à procura de um médico. Seu cirurgião, que nunca teve um assistente, havia terminado o alistamento de três meses e voltara para Indiana. Interrogou atentamente o Dr. Cole e ficou bem impressionado com o que ouviu, mas quando Rob J. disse que só renovaria o contrato sob certas condições, o coronel Symonds ficou na dúvida.

Rob J. tinha anotado todos os casos de doenças do 106º.

– Quase todos os dias, trinta e seis por cento dos homens estavam de cama. Em poucos dias essa porcentagem aumentava. Quais as porcentagens entre seus homens?

– Tivemos muitos doentes – admitiu Symonds.

– Eu posso lhe dar homens mais saudáveis, coronel, se quiser me ajudar.

Symonds era coronel há poucos meses. Sua família era dona de uma fábrica de mangas de vidro para lampiões a gás em Fort Wayne e ele sabia como podia ser prejudicial a mão de obra doente. O 131º Indiana tinha quatro meses de existência, homens inexperientes, e logo nos primeiros dias foram designados como batedores, no Tennessee. Ele se considerava um homem de sorte por terem tomado parte apenas em duas pequenas escaramuças que podiam ser consideradas contato com o inimigo. Dois dos seus homens foram mortos e um ferido, mas foram tantos os casos diários de febre que, se os confederados soubessem, podiam entrar e tomar seu regimento inteiro, sem nenhuma dificuldade.

– O que eu tenho de fazer?

– Seus homens estão armando as barracas sobre as pilhas de fezes do 176º Pensilvânia. E a água daqui é péssima. Eles bebem água do rio, contaminada com suas próprias fezes e urina. A menos de um quilômetro há um lugar limpo e nunca usado, no outro lado do acampamento, com fontes que devem dar boa água no inverno, se vocês a encanarem para chegar até o acampamento.

– Deus Todo-Poderoso. Um quilômetro é muito longe para nos comunicarmos com os outros regimentos. Os oficiais nunca iriam me procurar para nada.

Os dois homens se estudaram mutuamente e o coronel Symond resolveu. Encaminhou-se até onde estava seu primeiro-sargento.

– Mande desarmar as barracas, Douglass. O regimento vai se mudar.

Então ele voltou e tratou de coisas sérias com aquele médico difícil.

Mais uma vez Rob recusou uma comissão. Pediu para ser contratado como médico assistente, por três meses.

– Desse modo, se não conseguir o que quer, você pode ir embora – observou o inteligente coronel. O médico de meia-idade não negou nem afirmou e o coronel olhou para ele atentamente. – O que mais você quer?

– Privadas – disse Rob J.


O solo estava firme, mas não gelado ainda. Numa única manhã foram feitas as fossas e toras de madeira presas a postes nas bordas das valas. Quando foi lida a ordem para todas as companhias, avisando que o ato de urinar ou defecar em qualquer outro lugar que não fosse na fossa era passível de punição severa, os homens reclamaram. Eles precisavam de alguma coisa para odiar e ridicularizar e Rob J. compreendeu que ele era agora essa coisa. Quando passava entre os soldados, eles se cutucavam, riam e zombavam da figura ridícula com o terno surrado de civil.

O coronel Symonds era um bom comandante e cercava-se de bons oficiais. O intendente do regimento era um capitão chamado Mason, e Rob J. não teve dificuldade para explicar a ele as causas do escorbuto, porque podia apontar os exemplos entre os homens do acampamento. Mason e Rob J. foram a Cairo com a carroça do regimento e compraram barris de repolhos e cenouras, que passaram a fazer parte da ração diária dos homens. O escorbuto era mais comum ainda em algumas outras unidades do acampamento, mas Rob J. não conseguiu a atenção dos médicos dos outros regimentos para o problema. Eles pareciam mais preocupados com seu papel de oficiais do exército do que de médicos. Todos estavam fardados, dois usavam espadas como oficiais de carreira e o cirurgião do regimento Ohio usava dragonas franjadas como as que Rob J. vira certa vez numa gravura, nos ombros de um imponente general francês.

Rob, ao contrário, preservava com carinho sua condição de civil. O oficial encarregado das compras, agradecido por ter sido curado de terríveis cólicas abdominais, deu a Rob um casaco de lã azul. Rob agradeceu e levou o casaco à cidade para ser tingido de preto e mandou trocar os botões dourados. Rob J. gostava de sentir que era ainda um médico rural, provisoriamente trabalhando em outra cidade.

Sob muitos aspectos, o acampamento era uma pequena cidade, embora só de homens. O regimento tinha correio, e o cabo Amasa Decker era o único funcionário e carteiro. Todas as quartas-feiras, à noite, a banda dava concertos no campo de exercícios e, às vezes, quando tocava uma canção popular, como "Listen to the Mockingbird", "Come Where My Love Lies Dreaming" ou "The Girls I Left Behind Me", os homens cantavam. Fornecedores autorizados entravam no acampamento com mercadorias variadas. Com treze dólares por mês, o soldado não podia comprar muito queijo a cinquenta centavos meio quilo, ou leite condensado a setenta e cinco centavos a lata, mas eles compravam bebida. Rob J. várias vezes por semana comia doces com melado, seis por um quarto de dólar. Um fotógrafo instalou-se numa grande barraca onde, certo dia, Rob J. pagou um dólar por uma fotografia ferrótipo, rígido e sério, que mandou para Sarah, como prova de que seu marido ainda estava vivo e bem e que a amava ternamente.

Tendo uma vez comandado soldados inexperientes em território disputado, o coronel Symonds prometeu a si mesmo que eles não estariam despreparados no próximo combate. Durante todo o inverno, ele trabalhou arduamente com seus homens. Faziam caminhadas de cinquenta quilômetros que aumentava a clientela de Rob J. com casos de distensões musculares nas costas por causa do peso do equipamento e dos pesados mosquetes. Outros ficavam com hérnias por causa dos cintos carregados com pesadas caixas de munição. Treinavam constantemente com a baioneta e Symonds os obrigava a repetir vezes sem conta o processo de carregar a arma. "Mordam a ponta do papel que envolve a pólvora, como se estivessem com raiva. Ponham a pólvora no cano da arma, enfiem a bala explosiva *minié*, depois o papel, como tampão, e apertem toda a maldita coisa bem para dentro. Tirem duas cápsulas de percussão das bolsas e ponham sobre a ponta da culatra. Apontem essa bela coisa e *atirem*!"

Eles repetiam e repetiam, *ad infinitum*. Symonds disse a Rob J. que queria que eles fossem capazes de carregar e atirar mesmo acordando de um sono profundo, mesmo quando estivessem paralisados de medo, quando as mãos tremiam de excitação ou de pavor.

Do mesmo modo, tinham de aprender a obedecer ordens sem hesitar, sem reclamar, sem desafiar os oficiais e para isso o coronel os fazia marchar constantemente nos exercícios de ordem unida. De manhã, quando a paisagem estava coberta de neve, Symonds às vezes pedia emprestados os pesados rolos de madeira do departamento de estradas do Cairo e os cavalos do exército os puxavam no campo de manobras até o solo ficar firme e plano para continuarem os exercícios, enquanto a banda do regimento tocava marchas e outras músicas rápidas e animadas.

Num claro dia de inverno, quando passava pelo campo de manobras, onde os homens faziam ordem unida, Rob J. olhou para a banda, sentada num canto, e viu que o trompetista tinha uma mancha cor de vinho no rosto. O homem apoiava o pesado instrumento no ombro, com o longo tubo cônico e o bocal em forma de sino refletindo o sol atrás dele, e cada vez que assoprava – estavam tocando "Hail, Columbia" – suas bochechas inflavam enormemente, depois esvaziavam. Cada vez que o rosto do homem se enchia de ar, a marca arroxeada sob o olho direito escurecia, como um sinal.

Durante nove longos anos, Rob J. sempre ficava tenso quando via um homem com aquela mancha no rosto, mas nesse dia ele apenas continuou a andar, acompanhando com o passo, automaticamente, o ritmo da música até o dispensário.

Na manhã seguinte, quando viu a banda marchando no campo de manobras para tocar durante a revista do Primeiro Batalhão, procurou o trompetista com a mancha cor de vinho, mas o homem não estava lá.

Rob J. foi para a fileira de barracas dos homens da banda e viu o homem tirando a roupa congelada do varal.

– Mais dura do que o pinto de um homem morto – disse o homem, carrancudo. – Não faz sentido inspeção no meio do inverno.

Hipocritamente, Rob J. concordou com ele, embora a inspeção fosse ideia sua, para obrigar os homens a lavar pelo menos parte da roupa.

– Está de folga hoje?

O homem olhou para ele de mau humor.

– Eu não marcho. Sou aleijado.

O homem se afastou e Rob viu que realmente ele era. O trompetista ia destruir a simetria da formação militar. Sua perna direita parecia um pouco mais curta do que a esquerda e ele mancava visivelmente.


Rob J. foi até a barraca e sentou na sua manta gelada com o cobertor nos ombros.

Onze anos. Lembrava exatamente do dia. Lembrava de cada doente que tinha visitado enquanto Makwa-ikwa estava sendo violentada e assassinada.

Pensou nos três homens que chegaram a Holden's Crossing um pouco antes do crime e desapareceram logo depois. Em onze anos não tinha conseguido saber nada a respeito deles, a não ser que eram "maus bebedores".

Um falso pregador, o reverendo Ellwood Patterson, que tinha procurado Rob por causa da sífilis.

Um homem gordo e forte chamado Hank Cough.

Um jovem magro que eles chamavam de Len. Às vezes de Lenny. Com uma mancha cor de vinho sob o olho direito e uma perna manca.

Não tão magro agora, se esse era o homem. Mas, também, não tão jovem.

Provavelmente não era o homem que ele procurava. Devia haver mais de um homem na América com a mancha e a perna mais curta.

Rob compreendeu então que não queria que fosse ele. Na verdade, não queria mais encontrar aqueles homens. O que ia fazer se o trompetista fosse Lenny? Cortar a garganta dele?

Sentiu-se completamente incapaz de qualquer coisa.

A morte de Makwa era algo guardado num compartimento separado de sua mente. Agora, esse compartimento abria-se de novo, como a caixa de Pandora e o frio estranho e quase esquecido crescia dentro dele, um frio que nada tinha a ver com a temperatura na barraca.

Rob J. saiu e seguiu até a barraca que servia de escritório geral do regimento. O nome do sargento era Stephen Douglass, com mais um S que o do senador. Douglass estava acostumado a ver Rob examinar os arquivos. Tinha dito a Rob que nunca vira um médico tão minucioso nos seus relatórios.

– Mais trabalho burocrático, doutor?

– Um pouco.

– Fique à vontade. O ajudante foi apanhar café quente. Tome algum, quando ele voltar. Mas não deixe pingar nos meus papéis, por favor.

Rob J. prometeu que teria cuidado.

A banda estava com a Companhia do Quartel-General. O sargento Douglass guardava os relatórios de cada companhia em separado e em ordem, em caixas cinzentas. Rob J. encontrou a caixa da Companhia do Quartel-General e um maço de fichas amarradas com barbante e uma etiqueta que dizia "Banda do Regimento 131º Indiana".

Rob examinou as fichas, uma a uma. Não havia nenhum Leonard, mas então encontrou e teve certeza de que era o homem que procurava, como tinha certeza às vezes de que um paciente ia viver ou morrer.

ORDWAY, LANNING A., soldado. Residência, Vincennes, Indiana. Alistado por um ano, 28 de julho, 1862.
Créditos de alistamento, Fort Wayne. Nascido, Vincennes, Indiana, 11 de novembro, 1836. Altura, 1,77m,
Cor, branca. Olhos cinzentos. Cabelos castanhos.
Alistado por tempo limitado como músico (trompete baixo mi bemol) e trabalhos gerais, devido a defeito físico.

## 52
# MOVIMENTOS DAS TROPAS

Só depois de algumas semanas do vencimento do contrato de Rob J. o coronel Symonds o procurou para tratar da renovação. A essa altura, as febres da primavera já assolavam os outros regimentos, mas não o Indiana 131º. Os homens do 131º tiveram resfriados por causa da terra molhada e desarranjos intestinais, por causa da comida, mas as filas de doentes de Rob J. eram as menores desde que ele começou a trabalhar no exército. O coronel Symonds sabia que três regimentos estavam com vários casos de febre e calafrios e que o seu estava relativamente bem. Alguns dos homens mais velhos, que, na verdade, não deviam estar no exército, foram mandados para casa. A maior parte dos outros tinha piolhos, pés e pescoços imundos, coceira nas virilhas e bebia uísque demais. Mas estavam magros e com os músculos firmes devido às longas marchas, preparados e alertas pelos exercícios constantes, com olhos claros e brilhantes e ótima disposição, porque o cirurgião assistente Cole conseguiu fazer com que passassem o inverno preparados para lutar, conforme havia prometido. Dos seiscentos homens do regimento, sete tinham morrido durante o inverno, um índice de mortalidade de doze por mil. Nos outros três regimentos, cinquenta e oito tinham morrido e agora, com a chegada da febre, essa porcentagem sem dúvida ia crescer. Assim, o coronel procurou seu médico, preparado para ser razoável, e Rob J. assinou o contrato para mais três meses, sem hesitar. Sabia reconhecer quando estava numa boa posição.

O que precisavam fazer agora, ele disse para Symonds, era preparar uma ambulância para servir o regimento no campo de batalha.

A Comissão Sanitária civil, depois de um intenso *lobby* junto ao secretário de Guerra, conseguira ambulâncias e padiolas para o exército do Potomac, mas o movimento de reformas parou aí, sem que essa providência se estendesse aos feridos das unidades do setor oeste.

– Vamos ter de cuidar de nós mesmos – disse Rob J.

Ele e Symonds estavam sentados na frente do dispensário, fumando charuto, e a fumaça espiralava no ar quente da primavera. Rob J. falou da sua viagem a Cincinnati no *War Hawk*.

– Falei com homens que ficaram no campo de batalha dois dias, depois de terem sido feridos. A chuva foi uma sorte porque não tinha água nenhuma. Um deles contou que durante a noite alguns porcos chegaram até onde ele estava e começaram a comer corpos dos soldados. Alguns ainda vivos.

Symonds balançou a cabeça. Ele conhecia esses detalhes terríveis.

– Do que você precisa?

– Quatro homens de cada companhia.

– Quer uma patrulha inteira para carregar padiolas – disse Symonds, chocado. – Este regimento está com o número exato de homens. Para vencer batalhas, preciso de guerreiros, não de padioleiros. – Examinou a ponta do charuto. – Temos velhos demais e incapacitados que nunca deviam ter se alistado. Fique com alguns deles.

– Não. Precisamos de homens com força suficiente para recolher os feridos sob o fogo e levá-los a um lugar seguro. Não pode ser feito por homens velhos e doentes. – Rob J. observou o rosto preocupado daquele jovem que ele admirava e do qual tinha pena. Symonds amava seus homens e queria protegê-los, porém seu dever, nada invejável, consistia em dispor de vidas humanas como se fossem munição, ração ou achas de lenha. – E se eu usasse os homens da banda do regimento? – sugeriu Rob J. – Eles podem tocar a maior parte do tempo e, depois de uma batalha, podem carregar as padiolas.

O coronel Symonds fez um gesto afirmativo, aliviado.

– Ótimo. Verifique se o chefe da banda pode ceder alguns homens.

O chefe da banda, Warren Fitts, era sapateiro há dezesseis anos quando foi recrutado em Fort Wayne. Conhecia música a fundo e quando jovem havia tentado durante muitos anos criar uma escola de música em South Bend. Quando deixou a cidade e muitas dívidas, resolveu se dedicar à profissão do pai, de sapateiro. Levava vida modesta e dava aulas de piano e de instrumentos de sopro. A guerra trouxe a realização de um sonho que ele considerava morto para sempre. Aos quarenta anos foi comissionado para recrutar uma banda militar e organizá-la à sua vontade. Selecionou cuidadosamente os talentos musicais da área de Fort Wayne para formar sua banda e agora, atônito, ouvia o médico dizer que ia usar alguns dos seus homens para carregar padiolas.

– Nunca!

– Eles só ficarão comigo uma parte do tempo – disse Rob J. – O resto do tempo ficam com você.

Fitts tentou disfarçar o desprezo.

– Cada músico tem de se dedicar inteiramente à banda. Quando não está tocando, precisa estudar e ensaiar.

Por sua experiência com a viola de gamba, Rob J. sabia que era verdade.

– Você tem executantes extras para algum instrumento? – perguntou, pacientemente.

A pergunta tocou num ponto sensível de Fitts. A posição de chefe da banda era o mais próximo que jamais chegaria da condição de regente, e cuidava para que sua aparência e a de todos da banda fosse digna do papel de artistas. Seu cabelo era grisalho e farto. O rosto era bem barbeado com um bigode sempre aparado e as pontas bem engraxadas e viradas para cima. Seu uniforme estava sempre limpo e em ordem e os músicos sabiam que tinham de manter os instrumentos polidos, as fardas limpas e as botas engraxadas e brilhantes. E tinham de marchar com garbo, porque quando o chefe da banda desfilava na frente, todo empertigado, queria ser seguido por uma banda que refletisse seus padrões de perfeição. Mas havia alguns que prejudicavam essa imagem...

– Wilcox, Abner – disse ele. – Clarinetista.

Wilcox era decididamente vesgo. Fitts gostava de músicos fisicamente belos, tanto quanto talentosos. Não gostava de ver qualquer tipo de defeito estragando a perfeição do seu conjunto e Wilcox era reserva de clarinetista da banda.

– Lawrence, Oscar. Tambor.

Oscar era um garoto desajeitado de dezesseis anos que, por sua falta de coordenação, além de ser um péssimo tambor, geralmente errava o passo durante as marchas e sua cabeça balançava para cima e para baixo, fora do ritmo das outras.

– Ordway, Lanning – disse Fitts e o cirurgião inclinou a cabeça levemente assentindo. – Trompetista, baixo mi bemol.

Um músico medíocre e cocheiro de uma das carroças da banda, que às vezes fazia serviços braçais. Servia para tocar a trompa quando tocavam para os homens nas noites de quarta-feira ou quando ensaiavam, sentados no campo de manobras, mas o defeito na perna o impedia de marchar com os outros.

– Perry, Acicuson. Flauta e flautim.

Um péssimo músico, desleixado com a própria pessoa e com a roupa. Seria um prazer livrar-se desse peso morto.

– Robinson, Lewis, cornetim sopranino lá bemol.

Um bom músico, Fitts tinha de admitir, mas de constante irritação, um sabe-tudo com aspirações grandiosas. Inúmeras vezes Robinson pedira a Fitts para ensaiar com a banda peças que, segundo ele, eram composições originais. Afirmava ter experiência como condutor da filarmônica de uma comunidade em Columbus, Ohio. Fitts não queria ninguém espiando por cima do seu ombro nem fungando no seu pescoço.

– ...: E quem mais? – perguntou o médico.

– Mais ninguém – disse o chefe da banda, satisfeito.

Durante todo o inverno Rob J. vigiou Ordway, discretamente. Embora faltasse ainda muito tempo para terminar o prazo de alistamento de Ordway, não era difícil desertar e desaparecer. Porém, o motivo que mantinha a maioria dos homens no exército parecia funcionar também para Ordway e ele estava entre os cinco soldados que se apresentaram a Rob J. Sua aparência não era desagradável, para um homem suspeito de assassinato, a não ser pelos olhos ansiosos e lacrimejantes.

Nenhum dos cinco gostou da nova função. Lewis Robinson entrou em pânico.

– Tenho de tocar a minha música! Sou músico, não médico.

Rob J. corrigiu.

– Padioleiro. Por enquanto, você é um padioleiro – disse Rob, e os outros compreenderam que isso servia para todos.

Rob procurou tirar o maior proveito possível de um mau negócio, pedindo a Fitts para não fazer nenhuma exigência sobre o tempo dos homens, e o chefe concordou com uma facilidade suspeita. Começou o treino do beabá, ensinando a enrolar ataduras e fazer compressas para curativos, depois simulando vários tipos de ferimentos e ensinando a aplicar os curativos adequados. Ensinou como deviam mover e carregar os feridos, e deu a cada homem uma pequena sacola com curativos, ataduras, um vidro com água e ópio e morfina em pó e em comprimidos.

Havia várias talas de madeira entre o material médico do exército, mas Rob não gostou delas e pediu outra madeira com a qual os padioleiros fizeram as talas sob sua rigorosa supervisão. Abner Wilcox revelou-se um carpinteiro hábil e criativo. Fez várias padiolas leves e funcionais com pedaços de lona presos a duas vigas de madeira. O oficial-intendente ofereceu uma carreta de duas rodas para servir de ambulância, mas Rob J., com anos de experiência em péssimas estradas para atender seus pacientes, sabia que para retirar homens feridos em terreno irregular iam precisar de um veículo de quatro rodas. Encontrou uma boa charrete e Wilcox a fechou dos lados e fez um teto de madeira. Pintaram a ambulância de preto e Ordway reproduziu artisticamente o caduceu médico de cada lado, pintando-o de prateado. Com um oficial da remonta, Rob J. conseguiu um par de cavalos de tiro, feios, mas fortes, que ninguém queria mais, como o resto do corpo de salvamento.

Os cinco homens começavam a demonstrar, embora com relutância, um certo orgulho de grupo, mas Robinson falava constante e abertamente dos riscos daquela nova tarefa.

– É claro que vai ser perigoso – disse Rob J. – A infantaria na linha de fogo também corre perigo, bem como a cavalaria, do contrário não seriam necessários padioleiros.

Rob J. há muito tempo sabia que a guerra era um fator de corrupção e percebeu que ela o havia corrompido como a todos os outros. Treinou aqueles cinco homens para retirar feridos do campo de batalha, como se os treinasse para enfrentar os tiros de mosquete do fogo da artilharia, e tentava minimizar seus temores normais, demonstrando que faziam parte da geração da morte. Suas palavras e atitudes tinham por objetivo negar sua responsabilidade, enquanto tentava desesperadamente acreditar, com eles, que nada seria pior nas suas vidas agora do que quando estavam sujeitos às exigências do complexo temperamento de Fitts e com a preocupação de executar perfeitamente suas valsas, polcas e marchas.

Ele os dividiu em equipes: Perry e Lawrence. Wilcox e Robinson.

– E eu? – perguntou Ordway.

– Você fica comigo – disse Rob J.

O cabo Amasa Decker, o carteiro, conhecia bem Rob J. porque entregava regularmente as cartas longas e apaixonadas de Sarah. Um dos encantos de Sarah, para Rob, sempre foi a extrema atração física que exercia sobre ele, e, às vezes, deitado na barraca, ele lia uma carta depois da outra, tão cheio de desejo que tinha a impressão de sentir o perfume dela. Embora houvesse muitas mulheres em Cairo, prostitutas ou patriotas, Rob não as procurou. Sofria do mal da fidelidade.

Passava grande parte do tempo respondendo à angústia física de Sarah com cartas carinhosas e encorajadoras. Às vezes escrevia para Xamã e constantemente escrevia no seu diário. Em outros momentos, imaginava como poderia saber, por intermédio de Ordway, o que tinha acontecido no dia do assassinato de Makwa. Precisava conquistar a confiança do homem.

Pensava no relatório sobre a Suprema Ordem da Bandeira de Estrelas e Listras, conseguido por Madre Ferocia. Fosse quem fosse o autor – ele sempre imaginava um padre espião que tinha passado por protestante e anticatólico. Será que essa tática daria resultado agora? O relatório ficara em Holden's Crossing junto de seus outros papéis. Mas Rob o lera tantas vezes e com tanta atenção que lembrava as senhas e os sinais e as palavras de código – um manual completo de comunicação secreta, que parecia ter sido criada por um garoto com espírito dramático e imaginação superativa.

Durante os exercícios em que um dos homens fazia o papel de vítima, Rob J. percebeu que embora dois homens pudessem pôr o ferido na padiola e levá-lo até a ambulância, eles se cansavam facilmente quando a distância era relativamente grande.

– Precisamos de um padioleiro em cada canto – disse Perry e Rob concordou. Mas isso o deixava com apenas uma padiola em funcionamento, o que não seria suficiente se o regimento tivesse problemas sérios.

Foi falar com o coronel.

– O que você quer fazer então? – perguntou Symonds.

– Quero usar a banda inteira. Promova meus cinco padioleiros a cabos. Cada um pode dirigir uma padiola no caso de termos muitos feridos, com três outros músicos sob suas ordens. Se os soldados tiverem de escolher entre músicos que tocam maravilhosamente durante uma luta e músicos que salvem suas vidas se forem feridos, sei em quem vão votar.

– Ninguém vai votar – disse Symonds, secamente. – O único que vota aqui sou eu.

Mas votou corretamente. Os cinco padioleiros receberam as divisas de cabo e Fitts deixou de cumprimentar Rob J. quando passava por ele.

Em meados de maio a temperatura subiu. O acampamento ficava entre os rios Ohio e Mississípi, ambos sujos com lixo dos regimentos. Mas Rob J. distribuiu meia barra de sabão escuro para cada homem do regimento e as companhias marchavam uma de cada vez, até um trecho limpo na parte alta do Ohio para tomar banho. A princípio, eles entravam na água resmungando e praguejando, mas a maioria era de homens do campo, que não resistia à tentação da água limpa e o banho se transformava em brincadeiras e muita água espirrada. Quando saíam, passavam pela inspeção do sargento, que dava atenção especial às cabeças e aos pés, e sob a zombaria dos companheiros, alguns recebiam ordem de voltar para a água.

Algumas fardas, feitas com tecido de qualidade inferior, estavam puídas e manchadas. Mas o coronel Symonds mandou distribuir fardas novas e, quando as receberam, os homens tiveram certeza de que logo entrariam em ação. Estavam certos. Os dois regimentos Kansas desceram o Mississípi no barco a vapor. Segundo os rumores, iam ajudar o exército de Grant a tomar Vicksburg e o Indiana 131º iria logo em seguida.

Porém, na tarde de vinte e sete de maio, com a banda de Warren Fitts cometendo inúmeros erros nervosos e evidentes, mas tocando com vigor, o regimento marchou para a estação de trem e não para o rio. Homens e animais foram embarcados nos vagões de carga e esperaram duas horas para que os vagões fossem engatados às carretas descobertas. Então, no fim do dia, o 119º se despediu de Cairo, Illinois.

O médico e os padioleiros viajam no vagão hospital. Estava vazio quando saíram de Cairo, mas depois de uma hora, um soldado desmaiou num dos vagões de carga e, quando o levaram para o vagão hospital, Rob J. verificou que ele ardia em febre e delirava. Aplicou banhos de esponja com álcool no rapaz e resolveu deixá-lo num hospital civil na primeira oportunidade.

Rob J. gostou do vagão hospital, que teria sido extremamente útil se estivessem voltando da batalha e não indo para ela. Nos dois lados da passagem havia três fileiras superpostas de padiolas. Cada uma das quatro pontas era suspensa por tiras de borracha e presas a quatro ganchos fixados nas paredes e em postes de madeira, de modo que a elasticidade da borracha absorvia grande parte dos trancos e do balanço do trem. Cada padioleiro escolheu uma padiola suspensa, e se acomodaram com o conforto de verdadeiros generais. Addison Perry, que cochilava em qualquer lugar, de dia ou de noite, dormiu imediatamente, bem como o mais jovem, Lawrence. Lewis Robinson escolheu uma padiola longe dos outros, debaixo da lanterna, e estava fazendo pequenas marcas negras num pedaço de papel, compondo música.

Não sabiam para onde estavam indo. Rob foi até a extremidade do vagão e abriu a porta. O barulho era ensurdecedor, mas ele olhou para cima, entre os carros balouçantes, e encontrou a Ursa Maior. Seguiu as duas estrelas na extremidade da curva e lá estava a Estrela do Norte.

– Estamos indo para o Leste – disse ele, voltando para dentro.

– Que droga – disse Abner Wilcox. – Estão nos mandando para o exército do Potomac.

Lew Robinson parou de escrever sua música.

– O que tem isso?

– O exército do Potomac não fez nada de bom até agora. Só fica na espera. Quando lutam, o que é raro, aqueles cabeças de bagre só fazem é perder para os rebeldes. Eu queria ir para o exército de Grant. Aquele homem é um general de verdade.

– Enquanto você espera não pode ser morto – disse Robinson.

– Detesto ir para o Leste – disse Ordway. – Todo o maldito lugar está cheio de irlandeses e do lixo católico romano. Animais imundos.

– Ninguém lutou melhor em Fredericksburg do que a brigada irlandesa. Quase todos morreram – disse Robinson, secamente.

Rob não precisou pensar muito, apenas seguiu o impulso do momento. Levou a ponta do dedo sob o olho direito e a escorregou lentamente ao lado do nariz, o sinal de um membro da ordem para avisar outro que estava falando demais.

Tinha funcionado, ou foi coincidência? Lanning Ordway olhou para ele por um momento, depois parou de falar e tratou de dormir.

Às três horas da manhã fizeram uma longa parada em Louisville, para o embarque da bateria de artilharia. O ar da noite era mais pesado e mais macio que o de Illinois. Os que estavam acordados desceram para esticar as pernas e Rob J. providenciou a transferência do soldado doente para o hospital. Depois, caminhou ao longo da linha e passou por dois homens que estavam urinando.

– Não temos tempo para cavar fossas aqui, senhor – disse um deles e os dois riram. O médico civil ainda era uma piada.

Rob foi até a carreta onde os homens prendiam com correntes os enormes Parrots de cinco quilos e os obuses de seis quilos. Trabalhavam à luz amarela de grandes lâmpadas de cálcio que estalavam e bruxuleavam, desenhando sombras que pareciam ter vida própria.

— Doutor — disse alguém, em voz baixa.

O homem saiu da noite e segurou a mão dele, fazendo o sinal convencional. Nervoso demais para sentir o absurdo da situação, Rob J. procurou responder precisa e naturalmente, como se estivesse acostumado.

Ordway olhou para ele.

— Muito bem — disse o homem.

## 53

## A LONGA LINHA CINZENTA

Depois de algum tempo, todos passaram a detestar o trem. Ele atravessou lentamente todo o Kentucky e agora arrastava-se cansado entre as montanhas, como uma prisão serpenteante e tediosa. Quando entraram em Virgínia, a notícia passou de vagão para vagão. Os soldados espiavam pelas janelas, esperando ver o rosto do inimigo, mas tudo que viram foi uma vasta extensão de montanhas e florestas. Nas pequenas cidades onde paravam para reabastecer de água e combustível, o povo era tão amável e amistoso quanto no Kentucky, porque a parte oeste da Virgínia era a favor da União. Perceberam a diferença ao chegarem à outra parte da Virgínia. Não havia mulheres nas estações, oferecendo água fresca das montanhas ou limonada e os homens os observavam com rostos inexpressivos e olhos semicerrados.

O 131º Indiana desembarcou num lugar chamado Winchester, uma cidade ocupada, cheia de fardas azuis. Enquanto eram descarregados os cavalos e o equipamento, o coronel Symonds desapareceu no prédio do quartel-general, ao lado da estação, e quando reapareceu os homens e as carroças estavam prontos para partir e marcharam para o Sul.

Quando Rob J. se alistou, teve ordens para usar o próprio cavalo, mas em Cairo nunca precisou, pois não usava farda nem tomava parte nas paradas. Além disso, cavalos eram raros onde quer que estivesse o exército, porque a cavalaria requisitava todas as montarias, fossem cavalos de corrida ou puxadores de arado. Assim, agora, sem cavalo, ele viajava na ambulância, ao lado do cocheiro, o cabo Ordway. Rob J. ainda ficava tenso na presença de Lanning Ordway, mas a única dúvida do homem era por que um membro da SOBEL "falava uma língua estrangeira", referindo-se ao leve e ocasional sotaque escocês de Rob. Rob explicou que tinha nascido em Boston e estudado em Edimburgo e Ordway ficou satisfeito. Agora tratava Rob jovial e amigavelmente, sem dúvida feliz por trabalhar para um homem que tinha boas razões políticas para protegê-lo.

O marco, na estrada poeirenta, indicava que estavam indo para Fredericksburg.

– Meu Deus – disse Ordway. – Espero que ninguém tenha a ideia de mandar um segundo grupo de ianques para enfrentar aqueles atiradores rebeldes nas montanhas de Fredericksburg.

Rob J. concordou plenamente.

Algumas horas antes da noite, o 131º chegou às margens altas do rio Rappahannock e Symonds deu ordem para armar acampamento. Reuniu os oficiais na frente da sua barraca e Rob J., atrás dos homens fardados, ouviu com atenção.

– Senhores, há algumas horas nos tornamos membros do exército do Potomac, sob o comando do general Joseph Hooker – disse Symonds.

Disse que Hooker contava com uma força de 122 mil homens, distribuídos por uma vasta área. Robert E. Lee tinha cerca de noventa mil confederados em Fredericksburg. A cavalaria de Hooker acompanhava há algum tempo os movimentos do exército de Lee e todos estavam convencidos de que ele se preparava para invadir o Norte, a fim de atrair as forças da União que sitiavam Vicksburg, mas ninguém sabia onde ou quando seria a invasão.

– O povo de Washington tem razão para estar nervoso, com o exército confederado a poucas horas da porta da Casa Branca. O 131º vai se unir a outras unidades perto de Fredericksburg.

Os oficiais ouviram com atenção. Destacaram várias equipes de observadores, perto e longe do acampamento, e todos se acomodaram para a noite. Depois de comer a carne de porco com vagens, Rob J. deitou e olhou para as estrelas de verão. Era difícil para ele imaginar o confronto de forças tão gigantescas. Cerca de noventa mil confederados! Cerca de 122 mil homens da União. E todos esforçando-se para matar!

Uma noite cristalina. Os 614 soldados do 131º Indiana dormiam no chão quente sem se dar ao trabalho de armar barracas ou forrar o solo com cobertores. A maioria trazia ainda resquícios dos resfriados do Norte e a tosse no acampamento era suficiente para denunciar sua presença a qualquer inimigo. Rob J. teve um breve pesadelo de médico, imaginando o som de 122 mil homens tossindo ao mesmo tempo. O cirurgião assistente cruzou os braços, abraçando com força o próprio corpo gelado. Sabia que quando os dois poderosos exércitos se encontrassem na luta, precisaria mais do que todos os homens da banda para carregar os feridos.

Foram dois dias e meio de marcha até Fredericksburg. No caminho, quase foram derrotados pela arma secreta da Virgínia, o micuim. Os insetos pequeninos caíam sobre eles quando passavam sob as árvores copadas e grudavam em suas pernas quando andavam no meio do mato. Grudavam na roupa, caminhavam até encontrar a pele e enterravam o corpo todo na carne humana para se alimentar. Logo apareceram as erupções provocadas pelo micuim, entre os dedos das mãos, dos pés, nas nádegas e no pênis. O corpo do inseto era formado por duas partes. Quando os soldados os surpreendiam andando na sua pele e tentavam apanhá-los, o micuim partia ao meio, na altura da cintura muito fina, e a parte que estava enfiada na pele fazia o mesmo estrago que o inseto inteiro. No terceiro dia, todos os soldados estavam se coçando e praguejando e algumas das erupções começavam a inflamar no calor úmido. Tudo que Rob J. podia fazer era vaporizar enxofre sobre os insetos enfiados na pele, mas alguns homens já conheciam os micuins e ensinaram aos outros o truque de encostar um graveto ou um charuto aceso bem perto da pele, até o micuim começar a se soltar, atraído pelo calor. Então ele podia ser apanhado e puxado lenta e cuidadosamente para não partir. Em todo o acampamento os homens retiravam micuins uns dos outros, e Rob J. lembrou dos macacos que tinha visto, uns catando os outros, no zoológico de Edimburgo.

O incômodo dos micuins não amenizou o medo. Ficavam mais apreensivos à medida que se aproximavam de Fredericksburg, cena da derrota e carnificina dos ianques em outra batalha. Mas quando chegaram, viram apenas o azul da União, pois Robert E. Lee e seus homens haviam se retirado silenciosa e discretamente na noite anterior e seu exército da Virgínia do Norte dirigia-se para o Norte. A cavalaria da União acompanhava o progresso dos homens de Lee, mas o exército do Potomac não os perseguia, por motivos só conhecidos pelo general Hooker.

Acamparam por seis dias em Fredericksburg, para descansar, tratar das bolhas nos pés, retirar micuins, limpar e lubrificar as armas. Quando estavam de folga, em pequenos grupos, escalavam a pequena colina onde, há apenas seis meses, quase treze mil homens da União tinham sido mortos ou feridos. Olhando para baixo e vendo os alvos fáceis que eram os companheiros que subiam atrás deles, ficavam felizes por Lee ter partido antes da sua chegada.

Symonds recebeu novas ordens e eles seguiram para o Norte outra vez. Marchavam pela estrada poeirenta quando souberam que Winchester, a cidade onde havia desembarcado, fora duramente atacada pelos confederados, sob o comando do general Richard S. Ewell. Outra vitória dos rebeldes – noventa homens da União foram mortos, 348 feridos e mais de quatro mil estavam desaparecidos ou foram feitos prisioneiros.

No banco desconfortável da ambulância, na pequena estrada pacífica que atravessava o campo, Rob J. não se permitiu pensar em combate, do mesmo modo que, quando era pequeno, não se permitia pensar na morte. Por que as pessoas tinham de morrer? Não fazia sentido, uma vez que viver era mais agradável. E por que as pessoas tinham de lutar nas guerras? Era mais agradável viajar sonolentamente naquela estrada sinuosa e banhada de sol do que se empenhar em batalhas para matar ou morrer.

Mas, assim como a descrença do pequeno Rob J. terminou com a morte do seu pai, a realidade do presente o dominou quando chegaram a Fairfax Courthouse e ele viu o que a Bíblia queria dizer quando definia um grande exército como uma hoste.

Acamparam em seis campos, numa fazenda, entre a artilharia e a cavalaria e outro regimento de infantaria. Rob J. via soldados da União por toda parte. O fluxo era constante, homens chegavam e partiam. No dia seguinte ao da chegada do 131º souberam que o exército de Lee da Virgínia do Norte invadira o Norte, cruzando o rio Potomac e entrando em Maryland. Assim que Lee fez o primeiro movimento, Hooker movimentou-se também, enviando, com certo atraso, as primeiras unidades do seu exército para o Norte, procurando se posicionar entre Lee e Washington. Quarenta horas depois, o 131º retomou sua marcha para o Norte.

Os dois exércitos eram numerosos e achavam-se espalhados demais para se deslocarem rápida e completamente. Uma parte das forças de Lee encontrava-se ainda na Virgínia, marchando para atravessar o rio e juntar-se ao seu comandante. Os dois exércitos eram como monstros pulsantes e informes, que se dilatavam e se contraíam, sempre em movimento, às vezes um ao lado do outro. Quando as bordas das grandes massas se tocavam, havia escaramuças, como uma explosão de fagulhas – em Upperville, Haymarket, Aldie e em mais uma dezena de lugares. O Indiana 131º não teve nenhuma prova concreta de luta, a não ser certa noite, quando os piquetes trocaram alguns tiros ineficientes com homens a cavalo, que fugiram rapidamente.

Os homens do 131º cruzaram o Potomac à noite, em pequenos botes, no dia 27 de junho. Na manhã seguinte, retomaram a marcha para o Norte e a banda de Fitts marcou o passo, tocando "Maryland, my Maryland". Às vezes, quando eles passavam, uma ou outra pessoa acenava, mas em Maryland os civis não se impressionavam, pois há dias viam soldados em marcha para o Norte. Rob J. e os soldados logo ficaram fartos do hino do estado de Maryland mas a banda continuava a tocar quando passaram por belos campos cultivados e entraram na cidade seguinte.

– Que parte de Maryland é esta? – Ordway perguntou a Rob.

– Não sei. – Passavam por um velho que, sentado num banco, observava os soldados. – Senhor – gritou Rob J. –, como se chama este belo lugar?

O elogio aparentemente deixou o velho surpreso.

– Nossa cidade? Esta cidade é Gettysburg, Pensilvânia.

Os homens do 131º Indiana não sabiam, mas no dia em que entraram na Pensilvânia, há vinte e quatro horas portanto, estavam sob o comando de um novo general. O general George Meade fora designado para substituir o General Joe Hooker, que pagou o preço da sua demora em sair em perseguição dos confederados.

Atravessaram a pequena cidade e marcharam pela estrada de Taneytown. O exército da União estava reunido ao sul de Gettysburg e Symonds deu ordem de parada num prado imenso, onde podiam acampar. O ar estava pesado e quente, repleto de umidade e temerosa coragem. Os homens do 131º falavam sobre o grito de guerra dos rebeldes. Não o ouviram quando estavam no Tennessee, mas ouviram muitas histórias e muitas imitações. Imaginavam se iam ouvi-lo nos próximos dias.

O coronel Symonds sabia que o trabalho era a melhor coisa para os nervos, por isso organizou equipes e mandou cavar trincheiras rasas atrás das grandes pedras que podiam ser usadas como escudos. Naquela noite dormiram ao som do canto dos pássaros e o cricrilar dos grilos e, na manhã seguinte, acordaram para mais um pouco de ar quente e pesado e o som de tiroteios repetidos alguns quilômetros a noroeste, na direção de Chambersburg Pike.

Às onze horas da manhã, o coronel Symonds recebeu novas ordens e o 131º marchou quinhentos metros numa colina arborizada até um prado a leste da estrada de Emmitsburg. A prova de que a nova posição estava mais próxima do inimigo foi a descoberta sinistra de seis soldados da União que pareciam dormir no meio do campo. Os seis observadores avançados mortos estavam descalços. Os sulistas, mal calçados, haviam roubado suas botas.

Symonds deu ordem para cavarem trincheiras da altura do peito dos homens e designou outros observadores avançados. A pedido de Rob J., uma pequena cabana de troncos de árvore foi erguida na entrada do bosque e coberta com galhos para fazer sombra, e do lado de fora desse abrigo rústico, Rob instalou sua mesa de cirurgia.

Mensageiros chegaram com a notícia do primeiro confronto entre as duas cavalarias. Com o passar das horas, o ruído da batalha crescia ao norte da posição do 131º, um pipocar constante e rouco de mosquetes, como o latido de milhares de cães furiosos, acompanhado pelo infindável e trovejante som do canhão. Cada leve movimento do ar pesado parecia agredir os rostos dos homens.

No começo da tarde, o 131º mudou de posição pela terceira vez naquele dia e marchou para a cidade e para o som da luta, para o relâmpago do canhão e as nuvens de fumaça cinzenta. Rob J. conhecia quase todos os homens e sabia que muitos ansiavam por um ferimento leve, um arranhão, que deixasse uma cicatriz para que o pessoal em casa visse o quanto tinham sofrido pela valorosa vitória. Mas agora moviam-se para onde homens estavam sendo mortos.

Atravessaram a cidade e, quando começaram a subir uma colina, foram envolvidos pelos sons que até então pareciam distantes. Vários obuses de artilharia assobiaram acima das suas cabeças e eles passaram pela infantaria nas trincheiras e por quatro baterias de canhões atirando. No topo, receberam ordem para tomar suas posições. Estavam no meio de um cemitério que dava o nome à colina, Cemetery Hill.

Rob J. estava instalando seu posto médico atrás de um imponente mausoléu que oferecia proteção e um pouco de sombra, quando um coronel chegou ofegante, procurando o oficial-médico. Identificou-se como coronel Martin Nichols, do Departamento de Medicina, e disse que era encarregado da organização dos serviços médicos.

– Tem experiência em cirurgia? – perguntou ele.

Não era hora para modéstia.

– Sim, tenho. Muita experiência – disse Rob J.

– Então, preciso de você no hospital, onde feridos graves estão sendo encaminhados para a cirurgia.

– Se não se importa, coronel, quero ficar com este regimento.

– Eu me importo, doutor. Eu me importo. Tenho alguns bons cirurgiões, mas também alguns jovens médicos inexperientes fazendo cirurgia vital e do pior modo possível. Estão amputando membros sem deixar pele suficiente para fechar a parte restante e muitos deles estão deixando uma boa porção do osso descoberto. Estão fazendo experiências que bons cirurgiões jamais fariam, ressecção da cabeça do úmero, desarticulação da junta do quadril, desarticulação do ombro. Criando aleijados sem necessidade e pacientes que vão acordar todas as manhãs gritando de dor, pelo resto da vida. Você substitui um desses supostos cirurgiões e eu o mando aqui para cima para fazer curativos nos feridos.

Rob J. assentiu com um gesto. Deixou Ordway encarregado do posto até o outro médico chegar e desceu a colina com o coronel Nichols.

O hospital ficava na cidade, na igreja católica dedicada a São Francisco. Precisava não esquecer de dizer isso a Miriam Feroz. Havia uma mesa de cirurgia na entrada, com as portas duplas completamente abertas para dar ao cirurgião o máximo de luz. Os bancos da igreja estavam cobertos por tábuas com esteiras e cobertores para os feridos. Num quartinho úmido do porão, iluminado pela luz amarela de lampiões, havia mais duas mesas, e Rob J. escolheu uma delas. Tirou o casaco, arregaçou as mangas ao máximo, enquanto um cabo da Primeira Divisão de Cavalaria administrava o clorofórmio a um soldado que tivera a mão arrancada por uma bala de canhão. Assim que a anestesia fez efeito, Rob J. amputou o braço um pouco acima do pulso, deixando um bom pedaço de pele para rematar a incisão.

– O seguinte! – gritou ele.

Outro ferido foi levado para a mesa e Rob J. entregou-se completamente ao trabalho.

O porão tinha mais ou menos 6 por 12 metros. Outro cirurgião trabalhava na segunda mesa, mas ele e Rob J. raramente erguiam os olhos e tinham pouco para dizer. Durante a tarde, cada um dos cirurgiões teve oportunidade de notar que o outro estava fazendo um bom trabalho. Rob J. retirou balas e pedaços de metal, pôs no lugar intestinos eviscerados, suturou ferimentos e amputou. E amputou. A bala *minié* era um projétil de movimento lento, com alto poder destrutivo, especialmente quando atingia um osso. Nos casos de destruição de grandes partes do osso, tudo que o cirurgião podia fazer era amputar o membro atingido. No chão de terra entre Rob J. e o outro cirurgião erguia-se uma pilha de braços e pernas. De tempos em tempos, soldados entravam e levavam embora os membros amputados.

Depois de quatro ou cinco horas, outro coronel, com farda cinzenta, entrou na pequena sala do porão e disse aos dois médicos que eles eram seus prisioneiros.

– Somos melhores soldados do que vocês, tomamos toda a cidade. Seus homens recuaram para o Norte, e capturamos quatro mil soldados.

Não havia muito o que dizer. O outro cirurgião olhou para Rob J. e deu de ombros. Rob estava operando e disse ao coronel que ele estava na frente da luz.

Sempre que havia um pequeno intervalo, ele tentava cochilar por alguns minutos, de pé. Mas os intervalos eram raros. Os exércitos combatentes dormiram durante a noite, mas os médicos trabalharam sem parar, tentando salvar homens que os exércitos tinham despedaçado. A sala não possuía janelas e os lampiões ficavam no máximo. Logo Rob J. perdeu a noção do tempo.

– O seguinte – disse ele.

– O seguinte! O seguinte! O seguinte!

Era como limpar as estrebarias de Augias, porque, assim que terminava com um ferido, outro entrava. Alguns vestiam fardas azuis cheias de sangue; outros, fardas cinzentas, cheias de sangue. Logo Rob compreendeu que o suprimento era enorme e inesgotável.

Porém, havia coisas que não eram inesgotáveis. Terminaram os curativos e a comida do hospital na igreja. O coronel que dissera que os sulistas eram melhores soldados voltou para comunicar que o Sul não tinha clorofórmio nem éter.

– Vocês não podem pôr sapatos nos pés deles, nem dar anestesia para a dor. É por isso que, no fim, vão perder esta guerra – disse Rob J., aborrecido, e mandou o oficial requisitar toda a bebida que pudesse encontrar. O coronel saiu e mandou um soldado com uísque para os feridos e sopa quente de pombo para os médicos, que Rob J. tomou quase de um gole, sem sentir o sabor.

Sem anestesia, Rob mandou chamar alguns homens fortes para segurar os feridos e passou a operar como quando era jovem, cortando, serrando, suturando rápida e habilmente, como William Fergusson havia ensinado. Suas vítimas gritavam e se debatiam. Rob J. não bocejou nem uma vez e, embora piscasse muito os olhos, eles permaneceram abertos. Sentia os pés e os tornozelos doloridos e inchados e, às vezes, quando estavam levando um ferido para trazer outro, ele esfregava a mão direita com a esquerda. Cada caso era diferente, mas era limitado o número de modos para destruir um ser humano, assim, logo se tornaram iguais, um duplicata do outro, mesmo os que chegavam com a boca destruída, sem os órgãos genitais ou sem os olhos.

As horas passavam, uma a uma.

Rob tinha a impressão de ter passado a maior parte da sua vida naquele quartinho úmido cortando seres humanos, e que estava condenado a ficar ali para sempre. Mas, finalmente, ouviram ruídos diferentes. As pessoas na igreja-hospital estavam acostumadas a gritos e gemidos, ao troar dos canhões e ao pipocar dos mosquetes, ao silvo dos obuses e até com o tremor e o abalo dos tiros que quase acertavam o hospital. Mas o tiroteio e o canhoneio chegaram a um crescendo, a uma frenética e incessante explosão de fogo que durou várias horas, e de repente um silêncio, e todos na igreja conseguiam ouvir o que estavam dizendo. Então o novo som, um rugido que se ergueu e rolou como um oceano inteiro. Rob J. mandou um ajudante confederado subir para ver o que era e o homem voltou e disse com voz entrecortada que eram os malditos miseráveis bandidos dos ianques comemorando, isso é que era.

Lanning Ordway apareceu algumas horas mais tarde e o encontrou ainda no quartinho do porão.

– Doutor, meu Deus, doutor, venha comigo.

Ordway disse que Rob estava ali há quase dois dias, e informou onde o 131º estava acampado. E Rob J. deixou que Meu Bom Camarada e Meu Terrível Inimigo o levassem para um quarto de depósito onde lhe arrumariam uma cama limpa e macia no feno para deitar e dormir.

Quase no fim da tarde do dia seguinte, Rob J. acordou com os gemidos e os gritos dos feridos que tinham posto em volta dele, no chão do quarto de depósito. Outros cirurgiões estavam trabalhando nas mesas, e iam muito bem sem a sua ajuda. Não adiantava tentar a privada da igreja, há muito tempo sobrecarregada. Saiu para a chuva forte e para o vento e aliviou a bexiga na terra molhada, atrás dos arbustos de lilás que pertenciam outra vez à União.

A União era outra vez dona de toda Gettysburg. Rob J. caminhou na chuva, olhando em volta. Esqueceu onde Ordway tinha dito que estava o 131º e começou a perguntar a todos que encontrava. Finalmente os encontrou, espalhados por vários campos cultivados, ao sul da cidade, dentro das barracas.

Wilcox e Ordway o receberam com um calor que o emocionou. Eles tinham ovos! Enquanto Lanning Ordway amassava as bolachas duras e fritava as migalhas com ovos, em gordura de porco, para o café do doutor, os dois contaram o que tinha acontecido. Primeiro a parte ruim. O melhor clarinete da banda, Thad Bushman, estava morto.

– Um buraquinho no peito, doutor – disse Wilcox. – Deve ter acertado bem no lugar.

Dos padioleiros, Lew Robinson foi o primeiro a ser ferido.

– Levou um tiro no pé, logo depois que o senhor foi embora – disse Ordway. – Oscar Lawrence foi quase cortado em dois pela artilharia, ontem.

Ordway terminou de fazer os ovos e pôs a frigideira na frente de Rob J., que estava pensando, com piedade genuína, no desajeitado e jovem tambor. Mas não resistiu à comida e começou a comer com sofreguidão.

– Oscar era tão jovem. Devia estar em casa com a mãe – disse Wilcox, com amargura.

Rob J. queimou a boca com o café muito preto, que era horrível mas caiu bem.

– Nós todos devíamos estar em casa com nossas mães – disse ele com um arroto. Terminou de comer os ovos mais devagar e tomou outra xícara de café, enquanto eles contavam o que mais tinha acontecido quando ele estava no porão da igreja.

– Naquele primeiro dia, eles nos fizeram recuar para as montanhas, ao norte da cidade – disse Ordway. – Foi a melhor coisa que nos aconteceu.

– No dia seguinte, estávamos em Cemetery Ridge, numa longa linha de escaramuças entre as montanhas, Cemetery Hill e Culp's Hill ao norte, mais perto da cidade, e Round Top e Little Round Top, alguns quilômetros ao sul. A luta foi terrível, terrível. Muitos foram mortos. Ficamos ocupados o tempo todo, carregando os feridos.

– E trabalhamos muito bem – disse Wilcox. – Exatamente como o senhor ensinou.

– Aposto que sim.

– No dia seguinte, o 131º foi para Cemetery Ridge, para reforçar o grupo de Howard. Mais ou menos ao meio-dia, levamos uma bruta surra de um canhão confederado – disse Ordway. – Nossos batedores viam que, enquanto atiravam em nós, o grosso do exército dos confederados se movia bem abaixo de onde estávamos, entrando no bosque, no outro lado da estrada de Emmitsburg. Nós víamos o brilho de metal entre as árvores. Eles continuaram a atirar com o canhão durante uma hora ou mais, e acertaram muitos tiros, mas durante todo o tempo nós estávamos nos preparando, porque sabíamos que iam atacar.

– No meio da tarde, o canhoneio deles parou e o nosso também. Então, alguém gritou "Eles estão vindo!" e quinze mil bastardos rebeldes com fardas cinzentas saíram daqueles bosques. Aqueles garotos de Lee avançaram para nós, ombro a ombro, linha após linha. As baionetas eram como uma cerca longa e curva de postes de aço acima das suas cabeças, e com o sol brilhando nelas. Eles não gritaram, não disseram uma palavra, só avançaram num passo rápido e ritmado.

– Vou dizer uma coisa, doutor – disse Ordway. – Robert E. Lee limpou nossos traseiros uma porção de vezes e eu sei que ele é um filho da mãe esperto e malvado, mas ele não foi esperto aqui, em Gettysburg. Nós nem podíamos acreditar. Aqueles rebeldes avançando em campo aberto, a gente lá em cima, em lugar protegido. Sabíamos que eles eram homens mortos e acho que eles também sabiam. Ficamos olhando e eles andaram mais de um quilômetro. O coronel Symonds e os outros oficiais andavam de um lado para o outro nas nossas linhas, gritando "Não atirem! Esperem que cheguem mais perto. Não atirem!". Acho que eles podiam ouvir isso também.

– Quando estavam tão perto que podíamos ver as caras deles, nossas artilharias de Little Round Top e de Cemetery Ridge abriram fogo e uma porção deles simplesmente desapareceu. Os que sobraram continuaram avançando no meio da fumaça e finalmente Symonds berrou "Fogo!" e cada um matou um rebelde. Alguém gritou "Fredericksburg!" e então todo mundo estava gritando Fredericksburg! Fredericksburg! Fredericksburg! E atirando e recarregando, e atirando e recarregando, e atirando...

– Eles atingiram o muro de pedra no sopé da nossa colina só em um lugar. Aqueles homens lutaram como condenados, mas foram todos mortos ou capturados – disse Ordway e Rob balançou a cabeça.

Agora sabia. Foi quando ouviu os gritos de triunfo.

Wilcox e Ordway tinham trabalhado a noite toda, carregando feridos, e agora iam voltar. Rob J. saiu com eles para a chuva. Quando se aproximaram do campo de batalha, ele percebeu que a chuva era uma bênção pois amenizava o cheiro da morte, que assim mesmo já era terrível. Havia corpos inchados por toda parte. No meio das ruínas e da carnificina da guerra, os salva-vidas procuravam as centelhas de vida.

Durante todo o resto da manhã, Rob J. trabalhou sob a chuva, fazendo curativos e carregando um canto da padiola. Quando chegou com os feridos no hospital, ficou sabendo por que seus homens tinham conseguido ovos. Carroças estavam sendo descarregadas por toda parte, havia grande quantidade de medicamentos e anestésico, grande quantidade de curativos, muita comida. Três cirurgiões trabalhavam em cada mesa. Finalmente os Estados Unidos, agradecidos, tinham notícia de uma vitória, conseguida a um preço terrível, e resolveram que nada devia faltar aos que restaram.

Próximo à estação da estrada de ferro, um civil, mais ou menos da sua idade, aproximou-se de Rob J. e perguntou cortesmente se sabia onde podia mandar embalsamar um soldado, como se estivesse perguntando as horas ou onde ficava a prefeitura. O homem disse que se chamava Winfield S. Walker, Jr., e era fazendeiro em Havre de Grace, Maryland. Quando ouviu falar na batalha, alguma coisa disse a ele que devia procurar seu filho Peter, e o encontrou entre os mortos.

– Agora eu queria embalsamar o corpo para levar para casa, o senhor compreende.

Sim, Rob compreendia.

– Ouvi dizer que estão embalsamando no Washington House Hotel, senhor.

– Sim, senhor. Mas me disseram que existe uma lista muito grande, muitos na minha frente. Então pensei em procurar outro lugar. – O corpo do filho estava na fazenda Harold, uma fazenda-hospital numa travessa da estrada de Emmitsburg.

– Eu sou médico. Posso fazer para o senhor – disse Rob J.

Rob tinha o que precisava no almoxarifado médico do 131º. Foi até o acampamento, apanhou tudo e encontrou o Sr. Winfield na fazenda. Disse ao homem, delicadamente, que ele precisava pedir ao exército um caixão forrado de zinco por causa do vazamento. Enquanto o pai saiu para fazer a triste encomenda, ele cuidou do filho, numa sala onde estavam guardados outros seis corpos. Peter Walker era um belo jovem, de vinte anos, mais ou menos, com os traços fortes do pai e cabelo escuro e espesso. Não tinha nenhuma marca, apenas o ferimento de bala que destruiu uma das coxas. Morreu de hemorragia, e o corpo tinha a brancura de uma estátua.

Rob J. misturou 12 gramas de sal de cloreto de zinco em dois quartos de álcool e água. Amarrou a artéria da perna ferida para que o fluido não escapasse do corpo, depois abriu a artéria femoral da perna boa e injetou o líquido embalsamador com uma seringa.

O Sr. Walker não teve dificuldade em conseguir o caixão de zinco com o exército. Quis pagar o trabalho de Rob, mas o médico balançou a cabeça.

– Um pai ajudando outro – disse ele.

A chuva continuou. Uma chuva persistente. Na primeira pancada forte, alguns pequenos regatos subiram acima das margens e afogaram muitos homens gravemente feridos. Agora, estava mais fraca e Rob voltou ao campo de batalha e procurou homens feridos até o começo da noite. Então, parou, porque homens mais jovens e mais fortes apareceram com lampiões e tochas e porque ele estava exausto.

A Comissão Sanitária instalou uma cozinha no armazém perto do centro de Gettysburg e Rob J. foi até lá para tomar uma sopa com o primeiro pedaço de carne de boi que comia em meses. Tomou três tigelas de sopa e comeu seis fatias de pão branco.

Depois, entrou na igreja presbiteriana e caminhou entre os bancos, parando em cada leito improvisado para alguma ajuda simples – um pouco d'água, limpar o suor do rosto. Quando encontrava um confederado, perguntava.

– Filho, por acaso você conheceu no seu exército um homem de vinte e três anos, cabelos amarelos, de Holden's Crossing, Illinois, chamado Alex Cole?

Mas ninguém conhecia.

# 54

# ESCARAMUÇAS

Quando a chuva recomeçou, caindo como uma cortina pesada, o general Robert E. Lee reuniu seu exército ensanguentado e claudicou lentamente de volta a Maryland. Meade não precisava deixá-lo escapar. O exército do Potomac estava também bastante ferido, com mais de vinte e três mil baixas, incluindo os oito mil mortos ou desaparecidos, mas inebriado com a vitória e muito mais forte do que os homens de Lee, cuja marcha via-se dificultada e retardada pela fila de carroças com feridos, por uma extensão de 20 quilômetros. Porém, exatamente como Hooker tinha falhado na Virgínia, Meade falhou na Pensilvânia e não perseguiu os sulistas.

– Onde é que Lincoln arranja seus generais? – resmungou Symonds para Rob J.

Porém, se a demora frustrava os coronéis, os soldados estavam contentes por poder descansar e recuperar as forças, e talvez escrever para casa com a notícia extraordinária de que ainda estavam vivos.

Ordway encontrou Lewis Robinson em um dos hospitais-fazenda. O pé direito fora amputado dez centímetros acima do tornozelo. Ele estava magro e pálido, mas seu estado geral parecia bom. Rob J. examinou o local da amputação e disse a Robinson que estava cicatrizando bem e que o homem que tinha feito a operação conhecia bem seu trabalho. Evidentemente, Robinson estava satisfeito por estar fora da guerra. O alívio nos seus olhos era intenso, quase palpável. Rob J. pensou que Robinson seria ferido de qualquer modo porque ele pensava nessa possibilidade. Levou para ele o clarim sopranino, lápis e papel e teve certeza de que ele ia ficar bem, porque ninguém precisa de dois pés para compor música nem para tocar o clarim.

Ordway e Wilcox foram promovidos a sargento. Muitos homens foram promovidos. Symonds estava preenchendo os vazios com os sobreviventes, concedendo postos deixados livres pelos que tinham morrido. O Indiana 131º teve uma média de dezoito por cento de vítimas, o que era pouco comparado aos outros regimentos. Um regimento de Minnesota perdeu oitenta e seis por cento dos seus homens. Esse regimento e alguns outros desapareceram por completo. Symonds e seus oficiais passaram vários dias recrutando sobreviventes dos regimentos desaparecidos, com sucesso, aumentando o número de homens do 131º para 771. Um pouco embaraçado, o coronel disse a Rob J. que tinha encontrado um cirurgião para o regimento. O Dr. Gardner Coppersmith era capitão-médico de um dos regimentos da Pensilvânia desaparecidos e Symonds o atraiu com uma promoção. Formado por uma faculdade de medicina da Filadélfia, o Dr. Coppersmith tinha dois anos de experiência de combate.

– Se você não fosse um civil, eu o faria cirurgião do regimento agora mesmo, Dr. Cole – disse Symonds. – Mas o posto exige um oficial. Compreende que o major Coopersmith vai ser seu superior? Que ele vai dirigir tudo?

Rob J. garantiu que compreendia.


Para Rob J. era uma guerra complicada, num país complicado. Leu no jornal a notícia de uma manifestação de protesto contra o racismo em Nova York, por causa da lista de nomes dos primeiros convocados para o exército. Uma multidão de cinquenta mil pessoas, a maioria de trabalhadores irlandeses católicos, pôs fogo no centro de recrutamento, nos escritórios da *Tribune* de Nova York e num orfanato negro, felizmente vazio. Aparentemente culpando os negros pela guerra, eles saíram para as ruas, espancando e roubando todos os negros que encontravam, assassinando e linchando negros durante vários dias, antes de serem contidos pelo exército, recém-chegado da vitória sobre os sulistas, em Gettysburg.

A reportagem agrediu a mente de Rob J. Protestantes nascidos no país odiavam e oprimiam os católicos e imigrantes e os católicos e imigrantes desprezavam e assassinavam negros, como se cada grupo se alimentasse só de ódio, precisando devorar a medula dos mais fracos para sobreviver.

Quando estava se preparando para a cidadania, Rob J. estudou a Constituição e ficou maravilhado com o que ela determinava. Agora compreendia que o gênio dos que a tinham idealizado e escrito consistia na previsão das fraquezas de caráter dos homens e da contínua presença do mal no mundo, e por isso tinham procurado fazer da liberdade individual a realidade legal para onde o país teria de voltar constantemente.

O mistério que levava os homens a se odiarem o fascinava e ele observava Lennie Ordway atentamente, como se o sargento manco fosse um inseto no seu microscópio. Se Ordway não desse vazão ao seu ódio uma vez ou outra, como uma chaleira deixando escapar vapor, e se Rob J. não soubesse que um crime terrível e impune fora cometido há dez anos nos seus próprios bosques, em Illinois, ele acharia que Ordway era um dos homens mais agradáveis do regimento. Agora ele via o pequeno padioleiro crescer e desabrochar, provavelmente porque as experiências da guerra representavam o sucesso que jamais havia alcançado antes.

Uma aura de sucesso pairava sobre o regimento. A Banda do Regimento 131º, com muito garbo e entusiasmo, ia de hospital em hospital, dando concertos para os feridos. O novo tocador de tuba não era tão bom quanto Thad Bushman, mas os músicos tocavam com orgulho, porque tinham demonstrado seu valor na batalha.

— Passamos juntos pelo pior — anunciou Wilcox, solenemente certa noite, depois de beber demais, olhando para Rob. J. com ferocidade nos olhos vesgos. — Entramos nas mandíbulas da morte e saímos, e dançamos por todo o Vale das Sombras. Olhamos bem dentro dos olhos da terrível criatura. Ouvimos o grito dos rebeldes e gritamos em resposta.

Os homens tratavam uns aos outros com muito carinho. O sargento Ordway e o sargento Wilcox e até mesmo o desleixado cabo Perry eram homenageados porque conduziram seus companheiros músicos na tarefa de apanhar os soldados feridos sob o fogo cerrado e levá-los para lugar seguro. A história da maratona de dois dias de Rob J. com o bisturi era repetida em todas as barracas, e os homens sabiam que ele era o responsável pelo serviço de ambulância do regimento. Agora sorriam calorosamente para ele e ninguém mais falava nas privadas.

Essa nova popularidade o agradava extremamente. Um dos soldados da Companhia B, Segunda Brigada, um homem chamado Lyon, chegou até a levar um cavalo para ele.

— Encontrei o animal andando sem cavaleiro, no lado da estrada. Pensei logo no senhor, doutor — disse Lyon, entregando as rédeas para Rob.

Embora embaraçado, Rob ficou feliz com essa prova de afeição. Na verdade, o cavalo cor de barro não era grande coisa, magro e com as costas curvas. Provavelmente pertencia a um soldado rebelde ferido ou morto, porque tanto o animal quanto a sela manchada de sangue tinham gravada a marca CSA. A cabeça e a cauda pendiam sempre para baixo, os olhos eram opacos, e a crina e os pelos da cauda estavam cheios de carrapichos. Parecia um cavalo com vermes intestinais.

— Ora, soldado, ele é uma beleza! — disse Rob J. — Eu nem sei como agradecer.

— Acho que quarenta e dois dólares é um preço justo — disse Lyon.

Rob J. riu, mais divertido com sua própria carência de afeto do que com a situação. Depois de muita pechincha, ficou com o cavalo por 4,5 dólares e a promessa de que não ia acusar Lyon de saqueador de campo de batalha.

Rob alimentou bem o animal, tirou pacientemente os carrapichos da cauda e da crina, lavou o sangue da sela e passou óleo onde o couro da sela havia irritado as costas do cavalo, depois escovou o pelo escuro. Depois disso tudo, ele continuava a ser um cavalo de triste figura, por isso Rob J. o chamou de Pretty Boy, com esperança de que o nome desse a ele um pouco de prazer e autoestima.

Estava montado em Pretty Boy, quando o Indiana 131º marchou para fora da Pensilvânia, no dia 17 de agosto. A cabeça e a cauda de Pretty Boy continuavam caídas, mas ele se movia com o passo fácil e regular do animal acostumado a longas viagens. Se alguém no regimento não sabia ao certo para onde estavam indo, a dúvida desapareceu quando o chefe da banda, Warren Fitts, tocou o apito, ergueu o queixo e a banda começou a tocar "Maryland, my Maryland".

O 131º voltou a cruzar o Potomac seis semanas depois das tropas de Lee e um mês depois das primeiras unidades do exército da União. Eles pegaram o final do verão do Sul e o outono suave e sedutor só os alcançou quando já haviam entrado na Virgínia. Eram todos veteranos, formados em micuim e com batismo de fogo, mas quase toda a ação da guerra desenrolava-se agora no teatro do Oeste, e para o 131º Indiana, tudo parecia calmo. O exército de Lee seguiu pelo Vale do Shenandoah, onde os batedores da União o observaram e relataram que se encontravam em boas condições, exceto pela evidente falta de suprimentos, especialmente de sapatos decentes.

O céu da Virgínia estava escuro com as chuvas de outono quando entraram em Rappahannock e encontraram sinais de que os confederados tinham acampado ali há relativamente pouco tempo. Ignorando as objeções de Rob J., armaram suas barracas exatamente onde os rebeldes haviam acampado. O major Coppersmith era um médico educado e competente, mas achou que não precisavam se preocupar com um pouco de fezes e não obrigou ninguém a cavar fossas para as privadas. Sem se preocupar em ser delicado, informou Rob J. de que estava longe o tempo em que o cirurgião assistente podia determinar as providências de ordem médica do regimento. O major gostava de atender a fila de doentes sozinho, sem assistentes, exceto nos dias em que não se sentia bem, o que era raro. E ele disse que a não ser que tivessem outra batalha, igual à de Gettysburg, ele e um soldado podiam tratar dos curativos no posto médico.

Rob disse com um sorriso.

– O que sobra então para mim?

O major Coppersmith franziu a testa e alisou o bigode com o dedo indicador.

– Bem, eu gostaria que cuidasse dos padioleiros, Dr. Cole – disse ele.

Assim, Rob J. viu-se nas garras do monstro que havia criado, preso na teia tecida por ele próprio. Não tinha nenhuma vontade de se juntar aos padioleiros, mas uma vez que eles eram agora sua tarefa principal, parecia tolice pensar que ia simplesmente mandar os homens apanhar os feridos e ficar olhando o que acontecia com eles. Recrutou sua equipe particular de dois músicos – o novo tocador de tuba, Alan Johnson e um flautista chamado Lucius Wagner – para completar, requisitou o cabo Amasa Decker, o carteiro do regimento. As equipes de padioleiros revezavam-se nas saídas. Ele disse aos novos, como tinha dito aos cinco primeiros (um morto e o outro sem o pé), que apanhar feridos no campo de batalha não era mais perigoso do que qualquer outra coisa ligada à guerra. Garantiu a si mesmo que tudo ia dar certo e incluiu sua pequena equipe no rodízio.


O 131º primeiro e depois muitas unidades do exército do Potomac seguiram o rastro dos confederados ao longo do rio Rappahannock até seu maior tributário, o Rapidan, marchando ao lado das águas que refletiam o céu cinzento, dia após dia. Lee tinha a desvantagem do número de homens e da falta de suprimentos e mantinha-se à frente dos federais. As coisas continuavam nesse pé na Virgínia até que a guerra na frente do oeste começou a ir mal para a União. Os confederados do general Braxton Bragg infligiram uma terrível derrota às forças da União do general William S. Rosecrans em Chicamauga Creek, perto de Chatanooga, com mais de dezesseis mil baixas entre os federais. Lincoln convocou seu ministério para uma reunião de emergência e resolveram transferir as divisões do general Hooker, do exército do Potomac, para o Alabama, por estrada de ferro, para dar apoio a Rosecrans.

Com o exército de Meade privado de duas divisões, Lee parou de fugir. Dividiu seu exército em duas partes e tentou atacar os flancos de Meade, movendo-se para oeste e para o norte, na direção de Manassas e Washington. Assim começou a guerra de escaramuças.


Meade teve o cuidado de se manter entre Lee e Washington, e o exército da União recuava dois ou três quilômetros de cada vez, até chegar a 60 quilômetros do ataque dos sulistas, com escaramuças esporádicas.

Rob J. observou que cada um dos padioleiros encarava aquela tarefa de modo diferente. Wilcox ia para o homem ferido com obstinada determinação, ao passo que Ordway demonstrava uma bravura quase inconsciente, adiantando-se como um grande e rápido caranguejo, com seu andar claudicante, e carregando a vítima com cuidado, segurando a ponta da padiola bem alto e com mão firme, compensando com a força dos músculos do braço o defeito da perna. Rob J. teve várias semanas para pensar na sua primeira incursão, antes de chegar a sua vez. O problema era que tinha tanta imaginação quanto Robinson, talvez até mais. Era capaz de pensar em ser ferido das formas mais variadas e em circunstâncias as mais diversas. Na barraca, à luz do lampião, fez uma porção de desenhos no diário, mostrando a equipe de Wilcox correndo para os feridos, três homens inclinados para se proteger de uma rajada de balas, o quarto carregando a padiola na frente dele, enquanto corria, como um escudo precário. Desenhou Ordway voltando, carregando o canto traseiro direito da padiola, os outros três com os rostos tensos e olhos assustados e os lábios de Ordway recurvados num rito que era um misto de sorriso e de arreganho, um homem sem nenhum valor que, de repente, descobriu uma coisa que podia fazer bem. O que Ordway ia fazer, pensou Rob J., quando a guerra terminasse e ele não pudesse mais apanhar feridos sob o fogo do inimigo?

Rob J. desenhou a sua equipe. Ainda não tinham saído nem uma vez.

Saíram finalmente no dia 7 de novembro. O Indiana 131º foi enviado para a outra margem do Rappahannock, para perto de um lugar chamado Kelly's Ford. O regimento atravessou o rio no meio da manhã e logo foi detido por intenso fogo inimigo, e em dez minutos, os homens da ambulância foram avisados de que alguém estava ferido. Rob J. e seus três padioleiros seguiram para um campo de feno na margem do rio onde uma meia dúzia de homens, abrigados atrás de um muro de pedra coberto de hera, atirava na direção do bosque. Durante todo o tempo que levaram para chegar até o muro, Rob J. esperava o impacto de uma bala no seu corpo. O ar parecia espesso demais para passar por suas narinas. Era como se ele tivesse de forçar a passagem para os pulmões por meio da força bruta e suas pernas pareciam se movimentar lentamente.

O soldado fora ferido no ombro. A bala precisava ser retirada, mas não sob fogo. Rob J. retirou um curativo do seu *Mee-shome* e o prendeu com as ataduras sobre o ferimento, certificando-se de que a hemorragia estava sob controle. Então, puseram o soldado na padiola e começaram a voltar rapidamente. Rob J. tinha consciência do enorme alvo que eram suas costas carregando a parte de trás da padiola. Ouvia cada tiro e o som das balas que passavam assobiando através do mato alto, enfiando-se na terra com um baque surdo bem perto deles.

Amasa Decker rosnou, no outro lado da padiola.

– Você foi ferido? – perguntou Rob J., ansioso.

– Não.

Eles continuaram quase correndo com sua carga e depois de uma eternidade chegaram ao pequeno desfiladeiro onde o Dr. Coppersmith havia instalado o posto médico.

Depois de entregar o ferido para o cirurgião, os quatro padioleiros deitaram na relva macia como peixes recém-pescados.

— Aquelas *miniés* pareciam abelhas — disse Lucius Wagner.

— Pensei que a gente ia morrer — disse Amasa Decker. — O senhor não pensou, doutor?

— Eu estava com medo, mas achei que tinha alguma proteção — Rob J. mostrou o *Mee-shome* e disse que as tiras que o prendiam, os *izze*, o protegiam de balas, de acordo com a promessa dos sauks. Decker e Wagner ouviram muito sérios, Johnson com um leve sorriso.

Naquela tarde o tiroteio quase cessou. Os dois lados estavam empatados até o fim do dia, quando duas brigadas da União atravessaram o rio e passaram rapidamente pelo 131º no único ataque de baioneta que Rob presenciou durante toda a guerra. A infantaria do 131º calou baioneta e reforçou o ataque feroz e de surpresa. A União saiu vitoriosa e matou e capturou milhares de confederados. As perdas dos nortistas foram pequenas, mas Rob J. e seus padioleiros saíram mais umas seis vezes para apanhar feridos quase ao cair da noite. Os três soldados estavam convencidos de que o Dr. Cole e sua sacola de medicina Injun fazia deles um grupo de sorte, e quando voltaram a salvo pela sétima vez, Rob J. acreditava no poder do *Mee-shome* tanto quanto eles.

Naquela noite, na barraca, depois de tratar dos feridos, Gardner Coppersmith olhou para Rob com os olhos brilhantes.

— Um glorioso ataque de baioneta, não foi, Cole?

Rob J. pensou por um momento.

— Mais uma carnificina do que uma glória — disse ele, muito cansado.

O cirurgião do regimento olhou para ele com desprezo.

— Se pensa assim, por que diabo está aqui?

— Porque é aqui que estão os feridos — disse Rob J.

Porém, já pelo final do ano, ele estava resolvido a deixar o 131º Indiana. Era ali que estavam os feridos; ele procurou o exército para proporcionar bons cuidados médicos aos homens e o major Coppersmith não o deixava fazer isso. Percebeu que era um desperdício um cirurgião experiente fazer um pouco mais do que carregar padiolas e não fazia sentido um ateu viver como se estivesse procurando o martírio ou a santidade. Pretendia voltar para casa quando expirasse seu contrato, na primeira semana de 1864.

A véspera de Natal foi um dia estranho, triste e comovente. Foram realizados serviços religiosos na frente das barracas. De um lado do Rappahannock, os músicos do 131º Indiana tocavam o "Adeste Fidelis". Quando terminaram, uma banda dos confederados, na outra margem, tocou "God Rest Ye, Merry Gentlemen". A música flutuou sobre as águas escuras do rio e logo em seguida começaram a tocar "Silent Night". O chefe da banda,

Fitts, ergueu sua batuta e os músicos da União e os confederados tocaram juntos, os homens, nos dois lados do rio, cantando em coro. Podiam avistar as fogueiras do inimigo.

E foi na verdade uma noite silenciosa, sem nenhum tiroteio. Não tiveram o peru festivo do Natal para jantar mas o exército forneceu uma sopa muito aceitável com alguma coisa dentro que podia ser carne de boi, e cada soldado do regimento recebeu uma porção de uísque. Podia ter sido um erro, porque despertou a sede de muitos. Depois do concerto, Rob J. encontrou Wilcox e Ordway cambaleando, de volta da margem do rio onde tinham acabado com um garrafão de bebida. Wilcox segurava Ordway, mas não parecia mais sóbrio.

– Vá dormir, Abner – disse Rob J. – Eu levo este para a barraca.

Wilcox obedeceu e se afastou, mas Rob não fez o que tinha prometido. Levou Ordway para longe das barracas e o fez sentar encostado numa pedra.

– Lanny – disse ele –, Lan, garoto. Vamos conversar, só nós dois.

Ordway o examinou com os olhos semicerrados de bêbado.

– ... Feliz Natal, doutor.

– Feliz Natal, Lanny. Vamos falar sobre a Ordem da Bandeira de Estrelas e Listras – disse Rob J.

Assim, ele resolveu que o uísque era a chave de tudo que Lanning Ordway sabia.

No dia 3 de janeiro, quando o coronel Symonds chegou com outro contrato, Rob J. observava Ordway que estava arrumando a mochila com ataduras limpas e comprimidos de morfina. Rob J. hesitou apenas um momento, sem tirar os olhos de Ordway. Então assinou o contrato para mais três meses com o exército.

## 55

## "QUANDO FOI QUE VOCÊ CONHECEU ELLWOOD R. PATTERSON?"

Rob J. achou que fora muito sutil, muito discreto no interrogatório do embriagado Ordway, na véspera de Natal. O interrogatório continuou sua ideia do homem e da SOBEL.

Sentado, com as costas apoiadas no poste da barraca, e o diário sobre os joelhos dobrados, ele escreveu o seguinte:

Lanning Ordway começou a frequentar as reuniões do partido americano em Vincennes, Indiana, "cinco anos antes de ter idade para votar".

(Ele me perguntou onde eu tinha entrado para o partido e eu disse Boston.)

Foi levado à primeira reunião pelo pai, "porque ele queria que eu fosse um bom americano". O pai, Nathanael Ordway, trabalhava numa fábrica de vassouras. As reuniões se realizavam no segundo andar, em cima de uma taverna. Eles entravam pela porta da frente da taverna, saíam pelos fundos, subiam uma escada. Seu pai batia o sinal da porta. Ele lembra que o pai sempre ficava orgulhoso quando "o Guardião do Portão" (!) olhava pela portinhola e os deixava entrar "porque nós éramos boa gente".

Depois de um ano mais ou menos, quando o pai estava bêbado ou doente, Lanning às vezes ia sozinho às reuniões. Quando Nathanael Ordway morreu ("de bebida e pleurisia"), Lanning foi para Chicago trabalhar num bar ao lado do pátio da estrada de ferro, na rua Galena, onde um primo do seu pai vendia uísque. Ele limpava a sujeira dos bêbados, trocava a serragem do chão todas as manhãs, lavava os grandes espelhos, dava polimento ao corrimão de cobre – tudo que precisava ser feito no bar.

Era natural que ele procurasse uma filial dos Não Sabem de Nada em Chicago. Era o mesmo que fazer contato com a família, porque tinha mais em comum com o pessoal do partido americano do que com o primo do pai. O partido trabalhava para eleger somente homens públicos que dessem emprego aos nativos da América, em detrimento dos imigrantes. A despeito do seu defeito na perna (falando com ele e observando-o, concluí que ele nasceu com uma das cavidades ósseas do quadril muito rasa), os membros do partido começaram a chamá-lo quando precisavam de alguém bastante jovem para uma tarefa importante mas com idade suficiente para manter a boca fechada.

Foi com grande orgulho que, depois de uns dois anos, ao completar dezessete anos, foi admitido na Suprema Ordem da Bandeira de Estrelas e Listras. Deixou transparecer que ficou também esperançoso, porque achava que um pobre e aleijado jovem americano nato precisava estar ligado a uma organização poderosa para ser alguma coisa na vida, "pois os estrangeiros católicos romanos estão dispostos a tomar todos os empregos dos americanos para ganhar uma ninharia".

A ordem "fazia coisas que o partido não podia fazer". Quando perguntei a Ordway o que ele fazia para a ordem, ele respondeu: "Uma coisa e outra. Viajava, para lá e para cá."

Perguntei se alguma vez tinha conhecido um homem chamado Hank Cough e ele piscou os olhos. "É claro que conheço. E você também conhece esse homem? Imagine só! Sim. Hank!"

Perguntei onde Hank estava e ele olhou para mim, desconfiado.
— Ora, no exército.
Mas quando perguntei que trabalho eles tinham feito juntos, ele encostou o dedo indicador debaixo do olho e desceu com ele até a base do nariz. Levantou e foi embora, cambaleando. A entrevista terminou aí.


Na manhã seguinte, Ordway parecia não se lembrar do interrogatório e Rob J. teve o cuidado de ficar longe dele durante alguns dias. Na verdade, várias semanas se passaram antes que surgisse outra oportunidade, porque o suprimento de uísque do vendedor autorizado tinha acabado durante as festas e os comerciantes do Norte, que viajavam com as forças da União, não ousavam comprar uísque na Virgínia, temendo que estivesse envenenado.

Mas o cirurgião assistente tinha um estoque de uísque fornecido pelo governo para fins medicinais. Rob J. deu o garrafão para Wilcox, sabendo que ele o dividiria com Ordway. Naquela noite ele vigiou e esperou e quando finalmente os dois chegaram, Wilcox alegre, Ordway tristonho, Rob J. disse boa-noite para Wilcox e se encarregou de Ordway, como da outra vez. Foram para o mesmo lugar, entre as pedras, atrás das barracas.

— Muito bem, Lanny — disse Rob J. — Vamos ter outra conversa.
— Sobre o quê, doutor?
— Quando foi que você conheceu Ellwood Patterson?
Os olhos do homem eram dois alfinetes de gelo.
— Quem é você? — disse Ordway, completamente sóbrio.
Rob J. estava preparado para a dura verdade. Tinha esperado muito tempo.
— Quem você pensa que eu sou?
— Acho que é um maldito espião católico, fazendo todas essas perguntas.
— Tenho mais perguntas. Tenho perguntas sobre a mulher índia que vocês mataram.
— Que mulher índia? — perguntou Ordway, com horror genuíno.
— Quantas mulheres índias você matou? Sabe de onde eu sou, Lanny?
— De Boston — disse Ordway, carrancudo.
— Isso foi antes. Há anos eu moro em Illinois. Numa cidadezinha chamada Holden's Crossing.
Ordway olhou para ele e não disse nada.
— A mulher índia que foi morta, Lanny. Ela era minha amiga, trabalhava para mim. Seu nome era Makwa-ikwa, caso você não saiba ainda. Ela foi violentada e assassinada no meu bosque, na minha fazenda.
— A mulher índia? Meu Deus, fique longe de mim, seu miserável maluco. Não sei do que está falando. E vou avisar. Se for um homem esperto, se

sabe o que é bom para sua saúde e tudo o mais, seu espião filho da mãe, vai esquecer qualquer coisa que pensa que sabe sobre Ellwood Patterson – disse Ordway. Passou por Rob J. manquitolando, mas depressa, como se estivesse no fogo cerrado, e desapareceu na norte.

Rob J. disfarçadamente ficou de olho nele durante todo o dia seguinte. Viu quando ele treinou a equipe de padioleiros, quando inspecionou as mochilas, ouviu quando ele avisou que deviam ter muito cuidado no uso dos comprimidos de morfina até receberem mais, porque o estoque do regimento estava quase no fim. Lanning Ordway, Rob J. tinha de admitir, tinha se tornado um bom e eficiente sargento do Corpo de Ambulância.

De tarde, ele viu Ordway na barraca, trabalhando com lápis e papel. O trabalho escrito levou horas para ficar pronto.

Depois da descida da bandeira, Ordway levou o envelope fechado para a barraca do correio.

Rob J. esperou algum tempo e foi para a barraca do correio.

– Eu encontrei um vendedor esta manhã com queijo muito bom – disse para Amasa Decker. – Deixei um pedaço na sua barraca.

– Ora, doutor, é muita bondade sua – disse Decker, satisfeito.

– Preciso tratar bem meus padioleiros, não é mesmo? Acho melhor você ir comer o queijo antes que alguém o encontre. Fico tomando conta do correio para você.

Não precisou mais do que isso. Assim que Decker saiu apressadamente, Rob J. foi até a caixa de saída de correspondência. Em poucos minutos encontrou o envelope e o guardou no *Mee-shome*.

Só quando chegou à barraca tirou a carta da sacola e abriu. Era endereçada ao: Rev. David Goodnow, 237. Bridgeton Street, Chicago, Illinois.

Caro Sr. Goodnow, Lanning Ordway. Estou no Indiana 131º, o senhor sabe. Tem um homem aqui fazendo perguntas. Um dotô de nome Rob Col. Ele quer saber do Henry. Ele fala engraçado, eu estive vigiando ele. Ele quer saber do L. wood Padson. Disse pra mim que nós estupramos e matamos aquela mulher injun, aquela vez em Illinois. Posso tomar conta dele, de muitos jeitos. Mas eu uso minha cabeça e conto pro senhor descobrir como ele ficou sabendo de nós. Sou sargento. Quando a guerra acabar, vou trabalhar pra Ordem outra ves. Lanning Ordway.

## 56

## ATRAVESSANDO O RAPPAHANNOCK

Rob J. tinha perfeita consciência de que, no meio da guerra, com todo mundo armado, e com o assassinato em massa legalizado, havia muitos meios e muitas oportunidades para um matador experiente que estava resolvido a "tomar conta" dele.

Durante quatro dias ele procurou sempre saber o que estava acontecendo às suas costas, e por cinco noites dormiu levemente ou quase nada.

Ficava acordado, pensando em como Ordway ia acabar com ele. Resolveu que, se estivesse no lugar de Ordway e tivesse seu temperamento, esperaria que ambos estivessem procurando feridos durante uma barulhenta escaramuça, com muitos tiros. Por outro lado, não sabia se Ordway preferia a faca. Se Rob J. fosse encontrado esfaqueado, ou com a garganta cortada, depois de uma noite longa e escura, quando todos os sapadores pensavam que a menor sombra era um confederado infiltrado entre os soldados da União, ninguém ficaria surpreso nem se daria ao trabalho de investigar sua morte.

A situação mudou no dia 19 de janeiro, quando a Companhia B da Segunda Brigada foi enviada para a outra margem do Rappahannock para uma rápida inspeção, com ordem de voltar rapidamente. Mas as coisas não funcionaram assim. A pequena companhia de infantaria encontrou as posições reforçadas dos confederados onde não esperavam encontrar confederado nenhum e os homens da União ficaram encurralados num lugar desprotegido, sob o fogo cerrado do inimigo.

Era uma cópia da situação em que tinha ficado todo o regimento algumas semanas antes, mas agora, em vez de uns setecentos homens com baionetas caladas atravessando o rio para salvar a situação, não contaram com nenhum apoio do exército do Potomac. Os 107 homens ficaram onde estavam, o dia inteiro respondendo como podiam ao fogo do inimigo. Quando a noite chegou, fugiram e atravessaram o rio levando com eles quatro mortos e sete feridos.

O primeiro homem que levaram para o hospital foi Lanning Ordway.

Os homens da equipe de Ordway disseram que ele foi ferido um pouco antes do anoitecer. Ele acabava de enfiar a mão no bolso para apanhar os biscoitos enrolados em papel e um pedaço de carne de porco frita, quando duas balas *minié* o atingiram em rápida sucessão. Uma tirou um bom pedaço da parede do abdome, e um pedaço do intestino estava para fora. Rob J.

começou a empurrar o intestino para dentro, pensando em fechar o ferimento, mas percebeu várias outras coisas, rapidamente, e soube que não podia fazer nada para salvar a vida de Ordway.

O segundo ferimento perfurante tinha destruído uma boa parte dos órgãos internos. Rob J. sabia que, se abrisse a barriga, ia encontrar todo o sangue do corpo na cavidade abdominal. O rosto de Ordway estava branco como leite.

– Você quer alguma coisa, Lanny? – perguntou Rob J. gentilmente.

Os lábios de Ordway se moveram. Ergueu os olhos e a calma que o médico já vira antes nos olhos dos que iam morrer dizia que Ordway estava consciente.

– Água.

Era a pior coisa que se podia dar a um homem com um tiro na barriga, mas Rob J. sabia que ele ia morrer. Tirou dois comprimidos de ópio do *Mee-shome* e deu para Ordway com um longo gole de água. Quase imediatamente Ordway vomitou vermelho.

– Talvez você queira me dizer o que aconteceu exatamente com Makwa-ikwa naquele dia no bosque. Ou contar outra coisa, qualquer coisa.

– Vá... inferno – Ordway conseguiu dizer.

Rob não acreditava que pudesse ir para o inferno. Não acreditava que Ordway ou qualquer outra pessoa pudesse ir, mas não era hora para debate.

– Pensei que isso podia ajudar você agora. Se tiver alguma coisa pesando em sua mente.

Ordway fechou os olhos e Rob J. compreendeu que devia deixá-lo em paz.

Rob detestava perder alguém para a morte, mas detestou especialmente a perda daquele homem que ia matá-lo porque, arquivada na cabeça de Ordway, estava a informação que ele procurava há anos, e quando o cérebro do homem morresse, apagando como um lampião, a informação iria com ele.

Sabia também que, a despeito de tudo, algo dentro dele havia respondido ao jovem estranho e complicado apanhado na engrenagem do crime. Como teria sido conhecer Ordway nascido sem defeito, que tivesse estudado um pouco, que não tivesse passado fome e com uma herança diferente de um pai bêbado?

Rob J. sabia a futilidade desse exercício mental e quando olhou para a figura imóvel viu que Ordway estava além de qualquer consideração.

Durante algum tempo ele aplicou o cone de éter enquanto o Dr. Coppersmith retirava uma bala *minié*, com bastante habilidade, da parte mais carnuda da nádega de um garoto. Depois voltou para Ordway, amarrou o queixo dele, fechou as pálpebras com duas moedas e os homens o puseram no chão ao lado dos outros quatro trazidos pela Companhia B.

## 57

# O CÍRCULO SE FECHA

No dia 12 de fevereiro de 1864, Rob J. escreveu no diário.
    Dois rios de Illinois, o Mississípi e o Rock, deixaram marcas em minha vida e agora, na Virgínia, conheci muito bem outros dois rios desiguais, assistindo à carnificina nas margens do Rappahannock e do Rapidan. Tanto o exército do Potomac quanto o exército da Virgínia do Norte enviaram pequenos grupos de infantaria e de cavalaria ao outro lado do Rapidan para se defrontarem, durante todo o fim do inverno e o começo da primavera. Com a mesma calma com que eu atravessava o Rock, no passado, para visitar um vizinho doente ou fazer um parto de última hora, agora acompanho soldados na travessia do Rapidan em vários lugares, sentado na sela de Pretty Boy ou a pé, chapinhando na água nos baixios, ou ainda navegando nas águas profundas em botes ou balsas. Nesse inverno não houve grandes batalhas, daquelas que matam milhares, mas acabei me acostumando a ver dezenas de mortos, ou apenas um. Há algo de infinitamente trágico num único homem morto, mais do que num campo coberto de cadáveres. De certa forma aprendi a não ver os sãos e os mortos, apenas os feridos, entrando no campo de batalha para apanhar jovens tolos, quase sempre sob o fogo de outros jovens tolos...

Os soldados dos dois lados passaram a pregar na farda pedaços de papel com seus nomes e endereços, na esperança de que seus entes queridos fossem notificados em caso de morte. Rob J. e os três homens da sua equipe de padioleiros não se deram ao trabalho de fazer isso. Saíam agora sem pensar e sem sentir medo, porque Amasa Decker, Alan Johnson e Lucius Wagner estavam convencidos de que a medicina de Makwa-ikwa os estava protegendo de verdade e Rob J. deixou-se contagiar por tal crença. Era como se o *Mee-shome* criasse uma força que desviava todas as balas, tornando seus corpos invioláveis.
    Por vezes parecia que sempre tinham vivido na guerra, e que ela nunca mais ia acabar. Porém, Rob J. via as mudanças. Certo dia leu no *American* de Baltimore, todo rasgado, que todos os homens brancos do Sul entre dezessete e cinquenta anos tinham sido recrutados pelo exército confederado. Queria dizer que, a partir desse dia, um confederado morto ou ferido não

tinha quem o substituísse e que o exército ia ficar cada vez menor. Rob J. teve inúmeras oportunidades de ver os confederados mortos ou aprisionados com fardas rasgadas e botas em péssimo estado. Imaginava desesperadamente se Alex estaria vivo, alimentado, vestido e calçado. O coronel Symonds anunciou que muito em breve o 131º Indiana iria receber uma leva de carabinas Sharps equipadas com pentes de bala aperfeiçoados para tiro rápido. E isso era um resumo de para onde a guerra se encaminhava, com o Norte fabricando melhores canhões, armas, munições, navios, e o Sul com falta de recrutas para o exército e de tudo que pudesse ser feito em fábricas.

O problema era que os confederados não pareciam compreender que enfrentavam a realidade de uma enorme desvantagem industrial e, não compreendendo, continuavam a lutar com uma ferocidade que prometia fazer a guerra durar muito tempo ainda.

Certo dia, no fim de fevereiro, os quatro padioleiros foram chamados para socorrer o capitão Taney, comandante da Companhia A, da Primeira Brigada, que, deitado no chão, fumava estoicamente um charuto, com o osso da canela destruído por uma bala. Rob J. viu que não adiantava pôr uma tala pois várias partes da tíbia e do perônio estavam destruídas e a perna teria de ser amputada entre o tornozelo e o joelho. Quando se voltou para apanhar o curativo, seu *Mee-shome* não estava lá.

Com um aperto no estômago, lembrou-se exatamente de onde o havia deixado, na relva, do lado de fora da barraca hospital.

Os outros sabiam também.

Rob tirou o cinto de couro de Alan Johnson para fazer o torniquete, depois puseram o capitão na padiola e o levaram de volta, atordoados.

– Meu Deus do céu – disse Lucius Wagner. Ele sempre dizia isso com voz acusadora, quando estava com muito medo. Agora murmurou a frase várias vezes, até incomodar, mas ninguém o mandou calar a boca, todos muito ocupados em antecipar o impacto de uma bala nos próprios corpos, de repente despidos, desprovidos de mágica.

A volta foi mais lenta e mais apavorante do que a primeira vez. Houve disparos isolados mas nada aconteceu aos padioleiros. Finalmente estavam de volta ao hospital de campanha e, depois de entregarem o paciente ao Dr. Coppersmith, Amasa Decker apanhou o *Mee-shome* e o pôs nas mãos de Rob J.

– Ponha no ombro, depressa – disse ele. E Rob J. obedeceu.

Os três padioleiros conversaram em voz baixa, fracos ainda de alívio, e resolveram tomar a responsabilidade de providenciar para que o cirurgião assistente pusesse no ombro a sacola com a medicina, assim que levantasse da cama.

Dois dias depois, Rob J. ficou satisfeito por estar com o *Mee-shome* quando o 131º Indiana, a seiscentos metros do ponto em que o Rapidan encontrava o grande rio, saiu de uma curva da estrada e deu literalmente de cara com uma brigada de homens com fardas cinzentas.

Os dois lados começaram a atirar imediatamente, alguns de muito perto. O ar se encheu de pragas e gritos, dos estampidos dos mosquetes, dos berros dos feridos, e então as fileiras da frente se encontraram, num corpo a corpo, os oficiais brandindo as espadas ou atirando com pequenas armas, os soldados girando os rifles como bastões ou usando punhos, unhas e dentes, porque ninguém tinha tempo para recarregar as armas.

Num lado da estrada havia um bosque de carvalhos e no outro, um campo adubado que parecia macio como veludo, arado e pronto para a semeadura. Alguns homens, dos dois lados, refugiaram-se atrás das árvores, mas a maior parte se espalhou, maculando a perfeição do solo. As duas linhas em desordem começaram a trocar tiros.

Geralmente Rob ficava atrás quando havia escaramuças, esperando ser chamado para apanhar algum ferido, mas na confusão da briga foi parar bem no centro da desordem, esforçando-se para segurar seu cavalo. O animal se assustou, empinou e pareceu se dobrar debaixo dele. Rob J. conseguiu saltar para o lado quando o cavalo caiu de lado no chão e ficou se debatendo e esperneando. Rob viu um buraco sem sangue, do tamanho de uma moeda, no pescoço cor de lama de Pretty Boy, e os dois filetes vermelhos que escorriam das narinas cada vez que ele tentava respirar, escoiceando espasmodicamente na sua agonia.

Rob tinha na bolsa uma seringa com agulha e morfina, mas os opiatos estavam racionados e não podiam ser usados num cavalo. A uns dez metros estava o corpo de um tenente confederado. Rob foi até ele e tirou o revólver pesado e negro do coldre do jovem. Aproximou-se do feio cavalo, encostou o cano da arma sob a orelha do animal e puxou o gatilho.

Não dera nem meia dúzia de passos quando sentiu uma dor aguda na parte superior do braço esquerdo, como se tivesse sido picado por uma abelha. Deu mais três passos e, então, a terra adubada e escura pareceu se levantar para recebê-lo. Sua mente estava lúcida. Sabia que tinha desmaiado e que logo ia recuperar as forças, e ficou deitado, admirando com olhos de pintor o sol amarelo-escuro no céu incrivelmente azul, enquanto os sons à sua volta diminuíam como se tivessem estendido um cobertor sobre o resto do mundo. Por quanto tempo ficou deitado ali, Rob não sabia. Percebeu que estava perdendo sangue do ferimento no braço e estendeu a mão para apanhar uma compressa e estancar o sangue. Olhou para o lado e viu sangue no *Mee-shome*. Rob não resistiu à ironia e começou a rir do ateu que tentara transformar num deus uma sacola de pele de porco com duas alças de couro curtido.

Finalmente, lá estava a equipe de Wilcox. O sargento – feio como Pretty Boy, com os olhos vesgos cheios de afeto e preocupação – disse todas as coisas sem sentido que Rob J. costumava dizer aos pacientes, numa vã tentativa de confortá-los. Os sulistas, vendo que eram em menor número, já haviam recuado. Havia uma porção de homens e cavalos mortos, carroças destruídas e equipamento perdido, e Wilcox disse a Rob J., com uma cara muito triste, que o fazendeiro ia ter um trabalho dos diabos para arar de novo um campo tão bonito.

Rob sabia que tivera sorte, que o ferimento não era grave, mas era mais do que um arranhão. A bala não atingiu o osso, mas levou carne e músculo. Coppersmith suturou parcialmente o ferimento e fez um curativo cuidadoso, aparentemente com grande satisfação.

Rob J. e outros trinta e seis feridos foram levados para um hospital de setor em Fredericksburg, onde permaneceu por dez dias. O hospital estava instalado num armazém e não era tão limpo quanto devia, mas o oficial-médico encarregado, um major chamado Sparrow, que praticava medicina em Hartford, Connecticut, antes da guerra, era um homem decente. Rob J. lembrou-se da experiência do Dr. Milton Akersom com ácido clorídrico, em Illinois, e o Dr. Sparrow deixou que ele lavasse o ferimento com uma solução fraca do ácido, uma vez ou outra. O ácido clorídrico ardia, mas o ferimento começou a cicatrizar muito bem e sem infecção e eles acharam que talvez fosse bom experimentar em outros pacientes. Rob J. era capaz de flexionar os dedos e mover a mão esquerda, embora sentisse dor. Ele e o Dr. Sparrow concordaram que era muito cedo ainda para dizer o quanto ele ia recuperar da força e do uso do braço.

O coronel Symonds foi visitá-lo quando Rob estava há uma semana no hospital.

– Vá para casa, Dr. Cole. Quando ficar bom, se quiser voltar, será bem-vindo – disse ele, mas ambos sabiam que ele não voltaria. Symonds, agradeceu um pouco constrangido. – Se eu sobreviver, e se algum dia você passar por Fort Wayne, Indiana, vá me visitar na Fábrica Symonds, vamos comer muita comida boa e beber bastante e conversar sobre os velhos tempos.
– Trocaram um forte aperto de mão e o coronel foi embora.

Rob J. levou três dias e meio para chegar em casa, viajando por cinco diferentes companhias de estrada de ferro, começando com a Baltimore &

Ohio Railway. Todos os trens estavam atrasados, sujos e cheios de passageiros de todos os tipos. Rob estava com o braço na tipoia, mas ele era apenas outro civil de meia-idade e várias vezes viajou de pé, no meio do vagão balouçante, por mais de oitenta quilômetros. Em Canton, Ohio, esperou meio dia para fazer a baldeação e depois sentou-se ao lado de um caixeiro-viajante, chamado Harrison, que trabalhava para uma grande firma que vendia pó de tinta para o exército. O homem contou que várias vezes chegara a ouvir os tiros das batalhas. O homem era uma fonte inesgotável de histórias improváveis, condimentadas com os nomes de militares e políticos importantes, mas Rob J. não se importou, pois as histórias faziam a viagem passar mais depressa.

A água acabou nos vagões quentes e lotados. Como os outros, Rob J. tomou o que tinha no cantil, e depois aguentou a sede. Finalmente o trem parou numa estação próxima de um acampamento do exército, fora da cidade de Marion, Ohio, para reabastecer de combustível e apanhar água num regato. Os passageiros desceram para encher as garrafas e outras vasilhas.

Rob desceu também, mas quando ajoelhou para encher o cantil, alguma coisa chamou sua atenção no outro lado do regato e, enojado, reconheceu logo o que era. Aproximou-se para certificar-se de que alguém havia jogado curativos usados, ataduras cheias de sangue e todo tipo de lixo de hospital na água limpa do regato. Andou pela margem e descobriu outros depósitos de lixo. Pôs a tampa no cantil e aconselhou os outros passageiros a fazer o mesmo.

O condutor disse que iam encontrar água limpa em Lima, um pouco adiante, e Rob voltou para seu lugar. Quando o trem partiu, ele estava dormindo.

Ao acordar, soube que já tinham passado por Lima.

– Eu queria apanhar água – disse ele, irritado.

– Não se preocupe – disse Harrison. – Tenho bastante agora – e passou a garrafa. Rob bebeu avidamente, agradecido.

– Tinha muita gente esperando pela água, em Lima? – perguntou, devolvendo a garrafa.

– Oh, eu não apanhei em Lima. Eu enchi a garrafa em Marion, quando paramos para reabastecer – disse o caixeiro-viajante.

O homem empalideceu quando Rob contou o que tinha visto no regato em Marion.

– Então vamos ficar doentes?

– Não sei. – Certa ocasião, próximo a Gettysburg, ele vira uma companhia inteira beber durante quatro dias água de um poço onde, depois, descobriram os corpos de dois confederados. Não houve grandes consequências ou

desconforto. Deu de ombros. – Eu não ficaria surpreso se nós dois tivéssemos diarreia e febre dentro de alguns dias.
– Não podemos tomar nada?
– Uísque poderia ajudar, se tivéssemos algum.
– Deixa comigo – disse Harrison e saiu apressadamente à procura do condutor. Voltou, sem dúvida com a carteira mais leve e com uma garrafa com mais da metade de uísque. Depois de experimentar, Rob J. disse que a bebida era bastante forte para fazer o trabalho. Quando se despediram, meio tontos, em South Bend, Indiana, cada um estava convencido de que o outro era um bom homem e trocaram um caloroso aperto de mãos. Rob estava em Gary quando lembrou-se de que não sabia o primeiro nome de Harrison.

Ele chegou a Rock Island no frescor do nascer do dia, com o vento soprando do rio. Desceu do trem e caminhou pela cidade, carregando a mala na mão boa. Pretendia alugar um cavalo e uma charrete, mas encontrou George Cliburne na rua e o comerciante de rações apertou demoradamente a sua mão, bateu nas costas e insistiu em levá-lo a Holden's Crossing na sua charrete.

Quando Rob J. passou pela porta da casa da fazenda, Sarah estava sentando para seu café de ovos e biscoito da véspera, e olhou para ele, sem dizer uma palavra, e começou a chorar. Apenas se abraçaram por um longo tempo.
– Você está muito ferido?
Ele garantiu que não estava.
– Você está magro. – Disse que ia preparar o café para ele, mas Rob preferiu comer mais tarde. Começou a beijá-la com a urgência de um garoto. Queria fazer amor na mesa ou no chão da cozinha, mas Sarah disse que estava mais do que na hora dele voltar para a cama e Rob subiu a escada, muito junto dela. No quarto, Sarah o fez esperar até tirarem toda a roupa.
– Preciso de um bom banho – disse ele, nervosamente, mas ela murmurou que ele podia também tomar banho mais tarde. Todos os anos, toda a fadiga, toda a dor do ferimento deixaram seu corpo junto com a roupa. Beijaram-se e se exploraram mutuamente com mais avidez do que no celeiro do fazendeiro depois do casamento no Grande Despertar, porque agora sabiam o que tinham perdido. A mão boa a encontrou e os dedos falaram. Depois de algum tempo, as pernas dela não podiam mais aguentar o peso do corpo e Rob fez uma careta de dor quando Sarah deitou sobre ele. Ela olhou para o ferimento sem empalidecer, mas o ajudou a pôr o braço na

tipoia outra vez e o fez ficar deitado enquanto ela se encarregava de tudo e, quando fizeram amor, Rob J. gritou alto várias vezes, de dor no braço.

Era uma alegria, não só voltar para a mulher, como também ir ao celeiro para dar maçãs secas aos cavalos, ver que lembravam dele e, depois, encontrar Alden, que estava consertando cercas, e ver a tremenda alegria no rosto do homem. Era uma alegria caminhar pelo Caminho Curto, atravessando o bosque até o rio, e parar para tirar o mato da sepultura de Makwa e sentar encostado no tronco de uma árvore perto de onde ficava antes o *hedonoso-te* e ver a água tranquila deslizar à sua frente, sem ninguém aparecer na outra margem, para atirar nele, gritando como um animal.

No fim do dia, ele e Sarah foram, pelo Caminho Longo, até a casa dos Geiger. Lillian também chorou quando o viu e o beijou na boca. Jason estava vivo e bem na última vez que tivera notícias, disse ela, e era diretor de um grande hospital no rio James.

– Eu estive muito perto dele – disse Rob J. – A umas duas horas de distância.

Lillian fez um gesto afirmativo.

– Se Deus quiser, logo ele estará em casa também – disse ela secamente, sem tirar os olhos do braço de Rob J.

Sarah não quis ficar para o jantar. Queria Rob só para ela.

Conseguiu isso durante dois dias, porque na manhã do terceiro todos sabiam que Rob estava de volta e as pessoas começaram a aparecer, algumas só para dar as boas-vindas, mas muitas mais para levar a conversa para uma bolha na perna, uma tosse forte ou uma dor no estômago que não queria ir embora. No terceiro dia Sarah entregou os pontos. Alden arreou Boss e Rob J. visitou uma meia dúzia de casas, para ver antigos pacientes.

Tobias Barr ia quase todas as quartas-feiras a Holden's Crossing para atender os doentes no dispensário, mas as pessoas só o consultavam em último caso. Por isso Rob J. encontrou os mesmos problemas de quando chegou pela primeira vez à cidade. Hérnias não tratadas, dentes estragados, tosses crônicas. Quando visitou os Schroeder, disse que estava aliviado por ver que Gustav não tinha perdido mais nenhum dedo em acidentes na fazenda, o que era verdade, embora ele tivesse falado em tom de brincadeira. Alma serviu café de chicória e *mandelbrot* e o pôs em dia com as fofocas locais, algumas das quais o entristeceram. Hans Greber tinha caído morto no seu campo de trigo, em agosto.

– O coração, eu acho – disse Gus.

E Suzy Gilbert, que sempre insistia para Rob comer suas pesadas panquecas de batata, tinha morrido de parto há um mês.

Havia gente nova na cidade, famílias de New England e do Estado de Nova York. E três famílias católicas, há pouco chegadas da Irlanda.

– Não sabem nem falar *der langvich* – disse Gus e Rob teve de rir.

À tarde, ele foi ao Convento de São Francisco Xavier de Assis e passou pelo que agora era um respeitável rebanho de cabras.

Miriam, a Feroz, o recebeu com um largo sorriso. Rob sentou-se na poltrona do bispo e contou tudo o que havia acontecido com ele. Ela ouviu com grande interesse a história de Ordway e da carta para o reverendo David Goodnow, de Chicago.

Pediu permissão para copiar o nome e o endereço de Goodnow.

– Certas pessoas estão ansiosas por essa informação – disse ela.

Então ela falou do seu mundo. O convento prosperava. Tinha quatro novas freiras e duas noviças. Agora as pessoas iam ao convento para a missa de domingo. Se os fazendeiros continuarem a vir, logo teremos uma igreja católica.

Rob achou que ela esperava sua visita, porque logo depois da sua chegada, a irmã Mary Peter Celestine serviu um prato de biscoitos saídos do forno e um bom queijo de leite de cabra. E café de verdade, o primeiro que ele tomava em mais de um ano, com leite de cabra cremoso.

– Festas de boas-vindas, reverenda madre?

– É bom tê-lo de volta ao lar – disse ela.


A cada dia Rob sentia-se mais forte. Não exagerou. Dormia até tarde, alimentava-se bem, passeava pela fazenda com prazer. Visitava alguns pacientes todas as tardes.

Mesmo assim, precisava se acostumar novamente à boa vida. No sétimo dia da sua chegada, sentiu dores nas pernas, nos braços e nas costas. Rob J. riu e disse a Sarah que não estava mais acostumado a dormir numa cama.

Estava na cama no começo do dia quando sentiu um mal-estar no estômago, mas procurou ignorar, porque não queria se levantar ainda. Finalmente foi obrigado a sair da cama e no meio da escada ele curvou o corpo e correu. Sarah acordou.

Rob J. não chegou a tempo na privada. Saiu do caminho, agachou entre os arbustos, como um soldado bêbado, rosnando e soluçando de dor, com impressão de que seu intestino estava explodindo.

Sarah saiu de casa, e Rob não queria que ela o visse naquele estado.

– O que foi? – perguntou ela.

– A água... do trem – disse Rob, com voz fraca.

Rob teve mais três acessos de diarreia durante a noite De manhã já tinha tomado óleo de rícino para limpar a doença do organismo e, à noitinha, vendo que a doença estava ainda nele, tomou sais de Epsom. No dia seguinte estava ardendo em febre e com uma terrível dor de cabeça. Então, Rob soube qual era sua doença, mesmo antes de Sarah tirar sua roupa para o banho e descobrirem as manchas vermelhas no abdome.

Quando Rob disse o que era, Sarah falou com voz firme:

– Muito bem, nós tratamos de muita gente com tifo e todos se salvaram. Diga qual é a dieta.

Só de pensar em comida ficava nauseado, mas ele disse:

– Caldos leves de carne, com legumes, se puder conseguir algum. Sucos de frutas. Mas nesta época do ano...

Tinham ainda algumas maçãs num barril, no porão, disse ela, e Alden podia amassá-las para fazer suco.

Sarah manteve-se ocupada, para não pensar, mas depois de vinte e quatro horas reconheceu que precisava de ajuda, porque tinha dormido muito pouco, cuidando das comadres, mudando a todo momento a roupa dele e os lençóis da cama e fervendo a roupa suja. Mandou Alden ao convento católico pedir a ajuda das freiras enfermeiras. Duas chegaram – tinha ouvido dizer que sempre trabalhavam aos pares –, uma jovem com cara de bebê, chamada irmã Mary Benedicta, e a outra mais velha, alta e nariguda, que disse se chamar madre Miriam Ferocia. Rob J. abriu os olhos, viu as freiras e sorriu, e Sarah foi para o quarto dos filhos e dormiu durante seis horas.

O quarto do doente estava sempre limpo e cheiroso. As freiras eram boas enfermeiras. Depois de três dias, a temperatura de Rob caiu. A princípio, as três mulheres ficaram satisfeitas, mas foi a mais velha quem mostrou a Sarah as fezes sanguinolentas e ela mandou Alden a Rock Island para chamar o Dr. Barr.

Quando o Dr. Barr chegou, as fezes eram quase só sangue e Rob J. estava muito pálido. Fazia oito dias que a doença tinha se manifestado.

– A doença evoluiu muito rapidamente – o Dr. Barr disse para ele, como se estivessem numa reunião da Sociedade de Medicina.

– Isso acontece às vezes – respondeu Rob J.

– Talvez quinino ou calomelano? – perguntou o Dr. Barr. – Muitos acreditam que é uma forma de malária.

Rob J. disse que o quinino e calomelano não adiantavam.

– Tifo não é malária – disse ele, com esforço.

Tobias Barr não tinha trabalhado em anatomia tanto quanto Rob J., mas ambos sabiam que hemorragia grave significava que os intestinos estavam completamente perfurados pelo tifo, e as úlceras tendiam a ficar mais pronunciadas, e não menores. Não seria preciso haver muitas hemorragias mais.

– Posso deixar um pouco de pó de Dover – disse o Dr. Barr.

O pó de Dover era uma mistura de ipecacuanha e ópio. Rob J. balançou a cabeça e o Dr. Barr compreendeu que ele queria ficar consciente o maior tempo possível, no seu quarto, na sua casa.

Era mais fácil para o Dr. Barr quando o paciente não sabia nada sobre a doença e ele podia deixar esperança num vidro de remédio, com instruções sobre o modo de tomar. Pôs a mão no ombro de Rob J. e a deixou ali por um momento.

– Eu volto amanhã – disse ele, com o rosto inexpressivo. Passara por isso tantas vezes! Mas os olhos estavam pesados de pena.

– Não podemos ajudá-la de nenhum outro modo? – Madre Miriam Ferocia perguntou a Sarah. Sarah disse que era batista, mas as três mulheres ajoelharam por algum tempo no corredor e rezaram juntas. Naquela noite, Sarah agradeceu às freiras e as mandou embora.

Rob J. descansou tranquilamente até pouco antes da meia-noite, quando teve um pequeno fluxo sanguíneo. Ele tinha proibido Sarah de levar o pastor para visitá-lo, mas ela perguntou outra vez se ele gostaria de falar com o reverendo Blackmer.

– Não. Posso fazer isso tão bem quanto Ordway – disse Rob J.

– Quem é Ordway? – Sarah perguntou, mas ele parecia cansado demais para responder.

Ela sentou-se ao lado da cama. Rob segurou a mão dela e os dois cochilaram. Um pouco antes das duas horas da manhã, Sarah acordou e imediatamente sentiu o frio da mão do marido.

Sarah ficou sentada perto dele por algum tempo. Depois, com esforço, levantou da cadeira. Aumentou a luz dos lampiões e depois o lavou pela última vez, limpando com água a última hemorragia que levara sua vida. Fez a barba do marido e fez tudo que o vira fazer para os outros durante tantos anos. Depois o vestiu com o melhor terno. Agora estava largo, mas ela sabia que não tinha mais importância.

Como uma boa mulher de médico, apanhou as roupas de cama sujas demais para serem fervidas, e fez uma trouxa para queimar. Depois, aqueceu água e preparou um banho. Sarah esfregou muito bem todo seu corpo com sabão escuro, chorando o tempo todo. Quando o dia nasceu, ela estava vestida com sua melhor roupa e sentada numa cadeira ao lado da porta da cozinha. Assim que ouviu Alden abrir a porta do celeiro, foi até ele e contou que seu marido estava morto e deu a ele a mensagem para levar ao escritório do telégrafo, pedindo ao filho que voltasse para casa.

Parte 6

# O MÉDICO RURAL

*2 de maio, 1864*

# 58
# CONSELHEIROS

Xamã acordou dominado por duas emoções contraditórias: o fluxo total e envolvente da realidade da morte do pai e a sensação de segurança e tranquilidade do lar, como se o objetivo de seu corpo e de sua mente sempre tivesse sido aquele lugar e agora se encaixavam nele natural e facilmente. A vibração da casa anunciando os ventos bruscos da planície era uma sensação que ele conhecia, a carícia do travesseiro e dos lençóis na pele, o aroma do café da manhã que subia a escada, chamando-o para baixo, até o brilho familiar do sol quente e amarelo no orvalho da relva dos fundos da casa. Quando saiu do banheiro, sentiu-se tentado pela trilha que levava ao rio, mas só dentro de algumas semanas a água estaria com temperatura boa para nadar.

Voltou para casa e encontrou Alden, que saía do celeiro.
– Quanto tempo vai ficar, Xamã?
– Não sei ainda, Alden.
– Bem, o negócio é o seguinte. Tem uma porção de cercas vivas para plantar nas pastagens. Penfield já arou as faixas de terra, mas tudo isso que aconteceu atrasou nosso trabalho com as crias da primavera e outras coisas. Você bem que podia me ajudar a plantar as laranjas osage. Não vai precisar de mais de quatro dias.

Xamã balançou a cabeça.
– Não, Alden. Não posso.

Vendo a expressão de desaponto no rosto de Alden, Xamã sentiu uma ponta de culpa, mas preferiu não dar mais explicações. Alden o via ainda como filho mais novo do patrão, ao qual podia dar ordens, o menino surdo que não era tão bom no trabalho da fazenda quanto Alex. A recusa constituía uma mudança no relacionamento entre os dois, e Xamã tentou amenizar o fato.

– Talvez eu possa ajudar na fazenda por uns dois dias. Mas, se não puder, você e Doug terão de se arranjar sozinhos – disse ele e Alden voltou para o celeiro com a cara fechada.

Xamã e a mãe trocaram sorrisos discretos quando ele sentou para o café.

Tinham aprendido a falar sobre coisas sem importância. Era mais seguro. Xamã elogiou a salsicha da fazenda e os ovos, preparados com perfeição, um café da manhã que ele não via desde que saíra de casa.

Sarah disse que tinha visto três garças no dia anterior quando ia para a cidade.

– Acho que este ano elas estão mais numerosas do que nunca, talvez fugindo de outros lugares, assustadas pela guerra – disse Sarah.

Na noite anterior Xamã ficara acordado até tarde, lendo o diário do pai. Gostaria de perguntar uma porção de coisas a ela, mas infelizmente não podia.

Depois do café, Xamã leu os relatórios do pai sobre os pacientes. Ninguém mantinha um fichário tão minucioso quanto Robert Judson Cole. Exausto ou não, seu pai sempre completava seus relatórios antes de ir para a cama e agora Xamã podia fazer uma lista cuidadosa de todas as pessoas que o pai havia tratado nos poucos dias depois da sua volta.

Perguntou à mãe se podia usar Boss e a charrete.

– Quero visitar as pessoas que papai atendeu. O tifo é uma doença muito contagiosa.

Sarah fez um gesto afirmativo.

– É uma boa ideia levar a charrete. E seu almoço? – perguntou ela.

– Vou embrulhar alguns dos seus biscoitos e levar no bolso.

– Ele sempre fazia isso – disse Sarah, em voz baixa.

– Sim, eu sei.

– Vou preparar um lanche.

– Se quiser fazer isso, mamãe, será ótimo.

Xamã beijou a testa da mãe. Sarah não disse nada e apertou com força as mãos do filho. Quando finalmente as soltou, Xamã mais uma vez sentiu-se maravilhado com a beleza dela.

Sua primeira parada foi na fazenda de William Bemis, que tinha machucado as costas quando fazia o parto de um novilho. Bemis estava mancando e com um pequeno torcicolo, mas disse que estava melhor.

– Mas o linimento fedido que seu pai me deixou está quase no fim.

– Tem tido febre, Sr. Bemis?

– Diabo, não. Só dor nas costas. Por que ia ter febre? – Olhou para Xamã com a testa franzida. – Vai me cobrar esta visita? Eu não chamei médico nenhum.

– Não, senhor, não vou cobrar nada. Fico satisfeito por ver que está melhor – disse Xamã, e deixou mais um pouco do linimento receitado pelo pai.

Procurou visitar pessoas que, ele sabia, Rob J. teria visitado apenas para rever velhos amigos. Chegou à fazenda dos Schroeder um pouco depois do meio-dia.

– Bem na hora do almoço – disse Alma, alegremente, franzindo os lábios com desprezo quando ele disse que tinha levado um lanche.

– Muito bem, pois então traga seu lanche, e coma enquanto almoçamos – disse ela, e Xamã obedeceu, satisfeito com a companhia.

Sarah tinha preparado carne de carneiro fria, em fatias, uma batata-doce assada e três biscoitos com mel. Alma serviu codorna frita e tortinhas de pêssego.

– Não vai deixar passar estas tortinhas que eu fiz com minhas últimas conservas – disse ela, e Xamã comeu duas e um pouco de codorna.

– Seu pai nunca trazia lanche quando vinha à minha casa na hora do almoço – disse ela, olhando para ele. – Vai ficar em Holden's Crossing agora, tratando da gente?

Xamã hesitou. Era uma pergunta natural, a pergunta que devia ter feito a si mesmo, a pergunta que estava evitando.

– Bem, Alma... ainda não pensei nisso – disse, com voz incerta.

Gus Schroeder inclinou-se para a frente e murmurou, como quem revela um segredo.

– Então por que não pensa agora?

No meio da tarde, Xamã estava na casa dos Snow. Edwin Snow cultivava trigo na parte norte do município, o mais distante possível da fazenda dos Cole, sem sair de Holden's Crossing. Era uma das pessoas que tinham chamado o Dr. Cole logo que souberam da sua volta, pois estava com um dedo do pé inflamado. Xamã o encontrou andando, sem mancar nem um pouco.

– Oh, o pé está ótimo – disse ele, alegremente. – Seu pai mandou Tilda segurar minha perna e abriu-a no lugar inflamado com a mão boa, firme como uma rocha. Eu mergulhei o pé nos sais, como ele mandou, para tirar a inflamação. Mas hoje aconteceu uma coisa estranha. Tilda não está muito bem.

A Sra. Snow estava alimentando as galinhas e parecia não ter forças nem para jogar um punhado de milho. Era uma mulher grande e gorda. Seu rosto estava corado e ela admitiu que se sentia "um pouco quente". Xamã percebeu imediatamente que ela estava com febre alta e viu o alívio da mulher quando a mandou para a cama, apesar dos protestos, dizendo que não era preciso.

Ela disse que há mais ou menos dois dias estava com uma dor surda nas costas e completamente sem apetite.

Xamã ficou preocupado, mas procurou se manter calmo. Disse a ela para descansar um pouco, que o Sr. Snow cuidaria das galinhas e dos outros animais. Deixou um vidro de tônico e disse que voltaria no dia seguinte. Snow insistiu em pagar, mas Xamã recusou com firmeza.

— Não me deve nada. Não é como se eu fosse o seu médico. Estou só de passagem – disse ele, pensando que não ia aceitar pagamento para tratar de uma doença talvez contraída do seu pai.

Sua última parada do dia foi no Convento de São Francisco Xavier de Assis.

A madre Miriam o recebeu com alegria genuína. Quando o convidou a sentar, Xamã foi direto para a cadeira de espaldar reto, a que tinha ocupado na sua primeira visita ao convento, com o pai.

— Então – disse ela. – Está revisitando seu antigo lar?

— Estou fazendo mais do que isso hoje. Estou verificando se meu pai contagiou alguém em Holden's Crossing. A senhora ou a irmã Benedicta apresentaram algum sintoma?

Madre Miriam balançou a cabeça.

— Não. Nem espero que isso aconteça. Estamos acostumadas a cuidar de todos os tipos de doenças, e seu pai também estava. Provavelmente você agora também está. *Ja?*

— Sim, acho que estou.

— Acredito que o Senhor protege pessoas como nós.

Xamã sorriu.

— Espero que tenha razão.

— Tratou muitos casos de tifo no seu hospital?

— Sim, muitos. Temos uma área de isolamento para as doenças contagiosas, um prédio separado, longe dos outros.

— *Ja*, é uma boa medida – disse ela. – Fale do seu hospital.

Então ele falou sobre o Southwestern Ohio Hospital, começando pela equipe de enfermagem, porque interessava mais a ela, depois descreveu a equipe médica e cirúrgica e de patologia. Madre Miriam fez perguntas inteligentes que o estimularam a falar mais. Contou o seu trabalho na cirurgia com o Dr. Berwyn e na patologia, com o Dr. Barney McGowan.

— Então você tem um bom conhecimento e bastante experiência. E agora? Vai ficar em Cincinnati?

Xamã contou então a pergunta de Alma Schroeder, dizendo que não estava preparado para dar a resposta.

Madre Miriam o observou com interesse.

— E por que acha difícil responder?

— Quando eu morava aqui, sempre me senti incompleto, um garoto surdo entre pessoas que podiam ouvir. Eu amava e admirava meu pai e queria ser igual a ele. Queria ser médico, e para isso trabalhei e lutei, embora todos, inclusive meu pai, dissessem que era impossível. Meu sonho sempre foi ser médico. Agora, consegui chegar muito além do fim do sonho. Não sou mais incompleto, e estou de volta ao lugar que eu amo. Para mim, este lugar sempre pertencerá ao verdadeiro médico, meu pai.

Madre Miriam assentiu com um gesto.

– Mas ele se foi, Xamã.

Xamã ficou calado. Sentia o coração batendo forte no peito, como se só agora estivesse recebendo a notícia da morte do pai.

– Quero que faça uma coisa para mim – disse ela, apontando para a poltrona de couro. – Sente ali, onde ele sempre sentava.

Com relutância, com o corpo rígido, ele se levantou da cadeira e sentou na poltrona. Depois de um momento, madre Miriam disse:

– Não é tão desconfortável, eu acho?

– É bastante confortável – respondeu Xamã, com voz firme.

– E você fica muito bem nela. – Com um leve sorriso, madre Miriam disse quase a mesma coisa que Gus Schoeder. Precisa pensar nisso.


A caminho de casa, parou na casa de Howard e comprou um garrafão de uísque.

– Sinto muito sobre seu pai – murmurou Julian Howard, constrangido, e Xamã inclinou a cabeça, num gesto de assentimento, sabendo que o pai e Howard não eram amigos. Mollie Howard disse que achava que Mal e Alex tinham conseguido entrar para o exército confederado porque não tinha nenhuma notícia do filho, desde que eles partiram.

– Acho que se estivessem em algum lugar, deste lado da linha de combate, um ou outro teria mandado notícias – disse ela, e Xamã disse que ela devia estar certa.

Depois do jantar, ele levou o garrafão para a casa de Alden, uma oferta de paz. Chegou até a pôr um pouco num copo de geleia para acompanhá-lo, sabendo que Alden não gostava de beber sozinho na frente de outras pessoas. Depois que Alden tomou várias doses, Xamã começou a falar sobre a fazenda.

– Por que você e Doug Penfield estão tendo tanta dificuldade em manter o trabalho em dia, este ano?

As palavras jorraram imediatamente.

– É o resultado do que vem acontecendo há muitos anos. Raramente vendemos um animal, a não ser uma ou duas crias da primavera, para o almoço de Páscoa de um vizinho. Assim, o rebanho cresce a cada ano e temos mais animais para tratar, tosquiar e temos de preparar e cercar mais pastagens. Antes de seu pai ir para o exército, eu tentei fazer com que ele compreendesse isso, mas nunca consegui.

– Muito bem, vamos falar do assunto agora, então. Qual é o preço do quilo de lã tosquiada? – perguntou Xamã, tirando do bolso um livro de notas e um lápis.

Durante quase uma hora falaram sobre qualidade de peles e preços, como seria o mercado depois da guerra, calcularam a área que precisavam por cabeça, dias de trabalho, e custo por dia. Quando terminaram, o livro de Xamã estava cheio de anotações.

Alden não estava mais zangado.

– Agora, se me disser que Alex vai voltar logo, a coisa muda, porque aquele menino é um bom trabalhador. Mas a verdade é que ele pode estar morto em algum lugar naquela região quente, e você sabe que tenho razão, Xamã.

– Sim, é verdade. Mas, enquanto não ouvir nada diferente, continuo a pensar que ele está vivo.

– Bem, meu Deus, é claro. Mas acho melhor não contar com ele quando fizer seus planos.

Xamã levantou-se com um suspiro.

– Vamos fazer uma coisa, Alden. Amanhã à tarde tenho de fazer algumas visitas, mas vou passar a manhã plantando a cerca viva dos pastos.


Bem cedo na manhã seguinte ele estava no pasto, com roupa de trabalho. Era um bom dia para estar fora de casa, seco e fresco, com o céu imenso cheio de nuvens leves e brancas. Há muito tempo não se dedicava ao trabalho braçal e, antes de terminar a primeira escavação, seus músculos pareciam cheios de nós.

Tinha plantado apenas três arbustos quando Sarah atravessou a pradaria montada em Boss, acompanhada por um fazendeiro sueco que cultivava beterrabas, chamado Par Swanson, que Xamã conhecia de vista.

– É a minha filha – gritou o homem, antes de chegar perto de Xamã. – Acho que ela quebrou o pescoço.

Sarah entregou a ele Boss e a maleta de médico e Xamã acompanhou o homem. Levaram cerca de doze minutos para chegar à fazenda dos Swanson. A julgar pela breve descrição, Xamã teve medo do que ia encontrar, mas quando chegaram verificou que a menina estava viva e sentindo muita dor.

Selma Swanson era uma garotinha loura, com menos de três anos, que gostava de andar com o pai no espalhador de esterco. Naquela manhã, tinham passado por um enorme gavião que comia um rato, no campo. O gavião levantou voo de repente, assustando os cavalos, e Selma foi atirada para fora do espalhador. Procurando controlar os animais, Par viu a filha ser atingida por um lado do espalhador quando caiu.

– Tive a impressão de que bateu no pescoço dela – disse ele.

A menina segurava o braço esquerdo contra o peito com a mão direita e o ombro esquerdo estava deslocado para a frente.

– Não – disse Xamã, depois de examiná-la. – É a clavícula.

— Quebrada? – perguntou a mãe.

— Bem, um pouco entortada, e talvez lascada. Não se preocupe. Seria grave se fosse a senhora ou seu marido. Mas na idade dela os ossos se curvam como galhos verdes e voltam ao normal rapidamente.

A clavícula estava contundida próximo à junção com a omoplata e o esterno. Xamã fez uma pequena tipoia de pano e com outra tira prendeu o braço junto ao corpo, para evitar movimento da clavícula.

Quando ele terminou o café oferecido pela Sra. Swanson, a menina estava quieta. Xamã estava perto de diversas casas que pretendia visitar naquela tarde e seria absurdo voltar para casa agora, por isso começou suas visitas.

A mulher de um dos novos fazendeiros, chamada Royce, serviu a ele um pastelão de carne no almoço. Só no fim da tarde Xamã voltou à fazenda dos Cole. Quando passou pelo campo onde começara a trabalhar naquela manhã, viu que Alden tinha mandado Doug Penfield plantar a cerca viva do pasto e uma longa fileira de laranjas osage muito verdes estendia-se pradaria afora.

# 59

## O PAI SECRETO

—Deus nos livre – murmurou Lillian.

Nenhum dos Geiger tinha qualquer sintoma de tifo, disse ela. Xamã viu no rosto dela a tensão e a fadiga de dirigir a fazenda e a casa sem o marido. Embora o comércio da farmácia tivesse sofrido, ela conseguiu continuar uma parte, importando medicamentos para Tobias Barr e Julius Barton.

— O problema é que Jay recebia muito material da sua família, em Charleston. E, naturalmente, a Carolina do Sul está fechada para nós por causa da guerra – disse ela, servindo Xamã de chá.

— Tem notícias recentes de Jason?

— Recentes não.

Lillian parecia constrangida sempre que ele perguntava por Jason, mas Xamã compreendia que ela tinha medo de revelar alguma coisa que pudesse prejudicar o marido, ou alguma informação militar que prejudicasse sua família. Era difícil para uma mulher viver num estado da União quando o marido trabalhava na Virgínia, para os confederados.

Ficava mais à vontade quando falavam da carreira de Xamã. Ela sabia dos progressos dele no hospital e das suas perspectivas. Evidentemente, a mãe de Xamã partilhava com ela as boas-novas das cartas do filho.

– Cincinnati é uma cidade tão cosmopolita – disse Lillian. – Seria maravilhoso para você se estabelecer, lecionar na escola de medicina e ter uma boa clientela. Jay e eu nos orgulhamos muito de você. – Cortou fatias finas de bolo de café, não permitindo que o prato dele ficasse vazio. – Tem alguma ideia de quando vai voltar?

– Não tenho certeza ainda.

– Xamã. – Pôs a mão sobre a dele e inclinou-se para a frente. – Você voltou quando seu pai morreu, e está cuidando de tudo muito bem. Agora, precisa começar a pensar em você e na sua carreira. Sabe o que seu pai gostaria que você fizesse?

– O quê, tia Lillian?

– Seu pai gostaria que você voltasse para Cincinnati para continuar sua carreira. Deve voltar o mais breve possível – disse ela, solenemente.

Xamã sabia que Lillian estava certa. Se ia voltar, seria melhor voltar logo. Cada dia era chamado a uma casa, todos satisfeitos por saber que havia um médico em Holden's Crossing. Cada vez que tratava de um paciente, era como se mais um fio de linha o prendesse ao lugar. Sem dúvida, esses fios podiam ser partidos quando ele fosse embora. O Dr. Barr podia se encarregar dos que ainda precisavam de tratamento. Mas seu interesse nos pacientes juntava-se à sensação de que precisava terminar muitas coisas em Holden's Crossing

Rob J. tinha uma lista de nomes e endereços que Xamã examinou atentamente. Escreveu para Oliver Wendell Holmes, em Boston, comunicando a morte do pai, e para o tio Herbert, que ele não conhecia, e que não precisava mais temer que o irmão aparecesse para reclamar sua terra.

As horas livres ele passava lendo os diários, fascinado com o que descobria, coisas das quais jamais suspeitara. Rob J. Cole escrevia sobre a surdez do filho com angústia e ternura e Xamã sentia o calor do carinho do pai enquanto lia. A dor com que ele descrevia a morte de Makwa-ikwa e, depois, de Chega Cantando e de Lua, despertou antigos sentimentos profundamente guardados. Xamã leu novamente o relatório da autópsia de Makwa-ikwa, perguntando a si mesmo se teria deixado passar alguma coisa na primeira vez e, depois, tentando descobrir se o pai deixara passar alguma coisa durante o exame, e se teria feito algo diferente, no lugar dele.

Quando chegou ao volume do ano de 1853, Xamã ficou atônito. Na gaveta do pai encontrou a chave do barracão atrás do celeiro e foi até lá, abriu o grande cadeado e entrou. Era apenas o barracão, onde tinha estado tantas vezes antes. As estantes nas paredes estavam cheias de medicamentos, tônicos e maços de ervas secas pendiam do teto, o legado de Makwa. Lá estava o velho fogão a lenha, perto da mesa de madeira, onde tinha ajudado o pai em tantas autópsias. Os baldes e bacias de drenagem pendiam dos pregos, na parede. Num cabide feito de tronco de árvore, estava dependurado o suéter de lã marrom do pai.

O barracão não era varrido nem limpo há anos. As teias de aranha estavam por toda a parte, mas Xamã as ignorou. Foi até o lugar indicado no diário, mas, ao puxar a tábua do chão, ela resistiu. Tinham uma alavanca no celeiro, mas Xamã não precisou dela porque a segunda tábua que tentou soltou-se facilmente, bem como as outras depois dela.

Era como a entrada de uma caverna. Estava escuro no barracão. A única luz natural entrava por uma janelinha empoeirada. Xamã abriu completamente a porta mas a luz ainda era insuficiente, então tirou o lampião do gancho e acendeu o pouco óleo que restava.

Ergueu a luz na entrada do buraco e as sombras dançaram no quarto secreto.

Xamã entrou de quatro. O pai mantinha o esconderijo limpo. Lá estavam uma tigela, uma xícara e um velho cobertor dobrado que Xamã reconheceu. O espaço era pequeno e Xamã, um homem grande, tanto quanto o pai.

Certamente alguns dos escravos fugidos também eram grandes.

Apagou o lampião e tudo ficou escuro no esconderijo. Tentou imaginar a entrada fechada com as tábuas e um cão de caça, lá fora, à sua procura. Pensou na escolha. Trabalhar, ser tratado como um animal, ou ser caçado como um animal.

Xamã saiu do esconderijo, apanhou o velho suéter do gancho e o vestiu, embora o dia estivesse ainda quente. Tinha o cheiro do seu pai.

Durante todo aquele tempo, pensou ele, todos aqueles anos, quando ele e Alex moravam em casa e brigavam e faziam travessuras, pensando apenas nos próprios desejos e necessidades, seu pai vivia um segredo enorme, completamente sozinho. Agora, Xamã sentia uma necessidade premente de conversar com Rob J., partilhar a experiência, fazer perguntas, demonstrar seu amor e sua admiração. No seu quarto no hospital, tinha chorado um pouco quando recebeu o telegrama. Mas no trem e durante e depois da cerimônia portara-se com estoicismo, por causa da mãe. Agora, encostou-se na parede do celeiro ao lado do quarto secreto e escorregou o corpo até sentar no chão, e, como criança chamando pelo pai, entregou-se à dor imensa, sabendo que seu silêncio seria para sempre muito mais solitário do que antes.

## 60
## UMA CRIANÇA COM CRUPE

Holden's Crossing teve sorte. Não houve nenhum outro caso de tifo. Duas semanas se passaram e nenhuma mancha vermelha apareceu no corpo de Tilda Snow. A febre baixou logo, sem hemorragia nem sinal de fluxo sanguinolento, e certa tarde Xamã chegou à fazenda dos Snow e ela estava alimentando os porcos.

– Foi uma gripe forte, mas já passou – Xamã disse para o marido.

Se Snow quisesse pagar em dinheiro, ele teria aceito, mas o fazendeiro deu a ele uma fieira de belos gansos que tinha abatido, limpado e depenado, especialmente para Xamã.

– Tenho uma hérnia que me incomoda – disse Snow.

– Muito bem, vamos examinar.

– Não quero fazer nada antes de acabar a colheita do feno, que comecei agora.

– Quando vai acabar? Daqui a umas seis semanas?

– Mais ou menos.

– Vá me procurar então, no dispensário.

– Quer dizer que ainda vai estar aqui?

– Sim – disse Xamã, com um largo sorriso. E foi assim que ele resolveu que ia ficar para sempre, tranquilo e sem angústia, sem mesmo saber que tinha decidido.

Deu os gansos para a mãe e sugeriu que ela convidasse Lillian Geiger e os filhos para jantar. Mas Sarah disse que não seria conveniente para Lillian, naquele momento, e sugeriu que eles dois e os dois empregados deviam comer os gansos.

Naquela noite, Xamã escreveu duas cartas, uma para Barney McGowan e outra para Lester Berwyn, agradecendo o que tinham feito por ele na escola de medicina e no hospital e explicando que pedia demissão do seu posto no hospital para se encarregar da clientela do pai em Holden's Crossing. Escreveu também para Tobias Barr, em Rock Island, agradecendo seu trabalho nas quartas-feiras, em Holden's Crossing. Xamã disse que, de agora em diante, iria clinicar em Holden's Crossing em tempo integral e pediu ao Dr.

Barr que recomendasse sua inscrição na Sociedade de Medicina de Rock Island.

Assim que terminou de escrever as cartas, contou para a mãe o que tinha resolvido e viu o prazer e o alívio nos olhos dela. Sarah o beijou rapidamente no rosto.

– Vou avisar as mulheres da igreja – disse ela, e Xamã sorriu, sabendo que então não seria preciso avisar a mais ninguém.

Os dois conversaram e planejaram. Ele usaria o dispensário e o barracão atrás do celeiro exatamente como o pai usava, atendendo de manhã no dispensário e fazendo as visitas de tarde. Manteria alguns dos preços das consultas determinados pelo pai, porque não eram altos, mas o suficiente para manter muito bem a família.

Xamã tinha pensado no problema da fazenda. Depois de ouvir atentamente as sugestões do filho, Sarah balançou a cabeça afirmativamente.

Na manhã seguinte, sentado na pequena casa de Alden, tomando o café horrível, Xamã explicou que tinham resolvido reduzir o tamanho do rebanho.

Alden também ouviu com atenção, sem tirar os olhos de Xamã, enquanto acendia o cachimbo.

– Você sabe o que está dizendo? Sabe que o preço da lã vai continuar alto enquanto durar a guerra? E que um rebanho menor vai diminuir sua renda?

Xamã fez um gesto afirmativo.

– Minha mãe e eu achamos que nossa única alternativa é ter um grande negócio, que exigiria mais mão de obra e administração mais complicada, e nenhum de nós quer isso. Meu negócio é a medicina, não criação de ovelhas. Mas não quero jamais ver a fazenda dos Cole sem ovelhas. Assim, gostaríamos que você separasse os melhores produtores de lã que ficarão conosco também para reprodução. Todos os anos, faremos uma seleção no rebanho, para produzir a melhor lã e conseguir os melhores preços do mercado. Conservaremos somente um número de ovelhas que você e Doug possam criar bem.

Os olhos de Alden brilharam.

– Ora, é isso que eu chamo de uma decisão maravilhosa – disse ele, tornando a encher a caneca de Xamã com o café horrível.

Às vezes era difícil para Xamã ler o diário, doloroso demais invadir o cérebro e os sentimentos do pai. Chegava a passar uma semana sem ler, mas sempre voltava, sentindo que precisava continuar porque aquele seria seu último contato com o pai. Quando terminasse a leitura, não teria mais nenhuma informação sobre Rob J. Cole, apenas lembranças.

O mês de junho foi chuvoso, anunciando um verão estranho, tudo começando cedo demais, tanto as colheitas quanto as árvores frutíferas e as plantas silvestres. A população de coelhos e lebres explodiu e os ubíquos animais mordiscavam a grama perto da casa e comiam a alface e as flores do jardim e da horta de Sarah Cole. A chuva dificultou a colheita do feno e campos inteiros apodreceram, sem sol para secar, produzindo uma bela criação de insetos que picavam Xamã e sugavam seu sangue quando saía a cavalo para fazer suas visitas. Apesar de tudo, ele achava maravilhoso ser médico em Holden's Crossing. Foi producente ser médico de um hospital em Cincinnati, sempre que precisasse poderia recorrer à experiência de um médico mais velho e toda a equipe estaria por perto, à sua disposição. Em Holden's Crossing estava sozinho e nunca sabia o que teria de enfrentar a cada dia. Era a essência da prática da medicina, e Xamã adorava isso.

Tobias Barr disse que a sociedade de medicina não existia mais, pois todos os seus integrantes estavam na guerra. Sugeriu que, na falta dela, ele, Xamã e Julius Barton se encontrassem uma noite por mês para jantar e discutir assuntos relacionados à medicina e a primeira dessas reuniões foi realizada, com grande satisfação. O tema principal foi o sarampo, que começava a aparecer em Rock Island, mas não em Holden's Crossing. Concordaram que seria importante convencer os pacientes a não coçarem as feridas, por pior que fosse a comichão, e que o tratamento devia consistir em pomadas para aliviar a coceira, bebidas frias e pós de Seidlitz. Os dois médicos ouviram interessados quando Xamã relatou que, no hospital de Cincinnati, o tratamento incluía gargarejos com alume quando houvesse comprometimento das vias respiratórias.

Durante a sobremesa falaram de política. O Dr. Barr era um dos muitos republicanos para quem o tratamento que Lincoln estava dispensando ao Sul era suave demais. Ele era a favor da Lei de Reconstrução Wade-Davis, que determinava medidas severas contra o Sul quando a guerra terminasse e que fora aprovada pela Câmara, a despeito das objeções de Lincoln. Encorajados por Horace Greeley, os republicanos dissidentes tinham se reunido em Cleveland e concordaram em escolher outro candidato à presidência, o general John Charles Frémont.

– Acredita que o general possa derrotar o Sr. Lincoln? – perguntou Xamã.

O Dr. Barr balançou a cabeça, tristemente.

– Não, se ainda estivermos em guerra. Não há nada melhor do que uma guerra para reeleger um presidente.

Em julho a chuva parou mas o sol parecia feito de bronze e a pradaria torrou e ficou marrom. O sarampo chegou finalmente a Holden's Crossing e

Xamã começou a ser tirado da cama para atender algumas das suas vítimas, embora não fosse uma epidemia tão violenta quanto a de Rock Island. Sua mãe disse que o sarampo tinha assolado Holden's Crossing no ano anterior, matando uma meia dúzia de pessoas, incluindo crianças. Xamã pensou que uma epidemia severa podia contribuir para a imunidade parcial nos anos seguintes. Pensou em escrever para o Dr. Harold Meigs, seu ex-professor de medicina em Cincinnati, perguntando se podia haver alguma verdade nessa teoria.

Numa noite de ar parado e úmido, que acabou em tempestade, Xamã foi para a cama sentindo as vibrações de trovões, ocasionais mas violentos, e ele abria os olhos sempre que o quarto era iluminado pela luz branca dos relâmpagos. Finalmente, o cansaço venceu a fúria da natureza e ele mergulhou num sono tão profundo que, quando a mãe sacudiu seu ombro, levou vários segundos para entender o que estava acontecendo.

Sarah ergueu o lampião para que Xamã pudesse ver seus lábios.

– Você precisa se levantar.

– Alguém com sarampo? – perguntou ele, começando a se vestir.

– Não. Lionel Geiger está aqui, à sua espera.

Quando ela acabou de falar, Xamã já tinha calçado os sapatos e estava lá fora.

– O que aconteceu, Cubby?

– O filho da minha irmã. Está sufocando. Tenta respirar, faz um barulho feio, como uma bomba entupida.

Se fosse a pé, pelo Caminho Longo, através do bosque, se atrelasse a charrete ou selasse um cavalo, ia demorar muito.

– Vou levar seu cavalo – ele disse para Lionel e saiu a galope, percorreu os quinhentos metros de estrada e entrou no caminho que levava à casa dos Geiger, segurando com força a maleta de médico.

Lillian Geiger esperava na porta da frente.

– Estou aqui.

Rachel. Sentada na cama, no seu antigo quarto, com o filho no colo. O menino estava azul. Tentava ainda respirar, muito fracamente.

– Faça alguma coisa. Ele vai morrer.

Na verdade, Xamã achou que o menino estava muito perto da morte. Abriu a boca da criança e enfiou o indicador e o dedo médio até a pequena garganta. Um membrana mucosa fechava toda a parte posterior da boca e a abertura da laringe, uma membrana mortal, espessa e cinzenta. Xamã a rasgou com os dedos.

Imediatamente o menino começou a respirar trêmula e profundamente.

Rachel o abraçou, chorando.

– Oh, meu Deus. Joshua, você está bem? – O hálito dela tinha o cheiro forte do sono, o cabelo estava despenteado.

Mas, por incrível que fosse, era Rachel. Uma Rachel mais velha, mais mulher. Que só tinha olhos para o filho.

O menino já parecia melhor, menos azul, a cor normal voltando aos poucos, à medida que o oxigênio chegava aos pulmões. Xamã pôs a mão no peito dele para sentir as batidas do coração, depois tomou o pulso e por alguns momentos segurou as duas mãozinhas nas suas. O menino começou a tossir.

Lillian entrou no quarto e foi para ela que Xamã perguntou:

– Como é essa tosse?

– Cavernosa e rouca, como um... um latido.

– Algum chiado?

– Sim, no fim de cada tosse, quase um assobio.

Xamã fez um gesto afirmativo.

– Ele está com crupe catarral. Devem começar a ferver água e dar banhos quentes no menino durante toda a noite, para relaxar os músculos respiratórios. E ele deve respirar vapor d'água. – Tirou um dos remédios de Makwa da maleta, folhas secas de serpentária e de cravo-de-defunto. – Fervam estas folhas e façam o menino tomar com açúcar e o mais quente possível. Vai manter a laringe aberta e aliviar a tosse.

– Muito obrigada, Xamã – disse Lillian, apertando a mão dele.

Rachel não parecia ver Xamã. Seus olhos congestionados eram os de uma mulher enlouquecida. O robe estava lambuzado de catarro e ranho do menino.

Xamã saiu e Lillian e Lionel o acompanharam pelo Caminho Longo, Lionel levando o lampião que atraía mariposas e mosquitos. Os lábios dele se moveram e Xamã adivinhou o que ele estava perguntando.

– Acho que ele vai ficar bom – disse ele. – Apague o lampião e verifique se todos os insetos já se foram antes de entrar em casa.

Xamã seguiu sozinho pelo Caminho Longo, por onde tinha passado tantas vezes. A escuridão não era problema. Uma vez ou outra, os últimos relâmpagos que riscavam o céu e os bosques escuros, nos dois lados do caminho, pareciam saltar sobre ele, cheios de luz.

De volta ao seu quarto, despiu-se como um sonâmbulo. Deitou e não conseguiu dormir. Confuso, atordoado, ele olhava para o teto escuro ou para as paredes e para onde quer que olhasse via o mesmo rosto.

# 61

## UMA CONVERSA FRANCA

Quando ele chegou à casa dos Geiger, na manhã seguinte, Rachel abriu a porta. Ela estava com um vestido de andar em casa que parecia novo. O cabelo estava penteado. Xamã sentiu o perfume leve e picante quando ela segurou suas mãos.

– Alô, Rachel.

– ... Obrigada, Xamã.

Os olhos eram os mesmos maravilhosos e profundos, mas ele notou que estavam vermelhos de fadiga.

– Como vai o meu paciente?

– Parece que está melhor. A tosse não é tão assustadora quanto antes.

Ele a acompanhou na escada. Lillian estava sentada ao lado da cama com um lápis e algumas folhas de papel pardo, desenhando e contando histórias para o neto. O paciente, que Xamã tinha visto apenas como um ser humano aflito, era um garotinho de olhos escuros, cabelos castanhos e sardas no rosto pálido. Parecia ter dois anos. Uma menina, alguns anos mais velha, mas muito parecida com o irmão, estava sentada nos pés da cama.

– Esses são os meus filhos – disse Rachel. – Joshua e Hattie Regensberg. E este é o Dr. Cole.

– Como vai? – disse Xamã.

– Como vai? – disse o menino, olhando para ele, desconfiado.

– Como vai? – disse Hattie Regensberg. – Mamãe disse que você não ouve a gente e que devemos olhar para você quando falamos, e pronunciar as palavras distintamente.

– Sim, é verdade.

– Por que você não escuta a gente?

– Sou surdo porque fiquei doente quando era pequeno – disse Xamã, com naturalidade.

– Joshua vai ficar surdo?

– Não. Joshua não vai ficar surdo.

Depois de alguns minutos ele garantiu que Joshua estava muito melhor. Os banhos e o vapor tinham acabado com a febre, o pulso estava forte e regular e quando Xamã encostou o estetoscópio no peito dele e mandou Rachel escutar, ela não ouviu nada de anormal. Xamã pôs o estetoscópio no ouvido de Joshua e deixou que ele ouvisse o próprio coração, depois foi a vez de Hattie e ela encostou o aparelho na barriga do irmão, anunciando que estava ouvindo "gorgolejos".

— Isso é porque ele está com fome — disse Xamã e aconselhou Rachel a dar a ele uma dieta leve durante um ou dois dias.

Disse a Joshua e a Hattie que a mãe deles conhecia uns lugares muito bons para pescar no rio e os convidou a visitar a fazenda Cole e brincar com os carneirinhos. Então despediu-se das crianças e da avó e Rachel o acompanhou até a porta.

— Seus filhos são muito bonitos.

— São mesmo, não são?

— Sinto muito pelo seu marido, Rachel.

— Obrigada, Xamã.

— E desejo que seja feliz no novo casamento.

Rachel sobressaltou-se.

— Que casamento? — perguntou, no momento em que Lillian descia a escada.

Lillian passou em silêncio pelo hall, mas o rubor no seu rosto era como um anúncio luminoso.

— Você foi mal informado, não estou pensando em casar outra vez — disse Rachel, secamente e em voz alta para que a mãe pudesse escutar. Seu rosto estava muito pálido quando se despediu de Xamã.

Naquela tarde, quando, montado em Boss, Xamã voltava para casa, viu uma mulher andando sozinha. Ao chegar perto, reconheceu o vestido azul. Rachel estava com sapatos confortáveis para caminhar e uma velha touca para proteger o rosto do sol. Xamã a chamou e, voltando-se, ela o cumprimentou, tranquila.

— Posso acompanhá-la?

— Por favor.

Xamã desmontou e segurou o cavalo pela rédea.

— Não sei o que deu em minha mãe para dizer que eu ia me casar. O primo de Joe demonstrou algum interesse, mas não vamos nos casar. Acho que minha mãe está me empurrando para ele porque quer que as crianças tenham um pai.

— Parece que é uma conspiração das mães. A minha, propositadamente, não me contou que você tinha voltado.

— Acho isso um insulto — disse Rachel e ele viu lágrimas nos olhos dela. — Elas pensam que somos bobos. Eu sei que tenho uma filha e um filho que precisam de um pai judeu. E, certamente, a última coisa na qual você podia estar interessado é numa mulher judia com dois filhos e que está de luto do marido.

Xamã sorriu.

— São crianças muito interessantes. E têm uma mãe muito interessante. Mas é verdade. Não sou mais um garoto apaixonado de quinze anos.

– Pensei tanto em você, depois que me casei. No quanto o tinha magoado.
– Eu me refiz depressa.
– Éramos crianças, convivendo em tempos difíceis. Eu tinha medo do casamento e você era um grande amigo – Rachel sorriu. – Quando você era pequeno, disse que mataria para me proteger. E agora que somos adultos, você salvou meu filho. – Pôs a mão no braço dele. – Espero que continuemos amigos fiéis para sempre. Por toda nossa vida, Xamã.
Xamã pigarreou.
– Oh. Eu sei que seremos – disse, um tanto embaraçado. Andaram por algum tempo em silêncio e, então, ele perguntou se Rachel queria montar seu cavalo.
– Não, prefiro continuar andando.
– Pois então, eu vou montar, porque tenho muita coisa para fazer antes do almoço. Boa-tarde, Rachel.
– Boa-tarde, Xamã – disse ela e ele montou e foi embora, deixando-a na estrada.


Xamã disse a si mesmo que Rachel era uma mulher forte e de espírito prático, com coragem para enfrentar as coisas como elas eram, e resolveu aprender com ela. Ele precisava da companhia de uma mulher. Foi atender um chamado de Roberta Williams, que estava com "problemas de mulher", e tinha começado a beber demais. Procurando não olhar para o manequim de arame com nádegas de marfim, ele perguntou sobre a filha dela e Roberta disse que Lucille estava casada há três anos com um funcionário dos correios e morava em Davenport.
– Tem um filho por ano. Nunca vem me ver, só quando precisa de dinheiro – disse Roberta.
Xamã deixou uma garrafa de tônico para ela.
Exatamente quando seu desencanto era mais profundo, encontrou Tobias Barr, na rua Principal, na charrete com duas mulheres. Uma delas era a pequenina e loura Frances, sua mulher, e a outra, a sobrinha dela, de St. Louis. Evelyn Flagg tinha dezoito anos, era mais alta do que Frances Barr, mas loura como a tia, e possuía o perfil feminino mais perfeito que Xamã jamais vira antes.
– Estamos mostrando a cidade a Evie, e achamos que ela gostaria de ver Holden's Crossing – disse o Dr. Barr. – Xamã, você já leu *Romeu e Julieta*?
– Ora, sim, já li.
– Muito bem, você disse que quando conhece uma peça, gosta de ir ao teatro. Uma companhia está em Rock Island esta semana e vamos reunir uns amigos para assistir à representação. Aceitaria nos fazer companhia?

– Sim, eu gostaria – disse Xamã e sorriu para Evelyn, que respondeu com um sorriso encantador.

– Um leve jantar na nossa casa, primeiro, então, às cinco horas – disse Frances Barr.

Ele comprou uma camisa e uma gravata preta estreita e depois releu a peça. Os Barr tinham convidado também Julius Barton e a mulher, Rose. Evelyn estava com um vestido azul de noite que combinava com os cabelos louros e a pele muito branca. Xamã perguntou a si mesmo onde vira aquele tom de azul recentemente e, então, lembrou: o vestido de Rachel.

– A ideia que Frances Barr fazia de um jantar leve eram seis pratos. Xamã achou difícil manter uma conversa com Evelyn. Quando ele perguntava alguma coisa, ela respondia com um sorriso rápido e nervoso, fazendo um gesto afirmativo ou negativo com a cabeça. Duas vezes ela tomou a iniciativa de falar, a primeira para dizer à tia que o assado estava excelente, e a segunda quando estavam na sobremesa, para revelar a Xamã que gostava de pêssego e de pera e achava ótimo serem frutas de estações diferentes porque assim não precisava escolher entre as duas.

O teatro estava lotado, e a noite quente, como só as noites de fim de verão conseguem ser. Eles chegaram um pouco antes da cortina levantar, por causa dos seis pratos de jantar. Tobias Barr tinha comprado as entradas pensando em Xamã. Mal acabaram de sentar no centro, na terceira fila, e a peça começou. Xamã, com binóculo de ópera, lia perfeitamente os lábios dos atores e achou ótimo. No primeiro intervalo, saiu com o Dr. Barr e o Dr. Barton e enquanto esperava na fila do banheiro dos homens, atrás do teatro, comentaram a peça, os três concordando que a produção era interessante. O Dr. Barton achava que a atriz que fazia o papel de Julieta estava grávida. O Dr. Barr comentou que Romeu usava uma funda para hérnia entre as pernas.

No segundo ato, Xamã desviou um pouco a atenção dos lábios dos artistas para observar Julieta e não viu nenhuma razão para a suposição do Dr. Barr. Entretanto, não havia dúvida quanto à funda entre as pernas de Romeu.

No fim do segundo ato, as portas foram abertas para uma brisa agradável entrar e as lâmpadas acesas. Xamã e Evelyn ficaram sentados e tentaram conversar. Ela disse que ia frequentemente ao teatro em St. Louis.

– Acho muito bom ir ao teatro, você não acha?

– Acho, mas vou raramente – disse ele, distraído.

Xamã tinha a estranha sensação de estar sendo observado. Com o binóculo examinou o público nos camarotes, à esquerda do palco e depois à direita. No segundo balcão, à direita, ele viu Lillian Geiger e Rachel. Lillian estava com um vestido marrom de linho com mangas de renda em forma de sino. Rachel, sentada bem debaixo de uma lâmpada, a todo momento afastava com as mãos os insetos atraídos pela luz. Assim iluminada, Xamã pôde observá-la atentamente. Seu cabelo estava cuidadosamente penteado, escovado para cima e preso com um nó no alto da cabeça. O vestido preto parecia de seda e Xamã imaginou quando ela ia deixar de usar luto em público. Era um vestido sem gola, com mangas curtas e bufantes. Xamã observou os braços roliços e o busto, mas o binóculo sempre voltava para o rosto. De repente, ela olhou diretamente para onde ele estava. Rachel observou Xamã por algum tempo e depois desviou os olhos quando as luzes foram apagadas.

O terceiro ato parecia nunca mais acabar. No momento em que Romeu disse para Mercutio "*Coragem, homem. A dor não pode ser muito grande*", Xamã percebeu que Evelyn Flagg tentava falar com ele. Sentiu o hálito quente na orelha quando ela murmurou qualquer coisa, no momento exato em que Mercutio disse: "Não. *Não tem a profundeza de um poço, nem a largura da porta de uma igreja, mas é suficiente, é o bastante.*"

Xamã tirou o binóculo dos olhos e voltou-se para a jovem no escuro, pensando que crianças como Joshua e Hattie Regensberg eram capazes de lembrar as normas da leitura dos lábios e Evelyn não podia.

– Não posso ouvir o que está dizendo.

Xamã não estava acostumado a falar baixo. O homem, sentado na segunda fila, na frente dele, virou para trás, zangado.

– Desculpe-me – murmurou Xamã. Esperando ter falado baixo dessa vez, ele levou o binóculo aos olhos, novamente.

# 62

# A PESCARIA

Xamã gostaria de compreender o que fazia com que homens como seu pai e George Cliburne dessem as costas a todo tipo de violência, quando outros homens não o conseguiam. Alguns dias depois da ida ao teatro, ele foi a Rock Island outra vez para falar com George Cliburne sobre pacifismo. Era difícil acreditar no diário do seu pai quando descrevia Cliburne como uma pessoa calma e corajosa, que levava os escravos fugidos para seu pai e depois os apanhava para levá-los ao próximo esconderijo. O comerciante de rações, calvo e gorducho, não tinha nada de heroico nem parecia o tipo de pessoa capaz de arriscar tudo por um princípio, desafiando a lei. Xamã admirava extremamente o homem de aço que habitava o corpo gorducho de Cliburne.

Cliburne fez um gesto afirmativo quando Xamã tocou no assunto, na loja de rações.

– Bem, você pode fazer perguntas sobre pacifismo e nós podemos conversar, mas seria melhor você começar a ler sobre o assunto – disse ele. Informou ao empregado da loja que iria sair mas que voltaria logo.

Foram juntos à casa do comerciante e ele selecionou alguns livros e um panfleto da sua biblioteca.

– Você talvez queira comparecer a algumas reuniões dos Amigos.

Xamã duvidava, mas agradeceu e voltou para casa com os livros. Ficou desapontado. Eram quase todos sobre a doutrina dos quacres. Aparentemente, a Sociedade dos Amigos fora fundada na Inglaterra, na década de 1600, por George Fox, o qual acreditava que "a Luz Interior do Senhor" morava nos corações dos homens comuns. Segundo os livros de Cliburne, os quacres ajudavam uns aos outros, levando uma vida de amor e amizade. Não tinham credos nem dogmas. Para eles toda a vida era sacramental e não possuíam uma liturgia especial. Não tinham clérigos, mas acreditavam que os leigos podiam receber o Espírito Santo e sua religião baseava-se na rejeição da guerra e no trabalho a favor da paz.

Os Amigos foram perseguidos na Inglaterra e a palavra "quacre" era, originalmente, um insulto. Levado à presença de um juiz, Fox disse a ele que devia "tremer ante a palavra do Senhor", e o juiz o chamou de "quacre". William Penn fundou sua colônia na Pensilvânia para servir de refúgio aos Amigos perseguidos na Inglaterra e durante três quartos de século a Pensilvânia nunca teve milícia, apenas uns poucos policiais.

Xamã perguntou a si mesmo o que eles faziam com os bêbados. Quando terminou de ler os livros de Cliburne, não tinha aprendido nada sobre pacifismo, nem havia sido tocado pela Luz Interior.


Setembro chegou quente, mas claro e limpo, e Xamã percorria as estradas à margem do rio sempre que podia quando fazia suas visitas, vendo o brilho do sol na água corrente e a beleza elegante das aves pernaltas, em menor número agora porque já começavam a voar para o Sul.

Seguia lentamente a cavalo certa tarde, de volta para casa, quando viu Rachel e os filhos, sentados à sombra de uma árvore, na margem do rio. Rachel estava tirando o anzol da boca de um peixe, enquanto o filho segurava a vara. Quando ela atirou o peixe de volta ao rio, Xamã percebeu que Hattie estava zangada com alguma coisa. Fez Boss sair da estrada na direção dos três.

— Alô, vocês aí.

— Alô – disse Hattie.

— Ela não deixa a gente ficar com nenhum peixe – disse Joshua.

— Aposto que eram todos bagres – disse Xamã, com um largo sorriso. Quando era pequena, Rachel não podia levar bagres para casa, pois tinham escamas e, portanto, não eram *kosher*. Ele sabia que, para uma criança, a melhor parte era ver todos comendo o peixe pescado por ela. – Tenho ido todos os dias à casa de Jack Damon, porque ele não está bem. Você sabe aquele lugar onde o rio faz uma curva fechada, na fazenda dele?

Rachel sorriu.

— Aquela curva com uma porção de pedras?

— Isso mesmo. Eu vi uns garotos pescando umas belas percas entre as pedras, no outro dia.

— Muito obrigada. Vou levar os dois lá amanhã.

Xamã percebeu que o sorriso de Hattie era igual ao da mãe.

— Bem, foi um prazer ver vocês.

— Foi um prazer ver você! – disse Hattie.

Xamã levou a mão à aba do chapéu e virou Boss para a estrada.

— Xamã – Rachel deu um passo para o cavalo e ergueu o rosto para Xamã. – Se for à casa de Jack Damon amanhã, mais ou menos ao meio-dia, venha fazer um piquenique conosco.

— Bem, sou capaz de fazer isso, se der – disse ele.


No dia seguinte, quando se livrou da respiração difícil de Jack Damon e foi para a curva do rio, viu a charrete marrom de Lillian parada na sombra, com a égua cinzenta amarrada e mastigando a relva alta.

Rachel e as crianças estavam pescando entre as pedras e Joshua, segurando a mão de Xamã, levou-o até onde estavam seis percas negras, do tamanho certo para serem comidas, nadando, de lado, na água rasa, com uma linha de pesca passada pelas guelras e amarrada a um galho de árvore.

Assim que o viu, Rachel apanhou uma barra de sabão e começou a lavar vigorosamente as mãos.

— O almoço pode ficar com gosto de peixe – disse ela.

— Eu não me importo – respondeu Xamã.

Comeram ovos *à la diable,* picles de pepinos, limonada com melado e biscoitos. Depois do almoço, Hattie anunciou solenemente que era hora da sesta e ela e o irmão deitaram na manta e dormiram quase imediatamente.

Rachel limpou tudo, guardando o lixo numa sacola.

— Se quiser, pode usar uma das varas para pescar um pouco.

— Não – disse Xamã, preferindo ver o que ela dizia a prestar atenção à linha de pesca.

Rachel olhou para o rio. Um bando de andorinhas, provavelmente vindas do Norte e a caminho do Sul, voavam em ritmo harmonioso, como se fossem um único pássaro, e beijaram a água antes de seguirem caminho.

– Não é extraordinário, Xamã? Não é bom estar em casa?

– Sim, é, Rachel.

Falaram por algum tempo sobre a vida nas cidades. Xamã falou sobre Cincinnati e respondeu às perguntas de Rachel sobre a escola de medicina e o hospital.

– E você, gostou de Chicago?

– Eu gostava da proximidade dos teatros e dos concertos. Tocava violino num quarteto, todas as quintas-feiras. Joe não era musical, mas fazia a minha vontade. Ele era um homem muito bom – disse ela. – Foi muito carinhoso comigo quando perdi um filho, no primeiro ano do casamento.

Xamã balançou a cabeça.

– Bem, mas então Hattie chegou e a guerra também. A guerra tomava quase todo o nosso tempo. Havia menos de mil judeus em Chicago. Quarenta e quatro jovens formaram uma companhia judaica e nós levantamos dinheiro e compramos todo o equipamento para eles. Era a Companhia C do Oitenta e Dois de Infantaria de Illinois. Serviram com distinção em Gettysburg e em outros lugares e eu fazia parte deles.

– Mas você é prima de Judah P. Benjamin e seu pai é um sulista fanático.

– Eu sei. Mas Joe não era e nem eu. No dia em que recebi a carta de minha mãe dizendo que ele tinha se alistado no exército dos confederados, minha cozinha estava cheia de senhoras da Sociedade de Ajuda aos Soldados Hebreus, fazendo ataduras para a União – disse ela, dando de ombros. – Então veio Joshua. E depois Joe morreu. E essa é a minha história.

– Até agora – disse Xamã e Rachel olhou para ele. Xamã tinha esquecido a curva suave sob as maçãs acentuadas do rosto, os lábios macios e cheios e as luzes e sombras nos olhos castanhos. Não pretendia fazer essa pergunta, mas saiu quase sem que percebesse. – Então, você foi feliz no casamento?

Rachel olhou para o rio. Por um momento Xamã pensou que não tinha percebido a resposta, mas então ela voltou-se para ele.

– Eu diria satisfeita. Na verdade, eu estava resignada.

– Nunca me senti satisfeito nem resignado – disse ele, pensativo.

– Você não cede, continua lutando, por isso você é Xamã. Vai me prometer que jamais ficará resignado.

Hattie acordou e levantou da manta. Sentou no colo da mãe.

– Prometa – disse Rachel.

Xamã sorriu.

– Eu prometo.

– Por que você fala engraçado? – perguntou Hattie.

– Eu falo engraçado? – perguntou ele, mais para Rachel do que para a menina.

– Fala sim! – disse Hattie.

– Sua voz está mais gutural do que quando eu saí de Holden's Crossing – Rachel disse, cautelosamente. – E você parece menos concentrado em sua voz.

Xamã fez um gesto afirmativo e contou a sua dificuldade para falar baixo no teatro.

– Tem continuado com os exercícios? – perguntou Rachel.

Ficou chocada quando ele admitiu que, desde que saiu de Holden's Crossing, não tinha pensado nos exercícios.

– Eu não tinha tempo para treinar a fala. Estava muito ocupado tentando ser médico.

– Mas agora não está mais folgado? Deve voltar aos exercícios. Se não fizer, de tempos em tempos, vai esquecer como se fala. Se quiser, posso trabalhar nisso com você, como fazíamos antes. – Olhou para ele, ansiosa, com a brisa leve do rio fazendo dançar os cabelos soltos e a menininha com seus olhos e seu sorriso aconchegada no colo. O pescoço longo e bem-feito fez Xamã pensar numa leoa.

– *Eu sei que posso fazer isso, Srta. Burnham.*

Xamã lembrou da menina que tinha se oferecido para ajudar o pequeno surdo a aprender a falar e lembrou do quanto a tinha amado.

– Eu agradeceria muito, Rachel – disse Xamã, procurando dar a entonação correta à frase.

Combinaram de se encontrar no meio do Caminho Longo, entre as duas casas. Xamã tinha certeza de que Rachel não comentara com Lillian que iam trabalhar juntos outra vez e ele não viu razão para dizer a Sarah. No primeiro dia, Rachel apareceu na hora marcada, três em ponto, e mandou os filhos apanharem avelãs no caminho.

Rachel sentou-se numa pequena manta, encostada no tronco de um carvalho, e Xamã sentou-se de frente para ela. Ela dizia uma frase, Xamã lia seus lábios e repetia com a entonação e acentuação corretas. Para ajudar, ela segurou a mão dele e a apertava quando a sílaba devia ser acentuada ou dita com uma leve elevação da voz. A mão de Rachel era morna e seca e tão impessoal como se estivesse segurando o ferro de passar ou outro instrumento. Xamã sentia a própria mão muito quente e suada, mas esqueceu tudo isso quando se concentrou no exercício. Sua fala tinha agora mais problemas do que ele imaginava e o esforço para resolvê-los não era agradável. Ficou aliviado quando as crianças voltaram, com o cesto quase cheio de avelãs. Rachel disse que as quebrariam com o martelo quando chegassem em casa e depois fariam um bolo para eles e para Xamã.

Combinaram de se encontrar no dia seguinte para continuarem os exercícios, mas pela manhã, quando ele terminou o trabalho no dispensário e saiu para as visitas, encontrou Jack Damon nas últimas. Ficou ao lado do homem agonizante, procurando aliviar um pouco seu sofrimento. Quando ele morreu, era tarde demais para se encontrar com Rachel e as crianças e Xamã voltou para casa, cabisbaixo.

O dia seguinte era sábado. Na casa dos Geiger observavam estritamente o Sabbath e por isso não podiam se encontrar também. Porém, quando terminou o trabalho no dispensário, ele fez os exercícios sozinho.

Xamã sentia-se sem raízes e de certa forma, de um modo que nada tinha a ver com seu trabalho, insatisfeito com a própria vida.

Naquela tarde, voltou aos livros de Cliburne e leu mais sobre o pacifismo como um movimento quacre, e no domingo de manhã levantou cedo e foi a Rock Island. O comerciante de rações estava acabando de tomar café quando Xamã chegou e devolveu os livros. George ofereceu uma xícara de café e não pareceu surpreso quando Xamã perguntou se poderia assistir a uma reunião dos quacres.

George Cliburne era viúvo. Tinha uma governanta, mas ela não trabalhava aos domingos e, como era um homem limpo e ordeiro, lavou a louça do café e permitiu que Xamã enxugasse. Deixaram Boss no celeiro e saíram com a charrete. No caminho, George falou um pouco sobre a reunião.

– Nós entramos na sala de reuniões em silêncio e nos sentamos, homens de um lado, mulheres do outro. Para não nos distrairmos, eu acho. Todos sentam em silêncio, até o Senhor escolher alguém para suportar o peso dos sofrimentos do mundo e então essa pessoa fica de pé e fala.

Diplomaticamente, Cliburne aconselhou Xamã a sentar-se na parte de trás da sala. Não iam ficar juntos.

– Os membros mais antigos, que há muitos anos trabalham para a sociedade, sentam na frente. – Cliburne inclinou-se para Xamã e disse em tom confidencial. – Alguns quacres nos chamam de Amigos de Peso – ele disse, com um largo sorriso.

O lugar da reunião era pequeno e simples, uma estrutura de madeira, pintada de branco, sem campanário. As paredes internas eram brancas, o assoalho cinzento. Bancos escuros, encostados em três paredes, formavam um U quadrado e raso, o que permitia que ficassem uns de frente para os outros. Quatro homens já estavam sentados. Xamã sentou-se num dos bancos de trás, perto da porta, como quem põe a ponta do dedo do pé na água para ver se está fria ou se é muito profunda. Todos os antigos membros eram velhos. George e cinco Amigos de Peso sentaram no banco sobre uma plataforma de trinta centímetros de altura, na frente da sala. Uma calma repousante juntou-se ao silêncio do mundo de Xamã.

Os outros foram entrando aos poucos e sentando, em silêncio. Finalmente, não chegou mais ninguém. Xamã contou onze homens, quatorze mulheres e doze crianças.

Em silêncio.

Era repousante.

Ele pensou no pai, desejando que estivesse em paz.

Pensou em Alex.

Por favor, disse ele, no silêncio perfeito, agora partilhado com os outros. Entre as centenas de milhares de mortos, por favor, poupe meu irmão. Por favor, traga meu irmão fujão, maluco e adorável para casa.

Pensou em Rachel, mas não ousou pedir nada.

Pensou em Hattie, que tinha o sorriso e os olhos da mãe e que falava pelos cotovelos.

Pensou em Joshua, que falava pouco, mas parecia estar sempre olhando para ele.

Um homem de meia-idade levantou-se do banco, não muito longe de Xamã. Era magro e frágil e começou a falar.

– Esta guerra terrível finalmente está chegando ao fim. Está acontecendo lentamente, muito lentamente, mas agora percebemos que não pode durar para sempre. Muitos dos nossos jornais apoiam a candidatura do general Frémont para a presidência. Dizem que o presidente Lincoln vai ser muito leniente com o Sul quando vier a paz. Dizem que não é hora de perdoar, mas a hora da vingança contra o povo dos estados do Sul.

"Jesus disse 'Pai, perdoai-lhes porque não sabem o que fazem'. E Ele disse 'Se teu inimigo tem fome, dá de comer a ele e se ele tem sede, dá de beber'.

"Devemos perdoar os pecados cometidos pelos dois lados nesta guerra terrível e rezar para que em breve as palavras do salmo sejam verdade, que a misericórdia e a verdade se encontrem e que a virtude e a paz se beijem.

"Bem-aventurados os que choram, porque serão consolados.

"Bem-aventurados os mansos de coração, porque herdarão a terra.

"Bem-aventurados os que têm fome e sede de justiça, porque serão saciados.

"Bem-aventurados os misericordiosos, porque receberão misericórdia.

"Bem-aventurados os pacificadores, porque serão chamados filhos de Deus."

O homem sentou-se e o silêncio branco os envolveu novamente.

Uma mulher levantou-se, quase diretamente na frente de Xamã. Disse que estava procurando perdoar uma pessoa que tinha feito grande mal à sua família. Queria que seu coração se livrasse do ódio e queria mostrar perdão e amor, mas lutava contra os próprios sentimentos, pois não desejava perdoar. Pediu as orações dos amigos para que tivesse força para perdoar.

Ela sentou-se e outra se levantou, numa das extremidades do banco, onde Xamã não podia ver seus lábios. Depois de pouco tempo ela também se sentou e voltaram ao silêncio, até um homem se levantar perto da janela. Era um jovem de vinte e poucos anos, com expressão decidida. Disse que precisava tomar uma decisão importante que afetaria o resto da sua vida.

– Preciso da ajuda do Senhor e das preces de todos – disse ele, tornando a se sentar.

Depois disso, ninguém mais falou. O tempo passou suavemente. Então Xamã viu George Cliburne trocar um aperto de mão com o homem ao lado dele. Era o sinal para terminar a reunião. Algumas pessoas, perto de Xamã, despediram-se com apertos de mão e todos se dirigiram para as portas.

Era a cerimônia religiosa mais estranha que ele já vira. De volta à casa de Cliburne, Xamã disse, pensativo:

– Então um quacre deve perdoar sempre todos os crimes? O que me diz da satisfação quando a justiça prevalece sobre o mal?

– Oh, nós acreditamos na justiça – disse Cliburne. – Só não acreditamos na vingança e na violência.

Xamã sabia que seu pai desejava vingar a morte de Makwa-ikwa e ele também.

– Usaria de violência se alguém ameaçasse matar sua mãe? – perguntou Xamã e ficou surpreso com a risada de Cliburne.

– Mais cedo ou mais tarde, todos que começam a pensar em pacifismo fazem essa pergunta. Minha mãe já morreu há muito tempo, mas se eu me encontrasse nessa situação, tenho certeza de que o Senhor me diria o que fazer. Escute aqui, Xamã. Você não vai rejeitar a violência por causa do que eu possa dizer. A fonte não vai ser esta – disse ele, apontando para a própria boca. – Nem esta. – Tocou a testa de Xamã. – Se acontecer, terá de vir daqui. – Tocou o peito de Xamã. – Assim, até acontecer, continue a usar sua espada – acrescentou Cliburne, como se Xamã fosse um romano ou um visigodo, em vez de um homem surdo, recusado para o serviço militar.

– Quando e se tirar a espada do cinto e a atirar para longe, será porque não teve outra escolha – disse Cliburne, estalando a língua e batendo a rédea para apressar o cavalo.

# 63
## O FIM DO DIÁRIO

— Fomos convidados para o chá esta tarde na casa dos Geiger – disse a mãe de Xamã. – Rachel insiste na nossa presença. Alguma coisa a ver com as crianças e avelãs.

Assim, naquela tarde, atravessaram o Caminho Longo e sentaram na sala de jantar dos Geiger. Rachel mostrou a Sarah seu novo casaco para o outono, de lã verde-clara.

— Lã dos Cole! – Feito por Lillian porque o luto de Rachel tinha terminado. Todos elogiaram o trabalho de Lillian.

Rachel disse que ia usá-lo na próxima segunda-feira na sua viagem a Chicago.

— Vai ficar muito tempo? – perguntou Sarah e ela disse que não, apenas alguns dias.

— Negócios – disse Lillian, num tom carregado de desaprovação.

Sarah então elogiou o sabor do chá inglês que estavam tomando e Lillian, com um suspiro, disse que tinham muita sorte por conseguir aquele chá.

— Quase não há mais café no Sul inteiro, e nenhum chá decente. Jay diz que, na Virgínia, o chá e o café estão custando cem dólares o quilo.

— Então teve notícias dele outra vez? – perguntou Sarah.

Lillian fez um gesto afirmativo.

— Ele diz que está bem, graças a Deus.

O rosto de Hattie se iluminou quando Rachel entrou na sala com o bolo, quente ainda do forno.

— Fomos nós que fizemos! – anunciou ela. – Mamãe pôs as coisas e misturou e Joshua e mim pusemos as avelãs!

— Joshua e eu – corrigiu a avó.

— Vovó, você nem estava na cozinha!

— As avelãs estão simplesmente deliciosas – Sarah disse para Hattie.

— Mim e Hattie pegamos – disse Joshua, com orgulho.

— Hattie e eu – disse Lillian.

— Não, vovó, você não estava lá, foi no Caminho Longo e mim e Hattie pegamos as avelãs, enquanto mamãe e Xamã sentavam na manta de mãos dadas.

Houve um momento de silêncio.

— Xamã está com alguma dificuldade de dicção – disse Rachel. – Precisa de exercício. Estou ajudando outra vez, como fazíamos antes. Nós nos encontramos no caminho do bosque para que as crianças pudessem brincar por perto, mas ele vai começar a vir aqui em casa, para os exercícios com o piano.

Sarah concordou.

— Vai ser bom para Robert trabalhar um pouco na sua fala.

Lillian também fez um gesto afirmativo, mas um tanto rígido.

— Sim, que sorte que você está em casa, Rachel — disse ela, apanhando a xícara de Xamã para servir mais chá inglês.

No dia seguinte, embora não tivessem combinado nada, quando Xamã voltou das visitas aos doentes, foi até o Caminho Longo e a encontrou, vindo do outro lado.

— Onde estão os meus amigos?

— Estão ajudando na faxina de outono e não dormiram de tarde, por isso foram dormir agora.

Xamã fez meia-volta e seguiu ao lado dela. O bosque estava repleto de pássaros, e Xamã viu um cardeal cantando um imperioso desafio silencioso.

— Tive uma discussão com minha mãe. Ela quer ir a Peoria nos Grandes Dias Santos, e eu me recuso a ir para ser exibida aos solteiros e viúvos. Assim, vamos passar os feriados em casa.

— Ótimo — disse ele e Rachel sorriu.

A outra discussão, contou ela, foi porque o primo de Joe Regensberg vai se casar com outra pessoa e quer comprar a Regensberg Tinware Company, uma vez que não a conseguiu por meio do casamento. Por isso ela ia a Chicago, para vender a companhia.

— Sua mãe vai se acalmar. Ela a ama.

— Eu sei disso. Quer fazer um pouco de exercício?

— Por que não? — Xamã estendeu a mão.

Dessa vez ele sentiu um ligeiro tremor na mão de Rachel. Talvez o cansaço da faxina daquele dia, ou as discussões. Mas ele queria acreditar que era mais do que isso. Era como um mútuo reconhecimento de emoções e os dedos dele moveram-se nos dela.

Estavam trabalhando no controle da respiração para a pronúncia vocal correta da letra P e Xamã, muito sério, repetia a frase sem sentido que dizia *"Uma paca perfeita perseguindo um pombo perturbado",* quando Rachel balançou a cabeça.

— Não, sinta como eu faço — disse ela, pondo a mão dele no seu pescoço.

Mas tudo que ele sentiu foi a carne morna de Rachel.

Não foi planejado. Se tivesse pensado antes, Xamã não teria feito. Sua mão subiu para segurar o rosto delicado e Xamã inclinou-se para ela. Foi um beijo infinitamente doce, o beijo sonhado e desejado por um garoto de quinze anos na garota que ele amava desesperadamente.

Mas logo se transformou no beijo de um homem e de uma mulher e Xamã mal podia acreditar na avidez com que ela respondeu, tão diferente do frio controle com que Rachel havia proposto uma amizade eterna, há poucos dias.

– Rachel... – disse ele, quando seus lábios se separaram.

– Não. Oh, Deus.

Mas Xamã cobriu o rosto dela com beijos leves e ardentes como chuva quente. Beijou os olhos, os cantos da boca e o nariz. Sentia o corpo dela tenso contra o seu.

Rachel lutava com a surpresa e o choque da própria reação. Encostou a mão no rosto dele e Xamã, virando a cabeça, beijou a palma macia.

Ele a viu dizer as palavras tão conhecidas no passado, as palavras com que Dorothy Burnham terminava os exercícios.

– Acho que por hoje chega – disse Rachel, afastando-se dele.

Xamã ficou olhando até ela desaparecer na curva do Caminho Longo.

Naquela noite ele começou a ler a última parte do diário do pai, sentindo, com medo e uma grande tristeza, o lento apagar da existência de Robert Judson Cole e vivendo a experiência da guerra terrível ao longo do Rappahannock na descrição feita com a letra grande e clara do pai.

Quando Xamã chegou à descoberta de Lanning Ordway por Rob J., parou de ler por algum tempo. Era difícil para ele aceitar o fato de que, depois da procura de tantos anos, seu pai tivesse feito contato com um dos assassinos de Makwa-ikwa.

Xamã leu durante toda a noite, inclinado para a luz.

Releu várias vezes a carta de Ordway para Goodnow.

Um pouco antes do nascer do dia chegou ao fim do diário – e ao fim do seu pai. Ficou deitado na cama, vestido, pensando durante mais de uma hora. Quando ouviu a mãe na cozinha, foi até o celeiro e pediu para Alden entrar com ele na casa. Mostrou aos dois a carta de Ordway e disse como a tinha encontrado.

– No diário dele? Você leu o diário dele? – perguntou Sarah.

– Sim. Você quer ler?

Ela balançou a cabeça.

– Eu não preciso disso. Eu era sua mulher. Eu o conhecia.

Os dois perceberam que Alden parecia não se sentir bem e Sarah serviu café.

– Eu não sei o que fazer com essa carta.

Xamã deixou que eles lessem com vagar.

– Bem, o que você *pode* fazer agora? – perguntou Alden, irritado.

Alden estava envelhecendo rapidamente, pensou Xamã. Bebendo mais, talvez, ou com menor resistência para a bebida. Suas mãos trêmulas deixaram cair um pouco de açúcar da colher.

– Seu pai fez de tudo para que a lei investigasse o que aconteceu com a mulher sauk. Acha que vão se interessar mais agora, só porque você tem o nome de um homem na carta de um homem morto?

– Robert, quando isso vai acabar? – perguntou Sarah, com amargura. – Os ossos daquela mulher estão há anos em nossas terras e vocês dois, seu pai e você, nunca permitiram que ela descansasse em paz, e nem nenhum de nós. Não pode apenas rasgar a carta e esquecer essa dor antiga, deixar que os mortos descansem em paz?

Mas Alden balançou a cabeça.

– Com todo o respeito, Sra. Cole, mas este homem não está disposto a ouvir o bom senso ou a razão quando se fala daqueles índios, como o pai dele tampouco ouvia. – Assoprou o café, ergueu a xícara com as duas mãos e tomou um gole que devia ter queimado sua boca. – Não, ele vai se preocupar até a morte, como um cão engasgado com um osso, como seu pai costumava fazer. – Olhou para Xamã. – Se meu conselho vale alguma coisa, o que eu não acredito, você devia ir a Chicago, quando puder, e procurar esse Goodnow, ver se ele pode dizer alguma coisa. Se não fizer isso, vai se acabar de preocupação e acabar com a gente também.

Madre Miriam Ferocia não concordou. Quando, naquela tarde, Xamã mostrou-lhe a carta, ela disse:

– Seu pai me falou acerca de David Goodnow – sua voz estava calma.

– Se o reverendo Goodnow é o reverendo Patterson, ele devia ser responsabilizado pela morte de Makwa-ikwa.

Madre Miriam suspirou.

– Xamã, você é médico, não policial. Não pode deixar para Deus o julgamento deste homem? Precisamos desesperadamente de você como médico. – Inclinou-se para a frente, com os olhos nos dele. – Eu tenho ótimas notícias. Nosso bispo informou que vai enviar fundos para a construção de um hospital aqui.

– Reverenda madre, isso é maravilhoso!

– Sim, maravilhoso.

O sorriso iluminava o rosto dela, pensou Xamã. Lembrou da herança que seu pai citava no diário e que ela doara para a igreja e imaginou se o que o bispo estava mandando não seria uma parte dessa herança. Mas a alegria de madre Miriam não dava lugar a esse tipo de pensamento.

– O povo desta região vai ter um hospital – disse ela, sorrindo, feliz. – As irmãs enfermeiras deste convento vão trabalhar no Hospital de São Francisco de Assis.

– E eu terei um hospital para os meus pacientes.

– Na verdade, esperamos que tenha mais do que isso. – As irmãs concordaram. – Queremos que seja o diretor clínico do hospital.

Xamã ficou em silêncio por um momento.

– É uma honra, reverenda madre – ele disse, então. Mas, eu sugiro um diretor clínico com mais experiência, com mais idade. E a senhora sabe que não sou católico.

– No passado, quando eu ousava sonhar com isto, esperava que seu pai fosse nosso diretor. Deus enviou seu pai para ser nosso amigo e nosso médico, mas seu pai se foi. Agora, Deus enviou você. Você tem a habilidade e os conhecimentos necessários e já tem muita experiência. É o médico de Holden's Crossing e vai dirigir o hospital da cidade – ela sorriu. – Quanto ao fato de não ter muita idade, acreditamos que você é o jovem mais velho que já conhecemos. Será um pequeno hospital, com apenas vinte e cinco leitos. E nós cresceremos com ele. – Ela acrescentou: – Eu gostaria de lhe dar um conselho. Não tenha medo de se atribuir um valor muito alto porque os outros já o fazem. Nem hesite em aspirar a qualquer objetivo maior, porque Deus foi generoso com os dons que lhe concedeu.

Embaraçado, Xamã sorriu com a segurança de um médico a quem acabam de prometer um hospital.

– Será sempre um prazer acreditar na senhora, reverenda madre – disse ele.

# 64

# CHICAGO

Xamã contou apenas para a mãe sua conversa com a superiora do convento. Sarah o surpreendeu com a intensidade do seu orgulho.

– Vai ser ótimo ter um hospital aqui, e você como diretor. Seu pai ficaria tão feliz!

Xamã explicou que a arquidiocese católica só enviaria os fundos necessários depois que fossem aprovados os planos para a construção do hospital.

– Enquanto isso, Miriam Ferocia me pediu para visitar vários hospitais a fim de estudar a organização dos vários departamentos – disse ele.

Xamã sabia exatamente onde ia fazer isso e qual o trem que devia tomar.

Na segunda-feira ele seguiu a cavalo até Moline e pagou a estada de Boss num estábulo por alguns dias. O trem para Chicago parava em Moline às 3:20 da tarde, tempo suficiente para embarcar os arados da fábrica John Deere e, às 2:45, Xamã estava esperando na plataforma de madeira.

Quando o trem parou, Xamã embarcou no último vagão e foi andando para a frente. Sabia que Rachel tinha tomado o trem em Rock Island há poucos minutos e a encontrou no terceiro vagão, sozinha. Xamã tinha se preparado para cumprimentá-la alegremente, comentando o "acaso" daquele encontro, mas o sangue desapareceu do rosto dela quando o viu.

– Xamã... aconteceu alguma coisa com as crianças?

– Não, nada disso. Vou a Chicago tratar de negócios – disse ele, censurando-se por não ter previsto essa reação à surpresa. – Posso me sentar com você?

– É claro.

Xamã pôs a mala no bagageiro e sentou, sentindo o constrangimento como uma barreira entre os dois.

– Xamã, aquele dia, no caminho do bosque...

– Eu gostei muito – disse ele, com voz firme.

– Não posso permitir que você tenha uma ideia errada.

*Outra vez*, pensou ele, com desespero.

– Eu acho que você gostou muito também – disse ele e outra vez ela ficou muito pálida.

– Não se trata disso. Não devemos nos permitir esse tipo de... prazer que só serve para tornar mais cruel a realidade.

– O que *é* a realidade?

– Sou uma viúva judia com dois filhos.

– E o que mais?

– Eu jurei que nunca mais vou permitir que meus pais escolham o marido para mim, mas isso não significa que não pretendo fazer uma escolha sensata.

Isso machucou. Mas dessa vez ele não ia deixar de dizer o que tinha de ser dito.

– Eu a amei durante quase toda a minha vida. Jamais conheci uma mulher cuja aparência e cuja mente eu achasse mais belas. Preciso da bondade que há em você.

– Xamã, por favor. – Rachel virou o rosto e olhou pela janela, mas ele continuou.

– Você me fez prometer que jamais seria resignado, nem passivo. Não quero me resignar a perdê-la outra vez. Quero casar com você e ser um pai para Hattie e Joshua.

Rachel continuou olhando pela janela, vendo os campos e as fazendas que passavam.

Tendo dito o que precisava dizer, Xamã tirou uma revista médica do bolso e começou a ler sobre a etiologia e o tratamento da coqueluche.

Rachel tirou o tricô da sacola que estava sob o banco. Xamã viu que ela estava fazendo um pequeno suéter de lã azul-escuro.

– Para Hattie?

– Para Joshua.

Entreolharam-se longamente, depois ele voltou à leitura e ela ao tricô.

Começou a escurecer antes que tivessem percorrido oitenta quilômetros e o condutor acendeu as luzes do trem. Antes das cinco horas sentiram fome. Xamã tinha galinha frita e torta de maçã e Rachel, pão, queijo, ovos cozidos e quatro pequenas peras doces. Dividiram a torta, os ovos e as frutas. Xamã tinha água da fonte num frasco.

Depois da parada em Juliet, o condutor apagou as luzes e Rachel dormiu durante algum tempo. Acordou com a cabeça no ombro de Xamã e a mão na dele. Tirou a mão, mas deixou a cabeça onde estava por algum tempo. Quando o trem passou da pradaria escura para o mar de luzes da cidade, Rachel estava arrumando o cabelo, com um grampo de metal entre os dentes e disse que estavam em Chicago.

Tomaram a diligência na estação, para o Palmer's Illinois House Hotel, onde o advogado de Rachel reservara um quarto para ela. Xamã ficou no quinto andar, quarto 508. Acompanhou Rachel até o 306 e deu gorjeta ao carregador.

– Quer mais alguma coisa: café, talvez?

– Acho que não, Xamã. Está ficando tarde e tenho muito que fazer amanhã. – Também não aceitou o convite para o café da manhã. – Por que não nos encontramos aqui às três horas e eu mostro Chicago para você, antes do jantar?

Xamã disse que estava ótimo e foi para seu quarto. Desfez as malas, guardou a roupa nas gavetas da cômoda e no closet, depois desceu os cinco lances de escada para o banheiro nos fundos do hotel, limpo e bem cuidado.

Na volta, parou por um momento no terceiro andar e olhou para a porta do quarto dela. Depois subiu os dois lances de escada até o quinto.

De manhã, logo depois do café, ele procurou a rua Bridgeton, que ficava num bairro operário com casas de madeira geminadas. No número 237, uma jovem com ar cansado, com uma criança no colo e um garotinho agarrado na saia, atendeu a porta.

Ela balançou a cabeça quando Xamã perguntou pelo reverendo David Goodnow.

– Há um ano o Sr. Goodnow não mora aqui. Ouvi dizer que ele está muito doente.

– Sabe onde ele está?

– Sim, está numa... espécie de hospital. Nós não o conhecemos. Mandamos o aluguel para o hospital todos os meses. Foi o que combinamos com o advogado dele.

– Podia me dar o nome do hospital? Eu preciso muito vê-lo.

Ela fez um gesto afirmativo.

– Está escrito na cozinha. – Entrou e voltou num instante com o pedaço de papel.

– É o Asilo Dearborn – disse a mulher. – Na rua Sable.

A placa era modesta e discreta, de bronze, pregada na coluna central que se erguia do baixo muro de tijolos:

Asilo Dearborn
Para Alcoólatras
E Insanos

Era uma mansão de tijolos vermelhos, com três andares, e as grades de ferro trabalhado, nas janelas, combinavam com a cerca de ferro sobre o muro de tijolos.

A porta pesada era de mogno e o hall, escuro, com duas cadeiras forradas de crina. Num pequeno escritório que dava para o hall, um homem de meia-idade, sentado a uma mesa, escrevia num grande livro-caixa. Inclinou a cabeça afirmativamente quando Xamã disse o que queria.

– Só Deus sabe há quanto tempo o Sr. Goodnow não recebe uma visita. Nem sei se alguma vez recebeu alguma. Assine o livro de visitas, que vou falar com o Dr. Burgess.

O Dr. Burgess apareceu logo depois, um homem pequeno com cabelo preto e bigode fino e bem cuidado.

– O senhor é parente ou amigo do Sr. Goodnow, Dr. Cole? Ou uma visita profissional?

– Conheço pessoas que conhecem o Sr. Goodnow – disse Xamã, cautelosamente. – Estou de passagem por Chicago e pensei em visitá-lo.

– O horário de visitas é à tarde, mas para um médico ocupado, podemos abrir uma exceção. Venha comigo, por favor.

Subiram um lance de escada e o Dr. Burgess bateu numa porta trancada que foi aberta por um enorme atendente. O homenzarrão os conduziu por um longo corredor onde mulheres muito pálidas, sentadas nos bancos encostados na parede, falavam sozinhas ou olhavam para o espaço, imóveis. Passaram ao lado de uma poça de urina e Xamã viu fezes esfregadas na parede. Em alguns quartos do corredor, as mulheres estavam acorrentadas à parede. Xamã tinha passado quatro tristes semanas trabalhando no Asilo para os Insanos do Estado de Ohio, quando estava na escola de medicina, e nem o que via, nem o cheiro foram surpresa para ele. Ficou satisfeito por não ouvir os sons.

O atendente abriu outra porta trancada e entraram no longo corredor da enfermaria dos homens, nada melhor do que a das mulheres. Finalmente o conduziram a um quarto pequeno, com uma mesa e algumas cadeiras, e pediram que aguardasse.

O médico e o atendente voltaram, trazendo um homem velho, com calça de trabalho sem botões na braguilha e um paletó muito sujo sobre a camisa. O cabelo precisava ser cortado e a barba grisalha estava despenteada e mal aparada. Havia um leve sorriso nos seus lábios, mas os olhos estavam fixos em outro lugar qualquer.

– Aqui está o Sr. Goodnow – disse o Dr. Burgess.

– Sr. Goodnow, eu sou o Dr. Robert Cole.

O sorriso não se alterou. Os olhos não o viam.

– Ele não consegue falar – disse o Dr. Burgess.

Mesmo assim, Xamã levantou da cadeira e aproximou-se do homem.

– Sr. Goodnow, o senhor era Ellwood Patterson?

– Há mais de um ano que ele não fala – disse o Dr. Burgess, pacientemente.

– Sr. Goodnow, o senhor matou a mulher índia que o senhor estuprou, em Holden's Crossing quando foi mandado pela Ordem da Bandeira de Estrelas e Listras?

O Dr. Burgess e o atendente olharam espantados para Xamã.

– Sabe onde posso encontrar Hank Cough?

Nenhuma resposta.

Xamã repetiu, com voz forte.

– Onde posso encontrar Hank Cough?

– Ele é sifilítico. Uma parte do cérebro foi destruída pela paresia – disse o Dr. Burgess.

– Como sabe que ele não está fingindo?

– Nós o vemos o tempo todo e sabemos. Por que alguém ia fingir para viver deste modo?

– Anos atrás, este homem tomou parte num crime desumano e terrível. Não me agrada pensar que possa escapar ao castigo – disse Xamã, com amargura.

David Goodnow começou a babar. O Dr. Burgess olhou para ele e balançou a cabeça.

– Não acredito que ele tenha escapado ao castigo.

Xamã e os dois homens voltaram, passando pelos dois corredores. Na porta, o Dr. Burgess despediu-se dele cortesmente, dizendo que o Asilo agradeceria recomendações dos médicos do oeste de Illinois. Xamã saiu para a luz brilhante do sol. O mau cheiro da cidade era perfume, comparado ao cheiro do asilo. Xamã caminhou por um longo tempo, absorto em pensamentos.

Parecia o fim da trilha. Um dos homens que tinham destruído Makwa-ikwa estava morto. Outro, ele acabava de ver, estava preso num inferno e ninguém sabia do terceiro.

Miriam Ferocia tinha razão, pensou ele. Estava na hora de deixar os assassinos de Makwa-ikwa para a justiça de Deus e se concentrar na medicina e na sua vida.

Xamã tomou o bonde puxado por cavalos, para o centro de Chicago, depois outro, para o Chicago Hospital, que lembrava seu hospital em Cincinnati. Era bom e grande, com quase quinhentos leitos. Quando pediu para ver o diretor e explicou a que vinha, foi tratado com muita cortesia.

O diretor o levou a um cirurgião e os dois deram suas opiniões sobre o equipamento e suprimentos de que ia precisar para um pequeno hospital. O encarregado das compras recomendou fornecedores especializados com preços razoáveis e boa regularidade nas entregas. Xamã falou com a administradora sobre a quantidade de roupa de cama necessária para manter todos os leitos sempre limpos. Anotou tudo no seu caderninho de bolso.

Um pouco antes das três horas, voltou ao Palmer's Illinois House Hotel e encontrou Rachel sentada no saguão, à sua espera. Percebeu pela expressão do rosto dela que tudo tinha corrido bem.

– Está acabado, a companhia não é mais minha responsabilidade – disse ela. Contou que o advogado tinha preparado os papéis com perfeição e eficiência e quase todo o produto da venda estava depositado em nome de Hattie e Joshua.

– Muito bem, precisamos comemorar – disse ele, livrando-se por completo do humor sombrio da manhã.

Tomaram a primeira carruagem da fila, na frente do hotel. Xamã não queria ver teatros, nem currais de gado. Uma única coisa o interessava em Chicago.

– Mostre os lugares que você conhecia quando morava aqui.
– Mas não têm nada de interessante!
– Por favor.

Rachel inclinou-se para a frente e disse ao cocheiro onde queriam ir.

Primeiro ela apontou, um pouco embaraçada, para a loja onde tinha mandado consertar as cravelhas do violino e comprado cordas e um arco novo, mas começou a se divertir quando mostrou onde comprava sapatos e chapéus e a camisaria onde tinha encomendado camisas sociais para o aniversário do pai. Percorreram vinte quarteirões e então ela mostrou o edifício imponente da Congregação Sinai.

– Era aqui que eu tocava com meu quarteto, às terças-feiras, e onde assistíamos ao serviço das noites de sexta-feira. Não foi aqui que nos casamos. O casamento foi na sinagoga *Kehilath Anshe Maarib*, da qual a tia de Joe, Harriet Ferber, era um membro importante. Há quatro anos, Joe e alguns outros deixaram a sinagoga e fundaram o Sinai, uma congregação de Reforma do Judaísmo. Libertaram-se de muitos rituais e tradições, provocando um enorme escândalo. A tia Harriet ficou furiosa, mas o desentendimento durou pouco e continuamos boas amigas. Um ano depois, quando ela morreu, demos seu nome à nossa primeira filha.

Chegaram então a um bairro de casas pequenas, mas confortáveis, e na rua Tyler ela apontou para uma casa com beirais marrons.

Nós morávamos aqui.

Xamã lembrou-se de como ela era então e inclinou-se para a frente, imaginando a jovem da sua lembrança naquela casa.

Cinco quarteirões adiante havia um conjunto de lojas.

– Oh, vamos parar – disse Rachel.

Desceram da carruagem e entraram num armazém que cheirava a sal e especiarias, onde um velho, corado, com barba branca, tão grande quanto Xamã, caminhou para eles com um largo sorriso, limpando as mãos no avental.

– Sra. Regensberg, é um prazer vê-la outra vez!

– Obrigada, Sr. Freudenthal. É um prazer vê-lo também. Quero comprar algumas coisas para minha mãe.

Rachel comprou vários tipos de peixe defumado, azeitonas pretas e um pedaço grande de pasta de amêndoa. O Sr. Freudenthal olhou para Xamã.

– *Ehr is nit a yid* – observou ele.

– *Nein* – disse Rachel. E depois, como se devesse uma explicação. – *Ehr is ein guteh freind.*

Xamã não precisava conhecer a língua para saber o que tinham dito. Sentiu uma ponta de ressentimento, mas imediatamente compreendeu que a pergunta do homem fazia parte da realidade que vinha com ela, como Hattie e Joshua. Quando os dois eram pequenos, num mundo mais inocente, poucas eram as diferenças e podiam ser contornadas, mas agora eram adultos e as diferenças deviam ser enfrentadas.

Assim, quando apanhou os pacotes das mãos do dono do armazém, Xamã sorriu.

– Um bom dia para o senhor, Sr. Frecudenthal. – E saiu atrás de Rachel.

Levaram as compras para o hotel. Estava na hora do jantar e Xamã teria escolhido o restaurante do hotel, mas Rachel disse que conhecia um lugar melhor. Foram a pé a um pequeno restaurante, o Parkman Café. Não era luxuoso e tinha preços módicos, mas a comida e o serviço eram bons. Depois do jantar, ele perguntou o que ela queria fazer e Rachel disse que queria andar em volta do lago.

A brisa soprava da água, mas havia um quê de verão no ar. As estrelas brilhavam no céu ao lado da lua do equinócio do outono em sua última fase, mas estava muito escuro para Xamã ver os lábios dela e caminharam em silêncio. Com outra mulher, ele teria ficado ansioso, mas sabia que Rachel esperava seu silêncio quando não havia luz.

Caminharam pela margem do lago até Rachel parar sob uma lâmpada e apontar para um círculo de luz, mais adiante.

– Estou ouvindo uma música maravilhosa, címbalos de orquestra!

No lugar iluminado depararam com uma cena curiosa. Uma plataforma redonda, do tamanho da divisão de ordenha num celeiro, com uma porção de animais de madeira pintados. Um homem magro e enrugado girava uma grande manivela.

– É uma caixa de música? – perguntou Rachel.

– *Non, est un carrousel*. A pessoa escolhe um animal para montar, *très drole, très plaisant* – disse o homem. – Cada volta vinte centavos, *mistaire*.

Rob escolheu um urso marrom, Rachel, um cavalo pintado de um vermelho improvável. O francês rosnou, girou a manivela e eles começaram a rodar.

No canto do *carrousel* uma argola de bronze pendia de um poste, sob o cartaz que prometia uma volta de graça a quem conseguisse segurar a argola, montado num dos animais. Sem dúvida estava bem fora do alcance da maioria das pessoas, mas Xamã esticou bem o corpo longo. O francês, quando viu Xamã tentando apanhar a argola, girou a manivela mais depressa, aumentando a velocidade do *carrousel*. Mas Xamã conseguiu, na segunda tentativa.

Ele ganhou uma porção de voltas de graça para Rachel, mas logo o homem disse que precisava descansar o braço e Xamã desceu do urso pardo e começou a girar a manivela. Girou cada vez mais depressa e o cavalo vermelho passou do meio galope para o galope. Rachel, inclinando a cabeça para trás, ria às gargalhadas, como uma criança, com os dentes muito brancos brilhando. Não havia nada de infantil na intensa feminilidade dela. Não era só Xamã quem olhava encantado. O francês, fascinado, arriscava um olhar, uma vez ou outra, enquanto se preparava para fechar.

– Vocês são os últimos fregueses de 1864 – ele disse para Xamã. – É o *finis* da estação. Logo chega o gelo.

Rachel deu onze voltas. Perceberam que tinham atrasado a hora de fechar do francês. Xamã pagou e acrescentou uma gorjeta e o homem presenteou Rachel com uma caneta de vidro branco com um ramo de flores pintado.

Voltaram para o hotel despenteados e sorrindo.

– Eu me diverti tanto! – disse ela, na porta do quarto 306.

– Eu também.

Antes que Xamã pudesse fazer ou dizer alguma coisa, ela o tinha beijado no rosto e entrado no quarto, fechando a porta.

Xamã ficou deitado durante uma hora, completamente vestido. Finalmente, levantou-se e desceu os dois lances de escada. Rachel demorou um pouco para atender. Xamã, perdendo a coragem, ia voltar, quando a porta se abriu e lá estava ela, com seu roupão.

Entreolharam-se.

– Você entra ou eu saio? – perguntou Rachel. Xamã viu que ela estava nervosa.

Ele entrou e fechou a porta.

– Rachel... – disse ele, mas Rachel cobriu os lábios dele com a mão.

– Quando eu era pequena, eu costumava andar pelo Caminho Longo e parar num lugar perfeito, onde o bosque desce para o rio, bem ao lado da divisa entre as terras do meu pai e as suas. Dizia a mim mesma que você ia crescer depressa e construir uma casa naquele lugar para me salvar do casamento com um homem de dentes estragados. Eu imaginava os nossos filhos, um filho como você e três filhas que você amaria e trataria com paciência, permitindo que fossem à escola e ficassem em casa o tempo que quisessem.

– Eu a amei toda a minha vida.

– Eu sei – disse ela e, quando se beijaram, Rachel começou a desabotoar a camisa dele.


Deixaram a luz acesa para que Rachel pudesse falar com ele, e para verem um ao outro.

Depois de fazer amor, Rachel adormeceu como uma gatinha e Xamã ficou deitado, ouvindo a respiração dela. Finalmente ela acordou e olhou para ele.

– Mesmo quando eu era mulher de Joe... mesmo depois de ser mãe, eu sonhava com você.

– De certo modo, eu sabia. Era isso que mais me atormentava.

– Estou com medo, Xamã.

– Do quê, Rachel?

– Durante anos sufoquei qualquer esperança disto... Você sabe o que uma família judia ortodoxa faz, quando alguém casa fora da fé? Cobre os espelhos com panos pretos e ficam de luto. Recitam a oração dos mortos.

– Não tenha medo. Vamos conversar e eles vão entender.

– E se nunca compreenderem?

Xamã sentiu uma ponta de medo, mas tinham de enfrentar a possibilidade.

– Nesse caso, você tem de decidir – disse ele.

Entreolharam-se em silêncio.

– Nada mais de resignação, para nenhum de nós – disse Rachel. – Certo?

– Certo.

Compreenderam que tinham selado um compromisso, mais sério do que qualquer promessa, e abraçaram-se como se cada um fosse uma balsa de salvamento.

No dia seguinte, no trem que os levava para o oeste, eles conversaram.

– Preciso de tempo – disse Rachel.

Xamã perguntou quanto e ela disse que queria contar pessoalmente ao pai, não numa carta secreta.

– Não deve demorar. Todos dizem que a guerra está quase no fim. – Esperei tanto tempo por você, acho que posso esperar um pouco mais – disse ele. – Porque não vou me encontrar com você às escondidas. Quero ir à sua casa e sair com você. E quero passar muito tempo com Hattie e Joshua, para nos conhecermos bem.

Rachel sorriu e fez um gesto afirmativo.

– Sim – disse ela, segurando a mão dele.

Lillian ia esperá-la em Rock Island. Xamã deixou o trem em Moline e foi apanhar Boss no estábulo. Percorreu cinquenta quilômetros rio acima e tomou a balsa que atravessava o Mississípi, para Clinton, Iowa. Naquela noite, ele ficou no Randall Hotel, num bom quarto com lareira com aparador de mármore e água quente e fria corrente. O hotel tinha um maravilhoso banheiro de tijolos, acessível a todos os andares. Mas no dia seguinte, o objetivo da sua visita, o Hospital Inman, foi um desapontamento. Era pequeno, como o que pretendiam construir em Holden's Crossing, mas sujo e mal dirigido, um exemplo do que não devia ser feito. Xamã saiu o mais depressa possível e pagou o capitão de uma barcaça para levá-lo e a Boss até Rock Island.

Uma chuva fria começou a cair quando estava a caminho de Holden's Crossing, mas Xamã se aqueceu, pensando em Rachel e no futuro dos dois. Chegou em casa, levou o cavalo para o estábulo e entrou na cozinha. Sarah estava sentada, rígida na ponta da cadeira. Evidentemente estava à sua espera, porque, assim que Xamã entrou, ela disse:

– Seu irmão está vivo. É prisioneiro de guerra.

## 65
# UMA MENSAGEM PELO TELÉGRAFO

Na véspera, Lillian Geiger tinha recebido uma carta do marido. Jason dizia que vira o nome do cabo Alexander Bledsoe na lista dos prisioneiros de guerra confederados. Alex fora aprisionado pelas forças da União em 11 de novembro de 1862, em Perrysville, Kentucky.

– Por isso Washington não respondeu a nossas cartas perguntando se tinham um prisioneiro chamado Alexander Cole – disse Sarah. – Ele usou o nome do meu primeiro marido.

Xamã ficou feliz.

– Pelo menos ele deve estar vivo! Vou escrever imediatamente para saber onde ele está.

– Isso vai demorar meses. Se ele ainda está vivo, há três anos é prisioneiro. Jason diz que as condições são terríveis nos campos de prisioneiros dos dois lados. Diz que devemos tentar retirar Alex de lá imediatamente.

– Então eu vou a Washington.

Mas Sarah balançou a cabeça.

Li no jornal que Nick Holden vem a Rock Island e a Holden's Crossing para a campanha eleitoral de Lincoln. Fale com ele e peça para ajudar a encontrar seu irmão.

Xamã disse, intrigado:

– Por que recorrer a Nick Holden e não ao nosso congressista ou senador? Papai desprezava Holden por ajudar a destruir os sauks.

– Nick Holden é provavelmente o pai de Alex – disse ela, em voz baixa.

Por um momento, Xamã ficou paralisado.

– ... eu sempre pensei... isto é, Alex pensa que seu pai natural é um tal de Will Mosby.

Sarah olhou para ele. Estava muito pálida, mas com os olhos secos.

– Eu tinha dezessete anos quando meu primeiro marido morreu. Estava sozinha na casa de madeira, no meio da pradaria, onde hoje é a fazenda dos Schroeder. Procurei cuidar da fazenda sozinha, mas não consegui. A terra me venceu rapidamente. Eu não tinha dinheiro. Não havia empregos, e pouca gente morava por perto. Primeiro Will Mosby me encontrou. Era um criminoso, ficava fora de casa por longos períodos, mas quando voltava tinha sempre muito dinheiro. Então Nick começou a me visitar. Os dois eram bonitos e encantadores. A princípio, pensei que um não sabia do outro, mas quando fiquei grávida, descobri que os dois sabiam e cada um disse que o outro era o pai.

Xamã mal podia falar.

– E eles não a ajudaram de modo algum?

Sarah disse, com um sorriso amargo:

– Não que desse para notar. Acho que Will Mosby me amava e teria casado comigo, mas ele levava uma vida perigosa e escolheu exatamente aquele momento para ser morto. Nick se afastou, embora eu sempre achasse que ele era o pai de Alex. Então Alma e Gus chegaram e compraram a terra, e acho que ele sabia que os Schroeder iam me alimentar. Quando Alex nasceu, Alma estava comigo, mas a pobre mulher se descontrolou numa emergência e eu tive de dizer a ela o que devia fazer. Depois que Alex nasceu, durante alguns anos minha vida foi a pior possível. Primeiro, foram meus nervos, depois minha barriga, e isso provocou a formação de pedras nos rins. – Ela balançou a cabeça. – Seu pai salvou minha vida. Até ele chegar, eu não acreditava que pudesse existir um homem bom e gentil no mundo todo. A verdade é que eu tinha pecado. Quando você perdeu a audição, eu sabia que era castigo e que a culpa era minha, e mal podia chegar perto de você. Eu o amava demais e minha consciência me atormentava. – Estendeu a mão e tocou o rosto dele. – Eu sinto muito que você tenha uma mãe tão fraca e pecadora.

Xamã segurou a mão dela.

– Não, você não é fraca, nem pecadora. É uma mulher forte que precisou de muita coragem para sobreviver. Por falar nisso, foi preciso muita coragem para me contar essa história. Minha surdez não é culpa sua, mamãe. Deus não quer castigá-la. Nunca tive tanto orgulho de você, e nunca a amei mais do que agora.

– Obrigada, Xamã – disse ela e, quando ele a beijou, sentiu as lágrimas no rosto dela.

Cinco dias antes do comício de Nick Holden em Rock Island, Xamã deixou um bilhete para ele com o presidente do comitê republicano do condado, dizendo que o Dr. Robert Jefferson Cole agradeceria a oportunidade de falar com o comissário Holden sobre um assunto de grande importância.

No dia do primeiro comício, Xamã foi à grande casa de madeira de Nick, em Holden's Crossing, onde um secretário o admitiu quando ele disse seu nome.

– O comissário o espera – disse o homem, conduzindo Xamã ao escritório.

Xamã notou que Nick tinha mudado. Estava mais gordo, com cabelo grisalho e ralo e uma rede de veias nos cantos do nariz, mas era ainda um homem bonito e usava a autoconfiança tão bem quanto as roupas elegantes.

– Ora, por Deus, você é o menorzinho, o mais novo, não é? E agora é médico? Estou muito contente por vê-lo. Vamos fazer uma coisa, preciso de uma boa refeição do campo, venha comigo ao restaurante de Anna Willey que eu lhe pago um bom almoço típico de Holden's Crossing.

Xamã lera há pouco tempo o diário do pai e ainda via Nick Holden pelos olhos e a pena de Rob J., e a última coisa que queria era comer com ele. Mas sabia por que estava ali, por isso deixou que Nick o levasse na sua carruagem ao restaurante da pensão, na rua Principal. É claro que tiveram de parar primeiro no armazém-geral, para Nick apertar as mãos dos homens que estavam na varanda, como um bom político, e ter certeza de que todos conheciam "meu bom amigo, nosso doutor".

No restaurante, Anna Willey dispensou um tratamento especial aos dois e Xamã comeu o assado de carne de porco, que estava bom, e a torta de maçã, que não tinha nada de especial. Finalmente, ele falou de Alex.

Holden ouviu sem interromper, depois balançou a cabeça afirmativamente.

– Prisioneiro há três anos, é isso?

– Sim, senhor. Se ainda estiver vivo.

Nick tirou um charuto do bolso interno do paletó e ofereceu a Xamã, que recusou. Mordeu a ponta do charuto e acendeu, soltando baforadas de fumaça, olhando pensativamente para Xamã.

– Por que veio me procurar?

– Minha mãe achou que o senhor ia se interessar – disse Xamã.

Holden balançou a cabeça, assentindo. Depois sorriu.

– Seu pai e eu... Você sabe, quando éramos jovens, fomos grandes amigos. Passamos bons tempos juntos.

– Eu sei – disse Xamã.

Alguma coisa na sua voz avisou Holden de que era melhor mudar de assunto. Balançou a cabeça outra vez.

– Muito bem, transmita à sua mãe minhas lembranças. E diga que vou me interessar pessoalmente pelo caso.

Rob agradeceu. Mesmo assim, quando chegou em casa, escreveu para seu congressista e seu senador, pedindo para ajudá-lo a localizar Alex.

Alguns dias depois da sua volta de Chicago, Xamã e Rachel comunicaram às mães que estavam namorando.

Sarah contraiu os lábios, mas fez um gesto afirmativo, sem nenhuma surpresa.

— É claro que você vai ser bom para os filhos dela, como seu pai foi com Alex. Se tiverem filhos, vão ser batizados?

— Não sei, mamãe. Ainda não chegamos lá.

— Se eu fosse vocês, conversaria a esse respeito. — Era tudo que Sarah tinha a dizer sobre o assunto.

Rachel não teve tanta sorte. Ela e a mãe brigavam com frequência. Lillian tratava Xamã delicadamente quando ele ia à sua casa, mas sem nenhum calor. Xamã levava Rachel e as crianças para passear de charrete, sempre que podia, mas a natureza conspirou contra eles, pois o tempo ficou horrível. Assim como o verão tinha chegado cedo demais, muito quente, quase sem primavera, o inverno chegou muito cedo na planície, naquele ano. Outubro foi gelado. Xamã encontrou os patins do pai e passou a patinar na superfície gelada do pasto dos búfalos, mas estava frio demais para se demorar muito. No dia das eleições nevou mais, quando Lincoln foi reeleito facilmente e, no dia dezoito, uma chuva de granizo abateu-se sobre Holden's Crossing e a camada branca cobriu o solo até a primavera.

— Você notou o tremor de Alden? — Sarah comentou com Xamã naquela manhã.

Na verdade, Xamã vinha observando Alden há algum tempo.

— Ele está com o mal de Parkinson, mamãe.

— O que é isso?

— Eu não sei o que provoca o tremor, mas a doença afeta o controle dos músculos.

— Ele vai morrer disso?

— Às vezes pode provocar a morte, mas não é comum. O mais provável é que vá piorando aos poucos. Talvez fique inutilizado.

— Bem, o pobre homem está muito velho e doente para dirigir esta fazenda. Temos de pensar em pôr Doug Penfield no lugar dele e arranjar outra pessoa para ajudar. Podemos fazer isso?

Estavam pagando vinte e dois dólares por mês para Alden e dez para Doug Penfield. Xamã fez um cálculo rápido e disse que podiam.

— E então o que vai acontecer com Alden?

— Bem, Alden fica na casa e nós tomamos conta dele, é claro. Mas vai ser difícil convencê-lo a deixar o trabalho pesado.

— Talvez seja melhor dar a ele trabalhos mais leves — disse ela, e Xamã concordou.

— Acho que já tenho um — disse Xamã.

Naquela noite ele levou o bisturi "Rob J." à casa de Alden.

— Precisa ser amolado, certo? — disse Alden, apanhando o bisturi.

Xamã sorriu.

— Não, Alden, eu o mantenho amolado. É um instrumento cirúrgico que está na minha família há centenas de anos. Meu pai contava que na casa da mãe dele era guardado numa moldura, com vidro, dependurada na parede. Será que podia fazer uma para mim?

— Não sei por que não — Alden examinou o bisturi. — Uma boa peça de aço, esta aqui.

— Sim, é. Com um ótimo corte.

— Eu podia fazer uma faca igual a esta, se quiser outra.

Xamã ficou intrigado.

— Você tentaria? Poderia fazer uma com a lâmina mais longa e mais estreita?

— Acho que não tem problema — disse Alden e Xamã notou o tremor da mão dele segurando o bisturi.


Era difícil estar tão perto de Rachel e ao mesmo tempo tão longe. Não havia nenhum lugar onde pudessem fazer amor. Caminhavam na alta camada de neve, para os bosques, onde se abraçavam como ursos e trocavam beijos gelados e carícias enluvadas. Xamã começou a ficar irritado e rabugento, e notou que Rachel tinha olheiras escuras.

Quando a deixava, Xamã fazia longas e vigorosas caminhadas. Um dia, quando descia o Caminho Curto, notou que algumas partes da madeira que marcava o túmulo de Makwa-ikwa estavam rachadas. O tempo tinha quase apagado as marcas cabalísticas que Rob J. mandara Alden gravar na madeira.

Xamã teve a impressão de que Makwa ia se erguer furiosa da terra e da neve. Quanto era imaginação e quanto era sua consciência?

*Eu fiz tudo que podia. O que mais posso fazer? Há muitas outras coisas na minha vida além do fato de você não poder descansar,* disse ele, irritado, e dando meia-volta foi para casa, com a neve quase até o joelhos.


— Naquela tarde, ele foi à casa de Betty Cummings, que estava com forte reumatismo nos dois ombros. Xamã amarrou o cavalo e caminhou para a porta dos fundos, quando viu, bem atrás do celeiro, umas pegadas duplas e algumas marcas estranhas.

Atravessou uma pilha de neve e ajoelhou para examinar as marcas.

Eram triangulares. Tinham uns doze centímetros de profundidade e variavam em tamanho, de acordo com a profundidade.

Aqueles ferimentos triangulares na neve não tinham sangue e havia mais de onze deles.

Xamã ficou ajoelhado, olhando para a neve.

— Dr. Cole?

A Sra. Cummings tinha saído de casa e estava inclinada ao lado dele, com expressão preocupada.

Ela disse que eram marcas do bastão de esqui do seu filho. Ele tinha feito os esquis e os bastões de nogueira e afiado as pontas com uma faca.

Eram marcas muito grandes.

– Está tudo bem, Dr. Cole? – Ela estremeceu, aconchegando mais o xale, e Xamã censurou-se por permitir que a mulher reumática ficasse tanto tempo no frio.

– Está tudo muito bem, Sra. Cummings – disse ele, entrando com ela na cozinha quente.

Alden fez uma bela moldura para o bisturi Rob J. Era de carvalho e forrada com um pedaço de veludo azul-claro, conseguido com Sarah, para montar o bisturi.

– Não encontrei um pedaço de vidro usado. Tive de comprar um no armazém do Haskins. Espero que esteja bom.

– Está mais do que bom – disse Xamã, satisfeito. – Vou pendurar no hall de entrada.

Ficou mais satisfeito ainda com o bisturi feito por Alden, de acordo com sua especificação.

– Eu forjei de um velho marcador de ovelhas, de ferro. Ainda sobrou muito aço bom para mais dois desses, se você quiser.

Xamã desenhou uma tenta cirúrgica e uma pinça para amputação.

– Acha que pode fazer isto?

– Não duvido nada.

Xamã olhou para ele, pensativo.

– Alden, vamos ter um hospital aqui em Holden's Crossing. Isso significa que vamos precisar de instrumentos, camas, cadeiras, uma porção de coisas. O que acha de arranjar alguém para ajudá-lo a fazer tudo isso para nós?

– Bem, acho que seria bom, mas... não vou ter tempo.

– Sim, eu compreendo. E se contratarmos alguém para ajudar Doug Penfield na fazenda? Duas vezes por semana você pode dizer a eles o que devem fazer.

Alden pensou e disse:

– Seria ótimo.

Xamã hesitou.

– Alden... Como está sua memória?

– Tão boa quanto a de todo mundo, eu acho.

– Tanto quanto puder lembrar, pode me dizer onde estava todo mundo no dia da morte de Makwa?

Com um suspiro profundo, Alden olhou para o teto.

– Ainda pensando nisso, não é?

Mas com alguma persuasão, resolveu cooperar.

– Bem, para começar, você. Segundo me disseram, você estava dormindo no bosque. Seu pai estava visitando os doentes. Eu estava na fazenda de Hans Grueber, ajudando no abate, em troca da parelha de bois para puxar o espalhador de esterco nos nossos pastos. ... Deixe ver, quem mais?

– Alex. Minha mãe. Lua e Chega Cantando.

– Bom. Alex estava em algum lugar, pescando ou brincando, eu não sei. Sua mãe e Lua... eu me lembro, estavam limpando o depósito de primavera para guardar a carne depois de nosso abate. O índio grande estava trabalhando com as ovelhas, e depois, no bosque. – Olhou para Xamã, com um largo sorriso. – Que tal a memória?

– Foi Jason quem encontrou Makwa. O que Jay tinha feito naquele dia?

Alden ficou indignado.

– Como eu vou saber? Se quer saber do Geiger, pergunte para a mulher dele. – Xamã concordou.

– Acho que vou fazer isso – disse ele.

Mas quando chegou em casa, tudo desapareceu da sua mente porque Sarah disse que Carroll Wilkenson tinha deixado uma mensagem para ele. Tinha chegado no telégrafo de Rock Island.

Os dedos dele tremiam tanto quanto os de Alden quando abriu o envelope.

A mensagem era concisa e clara:

Cabo Alexander Bledsoe, 38º Rifles Montados da Louisiana, atualmente encarcerado como prisioneiro de guerra, Campo de Prisioneiros Elmira, Nova York. Por favor, comunique-se comigo se eu puder ajudar em mais alguma coisa. Boa sorte. Nicholas Holden, U.S.Cmsr., Assuntos Indígenas.

# 66
# O CAMPO ELMIRA

No escritório do presidente do banco, Charlie Andreson olhou para a quantia pedida no formulário de retiradas e franziu os lábios.

Embora o dinheiro fosse seu, Xamã não hesitou em dizer para que precisava dele, porque sabia que podia confiar na discrição do banqueiro.

– Não tenho ideia do que Alex vai precisar. Seja o que for, preciso de dinheiro para ajudá-lo.

Andreson fez que sim com a cabeça e saiu do escritório. Voltou com um maço de notas num pequeno cesto de pano e um cinto para guardar o dinheiro, que entregou para Xamã.

— Um pequeno presente do banco a um cliente valioso. Com os votos sinceros de boa sorte e um pequeno conselho, se me permite. Ponha o dinheiro no cinto e fique com ele sempre junto ao corpo, debaixo da roupa. Você tem uma arma?

— Não.

— Bem, devia comprar uma. Vai fazer uma longa viagem e há homens perigosos, capazes de matar sem pensar duas vezes para ficar com esse dinheiro.

Xamã agradeceu e pôs o dinheiro e o cinto numa pequena sacola de tapeçaria. Estava passando pela rua Principal quando lembrou-se de que *tinha* uma arma, o Colt 44 que seu pai havia tirado de um confederado morto, para matar um cavalo, e que levara para casa. Nas circunstâncias normais, jamais teria ocorrido a ele viajar armado, mas não podia deixar que nada o impedisse de encontrar e ajudar Alex. Virou o cavalo e voltou para o armazém de Haskins, onde comprou uma caixa de munição. As balas e o revólver pesavam bastante e ocupavam muito espaço na pequena valise que levava, além da sua maleta de médico, quando saiu de Holden's Crossing.

Tomou o barco a vapor e desceu o rio até Cairo, depois seguiu de trem para o Leste. Três vezes seu trem ficou parado um longo tempo, esperando a passagem dos trens com soldados. Foram quatro dias e quatro noites de viagem por terra. A neve tinha desaparecido quando ele saiu de Illinois, mas não o inverno, e o frio intenso dos vagões penetrava nos ossos de Xamã. Quando finalmente chegou a Elmira, estava exausto, mas nem pensou em tomar banho e mudar de roupa antes de tentar ver Alex, porque precisava se certificar de que o irmão estava vivo.

Saiu da estação, passou por um carro de aluguel e tomou um carro leve de quatro rodas, onde podia sentar ao lado do cocheiro e ver o que ele dizia. O cocheiro disse com orgulho que a cidade já tinha quinze mil habitantes. Passaram por uma bonita cidade de casas pequenas para um bairro mais afastado, pela rua Water, que, segundo o homem, acompanhava o rio Chemung. Logo chegaram à cerca de madeira da prisão.

O cocheiro orgulhava-se da beleza da cidade e da sua prática em dar todas as informações. Disse a Xamã que a cerca do campo de prisioneiros tinha 3,60 metros de altura, feita com tábuas de "madeira nativa", e circundava vinte e oito acres onde viviam mais de dez mil prisioneiros confederados.

— Às vezes tinha mais de doze mil rebeldes aí dentro — disse ele.

Notou também que a um metro e vinte do topo da cerca, do lado de fora, havia uma passarela patrulhada por guardas armados.

Seguiram pela rua West Water, onde os aproveitadores tinham feito do campo um zoológico humano. De uma torre de madeira com três andares, completada com escadas que levavam a uma plataforma elevada, por quinze centavos podiam-se ver os homens entre os muros da prisão.

– Antes eram duas torres. E uma porção de barracas de comida e bebida. Vendiam bolos, biscoitos, amendoim, limonada e cerveja para os que vinham ver os prisioneiros. Mas o maldito exército acabou com tudo isso.

– Uma pena.

– É mesmo. Quer subir e dar uma olhada?

Xamã balançou a cabeça.

– Deixe-me no portão principal do campo, por favor.


Um sentinela negro, de porte militar, guardava o portão. Ao que parecia, todos os sentinelas eram negros. Xamã acompanhou um soldado à sala do ordenança, onde se identificou para um sargento e pediu permissão para ver o prisioneiro chamado Alex Bledsoe.

O sargento, depois de conferenciar com um tenente sentado a uma mesa num pequeno escritório, voltou e disse que tinham recebido uma mensagem de Washington recomendando o Dr. Cole, o que fez Xamã pensar um pouco melhor de Nicholas Holden.

– As visitas são de noventa minutos.

Foi informado de que o soldado o levaria ao seu irmão na barraca Oito-C e Xamã acompanhou o negro pelas valetas de terra gelada, para o centro do campo. Por todo lado havia prisioneiros, desanimados, miseráveis, malvestidos. Compreendeu imediatamente que passavam fome. Viu dois homens de pé ao lado de um barril, tirando a pele de um rato.

Passaram por inúmeras barracas baixas de madeira. Atrás delas havia uma fila de barracas de lona e mais além um lago pequeno e estreito que, sem dúvida, era usado como esgoto aberto, porque quanto mais perto chegavam, mais forte ficava o fedor.

Finalmente o soldado negro parou na frente de uma das barracas de lona.

– Esta é a Oito-C, senhor – disse ele, e Xamã agradeceu.

Dentro, estavam quatro homens com os rostos encovados de frio. Xamã não reconheceu nenhum e seu primeiro pensamento foi de que um deles era um homem com o mesmo nome de Alex e que tinha vindo de tão longe por uma confusão de identidades.

– Estou procurando o cabo Alexander Bledsoe.

Um dos prisioneiros, um rapaz com um bigode grande demais para o rosto magro, apontou para o que parecia uma pilha de trapos. Xamã aproximou-se devagar, como se tivesse um animal feroz sob aqueles farrapos sujos – dois sacos de aniagem, um pedaço de tapete, uma coisa que podia ter sido um casaco.

– Nós cobrimos o rosto dele por causa do frio – disse o homem de bigode, estendendo a mão e tirando um dos sacos de aniagem.

Era seu irmão, mas não seu irmão. Xamã teria passado por ele na rua sem reconhecer, porque Alex estava extremamente mudado. Estava muito magro e envelhecido por experiências que Xamã não queria nem imaginar. Xamã segurou a mão dele. Finalmente Alex abriu os olhos, olhou para ele e não o reconheceu.

– Maior – disse Xamã, mas não pôde continuar.

Alex piscou os olhos, atônito. Então a compreensão penetrou em sua mente como uma maré que lentamente toma posse de uma praia quase destruída e Alex começou a chorar.


– Mamãe e papai?

Foram as primeiras palavras de Alex e Xamã mentiu imediata e instintivamente.

– Estão bem.

Os irmãos sentaram, e Xamã segurou as mãos de Alex. Tinham tanto para dizer, e tantas perguntas, e tanta coisa para contar, que, a princípio, ficaram em silêncio. Logo as palavras chegaram para Xamã, mas Alex não o acompanhou. Apesar da excitação do encontro, ele voltou a dormir, o que fez com que Xamã compreendesse o quanto o irmão estava doente.

Xamã apresentou-se aos outros quatro homens e ficou sabendo seus nomes. Berry Womack, de Spartanburg, Carolina do Sul, pequeno e intenso, com cabelo longo e louro. Fox J. Byrd, de Charlottesville, Virgínia, com olhos sonolentos e pele flácida, como se tivesse sido gordo. James Joseph Wamdron, de Van Buren, Arkansas, entroncado, moreno, e o mais novo de todos, não devia ter mais de dezessete anos, calculou Xamã. E Barton O. Westmoreland, de Richmond, Virgínia, o garoto de bigode, que tinha um firme aperto de mãos e disse a Xamã para chamá-lo de Buttons.

Enquanto Alex dormia, Xamã o examinou.

Alex não tinha mais o pé esquerdo.

– ... Ferimento de tiro?

– Não, senhor – disse Buttons. – Eu estava com ele. Muitos dos nossos estavam sendo transferidos para cá, de trem, do campo de prisioneiros de Point Lookout, Maryland, no dia 16 de julho último... Bem, houve um horrível desastre de trem na Pensilvânia... Sholola, Pensilvânia. Quarenta e oito prisioneiros de guerra e dezessete guardas morreram. Eles os enterraram no campo, ao lado dos trilhos, como faziam depois de uma batalha. Oitenta e cinco dos nossos ficaram feridos. O pé de Alex estava tão amassado que eles cortaram. Eu tive sorte, só uma torção no ombro.

– Seu irmão passou bem durante algum tempo – disse Berry Womack. – Jimmie-Joe fez uma muleta e ele andava muito bem com ela. Ele era o sargento encarregado dos doentes na nossa barraca e tomava conta de nós todos. Disse que tinha aprendido um pouco de medicina observando seu pai.

– Nós o chamamos de Doutor – disse Jimmie-Joe Waldron.

Xamã ergueu a perna de Alex e encontrou a causa dos problemas do irmão. Fora uma amputação malfeita. A perna não estava ainda gangrenada, mas metade do coto não estava cicatrizada e debaixo do tecido cicatricial, na outra parte, havia pus.

– Você é um médico de verdade? – perguntou Waldron, quando viu o estetoscópio.

Xamã disse que era. Encostou o estetoscópio no peito de Alex e a outra extremidade deu para Jimmie-Joe escutar e ficou satisfeito quando, pelo relatório de Waldron, concluiu que os pulmões estavam abençoadamente limpos. Mas Alex estava febril e seu pulso fraco e filiforme.

– Há pestilência, senhor, no campo inteiro – disse Buttons. – Varíola. E muitas febres. Malária, muitas variedades. O que o senhor acha que há com ele?

– A perna está inflamada – disse Xamã, soturnamente.

Era evidente que Alex estava também subnutrido e sofrendo os efeitos da exposição ao frio, como os outros homens na barraca. Disseram a Xamã que algumas barracas tinham pequenos aquecedores a lenha e alguns cobertores, mas a maioria não tinha.

– O que vocês comem?

– De manhã cada homem recebe um pedaço de pão e um pedacinho de carne estragada. À noite, cada um recebe um pedaço de pão e uma xícara do que eles chamam de sopa, a água onde cozinharam a carne estragada – disse Buttons Westmoreland.

– Nada de legumes?

Balançaram as cabeças, mas Xamã já sabia a resposta. Vira sinais de escorbuto assim que entrou no campo.

– Quando chegamos aqui, éramos dez mil – disse Buttons. – Eles estão sempre trazendo mais prisioneiros, mas só restam cinco mil dos originais dez mil. A casa dos mortos funciona o tempo todo, há também um grande cemitério, logo depois do campo. Cerca de vinte e cinco homens morrem diariamente.

Xamã sentou no chão frio e segurou as mãos de Alex, olhando para o rosto dele. Alex dormia, um sono profundo demais.

O guarda enfiou a cabeça na porta da barraca e disse que a visita tinha terminado.

Na sala do ordenança o sargento ouviu, impassível, quando Xamã se identificou como médico e descreveu os sintomas do irmão.

– Eu queria permissão para levá-lo para casa. Sei que se ele continuar aqui, vai morrer.

O sargento procurou num arquivo e tirou uma ficha que leu com atenção.

– Seu irmão não tem direito à condicional. Ele foi engenheiro aqui. É como chamamos os prisioneiros que cavam um túnel para fugir.

– Túnel! – disse Xamã, admirado. – Como podia cavar um túnel? Ele só tem um pé!

– Ele tem duas mãos. E antes de vir para cá, fugiu de outro campo e foi recapturado.

Xamã tentou ser razoável.

– Você não teria feito o mesmo? O que um homem honrado pode fazer?

Mas o sargento balançou a cabeça.

– Temos nossos regulamentos.

– Posso trazer alguma coisa para ele?

– Nada cortante ou de metal.

– Tem alguma pensão por perto?

– Tem um lugar, doze quilômetros a oeste do portão principal. Eles alugam quartos – disse o sargento. Xamã agradeceu e apanhou suas malas.


Assim que se livrou do dono da pensão, Xamã tirou 150 dólares do cinto e guardou no bolso do casaco. Um empregado se ofereceu para levá-lo à cidade por um preço. No telégrafo, Xamã enviou uma mensagem para Nick Holden, em Washington. *Alex gravemente doente. Preciso conseguir liberdade, do contrário ele morre. Por favor, ajude.*

Havia um grande estábulo, com veículos, e Xamã alugou um cavalo e uma carroça fechada.

– Por dia ou por semana? – perguntou o dono do estábulo.

Xamã alugou por uma semana e pagou adiantado.

O armazém-geral era maior do que o de Haskins e ele encheu a carroça alugada com comida e outros suprimentos, para os homens da barraca de Alex. Lenha, cobertores, uma galinha limpa e depenada, um pedaço de presunto, seis pães, duas sacas de batatas, um saco de cebolas, uma caixa de repolho.

O sargento arregalou os olhos quando viu as "poucas coisas" que Xamã levou para o irmão.

– Já usou seus noventa minutos de hoje. Descarregue essas coisas e vá embora.

Na barraca, Alex dormia ainda. Mas para os outros foi como o Natal, nos bons tempos. Chamaram os homens das barracas vizinhas e distribuíram lenha e legumes. Xamã queria que o presente significasse uma diferença real para os homens da barraca Oito-C, mas eles fizeram questão de repartir com os outros.

– Vocês têm uma panela? – perguntou para Buttons.

– Sim, senhor! – Voltou com uma lata muito grande e muito amassada.

– Façam uma sopa com galinha, cebola, repolho, batatas e um pouco do pão. Conto com vocês para fazer com que ele tome tanta sopa quanto for possível.

– Sim, senhor, vamos fazer isso – disse Buttons.

Xamã hesitou. Uma enorme quantidade de comida já havia desaparecido.

– Eu trago mais amanhã. Devem guardar um pouco para esta barraca.

Westmoreland balançou a cabeça, compreendendo. Os dois sabiam da condição tácita, exigida e aceita. Acima de tudo, Alex devia ser alimentado.

Quando Xamã voltou, na manhã seguinte, Alex dormia e Jimmie-Joe tomava conta dele. Jimmie-Joe disse que ele tinha tomado bastante sopa.

Quando Xamã arrumou os cobertores, Alex acordou assustado e Xamã bateu no ombro dele.

– Está tudo bem, Maior. E só seu irmão.

Alex fechou os olhos, mas logo depois disse:

– O velho Alden ainda está vivo?

– Sim, está.

– Ótimo... – Alex abriu os olhos e viu o estetoscópio aparecendo na abertura da maleta. – O que está fazendo com a maleta de papai?

– ... Eu pedi emprestada – disse Xamã, com voz rouca. – Agora eu sou médico.

– É nada! – disse Alex, como se fossem dois garotos contando vantagem.

– Sim, eu sou. – Trocaram um sorriso antes de Alex voltar a dormir.

Xamã tomou o pulso do irmão e não gostou, mas não podia fazer nada por enquanto. O corpo sujo de Alex fedia, mas quando ele descobriu a perna amputada e cheirou, seu coração se apertou. A longa experiência ao lado do pai e depois, com Lester Brewyn e Barney McGowan, tinha ensinado que não havia nada de bom naquilo que os leigos chamavam de "pus louvável". Xamã sabia que pus, numa incisão ou num ferimento, geralmente significava o começo de envenenamento do sangue, abscesso e gangrena. Sabia o que precisava ser feito, e sabia que não podia fazer num campo de prisioneiros.

Cobriu o irmão com dois novos cobertores e ficou sentado, segurando a mão de Alex e observando o rosto dele.

Quando o soldado o mandou para fora do campo, depois de uma hora e meia, Xamã conduziu o cavalo e a carroça alugados para a estrada paralela ao rio Chemung. A região era mais montanhosa do que Illinois e havia mais bosques cerrados. A uns nove quilômetros além do fim da cidade encontrou um armazém com a tabuleta que dizia Barnard's. Xamã comprou alguns biscoitos e um pedaço de queijo para seu almoço, depois comeu duas fatias de uma saborosa torta de maçã e tomou duas xícaras de café. Perguntou ao proprietário sobre acomodações por perto e o homem indicou a casa da Sra. Pauline Clay, a dois quilômetros do armazém, fora da cidadezinha de Wellsburg.

A casa era pequena e sem pintura, cercada por bosques. Quatro roseiras estavam embrulhadas em sacos de farinha por causa do frio e amarradas com corda de fardo de feno. Uma pequena tabuleta na cerca de madeira dizia QUARTOS.

A Sra. Clay era uma mulher de rosto franco e simpático. Interessou-se com simpatia quando Xamã falou do irmão e mostrou a casa para ele. A tabuleta devia estar no singular, pensou Xamã, porque na casa só havia dois quartos.

– Seu irmão pode ficar no quarto de hóspedes e o senhor fica com o meu. Em geral eu durmo no sofá – disse ela.

Ficou chocada quando Xamã disse que queria alugar a casa toda.

– Oh, eu acho que... – Mas arregalou os olhos quando ele disse quanto estava disposto a pagar. Disse francamente que uma viúva que há anos lutava para viver não podia recusar uma oferta tão generosa e que podia ficar na casa da irmã enquanto os irmãos Cole estivessem na sua.

Xamã voltou ao armazém de Barnard e carregou a carroça com alimentos e outros suprimentos, e enquanto ele se mudava para a casa, naquela tarde, a Sra. Clay mudou-se para a casa da irmã.


Na manhã seguinte, o sargento estava carrancudo e tratou Xamã com frieza, mas tudo indicava que o exército recebera a mensagem de Nick Holden e talvez de mais alguns dos seus amigos. O sargento entregou a Xamã um formulário impresso que era uma condicional formal, prometendo que, em troca da liberdade, "o abaixo assinado nunca mais empunharia armas contra os Estados Unidos da América".

– Faça seu irmão assinar isto e pode levá-lo embora.

Xamã ficou preocupado.

– Ele pode não estar muito bem para assinar.

– Bem, é o regulamento, ou ele dá a sua palavra, ou não é libertado. Não quero saber o quanto está doente, se não assinar, não sai.

Xamã levou tinta e uma pena para a barraca Oito-C e conversou com Buttons do lado de fora.

– Acha que Alex vai assinar isto se tiver forças?

Westmoreland coçou o queixo.

– Bem, alguns estão dispostos a assinar para sair daqui, e outros acham que é uma vergonha. Não sei o que seu irmão pensa disso.

A caixa de repolhos vazia estava no chão, perto da barraca. Xamã a virou de cabeça para baixo e pôs o papel e o tinteiro em cima. Molhou a pena e escreveu rapidamente, no fim da folha, *Alexander Bledsoe*.

Buttons balançou a cabeça aprovando.
– O senhor está certo, Dr. Cole. Tire o traseiro dele deste inferno.

Xamã pediu aos quatro homens que escrevessem os nomes e endereços de pessoas queridas num pedaço de papel e prometeu escrever e dizer que eles ainda estavam vivos.
– Acha que consegue fazer as cartas passarem pelas linhas? – perguntou Buttons Westmoreland.
– Acho que sim, quando voltar para casa.
Xamã trabalhou rapidamente. Deixou o papel assinado com o sargento e foi até a pensão apanhar sua mala. Pagou o criado para encher a carroça de lenha e voltou para o campo. Um sargento negro e um soldado vigiaram os prisioneiros enquanto eles punham Alex na carroça e o cobriam com cobertores.
Os homens da barraca Oito-C apertaram a mão de Xamã e se despediram.
– Até logo, doutor!
– Adeus, velho Bledsoe!
– Dê duro neles!
– Trate de ficar bom!
Alex, sempre de olhos fechados, não respondeu.
O sargento acenou, dando ordem de partida, e o soldado subiu na carroça e segurou as rédeas, para levá-la até o portão principal. Xamã olhou atentamente para o rosto negro e muito sério e sorriu, lembrando do diário do pai.
– Dia do Jubileu – disse ele.
O soldado sobressaltou-se, mas depois sorriu, mostrando os belos dentes brancos.
– Acho que está certo, senhor – disse e entregou as rédeas para Xamã.

As molas da carroça não eram grande coisa e Alex, deitado na palha, sacudia de um lado para o outro. Ele gritava de dor, depois gemeu quando Xamã passou pelos portões e entrou na estrada.
O cavalo passou com a carroça pela torre de observação, pelo fim do muro que cercava a prisão. Da passarela, um soldado, armado de rifle, observou atentamente o progresso dos dois irmãos.
Xamã manteve as rédeas curtas. Não podia correr sem torturar Alex, mas ia devagar também porque não queria despertar atenção para os dois. Por mais absurdo que parecesse, tinha a impressão de que, a qualquer momento, o longo braço do exército dos Estados Unidos poderia apanhar de novo seu irmão e só começou a respirar normalmente quando os muros da prisão ficaram muito para trás e eles atravessaram a divisa da cidade, saindo de Elmira.

## 67

## A CASA EM WELLSBURG

A casa da Sra. Clay era acolhedora. Tão pequena que não tinha muito para se ver, e logo Xamã teve a impressão de que sempre havia morado ali.

Acendeu uma chama enorme e o ferro do fogão logo ficou vermelho vivo. Depois aqueceu água nas maiores panelas da Sra. Clay, levou a banheira para perto do fogão e a encheu de água.

Quando Xamã o sentou na banheira com água quente, como uma criança, Alex arregalou os olhos de puro prazer.

— Quando foi a última vez que você tomou um banho de verdade?

Alex balançou a cabeça devagar. Xamã sabia que fazia tanto tempo, que ele nem podia lembrar. Não o deixou muito na água para não se resfriar. Lavou-o com um pano molhado e com sabão, tomando muito cuidado com a perna inflamada.

Pôs o irmão sobre um cobertor, ao lado do fogão, e o enxugou. Depois vestiu nele uma camisola limpa de algodão. Alguns anos antes, carregar Alex escada acima teria sido um desafio às suas forças, mas Alex estava tão magro que não teve dificuldade.

Quando Alex estava acomodado na cama do quarto de hóspedes, Xamã começou a trabalhar. Sabia exatamente o que precisava ser feito. Não adiantava esperar e qualquer atraso podia ser muito perigoso.

Tirou tudo da cozinha, deixando apenas a mesa e uma cadeira, empilhando as outras e a pia seca na sala. Então lavou as paredes, o chão, o teto, a mesa e a cadeira com água quente e sabão forte. Lavou os instrumentos cirúrgicos e os arrumou na cadeira, perto da mesa. Finalmente cortou as próprias unhas bem rentes e lavou as mãos.

Quando carregou Alex para baixo outra vez e o deitou na mesa, ele parecia tão vulnerável, que por um momento Xamã ficou perturbado. Tinha certeza do que estava fazendo, exceto por uma coisa. Não sabia exatamente quanto clorofórmio devia dar, por causa do estado de desnutrição e trauma de Alex.

— O que há? — perguntou Alex, sonolento, confuso com todo aquele negócio de ser carregado para lá e para cá.

— Respire profundamente, Maior.

Aplicou umas gotas de clorofórmio e segurou o cone sobre o rosto de Alex tanto quanto teve coragem. *Por favor, Deus,* pensou ele.

– Alex! Está me ouvindo? – Xamã beliscou o braço de Alex, bateu de leve no rosto dele, mas o irmão Maior dormia profundamente.

Xamã não precisou pensar nem planejar. Já tinha pensado muito e planejado cuidadosamente. Pôs de lado toda emoção e começou a fazer o que era preciso.

Queria conservar a maior parte da perna que fosse possível e ao mesmo tempo tirar o suficiente para garantir que não ia ficar nem um pedaço de osso ou tecido infeccionado.

Fez a primeira incisão circular doze centímetros abaixo do tendão do jarrete e preparou um bom pedaço de pele para fechar o local depois, parando apenas para amarrar a pequena e a grande safena, as veias tibiais e a peroneal. Serrou a tíbia com o mesmo movimento de um homem serrando madeira. Começou a serrar o perônio e a parte infectada da perna estava livre – um trabalho limpo e bem-feito.

Xamã enrolou a perna com ataduras limpas e bem apertadas, para fazer um coto com boa aparência. Então, beijou o rosto do irmão ainda inconsciente e o levou de volta para a cama.

Durante algum tempo, ficou sentado, vigiando o irmão, mas não havia nenhum sinal de problema. Nenhuma náusea, nem vômito, nenhum grito de dor. Alex dormia como um trabalhador que merecia um descanso.

Finalmente, Xamã levou o pedaço amputado para fora, enrolado numa toalha e apanhou uma pá no porão. Entrou no bosque, atrás da casa, e tentou enterrar o pedaço de osso e tecido, mas o solo estava profundamente congelado, e a pá escorregava na superfície. Então ele juntou lenha e fez uma pira para dar ao pedaço de perna um funeral viking. Pôs o pedaço em cima da lenha e cobriu com mais lenha e derramou óleo do lampião sobre a pira. Quando acendeu o fósforo, as chamas saltaram imediatamente. Xamã ficou olhando, encostado numa árvore, com os olhos secos mas extremamente emocionado, certo de que, no melhor dos mundos, um homem não devia precisar cortar e queimar um pedaço da perna do irmão.

O sargento no escritório do ordenança do campo de prisioneiros estava acostumado com a hierarquia não convencional naquela região e sabia que seu sargento-ajudante não estava baseado em Elmira. Normalmente, ele pediria a qualquer soldado vindo de qualquer lugar, como aquele, para identificar sua unidade, mas a atitude do homem e especialmente seus olhos diziam claramente que ele não estava ali para dar informações, mas para ser informado.

O sargento sabia que sargentos-ajudantes não eram deuses, mas sabia perfeitamente que eles dirigiam o exército. Os poucos homens que ocupavam o posto mais alto no exército, não comissionado, abaixo de tenente, podiam premiar um homem com um bom posto, ou castigar, com um posto no fim do mundo. Podiam envolver um homem em sérios problemas ou livrá-lo dos que ele arranjava, e podiam fazer e destruir carreiras. No mundo real do sargento, um sargento-ajudante era mais intimidador do que qualquer oficial de patente, e ele se apressou a cooperar.

– Sim, senhor, sargento-ajudante – disse, depois de examinar os arquivos. – Ele saiu há pouco mais de um dia. O homem está muito doente. Tem só um pé, o senhor compreende. O irmão é médico, chamado Cole. Levou ele numa carroça ontem de manhã.

– Em que direção eles foram?

O sargento olhou para ele e balançou a cabeça.

O homem gordo rosnou e cuspiu no chão limpo. Saiu da sala do ordenança, montou na bela égua marrom da cavalaria e saiu pelo portão do campo de prisioneiros. Um dia de vantagem não era nada, carregando um inválido. Só havia uma estrada, só podiam ter ido por ela, para um lado ou para outro. Ele resolveu ir para noroeste. Sempre que passava por uma loja, uma fazenda ou por outro viajante, parava e perguntava. Assim, passou pela cidadezinha de Horseheads e depois por Big Flats. Ninguém com quem falou tinha visto os homens que procurava.

O sargento-ajudante era um rastreador experiente. Sabia que quando a pista era tão invisível certamente estava seguindo o caminho errado. Deu meia-volta e seguiu na outra direção. Passou pelo campo de prisioneiros e pela cidade de Elmira. Três quilômetros adiante, um fazendeiro lembrou-se de ter visto a carroça. Três quilômetros depois da divisa da cidade de Wellington, ele chegou a um armazém.

O proprietário sorriu quando o soldado gordo chegou bem perto do seu fogão.

– Está frio de verdade, não está?

O sargento-ajudante pediu café forte e quente. Quando o soldado perguntou, ele fez um gesto afirmativo.

– Oh, é claro. Estão na casa da Sra. Pauline Clay. Vou dizer como chegar lá. Um homem muito educado, o Dr. Cole. Comprou comida e uma porção de coisas aqui. Amigos seus?

O sargento-ajudante sorriu.

– Vai ser bom ver os dois – disse ele.

A primeira noite depois da operação, Xamã passou sentado ao lado da cama do irmão, com a luz acesa. Alex dormiu, mas inquieto e gemendo de dor.

Ao nascer do dia, Xamã cochilou por algum tempo. Quando abriu os olhos para a luz acinzentada, Alex estava olhando para ele.

– Alô, Maior.

Alex passou a língua nos lábios e Xamã foi apanhar água e segurou a cabeça dele, permitindo apenas alguns pequenos goles.

– Estava imaginando – disse Alex finalmente.

– O quê?

– Como é que eu... Vou chutar seu traseiro outra vez... sem cair de cara no chão.

Como era bom ver outra vez aquele sorriso torto de Alex!

– Você aparou mais um pedaço da minha perna, não foi? – O olhar acusador ofendeu o exausto Xamã.

– É, mas salvei outra coisa, eu acho.

– O que foi?

– Sua vida.

Alex pensou no assunto, e depois concordou. Logo depois adormeceu outra vez.

No primeiro dia depois da operação, Xamã trocou o curativo duas vezes, cheirando e examinando, com medo de sentir cheiro ou ver os sinais de podridão, porque tinha visto muita gente morrer por causa do processo infeccioso, dias após a operação. Mas não havia cheiro e o tecido rosado parecia estar perfeito.

Alex estava quase sem febre, mas muito fraco ainda, e Xamã achava difícil que pudesse se recuperar completamente. Começou a passar grande parte do tempo na cozinha da Sra. Clay. No meio da manhã deu a Alex um mingau e, ao meio-dia, ovos cozidos.

No começo da tarde, a neve começou a cair em grandes flocos e logo cobriu todo o solo. Xamã fez um inventário do que tinha em estoque e resolveu sair para comprar mais alguma coisa antes que ficassem isolados pela neve. Num dos momentos em que Alex estava acordado, explicou o que ia fazer, certificando-se de que o irmão tinha compreendido.

Era bom sair para o mundo silencioso e coberto de neve. Xamã pretendia comprar os ingredientes para uma canja, mas Barnard não tinha galinha, ou outra ave, e Xamã comprou um pedaço de carne de boi com o qual podia fazer uma sopa bastante nutritiva.

– Seu amigo o encontrou? – perguntou Barnard, aparando a gordura da carne.

– Amigo?

– Aquele soldado. Eu disse a ele como chegar à casa da Sra. Clay.

– E quando foi isso?

– Ontem, umas duas horas antes de fechar o armazém. Um homem gordo, forte. Barba negra. Uma porção de divisas – disse, tocando o próprio braço. – Ele não apareceu? – Entrecerrou os olhos. – Não fiz mal em dizer a ele onde podia encontrá-lo, fiz?

– É claro que não, Sr. Barnard. Seja quem for, provavelmente desistiu da visita.

O que o exército quer agora?, pensou Xamã, quando saiu do armazém.

No caminho, teve a sensação desagradável de estar sendo observado. Resistiu ao impulso de olhar para trás, mas logo depois parou a carroça, desceu e fingiu que estava apertando os arreios, aproveitando para olhar em volta.

Era difícil ver alguma coisa através da neve que caía, mas então o vento abriu um espaço na cortina branca e ele viu que um cavaleiro o seguia a distância.

Xamã chegou em casa. Alex estava bem. Desatrelou o cavalo e o levou para o celeiro. Depois entrou e pôs a carne com água no fogo para cozinhar lentamente, com batata, cenoura, cebola e nabo.

Xamã estava preocupado. Depois de alguma hesitação, resolveu contar a Alex sobre o soldado.

– Portanto, podemos ter uma visita do exército – disse ele.

Mas Alex balançou a cabeça.

– Se fosse o exército, o homem já teria batido na nossa porta há muito tempo... Uma pessoa como você, que vem tirar o irmão da prisão, deve ter muito dinheiro. O mais provável é que ele esteja atrás disso... Imagino que você não tenha uma arma...

– Sim, eu tenho. – Xamã tirou o Colt da mala. Por insistência de Alex, limpou a arma e carregou, sob o olhar atento do irmão. Quando a pôs sobre a mesa de cabeceira, estava mais preocupado ainda. – Por que esse homem está só esperando e nos vigiando?

– Para ter certeza de que estamos sozinhos. Para observar as luzes da casa e saber em que quarto estamos dormindo... coisas assim.

– Acho que estamos dando muita importância a isso tudo – disse Xamã, pensativo. – Provavelmente o homem é do serviço de inteligência do exército e quer ter certeza de que não vamos ajudar a fuga de algum prisioneiro. O mais certo é que nunca mais tenhamos notícia dele.

Alex deu de ombros, concordando. Mas Xamã não acreditava nas próprias palavras. Não podia haver situação pior para arranjar uma encrenca, preso naquela casa com o irmão fraco e recuperando-se de uma amputação.

Naquela tarde Alex tomou leite quente com mel. Xamã queria poder dar a ele refeições reforçadas, para fazer a carne voltar ao seu corpo, mas sabia que isso ia levar tempo. Alex dormiu outra vez e acordou, algumas horas mais tarde, disposto a conversar.

Aos poucos Xamã ficou sabendo o que tinha acontecido com ele depois que saiu de casa.

– Mal Howard e eu fomos até New Orleans numa barcaça. Brigamos por causa de uma mulher e ele seguiu sozinho para o Tennessee, para se alistar. – Alex parou e olhou para o irmão. – Você sabe o que aconteceu com Mal?

– A família dele não recebeu nenhuma notícia.

Alex não ficou surpreso.

– Naquele momento, eu quase voltei para casa. Antes tivesse voltado. Mas os recrutadores dos confederados estavam por toda parte e me alistei. Achei que sabia montar e atirar, por isso fui para a cavalaria.

– Viu muito combate?

Alex balançou a cabeça afirmativamente.

– Durante dois anos. Fiquei furioso comigo mesmo quando fui capturado em Kentucky! Eles nos prenderam numa paliçada de onde até uma criança podia fugir. Esperei a oportunidade e dei no pé. Fiquei fora três dias, roubando comida das hortas e coisas assim. Então, parei numa fazenda e pedi comida. A mulher me deu o café da manhã, eu agradeci, como um cavalheiro, não fiz nada impróprio, e esse talvez tenha sido meu erro! Meia hora depois, ouvi os cães atrás de mim. Corri para um milharal enorme, o milho verde e alto era plantado muito junto e eu não podia passar pelo meio. Tinha de quebrar os pés de milho enquanto corria, deixando uma trilha como se um urso tivesse passado por ali. Passei quase toda a manhã naquele milharal, fugindo dos cães. Comecei a pensar que nunca mais iria sair dali. Então, cheguei ao fim da plantação e lá estavam dois soldados ianques apontando suas armas e sorrindo para mim. Dessa vez, os federais me mandaram para Point Lookout. O pior campo de prisioneiros do mundo! Comida horrível, ou nenhuma, água suja, e eles atiravam para matar em quem chegasse a quatro passos da cerca. Fiquei satisfeito quando me tiraram de lá. Mas então aconteceu o desastre de trem. – Balançou a cabeça. – Só lembro de um barulho de ferragens amassadas e da dor no meu pé. Fiquei inconsciente por algum tempo e quando acordei já tinham tirado meu pé e eu estava em outro trem, a caminho de Elmira.

– Como conseguiu cavar o túnel, depois da amputação?

– Foi fácil – disse Alex com um largo sorriso. – Ouvi dizer que alguns homens estavam fazendo um túnel. Eu estava me sentindo muito bem naqueles dias e me ofereci para ajudar. Cavamos sessenta metros, bem debaixo do muro. Minha perna não tinha cicatrizado e ficava sempre suja de terra, no túnel. Talvez por isso comecei a ter problemas. É claro que eu não podia ir com eles, mas dez homens escaparam e nunca ouvi dizer que tenham sido apanhados. Eu ia dormir feliz pensando naqueles homens.

Xamã respirou fundo.

– Maior – disse ele. – Papai morreu.

Alex ficou em silêncio por algum tempo, depois balançou a cabeça.

– Acho que eu soube disso quando vi a maleta dele. Se papai estivesse vivo e bem, teria vindo me buscar, em vez de mandar você.

Xamã sorriu.

– Sim, tem razão. – Contou o que tinha acontecido a Rob J. Enquanto ele contava, Alex começou a chorar e segurou a mão de Xamã. Quando ele terminou a história, ficaram em silêncio, por algum tempo, de mãos dadas. Muito depois de Alex ter adormecido, Xamã ainda estava ali, segurando a mão do irmão.

Nevou até o fim da tarde. Quando a noite chegou, Xamã olhou para fora primeiro por uma janela, depois pela outra, dos dois lados da casa. O luar brilhava na neve lisa, nenhuma pegada. A essa altura Xamã já tinha imaginado uma explicação. O soldado gordo fora atrás dele porque alguém precisava de médico. Talvez o paciente tivesse morrido, ou se recuperado. Ou talvez o soldado tinha encontrado outro médico e não precisava mais do Dr. Cole.

Era plausível e ele ficou mais calmo.

No jantar deu um bom prato de sopa para Alex, com uma bolacha.

O sono de Alex não era mais tão profundo e ele acordava várias vezes.

Xamã tinha pensado em dormir no outro quarto, mas acabou cochilando na cadeira ao lado da cama do irmão.

De madrugada – Xamã viu no relógio, ao lado da arma, que eram 2:43 da manhã – foi acordado por Alex. Com os olhos muito abertos e apavorados, ele tentou sair da cama.

– Alguém está quebrando a janela lá embaixo – disse Alex, apenas movendo os lábios.

Xamã levantou da cadeira e apanhou a arma com a mão esquerda, um instrumento desconhecido.

Esperou, sem tirar os olhos de Alex.

Alex teria imaginado? Sonhado, talvez? A porta do quarto estava fechada. Talvez tivesse ouvido o som do gelo quebrando no beiral do telhado?

Mas Xamã ficou imóvel. Todo seu corpo era como a mão apoiada no piano, e sentiu a vibração dos passos furtivos.

– Está dentro da casa – ele murmurou.

Agora sentia a vibração na escada, como as notas de uma escala ascendente.

Alex compreendeu. Eles conheciam o quarto e o intruso não, o que era uma vantagem para os dois, no escuro. Mas para Xamã era uma agonia, porque não podia ler os lábios de Alex.

Segurou a mão de Alex e a pôs na sua perna.

– Quando ele entrar no quarto, aperte a minha perna – disse ele.

O único pé de bota de Alex estava no chão. Xamã passou a arma para a mão direita, apanhou a bota com a esquerda e apagou o lampião.

A espera pareceu durar uma eternidade. Nada mais tinham a fazer senão esperar, imóveis, no escuro.

Finalmente as frestas na porta do quarto passaram do amarelo para o negro. O intruso tinha apagado o lampião a óleo do corredor para não aparecer em silhueta na porta.

Encurralado no seu mundo de silêncio completo, Xamã sentiu a corrente de ar frio da janela aberta quando o homem abriu a porta.

E a mão de Alex apertou sua perna.

Xamã atirou a bota para a outra extremidade do quarto.

Viu os dois clarões amarelos, um depois do outro, e tentou apontar o Colt pesado para aquela direção. Quando apertou o gatilho, o revólver recuou com um salto violento na sua mão e ele o segurou com as duas para atirar outra e ainda mais outra vez, sentindo os estampidos, piscando a cada clarão, sentindo o bafo do demônio. Com a arma descarregada, sentindo-se mais vulnerável do que nunca, Xamã ficou imóvel, esperando o impacto da resposta.

– Você está bem, Maior? – perguntou, depois de algum tempo, como um idiota, sabendo que não podia ouvir a resposta. Procurou os fósforos na mesa e acendeu o lampião com mãos trêmulas. – Está bem? – perguntou outra vez, mas Alex apontava para o homem no chão. Xamã era mau atirador. E o homem, se fosse bom, teria acertado os dois facilmente. Mas não era. Xamã aproximou-se lentamente, como se o homem fosse um urso de cuja morte ele não tinha certeza. Os buracos na parede e as tábuas lascadas no assoalho eram provas da inexperiência de Xamã. O primeiro tiro do intruso não acertou a bota mas destruiu a gaveta superior da cômoda de madeira de bordo da Sra. Clay. O homem parecia dormir, deitado de lado, um soldado gordo, com a barba preta e uma expressão de surpresa no rosto sem vida. Um dos tiros passou de raspão na sua perna esquerda, exatamente na altura que Xamã tinha amputado a perna de Alex. O outro acertou o peito, bem no coração. Xamã apalpou a carótida do soldado. A pele ainda estava quente, mas não tinha pulso. Alex, sem nenhuma resistência, descontrolou-se completamente. Xamã sentou na cama e abraçou o irmão, que chorava e tremia, acalentando-o como se fosse uma criança.

Alex tinha certeza de que se descobrissem a morte do soldado ele voltaria para a prisão. Queria que Xamã levasse o homem gordo para o bosque e o cremasse, como tinha cremado sua perna.

Xamã procurou acalmá-lo, batendo de leve nas costas dele, enquanto pensava clara e friamente.

– Fui eu que matei o homem, não você. Se alguém está encrencado não é você. Mas vão dar pela falta deste homem. O dono do armazém sabe que ele veio para cá e talvez outros também saibam. O quarto está danificado e precisa de um carpinteiro, que não vai ficar calado. Se eu esconder ou destruir o corpo, posso ser enforcado. Não vamos tocar mais no homem.

Alex acalmou-se. Conversaram até a luz cinzenta do dia invadir o quarto. Xamã apagou o lampião, carregou o irmão para baixo e o deitou no sofá da sala sob alguns cobertores. Pôs lenha no fogão, recarregou o Colt e o pôs na cadeira, ao lado de Alex.

– Vou voltar com o exército. Pelo amor de Deus, não atire em ninguém antes de ter certeza de que não sou eu e quem estiver comigo.

Olhou para o irmão.

– Eles vão nos interrogar, uma porção de vezes, juntos e separados. É importante que você diga toda a verdade. Desse modo, não podem distorcer o que eu disser. Compreendeu?

Alex fez um gesto afirmativo, Xamã bateu de leve no rosto dele e saiu.

A neve estava muito alta e ele preferiu não usar a carroça. Encontrou um cabresto no celeiro, enfiou na cabeça do cavalo e montou em pelo. Passou pelo armazém de Barnard, devagar por causa da neve, mas depois da divisa de Elmira a estrada fora desimpedida e ele aumentou a velocidade.

Seu corpo parecia dormente e não era só por causa do frio. Já tinha perdido pacientes que achava que devia ter salvo, e isso sempre o preocupava. Mas nunca matara um homem.

Chegou cedo, esperou abrir a agência do telégrafo, às sete horas, e mandou uma mensagem para Nick Holden.

Matei soldado em legítima defesa. Por favor mande para as autoridades civis e militares de Elmira atestando minha idoneidade e a de Alex Bledsoe Cole. Muito grato, Robert J. Cole.

Foi então ao escritório do xerife de Steuben e comunicou o homicídio.

# 68

## DEBATENDO-SE NA TEIA

Em pouco tempo a casa da Sra. Clay encheu-se de gente. O xerife, um homem atarracado e grisalho chamado Jesse Moore, sofria de dispepsia matinal, franzia a testa ocasionalmente e arrotava quase sempre. Estava acompanhado por dois assistentes e, atendendo à sua mensagem, o exército enviou cinco militares: um primeiro-tenente, dois sargentos e dois soldados rasos. Depois de meia hora chegou o major Oliver P. Poole, um oficial moreno de óculos e um bigode fino e negro. Era o encarregado do caso e todos o tratavam com deferência.

A princípio, os civis e os militares examinaram o corpo, depois começaram a entrar e sair, subindo e descendo a escada com suas botas pesadas, conversando em voz baixa, com as cabeças muito juntas. Gastaram todo o calor da casa e a neve e o gelo destruíram o brilho e a limpeza do assoalho encerado da Sra. Clay.

O xerife e seus homens eram atentos, os militares, muito sérios, e o major, friamente cortês.

No quarto, o major Poole examinou os orifícios de balas no chão, na parede, na gaveta da cômoda e depois o corpo do soldado.

– Pode identificá-lo, Dr. Cole?

– Nunca o vi antes.

– Supõe que ele pretendia roubar?

– Não tenho a mínima ideia. Tudo que sei é que atirei aquela bota para o canto do quarto e ele atirou quando ouviu o barulho, e eu atirei nele.

– Examinou os bolsos do homem?

– Não, senhor.

O major começou a examinar, pondo o conteúdo do bolso do morto no cobertor nos pés da cama. Não havia muita coisa. Uma lata de rapé Clock-Time, um lenço amassado e sujo, dezessete dólares e trinta e oito centavos e uma licença do exército que Poole leu e passou para Xamã.

– O nome significa alguma coisa para o senhor?

A licença era em nome do sargento-ajudante Henry Bowman Korff, Serviço de Intendência do Exército dos Estados Unidos, Comando Leste, Elizabeth, Nova Jersey.

Xamã balançou a cabeça.

– Nunca vi nem ouvi esse nome antes – disse, com sinceridade.

Mas alguns minutos depois, quando descia a escada, percebeu que o nome soava estranhamente. No meio da descida já sabia por quê.

Nunca mais precisaria tentar imaginar, como seu pai havia feito até morrer, o paradeiro do terceiro homem que fugira de Holden's Crossing na manhã em que Makwa-ikwa foi violentada e morta. Não precisava mais procurar o homem gordo chamado "Hank Cough". Hank Cough o tinha encontrado.

O médico-legista chegou e declarou o soldado legalmente morto. Cumprimentou Xamã secamente. Todos os homens demonstravam um antagonismo aberto ou disfarçado e Xamã compreendeu por quê. Alex era um inimigo.

Lutara contra eles, provavelmente matara nortistas, e até pouco tempo era prisioneiro de guerra. Agora, o irmão de Alex acabava de matar um soldado com a farda da União.

Xamã ficou aliviado quando puseram o homenzarrão na padiola e o levaram para fora da casa.

Foi quando começou o verdadeiro interrogatório. O major sentou no quarto do tiroteio. Ao lado dele, em outra cadeira da cozinha, um dos sargentos anotava perguntas e respostas. Xamã sentou-se na beirada da cama.

O major Poole perguntou a quais associações ele pertencia e Xamã disse que durante toda sua vida pertencera apenas à Sociedade para Abolição da Escravatura, quando estava no colégio, e à Sociedade de Medicina de Rock Island.

– O senhor é um *Copperhead,* Dr. Cole?

– Não, não sou.

– Não tem nem um pouco de simpatia pelo Sul?

– Não acredito em escravidão. Quero que a guerra termine sem mais sofrimento para todos, mas não sou a favor da causa do Sul.

– Por que o sargento-ajudante Korff veio a esta casa?

– Não tenho ideia. – Tinha resolvido não mencionar o assassinato de uma mulher índia, em Illinois, há mais de dez anos, e o fato de que três homens e uma sociedade política secreta estavam implicados no estupro e morte dessa mulher. Era tudo muito remoto, muito misterioso. Xamã sabia que falar no assunto significaria despertar a incredulidade daquele oficial desagradável e se expor a vários perigos.

– Quer que aceitemos o fato de que um sargento-ajudante do exército dos Estados Unidos foi morto quando tentava assaltar e roubar?

– Não. Não quero que aceitem coisa alguma. Major Poole, acredita que eu convidei este homem para quebrar a janela da casa que aluguei, entrar ilegalmente, às duas horas da manhã, e invadir o quarto do meu irmão doente disparando uma arma?

– Então, por que ele fez isso?

– Eu não sei – disse Xamã, e o major olhou carrancudo para ele.


Enquanto Poole interrogava Xamã, na sala o tenente interrogava Alex. Ao mesmo tempo, os dois soldados e os assistentes do xerife revistavam o celeiro e a casa, a bagagem de Xamã, esvaziando gavetas e armários.

De tempo em tempo, os oficiais interrompiam os interrogatórios e conversavam em particular.

– Por que não me disse que sua mãe é sulista? – O major Poole perguntou a Xamã, depois de uma dessas pausas.

– Minha mãe nasceu na Virgínia, mas viveu em Illinois a maior parte da sua vida. Eu não disse porque o senhor não perguntou.

– Isto foi encontrado na sua maleta de médico. O que significa, Dr. Cole? – Poole pôs sobre a cama três pedaços de papel. – Cada um tem um nome e um endereço. De quatro sulistas.

– São os endereços de pessoas da família dos companheiros do meu irmão no campo de prisioneiros. Esses homens tomaram conta do meu irmão e o mantiveram vivo. Quando a guerra terminar, pretendo escrever para saber se estão bem. E se estiverem, agradecer tudo que fizeram.

O interrogatório prosseguiu. Às vezes Poole repetia uma pergunta e Xamã repetia a resposta.

Ao meio-dia, os homens saíram para comprar comida no armazém de Barnard, deixando dois soldados e um dos sargentos na casa. Xamã foi para a cozinha e fez um mingau para Alex, que parecia perigosamente exausto.

Alex disse que não podia comer.

– Precisa comer, é o único modo de continuar sua luta – disse Xamã, e Alex começou a comer devagar o mingau pastoso.

Depois do almoço, os interrogadores trocaram de lugar, o major com Alex e o tenente com Xamã. No meio da tarde, para irritação dos oficiais, Xamã determinou um intervalo para mudar o curativo na perna de Alex, observado por todos.

Para espanto de Xamã, o major Poole pediu a ele para acompanhar três soldados ao local no bosque onde tinha queimado o pedaço da perna de Alex. Xamã indicou o lugar e eles cavaram a neve e examinaram os restos do fogo, até encontrarem pequenos pedaços da tíbia e do perônio, que enrolaram num lenço. Os homens foram embora no fim do dia.

A casa parecia agora abençoadamente vazia, mas insegura e violada. Tinham pregado um cobertor na janela quebrada, o assoalho estava cheio de lama e o ar guardava o cheiro dos cachimbos e dos corpos.

Xamã esquentou a sopa de caldo de carne. Com satisfação viu Alex comer com apetite grandes porções de carne e legumes, além de tomar todo o caldo. Isso estimulou o apetite de Xamã e depois da sopa eles comeram pão com geleia e tomaram café fresco.

Xamã carregou Alex para cima e o deitou na cama da Sra. Clay.

Preparou o irmão para dormir e sentou ao lado dele, até tarde. Depois, foi para o quarto de hóspedes e deitou exausto, procurando esquecer as manchas de sangue no chão. Naquela noite, eles dormiram pouco.

Na manhã seguinte, o xerife e seus assistentes não apareceram, mas os militares chegaram antes de Xamã terminar de lavar a louça do café.

No começo parecia que iam repetir a rotina da véspera, mas a manhã ainda não tinha chegado ao meio quando um homem bateu na porta e se apresentou como George Hamilton Crockett, comissário assistente dos

Estados Unidos do Departamento de Assuntos Indígenas, com sede em Albany. Ele e o major Poole conversaram durante um longo tempo. O Sr. Crockett entregou ao major alguns papéis que ambos consultaram várias vezes durante a conversa.

Então, os soldados apanharam suas coisas e vestiram os casacos. Seguindo o major Poole, visivelmente desapontado, eles foram embora.

O Sr. Crockett ficou mais algum tempo, conversando com os irmãos Cole. Disse que tinha recebido várias mensagens de Washington no seu escritório.

– Foi um infeliz incidente. O exército não quer aceitar o fato de ter perdido um dos seus homens na casa de um soldado confederado. Estão acostumados a matar confederados que matam unionistas.

– Deixaram isso bem claro, com as perguntas e a insistência – disse Xamã.

– Vocês não têm nada a temer. As provas são óbvias. O cavalo do sargento-ajudante Korff estava escondido, amarrado no bosque. As pegadas do sargento, na neve, iam do cavalo à janela dos fundos da casa. O vidro estava quebrado e a janela aberta. Quando examinaram o corpo, ele ainda segurava a arma que tinha disparado dois tiros.

No calor dos tempos de guerra, uma investigação inescrupulosa podia ignorar a forte evidência deste caso, mas não quando pessoas poderosas interessadas a estão acompanhando de perto.

Crockett sorriu e transmitiu as calorosas lembranças do Sr. Nicholas Holden.

– O comissário pediu-me para dizer que, se fosse necessário, ele viria em pessoa a Elmira. Sinto-me feliz por poder dizer a ele que não precisa fazer essa viagem.

Na manhã seguinte o major Poole mandou um dos seus sargentos com o recado de que os irmãos Cole não deviam sair de Elmira enquanto a investigação não estivesse oficialmente concluída. Perguntaram ao sargento quando ia ser isso e ele disse, delicadamente, que não sabia.

Assim, eles ficaram na pequena casa. A Sra. Clay soube o que tinha acontecido e apareceu muito pálida, olhando em silêncio para a janela quebrada e com horror para os buracos de bala e as manchas de sangue no chão. Seus olhos se encheram de lágrimas quando viu a gaveta destruída da cômoda.

– Era da minha mãe.

– Vou mandar consertar a cômoda e todo o resto – disse Xamã. – Pode me indicar um carpinteiro?

Ela mandou o carpinteiro naquela mesma tarde, um homem idoso, magro e alto, chamado Bert Clay, primo do falecido marido da Sra. Clay. Ele balançou a cabeça, fez tsk, tsk, mas começou a trabalhar imediatamente, consertando primeiro a janela. O quarto era mais complicado. As tábuas lascadas do assoalho tinham de ser substituídas e as manchas de sangue raspadas e a madeira acertada. Bert disse que ia tampar os buracos na parede com massa e pintar o quarto. Mas olhou para a gaveta da cômoda e balançou a cabeça.

– Eu não sei. Isso é bordo olho-de-pássaro. Talvez eu encontre um pedaço em algum lugar, mas vai custar *caro*.

– Pode comprar – disse Xamã.

O trabalho todo levou uma semana. Quando Bert terminou, a Sra. Clay inspecionou tudo cuidadosamente. Agradeceu a Bert e disse que estava tudo muito bom, inclusive a gaveta da cômoda. Mas tratou Xamã com frieza e ele compreendeu que a casa nunca mais seria a mesma para ela.

Todos o tratavam com frieza. O Sr. Barnard não sorria mais, nem tagarelava quando Xamã ia ao armazém, e ele via as pessoas, na rua, olhando para ele e cochichando. Essa animosidade geral começava a dar nos seus nervos. O major Poole tinha confiscado o Colt e Xamã e Alex sentiam-se desprotegidos. Xamã dormia com o atiçador de fogo e uma faca de cozinha ao lado da cama e ficava muito tempo acordado, sentindo a casa estremecer com a força do vento e procurando sentir a vibração de passos intrusos.

Ao cabo de três semanas Alex estava mais gordo e com melhor aparência, mas ansioso para ir embora, e foi com alívio que receberam a permissão de Poole para sair da cidade. Xamã ajudou Alex a vestir as roupas civis que havia comprado para ele, prendendo a bainha da perna esquerda da calça com um alfinete. Alex tentou andar com a muleta, mas era difícil.

– Eu me sinto adernado sem toda aquela parte da perna – ele disse e Xamã garantiu que ele ia se acostumar.

Xamã comprou um queijo inteiro redondo no armazém de Barnard e o deixou na mesa, para a Sra. Clay. Um pedido de desculpas. Combinou com o dono do estábulo deixar o cavalo e a carroça na estação e Alex mais uma vez viajou no meio da palha, como quando saiu do campo. Quando o trem chegou, Xamã o carregou para o vagão e o sentou perto da janela. Alguns olhavam com curiosidade, outros viravam o rosto. Os dois falaram pouco, mas quando o trem saiu, com um tranco, da estação de Elmira, Alex pôs a mão no braço do irmão, num gesto que valia mais do que todas as palavras.

Voltaram para casa fazendo um caminho mais para o norte do que fizera Xamã para chegar a Elmira. Ele preferiu ir direto a Chicago, em vez de Cairo, porque não acreditava que o Mississípi estivesse descongelado quando chegassem a Des Moines. Foi uma viagem difícil. O balanço do trem provocava dores fortes e contínuas na perna de Alex. Fizeram várias baldeações e, em cada uma, Alex tinha de ser carregado de um trem para outro. Os trens raramente chegavam e partiam no horário. Várias vezes o trem em que viajavam parava numa linha auxiliar para dar passagem aos vagões cheios de soldados. Certa vez, por quase oitenta quilômetros, Xamã conseguiu duas poltronas estofadas num vagão especial, mas a maior parte do tempo viajavam nos bancos duros de madeira. Quando chegaram a Erie, Pensilvânia, Xamã viu manchas brancas nos cantos da boca de Alex e compreendeu que o irmão não podia mais viajar.

Foram para um hotel, para Alex descansar numa cama macia. Naquela noite, enquanto trocava o curativo, contou para Alex algumas coisas do diário do pai.

Contou o que tinha acontecido aos três homens que violentaram e assassinaram Makwa-ikwa.

— Acho que foi por minha culpa que Henry Korff foi atrás de nós. No asilo, em Chicago, quando visitei David Goodnow, falei demais sobre os assassinos. Perguntei sobre a Ordem da Bandeira de Estrelas e Listras e sobre Hank Cough, deixando a impressão de que pretendia me vingar, se pudesse. Alguém do asilo provavelmente é um membro da ordem – talvez todos que dirigem o asilo! Certamente informaram Korff e ele resolveu nos matar.

Alex ficou calado por um momento, depois olhou preocupado para o irmão.

— Mas, Xamã... Korff sabia onde estávamos. Isso significa que alguém em Holden's Crossing disse a ele que você ia para Elmira.

Xamã concordou.

— Tenho pensado muito nisso – disse, finalmente.


Chegaram a Chicago uma semana depois de saírem de Elmira. Xamã mandou uma mensagem telegráfica para a mãe, avisando que estava levando Alex para casa. Disse que Alex tinha perdido parte da perna e pediu a ela para esperá-los na estação.

Quando o trem chegou em Rock Island, com uma hora de atraso, Sarah estava na plataforma com Doug Penfield. Xamã carregou Alex para fora do trem e Sarah envolveu o filho nos braços e chorou sem dizer nada.

— Deixe-me largar Alex em algum lugar, está muito pesado – disse Xamã, pondo Alex no banco do pequeno carro de quatro rodas. Alex chorava também. Finalmente ele disse:

— Mamãe, você está muito bem.

Sarah sentou ao lado do filho, segurando a mão dele. Xamã tomou as rédeas e Doug montou no cavalo que estava amarrado atrás do carro.

— Onde está Alden? – perguntou Xamã.

— Está de cama. Piorou muito, Xamã, o tremor está muito pior. Algumas semanas atrás ele levou um tombo quando estavam cortando gelo no rio – disse Sarah.

Alex olhava a paisagem com olhos ávidos. Xamã também, e sentia-se estranho. Assim como a casa da Sra. Clay nunca mais seria a mesma para ela, sua vida também parecia diferente. Depois que saiu de Holden's Crossing tinha matado um homem. O mundo parecia de cabeça para baixo.

Chegaram em casa no fim do dia e puseram Alex na sua cama. Ele ficou deitado, com os olhos fechados, com uma expressão de puro prazer no rosto.

Sarah preparou o jantar para a volta do filho pródigo. Galinha assada e purê de batatas com cenouras. Nem bem tinham acabado de jantar, Lillian chegou correndo pelo Caminho Longo com uma terrina de assado.

– Seus dias de fome acabaram! – ela disse para Alex, depois de beijá-lo e dar calorosas boas-vindas.

Lillian disse que Rachel ficara com as crianças, mas que o visitaria pela manhã.

Xamã deixou-os conversando, sua mãe e Lillian sentadas muito perto de Alex, e foi para a casa de Alden. Alden estava dormindo e a casa cheirava a uísque. Xamã saiu silenciosamente e seguiu pelo Caminho Longo. A neve muito pisada estava agora congelada e escorregadia. Quando chegou à casa dos Geiger viu, pela janela, Rachel lendo ao lado do fogo. Quando ele bateu de leve no vidro, ela deixou cair o livro.

Beijaram-se como se um deles estivesse morrendo. Rachel segurou a mão dele e o levou ao seu quarto. As crianças dormiam no outro lado do corredor e Lionel estava consertando arreios no celeiro. Lillian podia chegar a qualquer momento, mas fizeram amor na cama de Rachel, vestidos, doce e determinadamente, e com desesperada gratidão.

Quando Xamã voltou pelo Caminho Longo, o mundo estava outra vez no lugar certo.

# 69

## O SOBRENOME DE ALEX

O coração de Xamã se apertava cada vez que via Alden andando pela fazenda. Havia uma rigidez nos ombros e no pescoço que não existia quando Xamã saiu de casa à procura de Alex, e o rosto parecia uma máscara de paciência, mesmo quando os acessos de tremedeira eram severos. Ele fazia tudo lenta e deliberadamente, como se estivesse debaixo d'água.

Mas sua mente estava lúcida. Encontrou Xamã no barracão atrás do celeiro e entregou a pequena moldura para o bisturi Rob J. e o novo bisturi encomendado por Xamã. Fez um relatório completo do que tinha acontecido na fazenda durante o inverno – o número de animais, a quantidade de ração consumida, as perspectivas para as crias da primavera.

– Estou fazendo Doug passar madeira cortada para a usina de açúcar para começarmos a ferver o xarope assim que a natureza mandar a seiva escorrer dos bordos.

– Ótimo – disse Xamã. Preparou-se para a tarefa desagradável e disse casualmente que tinha mandado Doug procurar um bom trabalhador para ajudar nas tarefas da primavera.

Alden balançou a cabeça afirmativamente. Pigarreou durante longo tempo e depois cuspiu com cuidado.

– Não sou tão forte como era antes – disse, como quem dá uma má notícia procurando não magoar ninguém.

– Bem, deixe outra pessoa arar a terra nesta primavera. O administrador da fazenda não precisa fazer o trabalho pesado, quando podemos usar os músculos de gente jovem – disse Xamã e Alden balançou a cabeça outra vez, concordando, antes de sair do barracão. Xamã percebeu que ele levou algum tempo para começar a andar, como se tivesse tentado urinar, sem conseguir. Então, quando andou outra vez, parecia que os pés seguiam por conta própria, com passo miúdo e o resto dele os acompanhava de carona.

Era bom voltar aos seus pacientes. Por mais cuidadosas que fossem as irmãs enfermeiras, não podiam substituir o médico. Xamã trabalhou arduamente durante algumas semanas, pondo em dia as cirurgias adiadas e fazendo mais visitas que de hábito.

Quando parou no convento, madre Miriam Ferocia o recebeu calorosamente e ouviu feliz o relato da volta de Alex. Ela também tinha novidades.

– A Arquidiocese informou que nosso primeiro orçamento foi autorizado e pediu para iniciarmos a construção do hospital.

O bispo tinha examinado e aprovado pessoalmente as plantas, mas aconselhava a não construírem o hospital no terreno do convento.

– Ele diz que o convento é muito inacessível, muito longe do rio e das estradas principais. Assim, precisamos procurar um lugar.

Ela apanhou atrás da cadeira dois tijolos de cor creme e estendeu para Xamã.

– O que acha disto?

Eram duros e quase cantaram quando ele bateu um no outro.

– Não entendo muito de tijolo, mas me parecem maravilhosos.

– Com eles, as paredes serão como as de uma fortaleza – disse a superiora. – O hospital será ventilado no verão, quente no inverno. Isto é tijolo vitrificado, tão denso que não absorve a água. E é fabricado aqui perto por um homem chamado Rosswell, que construiu um forno perto dos seus depósitos de argila. Ele já tem o suficiente para começarmos a construção e está ansioso para fabricar mais. Diz que se quisermos uma cor mais escura, ele pode queimar o tijolo.

Xamã sopesou os tijolos, que pareciam sólidos e reais, como se estivesse sopesando as paredes do hospital.

– Acho que a cor é perfeita.

– Eu também acho – disse madre Miriam Ferocia e os dois sorriram satisfeitos, como crianças olhando para um doce.

Tarde da noite, Xamã sentou na cozinha com a mãe e tomaram café.

– Eu contei para Alex sobre Nick Holden – disse ela.

– ... E qual a reação dele?

Sarah deu de ombros.

– Ele apenas... aceitou. – Sorriu tristemente. – Disse que preferia ser filho de Nick Holden a filho de um bandido morto. – Ficou calada por um momento, depois olhou para Xamã outra vez e ele percebeu que ela estava nervosa. – O reverendo Sr. Blackmer vai deixar Holden's Crossing. O pastor da igreja batista de Davenport foi transferido para Chicago e a congregação ofereceu o púlpito a Lucian.

– Eu sinto muito, sei o quanto você gosta dele. Agora a igreja daqui tem de procurar outro pastor.

– Xamã – disse ela. – Lucian me pediu para ir com ele. Para casar com ele.

Xamã segurou a mão dela, que estava fria.

– ... E o que você quer, mamãe?

– Nós nos... aproximamos muito depois da morte da mulher dele. Quando fiquei viúva ele me ajudou a ter forças. – Apertou a mão de Xamã. – Amei seu pai completamente. Sempre o amarei.

– Eu sei.

– Dentro de algumas semanas vai fazer um ano que ele morreu. Você ficaria sentido se eu me casasse outra vez?

Xamã levantou da cadeira e foi até ela.

– Sou uma mulher que precisa de marido.

– Eu só desejo a sua felicidade – disse ele, abraçando-a.

Com dificuldade ela se livrou do abraço para que ele pudesse ver seus lábios.

– Eu disse a Lucian que não podemos casar enquanto Alex precisar de mim.

– Mamãe, ele vai ficar melhor sem você para fazer tudo que ele já pode fazer.

– Verdade?

– Verdade.

Sarah ficou radiante. O coração de Xamã quase parou, tentando imaginar como sua mãe devia ser quando era jovem.

– Muito obrigada, Xamã querido. Vou contar a Lucian – disse ela.

A perna de Alex estava cicatrizando muito bem. Sarah e as senhoras da igreja cuidavam dele com carinho. Alex ganhou peso e sua aparência melhorava a cada dia, mas ele raramente sorria e havia sombras de tristeza nos seus olhos.

Um homem chamado Wallace estava ganhando fama e dinheiro em Rock Island, fabricando pernas e braços e depois de muita insistência de todos Alex concordou em deixar que Xamã o levasse até lá. O fabricante de membros artificiais era redondo e pequeno, o tipo geralmente ligado à ideia de jovialidade, mas levava muito a sério seu negócio. Passou mais de uma hora tirando medidas de Alex sentado, de pé, com o corpo esticado, andando, dobrando o joelho, dobrando os dois joelhos e deitado para dormir. Então Wallace disse que podiam apanhar a perna postiça dentro de seis semanas.

Alex era apenas um dos muitos homens aleijados pela guerra. Xamã os via sempre que ia à cidade, ex-soldados sem alguma parte do corpo e muitos com o espírito mutilado também. O velho amigo de seu pai, Stephen Hume, voltou como general de uma estrela, tendo sido promovido a brigadeiro por mérito em combate, em Vicksburg, três dias antes de ser atingido por uma bala logo abaixo do cotovelo. Ele não perdeu o braço, mas o ferimento destruiu-lhe os nervos, inutilizando-o, e Hume usava permanentemente uma tipoia preta como se tivesse uma fratura.

Dois meses antes de Hume voltar para casa, Daniel P. Allan, juiz da Corte da Comarca de Illinois, falecera e o governador nomeou o general herói para substituí-lo. O juiz Hume já estava em atividade. Xamã observou que alguns ex-soldados conseguiam voltar à vida civil sem dificuldade ao passo que os outros viviam atormentados por problemas que os tornavam inúteis para a vida normal.

Procurava ouvir a opinião de Alex sempre que precisava resolver alguma coisa na fazenda. A mão de obra continuava escassa, mas Doug Penfield encontrou um homem chamado Billy Edwards que havia trabalhado com ovelhas, em Iowa. Xamã falou com ele e o achou forte e bem-disposto e, além disso, fora recomendado por George Cliburne. Xamã perguntou a Alex se ele queria falar com Edwards.

– Não, não quero.

– Não acha que seria uma boa ideia? Afinal, o homem vai trabalhar para você quando ficar bom.

– Acho que não vou mais cuidar da fazenda.

– É mesmo?

– Talvez eu vá trabalhar com você. Posso ser seus ouvidos, como aquele que você me contou, em Cincinnati.

Xamã sorriu.

– Não preciso de ouvidos em tempo integral. Posso pedir emprestado um par a qualquer hora. Falando sério, tem ideia do que quer fazer?

– ... Não sei ao certo.

– Muito bem, tem muito tempo para resolver – disse Xamã, feliz por não ter de falar mais no assunto.


Billy Edwards era um bom trabalhador, mas quando parava de trabalhar, era um grande tagarela. Falava da qualidade do solo e da criação de ovelhas, e dos preços e da diferença que fazia ter uma estrada de ferro. Mas quando começou a falar sobre a volta dos índios para Iowa, conseguiu chamar a atenção de Xamã.

– Está dizendo que eles voltaram?

– Um grupo misto de sauks e mesquakies. Deixaram a reserva em Kansas e voltaram para Iowa.

Como o grupo de Makwa-ikwa, pensou Xamã.

– ... Estão tendo problemas? Com as pessoas da região?

Edwards coçou a cabeça.

– Não. Na verdade ninguém pode causar problemas para eles. São uns índios *espertos,* que compraram a terra, tudo muito legal. Pagaram com bom dinheiro americano. – Ele sorriu. – É claro que a terra que compraram é quase a pior do estado, muita terra amarela. Mas eles construíram casas de troncos de árvores e plantaram alguns campos em volta. Eles têm uma verdadeira cidadezinha, que chamam de Tama, o nome de um dos chefes, me disseram.

– Onde fica a cidade dos índios?

– Uns cento e sessenta quilômetros a oeste de Davenport.

Xamã sabia que precisava ir até lá.


Alguns dias depois, Xamã evitou falar nos índios sauks e mesquakies que haviam comprado terras em Iowa com o comissário dos Estados Unidos para Assuntos Indígenas. Nick Holden foi à fazenda dos Cole numa carruagem nova e esplêndida, com cocheiro. Quando Sarah e Xamã agradeceram sua ajuda, ele se mostrou cortês e amistoso, mas era claro que estava ali só para ver Alex.

Holden passou a manhã no quarto de Alex, sentado perto da cama. Ao meio-dia, quando Xamã terminou o atendimento no dispensário, ficou surpreso ao ver Nick Holden e o cocheiro carregando Alex para a carruagem.

Nick e o cocheiro levaram Alex para dentro, desejaram uma boa noite a todos e foram embora.

Alex não falou muito sobre os eventos do dia.

— Demos umas voltas, conversamos — sorriu. — Isto é, ele falou e eu ouvi. Jantamos muito bem na casa de Anna Wiley. — Deu de ombros. Mas parecia pensativo e foi cedo para a cama, cansado com a atividade do dia.

Na manhã seguinte, Nick e a carruagem voltaram. Dessa vez, Nick levou Alex a Rock Island e à noite Alex descreveu o ótimo almoço e o jantar no hotel.

No terceiro dia, foram a Davenport. Alex chegou em casa mais cedo do que nas vezes anteriores e Xamã o ouviu desejar a Nick uma boa viagem de volta a Washington.

— Farei contato com você, se puder — disse Nick.

— Será um prazer, senhor.

Naquela noite, quando Xamã subiu para seu quarto, Alex o chamou.

— Nick quer me reconhecer como filho — disse ele.

— Reconhecer você?

— Sim. No primeiro dia ele disse que o presidente Lincoln pediu sua demissão para nomear outra pessoa. Nick diz que quer voltar a viver em Holden's Crossing. Não quer casar, mas quer um filho. Disse que sempre soube que era meu pai. Passamos três dias visitando as propriedades dele. É dono também de uma próspera fábrica de lápis na região oeste da Pensilvânia, e quem sabe o que mais. Quer que eu seja seu herdeiro e que mude meu nome para Holden.

Xamã sentiu primeiro tristeza, depois raiva.

— Bem, você disse que não queria dirigir uma fazenda.

— Eu disse a Nick que não tinha dúvida sobre quem era meu pai. Meu pai foi aquele que aguentou todas as minhas diabruras e loucuras da juventude e que me deu disciplina e amor. Eu disse a ele que meu nome é Cole.

Xamã tocou o ombro do irmão. Não podia falar, mas inclinou a cabeça. Depois, beijou Alex no rosto e foi para a cama.

No dia em que a perna artificial devia estar pronta, eles voltaram à pequena oficina. Wallace tinha esculpido o pé com perfeição, para usar meia e sapato. O que restava da perna de Alex encaixou na perna artificial, presa com tiras de couro, abaixo e acima do joelho.

Desde o primeiro instante, Alex detestou aquela perna. A dor era quase insuportável.

— Isso é porque sua perna ainda está sensível — disse Wallace. — Quanto mais usar a perna artificial, mais depressa vai criar calos na extremidade e logo não vai mais sentir dor.

Pagaram a perna e a levaram para casa. Mas Alex a deixou no armário do hall e andava se arrastando com a muleta feita por Jimmie-Joe no campo de prisioneiros.

Certa manhã, em meados de março, Billy Edwards estava manobrando uma carroça cheia de toras de madeira no pátio do celeiro, tentando virar para o lado a parelha de bois emprestada pelo jovem Mueller. Alden estava atrás da carroça, apoiado na bengala, gritando instruções para o atrapalhado Edwards.

– Faça eles virem para trás, rapaz! Para trás!

Billy obedeceu. Era lógico supor que, se Alden estava mandando ir para trás, ele ia sair de onde estava. Um ano antes, Alden teria feito isso facilmente, sem problemas, mas agora, embora o cérebro o mandasse se mexer, ele não conseguia fazer com que a mensagem chegasse até as pernas. A ponta de uma tora atingiu o lado direito do seu peito com a força de um aríete, ele foi atirado para longe e ficou deitado imóvel na neve enlameada.

Billy entrou correndo no dispensário, onde Xamã atendia uma cliente nova chamada Molly Thornwell, cuja gravidez tinha sobrevivido à longa viagem do Maine a Holden's.

– É Alden. Acho que eu o matei – disse Billy.

Levaram Alden para dentro e o puseram na mesa da cozinha. Xamã cortou a roupa e o examinou cuidadosamente.

Alex, muito pálido, desceu a escada pulando numa perna só e chegou na cozinha. Olhou para Xamã.

– Ele tem várias costelas quebradas. Não pode ser tratado na casa dele. Vou levá-lo para o quarto de hóspedes, Alex, e vou dormir no seu quarto.

Alex concordou. Afastou-se para o lado e Xamã e Billy levaram Alden para cima e o puseram na cama.

Um pouco depois, Alex teve oportunidade de ser os ouvidos de Xamã, afinal. Escutou atentamente o peito de Alden e descreveu o que tinha ouvido.

– Ele vai ficar bom?

– Eu não sei – disse Xamã. – Os pulmões aparentemente não foram atingidos. Costelas quebradas podem ser suportadas por uma pessoa jovem e saudável. Mas na idade dele, e com a doença...

– Eu fico aqui e tomo conta dele.

– Tem certeza? Posso pedir enfermeiras à madre Miriam.

– Por favor, eu quero fazer isso – disse Alex. – Tenho tempo de sobra.

Assim, além dos clientes que confiavam nele, Xamã tinha duas pessoas da sua casa que precisavam dos seus cuidados. Embora fosse um médico paciente, descobriu que tratar de pessoas queridas não era o mesmo que tratar de outros clientes. Havia uma inquietação especial, uma urgência diferente no sentido de responsabilidade e no sentimento. A cada dia, quando voltava para casa, as sombras pareciam maiores e mais escuras.

Porém, havia momentos de luminosidade. Certa tarde, para sua imensa satisfação, Joshua e Hattie foram visitá-lo, só os dois. Era sua primeira viagem sem a companhia de um adulto pelo Caminho Longo e, muito sérios, perguntaram se Xamã tinha tempo para brincar com eles. Xamã sentiu-se feliz e honrado em passar uma hora no bosque com as duas crianças, para ver as primeiras centáureas azuis e as claras pegadas de um veado.

Alden estava sofrendo. Xamã deu a ele morfina, mas, para Alden, o melhor remédio para a dor era o destilado de cereal.

– Está bem, dê o uísque a ele – Xamã disse para Alex. – Mas com moderação, entendeu?

Alex fez que sim com a cabeça e obedeceu. O quarto de hóspedes tinha agora o cheiro característico de Alden, mas ele só podia tomar duas doses ao meio-dia e duas doses à noite.

Às vezes, Sarah e Lillian substituíam Alex. Uma noite, Xamã ficou com o doente, sentado ao lado da cama, lendo uma revista de medicina que tinha chegado de Cincinnati. Alden estava inquieto, cochilando e acordando a todo momento. Meio adormecido, resmungava e falava com pessoas invisíveis, revivendo conversas com Doug Penfield, praguejando contra os predadores das ovelhas. Xamã estudou o rosto velho e enrugado, os olhos cansados, o nariz grande e vermelho com pelos grandes nas narinas, pensando em Alden, como o tinha conhecido, forte e capaz, o antigo lutador do parque de diversões que ensinara os meninos Cole a usar os punhos.

Alden aquietou e dormiu profundamente por algum tempo. Xamã terminou o artigo sobre fraturas e começou a ler sobre catarata, quando ergueu os olhos e viu Alden olhando para ele, muito calmo, com uma expressão dura e tranquila, num breve momento de lucidez.

– Eu não queria que ele tentasse matar você – disse Alden. – Só pensei que ele ia lhe pregar um susto.

# 70

# UMA VIAGEM A NAUVOO

Dormindo no mesmo quarto, às vezes Xamã e Alex tinham a impressão de serem garotos outra vez. Ao nascer de um dia, os dois acordados, Alex acendeu a luz e descreveu para o irmão os sons do começo da primavera –

o luxuriante canto dos pássaros, o tilintar impaciente dos regatos começando sua corrida anual para o mar, o rugido violento do rio, o estalo e o impacto ocasional da colisão dos grandes pedaços de gelo. Mas Xamã não estava pensando nas características da natureza, pensava na natureza do homem, e lembrando coisas e somando fatos que, de repente, se ligavam em muitos sentidos. Mais de uma vez, no meio da noite, ele levantou da cama e, caminhando pelo chão gelado da casa, desceu para consultar o diário do pai.

E vigiava Alden com cuidado especial e uma estranha espécie de ternura fascinada, uma vigilância nova e fria. Às vezes olhava para o velho empregado como se o estivesse vendo pela primeira vez.

Alden continuava na semi-inconsciência agitada. Porém, uma noite, quando Alex ouviu o estetoscópio, disse, com olhos tristonhos:

– Tem um novo som... como duas mechas de cabelo esfregadas entre os dedos.

Xamã fez um gesto afirmativo.

– Chama-se estertor.

– O que significa?

– Alguma coisa errada com os pulmões – disse Xamã.


No dia 9 de abril, Sarah Cole e Lucian Blackmer casaram na Primeira Igreja Batista de Holden's Crossing. A cerimônia foi oficiada pelo reverendo Gregory Bushman, cujo púlpito Lucian ia ocupar em Davenport.

Sarah estava com seu melhor vestido cinzento, alegrado por Lillian com gola e punhos de renda branca terminados por Rachel no dia anterior.

O Sr. Bushman falava bem, obviamente satisfeito por casar um pastor, seu companheiro em Cristo. Alex disse para Xamã que Lucian fez os votos com a voz confiante do pregador e Sarah com voz suave e trêmula. Quando terminou a cerimônia e os noivos voltaram, Xamã viu que a mãe sorria por trás do véu curto.

Depois da cerimônia, a congregação foi toda para a casa dos Cole. Quase todos chegavam com um prato de comida coberto, mas Sarah e Alma Schroeder tinham cozinhado e Lillian tinha feito doces e bolos durante uma semana inteira. Todos comeram e comeram, e Sarah exibia sua felicidade.

– Nós acabamos com os presuntos e as salsichas do depósito de primavera. Este ano vocês vão precisar abater ovelhas na primavera – disse ela para Doug Penfield.

– O prazer será todo meu, Sra. Blackmer – disse Doug galantemente, a primeira pessoa a chamá-la pelo novo nome.

Quando o último convidado partiu, Sarah apanhou sua valise e beijou os filhos. Lucian a levou no seu pequeno carro de quatro rodas até a casa da paróquia, onde ficariam alguns dias antes de mudarem para Davenport.

Um pouco depois, Alex foi até o armário do hall, apanhou a perna feita por Wallace e a amarrou sem pedir ajuda. Xamã sentou no escritório para ler revistas de medicina. De minuto em minuto, Alex passava pela porta aberta, atravessando o hall com passos hesitantes, para lá e para cá. Xamã sentia o impacto da perna artificial erguida muito alto e depois abaixada e sabia a dor que cada passo significava para o irmão.

Quando ele entrou no quarto, Alex já estava dormindo. A meia e o sapato estavam na perna artificial, perto do pé direito do sapato de Alex, parecendo estar no lugar certo.

Na manhã seguinte, Alex foi à igreja com a perna artificial, um presente de casamento para Sarah. Os irmãos não costumavam ir à igreja, mas Sarah tinha pedido para irem naquele domingo, como parte da cerimônia de casamento, e ela não tirou os olhos do filho mais velho quando ele caminhou para o primeiro banco que pertencia ao pastor e à sua família. Alex apoiava-se numa bengala de freixo que Rob J. costumava emprestar para os pacientes. Às vezes ele arrastava o pé artificial e outras vezes o levantava demais do chão. Mas ele não perdeu o equilíbrio nem caiu e caminhou com perfeição até onde Sarah estava.

Sentada entre os dois filhos, ela viu o marido conduzir a congregação em suas devoções. O reverendo Blackmer começou o sermão agradecendo a todos que tinham comparecido ao casamento. Disse que Deus o havia conduzido a Holden's Crossing e agora o estava conduzindo para outro lugar, mas agradecia a todos que tinham dado tanto significado ao seu trabalho.

Ele preparava-se para citar os nomes de alguns dos que haviam ajudado o trabalho do Senhor de forma especial quando sons altos e estranhos entraram pela janela semiaberta da igreja. Primeiro soavam gritos fracos de alegria, que logo cresceram intensamente de volume. Uma mulher gritou e ouviram-se outros gritos roucos. Alguém na rua Principal disparou uma arma e logo depois ouviram um tremendo tiroteio.

A porta da igreja foi aberta bruscamente e Paul Williams entrou. Correu até onde estava o pastor e murmurou urgentemente no ouvido dele.

– Meus irmãos – disse Lucian. Parecia estar com dificuldade para falar. – Uma mensagem telegráfica acaba de chegar a Rock Island. Ontem Robert E. Lee rendeu-se ao general Grant.

Um vozerio discreto percorreu a igreja. Alguns ficaram de pé. Xamã viu Alex inclinado para trás, com os olhos fechados.

– O que significa isso, Xamã? – perguntou Sarah.

– Significa que está tudo acabado, mamãe – disse Xamã.

Nos quatro dias seguintes Xamã teve a impressão de que, por toda parte, todos estavam embriagados de paz e de esperança. Até os doentes graves sorriam e diziam que os dias melhores haviam chegado e havia entusiasmo e risos, bem como lágrimas, porque cada pessoa conhecia alguém que não tinha voltado.

Naquela quarta-feira, quando voltou para casa, depois das visitas, encontrou Alex, num misto de esperança e ansiedade porque havia certas mudanças em Alden que ele não compreendia. Disse também que o estertor no peito parecia mais forte.

– E acho que ele está muito quente.

– Está com fome, Alden? – perguntou Alex.

Alden olhou para ele mas não respondeu. Xamã mandou Alex levantá-lo na cama e conseguiram fazer com que tomasse um pouco de caldo, o que foi difícil porque o tremor estava muito pior. Há dias ele só tomava sopa ou mingau, porque Xamã temia que ele aspirasse comida para os pulmões.

Na verdade, Xamã não podia fazer muita coisa por ele. Derramou turpentina numa vasilha com água fervendo e fez uma tenda com o cobertor, envolvendo a vasilha e o rosto de Alden. Alden respirou o vapor por um longo tempo e depois teve um acesso de tosse tão forte e demorado, que Xamã removeu a tenda e a vasilha e não tentou mais aquele tratamento.

A alegria daquela semana transformou-se em horror na tarde de sexta-feira, quando Xamã passava pela rua Principal. Ele percebeu imediatamente que havia acontecido uma enorme catástrofe. O povo falava baixo, reunido em pequenos grupos. Viu Anna Wiley, encostada numa trave da varanda da pensão, chorando. Simeon Cowan, marido de Dorothy Burnham Cowan, estava sentado na charrete com os olhos semicerrados, segurando o lábio inferior com o indicador e o polegar chato.

– O que aconteceu? – Xamã perguntou para Simeon. Estava certo de que a paz fora anulada.

– Abraham Lincoln está morto. Assassinado com um tiro num teatro em Washington, por um maldito ator.

Xamã não podia acreditar, mas desmontou e recebeu a confirmação de todos os lados. Ninguém conhecia os detalhes, mas aparentemente era verdade, e ele voltou para casa para contar a notícia terrível a Alex.

– O vice-presidente vai ficar no lugar dele – disse Alex.

– Sem dúvida, Andrew Johnson já foi empossado.

Sentaram na sala por um longo tempo, em silêncio.

– Nosso pobre país – disse Xamã, finalmente.

Era como se a América fosse um paciente, que depois de uma luta árdua e dolorosa para sobreviver à mais terrível doença, fosse agora atirado do alto de um rochedo.

Um tempo de tristeza. Os pacientes que ele visitava estavam sombrios. Todas as noites, o sino da igreja tocava. Xamã ajudou Alex a montar em Trude. Pela primeira vez ele montou depois da sua captura. Quando voltou, disse para Xamã que o som do sino ecoava longe, na planície, triste e solitário.

Sentado sozinho ao lado da cama de Alden, depois da meia-noite, Xamã ergueu os olhos da leitura e viu o doente olhando para ele.

– Quer alguma coisa, Alden?

Ele balançou a cabeça quase imperceptivelmente.

Xamã inclinou-se para ele.

– Alden. Lembra daquela vez em que meu pai ia saindo do celeiro e alguém atirou na altura da cabeça dele. E você procurou nos bosques e não encontrou ninguém?

Os olhos de Alden nem piscaram.

– Foi você quem atirou no meu pai.

Alden passou a língua nos lábios.

– Atirei para errar... para assustar, para ele ficar quieto.

– Você quer água?

Alden não respondeu, depois disse:

– Como é que você sabe?

– Você disse algo, quando estava passando mal, que me fez compreender uma porção de coisas. Você me deu a ideia de ir a Chicago para procurar David Goodnow. Você sabia que ele estava completamente louco e mudo. Que eu não ia descobrir nada.

– ... O que mais você sabe?

– Sei que você está envolvido nessa coisa até o seu maldito pescoço.

Outra vez o pequeno movimento de cabeça, assentindo.

– Eu não matei a mulher. Eu... – Alden foi tomado por um acesso de tosse e Xamã segurou a bacia debaixo do rosto dele para que pudesse cuspir uma enorme quantidade de catarro sanguinolento. Quando o acesso passou, ele estava pálido e exausto e fechou os olhos.

– Alden, por que você contou a Korff onde eu estava?

– Você não desistia. Ficaram assustados em Chicago. Korff mandou umas pessoas para falar comigo, um dia depois de você partir. Eu disse para onde você ia. Pensei que ele ia só falar com você. Só assustar. Como você me assustou.

Ele respirava com dificuldade. As perguntas cresciam em sua mente, mas Alden estava muito mal. Xamã ficou imóvel, a fúria lutando contra seu juramento. No fim, ele apenas ficou olhando sem dizer nada. Alden, de olhos fechados, tossia uma vez ou outra, cuspindo um pouco de sangue ou contorcendo o corpo num espasmo.

Quase uma hora depois, Alden começou a falar:

– Eu liderava o partido americano aqui... Naquela manhã ajudei Grueber... no abate. Saí cedo para me encontrar com os três. No nosso bosque. Cheguei, eles já... tinham usado a mulher. Ela estava lá deitada, ouviu quando eles falaram comigo. Eu comecei a gritar. Disse, como posso continuar aqui agora? Disse para irem embora, mas que a índia ia me pôr numa encrenca... Korff não disse nada. Só pegou a faca e matou a mulher.

Xamã não podia perguntar nada naquele momento. Todo seu corpo tremia de raiva. Queria gritar como uma criança.

– Eles só me avisaram para não falar e foram embora. Eu fui para casa e arrumei algumas coisas numa caixa. Achei que tinha de fugir... não sabia para onde. Mas ninguém se importou comigo nem fez nenhuma pergunta depois que a encontraram.

– Você até ajudou a enterrá-la, seu miserável – disse Xamã. Não podia se controlar. Talvez seu tom de voz tivesse atingido Alden mais do que suas palavras. Os olhos dele se fecharam e ele começou a tossir. Dessa vez, a tosse não parou.

Xamã foi apanhar quinino e fazer um pouco de chá de raiz negra, mas quando tomou o primeiro gole, Alden engasgou e cuspiu, molhando a camisola, que precisou ser trocada.

Algumas horas depois Xamã lembrou o empregado que ele tinha conhecido durante toda a sua vida. O artesão que fazia varas de pescar e patins de gelo, o homem que os ensinava a caçar e pescar. O bêbado rabugento.

O mentiroso. O cúmplice de estupro e assassinato.

Xamã levantou da cadeira, apanhou o lampião e o ergueu acima do rosto de Alden.

– Alden, escute. Que tipo de faca Korff usou? Qual foi a arma, Alden?

Mas os olhos continuaram fechados. Alden Kimball não deu sinal de ter ouvido a voz de Xamã. Quase de manhã, cada vez que ele tocava em Alden, sentia a febre alta. Alden estava inconsciente. Quando tossia, o catarro cheirava mal e saía misturado com sangue muito vivo. Xamã tomou o pulso. Cento e oitenta por minuto.

Ele despiu Alden e passou uma esponja com álcool no corpo dele. Quando ergueu os olhos, o dia tinha nascido e Alex espiava na porta.

– Meu Deus. Ele está horrível. Está sentindo dor?

– Acho que não pode sentir mais nada.

Foi duro contar para Alex e foi duro para Alex acreditar no que ouvia, mas Xamã não escondeu nada.

Alex tinha trabalhado com Alden durante muito tempo, partilhando o trabalho cruel e árduo da fazenda, aprendendo a fazer uma porção de coisas e dependendo do homem mais velho para sua estabilidade, quando se sentia um bastardo sem pai e se revoltou contra a autoridade paterna de Rob J. Xamã sabia que Alex amava Alden.

– Você vai informar às autoridades? – Alex parecia calmo. Só o irmão sabia o quanto estava perturbado.

– Não adianta. Ele está com pneumonia e piorando rapidamente.

– Ele está morrendo?

Xamã fez um gesto afirmativo.

– Para o bem dele, fico satisfeito – disse Alex.


Xamã e Alex conversaram sobre as possibilidades de notificar os parentes. Nenhum dos dois sabia o paradeiro da mulher mórmon e dos filhos abandonados por Alden quando começou a trabalhar para Rob J.

A pedido de Xamã, Alex revistou a casa de Alden, e voltou com o que tinha encontrado.

– Três garrafões de uísque, duas varas de pescar, um rifle. Ferramentas. Uns arreios que ele estava consertando. Roupa suja. E isto. – Estendeu uma folha de papel. – Uma lista de nomes de pessoas da região. Acho que devem ser dos membros do partido americano nesta cidade.

Xamã não apanhou a lista.

– Acho melhor queimar.

– Tem certeza?

Xamã fez um gesto afirmativo.

– Vou passar o resto da minha vida aqui, tratando deles. Quando vou às suas casas como médico, não quero saber qual deles é um Não Sabe de Nada – disse, e Alex compreendeu.


Xamã mandou Billy Elwords ao convento com os nomes de vários pacientes, pedindo a Miriam Ferocia para visitá-los em seu lugar.

Ele estava dormindo quando Alden morreu naquela manhã. Ao acordar, Alex já havia fechado os olhos de Alden, lavado e vestido o corpo.

Doug e Billy ficaram algum tempo ao lado da cama, depois foram para o celeiro e começaram a fazer um caixão.

– Não quero que ele seja enterrado na fazenda – disse Xamã.

Alex ficou em silêncio por alguns momentos, depois fez um gesto afirmativo.

– Podemos levá-lo para Nauvoo. Acho que ele ainda tem amigos entre os mórmons de lá – disse ele.

O caixão foi levado até Rock Island na charrete dos Cole e embarcado no convés de um barco de carga. Os irmãos Cole sentaram num engradado de relhas de arado. Naquele dia, quando o trem começava a longa viagem para oeste, levando o corpo de Abraham Lincoln, o corpo do criado dos Cole descia o Mississípi.

Em Nauvoo, o caixão foi desembarcado no cais e Alex ficou ao lado dele enquanto Xamã entrava num armazém para explicar sua missão a um funcionário chamado Perley Robinson.

– Alden Kimball? Não conheço. Precisa da permissão da Sra. Bidamon para enterrá-lo aqui. Espere. Vou falar com ela.

Voltou em pouco tempo. A viúva do profeta Joseph Smith conhecia Alden Kimball como um mórmon e ex-habitante de Nauvoo e dava permissão para que ele fosse enterrado no cemitério local.

O pequeno cemitério ficava no interior. Não se avistava o rio, mas era arborizado e a relva aparada por alguém que sabia usar a foice. Dois jovens fortes cavaram a sepultura e Perley Robinson, que era um dos membros importantes da seita, leu uma oração interminável do Livro dos Mórmons, enquanto as sombras da tarde se alongavam.

Depois, Xamã cuidou das despesas. O funeral custou sete dólares, incluindo 4,50 dólares pelo terreno.

– Com mais vinte dólares posso providenciar uma bela laje – disse Robinson.

– Está bem – disse Alex, rapidamente.

– Em que ano ele nasceu?

Alex balançou a cabeça.

– Não sabemos. Mande gravar apenas: "Alden Kimball. Falecido em 1865."

– Posso também acrescentar, "Santo".

Mas Xamã olhou para ele e balançou a cabeça.

– Apenas o nome e a data – disse ele.

Perley Robinson disse que estava na hora da passagem de um barco a vapor. Levantou a bandeira vermelha para indicar que tinha passageiros e logo os Cole estavam sentados nas cadeiras do convés de bombordo, vendo o sol mergulhar na direção de Iowa no céu vermelho como sangue.

– O que o fez entrar para o partido dos Não Sabem de Nada? – disse Xamã.

Alex respondeu que para ele não era surpresa.

– Alden sempre soube como odiar. Era cheio de amargura sobre uma porção de coisas. Ele me disse várias vezes que o pai tinha nascido na América e morrido como empregado, em Vermont, e que ele ia também morrer como um empregado. Ficava revoltado quando via estrangeiros donos de fazendas.

– O que o impediu de comprar terras também? Papai o teria ajudado.

– Era alguma coisa dentro dele. Durante todos esses anos, nós demos mais valor a ele do que ele achava que merecia – disse Alex. – Não admira que gostasse de bebida. Pense no inferno que havia dentro dele.

Xamã balançou a cabeça.

– Quando penso nele, eu o vejo rindo da ingenuidade de papai. E dizendo a um assassino onde eu estava.

– Mas isso não impediu que você continuasse a tratar dele – observou Alex.

– Sim, bem... – disse Xamã, com amargura. – A verdade é que, pela segunda vez em minha vida, tive vontade de matar alguém.

– Mas não matou. Tentou salvar a vida dele – disse Alex. Olhou para Xamã – ... No campo, em Elmira, eu cuidei dos homens da minha barraca. Quando ficavam doentes, eu procurava pensar no que papai faria e fazia para eles. Sentia-me feliz com isso.

Xamã balançou a cabeça, assentindo.

– Você acha que eu poderia ser médico?

Xamã ficou atônito. Pensou por um momento, antes de responder. Então disse.

– Sim, acho que sim, Alex.

– Não sou tão bom para estudar quanto você.

– Você é mais inteligente do que jamais vai admitir. Não se interessou muito pelo estudo na escola. Mas se se dedicar agora, acho que consegue. Pode aprender a prática comigo.

– Eu gostaria de trabalhar com você o tempo necessário para aprender química e anatomia e qualquer outra coisa. Mas prefiro entrar na escola de medicina, como você e papai fizeram. Gostaria de ir para o Leste. Talvez estudar com o amigo do papai, o Dr. Holmes.

– Já planejou tudo. Está pensando nisso há muito tempo.

– Sim. E nunca tive tanto medo – disse Alex, e os dois sorriram pela primeira vez em muitos dias.

# 71

## DOAÇÕES DE FAMÍLIA

Voltando de Nauvoo, eles pararam em Davenport e encontraram a mãe desanimada no meio de caixas e engradados na pequena casa de tijolos ao lado da igreja batista. Lucian tinha saído para suas visitas pastorais. Xamã viu que os olhos de Sarah estavam vermelhos.

— Alguma coisa errada, mamãe?

— Não. Lucian é o melhor dos homens e somos dedicados um ao outro. É aqui que quero estar, mas... é uma mudança muito grande. É tudo novo e assustador e eu me descontrolei.

Mas estava feliz por ver os filhos.

Ela chorou outra vez quando eles contaram tudo sobre Alden. Parecia não conseguir parar de chorar.

— Estou chorando tanto por um sentimento de culpa, quanto por Alden — disse ela. — Eu jamais gostei de Makwa-ikwa, e nunca fui boa para ela. Mas...

— Acho que sei de uma coisa que vai acabar com essa tristeza — disse Alex. Começou a abrir as caixas, ajudado por Xamã. Em poucos minutos ela enxugou os olhos e começou a trabalhar com eles.

— Vocês não sabem onde devem pôr as coisas.

Enquanto trabalhavam, Alex contou a ela sua decisão de estudar medicina e Sarah respondeu com prazer encantado.

— Rob J. ficaria tão feliz!

Mostrou a eles a pequena casa. Os móveis estavam em péssimo estado e eram poucos.

— Vou pedir a Lucian para levar algumas peças para o celeiro e trazer alguma coisa de Holden's Crossing.

Sarah fez café e serviu fatias de bolo de maçã, feito por uma das "suas" paroquianas.

Enquanto comiam, Xamã fez algumas notas nas costas de uma conta antiga.

— O que está fazendo? — perguntou Sarah.

— Tive uma ideia. — Olhou para os dois, sem saber como começar e, finalmente, apenas perguntou. — O que vocês acham de doarmos um quarto de milha quadrada das nossas terras para o novo hospital?

Alex, que levava um pedaço de bolo à boca, parou com o garfo no ar e disse alguma coisa. Xamã empurrou a mão dele para baixo para poder ver seus lábios.

— Um dezesseis avos de toda a fazenda? — repetiu Alex.

— Pelos meus cálculos, se doarmos a terra, o hospital pode ter trinta leitos, em vez de vinte e cinco.

— Mas, Xamã... vinte acres?

— Nós já diminuímos o rebanho. E vai sobrar muita terra para a fazenda, mesmo se resolvermos aumentar, outra vez, mais tarde.

Sarah franziu a testa.

— Precisa ter cuidado para não construir o hospital muito perto da casa.

Xamã respirou fundo.

— A casa está na parte que eu daria ao hospital. Poderia ter cais próprio no rio, e uso exclusivo da estrada.

Os dois apenas olharam para ele.

— Você vai morar aqui, agora — Xamã disse para a mãe. — Eu vou construir uma nova casa para Rachel e os filhos. E você — voltou-se para Alex — vai ficar fora durante anos, estudando e praticando. Eu transformaria nossa casa numa clínica, para pacientes que não precisam de hospitalização. Teríamos salas de exame, salas de espera. Talvez o escritório e a farmácia do hospital. Podemos chamar de Clínica Robert Judson Cole.

— Oh, gosto disso — disse Sarah, e Xamã viu nos olhos dela que a tinha convencido.

Alex fez um gesto afirmativo.

— Tem certeza?

— Sim — disse Alex.

Deixaram a casa paroquial no fim do dia e tomaram a balsa para atravessar o Mississípi. Era noite quando apanharam o cavalo e a charrete no estábulo em Rock Island, mas os dois conheciam bem a estrada. Quando chegaram a Holden's Crossing era muito tarde para ir ao Convento São Francisco. Xamã resolveu que iria bem cedo, na manhã seguinte. Mal podia esperar para dar a notícia a madre Miriam Ferocia.

Cinco dias depois, quatro agrimensores estavam trabalhando numa parte da fazenda dos Cole com seus trânsitos e fitas medidoras de aço. Não havia nenhum arquiteto naquela região entre os rios, apenas um empreiteiro muito conceituado, Oscar Ericsson, de Rock Island. Xamã e madre Miriam Ferocia conversaram longamente com Ericsson. O empreiteiro já havia construído uma prefeitura e algumas igrejas, e um grande número de residências e lojas. Era sua primeira oportunidade de construir um hospital e ouviu atentamente as instruções. Quando Xamã e a superiora do convento examinaram os primeiros desenhos de Ericsson, tiveram certeza de ter encontrado o construtor que queriam.

Ericsson começou por mapear o local e sugeriu as passagens e outras vias de acesso. Uma rua calçada ligando a clínica ao cais passaria pela casa de Alden.

— Você e Billy podem desmontar a casa e empilhar as toras para lenha — Xamã disse a Doug Penfield. Quando Ericsson chegou com seu pessoal para limpar o terreno da construção, era como se a casa de toras de madeira de Alden nunca tivesse existido.

Naquela tarde, Xamã fazia as visitas de charrete puxada por Boss quando cruzou com o carro de aluguel dos estábulos de Rock Island. Um homem estava sentado ao lado do cocheiro e Xamã acenou quando passou por eles.

Em poucos segundos sua mente registrou a identidade do homem e Xamã fez Boss dar meia-volta e seguir apressadamente atrás do outro carro.

Quando o alcançou, fez o cocheiro parar e desceu da charrete em movimento.

– Jay – disse ele.

Jason Geiger desceu do carro. Estava mais magro, por isso Xamã não o tinha reconhecido imediatamente.

– Xamã? – disse ele. – Meu Deus, é você.

Geiger trazia apenas uma sacola de pano amarrada com barbante, que Xamã passou para sua charrete.

Jay sentou ao lado dele e parecia estar respirando a paisagem.

– Senti falta disto. – Olhou para a maleta de médico. – Lilian escreveu contando que você é médico. Não posso nem dizer como fiquei orgulhoso. Seu pai deve ter se sentido... – Não continuou.

Depois de um silêncio, Jay disse.

– Eu era mais chegado ao seu pai do que aos meus irmãos.

– Ele sempre se considerou um homem de sorte por ser seu amigo.

Geiger fez um gesto afirmativo.

– Eles o esperam?

– Não. Eu fiquei sabendo há poucos dias. Soldados da União foram ao meu hospital com sua equipe médica e disseram que eu podia ir embora. Vesti roupas civis e tomei o trem. Quando cheguei a Washington, me disseram que Lincoln estava na rotunda do Capitólio e eu fui até lá. Nunca vi tanta gente. Fiquei um dia inteiro na fila.

– Viu o corpo dele?

– Por alguns momentos. Tinha muita dignidade. Dava vontade de ficar ali e conversar com ele, mas não deixavam a fila parar. Pensei que, se algumas daquelas pessoas pudessem ver a farda cinzenta na minha sacola, me fariam em pedaços. – Suspirou. – Lincoln teria curado os males da nação. Agora temo que os que estão no poder façam uso do seu assassinato para oprimir o Sul.

Geiger calou-se porque estavam entrando no caminho que levava à sua casa. Xamã conduziu Boss para a porta lateral usada pela família.

– Quer entrar? – perguntou Jay.

Xamã sorriu e balançou a cabeça. Esperou Jay tirar a sacola da charrete e caminhar muito empertigado para a porta. Era a sua casa e ele entrou sem bater. Xamã estalou a língua para Boss e foi embora.


No dia seguinte, quando terminou de atender os pacientes no dispensário, Xamã seguiu pelo Caminho Longo para a casa dos Geiger. Bateu à porta e Jason atendeu. Bastou um olhar para saber que Rachel tinha contado tudo ao pai.

— Entre.

— Muito obrigado, Jay.

As crianças reconheceram a voz de Xamã e correram para ele, o que não contribuiu para melhorar as coisas. Joshua abraçou uma perna de Xamã e Hattie a outra. Lillian apareceu correndo da cozinha e os levou com ela, cumprimentando Xamã com uma breve inclinação da cabeça. As crianças a acompanharam protestando.

Jay levou Xamã para a sala e apontou para uma cadeira.

Xamã sentou, obedientemente.

— Meus netos têm medo de mim.

— Eles ainda não o conhecem. Lillian e Rachel falavam de você o tempo todo. Vovô isto e *zaydeh* aquilo. Assim que eles o identificarem com o bom vovô, deixarão de ter medo. — Ocorreu a Xamã que Geiger podia não gostar da sua atitude um tanto condescendente em relação aos próprios netos e mudou de assunto. — Onde está Rachel?

— Saiu para andar um pouco. Ela está... aborrecida.

Xamã fez um gesto afirmativo.

— Ela falou a meu respeito.

Jason confirmou com um gesto.

— Eu a amei toda a minha vida. Graças a Deus não sou mais um garoto... Jay, sei do que você tem medo.

— Não, Xamã. Com todo respeito, você jamais saberá. Aquelas duas crianças têm o sangue de altos sacerdotes. Devem ser criadas como judeus.

— Pois serão. Conversamos muito sobre isso. Rachel não vai abandonar suas crenças. Joshua e Hattie podem ser instruídos por você, o homem que instruiu a mãe deles. Eu gostaria de aprender hebraico com eles. Estudei um pouco no colégio.

— Você vai se converter?

— Não... na verdade, estou pensando em me tornar quacre.

Geiger ficou em silêncio.

— Se sua família vivesse isolada numa cidade com pessoas do seu povo, você podia prever com quem seus filhos se casariam. Mas você os trouxe para o grande mundo.

— Sim, eu sou responsável. Agora, devo conduzi-los de volta.

Xamã balançou a cabeça.

— Eles não irão. Não podem.

Jay ficou impassível.

— Rachel e eu vamos nos casar. E se vocês a ferirem mortalmente cobrindo os espelhos de preto e cantando a oração dos mortos, eu pedirei a ela para ir comigo e com os filhos para bem longe daqui.

Por um momento, Xamã temeu o lendário gênio explosivo de Geiger, mas ele apenas balançou a cabeça.

— Esta manhã ela me disse que iria.

– Ontem, você disse que meu pai estava mais perto do seu coração do que seus irmãos. Eu sei que você ama a família dele. Sei que me ama. Não podemos nos querer bem por aquilo que somos?

Jason empalideceu.

– Parece que temos de tentar – disse, com voz pesada. Levantou e estendeu a mão.

Xamã ignorou a mão estendida e o envolveu num grande abraço. Logo sentiu a mão de Geiger batendo de leve nas suas costas.

Na terceira semana de abril, o inverno voltou a Illinois. A temperatura caiu e nevou. Xamã preocupou-se com os pequenos botões nos pessegueiros. O trabalho de construção parou, mas ele e Ericsson percorreram a casa dos Cole escolhendo os lugares para as prateleiras e armários de instrumentos. Concluíram satisfeitos que não precisariam fazer muitas alterações na estrutura para converter a casa numa clínica.

Quando parou de nevar, Doug Penfield aproveitou o frio para fazer parte do abate da primavera, como tinha prometido a Sarah. Xamã passou pelo barracão do abatedouro e viu três porcos amarrados, dependurados pelas pernas traseiras numa viga alta. Achou que três era demais. Rachel não ia usar presunto nem carne de porco defumada em sua casa e ele sorriu, pensando nas complexidades interessantes da vida que ia começar. Os porcos já tinham sido dessangrados, limpos, mergulhados em água fervendo e raspados. A carne era rosada e de repente Xamã parou. Viu três pequenos orifícios iguais nas grandes veias dos pescoços dos animais, por onde o sangue fora retirado.

Ferimentos triangulares, como as marcas de bastões de esqui na neve.

Não precisava medi-los para saber que eram do tamanho certo.

Estava parado, petrificado quando Doug saiu do barracão com a serra de carne.

– Aqueles buracos. Com o que são feitos?

– Com o furador de porcos de Alden. – Doug sorriu. – O mais engraçado é que, desde que comecei a trabalhar no abate, pedi a Alden para fazer um furador para mim. Eu vivia pedindo. Ele sempre dizia que ia fazer. Dizia que furar os porcos era melhor do que cortar a garganta. Disse que tinha um, mas perdeu. Mas nunca fez um para mim. Então derrubamos a casa dele e lá estava o furador, debaixo do assoalho. Ele deve ter largado o furador para consertar o assoalho e pôs a tábua por cima sem perceber. Nem precisei andar muito.

Xamã segurou o furador. Era o instrumento que Barney McGowan não tinha conseguido identificar, quando Xamã descreveu os ferimentos no corpo de Makwa-ikwa. Não estava entre os que eram usados no laboratório de patologia do hospital de Cincinnati. Tinha cerca de 50 centímetros de comprimento. O cabo era redondo e liso, fácil de segurar. Como o pai de Xamã tinha suposto durante a autópsia, os doze últimos centímetros da lâmina triangular eram denteados, de modo que, quanto mais se aprofundava no tecido, maior era o ferimento. As três lâminas brilhavam ameaçadoramente, obviamente muito afiadas. Alden sempre gostou de usar bom aço.

Xamã podia ver o braço levantando e abaixando. Levantando e abaixando.

Onze vezes.

Ela não devia ter gritado nem chorado. Xamã imaginou que devia estar escondida bem dentro dela mesma, no lugar onde não existia dor. Desejou fervorosamente que fosse verdade.

Xamã deixou Doug e caminhou pelo Caminho Curto segurando o instrumento com o braço estendido para a frente, como se as lâminas de aço pudessem se transformar em serpentes venenosas. Passou pelas árvores, pelo túmulo de Makwa e pelas ruínas do *hedonoso-te*. Chegando na margem do rio, ergueu o braço para trás e atirou com força.

O objeto girou e girou, deslizando no ar da primavera, refletindo o tempo todo a luz do sol, como uma espada. Mas não era Excalibur.

Nenhum braço enviado por Deus ergueu-se da água para apanhá-lo e brandi-lo. Em vez disso, cortou a água e desapareceu nas profundezas do rio quase sem perturbar a superfície. Xamã sabia que o rio não o devolveria, e um peso que carregava há anos – há tanto tempo que quase não o percebia mais – saiu dos seus ombros e voou como um pássaro.

# 72

## A PEDRA FUNDAMENTAL

No fim de abril não havia mais neve, nem mesmo nos esconderijos secretos do rio, onde a sombra das árvores era mais densa. Os brotos dos pessegueiros estavam queimados pela geada, mas nova vida começava a surgir sob o tecido escuro, empurrando os botões verdes que se transformariam em flores. No dia 13 de maio, dia da grande cerimônia da pedra fundamental, na fazenda Cole, o tempo estava bom. Logo depois do meio-dia, o reverendíssimo James Duggan, bispo da diocese de Chicago, desceu do trem em Rock Island, acompanhado por três monsenhores.

Foram recebidos pela madre Miriam Ferocia e duas carruagens de aluguel, que os levaram para a fazenda, onde os convidados os esperavam. Lá estavam quase todos os médicos da região, as freiras enfermeiras e o padre confessor do convento, os fundadores da cidade, vários políticos, incluindo Nick Holden e o congressista John Kurland, além de vários cidadãos. Miriam Ferocia os recebeu com voz firme, mas com o sotaque mais acentuado do que nunca, o que acontecia sempre que ficava nervosa. Apresentou os prelados e pediu ao bispo Duggan para abrir a cerimônia.

Então ela apresentou Xamã, que os conduziu a um passeio pelas terras. O bispo, um homem grande, rosto corado e cabelos fartos e grisalhos, evidentemente ficou satisfeito com o que viu. Quando chegaram ao local da construção, o congressista Kurland fez um discurso breve, descrevendo o que o hospital ia significar para seus eleitores. Miriam Ferocia entregou uma pá ao bispo Duggan, que cavou a terra como se já tivesse feito aquilo antes. Foi a vez da superiora, depois a de Xamã, seguido pelos políticos e várias outras pessoas que queriam poder contar aos filhos que tinham ajudado a fazer a primeira escavação para o Hospital de San Francisco.

Em seguida, todos se encaminharam para a recepção no convento. Houve mais passeios – para conhecer o jardim, os rebanhos de ovelhas e de cabras, no campo, o celeiro, e finalmente o convento.

Miriam Ferocia precisava agir com cuidado para receber o bispo condignamente sem parecer extravagante nos seus gastos. Conseguiu isso admiravelmente, usando produtos do convento para fazer queijo e pastelaria, servida quente, acompanhando o chá e o café. Tudo parecia correr muito bem, mas Xamã tinha a impressão de que Miriam Ferocia ficava cada vez mais ansiosa. Ele a surpreendeu olhando pensativamente para Nick Holden, que estava sentado na poltrona de couro perto da mesa de trabalho da superiora. Quando Holden se levantou, ela parecia esperar alguma coisa, olhando continuamente para o bispo Duggan.

Xamã conhecera o bispo na fazenda e havia conversado com ele.

Agora, aproximou-se e, logo que teve oportunidade, disse:

– Excelência, está vendo a grande poltrona de couro com braços de madeira entalhada, atrás de mim?

O bispo ficou intrigado.

– Sim, estou.

– Excelência, essa poltrona foi transportada numa carroça, através da planície, pelas primeiras freiras que vieram para cá. Elas a chamam de poltrona do bispo. Seu sonho sempre foi que, um dia, quando o bispo as visitasse, haveria uma boa cadeira para ele descansar.

O bispo Duggan balançou a cabeça afirmativamente, muito sério, homem circunspecto. Aproximou-se do congressista e falaram sobre o futuro dos capelães do exército, agora que a guerra tinha terminado. Depois de alguns minutos, dirigiu-se a Miriam Ferocia.

– Venha, madre – disse ele. – Vamos conversar um pouco. – Puxou uma cadeira para perto dele e sentou-se na poltrona de couro, com um suspiro de prazer.

Logo estavam entretidos, falando sobre assuntos do convento. A madre Miriam Ferocia, na cadeira de espaldar reto, observava que o bispo parecia confortavelmente sentado, quase regiamente – as costas bem apoiadas, as mãos descansadas nas extremidades dos braços entalhados. A irmã Mary Peter Celestine, servindo os doces, viu a expressão radiante da superiora. Olhou para a irmã Mary Benedicta, que servia o café, e trocaram um sorriso.

Na manhã seguinte, o xerife e um assistente apareceram de charrete na fazenda Cole, com o corpo de uma mulher gorda de meia-idade, com cabelos longos, castanhos e sujos. O xerife não sabia quem ela era. O corpo fora descoberto na parte de trás de uma carroça fechada, de carga, que acabava de trazer sacas de açúcar e de farinha para o armazém de Haskins.

– Achamos que ela entrou no vagão em Rock Island, mas lá ninguém sabe nada sobre ela – disse o xerife.

Eles a levaram para o barracão e a puseram sobre a mesa.

– Lição de anatomia – Xamã disse para Alex.

Eles a despiram. A mulher não estava limpa e Alex viu Xamã tirar piolhos e palha do cabelo, com um pente fino. Xamã usou o bisturi feito por Alden para a incisão em Y que abria o peito. Cortou as costelas e retirou o esterno explicando o que era cada coisa e o que estava fazendo, e, quando ergueu os olhos, viu que Alex controlava-se para continuar ali.

– Por mais sujo que esteja, o corpo humano é um milagre para ser admirado e respeitado. Quando a pessoa morre, a alma, ou o espírito – o que os gregos chamam de *anemos* –, o abandona. Os homens sempre têm discutido se o espírito também morre ou se vai para outro lugar qualquer. – Xamã sorriu, lembrando a mensagem ouvida do pai e de Barney, e extremamente satisfeito por estar passando esse legado ao irmão. – Quando papai estudou medicina, um dos seus professores dizia que o espírito deixa o corpo como um homem deixa a casa onde sempre viveu. Papai dizia que devemos tratar o corpo com dignidade como prova de respeito à pessoa que morava na casa.

Alex fez um gesto afirmativo. Xamã percebeu que ele se inclinava para a mesa com interesse genuíno e que a cor começava a voltar ao seu rosto enquanto observava as mãos de Xamã.

Jay ofereceu-se para ensinar química e farmacologia a Alex. Naquela tarde, sentados na varanda da casa dos Cole, estudavam a tabela dos elementos enquanto Xamã lia, e ocasionalmente cochilava. Jay e Alex foram obrigados a deixar os livros e Xamã a sesta, com a chegada de Nick Holden. Xamã percebeu que Alex cumprimentou Nick cortesmente mas sem efusividade.

Nick estava ali para se despedir. Ainda era comissário para Assuntos Indígenas e ia voltar para Washington.

– Então o presidente Johnson pediu ao senhor para ficar? – perguntou Xamã.

– Só por algum tempo. Ele vai usar seus próprios homens, não tenha dúvida – disse Nick, com uma careta. Disse que toda Washington estava agitada com o rumor de uma ligação do ex-vice-presidente com o assassino de Lincoln. – Dizem que foi descoberto um bilhete para Johnson assinado por John Wilkes Booth. E que na tarde do crime, Booth foi ao hotel de Johnson e perguntou por ele, na portaria, onde informaram que ele não estava no hotel naquele momento.

Xamã ficou pensando se em Washington assassinavam tanto presidentes quanto reputações.

– Já perguntaram alguma coisa a Johnson sobre essas histórias?

– Ele prefere ignorar. Limita-se a agir como presidente e falar sobre como reduzir o déficit causado pela guerra.

– O maior déficit provocado pela guerra não pode ser reduzido – disse Jay. – Um milhão de homens foram feridos ou mortos. E mais vão morrer, porque existem ainda focos de resistência dos confederados.

Eles remoeram a terrível ideia.

– O que teria acontecido a este país se não tivesse havido guerra? – perguntou Alex, de repente. – Se Lincoln tivesse deixado o Sul separar-se em paz?

– A Confederação teria durado pouco – disse Jay. – Os sulistas acreditam no próprio estado e não confiam no governo central. As divergências iam surgir de imediato. A Confederação ia se dividir em pequenos grupos regionais que, com o tempo, se transformariam em pequenos estados. Eu penso que todos os estados, um a um, embaraçados e humilhados, pediriam para voltar à União.

– A União está mudando – disse Xamã. – O partido americano teve pouca influência nas últimas eleições. Soldados nascidos na América viram companheiros irlandeses, alemães e escandinavos morrerem em batalha e não querem mais dar ouvidos a políticos preconceituosos. O *Daily Tribune* de Chicago diz que os Não Sabem de Nada estão liquidados.

– E já vão tarde – disse Alex.

– Era apenas mais um partido político – disse Nick, suavizando.

– Um partido político que deu origem a outros grupos muito mais sinistros – disse Jay. – Mas podem estar certos. Três milhões e meio de antigos escravos estão espalhados por todo o país, à procura de emprego. Vão aparecer novas sociedades de terror contra eles, com os mesmos nomes na lista de membros.

Nick Holden levantou para se despedir.

– A propósito, Geiger, sua mulher tem alguma notícia do seu célebre primo?

– Se soubéssemos onde Judah Benjamin está, comissário, acha que eu ia dizer? – perguntou Jay em voz baixa.

Holden sorriu, com aquele sorriso típico.

Era verdade que tinha salvo a vida de Alex e Xamã lhe era grato. Mas a gratidão nunca o fez gostar de Nick. No fundo do coração ele desejava ardentemente que Alex fosse filho do jovem fora da lei chamado Will Mosby.

Nem passou por sua cabeça convidar Holden para o casamento.

Xamã e Rachel casaram-se no dia 22 de maio de 1865, na sala da casa dos Geiger, só com a presença da família. Não era o casamento que os pais teriam desejado. Sarah sugeriu que, uma vez que seu marido era pastor, seria um gesto no sentido da união das duas famílias convidá-lo para oficiar a cerimônia. Jay disse à filha que uma mulher judia só podia ser casada por um rabino. Xamã e Rachel não discutiram, mas foram casados pelo juiz Stephen Hume. Hume precisava de um atril e Xamã pediu emprestado o da igreja, o que não foi difícil porque o novo pastor não tinha chegado ainda. Ficaram na frente do juiz, com as crianças, Joshua segurando com a mãozinha suada o dedo indicador de Xamã. Rachel, com um vestido de noiva de brocado azul, de gola larga de renda creme, segurava a mão de Hattie. Hume, como o bom homem que era, desejou tudo de bom aos dois. Quando ele os declarou marido e mulher e disse "Vão em paz", Xamã interpretou as palavras literalmente. O mundo girou mais devagar e ele experimentou a sensação maravilhosa só sentida uma vez antes, quando atravessou o túnel que ligava a Escola de Medicina Policlínica ao Southwestern Ohio Hospital, como médico.

Xamã esperava que Rachel quisesse ir a Chicago ou a outro lugar para a lua de mel, mas ela o ouvira falar dos sauks e mesquakies de Iowa e para alegria de Xamã perguntou se podiam visitar os índios.

Eles precisavam de um animal para carregar os suprimentos e outros objetos. Paul Williams tinha um cavalo cinzento grande e de bom temperamento no seu estábulo e Xamã o alugou por onze dias. Tama, a cidade dos índios, ficava a uns cento e sessenta quilômetros. Xamã calculou quatro dias para ir e quatro para voltar e um ou dois para a visita.

Partiram algumas horas após o casamento, Rachel montando Trude, Xamã em Boss, puxando o animal com a carga que, Williams disse, chamava-se Ulysses, "sem nenhum desrespeito ao general Grant".

Xamã teria parado em Rock Island no primeiro dia, mas estavam com roupas de viagem, impróprios para se hospedar num hotel e Rachel queria passar a noite na pradaria. Atravessaram o rio na balsa e viajaram até vinte quilômetros além de Davenport.

Seguiram uma estrada estreita e empoeirada por entre imensos campos arados, de terra negra, com algumas nesgas da pradaria no meio deles. Quando chegaram a uma extensão de relva natural, ao lado de um regato, Rachel aproximou Trude de Boss e com um aceno chamou a atenção de Xamã.

– Podemos parar aqui?

– Vamos procurar a casa da fazenda.

Andaram mais uns dois quilômetros. Perto da casa, a relva se transformava em campos arados, preparados, sem dúvida, para o plantio de milho. Na frente do celeiro, um cão amarelo correu para os cavalos, latindo. O fazendeiro estava pondo um novo parafuso no relho do arado e franziu a testa desconfiado quando Xamã pediu permissão para acampar perto do regato. Mas quando Xamã ofereceu dinheiro, ele sacudiu a mão, recusando.

– Vão fazer fogueira?

– Eu tinha pensado em fazer. Tudo parece estar tão verde.

– Oh, sim, o fogo não vai se espalhar. A água do regato é potável. Sigam um pouco a margem que encontrarão madeira para o fogo.

Eles agradeceram e voltaram ao local escolhido. Tiraram as selas dos cavalos e a carga de Ulysses. Depois Xamã fez quatro viagens para apanhar lenha, enquanto Rachel armava o acampamento. Ela estendeu no chão uma velha manta de pele de búfalo que Geiger comprara de Cão de Pedra, há muito tempo. O couro marrom aparecia nas falhas do pelo, mas era a melhor coisa para ter entre seus corpos e a terra. Estendeu sobre a pele dois cobertores feitos com lã Cole, porque faltava ainda um mês para o verão.

Xamã empilhou a madeira entre duas pedras e acendeu o fogo e sobre ele pôs um bule com água do regato e café. Sentados nas selas, comeram as sobras da festa de casamento – carneiro rosado em fatias, batatas assadas, cenoura candilada. Como sobremesa, bolo branco do casamento, com cobertura de uísque, depois café puro. As estrelas apareceram e a lua em quarto crescente ergueu-se acima da terra plana.

Depois, Rachel apanhou sua caneca, uma barra de sabão, um esfregão e uma toalha e desapareceu na escuridão.

Não ia ser a primeira vez que faziam amor e Xamã perguntou a si mesmo por que se sentia tão nervoso. Tirou a roupa e foi para outro ponto do regato onde se lavou rapidamente, e quando ela voltou ele a esperava deitado entre os cobertores e a pele de búfalo. Seus corpos tinham ainda o frio do regato, mas logo se aqueceram. Xamã compreendeu que Rachel escolhera aquele lugar para a cama improvisada porque ficava fora da luz do fogo, mas não se importou. Tinha ainda Rachel, suas mãos e seus corpos. Fizeram amor pela primeira vez como marido e mulher e depois ficaram deitados, de mãos dadas.

– Eu te amo, Rachel Cole – disse ele.

Viam todo o céu como uma cúpula sobre a terra plana. As estrelas baixas eram enormes e brancas.

Um pouco depois, fizeram amor outra vez e, quando terminaram, Rachel levantou e correu para o fogo. Apanhou um galho com a ponta em brasa e o girou no ar até pegar fogo. Então voltou, ajoelhou tão perto que ele podia ver a pele arrepiada de frio entre os seios dela e os olhos, como duas pedras preciosas refletindo a luz do graveto aceso, e a boca.

– Eu também te amo, Xamã – disse ela.

No dia seguinte, à medida que avançavam para o interior de Iowa, aumentava a distância entre uma fazenda e outra. A estrada atravessou uma criação de porcos por quase três quilômetros, com um odor forte, quase palpável, mas depois chegaram outra vez ao campo relvado e ao ar doce e puro.

Num dado momento Rachel se empertigou na sela e levantou a mão.

– O que foi?

– Uivos. Pode ser um lobo?

Xamã disse que devia ser um cachorro.

– Os fazendeiros devem ter acabado com os lobos, como fizeram em Holden's Crossing. Os lobos se foram, como os búfalos e os índios.

– Talvez se possa ver por aqui um milagre da pradaria – disse ela.

– Um búfalo, um gato selvagem ou o último lobo de Iowa.

Passaram por pequenas cidades. Ao meio-dia chegaram a um armazém onde comeram biscoitos, queijo e pêssegos em lata.

– Ontem ouvimos dizer que os soldados prenderam Jefferson Davis. Está preso no Fort Monroe, Virgínia, acorrentado – disse o dono do armazém. Cuspiu no chão coberto de serragem.

– Espero que eles enforquem o filho da mãe. Com perdão da palavra, madame.

Rachel balançou a cabeça. Era difícil parecer uma dama tomando o resto da calda de pêssego na lata.

– Eles capturaram também seu secretário de estado, Judah P. Benjamin?

– O judeu? Não, não pegaram esse pelo que eu sei.

– Ótimo – disse Rachel.

Levaram as latas vazias para usar na viagem e montaram. O dono do armazém ficou na porta até desaparecerem na poeira da estrada.

Naquela tarde, atravessaram um baixio do rio Cedar, tomando muito cuidado para não se molharem, mas logo depois foram encharcados pela chuva da primavera. Era quase noite quando chegaram a uma fazenda e se abrigaram no celeiro. Xamã sentia uma estranha satisfação, lembrando a descrição da noite de núpcias dos pais no diário de Rob J. Enfrentou a chuva para pedir a permissão de usar o celeiro, que o fazendeiro concedeu imediatamente. O homem chamava-se Williams, mas não era parente do dono do estábulo de Holden's Crossing. Quando Xamã voltou para o celeiro, a Sra. Williams estava chegando com uma sopa de leite quente, com cenoura, batata e cevada, mais pão fresco. Ela os deixou com tanta pressa que tiveram certeza de que sabia que eram recém-casados.

O dia seguinte amanheceu claro e bem mais quente. No começo da tarde chegaram ao rio Iowa. Billy Edwards tinha dito que, seguindo para noroeste, iam encontrar os índios. Aquela parte do rio estava deserta e depois de um tempo chegaram a uma enseada com água clara e fundo de areia. Pararam, amarraram os cavalos e Xamã imediatamente tirou a roupa e entrou na água.

– Venha! – chamou ele.

Mas Rachel hesitou. Porém, o sol estava quente e o rio parecia nunca ter visto outro ser humano. Depois de um tempo, ela tirou a roupa atrás de uns arbustos, ficando só com a combinação-calça de algodão. Quando entrou na água, gritou de frio e os dois brincaram como crianças. A combinação molhada grudava no corpo e Xamã estendeu os braços para ela, mas Rachel ficou com medo.

– Pode aparecer alguém! – disse ela e saiu correndo da água.

Rachel dependurou a combinação num galho de árvore para secar e se vestiu. Depois de vestido, Xamã apanhou anzóis e linha na mochila. Encontrou alguns vermes debaixo de um tronco caído e quebrou um galho para servir de vara. Andou um pouco pela margem, rio acima, encontrou um lugar bom e em pouco tempo pegou duas percas pintadas, de duzentos gramas cada uma.

Ao meio-dia tinham comido ovos cozidos do copioso suprimento de Rachel, mas naquela noite iam comer peixe. Xamã os limpou imediatamente.

– Acho melhor cozinhar agora para não estragar, e enrolar num pano – disse ele, fazendo uma pequena fogueira.

Enquanto o peixe estava no fogo, Xamã a procurou outra vez. Rachel esqueceu todo o cuidado. Não importava que, mesmo depois de esfregar com areia e lavar no rio, suas mãos estivessem ainda cheirando a peixe, nem que fosse dia claro. Xamã levantou o vestido dela e fizeram amor vestidos, na relva quente e cheia de sol da margem do rio, com o som da água corrente nos ouvidos dela.

Alguns minutos depois, Rachel estava virando o peixe no fogo quando uma barcaça apareceu na curva do rio. Nela estavam três homens barbados, descalços, vestindo apenas calças rasgadas. Um deles ergueu a mão num aceno preguiçoso e Xamã respondeu.

Assim que o barco passou, Rachel correu para onde tinha deixado a combinação como uma bandeira branca anunciando o que tinham feito. Quando Xamã se aproximou, ela se virou para ele.

– O que há conosco? – perguntou. – O que há comigo? Quem sou eu?

– Você é Rachel – disse ele, abraçando-a. Disse isso com tamanha satisfação que, quando se beijaram, ela estava sorrindo.

# 73

# TAMA

Bem cedo, na manhã do quinto dia, encontraram um cavaleiro na estrada. Pararam para pedir informação e Xamã notou que o homem estava modestamente vestido mas tinha uma sela cara e um bom cavalo. O cabelo era longo e negro e a pele possuía a cor de argila cozida.

– Pode nos dizer o caminho para Tama? – perguntou Xamã.
– Melhor do que isso. Eu vou para lá. Venham comigo se quiserem.
– Muito obrigado.

O índio inclinou-se para a frente e disse mais alguma coisa, mas Xamã balançou a cabeça.

– É difícil, para mim, falar, com os cavalos em movimento. Preciso ver seus lábios. Eu sou surdo.
– Oh.
– Minha mulher ouve muito bem – disse Xamã. Ele sorriu e o índio, sorrindo também, virou para Rachel e encostou o dedo no chapéu. Trocaram algumas palavras, mas a maior parte do tempo cavalgaram em silêncio na manhã quente.

Apearam perto de um pequeno lago e, enquanto os cavalos bebiam e comiam a relva, os três descansaram as pernas e se apresentaram formalmente. O homem apertou as mãos dos dois e disse que se chamava Charles P. Keyser.

– Mora em Tama?
– Não. Tenho uma fazenda a dez quilômetros de Tama. Eu nasci em Potawatomi, mas fui criado por brancos, depois que minha família morreu com a febre. Eu nem falo a língua dos índios, a não ser algumas palavras de kickapoo. Eu me casei com uma mulher meio kickapoo e meio francesa.

Disse que passava alguns dias em Tama a cada dois ou três anos.

– Na verdade, não sei por quê. – Sorriu e deu de ombros. – Pele-vermelha chamando pele-vermelha, eu acho.

Xamã fez um gesto afirmativo.

– Acha que nossos cavalos já pastaram bastante?
– Oh, sim. Não queremos que estourem debaixo de nós, queremos? – disse Keyser e montaram outra vez e seguiram viagem.

Antes do meio-dia chegaram a Tama. Muito antes de alcançarem o grupo de casas de madeira que formavam um largo círculo, foram seguidos por crianças de olhos escuros e por cães.

Keyser ergueu o braço e eles desmontaram.

– Vou avisar ao chefe que estamos aqui – disse ele, entrando numa casa próxima. Quando reapareceu, com um homem grande, de meia-idade e pele-vermelha, Xamã e Rachel estavam no meio de uma pequena multidão.

O homem grande disse alguma coisa que Xamã não conseguiu ler.

Não era inglês, mas o homem apertou a mão que Xamã estendeu.

– Sou o Dr. Robert J. Cole, de Holden's Crossing, Illinois. Esta é minha mulher, Rachel Cole.

– Dr. Cole? – Um jovem se adiantou e examinou Xamã atentamente. – Não. É muito moço.

– ... Talvez tenha conhecido meu pai?

Os olhos do homen não deixaram o rosto dele.

– Você é o garoto surdo?... É você, Xamã?

– Sim.

– Eu sou Cão Pequeno, Filho de Lua e Chega Cantando.

Xamã apertou a mão dele com prazer, lembrando de quando brincavam juntos.

O homem grande disse alguma coisa.

– Ele é Me-di-ke, Tartaruga Mordedora, chefe da cidade de Tama – disse Cão Pequeno. – Ele quer que vocês três venham à sua casa.

Tartaruga Mordedora fez sinal a Cão Pequeno para entrar também e mandou os outros embora. A casa era pequena e cheirava a carne recentemente tostada. Mantas dobradas indicavam onde dormiam e uma rede de lona estava dependurada num canto. O chão de terra era duro e varrido e foi onde sentaram, enquanto a mulher de Tartaruga Mordedora – Wapansee, Luz Pequena – servia café preto, muito adoçado com açúcar de bordo, com o gosto alterado por vários outros ingredientes. Tinha gosto do café que Makwa fazia. Depois que Luz Pequena acabou de servir, Tartaruga Mordedora disse alguma coisa e ela saiu da casa.

– Você tinha uma irmã chamada Mulher Pássaro – Xamã disse para Cão Pequeno. – Ela está aqui?

– Morreu, há muito tempo. Tenho outra irmã, Salgueiro Verde, a mais nova. Está com o marido na reserva de Kansas. – Ninguém em Tama tinha estado com o grupo de Holden's Crossing – disse ele.

Tartaruga Mordedora disse, por intermédio de Cão Pequeno, que ele era mesquakie e que havia cerca de duzentos mesquakies e sauks em Tama. Depois, despejou uma torrente de palavras e olhou outra vez para Cão Pequeno.

– Ele diz que as reservas são péssimas, como grandes jaulas. Nós não podíamos esquecer os velhos tempos. Apanhávamos cavalos selvagens, domávamos e vendíamos pelo melhor preço possível. Guardávamos todo o dinheiro. Então, uns cem de nós vieram para cá. Tivemos de esquecer que

Rock Island era antes Sauk-e-nuk, a grande cidade dos sauks, e que Davenport era mesquak-e-nuk, a grande cidade dos mesquakies. O mundo mudou. Nós pagamos com dinheiro do homem branco estes oitenta acres de terra e o governador de Iowa assinou a escritura como testemunha.

– Isso foi bom – disse Xamã e Tartaruga Mordedora sorriu. Evidentemente ele entendia um pouco de inglês, mas continuou a falar a sua língua, agora com expressão severa.

– Ele diz que o governo sempre afirma que comprou nossas vastas terras. O Pai Branco tira nossa terra e oferece às tribos pequenas moedas, em vez de papel-moeda. Ele até nos engana com as moedas, dando coisas baratas e enfeites e dizendo que mesquakies e sauks recebem uma anuidade. Muitos dos nossos povos deixam os objetos sem valor para apodrecer na terra. Dizemos para eles para dizerem em voz alta que aceitam só dinheiro e para vir aqui e comprar mais terra.

– Vocês têm tido problemas com os vizinhos brancos? – perguntou Xamã.

– Nenhum problema – disse Cão Pequeno e ouviu o que Tartaruga Mordedora dizia. – Ele diz que não somos ameaça. Sempre que nosso povo vai negociar, os homens brancos põem moedas nos troncos das árvores e dizem que podemos ficar com elas se acertarmos nelas com flechas. Alguns do nosso povo acham que é um insulto, mas Tartaruga Mordedora permite. – Tartaruga Mordedora falou outra vez e Cão Pequeno sorriu. – Ele diz que assim nossos homens estão sempre bons com as flechas.

Luz Pequena voltou, acompanhada por um homem com camisa de algodão puída, calça de lã marrom manchada e com um lenço vermelho amarrado na testa. Ele disse que era Nepepaqua, Sonâmbulo, sauk e curandeiro. Sonâmbulo não era homem de perder tempo.

– Ela disse que você é médico.

– Sim.

– Ótimo. Quer vir comigo?

Xamã fez um gesto afirmativo. Ele e Rachel deixaram Charles Keyser tomando café com Tartaruga Mordedora só para apanhar a maleta de Xamã. Depois, acompanharam o curandeiro.

Passando pela cidade, Xamã procurava cenas familiares que combinassem com suas lembranças. Não viu *tipis*, mas havia alguns *hedonoso-tes*, além de casas de toras de madeira. A maioria das pessoas usava roupas velhas de brancos. Os mocassins eram iguais, embora muitos dos índios estivessem com botas de trabalho ou do exército.

Sonâmbulo os levou a uma casa na outra extremidade da cidade, onde uma mulher jovem se contorcia com as mãos na enorme barriga.

Ela estava com os olhos vidrados e parecia louca. Não respondeu às perguntas de Xamã. O pulso estava rápido e forte. Xamã ficou apreensivo, mas quando segurou as mãos dela, sentiu mais vitalidade do que tinha imaginado.

Ela era Watwaweiska, Esquilo Voador, disse Sonâmbulo. Mulher do seu irmão. A hora do seu primeiro parto tinha chegado na manhã do dia anterior. Um pouco antes ela foi para um lugar tranquilo no bosque. Quando as águas desceram, suas pernas e seu vestido ficaram molhados, mas não aconteceu nada. A agonia não passava, a criança não vinha. No cair da noite, outras mulheres a encontraram e a levaram para casa.

Sonâmbulo não podia fazer nada para ajudar.

Xamã tirou o vestido molhado de suor e examinou o corpo da mulher. Ela era muito jovem, os seios, embora cheios de leite, eram pequenos e a pélvis muito estreita. Estava com bastante dilatação, mas não se via nenhuma cabecinha na abertura. Ele apertou delicadamente a barriga dela, depois apanhou o estetoscópio e deu a outra ponta para Rachel. Encostou o aparelho em diversos pontos da barriga distendida e o que tinha concluído com seus olhos foi confirmado pela descrição de Rachel do que estava ouvindo.

– A criança está em má posição.

Xamã saiu da casa e pediu água limpa, e Sonâmbulo o levou a um regato no bosque. O curandeiro viu com curiosidade Xamã lavar e esfregar as mãos e os braços com sabão e depois lavar com água limpa.

– Faz parte da medicina – disse Xamã e Sonâmbulo aceitou o sabão e fez o mesmo.

De volta à casa, Xamã lubrificou as mãos com gordura limpa. Inseriu um dedo na vagina da mulher, depois o outro. Moveu os dedos lentamente para cima. A princípio não sentiu nada, mas então a mulher teve uma contração e o canal se alargou mais um pouco. Um pezinho encostou nos seus dedos e em volta dele Xamã sentiu o cordão. O cordão umbilical estava forte mas muito esticado, e ele não tentou livrar o pé da criança enquanto não passou a contração. Então, trabalhando cuidadosamente só com dois dedos, desenrolou o cordão e puxou o pé para baixo.

O outro pé estava mais acima, encostado na parede do canal, e Xamã o alcançou durante a contração seguinte e o puxou para baixo até os dois pezinhos aparecerem na entrada da vagina. Depois dos pés vieram as pernas e logo viram que era um menino. Apareceu a barriga, logo atrás do cordão. Mas o movimento cessou quando os ombros e a cabeça encalharam no canal como uma rolha no gargalo de uma garrafa.

Xamã não podia mais puxar a criança, nem podia alcançar a parede do canal para evitar que a criança ficasse sufocada. Ajoelhou, com a mão no canal e a mente procurando uma solução, mas sentindo que a criança ia sufocar.

Sonâmbulo foi até o canto da casa e tirou da sua sacola um pedaço de cipó com uma das extremidades achatada como uma cabeça de cobra, com olhos de contas pretas e presas de fibra. Sonâmbulo manipulou a "serpente" de modo que ela parecia estar se arrastando pelo corpo de Esquilo Voador até a cabeça chegar bem perto do rosto dela. O curandeiro cantava na sua língua, mas Xamã não estava tentando ler os lábios dele. Estava olhando para Esquilo Voador.

Xamã viu a mulher olhar para a cobra e arregalar os olhos. O curandeiro fez a cobra se arrastar pelo corpo dela até chegar ao lugar em que estava a criança.

Xamã sentiu um estremecimento no canal.

Viu Rachel abrir a boca para protestar, mas com um olhar a advertiu para ficar calada.

As presas da cobra tocaram a barriga de Esquilo Voador. De repente, Xamã sentiu que o canal se alargava. A mulher empurrou com força e a criança desceu facilmente. Xamã a tirou sem nenhum esforço. O rosto e os lábios do bebê estavam azuis, mas logo ficaram vermelhos. Com um dedo trêmulo, Xamã limpou o muco da boca. O rostinho se franziu indignado, a boca se abriu. Xamã sentiu a contração dos músculos do abdome da criança, para inspirar, e sabia que os outros estavam ouvindo o choro alto e fino. Talvez fosse em ré bemol porque a barriguinha vibrava exatamente como o piano de Lillian quando Rachel tocava a quinta nota preta a partir da direita.

Xamã e o curandeiro voltaram ao regato para se lavar. Sonâmbulo estava satisfeito. Xamã muito pensativo. Antes de sair da casa, ele tinha examinado o cipó para ter certeza de que era apenas um cipó.

— Ela pensou que a cobra ia devorar a criança, por isso fez força para salvá-la?

— Minha canção dizia que a cobra era um mau *manitou*. O bom *manitou* a ajudou.

Xamã concluiu que a lição era de que a ciência pode levar a medicina até certo ponto. A partir daí, a fé ou a crença em alguma coisa pode ajudar muito. Era uma vantagem que o curandeiro tinha sobre o médico, porque Sonâmbulo era sacerdote além de médico.

— Você é Xamã?

— Não – disse Sonâmbulo, olhando para ele. – Você conhece os testes de conhecimento?

— Makwa me falou das sete tendas.

— Sim, sete. Para algumas coisas, estou na quarta tenda. Para muitas outras, estou na primeira.

— Vai ser Xamã algum dia?

— Quem vai ensinar? Wabokieshiek está morto. Makwa está morta. As tribos estão espalhadas, o *Mide'wiwin* não existe mais. Quando eu era jovem e sabia que queria ser um guardião dos espíritos, ouvi falar de um velho sauk, quase um xamã, no Missouri. Eu o encontrei, passei dois anos lá. Mas ele morreu da febre pintada, cedo demais. Agora, procuro os velhos, para aprender com eles, mas são poucos, e em geral não sabem.

Nossos filhos aprendem o inglês da reserva e as Sete Tendas da Sabedoria desapareceram.

Ele estava dizendo que não havia escolas de medicina para mandar cartas pedindo matrícula, pensou Xamã. Os sauks e mesquakies eram o resto, roubado da sua religião, da sua medicina, do seu passado.

Xamã teve a visão horrível de uma horda de seres verdes descendo sobre a raça branca da Terra e deixando só uns poucos sobreviventes apavorados, sem nada além de vagas lembranças de uma antiga civilização e os fracos ecos de Hipócrates e Galeno, Aviceno e Jeová e Apolo e Jesus.

---

Era como se toda a aldeia soubesse imediatamente do nascimento. Não era um povo dado a demonstrações, mas Xamã sentia a aprovação andando no meio deles. Charles Keyser disse que o caso de Esquilo Voador era igual ao que tinha matado sua mulher no ano anterior.

– O médico não chegou a tempo. A única mulher presente era minha mãe e ela não sabia mais do que eu.

– Não devia se culpar por isso. Às vezes não podemos salvar uma pessoa. A criança morreu também?

Keyser fez que sim com a cabeça.

– Você tem outros filhos?

– Dois meninos e uma menina.

Xamã pensou que um dos motivos que levava Keyser a Tama era a procura de uma mulher. Ao que parecia os índios de Tama o conheciam e gostavam dele. Todos o cumprimentavam, chamando-o de Charlie Fazendeiro.

– Por que eles o chamam assim? Não são fazendeiros também?

Keyser sorriu.

– Não como eu. Meu pai me deixou quarenta acres do solo mais negro de Iowa. Eu cultivo dezoito acres e planto quase todo com trigo do inverno. Quando cheguei aqui, tentei ensinar a eles como deviam plantar. Levei algum tempo para compreender que eles não querem uma fazenda igual à dos brancos. O homem que vendeu estas terras deve ter pensado que estava enganando os índios, porque o solo é pobre. Mas eles empilham mato e arbustos e lixo em pequenas áreas e deixam apodrecer, às vezes durante anos. Então eles plantam as sementes, usando varetas em vez de arados. Essas pequenas áreas produzem muito alimento. A terra está cheia de caça e o rio Iowa tem muito peixe bom.

– Eles levam realmente a vida dos velhos tempos que vieram procurar – disse Xamã.

– Sonâmbulo diz que pediu a você para fazer mais um pouco de medicina. Terei prazer em ajudar, Dr. Cole.

Xamã já tinha a ajuda de Sonâmbulo e de Rachel. Mas lembrou que, embora Keyser parecesse igual aos outros habitantes de Tama, ele não estava completamente à vontade e talvez precisasse da companhia de alguém de fora. Então ele disse ao fazendeiro que agradeceria muito sua ajuda.

Os quatro formavam uma estranha e pequena caravana, que ia de casa em casa, mas logo ficou comprovado que se completavam perfeitamente. O curandeiro os convencia a aceitá-los e cantava suas preces. Rachel levava um saco com doces e era especialista em conquistar a confiança das crianças, e as mãos grandes de Charlie Keyser tinham a força e a delicadeza para segurar o paciente quando era preciso.

Xamã extraiu uma porção de dentes podres e os pacientes, cuspindo filetes de sangue, sorriam porque estavam livres, de repente, da fonte de uma dor atroz.

Ele lancetou furúnculos, removeu um dedo do pé, negro e infeccionado, e Rachel ouvia os ruídos dos peitos no estetoscópio. Para alguns ele deu xaropes, mas outros estavam com consumpção e era obrigado a dizer a Sonâmbulo que não podia fazer nada por eles. Viram também uma meia dúzia de homens e algumas mulheres completamente alcoolizados e Sonâmbulo disse que muitos outros estariam também embriagados se pudessem arranjar uísque.

Xamã sabia que era muito maior o número de peles-vermelhas dizimados pelas doenças dos brancos do que por suas balas. A varíola, especialmente, exterminara as tribos das planícies e das florestas, por isso tinha levado para Tama uma caixa de madeira cheia de cascas de varíola bovina.

Sonâmbulo ficou muito interessado quando Xamã disse que tinha um remédio para evitar a varíola. Mas Xamã fez questão de explicar detalhadamente o que precisava ser feito. Ele arranhava o braço da pessoa e inseria pedacinhos da casca da varíola bovina no arranhão. Formava-se uma bolha vermelha do tamanho de uma ervilha, que coçava muito. Transformava-se então numa ferida cinzenta que parecia um umbigo, com um círculo vermelho em volta, duro e quente. Depois da inoculação, a pessoa ficava três dias doente com varíola bovina, uma forma muito mais branda e benigna da doença mortal. Podiam ter dor de cabeça e febre. Depois dessa breve doença, a ferida ficava maior, mais escura e secava, até a casca cair, mais ou menos no vigésimo primeiro dia, deixando uma cicatriz rosada e funda.

Xamã mandou Sonâmbulo explicar isso ao seu povo e verificar se queriam o tratamento. O curandeiro não demorou a voltar. Todos queriam se proteger contra a varíola, disse ele, e então eles lançaram-se ao trabalho de inocular toda a comunidade.

Sonâmbulo se encarregou de controlar a fila e certificar-se de que eles sabiam o que ia ser feito. Rachel sentou num tronco de árvore e com dois bisturis raspava as cascas da varíola bovina. Quando o paciente chegava a Xamã, Charlie Keyser erguia a mão esquerda dele, expondo a parte interna do braço, o lugar menos sujeito a batidas. Xamã usava um bisturi pontudo para fazer incisões rasas na pele e depois aplicava os pedacinhos do material nos cortes.

Não era complicado, mas tinha de ser feito com cuidado e a fila se movia lentamente. Quando o sol começou a descer para o horizonte, Xamã parou. Faltava um quarto do povo de Tama para ser inoculado, mas ele disse que o consultório do médico estava fechado e só ia abrir na manhã seguinte.

Sonâmbulo, com o instinto de um bem-sucedido pregador batista, naquela noite reuniu o povo para homenagear os honrados visitantes. Acenderam uma fogueira na clareira e todos sentaram em volta, no chão.

Xamã sentou-se à direita de Sonâmbulo. Cão Pequeno entre Xamã e Rachel, para servir de intérprete. Xamã viu Charlie ao lado de uma mulher pequena e sorridente e Cão Pequeno informou que ela era viúva e tinha dois filhos pequenos.

Sonâmbulo pediu ao Dr. Cole para falar sobre a mulher que tinha sido Xamã do seu povo, Makwa-ikwa.

Xamã tinha certeza de que todos sabiam muito mais do que ele sobre o massacre de Bad Ax. O que aconteceu no lugar em que o Bad Ax encontra o Mississípi devia ter sido contado em volta de milhares de fogueiras e continuava a ser contado. Mas ele contou que, entre os que foram mortos pelos Facas Longas, estava um homem chamado Búfalo Verde, cujo nome Sonâmbulo traduziu para Ashtibugwa-gupichee, e uma mulher chamada União de Rios, Matapya. Ele contou como a filha de dez anos, Nishwri Kekawi, Dois Céus, levou o irmãozinho para longe do fogo dos rifles e dos canhões do exército dos Estados Unidos e desceu o rio *Masesibowi* a nado, segurando o irmão com os dentes para que ele não se afogasse.

Xamã contou como a menina Dois Céus encontrou a irmã Mulher Alta e como as três crianças se esconderam entre os arbustos como lebres até serem descobertas pelos soldados. E como um soldado tinha levado embora o bebê, com o sangue escorrendo da nuca, ferido pelos dentes de Dois Céus, e elas nunca mais o viram.

E ele contou que as duas meninas sauks foram levadas para uma escola cristã no Wisconsin e que um missionário engravidou Mulher Alta, que foi vista pela última vez em 1832, quando a levaram para trabalhar na fazenda de brancos além de Fort Crawford. E que a menina chamada Dois Céus tinha fugido da escola e conseguiu chegar a Prophetstown, onde o Xamã Nuvem Branca, Wabokieshiek, a levou para sua tenda e a guiou através das Sete Tendas da Sabedoria e deu a ela um novo nome, Makwa-ikwa, Mulher Urso.

E que Makwa-ikwa foi a Xamã do seu povo até ser violentada e assassinada por três homens brancos, em Illinois, em 1851.

Todos ouviram tristemente, mas ninguém chorou. Estavam acostumados com as histórias de horror sobre as pessoas que amavam.

Passaram um tambor de água de mão em mão até chegar a Sonâmbulo. Não era o tambor de Makwa-ikwa, que tinha desaparecido quando os sauks saíram de Illinois, mas era parecido. Tinham passado uma vareta junto com o tambor e Sonâmbulo ajoelhou e começou a bater, quatro batidas rápidas de cada vez, e a cantar.

> *Ne-nye-ma-wa-wa,*
> *Ne-nye-ma-wa-wa,*
> *Ne-nye-ma-wa-wa,*
> *Ke-ta-ko-ko-na-na.*
> Eu bato quatro vezes,
> Eu bato quatro vezes,
> Eu bato quatro vezes,
> Eu bato nosso tambor quatro vezes.

Xamã olhou em volta e viu que todos estavam cantando com o curandeiro, alguns acompanhando o ritmo com duas cabaças de madeira, uma em cada mão, como ele sacudia a caixa de charutos cheia de bolas de gude na aula de música, quando era pequeno.

> *Ke-te-ma-ga-yo-se lye-ya-ya-ni,*
> *Ke-te-ma-ga-yo-se lye-ya-ya-ni,*
> *Me-to-se-ne-ni-o lye-ya-ya-ni,*
> *Ke-te-ma-ga-yo-se lye-ya-ya-ni.*
> Abençoe a todos quando você vier,
> Abençoe a todos quando você vier,
> O povo, quando você vier,
> Abençoe a todos quando você vier.

Xamã inclinou-se e pôs a mão no tambor de água, logo abaixo da pele esticada. Quando Sonâmbulo batia, era como segurar um trovão. Observou os lábios de Sonâmbulo e viu com prazer que o canto era agora um que ele conhecia, uma das canções de Makwa, e Xamã cantou com eles.

> ... *Wi-a-ya-ni*
> *Ni-ma ne-gi-se ke-te-wi-to-se-me-ne ni-na*
> ... Aonde quer que você vá
> Eu caminho com você, meu filho.

Jogaram outra tora na fogueira e colunas de fagulhas amarelas subiram para o céu escuro. O brilho do fogo aliado ao calor da noite o deixaram um pouco tonto, como se fosse desmaiar, pronto para ter visões. Olhou para Rachel, preocupado com ela, e pensou que Lillian ficaria furiosa se a visse agora. Com a cabeça descoberta, o cabelo despenteado, o rosto brilhando de suor e os olhos cintilando de prazer, Rachel nunca parecera mais feminina para Xamã, mais humana, mais desejável. Ela percebeu que o marido a observava e sorriu, inclinando-se para a frente para falar, porque Cão Pequeno estava entre ela e Xamã. Uma pessoa com audição normal teria perdido suas palavras entre o canto e as batidas do tambor, mas Xamã leu facilmente os lábios dela. *É tão bom quanto ver um búfalo!*

Na manhã seguinte, Xamã saiu cedo, sem acordar Rachel, e foi tomar banho no rio Iowa entre as andorinhas que mergulhavam à procura de alimento e peixinhos minúsculos dourados e opacos que passavam na água entre seus pés.

O sol tinha nascido há pouco. Crianças chamavam umas às outras na aldeia e mulheres descalças e alguns homens plantavam as pequenas hortas no ar fresco da manhã. Quase no fim da aldeia, Xamã encontrou Sonâmbulo e os dois pararam para conversar tranquilamente, como um par de fazendeiros que se encontram durante a caminhada matinal.

Sonâmbulo perguntou sobre o enterro e o túmulo de Makwa. Xamã respondeu, um pouco constrangido.

— Eu era muito pequeno quando ela morreu. Não lembro de muita coisa – disse. – Mas pelo que tinha lido no diário, sabia que o túmulo de Makwa fora cavado de manhã e ela fora enterrada à tarde, na sua melhor manta. Os pés estavam voltados para oeste. A cauda de uma fêmea de búfalo fora enterrada com ela.

Sonâmbulo aprovou.

— O que há a dez passos do túmulo?

Xamã ficou surpreso.

— Não me lembro. Não sei.

O curandeiro olhava para ele com atenção. O velho em Missouri, o que era quase Xamã, tinha ensinado tudo sobre a morte dos Xamãs, disse ele. Explicou que onde quer que um Xamã seja enterrado, quatro *watawinonas*, os espíritos maus, instalam-se dez passos a noroeste do túmulo. Os *watawinonas* revezam-se para dormir – um deles está sempre acordado, enquanto os outros dormem. Não podem fazer mal ao Xamã, disse Sonâmbulo, mas enquanto estiverem ali o Xamã não pode usar seus poderes para ajudar os vivos que pedem sua ajuda.

Xamã conteve um suspiro. Talvez se tivesse crescido acreditando nessas coisas, teria sido mais tolerante. Mas naquela noite, tinha passado muito tempo acordado, pensando no que estaria acontecendo com seus pacientes. E agora queria terminar o trabalho em Tama e partir a tempo de acampar na enseada do rio onde tinham acampado na ida.

— Para expulsar os *watawinonas* – disse Sonâmbulo –, você tem de descobrir o lugar onde eles dormem e queimar.

– Sim, vou fazer isso – disse Xamã, com a maior seriedade, e Sonâmbulo ficou aliviado.

Cão Pequeno aproximou-se deles e perguntou se podia tomar o lugar de Charlie Fazendeiro quando recomeçassem a arranhar os braços. Disse que Keyser tinha saído de Tama na noite anterior, logo depois que o fogo apagou.

Xamã ficou desapontado por Keyser não ter se despedido. Mas disse a Cão Pequeno que estava bem.

Começaram as inoculações bem cedo. Foi um pouco mais rápido do que na véspera, porque Xamã estava com mais prática. Estavam quase terminando quando uma carroça puxada por dois baios entrou na clareira. Keyser estava segurando as rédeas e havia três crianças dentro da carroça, olhando com muito interesse para os sauks e os mesquakies.

– Eu agradeceria se você os arranhasse também contra a varíola – disse Charlie e Xamã respondeu que teria o maior prazer.

Quando todos na aldeia e as três crianças estavam inoculados, Charlie ajudou Xamã e Rachel a arrumar sua bagagem.

– Eu gostaria de levar meus filhos para visitar o túmulo da Xamã, algum dia – disse ele. Xamã disse que seriam bem-vindos.

Levaram pouco tempo para carregar Ulysses. Receberam um presente do marido de Esquilo Voador, Shemago, a Lança, três garrafões de xarope de bordo que eles receberam com prazer. Os garrafões estavam amarrados com o mesmo tipo de cipó da cobra de Sonâmbulo. Quando Xamã os arrumou nas costas de Ulysses, parecia que ele e Rachel partiam para uma grande festa.

Xamã apertou a mão de Sonâmbulo e disse que voltariam na próxima primavera. Depois apertou as mãos de Charlie, Tartaruga Mordedora e Cão Pequeno.

– Agora você é *Cawso wabeskiou* – disse Cão Pequeno.

*Cawso wabeskiou*, Xamã Branco. Xamã ficou satisfeito porque sabia que Cão Pequeno não estava apenas usando seu apelido.

Muitos ergueram as mãos, Xamã e Rachel fizeram o mesmo e os três cavalos seguiram a estrada ao longo do rio, para fora de Tama.

# 74

## O MADRUGADOR

Durante quatro dias, depois que chegaram em casa, Xamã pagou o preço de todo médico que tira férias. O dispensário estava sempre cheio de pacientes e ele visitava os que não podiam sair de casa, de tarde e à noitinha, voltando sempre para a casa dos Geiger tarde da noite e exausto.

No quinto dia, um sábado, o número de pacientes diminuiu, até ficar quase normal, e na manhã de domingo ele acordou no quarto de Rachel com a deliciosa certeza de que podia respirar. Como sempre, Xamã levantou antes de todos, apanhou sua roupa e levou para a sala, onde se vestiu silenciosamente antes de sair de casa.

Caminhou pelo Caminho Longo, parando no bosque onde os homens de Oscar Ericsson tinham limpado o terreno para a construção da nova casa e do celeiro. Infelizmente não era o lugar que Rachel havia sonhado quando pequena, pois os sonhos de menina não levavam em consideração problemas de drenagem. Ericsson, quando inspecionou o local, balançou a cabeça. Escolheram um local mais apropriado, a cem metros de distância, e Rachel declarou que estava bem perto do seu sonho. Xamã pediu permissão para comprar o terreno e Jay disse que era presente de casamento. Mas ele e Jay nos últimos dias estavam se tratando com calor e consideração cautelosa e o assunto tinha de ser resolvido com cuidado.

Quando chegou ao terreno do hospital, viu que já tinham quase terminado a escavação do porão. Em volta dela, pilhas de terra criavam uma paisagem de formigueiros gigantescos. A escavação parecia menor do que ele imaginava, mas Ericsson tinha dito que era sempre assim. Os alicerces seriam de pedra cinzenta de uma pedreira além de Nauvoo, transportada por chatas pelo Mississípi e de Rock Island por carros de bois, uma perspectiva que preocupava Xamã, mas que o construtor encarava com tranquilidade.

Xamã foi até a casa dos Cole que Alex logo ia deixar. Depois, tomou o Caminho Curto, tentando imaginar esse caminho usado apenas por pacientes que fossem à clínica de barco. Teriam de fazer algumas mudanças. Ele olhou para a tenda do suor que, de repente, parecia fora do lugar. Resolveu fazer um desenho minucioso da posição de cada pedra e depois construir outra tenda do suor atrás do celeiro, para que Joshua e Hattie pudessem saber o que era sentar no calor até não poder mais respirar e depois correr para a água do rio.

Chegou ao túmulo de Makwa e viu que a madeira estava tão rachada e manchada que os sinais cabalísticos não apareciam mais. A inscrição estava preservada num dos diários de Rob J. e ele resolveu mandar fazer um marco mais permanente e uma espécie de proteção em volta do túmulo.

O mato começava a invadir a sepultura. Enquanto arrancava o capim do campo que nascia entre os lírios, Xamã surpreendeu-se contando para Makwa que seu povo estava feliz em Tama.

A fúria gelada que sempre sentia ali, quer viesse dele mesmo ou não, havia desaparecido. Tudo que ele sentia agora era quietude. Mas...

Por algum tempo, Xamã procurou dominar o impulso. Depois, localizou o verdadeiro noroeste e começou a andar contando os passos.

Quando chegou no décimo passo, estava bem no meio das ruínas do *hedonoso-te*. A casa comprida era agora uma pilha baixa e desigual de toras estreitas e pedaços de casca de árvore embolorados, com pequenas flores silvestres.

Não fazia sentido, pensou Xamã, arrumar o túmulo, mudar a tenda do suor e deixar aquele feio monte de ruínas. Foi até o celeiro, apanhou uma lata de óleo de lampião e o derramou sobre as ruínas. A madeira estava molhada de orvalho, mas a chama do fósforo a acendeu na primeira tentativa e as chamas se ergueram rapidamente.

Em questão de segundos, todo o *hedonoso-te* estava sendo consumido por chamas azuis e amarelas, e uma coluna de fumaça cinzenta se erguia em linha reta para o céu, depois era desmanchada pela brisa e levada para o rio.

Uma erupção de fumaça negra com cheiro acre estalou como uma bolha e o primeiro demônio, o que estava acordado, subiu e desapareceu. Xamã imaginou um berro furioso e demoníaco, um grito sibilante. Uma a uma as outras três criaturas do mal, acordadas tão rudemente, voaram como aves de rapina, abanando um banquete de carne deliciosa, *watawinonas* voando para outro lugar nas asas da fúria.

Xamã teve a impressão de ouvir um suspiro que vinha do túmulo.

Ficou bem perto, sentindo o calor do fogo, como numa festa dos sauks, e imaginou como seria aquele lugar quando Rob J. Cole o viu pela primeira vez, a pradaria intocada estendendo-se até os bosques e até o rio. E pensou nos outros que tinham vivido ali. Makwa, Lua e Chega Cantando. E Alden. Enquanto o fogo diminuía, ele cantava mentalmente, *Tti-la-ye ke-wi-ta-mo-ne i-no-ki-i-i, ke-te-ma-ga-yo-se*. Espíritos, eu falo com vocês agora, mandem suas bênçãos para mim.

Logo tudo que sobrava era uma pilha de resíduos de onde subiam filetes de fumaça. Xamã sabia que o mato ia cobrir tudo, e não ficaria nenhum sinal do *hedonoso-te*.

Quando teve certeza de que não tinha mais perigo do fogo se alastrar, ele levou a lata de óleo de volta ao celeiro e foi para casa. No Caminho Longo encontrou uma figurinha zangada procurando por ele. Ela fugia de um menininho que tinha caído e esfolado o joelho. O menino a perseguia teimosamente, mancando. Ele chorava e seu nariz estava escorrendo.

Xamã limpou o nariz de Joshua com seu lenço e beijou o joelho ao lado do pequeno ferimento. Prometeu que ia fazer passar a dor quando chegassem em casa. Pôs Hattie montada no seu pescoço, com as pernas longas dependuradas, carregou Joshua e começou a andar. Aqueles eram os únicos espíritos irreverentes que o interessavam no mundo, os dois bons espíritos, que possuíam sua alma. Hattie puxava sua orelha para fazê-lo andar mais depressa e ele trotou como Trude. Quando ela puxou com muita força, Xamã apertou Joshua contra as pernas da menina para ela não cair e começou a galopar, como Boss. E então ele seguiu galopando, galopando, acompanhando o ritmo de uma música gloriosa que só ele podia ouvir.

# AGRADECIMENTOS E NOTAS

Os sauks e mesquakies vivem ainda em Tama, Iowa, em terras de sua propriedade. Hoje, essas terras constituem muito mais do que os oitenta acres da primeira compra. Cerca de 575 americanos nativos vivem agora em 3.500 acres ao longo do rio Iowa. No verão de 1987, minha mulher Lorraine e eu visitamos a comunidade de Tama. Don Wanatee, naquela época diretor-executivo do Conselho Tribal, e Leonard Bear, conhecido artista americano nativo, responderam pacientemente às minhas perguntas, bem como Muriel Racehill, atual diretora-executiva, e Charlie Velho Urso.

Tentei apresentar os fatos da Guerra de Falcão Negro com a maior veracidade histórica possível. O guerreiro chefe conhecido como Falcão Negro – a tradução literal do seu nome sauk, Makataime-shekiakiak, é Falcão Andorinha Negra – é uma figura histórica. O Xamã Wabokieshiek, Nuvem Branca, existiu também. Neste livro ele passa a ser um personagem de ficção depois que conhece a menina que mais tarde vem a ser Makwa-ikwa, a Mulher Urso.

Grande parte do vocabulário sauk e mesquakie utilizado neste livro baseia-se numa leitura exaustiva de várias publicações do Departamento de Etnologia Americana do Smithsonian Institute.

Nos seus primeiros tempos, a organização de caridade conhecida como Dispensário de Boston era exatamente como descrevo neste livro. Fiz uso de licença de autor literário na descrição dos salários dos médicos visitantes. Embora a escala de pagamento seja autêntica, a compensação só começou em 1842, alguns anos depois de Rob J. aparecer no livro como assalariado para atender os pobres. Até 1842, os médicos do Dispensário de Boston não recebiam salário algum. Entretanto, as condições dos pobres eram tão difíceis, que os jovens médicos se revoltaram. Primeiro, exigiram pagamento, depois recusaram-se a continuar as visitas. O Dispensário de Boston, porém, preferiu mudar o local da sua sede, transformando-se numa clínica, onde os pacientes procuravam os médicos. Na época em que fiz a cobertura do Dispensário de Boston, fins da década de 1950 e começo de 1960, como editor de ciência do antigo *Herald* de Boston, já era uma clínica-hospital, trabalhando em conjunto com a Clínica de Diagnóstico Pratt, o Floating Hospital para Crianças e a Escola de Medicina Tufts, com a denominação de Centro Médico Tufts-New England. Em 1965, os hospitais componentes dessa associação fundiram-se para formar a atual e famosa instituição chamada Hospitais do Centro Médico New England. David W. Nathan, antigo arquivista do centro médico, e Kevin Richardson, do Departamento de Assuntos Externos do centro, forneceram informações e material histórico para este livro.

Quando estava escrevendo este livro, descobri uma inesperada fonte de informação e orientação bem perto de casa e sou grato aos amigos, vizinhos e concidadãos.

Conversei com Edward Gulick sobre pacifismo e sobre Elmira, Nova York. Com Elizabeth Gulick, troquei opiniões sobre a Sociedade dos Amigos e ela permitiu que eu lesse alguns dos seus artigos sobre a religião dos quacres. Don Buckloh, conservacionista de recursos naturais do Departamento de Agricultura dos Estados Unidos, respondeu a minhas perguntas sobre as antigas fazendas do Meio-Oeste. Sua mulher, Denise Jane Buckloh, ex-irmã Miriam da Eucaristia, OCD, forneceu detalhes sobre o catolicismo e o cotidiano de um convento de freiras.

Donald Fitzgerald me emprestou livros de referência e me presenteou com uma cópia do diário da Guerra Civil, escrito por seu bisavô John Fitzgerald, que, aos dezesseis anos, saiu de Rowe, Massachusetts, e caminhou quarenta quilômetros pelo Mohawk Trail, até Greenfield, para se alistar no Exército da União. John Fitzgerald lutou no Vigésimo Sétimo Regimento de Voluntários de Massachusetts até ser capturado pelos confederados, e sobreviveu a vários campos de prisioneiros, incluindo o de Andersonville.

Theodore Bobetsky, fazendeiro, cujas terras fazem divisa com as nossas, deu-me informação sobre abate de animais. O advogado Stewart Eisenberg me falou sobre o sistema de fiança usado pelos tribunais do século XIX e Nina Heiser permitiu que eu pedisse emprestada sua coleção de livros sobre os nativos americanos.

Walter A. Whitney Jr. deu-me a cópia de uma carta escrita em 22 de abril, 1862, por Addison Graves para seu pai, Ebenezer Graves Jr., de Ashfield, Massachusetts. A carta descreve a experiência de Addison Graves como enfermeiro voluntário no navio-hospital *War Eagle,* que transportava soldados feridos da União de Pittsburg, Tennessee, para Cincinnati. É a base do capítulo 48, no qual Rob J. Cole serve como cirurgião voluntário no navio-hospital *War Hawk.*

Beverly Presley, bibliotecária da seção de mapas e geografia da Universidade Clark, calculou a distância percorrida nas viagens do navio histórico e do navio de ficção.

O corpo docente do Departamento de Clássicos, do College of the Holy Cross, ajudou-me na tradução do latim.

Richard M. Jakowski, professor do departamento de patologia do Centro Médico-Veterinário Tufts-New England, em North Graffton, Massachusetts, me forneceu informação sobre a anatomia dos cães.

Sou grato à Universidade de Massachusetts, em Ambers, por permitir que eu continuasse a ter acesso a todas as suas bibliotecas, e a Edla Holm, do Departamento de Empréstimo da Universidade. Agradeço à Sociedade Americana de Antiquários, Worcester, Massachusetts, por permitir meu acesso às suas coleções.

Recebi ajuda e material de Richard J. Wolfe, curador de livros e manuscritos raros, e de Joseph Garland, bibliotecário da Biblioteca Médica Countway, da Escola de Medicina de Harvard, e agradeço os empréstimos a longo prazo concedidos pela Biblioteca Lamar Soutter, da Escola de Medicina da Universidade de Massachusetts, em Worcester. Agradeço também à equipe da seção de referência da Biblioteca Pública e da Athenaeum de Boston por sua ajuda.

Bernard Wax, da Sociedade Histórica Judaica, da Universidade Brandeis, ajudou-me com informação e pesquisa sobre a Companhia C do 82º Illinois, "a Companhia Judia".

No verão de 1989, minha mulher e eu visitamos vários campos de batalha da guerra civil. Em Charlottesville, o professor Ervin L. Jordan Jr., arquivista da Biblioteca Alderman da Universidade da Virgínia, forneceu informação sobre os hospitais do exército confederado. Condições do atendimento médico na guerra civil, batalhas e eventos descritos em *Xamã* têm base histórica. Os regimentos nos quais Rob J. Cole serviu são fictícios.

Minha fonte para a língua iídiche foi minha sogra, Dorothy Seay.

Durante quase todo o tempo em que este livro foi escrito, Ann N. Lilly fez parte das equipes da Biblioteca Forbes, em Northampton, e do Sistema de Bibliotecas Regionais Western Massachusetts, em Hadley, Massachusetts. Várias vezes ela pesquisou títulos para mim, e levou livros das duas instituições para sua casa, em Ashfield. Agradeço também a Barbara Zalenski, da Biblioteca Belding Memorial, de Ashfield, e à equipe da Biblioteca Field Memorial, de Conway, Massachusetts, por sua ajuda na pesquisa.

A Federação Planejamento Familiar da América enviou-me material sobre a fabricação e o uso de preservativos nos anos 1800. No Centro para Controle de Doenças, em Atlanta, Geórgia, o Dr. Robert Cannon informou-me sobre o tratamento da sífilis no período em que se passa meu livro, e a Associação Americana do Mal de Parkinson, Inc., deu-me informação sobre essa doença.

William McDonald, estudante do curso de graduação do Departamento de Metalurgia do MIT, forneceu informação sobre os materiais usados na fabricação de instrumentos na época da guerra civil.

A análise feita por Jason Geiger sobre o que teria acontecido se Lincoln tivesse permitido a separação da Confederação da União, sem guerra, descrita no capítulo 72, baseia-se na opinião do falecido psicógrafo Gamaliel

Bradford, na sua biografia de Robert E. Lee (*Lee the American,* Houghton Mifflin, Boston, 1912).

Agradeço a Dennis B. Gjerdingen, presidente da Clarke School para Surdos, em Northampton, Massachusetts, por me ter dado acesso à sua equipe e sua biblioteca. Ana D. Grist, ex-bibliotecária da Clarke School, emprestou-me livros a longo prazo. Sou especialmente grato a Marjorie E. Magner, que durante quarenta e três anos foi professora de crianças surdas. Forneceu-me muitas informações preciosas e leu meu manuscrito para verificar a precisão da minha história no que se refere à surdez.

Vários médicos de Massachusetts contribuíram generosamente para a feitura deste livro. Albert B. Giknis, médico clínico de Franklin, Massachusetts, conversou longamente comigo sobre estupro e assassinato e me emprestou seus livros de patologia. O Dr. Joel E. Moorhead, diretor clínico do ambulatório da Escola de Medicina Tufts, forneceu informação sobre ferimentos e doenças. Wolfgang G. Gilliar, diretor do programa de medicina de reabilitação, no Centro de Reabilitação Greenery e instrutor de medicina de reabilitação na Escola de Medicina Tufts, conversou comigo sobre medicina física. O internista da minha família, Dr. Barry E. Poret, forneceu informação e acesso aos seus livros de medicina. Stuart R. Jaffee, chefe de urologia no Hospital São Vicente, em Worcester, Massachusetts, e professor-assistente de urologia na Escola de Medicina da Universidade de Massachusetts, respondeu a minhas perguntas sobre litocenose e leu meu manuscrito para verificar a precisão dos assuntos médicos.

Agradeço ao meu agente, Eugene H. Winick, da McIntosh & Otis, Inc., por sua amizade e por seu entusiasmo, e ao Dr. Karl Blessing, Geshaftsführer, da Companhia Editora Droemer Knaur, Munique. *Xamã* é o segundo livro da trilogia sobre a dinastia Cole de médicos. A confiança do Dr. Blessing no primeiro livro da trilogia, *O físico*, contribuiu para que ele fosse *best-seller* na Alemanha e em outros países e me incentivou e encorajou enquanto eu escrevia *Xamã*.

Por seus esforços para a feitura deste livro agradeço a Peter Mayer, Elaine Koster e Robert Dreesen, do Penguin Book USA. Raymond Phillips fez um belo trabalho de revisão e preparação.

Sob muitos aspectos, *Xamã* foi um projeto de família. Minha filha, Lise Gordon, fez a revisão de *Xamã* antes de o livro chegar aos editores. Ela é meticulosa, rigorosa até com o pai e maravilhosamente encorajadora. Minha mulher, Lorraine, me ajudou a preparar o manuscrito e, como sempre, me deu amor e apoio incondicionais. Minha filha Jamie Beth Gordon, fotógrafa, diminuiu meu medo da câmara com uma foto especial e hilariante, quando tirou as fotos para a orelha deste livro e para os catálogos das editoras. Ela me ajudou com seus bilhetes e cartões. E os frequentes telefonemas internacionais do meu filho, Michael Seay Gordon, invariavelmente chegavam quando eu precisava do incentivo que eles sempre me dão.

Essas quatro pessoas constituem a parte mais importante da minha vida e contribuíram para aumentar, em pelo menos dez vezes, minha alegria em terminar este livro.

Ashfield, Massachusetts.<br>
20 de novembro, 1991.

Impressão e Acabamento:
EDITORA JPA LTDA.